der Posbis

Perry Rhodan

Die Posbis

Perry Rhodan

Die Posbis

Verlag Arthur Moewig GmbH,
Rastatt

Redaktion: William Voltz
Lektorat: G. M. Schelwokat
Satz: Utesch, Hamburg
Druck und Bindung: Mohndruck,
Graphische Betriebe GmbH, Gütersloh
Printed in Germany
ISBN 3-8118-2029-X

Einleitung

Liest man die Berichte, die aus den verschiedensten Forschungsstätten, wo man sich mit dem menschlichen Leben befaßt, an die Öffentlichkeit dringen, wird man immer häufiger von Unbehagen erfaßt. Die Wissenschaftler, die sich mit dem Menschen beschäftigen, billigen ihm oft nur den Status eines Roboters zu; das Gehirn ist für sie ein raffiniert funktionierender, aber dennoch erklärbarer Computer. Die vermeintliche Entmystifizierung menschlichen Geistes trägt unbewußt viel zu der seelischen Not bei, in der sich viele Mitglieder unserer Zivilisation befinden. Und würde die menschliche Gesellschaft einem objektiven Beobachter nicht tatsächlich wie ein sinnlos funktionierender Mechanismus erscheinen, der in erster Linie an der Zerstörung seiner eigenen Zukunft arbeitet?

Die in diesem Buch beschriebene, seltsame Roboterzivilisation der Posbis – unterscheidet sie sich wirklich so sehr von unserer eigenen? Roboter, seit jeher in der Science Fiction ein arg strapaziertes Thema, ließen auch die Autoren der klassischen, in dem Buch vereinten Perry-Rhodan-Romane nicht ruhen. Tatsächlich wird diesem Thema in diesem Buch eine Variante abgewonnen, die nicht ohne Reiz ist. Wem die philosophischen Aspekte dieser Geschichte zu langweilig und die technisch-wissenschaftlichen zu trocken sind, kann sie getrost außer acht lassen und sich ausschließlich dem überaus spannenden Geschehen widmen.

Folgende Originalromane fanden in diesem Buch Aufnahme: *Zwischen den Milchstraßen von Kurt Mahr; Mörder aus dem Hyperraum von William Voltz; Atombrand auf Mechanica von Clark Darlton; Freiwillige für Frago von Kurt Brand; Das Versteck in der Zukunft von Kurt Mahr; Die Kanonen von Everblack von K. H. Scheer; Sturm auf die Galaxis von Kurt Brand* und *Risiko unendlich groß von Kurt Brand.*

Die thematische Komplexität machte es erforderlich, diesmal besonders umfassende Bearbeitungen vorzunehmen, ohne daß die Ursprünglichkeit der Handlung und der Texte darunter litt. Bei der Kompliziertheit des Themas war es kein Wunder, daß in den Originalromanen vermehrt Widersprüche und Wiederholungen auftraten. Ich hoffe, daß es mir gelungen ist, alle Klippen zu umgehen, und bedanke mich für die erwiesene Hilfe bei Christa Schurm, Franz Dolenc und G. M. Schelwokat.

Heusenstamm, Juli 1983 William Voltz

Zeittafel

Die Geschichte des Solaren Imperiums in Stichworten:

1971: Die STARDUST erreicht den Mond, und Perry Rhodan entdeckt den gestrandeten Forschungskreuzer der Arkoniden.
1972: Aufbau der Dritten Macht und Einigung der Menschheit.
1976: Perry Rhodan löst das galaktische Rätsel und entdeckt den Planeten Wanderer, wo seine Freunde und er von dem Geisteswesen *ES* die relative Unsterblichkeit erhalten.
1984: Rhodans erster Kontakt mit dem Robotregenten von Arkon im Kugelsternhaufen M-13. Der Robotregent versucht, die Menschheit zu unterwerfen.
2040: Das Solare Imperium ist entstanden. Nach 10000 Jahren taucht der Arkonide Atlan aus seiner Unterwasserkuppel im Atlantik auf und wird Perry Rhodans Freund.
Die Druuf dringen aus ihrer Zeitebene in unser Universum vor.
2043: Rhodans Frau Thora stirbt auf dramatische Weise, und ihr gemeinsamer Sohn Thomas Cardif wird zum Gegenspieler seines Vaters.
2044: Die Terraner stoßen nach Arkon vor und verhelfen Atlan zu seinem Erbe. Die Antimutanten tauchen auf.
2102: Perry Rhodan entdeckt das Blaue System der Akonen.
2103: Thomas Cardif stirbt, und Perry Rhodan erhält den Zellaktivator von *ES*.
2104: Der Planet Mechanica wird entdeckt. Vernichtung des Robotregenten von Arkon.

Im Jahr 2106, nach der Vernichtung des Robotregenten von Arkon, waren viele Einheiten der terranischen Raumflotte damit beschäftigt, die steuerlos umherirrenden Robotraumer Arkons aufzuspüren und sicherzustellen. Einer dieser Suchraumer war das Superschlachtschiff CÄSAR, das in einem sternenarmen Randgebiet der Milchstraße operierte.

Die terranischen Raumfahrer hatten elf Robotraumer gefunden und schickten sich an, diese unter Kontrolle zu bringen, als plötzlich ein Angriff auf die CÄSAR erfolgte. Die Angreifer blieben unsichtbar, aber es gelang ihnen, die CÄSAR außer Gefecht zu setzen und in den Leerraum zu steuern. Nur mit Hilfe der rasch herbeigerufenen IRONDUKE konnten die Unsichtbaren schließlich vertrieben werden.

Alles, was man dabei über die Unbekannten herausfand, war, daß sie aus dem intergalaktischen Leerraum kamen und daß es sich bei ihnen um scheinbar körperlose Wesen handelte, die nur unter dem konzentrierten Beschuß mehrerer Energiewaffen kurzfristig sichtbar gemacht werden konnten. Beim Rückzug der Unsichtbaren konnten die Terraner ein tropfenförmiges Schiff orten.

Perry Rhodan erinnerte sich an eine ähnliche Situation auf dem Planeten Barkon im Jahre 2044, als die Terraner es mit ähnlichen Erscheinungen zu tun gehabt hatten. Damals waren allerdings torpedoförmige Raumschiffe geortet worden, was auf eine Fehlfunktion der in der Vergangenheit eingesetzten Ortungsgeräte zurückzuführen sein konnte.

Perry Rhodan erinnerte sich an die Prophezeiung des Geisteswesen ES, daß Barkon den Unsichtbaren den Weg in die Milchstraße weisen würde. Nun schien es soweit zu sein.

Auf Terra war man entschlossen, weiteren Begegnungen mit den Fremden nicht tatenlos entgegenzusehen. In aller Eile wurden Beobachtungsstationen gebaut und bis zum Jahre 2111 in verschiedenen Sektoren vor der galaktischen Randzone postiert.

Kein Besatzungsmitglied dieser Stationen kannte den wahren Grund für den Einsatz, denn Perry Rhodan wollte die Milchstraße nicht vorzeitig mit Berichten über die Existenz der Unsichtbaren in Alarm versetzen. Nur die solare Administration, die SolAb, Abteilung III, und der Arkonide Atlan wurden informiert.

Den Raumfahrern in den Beobachtungsstationen wurde aufgetragen, auf alle Aktivitäten aus dem Leerraum zu achten und sie sofort an Terra weiterzumelden.

Der Station BOB-XXI blieb es vorbehalten, Anfang Mai des Jahres 2112 die erste ungewöhnliche Entdeckung zu machen.

Es war der Beginn einer für die gesamte Milchstraße verhängnisvollen Entwicklung...

1.

Diese Gegend des Universums war tödlich leer.

Die Massedetektoren eines im Vergleich zur weit entfernten Milchstraße ruhenden Raumschiffs zeigten überhaupt nichts an. Nur die großflächigen Sammlersonden relativistisch schneller Fahrzeuge, die diesen Abgrund zwischen den Sterneninseln dann und wann abtasteten, lieferten ein Ergebnis.

Auf rund zehn Kubikmeter kam ein einzelner Wasserstoffkern. Um nur ein einziges Gramm Materie zusammenzubringen, hätte man einen Raumsektor abgrasen müssen, der so groß war, daß der Erdball fünftausendmal hineinpaßte.

Soll's der Teufel holen, dachte Eric Furchtbar. Es dauert nur noch ein paar Tage, dann holen sie mich ab.

Niemand wurde der Dienst auf dem Peilrelais BOB-XXI länger als drei Monate zugemutet. Am Anfang hatten sie geglaubt, Raumfahrer könnten es ein halbes irdisches Jahr hier aushalten. Aber nach dreieinhalb Monaten fingen die ersten an, Geister zu sehen und geheimnisvolle Rufe aus der Leere zu hören.

Eric sah sich um. Der Raum, in dem er sich befand, war rechteckig, wenn man übersah, daß die eine Längswand eine leichte Krümmung nach außen hatte. Die Wände waren mit Instrumenten, Meßskalen, Bildschirmen und Schalttafeln bedeckt. Ein paar Sitzgelegenheiten standen wahllos herum. In der Mitte des Raumes gab es einen weiten Tisch, den Sternkarten, Koordinatentabellen und die Formulare für positronische Programme noch in der gleichen Ordnung bedeckten wie am ersten Tag. Niemand hatte sie jemals gebraucht.

Es gab nichts, wozu man sie hätte gebrauchen können. Es geschah nichts. Die fünfundzwanzigköpfige Besatzung der BOB-XXI verbrachte ihre Zeit damit, festzustellen, daß sich in diesem Sektor des Universums absolut gar nichts ereignete. Tag für Tag, Woche für

Woche, Monat für Monat. Die Zeiger der Instrumente standen auf Null, als wären sie ausgeschaltet. Alle zehn Minuten stand Eric auf, um auf den Schalter des Testgeräts zu drücken. Eine grüne Lampe leuchtete auf und zeigte an, daß alle Instrumente im Raum in Ordnung und betriebsbereit waren. Eric wußte das natürlich. Er hatte den Schalter nur gedrückt, um die Lampe aufleuchten zu sehen. Man wurde anspruchslos, was Abwechslung anbelangte.

Die Bildschirme waren allerdings wirklich abgeschaltet. Materieorter und Reflextaster würden alles, was von draußen kam, viel früher erfassen als die konventionelle Optik. Und der Anblick, den die Leere zwischen den Galaxien bot, war das Anschauen nicht wert.

Außerdem war BOB-XXI, wenn man die psychologischen Schwierigkeiten in Rechnung zog, unterbesetzt. Es hätten in jedem Raum mindestens zwei Mann sitzen müssen. Eric zum Beispiel hätte gern jemand gehabt, mit dem er sich unterhalten konnte. Aber er saß allein in einem Raum von fast fünfzig Quadratmetern Bodenfläche. Acht andere Männer saßen irgendwo in anderen Räumen, und die restlichen sechzehn hatten Freiwache.

Eric Furchtbar stand auf. Mit seinen beinahe zwei Metern hätte er ein imposanter Mann sein können, wenn er nicht so entsetzlich dürr gewesen wäre. Die Uniform, die für einen Mann von Erics Größe, aber dazu passender Breite gedacht war, hing in traurigen Falten um ihn herum. Aber dieser Umstand störte nicht. Das einzige, worauf er wirklich zu achten schien und was durch seinen Glanz sofort ins Auge stach, war seine Glatze. Er trug sie als Mann von einunddreißig Jahren mit dem Rest der Würde, die ihm geblieben war.

Er schritt an der gewölbten Wand entlang und genoß das prickelnde Gefühl, daß einen halben Meter von seiner rechten Schulter entfernt das Vakuum begann, das sich von hier Millionen von Lichtjahren weit bis zum Rand der nächsten Galaxis erstreckte. Vor rund hundertundvierzig Jahren, als die ersten Terraner sich in den Raum hinaustrauten, waren die Wände der Raumschiffe aus gewöhnlichem Stahl und im Vergleich zu diesem Bollwerk hier so dünn wie eine Zwiebelschale gewesen. Damals hatte es keine Feldschirme gegeben wie den, der die BOB-XXI wirksamer als alle materiellen Wände gegen die Außenwelt schützte.

Nein, entschied Eric, er würde sich auch ohne den Feldschirm sicher fühlen. Hier draußen gab es keine Meteore. Was sollte schon geschehen?

Der Teufel soll alle Raumgespenster holen, dachte Eric zornig. Ich wollte, es würde wirklich etwas geschehen.

Er drehte sich um und ging zu seinem Platz zurück. Er ließ sich in den Sessel fallen und sah gelangweilt auf eines der Meßgeräte.

Der weißblaue Lichtzeiger stand zitternd am oberen Ende der Skala.

So schnell war Eric Furchtbar in seinem Leben noch nicht auf die Beine gekommen. Mit zwei Schritten stand er vor dem Hauptschaltpult und schlug den roten Alarmhebel beiseite. Sirenen heulten auf. Signallichter blinkten, und die Bildschirme erwachten automatisch zum Leben.

Eric Furchtbar kehrte zu seinem Platz zurück. Das Instrument, das die Anzeige lieferte, registrierte paraenergetische Streufelder. Es sprach nur auf die Art von Hyperstrahlung an, deren Energiegehalt unterhalb einer gewissen Schwelle lag und die außerdem keine feststellbare Modulation besaß. Eine solche Art von Strahlung konnte aus allen möglichen Quellen stammen. Innerhalb der Galaxis wäre der Lichtzeiger keine Sekunde lang zur Ruhe gekommen.

Aber hier draußen ...

Eric überflog die Skalen der anderen Instrumente. Er sah andere Zeiger zittern. Ein schwacher Hypergravitationsschock war registriert worden. Hyperoptische Wellen waren empfangen worden.

Alles Hyper, dachte Eric verwirrt. Keine direkte Anzeige.

Er beobachtete die Bildschirme. Sie zeigten die gleiche Leere wie immer, wenn man sie anschaltete. Es gab nichts zu sehen. Was immer auch geschehen war, es mußte weiter entfernt passiert sein, als das Licht in ein paar Minuten laufen konnte.

Eric wartete noch eine Weile. Dann traf der erste Interkomruf aus dem Innern der Station ein. Die Auswertung meldete sich.

„Wir haben die Bänder untersucht“, sagte ein rothaariger junger Mann, dessen sommersprossiges Gesicht auf dem kleinen Bildschirm ziemlich verwirrt aussah. „Es besteht kein Zweifel daran, daß dort draußen plötzlich eine Sonne aufgegangen ist.“

Eric Furchtbar verschluckte sich fast.

„Eine Sonne?“ schrie er. „Reden Sie deutlicher, Kirkpatrick!“

Kirkpatrick strich sich mit der Hand über die Stirn und erklärte: „Alle Beobachtungen zusammen lassen sich nur dahingehend deuten, daß irgendwo da draußen eine Sonne steht. Wenn ich Einzelheiten . . .“

Eric winkte ab.

„Vergessen Sie's“, unterbrach er den Sommersprossigen. „Wie kann eine Sonne so mir nichts, dir nichts aus dem Nichts entstehen?“

Kirkpatrick fühlte sich sichtlich überfragt.

„Das – das weiß ich nicht“, stotterte er.

„Gut, lassen wir das. Wie weit ist sie entfernt?“

„Zwischen vier- und fünfhundert Lichtjahren.“

Eric warf seufzend einen Blick auf die Bildschirme. Vier- bis fünfhundert Jahre würde es dauern, bis er auf ihnen etwas zu sehen bekommen würde. Auf die Hyperortung, die ihm vielleicht exakte Bilder geliefert hätte, mußte er wegen der Ortungsgefahr vorläufig verzichten.

„Na schön“. Er resignierte. „Bleiben Sie weiter auf dem Posten, Kirkpatrick, und wenn die intensive Auswertung beendet ist, rufen Sie mich wieder an.“

Eric Furchtbar sank in seinen Sessel zurück. Kirkpatrick war einer seiner zuverlässigsten Mitarbeiter. Wenn er sagte, da draußen gäbe es seit ein paar Minuten eine Sonne, dann gab es da draußen eine Sonne.

Art Cavanaugh saß in der Funkzentrale der BOB-XXI, als der Alarm begann.

Ken Lodge, die Hände in den Taschen, machte ziellos ein paar Schritte. Warren Lee, der junge Funker, stand abwartend hinter Art. Art überschaute die lange Reihe der Anzeigen.

Sie hörten es alle gleichzeitig.

Mit hellem Pfeifen sprach der Hyperempfänger an.

Aber keiner hätte so schnell reagieren können wie Art Cavanaugh. Es war unglaublich, wie rasch er die Oszilloskope eingeschaltet und justiert hatte. Es war nicht zu fassen, wie schnell er die Empfängerfrequenz regelte, so daß der Spruch klar und deutlich hereinkam.

Mehr gab es nicht zu tun. Atemlos starrten sie auf die grünen Oszilloskopschirme und betrachteten die Wellenlinien, die die Hyperstrahlung auf die fluoreszierende Scheibe malte.

Die Grundschwingung auf dem Schirm war eine reine Sinuskurve. Nichts im All konnte eine so exakte Schwingung erzeugen, wenn es nicht besonders für diesen Zweck geschaffen worden war.

Da draußen irgendwo stand ein Sender.

Da draußen irgendwo gab es intelligente Wesen – mitten im Nichts zwischen den Milchstraßen.

Eric Furchtbar wußte, was er zu tun hatte. Eine Sonne und eine Funkbotschaft, die vorläufig noch niemand entziffern konnte, das war Grund genug, die Maschinerie in Bewegung zu setzen, von der BOB-XXI nur ein kleiner Teil war.

Eric ließ die Positronik einen Kodebericht verfassen, in der die beiden Beobachtungen deutlich und sachlich geschildert waren. Die Positronik lieferte eine Kodeschablone. Die Schablone schob Eric in das Richtstrahlgerät, und eine Hundertstelsekunde später war sein Richtspruch auf dem Weg zur Erde. Das Gegengerät entschlüsselte ihn dort automatisch und leitete den Bericht an den verantwortlichen Offizier weiter.

Der verantwortliche Offizier war Oberst Nike Quinto, Leiter der Abteilung III in der Interkosmischen Sozialen Entwicklungshilfe.

Wenn Nike Quinto in diesem Augenblick nicht allein gewesen wäre, hätte er sich wahrscheinlich lauthals über den Anstieg seines Blutdrucks beschwert, den solche unerwarteten Ereignisse stets hervorriefen.

Die Reaktion auf Eric Furchtbars Bericht war so, als hätte die Erde seit hundert Jahren nichts anderes zu tun gehabt, als auf den ersten Funkspruch aus dem intergalaktischen Raum zu warten.

Das Schiff, das Nike Quinto und seine Männer brauchten, um an Ort und Stelle zu gelangen, stand startbereit.

Die Erde hatte wirklich gewartet. All die Jahre über hatten Schiffe bereitgestanden, um Männer des Mutantenkorps, der Abwehr oder Abteilung III an Brennpunkte der galaktischen Politik zu bringen.

Auch Nike Quintos Männer waren vorbereitet. Was sie im intergalaktischen Raum erwartete, worauf sie zu achten hatten, wie die Situation sein würde, wenn sie weit draußen, Tausende von Lichtjahren vom Rand der heimatlichen Milchstraße entfernt, auf fremde Intelligenzen stießen – all das war fest in ihren Gehirnen verankert. Hypnoschulung hatte ihnen alle nötigen Informationen vermittelt, und zwar so, daß sie sie niemals mehr vergessen würden.

Es war ein ausgesuchtes Team, mit dem sich Nike Quinto noch am selben Tag auf den Weg machte – am 2. Mai 2112. Major Ron Landry, Captain Larry Randall, Sergeant Mitchell Hannigan, genannt Meech, und ziviler Mitarbeiter Lofty Patterson waren seine Begleiter. Jeder von ihnen hatte in früheren Einsätzen der Abteilung III bewiesen, daß er seinen Mann zu stehen verstand.

Das Raumschiff, in dem Nike Quinto die Erde verließ, war auf den Tag genau ein halbes Jahr alt. Im saloppen Sprachgebrauch der Abteilung III nannte man die JOANN einen Werkstattkreuzer. Sie gehörte zur Klasse der Schlachtkreuzer, besaß aber außer der vorzüglichen Bewaffnung noch eine Werkstattausrüstung, die ihre Mannschaft in die Lage setzte, eine Anzahl komplizierter, nicht allzu großer Geräte an Bord zu bauen. Die JOANN war nur in geringem Maß von ihrer Heimatbasis oder irgendeinem anderen Versorgungsplatz abhängig.

Und das, davon war Nike Quinto überzeugt, war in einem Fall wie diesem wichtig. Fünftausend Lichtjahre jenseits des Milchstraßenrands operierte man nicht nach derselben Taktik wie innerhalb der Galaxis, wo jeden Katzensprung weit eine besiedelte Welt stand.

Die JOANN erreichte Arkon III, vierunddreißigtausend Lichtjahre von der Erde entfernt, im Linearflug. Nike Quinto ließ das Schiff landen und informierte Eric Furchtbar über Richtspruch, daß er ihm nun schon ziemlich nahe sei.

Eric Furchtbar hatte seinerseits ein paar Neuigkeiten auf Lager.

Die Empfänger registrierten eine zweite Sendung auf anderer Frequenz.

Die erste hielt nun seit fünf Stunden an. Ein bestimmtes Modulationsmuster wiederholte sich alle vierzehn Minuten.

Art Cavanaugh hatte Eric Furchtbar erklärt, daß so etwa ein Hilferuf aussah, der von einem automatischen Sender ausgestoßen wurde – immer wieder von vorn, bis sich endlich jemand meldete. Eric hatte darauf geantwortet, daß man so etwas vermuten konnte, solange es sich um innergalaktische Intelligenzen handelte. Mit allem, was von draußen kam, mußte man vorsichtig sein. Wenigstens was scheinbar logische Folgerungen anbelangte.

Art verstand nicht viel von der Kunst der Logik. Er hatte Vertrauen genug zu seinem Captain, um nicht weiter auf seiner Behauptung zu bestehen. Aber ganz hinten in seinem Gehirn bohrte immer noch der Gedanke, daß dort draußen jemand voller Not um Hilfe rief. Vielleicht nur noch der automatische Sender, nachdem die, zu deren Schutz er diente, schon längst nicht mehr lebten.

Denn die Sonne, von der Mike Kirkpatrick gesprochen hatte, war inzwischen als eine Nuklearexplosion gewaltigen Ausmaßes erkannt worden.

Dann kam diese zweite Sendung.

Der, der sie ausstrahlte, machte sich nicht die Mühe, sie allzuoft zu wiederholen. Art Cavanaugh regelte die Empfängerfrequenz nach und sah auf dem Oszilloskop nur noch einen einzigen, auslaufenden Wellenzug. Dann war der Schirm wieder dunkel. Warren Lee spulte das Registrierband zurück und schnitt das Stück heraus, auf dem die kurze Sendung festgehalten war. Ken Lodge hatte das Gefühl, er müßte nun endlich auch etwas tun, verpackte das Bandstück in einen grellroten Umschlag und schickte es an die positronische Auswertung.

Art Cavanaugh hatte inzwischen den Hauptschaltraum benachrichtigt. Eric Furchtbar war immer noch auf dem Posten, obwohl er nun seit mehr als zwölf Stunden ununterbrochen Dienst gemacht hatte. Eric bat um Peilergebnisse, und bei der Aufregung, in der er sich befand, pries Art sich glücklich, daß der Peilautomat seine Arbeit inzwischen beendet hatte. Das Ergebnis bestand aus drei Winkelkoordinaten und einem Radiusvektor. Der Radiusvektor gab die Entfernung an, in dem sich der fremde Sender von der BOB-XXI befand.

Die Entfernung betrug 410 Lichtjahre.

Das war die gleiche Entfernung wie die, in der sich der erste Sender befand und in der sich die Kernexplosion ereignet hatte.

Im Lauf der nächsten Stunden wurden weitere Explosionen beobachtet. Die gewaltigen Energien, die dabei freigesetzt wurden, waren zum Teil fünfdimensionaler Struktur, und die fünfdimensionalen Hyperfelder wurden praktisch ohne Zeitverlust von den Instrumenten der BOB-XXI registriert.

Eric Furchtbar wurde nervös. Die BOB-XXI war eine reine Beobachtungsstation, kein Raumschiff. Sie war von einem Transporter an Ort und Stelle gebracht worden. Die BOB-XXI hatte keine Triebwerke – außer den paar kleinen, mit denen Lagekorrekturen ausgeführt werden konnten. Sie lag fest. Für den Fall, daß sie angegriffen wurde, standen der Besatzung Waffen zur Verfügung, ziemlich wirksame sogar. Aber ausreißen – für den Fall, daß die Lage aussichtslos wurde – konnte sie nicht.

Während Eric seine dreizehnte Stunde Dienst hinter sich brachte, wurden elf dicht aufeinanderfolgende Explosionen registriert. Währenddessen dauerte der Funkspruch, den Art Cavanaugh für einen Hilferuf hielt, unverändert an.

Es sah so aus, als würde dort draußen eine gewaltige Schlacht gekämpft. Die Streufelder, die die Instrumente registrierten, ließen darauf schließen, daß es sich bei jeder Explosion um eine Bombe im Tausend-Gigatonnen-Bereich handelte.

Eric hatte den zweiten, kurzen Funkspruch schon fast vergessen, als die Auswertung meldete, daß die positronische Entschlüsselung geglückt war.

Leutnant Hynes, der das Interkomgespräch mit Eric führte, erklärte: „Nach allem, was uns gesagt worden ist, können wir uns natürlich nicht darauf verlassen, daß die Entschlüsselung wirklich den Inhalt der Botschaft wiedergibt. Aber es fügt sich eines ins andere. Alle Resultate haben den gleichen Wahrscheinlichkeitskoeffizienten. Das deutet darauf hin, daß ...“

Eric Furchtbar unterbrach ihn mit einer ungeduldigen Handbewegung. „Ja, ich verstehe schon. Was haben Sie herausgefunden?“

Man sah auf dem Bildschirm, daß Leutnant Hynes einen Zettel aufnahm. Er sah ihn ein paar Sekunden lang zögernd an. Dann las er vor: „Seid ihr wahres Leben?“

Unbegreifliche Dinge erzeugen Unsicherheit und das Gefühl nahender Gefahr.

Die Frage nach dem wahren Leben war für Eric Furchtbar und die Leute an Bord der BOB-XXI unbegreiflicher als alles, was sie je zuvor gehört hatten. Trotzdem bestand kaum ein Zweifel daran, daß die Frage wirklich gestellt worden war. Von irgend jemand, der sich vierhundertundzehn Lichtjahre weiter draußen mit irgend jemand mittels ungeheurer Fusionsbomben herumschlug.

Unsicherheit und das Gefühl nahender Gefahr hatte Eric Furchtbar schon zuvor empfunden. Jetzt geriet er langsam in Panik.

Bevor er jedoch noch einen neuen Richtspruch aufgeben konnte, kam von der JOANN die Nachricht, daß sie auf Arkon III angekommen war. Eric antwortete, und auf diese Weise kam Niko Quinto innerhalb von Sekunden in den Besitz von Informationen, die ihn, nachdem er kaum gelandet war, zum sofortigen Start veranlaßten.

Die JOANN machte sich auf den Weg, die heimatliche Galaxis zu verlassen.

Die Frage blieb vorläufig unbeantwortet: „Seid ihr wahres Leben?“

2.

Die Finsternis war vollkommen.

An Bord der JOANN beobachtete Ron Landry die Diskusscheibe der Beobachtungsstation. Sie war erst seit ein paar Sekunden auf den Bildschirmen sichtbar.

Mit leisem Unbehagen beobachtete Ron den merkwürdigen Effekt, der durch das Fehlen jeglichen Hintergrunds hervorgerufen wurde: BOB-XXI schien in Wirklichkeit nicht näher zu kommen. Die Scheibe wurde einfach größer, von Bewegung war nichts zu spüren.

BOB-XXI wuchs so lange, bis sie einen der Bildschirme fast völlig ausfüllte. Dann kam sie zur Ruhe. Oberst Nike Quinto und Major Landry flogen in einem Gleiter zur Station hinüber. Captain Furchtbar empfing sie am Hauptschott. Man sah ihm an, daß er sich erleichtert fühlte.

Das Gefühl verlor sich wieder, als Nike Quinto ihm erklärte, daß dies nur ein kurzer Besuch war und daß er nicht die Absicht hatte, mit der JOANN so unvernünftig dicht neben der Station liegenzubleiben. Er gab keine Auskunft darüber, wie weit er sich mit seinem Schiff zurückziehen wollte. Aber Eric Furchtbar hatte den Eindruck, daß es ziemlich weit sein würde und daß er, wenn es zum Schlimmsten kam, wenigstens während der ersten Zeit mit seinen Männern wieder auf sich allein gestellt war.

Nike Quinto ließ sich die Aufzeichnungen vorlegen, die seit der Explosion der ersten Bombe von den automatischen Geräten aufgenommen worden waren. Er studierte sie sorgfältig, unterhielt sich dabei mit Ron Landry so leise, daß es niemand verstehen konnte, und bat schließlich um die Erlaubnis, die Bordpositronik zu benutzen.

Mit ihr beschäftigten sich Nike Quinto und Ron Landry etwa eine halbe Stunde lang. Dann baten sie Eric Furchtbar um eine zweite Unterredung.

„Es steht außer Zweifel“, erklärte Nike Quinto mit hochrotem Kopf, „daß der zweite Funkspruch richtig entschlüsselt worden ist. Die Frage heißt in der Tat: Seid ihr wahres Leben? Es gibt also da draußen jemand, der in seiner Denkweise zwischen ‚wahrem‘ und ‚unwahrem‘ Leben oder vielleicht zwischen einem Dutzend verschiedener Arten von Leben unterscheidet. Was der Begriff ‚wahr‘ in diesem Zusammenhang bedeutet, wissen wir nicht. Der Unbekannte wartet aber auf eine Antwort. Wir verlassen uns dabei am besten auf unser eigenes Gefühl. Für mich sind Sie, Captain, ebenso ‚wahr‘ wie Major Landry, und ich hoffe, ich erscheine Ihnen nicht wesentlich unwirklicher. Nach meiner Ansicht sollten wir also antworten: ‚Ja, wir sind wahres Leben!‘“

Eric Furchtbar war so entsetzt, daß er aus seinem Sessel in die Höhe fuhr.

„Sie meinen . . .“, stieß er hervor, „. . . daß wir antworten sollen?“

Nike Quinto gab sich verwundert. „Warum denn nicht?“

„Aber damit verraten wir unsere Position. Dort draußen schlagen sich Unbekannte mit Waffen herum, deren zerstörende Wirkung immens sein muß. Wenn wir antworten, peilen sie uns an. Der Kampf zieht sich vielleicht in diese Gegend – und wir stecken mittendrin.“

„Sie übersehen da etwas, Captain“, antwortete Nike Quinto überraschend ruhig. „Die Fremden haben gefragt, ob ‚ihr‘, wer immer das auch ist, ‚wahres Leben seid‘. Wen, glauben Sie, haben sie mit dieser Frage gemeint?“

Eric Furchtbar, immer noch aufgeregt, zuckte mit den Schultern. „Das weiß ich nicht.“

Nike Quinto nickte, als hätte er keine andere Antwort erwartet. „Haben Sie die Energieanzeige Ihres Hyperempfängers überprüft?“

„Flüchtig. Wir waren sicher, daß sie keine zusätzlichen Auskünfte lieferte.“

Nike Quinto wackelte mit dem Finger. „Das ist ein Fehler. Sonst hätten Sie nämlich herausgefunden, daß die Leistung des fremden Senders nicht besonders hoch war. Obwohl es sich um einen Hyperspruch handelt, kann man ihn fünftausend Lichtjahre von hier – in der anderen Richtung, meine ich – wahrscheinlich nicht mehr empfangen.

Wir werden sofort nachprüfen, ob er irgendwo aufgenommen worden ist, aber ich bin meiner Sache ziemlich sicher. Was bedeutet das also?"

Eric machte ein ratloses Gesicht.

„Keine Ahnung", antwortete er knapp.

„Der Spruch hatte irgendein Ziel", fuhr Nike Quinto geduldig fort. „Man stellt nicht eine Frage so einfach ins Blaue hinein, ohne zu wissen, ob überhaupt jemand da ist, der sie hören kann. Diese Frage war so gestellt, daß man sie am Rand unserer Milchstraße nicht mehr empfangen konnte. Wer, zum Donnerwetter, soll also gemeint sein? Doch nur Sie mit Ihrer Beobachtungsstation. Zwischen dem Rand der Galaxis und dem fremden Sender befindet sich nichts anderes als die BOB-XXI."

Das nahm Eric fast den Atem.

„Aber – wie sollen sie denn wissen, daß ...", stammelte er.

Nike winkte ihm beruhigend zu.

„Zerbrechen Sie sich darüber besser nicht den Kopf", riet er milde. „Wir kennen die Technik der Fremden nicht. Vielleicht besitzen sie Ortungsgeräte, die die winzigen Streufelder dieser Station über Hunderte von Lichtjahren hinweg anpeilen können. Vielleicht waren sie auch schon hier in der Nähe, ohne daß Sie sie bemerkten. Wir wissen es nicht. Das einzige, was wir wissen, ist, daß die Position der BOB-XXI den Fremden recht gut bekannt ist. Deswegen bestehen keine Bedenken dagegen, daß der Funkspruch von unserer Seite aus beantwortet wird. Wir wollen wissen, was diese Wesen weiter zu sagen haben."

Eric Furchtbar gab sich geschlagen. Er veranlaßte, daß in demselben Kode, in dem die eingelaufene Frage gehalten war, eine Antwort ausgestrahlt wurde, die zum Inhalt hatte: „Ja, wir sind wahres Leben."

Weder Eric noch die Männer, die die Botschaft formulierten und ausstrahlten, fühlten sich dabei besonders wohl in ihrer Haut. Sie hatten das Gefühl, sie würden einem Unbekannten die Hand hinstrekken. Und sie wußten nicht, ob der Fremde in die Hand einschlagen oder ob er sie abreißen würde.

Nike Quinto hielt seine Aufgabe an Bord der BOB-XXI für gelöst und verabschiedete sich. Er versicherte Eric Furchtbar, daß die JOANN zur Stelle sein würde, wenn die Station in Gefahr geriet. Eric bedankte sich dafür. Aber er wußte, daß es Dinge gab, die sich schneller ereigneten, als ein Schiff, das irgendwo in den Tiefen des leeren Raumes trieb, zu Hilfe kommen konnte.

Nike und Ron kehrten an Bord des Werkstattkreuzers zurück. Wenige Minuten später legte die JOANN ab, wurde kleiner, während sie an Fahrt gewann, und verschwand schließlich.

BOB-XXI war wieder allein.

3.

Die JOANN stand zweihundert Lichtjahre von der BOB-XXI entfernt bewegungslos im Raum. Alle Hyperwellenempfänger waren auf die Beobachtungsstation gerichtet. Wenn die BOB-XXI in Not geriet, würde man es an Bord der JOANN nach einer Sekunde wissen.

Die Ortungsgeräte der JOANN selbst reichten nicht aus, um das Geschehen draußen im sternenleeren Raum zu verfolgen. Die JOANN hatte ihre eigenen Funktionen, eine Beobachtungsstation war sie nicht.

Nike Quinto hatte inzwischen veranlaßt, daß stärkere Verbände der terranischen Raumflotte sich am Rand der Galaxis bereit hielten.

Gegen ein Uhr Bordzeit erreichte er mit seinen Männern eine Einigung über die weitere Vorgehensweise während der nächsten zehn Stunden. Larry Randalls Vorschlag, an den Ort der Bombenexplosion vorzustoßen und dort Umschau zu halten, war heftig diskutiert und dann abgelehnt worden. Nike Quinto setzte seine Ansicht durch, wonach man an Ort und Stelle warten und beobachten sollte, wie die Lage sich weiter entwickelte.

Von der BOB-XXI war schon vor mehreren Stunden gemeldet worden, daß draußen im Raum alles wieder ruhig war. Die Explosionen hatten aufgehört, der automatische Sender war verstummt, und die Frage nach dem wahren Leben wurde nicht mehr gestellt.

Für Nike Quinto bedeutete das noch lange nicht, daß der Fall abgeschlossen war. Er würde seine zehn Stunden ruhig abwarten und sich dann erst noch einmal überlegen, ob er die Spur von sich aus aufnehmen oder weiter warten sollte.

Es zeigte sich, daß er recht hatte.

Um ein Uhr dreiundzwanzig meldete die BOB-XXI das Auftauchen eines fremden Raumschiffs aus der Leere zwischen den Milchstraßen.

Die JOANN gab Alarm an die Flottenverbände.

Eric Furchtbar beobachtete das fremde Schiff.

Im Hauptschaltraum befanden sich außer ihm Leutnant Hynes und Korporal Schulmeister. Die Funkbilder aus Art Cavanaughs Kabine wurden auf die Bildflächen des Hauptraums übertragen. Eric Furchtbar konnte sehen, wie das Schiff näher kam und mit dem Bremsmanöver begann.

Er setzte den Hypersender in Betrieb und strahlte ein paar wenig modulierte Signale ab. Die Signale ergaben keinen Sinn. Aber der Fremde würde sie empfangen und irgendeine Antwort geben, die ebenso sinnlos war und nur zeigte, daß er den Anruf empfangen hatte.

Wenigstens erwartete Eric das. Es stellte sich rasch heraus, daß er sich getäuscht hatte. Es kam keine Antwort. Das fremde Schiff setzte sein Bremsmanöver fort. Selbst ein Laie konnte erkennen, daß es ihm von Sekunde zu Sekunde schwerer fiel, den Kurs zu halten. Es taumelte zur Seite, wurde wieder zurückgebracht, bockte wie ein Pferd und rotierte mit wechselnder Geschwindigkeit um seine eigene Achse. Es war noch zu weit entfernt, um auf dem Optikschirm zu erscheinen. Aber der Hyperorter, gekoppelt mit Spezialortungsgeräten, erkannte klar, daß die äußere Form tropfenförmig war.

Die Energieortung ermittelte, daß der Fremde sich in einem künstlichen Gravitationsfeld bewegte, das ihm den Antrieb ersetzte. Heftige Schwankungen des Feldes wurden festgestellt. Die Generatoren schienen nicht mehr zu funktionieren.

Eric Furchtbar wartete immer noch auf eine Antwort. Sie kam nicht. Er wiederholte die Signale, strahlte andere aus und formulierte schließlich sogar eine Frage in positronischem Kode.

Aber der Fremde blieb stumm. Entweder war niemand an Bord mehr am Leben oder die Unbekannten wollten sich einfach nicht melden. Die erste Möglichkeit erschien nicht besonders wahrscheinlich. Wenn niemand mehr am Leben war, dann mußte das Schiff von einer Automatik gesteuert werden. Das war durchaus vorstellbar. Aber nach Erics Ansicht hätte eine Automatik auf die Kursschwankungen des Fahrzeugs schneller reagieren müssen. Die Kurskorrekturen, die der Fremde durchführte, waren äußerst langsam und unbeholfen. Es sah so aus, als säße am Steuer des Schiffes jemand, der von Astrogation wenig Ahnung hatte.

Wenn aber dort drüben noch jemand lebte, warum meldete er sich nicht? Möglicherweise waren alle Funkgeräte ausgefallen, so daß der Fremde nicht antworten *konnte.*

Aus der Funkkabine wurde Eric ständig darüber auf dem laufenden gehalten, wieviel Zeit bis zum endgültigen Stopp des Schiffes noch vergehen würde.

Es schien ihm, als wäre das fremde Schiff plötzlich ruhiger geworden. Es schlingerte und torkelte nicht mehr. Eric konnte nicht erkennen, ob es sich überhaupt noch bewegte. Er wollte die Funkstation anrufen.

Aber bevor er dazu kam, meldete sich die Energieortung: „Das Gravitationsfeld des fremden Schiffes ist ausgefallen."

Die Stimme war hastig, und das Gesicht des Mannes auf dem Bildschirm sah verwirrt aus. Eric Furchtbar schüttelte den Kopf. Der Schirm erlosch wieder – und dann erst ging Eric auf, was er da eben gehört hatte.

Das Feld war der Antrieb des Fremden. Wenn das Feld ausgefallen war, dann konnte er nicht mehr manövrieren. Dann behielt er die Geschwindigkeit bei, die er in der letzten Sekunde vor dem Ausfall der Generatoren gehabt hatte. Und natürlich auch den Kurs.

Eric wirbelte mit seinem Sessel herum. Ed Hynes starrte ihn verwundert aus großen Augen an. Eric wollte etwas sagen. Aber ohne Meldezeichen leuchtete das Interkombild auf, und Ken Lodges sich überschlagende Stimme brüllte: „Höchste Gefahr! Der Fremde ist steuerlos. Nähert sich uns auf direktem Kurs mit rund fünfhundert Kilometern pro Sekunde. Berührung in hundert Sekunden!"

Es ist merkwürdig, mit welcher Zielsicherheit das Unterbewußte in Augenblicken höchster Gefahr die Lenkung eines Verstandes übernimmt, der unter bewußter Steuerung längst nicht so schnell arbeiten könnte, wie die Lage es erfordert.

In einer winzigen Zeitspanne entschied Eric Furchtbar, daß es keine Möglichkeit gab, die Gefahr durch einen Beschuß des fremden Schiffes zu beseitigen. Das Anvisieren des Zieles würde zwanzig bis dreißig Sekunden in Anspruch nehmen. Und selbst ein Volltreffer würde nur bewirken, daß an Stelle des kompakten Schiffes die

Trümmerstücke mit der Station kollidierten. Bei einer Geschwindigkeit von rund fünfhundert Kilometern in der Sekunde machte das keinen großen Unterschied.

Erics Finger begannen über die Tasten zu rasen. Hier gab es nur noch eine Hoffnung. Die Korrekturtriebwerke der BOB-XXI waren klein und hilflos gegen eine solche Gefahr. Aber sie waren das einzige, womit man die Station bewegen konnte.

Eric sah das Schiff von rechts her auf das Zentrum des Orterschirms zukommen und richtete die Leistung der Korrektoren so, daß sie die BOB-XXI nach links drückten. Verzweifelt hieb er auf die Tasten, drückte kleine Hebel und drehte an Stellknöpfen. Jede Sekunde einmal sah er auf den Orterschirm.

Aber der Lichtpunkt des Fremden kam immer noch auf das Zentrum zu. Er hatte sich um keinen Millimeter aus seiner Bahn bewegt.

Eric konnte nichts mehr tun. Die Hände ruhten. Die Triebwerke leisteten das Höchste, was sie hergeben konnten. Es blieb nur noch die Hoffnung.

Eric starrte den Bildschirm an, als könnte er die Gefahr mit der Kraft seiner Wünsche bannen. Er hatte noch niemals in seinem Leben etwas so kräftig gewünscht wie in diesen Sekunden der tödlichen Gefahr.

Von ganz fern her kam ihm noch einmal der Gedanke, daß er die Besatzung durch die Transmitter schicken konnte, die zwischen der BOB-XXI und der JOANN einen Tunnel durch den Hyperraum für den Fall der äußersten Gefahr bauten. Aber er schob die Idee zurück, ohne sie näher zu betrachten. Die Transmitter waren nicht in Betrieb, und allein der Aufwärmvorgang der Generatoren brauchte dreimal so viel Zeit wie der Station insgesamt noch verblieb.

Sie waren verloren, wenn die Triebwerke es nicht schafften, die BOB-XXI aus der verderbenbringenden Bahn des steuerlosen Schiffes zu treiben.

Noch zehn Sekunden . . .

Gebannt beobachtete er den Punkt, wie er mit rasender Geschwindigkeit vom kleinen Kreis zum großen Ball wurde und in der letzten Sekunde über die Ränder des Bildschirms hinauswuchs.

O Gott, er trifft uns voll, war Eric Furchtbars letzter Gedanke.

Dann kam der Aufprall.

In einem donnernden, dröhenden Schlag ging die Welt unter. Das letzte, was Eric empfand, war, daß er die Sitzfläche seines Sessels nicht mehr unter sich hatte. Dann traf ihn etwas mit der Wucht eines Dampfhammers an den Schädel, und er verlor augenblicklich das Bewußtsein.

Ron Landry vergrub das Gesicht in den Händen. Er versuchte, nicht an die Männer auf der BOB-XXI zu denken. Aber trotzdem sah er die mattschimmernde Scheibe der Beobachtungsstation, den taumelnden Riesentropfen des fremden Schiffes – und erlebte den Augenblick, in dem die beiden sich ineinanderbohrten und in einer furchtbaren Explosion vergingen.

Schweigen herrschte in dem kleinen Konferenzraum.

Willenlos zählte Ron die Sekunden nach der Katastrophe. Eins – zwei – drei – vier...

Jemand scharrte heftig mit seinem Stuhl. Das mußte Nike Quinto sein, links neben Ron. Laut und deutlich hörte man Nike keuchen.

Und dann seinen Schrei: „Sie sind davongekommen! Die Geräte zeigen noch an!"

Das riß Ron in die Höhe. Mit großen Augen starrte er auf den Bildschirm der Telekomanlage, die die JOANN und die BOB-XXI miteinander verbanden. Es gab kein Bild mehr. Aber quer über die Mattscheibe lief die gezackte Linie des Pausenzeichens, das anzeigte, daß im Augenblick zwischen den beiden Stationen keine Sendung im Gang war.

Man hätte kein Pausenzeichen sehen können, wenn der Sender am anderen Ende der Leitung nicht mehr dagewesen wäre.

Das war es. Wenigstens der Telekomsender der BOB-XXI funktionierte noch. Und da er ein empfindliches Gerät war, bestand Hoffnung, daß auch andere Dinge die Kollision mit dem fremden Schiff unbeschädigt überstanden hatten.

Nike Quinto nahm das Mikrophon zur Hand und rief: „BOB-Einundzwanzig, melden Sie sich! BOB-Einundzwanzig, bitte melden! Hier ruft JOANN!"

Er starrte dabei auf den Bildschirm. Das Zackenmuster blieb. Am anderen Ende der Leitung war niemand, der den Ruf annahm. Der Empfänger an Bord der BOB-XXI blieb ausgeschaltet.

„Wahrscheinlich haben sie gerade ein mächtiges Durcheinander an Bord", murmelte Nike Quinto, „und die Station ist nicht besetzt."

Ron bezweifelte das. Und er wußte, daß Nike selbst nicht daran glaubte. Sie beide kannten Eric Furchtbar. An Bord einer Einheit, die Eric befehligte, konnte die Aufregung noch so groß sein – die wichtigsten Posten würden immer besetzt bleiben.

Nike Quinto fuhr fort zu rufen. Als er nach einer Viertelstunde immer noch keine Antwort bekommen hatte, wußte er, daß er nach einer anderen Erklärung suchen mußte. Das Telekomgerät an Bord der BOB-XXI funktionierte noch, aber von der Besatzung schien keiner mehr da zu sein.

Es mußte das unterbewußte Gefühl der Verantwortlichkeit sein, das Eric Furchtbar als ersten wieder auf die Beine brachte.

Zuerst wußte er nicht, wo er war. Vor seinen Augen verschwamm das Bild eines Raumes, der ihm entsetzlich fremd vorkam. Ihm war übel.

Er bewegte sich vorsichtig und zwang das Bild vor seinen Augen zur Ruhe. Überrascht erkannte er den Hauptschaltraum der BOB-XXI, und in diesem Augenblick erinnerte er sich auch wieder an das, was geschehen war.

Das fremde Schiff. Er hatte es direkt auf die Station zurasen sehen. Wo war es?

Er raffte sich auf. Zum Glück kam er dicht vor einer hohen Schalttafel auf die Beine; denn als er aufrecht stand, brauchte er einen Halt. Er hatte sich niemals in seinem Leben so elend gefühlt.

Wahrscheinlich eine Gehirnerschütterung, dachte er dumpf. Es machte ihm nichts aus. Er würde sich ein paar Tage ins Bett legen, wenn es an der Zeit war. Jetzt mußte er zuerst herausfinden, was geschehen war.

Er schaute sich um. Am anderen Ende des Raumes lagen zwei dunkle Gestalten langgestreckt auf dem Fußboden. Leutnant Hynes und der wachhabende Korporal. Eric schleppte sich hinüber. Er konnte im Augenblick nichts anderes tun als festzustellen, daß beide Männer noch atmeten. Das war das Wichtigste. Halbwegs beruhigt wandte er sich ab und kehrte zu seinem Platz zurück.

Die Hyperortung arbeitete noch. Eric drehte an ein paar Knöpfen, um die Fokussierung nachzustellen. Das Glück half ihm dabei. Er brauchte nicht einmal eine Minute, da hatte er das fremde Schiff wieder im Bild.

Es entfernte sich von der BOB-XXI. Eric fühlte sich zu elend, als daß er sich darüber hätte freuen können. Aber er fing an, aus der Begegnung des Bildpunkts auf dem Schirm den jetzigen Kurs des Fremden zu errechnen. Das Ergebnis, das er nach fünf Minuten bekam, war nicht sonderlich genau. Aber es zeigte deutlich, daß die Bahn des unbekannten Raumschiffs an der Stelle, an der die BOB-XXI stand, einen scharfen Knick zeigte.

In Erics Schädel führten Gedanken und Schmerzen einen bunten Tanz auf. Aber Eric fing langsam an, zu begreifen. Die Korrekturtriebwerke hatten die BOB-XXI nicht vollständig aus dem Kurs des Fremden gebracht. Aber sie hatten verhindert, daß die Kollision zu einem Volltreffer wurde. Das fremde Schiff hatte den Feldschirm der Station gestreift, und beide, das Schiff und die Station, waren zur Seite geschleudert worden. Der Feldschirm hatte den größten Teil der mitgeteilten Energie absorbiert. Aber der rein mechanische Ruck des Aufpralls war im Innern der Station zu spüren gewesen.

Nachträglich atmete Eric auf. Es hätte alles viel schlimmer kommen können. Er sah auf die Uhr. Es war vierzehn Uhr fünfunddreißig Bordzeit. Er hatte eine gute Stunde bewußtlos gelegen. Die JOANN fiel ihm ein. Quinto würde sich den Kopf darüber zerbrochen haben, was mit der Station los war.

Eric horchte in den Raum hinein. Es war alles still.

Er vergewisserte sich, indem er die einzelnen Stationen der Reihe nach anrief. Niemand meldete sich. Die Geräte dagegen schienen alle noch in Ordnung zu sein.

Neue Besorgnis erfüllte Eric. Der Aufprall war kräftig genug gewesen, um jemand, der in ungünstigem Winkel von den Beinen gerissen wurde, zu töten. Er mußte nachsehen. Er mußte vor allen Dingen Doc Johannesson auf die Beine bringen, damit er nach den

Verwundeten sah. Und verwundet waren sie wohl mehr oder weniger alle.

An der Wand entlang ging er zum Schott. Er mußte wenigstens Johannesson finden und ihn auf die Füße stellen. Was danach kam, war ihm egal. Er fühlte sich nicht einmal mehr dafür verantwortlich, daß die JOANN Bescheid bekam.

Die Gefahr war vorüber. Er war sich dessen bewußt, daß er selbst die endgültige Katastrophe verhindert hatte. Und er meinte, daß Nike Quinto ihm das ruhig zugute halten konnte.

Das Schott fuhr vor ihm zur Seite. Er trat auf den Gang hinaus. Im Innern der Station war es beängstigend ruhig.

Trotzdem hatte Eric das Gefühl, daß irgendwo in der Nähe sich jemand bewegte.

In der Funkstation war Art Cavanaugh gerade dabei, die Augen aufzuschlagen, als Eric Furchtbar ihn fand.

Im Funkraum hatte der Zusammenprall sich stärker ausgewirkt als in der Zentrale. Gerissenes Glassit lag auf dem Boden herum, ein paar Geräteskalen waren dunkel, die Lichtzeiger erloschen. Aber die wichtigsten Instrumente, davon überzeugte Eric sich mit einem Blick, waren noch betriebsbereit.

Ken Lodge und Warren Lee lagen bewußtlos vor dem Telekomaggregat. Kens Stirn war aufgeplatzt und hatte heftig geblutet. An Warren war zunächst keine Verletzung zu erkennen. Er atmete, das war die Hauptsache.

Art Cavanaugh lag etwa in der Mitte des Raumes. Eric fragte sich, wie er dahingekommen war. Denn er war bewußtlos, und das Bewußtsein konnte er schließlich nur bei einem Anprall gegen eine der Wände verloren haben.

Art Cavanaugh wußte ziemlich schnell, wo er war. Er erkannte Eric und fuhr in die Höhe. Die Bewegung schien ihm nicht gut zu bekommen. Er schloß die Augen für ein paar Sekunden und verzog das Gesicht vor Schmerz.

„Langsam, Mann“, ermahnte ihn Eric. „Lassen Sie sich Zeit. Wir haben's jetzt nicht mehr so eilig.“

Art kam auf die Knie.

„Danke", keuchte er. „Aber ich schaffe es schon."

Er stand auf. Er schwankte ein wenig, aber er konnte sich ohne fremde Hilfe auf den Beinen halten.

„Wie fühlen Sie sich?" fragte Eric.

Art brachte ein mattes Lächeln zuwege. „Miserabel, wenn ich ehrlich sein soll. Was ist geschehen?"

Eric erklärte es ihm mit kurzen Worten. Er sagte nur: „Die Triebwerke schafften es gerade noch." Er erwähnte nicht, wer es fertiggebracht hatte, die Korrektoren in weniger als zwei Minuten auf Höchstleistung zu schalten und ihnen noch auf die Bogenminute genau den richtigen Kurs anzugeben.

„Wie haben jetzt zwei Dinge zu tun", schloß Eric. „Erstens müssen wir den Arzt finden, damit er nach den Männern sieht, und zweitens muß die JOANN Bescheid bekommen. Übernehmen Sie die JOANN, ich suche nach Johannesson."

„Selbstverständlich", antwortete Art und wandte sich um, um den Telekom einzuschalten.

Fatalerweise hatte der Zusammenstoß Doktor Johannesson ziemlich übel mitgespielt. Als Eric Furchtbar ihn in einem der Geschützstände fand, war sein Gesicht so voller Schrammen und Blut, daß Eric ihn nur an seinem Rangabzeichen erkannte.

Er versuchte, ihn zum Bewußtsein zurückzubringen. Aber bevor ihm das gelang, war die Hälfte der Mannschaft von selbst wieder auf die Beine gekommen. Johannesson brauchte eine geraume Weile, bevor er verstand, was eigentlich passiert war. Aber als er es endlich begriffen hatte, machte er sich willig an die Arbeit, obwohl seine eigenen Schmerzen heftiger sein mußten als die der meisten anderen Männer. Die Erschütterung hatte ihn gegen den Strahlschutzverschluß des großen Desintegrators geschleudert, und die aus dem Verschluß herausragenden Strahlungsmeßgeräte hatten ihre Spur in seinem Gesicht hinterlassen. Als Johannesson sich in einem Spiegel betrachtete, murmelte er lakonisch: „Muß später operiert werden. Gibt beachtliche Narben."

Dann ließ er sich seine Instrumente reichen und machte sich an die Arbeit.

Es stellte sich heraus, daß niemand an Bord der BOB-XXI wirklich ernsthaft zu Schaden gekommen war. Ein doppelter Beinbruch war der schlimmste Fall von Verletzung. Die Mannschaft konnte von Glück sagen, daß sie einen Kommandanten hatte, der im Augenblick der höchsten Gefahr so blitzschnell und zielbewußt zu reagieren verstand.

Die JOANN war inzwischen verständigt. Art Cavanaugh berichtete, er hätte Nike Quinto vor Erleichterung seufzen hören.

„Das kann zweierlei heißen", meinte Eric daraufhin ungerührt. „Entweder wir haben ihn die ganze Zeit über falsch eingeschätzt, oder er hat vor lauter Aufregung den Verstand verloren."

Eric selbst fühlte sich im Augenblick nicht mehr so miserabel wie in den ersten Minuten. Er kehrte zum Hauptschaltraum zurück und traf dort wieder auf Doc Johannesson, der eben dabei war, Leutnant Hynes' Arm zu behandeln. Ed Hynes saß aufrecht in einem Sessel.

„Schmerzen?" fragte Eric.

Ed Hynes lachte. „Keine Spur. Der Doc hat mir ein halbes Dutzend Spritzen gegeben, und in einer muß wohl eine kräftige Dosis Alkohol gewesen sein. Ich fühle mich wie nach dem fünften Glas."

Eric lachte mit. Dann ging er an seinen Platz. Ed Hynes sah ihm hinterdrein und dachte, daß der alte Furchtbar so furchtbar eigentlich gar nicht war.

Eric fokussierte die Ortereinrichtung neu. Im Augenblick war er noch auf sich selbst angewiesen. Die meisten Männer waren auf Anordnung des Arztes dabei, sich auszuruhen und die Wunden zu pflegen. In den Beobachtungsräumen wurde nur ein Notdienst versehen. Eric hatte gezögert, dazu seine Zustimmung zu geben, aber da im Augenblick von Gefahr keine Spur zu erkennen war, hatte er schließlich eingewilligt. Er drehte so lange an den Stellknöpfen, bis er den Bildpunkt des fremden Schiffes wieder ins Blickfeld bekam.

Eric erschrak im ersten Augenblick. Aber dann sah er, wie der hellgrüne Lichtpunkt auf seinem Schirm hin und her hüpfte, und begriff, daß er von dem Objekt dort draußen keine Gefahr mehr zu fürchten brauchte. Das fremde Schiff war mittlerweile vollständig aus der Kontrolle geraten. Die Antigravgeneratoren feuerten willkürlich nach allen Richtungen. Nur die Endgeschwindigkeit, die es nach dem

Beinahzusammenprall gehabt hatte, gab dem sinnlosen Umherhüpfen eine gewisse Vorzugsrichtung – nämlich von der BOB-XXI fort. Bei dem Beinahzusammenprall schien das Schiff beträchtlich an Fahrt verloren zu haben, sonst wäre es jetzt schon weiter entfernt gewesen.

Wie mochten die Wesen aussehen, die an Bord des Schiffes gelebt hatten? Wo waren sie hergekommen?

Warum waren sie gekommen?

Und mit *wem* hatten sie sich dort draußen herumgeschlagen?

In Gedanken verloren starrte Eric vor sich hin. Er sah die Knöpfe und Hebel an seinem Schaltpult nicht in Wirklichkeit. Aber er zuckte zusammen, als ihm bewußt wurde, daß sich da eben etwas bewegt hatte.

Er schrak auf und studierte die Schaltknöpfe. Hastig fuhr der Blick an der Reihe der Schalter entlang. Einen nach dem anderen untersuchte er und fand, daß er sich in der richtigen Stellung befand. Eric beruhigte sich rasch wieder. Er durfte nicht vergessen, daß er wahrscheinlich eine Gehirnerschütterung davongetragen hatte. Der Himmel mochte wissen, wie viele falsche Sinneseindrücke ein erschüttertes Gehirn aus sich heraus produzierte.

Er wollte sich wieder zurücklehnen, als er die Bewegung ein zweites Mal wahrnahm. Diesmal hatte er zufällig auf die richtige Stelle geschaut.

Der große Drehknopf für die Energiezufuhr des Telekoms.

Eric sprang auf. Mit einem wilden Ruck schoß die Hand nach vorne und packte den Knopf, um ihn in die Ruhestellung zurückzudrehen.

Aber da war Widerstand. Zornig nahm Eric beide Hände zu Hilfe. Die Knöchel traten weiß aus der Haut hervor, als die Finger sich spannten und den Knopf herumzuzerren versuchten. Aber der Knopf rührte sich nicht.

Eric kroch halb auf das Schaltpult hinauf, um in eine günstigere Position zu kommen. Er setzte zum dritten Versuch an, und es gelang ihm, den Knopf um ein paar Grad wieder auf die Ruhestellung zuzubewegen. Aber bevor er den endgültigen Erfolg erzielte, geschah etwas Eigenartiges.

Über beide Handrücken zog sich plötzlich eine blutige Strieme, als hätte sie jemand mit einem scharfen Messer geritzt. Das alles ging so schnell, daß Eric nicht einmal sah, ob der Schnitt rechts begann und nach links lief oder umgekehrt.

Er spürte aber den brennenden, pulsierenden Schmerz und ließ mit einem zornigen Schrei den Drehknopf los.

Eric fuhr herum. Doc Johannesson war immer noch mit Ed Hynes beschäftigt. Der Korporal saß matt und mit bleichem Gesicht in einem weichen, bequemen Sessel. Von keinem war Hilfe zu erwarten. Aber . . .

Ein verrückter Gedanke schoß Eric durch den Kopf. Wenn jemand dem Telekom Energie zuleitete, dann konnte das nur bedeuten, daß er den Sender in Betrieb nehmen wollte.

Der weitaus größere Teil des Leitsystems befand sich unten in der Funkkabine. Mit zwei, drei Tastendrücken stellte Eric eine Interkomverbindung her. Er hatte nicht viel Hoffnung, daß sich jemand melden würde. Denn die Empfängeranlagen waren automatisch zum Kommandoraum durchgeschaltet, und die drei Funker pflegten ihre Wunden.

Trotzdem leuchtete der kleine Bildschirm auf, und Art Cavanaughs faltiges Gesicht erschien. Er atmete auf.

„Überprüfen Sie den Telekom, Sergeant!“ rief Eric. „Sofort!“

Art kniff die Augen zusammen und sprang auf. Für eine halbe Minute war er verschwunden, und Eric sah auf dem Bildschirm nur die Rücklehne des Drehsessels, auf dem Art gesessen hatte.

Dann kehrte der Funker zurück.

„Alles in Ordnung“, erklärte er ernst. „Leistungszufuhr null, die Geräte alle intakt.“

„Leistungszufuhr *null* . . .?“

Ungläubig starrte Eric auf den Drehknopf auf seinem Schaltpult. Er hatte gesehen, wie die Leistungszufuhr eingeschaltet wurde. Daß er sie wieder ausschalten wollte, hatte ihm nachweislich zwei schmerzliche Schnitte quer über die Handrücken eingebracht. Und jetzt behauptete Cavanaugh . . .

Da sah er, daß der Drehknopf wieder auf Null stand.

Er holte tief Luft. War er wirklich verrückt?

Er stieß den Atem aus und betrachtete die Hände.

Die Schnitte waren noch da, und Blut sickerte aus ihnen hervor.

Er war nicht verrückt. Jemand hatte ihn geschnitten. Derselbe, der den Drehknopf zunächst in die Höhe und dann, während er mit Cavanaugh sprach, wieder auf Null gedreht hatte.

„Überprüfen Sie die Tätigkeit des Senders während der letzten zehn Minuten, Sergeant", war Erics nächster Befehl.

Art Cavanaugh bestätigte die Anweisung und verschwand wieder aus dem Blickfeld. Eric wußte, daß Art zehn Minuten brauchen würde, um die automatischen Aufzeichnungen des Sendegeräts zu studieren und herauszufinden, was geschehen war. In der Zwischenzeit war Eric eine andere Idee gekommen. Er speicherte die Verbindung mit Art Cavanaugh auf einer Meldeleitung und rief den Geräteraum an. In seiner Aufregung dachte er ein paar Augenblicke nicht daran, daß der Notdienst keine Besetzung des Geräteraums vorsah. Es fiel ihm wieder ein, als sich niemand meldete. Voller Ungeduld wollte er schon abschalten, als der Bildschirm noch im letzten Augenblick aufleuchtete und das vor Schmerz verbissene Gesicht eines der Wachhabenden ihn anschaute.

Eric war wieder der alte. Angesichts der Gefahr, in der sich die Station vielleicht befand, hatte er keinen Grund, auf die Schmerzen des Mannes dort unten Rücksicht zu nehmen.

„Überprüfen Sie den Atmosphärenumsatz an Bord für die letzten zwei Stunden!" befahl Eric, und seine Stimme klang so hart, wie jedermann sie aus der Zeit vor dem Unfall gewohnt war.

„Jawohl", antwortete der Mann und wandte den Kopf zur Seite. „Im Augenblick ist die Zusammensetzung der Bordatmosphäre . . ."

Er unterbrach sich mitten im Satz.

„Na, was ist sie denn?" fragte Eric ungeduldig. „Normal, wollten Sie sagen, nicht wahr?"

Der Mann sah Eric hilflos an, „Wollte ich sagen, ja."

„Aber . . .?"

„Wir haben Sauerstoff verloren. Wahrscheinlich ein Leck . . ."

„Keine voreiligen Schlüsse", unterbrach ihn Eric. „Prüfen Sie den Stickstoffgehalt!"

„Normal", antwortete der Techniker ohne Zögern.

„Was für ein Leck müßte das sein", fragte Eric spöttisch, „das nur Sauerstoff, aber keinen Stickstoff hinausläßt?"

Der Mann war ratlos. Eric sah es und gab ihm einen neuen Auftrag. „Machen Sie eine Kohlendioxydanalyse, rasch!“

Der Bildschirm wurde leer. Die Analyse würde rasch beendet sein. Der Techniker brauchte nur einen Knopf zu drücken und ein Instrument abzulesen. Der CO_2-Gehalt der Bordatmosphäre wurde nicht von ständig anzeigenden Geräten registriert. Er war, im Vergleich zum Stickstoff- und Sauerstoff-Gehalt, minimal und außerdem ziemlich unwichtig.

Aber jetzt . . .

Der Techniker kam zurück, und sein Gesicht war rot vor Aufregung. Schweißtropfen standen ihm auf der Stirn.

„Übernormal“, stieß er hervor. „Die Aufbereitung . . .“

Eric war plötzlich sehr ruhig. Seine Vermutung hatte sich bewahrheitet. Für eine oder zwei Sekunden fühlte er Befriedigung darüber. Dann kam ihm rasch und klar zum Bewußtsein, daß es viel vernünftiger war, Besorgnis wegen der neuen Gefahr zu empfinden als Befriedigung wegen einer bestätigten Theorie.

„Ich sagte schon einmal – keine voreiligen Schlüsse“, warnte er den Mann kühl. „Kommt der Zuwachs an CO_2 für den Verlust an O_2 auf?“

Der Techniker brauchte nur einen Augenblick lang nachzudenken. „Jawohl. Fast auf das Zehntelprozent genau.“

„Danke. Ich brauche keine weitere Auskunft.“

Er schaltete ab. Einen Atemzug später fiel ihm ein, daß eine ganz bestimmte Auskunft vielleicht doch wichtig gewesen wäre. Wieviel Sauerstoff war verloren? Wenn er die Zeit mit rund zwei Stunden annahm und die Atemrate gleich der eines Menschen setzte, dann konnte er daraus errechnen, wie viele . . .

Er verwarf den Gedanken wieder. Die zwei Stunden waren durch nichts belegt, und die Atemrate gleich der eines Menschen zu setzen war noch viel willkürlicher. Er hatte keinen Anhaltspunkt dafür.

Er überlegte sich, ob vielleicht nicht doch die Aufbereitungsanlage ausgesetzt hatte. Er kannte ihren Mechanismus im großen und ganzen. Sauerstoff wurde von menschlichen Lungen verbraucht und Kohlendioxyd dafür abgegeben. Mit der Zeit verschwand also der Sauerstoff aus einer nicht regenerierten Atmosphäre und wurde durch Kohlendioxyd ersetzt. Die Aufbereitungsanlage an Bord der BOB-

XXI spaltete das Kohlendioxyd – in mehreren Schritten natürlich – in reinen Sauerstoff und Graphit. Der Sauerstoff wurde der Bordatmosphäre wieder zugeführt, der Graphit wurde gespeichert und den dreimonatlichen Versorgungsschiffen mitgegeben. Auf der Erde bestand hohe Nachfrage nach reinstem Graphit, und für ein Raumfahrzeug bedeutete es nur unnötigen Ballast.

Wie das auch immer war – die Aufbereitungsanlage war eines der unempfindlichsten Geräte, die es an Bord gab. Wenn die sensitiven Relais des Interkoms dem Aufprall standgehalten hatten, dann hatte es die Aufbereitung allemal. Es gab keinen Anlaß anzunehmen, daß sie beschädigt worden sei.

Dann allerdings gab es nur noch eine einzige Erklärung für das merkwürdige Verhalten der Bordatmosphäre.

Der Funkraum meldete sich wieder. Hastig schaltete Eric ein. Art Cavanaugh war normalerweise ein sehr beherrschter Mann. Aber jetzt sah man seinem Gesicht an, daß etwas Merkwürdiges geschehen sein mußte.

„Da ist eine Sendung ausgestrahlt worden!“ stieß er hervor.

Es schien ihn zu überraschen, daß Eric nur gleichgültig nickte.

„Kode?“ fragte Eric knapp.

„Nicht erkennbar.“ Er machte den Mund auf, als wollte er noch etwas sagen, schwieg aber dann.

Eric bemerkte es.

„Sagen Sie's ruhig“, forderte er Art auf.

„Es ist nur eine Vermutung“, sprudelte Art hervor, „und man müßte es durch die Auswertung nachprüfen lassen. Aber die Modulation sieht ungefähr so aus wie die der unverständlichen Sendung, die wir vorhin stundenlang empfangen haben.“

Eric nickte auch dazu.

„Wie lang ist die gesamte Sendung?“ wollte er wissen.

„Zwölf bis dreizehn Sekunden.“

„Konnten Sie Wiederholungen feststellen?“

„Nein.“

„Waren Sie während dieser Zeit im Funkraum?“

„Jawohl.“

„Haben Sie etwas Auffälliges bemerkt?“

Art dachte eine Weile nach.

„Nein“, antwortete er, immer noch zögernd. „Ich – ich habe in der letzten Zeit des öfteren das Gefühl, es wäre jemand in meiner Nähe. Ich sehe mich dann gewöhnlich um, aber jedesmal ist alles so, wie es sein sollte. Es ist niemand hier im Raum außer mir.“ Er lächelte schwach. „Es scheint eine Art permanente Halluzination zu sein.“

Eric schüttelt den Kopf. „Sie brauchen keine Angst zu haben, Art. Es ist keine Halluzination.“

Dann schaltete er das Mikrophon aus.

Er spürte ein merkwürdiges Verlangen, sich mit seinem Sessel umzudrehen und die lange Halle des Hauptschaltraums mit dem Blick zu inspizieren. Er tat es. Er schaute an den Wänden entlang. Er beobachtete Doc Johannesson, wie er Ed Hynes den endgültigen Verband anlegte, und wartete darauf, daß ihm eines der Instrumente aus der Hand genommen würde. Aber nichts geschah.

Trotzdem wußte Eric ganz genau, daß sie da waren.

Er drehte sich wieder um und ließ die Positronik einen Eilspruch an die JOANN in Kode fassen. Der Spruch war nur ein paar Worte lang. Die Positronik selbst brauchte nicht einmal eine Hundertstelsekunde, um die Worte zu kodifizieren. Einlege- und Auswurfmechanismus arbeiteten jedoch langsamer. Eric Furchtbar mußte volle drei Sekunden auf die Schablone warten.

Er führte die Schablone dem Sender zu.

Und kurze Zeit später verließ ein höchst merkwürdiger Spruch die Hyperantennen der Beobachtungsstation. Nicht ohne Vergnügen stellte Eric sich Nike Quintos Gesicht vor, wenn er die Nachricht las.

„Unsichtbare Fremde an Bord der BOB-XXI!“

4.

Eric Furchtbar, der über die beiden vorausgegangenen Begegnungen mit den Unsichtbaren in der Vergangenheit nicht informiert war, konnte nicht wissen, daß Quinto alles andere als überrascht war. Im Gegenteil. Quintos einzige Reaktion waren die Worte: „Also doch."

Ron Landry blickte ihn nachdenklich an. Schließlich sagte er: „Auf diese Begegnung haben wir sechs Jahre gewartet und uns darauf vorbereitet. Was mich jedoch nachdenklich stimmt, ist die Tatsache, daß es den Unsichtbaren gelungen ist, in die Station einzudringen. Sie ist von starken Feldschirmen geschützt."

Nike Quinto wischte den Einwand mit einer Handbewegung beiseite. „In dem Augenblick, in dem die beiden Fahrzeuge zusammenprallten, muß es ein paar Sekunden gegeben haben, in denen der Feldschirm der BOB-Einundzwanzig ausgefallen ist. Wir brauchen uns nur vorzustellen, daß die Fremden das vorausgesehen hatten. Sie machten sich zum Überwechseln bereit, und als es soweit war, sprangen sie einfach und drangen durch eine der Schleusen ein."

Ron hatte den Eindruck, daß Nike Quinto seine Vorsicht vor der Genialität der Unbekannten allmählich übertrieb. Aber er behielt seine Gedanken für sich. Still lehnte er in seinem Sessel und wartete auf weitere Nachrichten von der BOB-XXI.

Etwa eine Stunde verging, ohne daß etwas Besonderes geschah. Eric Furchtbar berichtete in kurzen Abständen über seine Bemühungen, mit den Unsichtbaren in Kontakt zu kommen. Das gelang ihm nicht. Entweder waren die Fremden nicht in der Lage, seine Annäherungsversuche zu verstehen, oder sie wollten einfach keine Begegnung haben.

Eric fing allmählich an zu verzweifeln. Die Unsichtbaren verhielten sich offenbar ruhig. Aber die psychologische Belastung an Bord der BOB-XXI fing an, untragbar zu werden. Nike Quinto sah sich plötzlich in die Rolle des Mannes gedrängt, der einen anderen Mann zu beruhigen und zu trösten hatte. Er fand sich erstaunlich gut damit zurecht.

Allerdings brauchte er sich nicht allzu lange Mühe zu geben. Quinto dachte nicht daran, die Besatzung der BOB-XXI über die Unsichtbaren aufzuklären. Zum einen hatte er dazu keinen Auftrag, zum anderen waren die Informationen, die die Eingeweihten über diese Fremden hatten, mehr als dürftig. Was hätte er Eric schon sagen können? Daß die Fremden unsichtbar waren? Das wußte mittlerweile jeder. Es hätte der BOB-Besatzung auch nicht geholfen, wenn sie erfahren hätte, daß diese Wesen bereits zweimal Kontakt mit Menschen gehabt hatten.

Und dann geschahen die Dinge plötzlich in so rascher Eile, daß die Männer an Bord der JOANN Mühe hatten, auf die sich überschlagenden Berichte zu reagieren.

Im Funkraum der BOB-XXI herrschte tiefe Stille. Wenigstens empfand Art Cavanaugh es als Stille, denn das leise Summen der Geräte wurde ihm längst nicht mehr bewußt. In Gedanken verloren, ließ er den Blick an der Reihe der Schalttafeln, Meßinstrumente und Kodetransformer zu seiner Rechten entlangwandern.

Dabei sah er, wie eines der großen Schalträder sich drehte.

Er zuckte zusammen und schaute ein zweites Mal hin, diesmal bewußt und hellwach. Das Rad drehte sich immer noch, langsam, aber zielbewußt. Es war das große Stellrad für die Leistungszufuhr des Hauptsenders, und jemand drehte es zu größerer Leistung hin.

Art sprang auf. So, wie die Aggregate im Augenblick geschaltet waren, würden sie die hohe Leistungszufuhr nicht vertragen. Der Hauptsender lag tot. Mit der JOANN hatte die Station bisher über eine der schwächeren Nebenanlagen in Verbindung gestanden. Wenn der unsichtbare Narr wirklich soviel Sendeleistung brauchte, um seine Botschaft abzustrahlen, warum schaltete er dann nicht vorher den Hauptsender in die Leitung?

Mit zwei Sprüngen stand Art vor dem Stellrad und versuchte, es anzuhalten. Wenn sich einer der Unsichtbaren in der Nähe befand, dann mußte er rasch zur Seite gewichen sein. Art spürte keine

Berührung. Er griff das Rad mit beiden Händen und versuchte, es zurückzudrehen. Er achtete dabei auf seine Hände. Er war bereit, sie bei der leisesten Spur von Schmerz zurückzuziehen. Denn er kannte die Geschichte, die Eric Furchtbar erlebt hatte.

Merkwürdigerweise leistete ihm jedoch niemand Widerstand. Er drehte das Rad zurück, bis die Leistungszufuhr wieder auf dem ursprünglichen Wert stand, der keinem der Geräte gefährlich werden konnte. Er ließ das Rad los, atmete erleichtert auf und blieb eine Weile stehen, um zu beobachten, was jetzt geschah.

Die Unsichtbaren hatten anscheinend aufgegeben. Das Rad blieb ruhig. Niemand versuchte, es wieder auf höhere Leistung zu drehen. Art fragte sich, was sie wohl im Sinn gehabt haben mochten. Und was sie dazu veranlaßt hatte, ihre Absicht so rasch wieder aufzugeben. Er wandte sich schließlich um und wollte zu seinem Platz zurückkehren.

Das war der Augenblick, in dem er begriff, daß die Unsichtbaren nicht daran dachten, ihre Pläne zu ändern.

Bevor er noch den zweiten Schritt in Richtung auf seinen Platz tun konnte, traf ihn etwas gegen den Kopf.

Art fiel vornüber. Mit einer Willenskraft, die niemand dem kleinen Mann zugetraut hätte, kämpfte er gegen die Ohnmacht, die ihn umfangen wollte. Dunkle Nebel ballten sich vor seinen Augen. Plötzlich hörte er das Summen der Geräte. Es klang, als ob es durch einen langen, schmalen Gang zu ihm dränge. Er hatte sich auf die Arme gestützt. Aber die Arme fühlten sich an, als wären sie aus Lehm. Er konnte nichts dagegen tun, daß sie einknickten. Schließlich lag er flach auf dem Bauch, und es schien unmöglich, daß er jemals wieder auf die Füße kommen würde.

Er bezwang seine Ungeduld und seinen Zorn. Tief atmend lag er auf dem Boden und entspannte sich. Was immer ihn getroffen hatte, es hatte einen Teil seiner Nervenzentren gelähmt. Und solange er sie nicht unter Kontrolle bekam, konnte er nichts unternehmen. Er brauchte ein paar Sekunden Ruhe.

Er sah sich um. Aber aus seiner Perspektive konnte er nur einen eng begrenzten Abschnitt des Fußbodens sehen, und da war wirklich nichts außer Fußboden. Keine Spur von den Unsichtbaren.

Zeit verstrich. Art machte einen neuen Versuch, sich auf die Arme zu stützen. Er dachte daran, daß die Unsichtbaren ihn beobachten würden, wenn sie in diesem Raum waren. Aber es kümmerte ihn nicht. Er mußte in die Höhe kommen. Sie waren dabei, die Sendegeräte zu zerstören. Er mußte Eric Furchtbar Bescheid geben. Danach konnten sie mit ihm machen, was sie wollten.

Der Versuch gelang. Ein paar Sekunden lang ließ Art das Gewicht des Oberkörpers auf den Armen ruhen und vergewisserte sich, daß die Muskeln wieder funktionierten. Dann gab er sich einen Ruck und sprang vollends auf. Ein Gefühl des Triumphs überkam ihn, als er fest und sicher auf den Füßen stand. Er spürte leichte Mattigkeit, aber die würde vergehen, wenn sie ihm nur zwei oder drei Minuten Zeit ließen.

Das Summen der Geräte hörte er immer noch. Es war noch das gleiche Geräusch wie vorhin. Es klang von weither und so merkwürdig, wie Art es noch nie gehört hatte.

Er sah sich um. Und plötzlich verstand er, was los war. Es war nicht das übliche Geräusch der Instrumente, an das er sich im Lauf der Jahre so sehr gewöhnt hatte, daß er es nicht mehr wahrnahm. Es war das Jammern von Geräten, die über ihre Kraft hinaus beansprucht wurden. Auf dem Oszillographenschirm tanzten wirre Figuren in scharfen, blendend hellen Linien. Die Lichtzeiger der Meßinstrumente zitterten am oberen Anschlag. Und der Verteilerkasten, vor dem Art stand, strahlte Hitze aus.

Art brauchte sich nur ein wenig zur Seite zu drehen, um das Stellrad zu sehen. Während er auf dem Boden lag, hatte es jemand bis zum oberen Anschlag gedreht. Die Leistung, die die Generatoren der Station für den Senderaum erzeugten, wurde jetzt auf die Geräte geleitet. Sie war ausreichend, um alle fünfundzwanzig Sende- und Empfangsgeräte für BOB-XXI in Betrieb zu halten. Jetzt aber waren nur drei von den Geräten eingeschaltet. Art sah im Geist, wie die Deckplatten sich zu biegen und zu schmelzen begannen. Er stellte sich vor, wie die Meßinstrumente explodierten und die Schalter in Stücke flogen. Er begriff, daß die BOB-XXI in kurzer Zeit von jeglicher Verbindung mit der Außenwelt abgeschnitten sein würde, wenn er nicht handelte.

Art nahm sich ein paar Sekunden Zeit zum Überlegen. Warum taten sie das? Warum führten sie den Geräten mehr Leistung zu, als sie vertragen konnten? Wollten sie die Instrumente ganz einfach zerstören? Das hätten sie leichter haben können. Sie brauchten nur die Hauptschalttafeln entzweizuschlagen. Ohne Verbindung mit der Außenwelt würde die BOB-XXI wenigstens ein halbes Jahr brauchen, um sie wieder instand zu setzen.

Das war es also nicht. Was wollten sie also?

Er fand es nicht heraus. Sie kamen einfach an Bord, ungebeten und ohne zu fragen. Sie gaben sich nicht zu erkennen und benahmen sich so, als gehörte die Station ihnen. Und jetzt fingen sie an, Art Cavanaughs kostbarsten Besitz, seine Funkgeräte, zu zerstören.

Der Zorn gewann die Oberhand. Art warf sich nach vorne, auf das Stellrad zu. Er wußte, daß ihm dieser Angriff schlecht bekommen würde. Aber er packte das Rad und drehte es mit einem gewaltigen Ruck auf Null. Das helle Summen erstarb augenblicklich. Die Lichtzeiger fielen zurück, und das Interkommikrophon gab weniger Rauch von sich.

Triumphierend sah Art sich um.

„Na, wo seid ihr jetzt?“ schrie er.

Etwas kam auf ihn zu. Er spürte es.

Er wich zur Seite. Etwas Unsichtbares traf mit voller Wucht auf die Deckplatte des Verteilers, vor dem er eben noch gestanden hatte. Art lachte höhnisch. Schnell im Reagieren waren die Unsichtbaren anscheinend nicht. Er trat einen Schritt weiter zurück, und wieder hatte er das Gefühl, er wäre einem heftigen Schlag nur um ein paar Millimeter entgangen.

Das wunderte ihn. Hatten sie keine anderen Waffen als Messer und ihre Fäuste? Wenn das so war, dann standen seine Chancen nicht allzu schlecht. Er hatte schließlich seinen Instinkt, der ihn mit steigender Wachsamkeit jedesmal warnte, wenn er angegriffen wurde. Wieviel Unsichtbare waren in diesem Raum? Art war sicher, daß es mindestens zwei waren.

Er näherte sich dem Schott. Er bewegte sich nicht allzu schnell, um seinem Instinkt die Möglichkeit zu geben, ihn rechtzeitig zu warnen. Er kam bis auf zwei Meter an den Ausgang heran, dann hatte er das Gefühl, daß jemand sich dicht vor ihm befand. Er wich zur Seite, und im selben Augenblick hörte er das helle Summen wieder.

Das war alles, was er hatte erfahren wollen. Einer von ihnen stand am Schott, und der andere drehte am Stellrad, wenn die Luft rein war.

Art zog sich zurück. Er glaubte zu spüren, daß der Fremde am Schott ihm nicht folgte. Er fühlte sich sicher. Nicht allzu eilig, um keinen Verdacht zu erwecken, näherte er sich dem kleinen Metallschrank, der dicht neben seinem Schaltpult stand. Niemand hinderte ihn daran, die Schranktür zu öffnen. Blitzschnell ließ er die Hand hineinschießen. Die Finger trafen auf Widerstand und schlossen sich um ein kühles Stück Plastikmetall. Mit einem Ruck riß Art den schweren Thermostrahler heraus. Er fuhr herum, die Waffe im Anschlag.

Das Gewicht des Strahlers im Arm und die Kühle des Metalls gaben ihm ein Gefühl der Überlegenheit. Er wußte nicht, ob die Unsichtbaren gegen die geballte Energie eines Thermoschusses empfindlich waren. Das Feld, das sie umgab, mochte sie gegen jegliche Art von Strahlung schützen. Aber der Strahl einer solchen Waffe führte auch ein gehöriges Maß mechanischer Energie mit sich. Er war wie ein Blitz im Gewitter. Wenn er das Ding, das er traf, nicht zum Brennen bringen konnte, schlug er wenigstens ein Loch hinein.

Sie würden ihn beobachten, darüber war Art sich im klaren. Sie konnten ihn sehen – für ihn selbst waren sie unsichtbar. Aber sie wußten vielleicht nicht, was er da in der Armbeuge hielt.

Er ging ein drittes Mal auf das Stellrad zu. Vorsichtig setzte er einen Fuß vor den anderen. Er mußte den richtigen Augenblick abpassen. Er mußte genau wissen, wo der Unsichtbare stand.

Er ließ den Finger am Abzug. Er horchte in sich hinein, um auch nicht die leiseste Warnung zu überhören. Schritt für Schritt kam er dem Verteiler näher. Es sah fast so aus, als wollten sie ihn dieses Mal ungehindert herankommen lassen. Er klemmte die Waffe fester und streckte die linke Hand nach dem Stellrad aus.

Da spürte er es.

Der Fremde kam von links heran, schräg von hinten. Art wirbelte herum. Der plumpe Lauf des Strahlers schwang herum, und der Finger drückte auf den Abzug, ohne daß Art daran zu denken brauchte.

Ein gleißender Strahl scharf gebündelter Energie brach aus der

Waffe. Art sah, wie er sich dicht vor der Laufmündung spaltete und in zwei gekrümmten Bahnen links und rechts um ein unsichtbares Hindernis herumfuhr. Er hatte sich also nicht getäuscht. Das Feld, das die Fremden umgab, machte sie gegen die Wirkung eines Thermostrahlers ebenso unempfindlich, wie es ihnen Unsichtbarkeit verlieh. Aber die mechanische Wirkung ließ sich nicht abschirmen. Art beobachtete mit grimmigem Vergnügen, wie sich die Stelle, an der sich der Strahl spaltete, immer weiter entfernte. Sein Instinkt warnte ihn längst nicht mehr. Der Unsichtbare wurde von der Wucht des Strahls immer weiter zurückgetrieben.

Art löste den Finger vom Abzug, als der Fremde fünf Meter von ihm entfernt war. Dann wandte er sich rasch um und drehte das Stellrad zurück. Er tat es mit der linken Hand. Die Waffe hielt er dabei schußbereit in der rechten Armbeuge.

Der Weg war jetzt frei. Er wußte, was seine Waffe vermochte.

Er nahm sich nicht mehr die Zeit, auf die Warnung seines Instinkts zu warten. Er wußte ungefähr, wo der zweite Fremde stand. Er drückte den Abzug und ließ den blendend hellen Strahl der Thermowaffe weit gefächert in der Nähe des Schottes spielen.

Mitten in der grellen Lichtflut war plötzlich ein Loch. Der Strahl teilte sich und umging das Hindernis, das das Schutzfeld des Unsichtbaren für ihn bedeutete. Art bündelte den Strahl schärfer und hielt den Lauf auf das Loch gerichtet. Sofort erfaßte den Fremden die mächtige Stoßkraft des Energiebündels. Das Loch glitt zur Wand auf der anderen Seite des Schottes hinüber und von da aus nach rechts, ins Innere der Funkkabine hinein.

Art mußte sich drehen, um den Gegner weiter im Schußfeld zu behalten. Rückwärts gehend bewegte er sich auf das Schott zu. Die Wucht des Strahlers trieb den Unsichtbaren immer weiter von ihm fort. Er konnte ihn jetzt nicht mehr daran hindern, die Kabine zu verlassen, auf den Gang hinauszugehen und um Hilfe zu rufen.

Art hörte, wie das Schott sich hinter ihm zu öffnen begann. Immer noch flutete hell leuchtende Energie aus dem Lauf seiner Waffe, auf kurze Reichweite eingestellt, so daß sie die gegenüberliegende Wand mit den Schaltpulten nicht beschädigte. Die Luft begann sich zu erwärmen. Wellen erstickender Hitze drangen auf Art ein.

Es war Zeit, daß er sich davonmachte.

Das Schott hinter ihm war offen. Das weißblaue Licht des Ganges fiel in die Kabine hinein.

Art trat zurück. Er nahm den Finger vom Auslöser und drehte sich um. Er wollte rennen. Er mußte zum Kommandostand, um Eric Furchtbar zu warnen.

Aber plötzlich waren sie rings um ihn herum. Nicht zwei, wie er bisher vermutet hatte, sondern mindestens ein Dutzend. Sie schlugen von allen Seiten auf ihn ein. Er versuchte, den Lauf seiner Waffe wieder zu heben. Aber harte Schläge trafen auf das Metall. Die Hände, die den Strahler zu halten versuchten, verloren die Kraft.

Art ließ die Waffe fahren. Wenn er sie nicht benutzen konnte, dann brauchte er wenigstens seine Fäuste, um sich zu verteidigen. Er fing an zu kämpfen. Es war nicht schwer zu erraten, wo die Fremden waren. Sie waren überall, rings um ihn herum. Der Teufel mochte wissen, wo sie so schnell hergekommen waren und wie so viele von ihnen es überhaupt geschafft hatten, an Bord der BOB-XXI zu kommen.

Aber sie waren nun einmal da. Und Art merkte rasch, wie seine Kräfte erlahmten. Sie trommelten von allen Seiten auf ihn ein. Alles, was er wußte, schrie er hinaus. Irgendwo in der Nähe mußte eines der Besatzungsmitglieder sein und ihn verstehen.

Die ganze Zeit über verteilte er Schläge nach rechts und nach links, nach vorne und nach hinten, nach oben und nach unten. Er trat mit den Beinen aus, um seine Abwehr wirksamer zu machen.

Er wurde schwach. Nach einer Weile, die ihm wie zwei Stunden vorkam, konnte er die Hände nicht mehr zu Fäusten ballen. Er schlug mit den Handflächen darauf los. Und dann kam der Augenblick, in dem er nicht einmal mehr die Arme in die Höhe brachte.

Wehrlos stand er da. Die Fremden sahen ihren Augenblick gekommen. Ein Schlag traf Art an Kinn und Hals zugleich. Art ging zu Boden, und nichts von seinem rastlosen Ungestüm und seinem kalten Zorn war mehr übrig.

Eric Furchtbar wurde nicht eher auf die Dinge aufmerksam, bis ihm jemand berichtete, daß er aus dem Hauptgang des M-Decks wüstes Geschrei gehört habe. Eric schickte jemand hinunter auf das M-Deck, und ein paar Minuten später erfuhr er, daß man Art Cavanaugh bewußtlos aufgefunden hatte, aus mehreren Wunden blutend und das Gesicht geschwollen.

Eric wußte, daß Art allein Dienst in der Funkkabine gehabt hatte. Ken Lodge und Warren Lee hatte er an anderer Stelle eingesetzt. Solange der Funkraum besetzt war, hatte der Funker dort unten die alleinige Kontrolle über die Geräte. Eric hatte keine Ahnung, was in der Zwischenzeit dort unten vorgefallen sein mochte. Er drückte den Schalter, der seine Meßinstrumente im Hauptschaltraum befähigte, den Zustand der Geräte unten in der Funkkabine zu überprüfen. Das war reine Routine. Eric hoffte nicht, durch diesen Schritt Auskunft über Arts Erlebnisse zu bekommen.

Aber er sah ziemlich rasch, was geschehen war. Von den Geräten unten in der Funkkabine funktionierte nur noch eines. Das war der Energieverteiler. Er verteilte aber nicht mehr. Ein ungeheurer Strom von Energie ergoß sich geradlinig durch ihn hindurch und wurde an einer Stelle verbraucht, die außerhalb des Meßbereichs von Erics Instrumenten lag.

Eric schickte eine Gruppe von vier Männern in den Funkraum hinunter. Außerdem gab er Doc Johannesson den Auftrag, sich um Art Cavanaugh zu kümmern. Die vier Männer meldeten zwei Minuten später, daß im Funkraum alle Geräte ausgefallen waren und daß jemand das Stellrad für die Leistungszufuhr auf den oberen Anschlag gedreht hatte. Eric wies sie an, die Leistungszufuhr zu drosseln. Der Befehl wurde sofort ausgeführt.

Eric beobachtete seine Meßinstrumente. Er wartete darauf, daß die Lichtzeiger sich vom oberen Ende der Skalen lösten und wieder auf den Normalwert zurückkehrten. Aber sie taten nichts dergleichen. Sie blieben, wo sie waren, zitternd unter einem gewaltigen Fluß von Energie.

Nur ein paar Augenblicke lang war Eric ratlos. Er kannte seine Station gut genug, um zu wissen, was man mit einem Leitelement anfangen mußte, um es außer Funktion zu bringen.

Sie hatten den Energiezufluß geöffnet, indem sie das Stellrad im Funkraum drehten. Und nachdem er geöffnet war, hielten sie ihn aufrecht, indem sie im Generatorenraum dafür sorgten, daß die

Aggregate nicht aufhörten zu arbeiten. Der Schalter, den das Stellrad betätigte, war längst nicht mehr intakt. Ob man es nach rechts oder nach links drehte – die Unsichtbaren würden irgendwo genau den Betrag an Leistung abzapfen, den sie brauchten.

Brauchten – wozu?

Eric stellte sich die gleiche Frage, über die Art Cavanaugh eine Weile zuvor nachgedacht hatte. Aber er verlor keine Zeit darüber.

Er befahl den vier Männern, die er ausgeschickt hatte, im Funkraum zu bleiben. Zehn andere schickte er zu den Generatoren. Er gab ihnen den Auftrag, sich zu bewaffnen.

Ebenso wie die vier Mann, die sich um den Funkraum kümmerten, war die neue Zehn-Mann-Gruppe mit tragbaren Interkomen ausgerüstet. Sie blieb ständig mit dem Hauptschaltraum in Verbindung. Leutnant Hynes hatte es sich trotz seines gebrochenen Arms nicht nehmen lassen, die Führung der Gruppe zu übernehmen. Eric hatte ihn gehen lassen, weil er sowieso nicht wußte, wo er die vielen Männer hernehmen sollte, die er im Augenblick brauchte.

Auf dem Weg zum Generatorenraum hinunter war alles ruhig. Wenn sich Fremde in den Gängen der Station aufhielten, dann taten sie nichts, um Eds Gruppe zu behelligen. Unangefochten erreichten die elf Männer die große Halle auf dem untersten Deck der Station, in der die mächtigen, leistungsstarken Generatoren untergebracht waren, die die BOB-XXI mit Energie versorgten.

Ed Hynes' Interkom übertrug ein deutliches Bild der Halle. Eric beobachtete es auf seinem kleinen Bildschirm. Es schien alles in Ordnung zu sein. Die Kontrollampen auf den Schalttafeln brannten ruhig und grün. Ed Hynes ließ sein Aufnahmegerät eine Runde drehen. Das Bild der vollkommenen Ruhe war überall das gleiche.

„In Ordnung, Ed“, sagte Eric mit rauher Stimme. „Schalten Sie den Generator ab, der die Funkkabine versorgt.“

Ed Hynes bestätigte den Befehl. Eric sah, wie er mit einem Mann aus seiner Gruppe zwischen den mächtigen Aggregaten entlangging und vor einer der Maschinen stehenblieb. Er sah sich um. Der Mann neben ihm hielt seine Waffe schußbereit. Ed hob den Arm und streckte die Hand nach dem Schalthebel aus.

In diesem Augenblick ging es los.

Eric konnte nicht genau sehen, was geschah. Er beobachtete nur, wie Ed Hynes plötzlich zur Seite flog. Der Mann neben ihm fuhr herum. Er konnte ebensowenig jemanden erkennen wie Eric, der vornübergebeugt auf den Bildschirm starrte. Aber er hob den Lauf seiner Waffe und fing an zu schießen.

Mit ungläubigen Augen sah Eric, wie sich mitten im brennendhellen Strahl der Thermowaffe ein rundes schwarzes Loch bildete, als müsse der Fluß elektromagnetischer Energie sich um ein Hindernis herumwinden. Eric beobachtete, wie das Loch zunächst langsam, dann immer schneller vor der Mündung der Waffe zurückwich. Und er begriff den Zusammenhang ebenso schnell, wie Art Cavanaugh ihn eine halbe Stunde zuvor begriffen hatte.

Die Unsichtbaren waren da. Der Energiestrahl der Thermowaffe konnte ihnen nichts anhaben – wenigstens nicht in der Art, in der er normalerweise wirksam wurde. Aber mit dem Strahl war eine mechanische Kraft gekuppelt. Diese Kraft schob den Fremden mitsamt seinem Schirmfeld vor sich her.

Mittlerweile war Ed Hynes wieder auf den Beinen. Er schob seinen Begleiter ein Stück zur Seite und griff ein zweites Mal nach dem Hebel. Diesmal erreichte er ihn mit der Hand. Aber dazu, ihn herunterzuziehen und den Generator auszuschalten, kam er auch jetzt nicht.

Mehrere Dinge geschahen gleichzeitig. Ed Hynes wurde zur Seite geschleudert. Der Mann neben ihm, der immer noch mit seinem Strahler um sich schoß, zuckte plötzlich zusammen und ging mit einem lauten Schrei in die Knie. Die Interkom der Männer, die im Hintergrund warteten, übernahmen die Bildübertragung. Eric beobachtete, wie sie heranstürmten, um den beiden Niedergeschlagenen Hilfe zu leisten. Er sah ihre Gesichter und erkannte den Zorn, der sie erfüllte. Sie hielten die Waffen vorausgestreckt, und einige von ihnen hatten den Finger auf den Abzug gepreßt. Eine fauchende Flut heißer Energie schoß vor ihnen her. Es sah alles so aus, als könnten sie innerhalb von Sekunden selbst den mächtigsten Gegner überrennen.

Aber nach zwei Schritten prallten sie gegen eine Wand. Wenigstens sah es so aus, als wäre da eine Wand. Die grellen Strahlbündel, die bisher geradlinig ihren Weg gefunden hatten, wurden plötzlich nach oben und unten abgelenkt. Ein Teil der furchtbaren Hitze prallte auf die Angreifer zurück. Die Männer erkannten nicht schnell genug, daß sich da ein Hindernis vor ihnen aufgebaut hatte. Bevor sie bremsen konnten, rannten sie selbst gegen die Wand. Die vordersten gingen zu Boden. Die anderen wichen zurück, und Eric sah deutlich das Entsetzen in ihren Augen.

Er wußte, daß diese Männer ihn jetzt dort unten brauchten. Er hatte die Station schon halb von Posten entblößt, um den Unsichtbaren das Handwerk zu legen. Es kam nicht mehr darauf an, ob er seinen Platz auch noch verließ.

Der Korporal, den Doc Johannesson wieder auf die Beine gebracht hatte, übernahm wortlos seinen Posten vor dem Kommandopult. Eric Furchtbar öffnete den kleinen Safe neben seinem Sitz und entnahm ihm den kleinen, handlichen Desintegrator. Er schob die Waffe in das Gürtelfutteral und machte sich auf den Weg.

Er lief den Hauptgang des Mitteldecks entlang und schwang sich, eine Hand am Pfosten, in den Antigravschacht hinein. Er stieß sich von der Wand des Schachtes ab, um schneller hinunter zum tiefsten Deck zu kommen. Er prallte ziemlich hart auf, als der Schacht zu Ende war. Aber er fing den Stoß federnd mit den Knien ab.

Auf dem Gang draußen konnte er den Lärm des Kampfes hören. Der Generatorenraum lag rechts. Eric machte seine Waffe schußbereit und lief auf das offene Schott zu. Ein Schwall heißer Luft kam ihm entgegen. Eric verlor für einen Augenblick den Atem. Dann sah er seine Männer auf dem Boden liegen. Maßloser Zorn trieb ihn vorwärts. Die Männer, die bis an die Wand der Generatorenhalle zurückgewichen waren, sahen ihren Kommandanten durch das Schott gestürmt kommen.

Eric schoß. Er sah nichts, worauf es sich zu zielen lohnte. Er hatte den Abzug seiner Waffe auch gar nicht bewußt gedrückt. Es war die instinktive Reaktion eines Mannes gewesen, der sich kopfüber mitten ins Getümmel stürzte.

Lautlos brach der blaßgrüne Desintegratorstrahl aus dem Lauf der plumpen Waffe. Eric richtete ihn hierhin und dorthin, dicht über die reglosen Körper der Bewußtlosen hinweg und steil in die Höhe. Er hatte keine Ahnung, ob er irgend etwas damit erreichen würde. Er versuchte es einfach.

Schrille Schreie erfüllten plötzlich die Halle. Sie klangen entsetzlich fremd. Nur eine Sekunde lang war Eric verwirrt und hielt den Strahler auf einen festen Punkt gerichtet. Dann drehte er die Hand weiter und ließ das weit gefächerte Bündel desintegrierter Energie über alles hinwegstreichen, was vor ihm lag.

Er war sich des Nachteils bewußt, den er dem Gegner gegenüber hatte. Sie konnten ihn sehen, aber er konnte nur ahnen, wo sie waren.

Sie würden versuchen, ihn am Schießen zu hindern. Der Desintegrator war offenbar mehr dazu angetan, ihnen Schaden zuzufügen, als ein Thermostrahler. Eric wollte sich umdrehen, um den Männern zuzurufen, daß sie sich alle mit Desintegratoren bewaffnen sollten.

Aber in dieser Sekunde traf ihn der erste Schlag. Einer der Unsichtbaren hatte sich von hinten an ihn herangeschlichen. Eric bekam einen Stoß gegen den Kopf. Er taumelte zur Seite. Doch sofort hatte er sich wieder gefangen.

Er schwang schnell herum und richtete den grünen Strahl auf die Stelle, von der aus der Schlag geführt worden war.

Ein zweiter Schlag traf ihn aus einer ganz anderen Richtung, und diesmal ging er wirklich auf die Knie.

Er sah ein, daß sie keine Aussicht mehr hatten, den Kampf zu gewinnen.

Er zog sich langsam zurück, mit dem Fächer seines Desintegrators fast den ganzen Raum bestreichend. Die Leistung der Waffe war auf den Minimalwert eingestellt. Trotzdem begannen die Schutzverkleidungen der Generatoren zu ächzen, und in ein paar Augenblicken würden sie aus den Fugen gehen und zusammenbrechen.

Es hatte keinen Zweck, entschied Eric. Niemand hatte sie jemals auf den Kampf mit unsichtbaren Fremden vorbereitet. Sie sollten hier draußen Wache halten und der Erde jedes außergewöhnliche Vorkommnis melden. Sie waren nicht dafür bestimmt, die erste Auseinandersetzung mit den Fremden zu führen.

Es gab andere Männer dafür. Die Männer der Abteilung III. Nike Quintos Spezialisten.

Eric drehte sich um.

„Transmitter startbereit!" schrie er dem Nächstbesten zu.

Der Mann zuckte zusammen. Dann drehte er sich zur Seite und lief, so schnell er konnte, zum Schott hinaus.

Eric versuchte, die Stellung zu halten. Er war sicher, daß der Mann seinen Befehl verstanden hatte. Sie würden die Transmitter startbereit machen. In jedem einzelnen Raum der Station würde das blaue Signal aufleuchten, das bedeutete, daß die Transmitter eingeschaltet waren. Und jedermann würde wissen, was die Stunde geschlagen hatte. Er würde zur Transmitterstation gehen und zusehen, daß er so schnell wie möglich an die Reihe – und in Sicherheit kam.

Es galt nur noch, den Posten hier so lange zu halten, daß die Unsichtbaren nicht auf die Flucht aufmerksam wurden.

Erics rechter Arm wurde müde. Er nahm den Desintegrator in die linke Hand, preßte den Zeigefinger tief auf den Auslöser und schoß weiter. Fast automatisch machte die Hand die Pendelbewegungen, die nötig waren, damit der gefächerte Strahl den ganzen Raum vor Eric bestrich.

Hinter ihm machten sich die Männer langsam davon. Sie hatten verstanden, daß die Station aufgegeben wurde. Sie nahmen unter Erics Feuerschutz die Bewußtlosen vom Boden auf und trugen sie mit sich.

Eric stand der Schweiß auf der Stirn. Die Hitze in der Halle war fast unerträglich. Die Luft schien zu flimmern.

Der Gang hinter ihm war jetzt leer. Eric zog sich zurück. Es hatte keinen Sinn, den Posten länger zu halten.

Er versuchte zu erkennen, ob die Fremden ihm in den Gang hinaus folgten. Noch als er unter dem Schott stand, mußte er eine Serie von Schlägen abwehren, aber kaum war er draußen im Gang, da ließen sie ihn in Ruhe. Eric feuerte eine letzte Salve durch die Schottöffnung hindurch.

Dann wandte er sich um und lief davon, so schnell ihn seine Beine trugen.

In der Transmitterstation war der Betrieb in vollem Gang. Es gab zwei Geräte, käfigartige Verschläge, die einen Mann nach dem anderen aus der Station hinaus an Bord der JOANN transportierten. Die Schwerverwundeten hatten die BOB-XXI zuerst verlassen. Art

Cavanaugh, inzwischen wieder zu sich gekommen und unermüdlich wie immer, stand vor den beiden Kabinen.

Er lächelte, als er Eric erkannte.

„Noch diese beiden hier“, sagte er. „Dann sind nur noch Sie und ich übrig.“

Fast gleichzeitig gaben die beiden Transmitterkäfige einen Summton von sich. Grüne Lampen leuchteten auf. Die Kabinen waren frei und bereit für den nächsten Transport. Die beiden Männer, von denen Art gesprochen hatte, betraten die Transmitter. Art warf den Hauptschalter herum, der die Energie für beide Kabinen freisetzte, und drückte zwei Auslöseknöpfe. Im selben Augenblick waren die beiden Männer verschwunden.

Art trat in eine der Kabinen und schloß die Tür hinter sich. Eric tat die nötigen Handgriffe, und ein paar Sekunden später war der zweitletzte Mann von Bord der BOB-XXI verschwunden.

Eric war mit Absicht bis zuletzt geblieben. Es war ihm plötzlich ein Gedanke gekommen. Er hatte nicht die Absicht, die BOB-XXI für immer aufzugeben. Der Rückzug war nur ein zeitweiliger. Die Transmitter wurden noch gebraucht. Wie aber, wenn der Gegner mittlerweile auch in diesen Raum eingedrungen war und beobachtet hatte, wie die Geräte funktionierten? Würde er sie nicht entweder für seine eigenen Zwecke mißbrauchen oder die Geräte zerstören, falls er nichts damit anzufangen wußte?

Eric wollte Sicherheit haben. Er stellte sich mit dem Rücken zu der Kabine auf, die Art Cavanaugh soeben verlassen hatte. Ein letztes Mal brachte er seine Waffe in Anschlag, fächerte die Strahlleistung breit und drückte auf den Abzug.

Blaßgrün schoß die vernichtende Energie aus dem gedrungenen Lauf. Eric machte eine leise Drehung mit der Hand – und traf.

Für einen Moment sah Eric die schattenhaften Umrisse des Fremden, dann wurden diese wieder unsichtbar. Sekunden später öffnete sich das Schott wie von Geisterhand bewegt – der Fremde floh aus diesem Raum.

Eric stand auf. Seine Lungen pumpten heftig Luft. Er war sich darüber im klaren, daß er mit zu geringer Intensität geschossen hatte. Der Fremde war entkommen. Und wenn er in der Lage war, terranische Technik zu verstehen, dann würde er schon längst wissen, wozu die beiden Gitterkäfige dienten. Natürlich würde er seinen Artgenossen davon berichten. Sie würden kommen und die Transmitter für ihre eigenen Zwecke benutzen wollen.

Das darf ich nicht zulassen, entschied Eric. Wir brauchen die Geräte selbst.

Er entschloß sich, an Bord der BOB-XXI zu bleiben.

5.

Paar für Paar erreichte die Besatzung der BOB-XXI den wartenden Werkstattkreuzer. Vierundzwanzig Mann wurden an Bord genommen. Von dem fünfundzwanzigsten fehlte vorläufig jede Spur.

Das trieb Nike Quinto dazu, seine Pläne so rasch wie möglich in die Tat umzusetzen.

Ohne Verzug brachen Ron und Meech auf, beide bis an die Zähne bewaffnet. Die Transmitter an Bord der BOB-XXI wurden durch Fernsteuerung aktiviert. Die Anzeigen auf den Geräten an Bord der JOANN deuteten darauf hin, daß in der Station noch alles in Ordnung war.

Ron und Meech machten sich auf die Reise.

Von Eric Furchtbar fehlte immer noch jede Spur.

Ohne Behinderung erreichten die beiden den Transmitterraum der BOB-XXI. Der Raum war leer. Ein merkwürdiger Geruch nach Kurzschluß und durchgeschmorter Isolation hing in der Luft.

Ron hatte sich, bevor sie von der JOANN aufbrachen, in kurzen Worten über die Ereignisse im Generatorenraum berichten lassen. Er wußte von dem Erfolg, den Eric Furchtbar mit seinem Handdesintegrator erzielt hatte, nachdem die viel schwereren Thermostrahler fast völlig wirkungslos geblieben waren. Ron wußte auch aus den Erfahrungen Rhodans auf Barkon, daß Thermowaffen nur mechanisch auf die Unsichtbaren wirkten. Nur durch den Punktbeschuß vieler Thermowaffen konnte man auf Erfolg hoffen. Er ging deswegen nach dem gleichen Schema vor wie Eric ein paar Minuten vor ihm. Er stellte sich mit dem Rücken zu den beiden Transmitterkabinen, so daß sie nicht beschädigt werden konnten, und ließ einen weit gefächerten Desintegratorstrahl geringer Leistung durch den Raum streichen.

Der Effekt war gleich Null. Nach allem, was er bis jetzt wußte, bedeutete das, daß sich niemand außer ihnen beiden im Raum befand.

Ron war enttäuscht. Er hatte gehofft, Eric Furchtbar hier zu finden – oder einen Unsichtbaren. Als er davon erfuhr, daß Eric nicht an Bord der JOANN gekommen war, hatte er mit Sicherheit angenommen, daß Eric zurückgeblieben war, um die Transmitter zu bewachen. Es schien ein logischer Schluß. Und wenn die Unsichtbaren Eric in der Transmitterstation aufgespürt und ihn kaltgestellt hatten, dann sollte wenigstens einer von ihnen hier zu finden sein.

Ron sah ein, daß seine Überlegungen falsch gewesen waren. Er ließ Meech das Schott öffnen. Meech gehorchte und trat einen halben Schritt weit hinaus auf den Gang.

Nichts geschah. Meech sah nach rechts und nach links, außerdem ließ er alle seine nichtmenschlichen Wahrnehmungsgaben spielen. Als Ergebnis berichtete er Ron, daß die Luft rein war.

Den Ort, dem Rons größtes Interesse galt, nachdem er den Transmitterraum leer gefunden hatte, war die Zentrale der Station, der Hauptschaltraum. Ron und Meech waren über die Anlage der BOB-XXI gut informiert. Es bereitete ihnen keine Schwierigkeiten, den Weg zum Hauptschaltraum zu finden. Die Frage war nur, ob die Unsichtbaren sie so weit kommen lassen würden.

Den Gang entlang drangen sie bis zu einem der Antigravschächte vor. Stets hielt Meech sich an der Spitze. Die alte Grundregel der Raumflotte galt immer noch. Wo immer Roboter an einem Einsatz beteiligt waren, bildeten sie die Vorhut und kämpften an den gefährlichsten Stellen. Meech machte keine Ausnahme. Er empfand nichts dabei. Sein positronisches Programm sah dergleichen nicht vor.

Durch den Schacht schwebten sie vorsichtig zum Mitteldeck hinauf. Überall in der Station herrschte die gleiche gähnende Leere, die gleiche unheimliche Stille.

Wie ein Sarg, dachte Ron mit Unbehagen. Ein Sarg, fünftausend Lichtjahre weit draußen vor dem Rand der Milchstraße.

Irgendwo mußten die Unsichtbaren aber doch sein.

Vielleicht unten im Generatorenraum, dachte Ron. Sie hatten mit den Generatoren etwas vor.

Er rief sich Art Cavanaughs hastigen Bericht ins Gedächtnis zurück. Der Sendekabine war mehr Leistung zugeführt worden, als die eingeschalteten Geräte vertragen konnten. Vielleicht hatten die Fremden wirklich sich nur größere Sendeleistung verschaffen wollen, ohne zu wissen, wie die Geräte funktionierten. Schließlich hatten sie, wenn der erste Zwischenfall in der Funkkabine richtig gedeutet wurde, schon einmal einen raschen Funkspruch abgegeben, vielleicht einen Hilferuf. Es konnte sein, daß sie das gleiche ein zweites Mal versucht hatten – aber diesmal wollten sie eine höhere Sendeleistung haben.

Es konnte aber auch sein, daß diese Vermutung weit am Kern der Sache vorbeiging. Vielleicht hatten sie die ungeheure Leistung für einen ganz anderen Zweck gebraucht. Art Cavanaugh hatte berichtet, daß die meisten Geräte noch intakt gewesen waren, als er den Funkraum verließ. Dabei hätten sie bei der immensen Beanspruchung allesamt schon längst außer Funktion sein müssen. Das deutete darauf hin, daß die zugeführte Leistung an einer anderen, unbekannten Stelle wieder abgezapft wurde.

An welcher Stelle – und zu welchem Zweck?

Meech erreichte den Mitteldeck-Ausgang. Vorsichtig schwang er sich hinaus. Er wartete ein paar Sekunden, in der Mündung des Schachtes halb verborgen. Erst dann trat er offen auf den Gang hinaus. Ron folgte ihm.

Nebeneinander gingen sie vor, und es dauerte nur ein paar Sekunden, bis sie die kleine Erweiterung des Korridors vor dem Eingang zum Hauptschaltraum erreichten.

Niemand stellte sich ihnen in den Weg.

Meech sicherte nach allen Seiten, während Ron das Schott öffnete.

Ron hielt die Waffe im Anschlag. Er hatte den Abzug schon halb niedergedrückt, um das weit gefächerte Strahlenbündel in den weiten Raum hineinschießen zu lassen, als er das plumpe Gerät sah, das hinter dem Schott zum Vorschein kam und dessen Lauf ihm genau auf den Bauch zeigte.

Mit einem warnenden Schrei warf er sich zur Seite. Meech wirbelte herum, die schwere Automatik zum Schuß erhoben.

Wenn sie Meechs wunderbare Gabe der blitzschnellen Reaktion nicht gehabt hätten, dann hätten sie jetzt wahrscheinlich eine Tragödie erlebt. Meech warf sich nach vorne. Das Gewicht seiner Automatik behinderte ihn nicht im mindesten. Seine eisenbewehrte Hand schnellte vorwärts. Ron hörte einen klatschenden Schlag und einen Schmerzensschrei. Er konnte nicht sehen, was da zwischen Tür und Angel vor sich ging. Etwas Metallenes klapperte auf den Boden. Dann war Stille.

Bis Meech sagte: „Verzeihung, aber Sie hätten wahrscheinlich geschossen, bevor wir Ihnen die Lage hätten erklären können."

Ron hörte jemanden seufzen. Dann antwortete Eric Furchtbars Stimme, leicht belegt: „Da haben Sie wahrscheinlich recht, Sergeant. Ich danke Ihnen!"

Ron richtete sich erleichtert auf. Eric kam durch das Schott und erkannte ihn. Er machte einen schwachen Versuch, zu salutieren.

„Gott sei Dank", stieß er hervor. „Ich dachte schon, ich müßte mit allem allein fertig werden."

Gemeinsam betraten sie den Hauptschaltraum. Das Schott schloß sich hinter ihnen. Eric hob den Desintegrator auf, den Meech ihm aus der Hand geschlagen hatte. Er schlenkerte den rechten Arm mit wehmütigem Gesicht und massierte sich eine Weile das Handgelenk.

„Was geht hier vor?" fragte Ron. „Was gibt es Neues?"

Eric verzog das Gesicht zu einer Grimasse. „Ich wollte, ich wüßte es, Major. Die Station wimmelt von Unsichtbaren, das ist eines von den wenigen Dingen, die ich mit Sicherheit weiß. Sie machen sich an unseren Generatoren zu schaffen. Auch das scheint ziemlich sicher zu sein. Was sie mit den Generatoren wollen, weiß ich nicht. Sie reagieren auf keinen Verständigungsversuch. Aber ich glaube zu wissen, warum sie hier an Bord sind."

Ron sah überrascht auf. „Warum?"

„Ihr Schiff, da weit draußen, ist vor etwa drei Minuten explodiert. Sie müssen einen Kernbrand oder sonst etwas an Bord gehabt haben. Ob das auf den Zusammenprall mit der Station zurückzuführen ist oder auf den Kampf, den sie dort draußen irgendwo gehabt haben – ich weiß es nicht. Auf jeden Fall haben sie wohl eingesehen, daß ihnen an Bord ihres eigenen Schiffes keine großen Chancen mehr blieben. Also sind sie zu uns herübergekommen. Wahrscheinlich mit Hilfe ihrer zuerst eingedrungenen Artgenossen, die, ohne daß wir es verhindern konnten, dafür gesorgt haben, daß Strukturlücken im Energieschirm entstanden und sich eine Schleuse öffnete. Und jetzt bereiten sie sich auf irgend etwas vor, von dem ich keine Ahnung habe, was es sein könnte."

Diese letzte Bemerkung gab Ron zu denken. „Sie bereiten sich vor, sagen Sie?"

Eric nickte langsam. „Ja, sicher. Sehen Sie sich bitte die Instrumente an. Die Generatoren benehmen sich verrückt. Von allein würden sie das nicht tun. Es schaltet also jemand andauernd an ihnen herum. Und zwar mit einem hektischen Eifer. Wenn das nicht bedeutet, daß irgend etwas Neues dicht bevorsteht und daß die Fremden sich darauf vorzubereiten versuchen, dann ..." Er zuckte hilflos mit den Schultern und ließ den Rest des Satzes ungesagt.

Ron wandte sich um und betrachtete die Meßgeräte, von denen Eric gesprochen hatte. Die Zeiger wackelten aufgeregt. Die meisten standen in den oberen Skalenhälften. Einige waren bis über den Skalenrand ausgeschlagen. Die Fremden überlasteten die Generatoren.

„Deswegen bin ich herausgekommen", meldete Eric sich zu Wort. „In der Transmitterstation konnte ich nur auf die Transmitter aufpassen. Von hier oben aus überwache ich alles."

„Wurden Sie angegriffen, als Sie von den Transmittern hier heraufkamen?"

„Keine Spur. Die BOB-Einundzwanzig ist leer – vom Funkraum und der Generatorenhalle abgesehen."

Ron kam ein Gedanke. Sie brachten die Generatoren in Schwung und leiteten sämtliche Leistung in den Funkraum. Wozu?

Plötzlich glaubte er die Lösung gefunden zu haben.

Das Wechselfeld der Hyperstrahlung war dem stationären Feld eines Schutzschirms in gleicher Weise verwandt wie ein elektromagnetisches Wechselfeld einem solchen, das aus einem elektrostatischen und einem damit gekreuzten magnetischen Feld bestand.

Und man konnte Hyperschwingungen natürlich ebenso gleichrichten wie elektromagnetische.

War es das? Wollten die Unsichtbaren weiter nichts als die Feldschirme verstärken?

Eine Zehntelsekunde lang schien Ron Landry die ganze Angelegenheit so klar wie noch nie zu durchschauen.

Dann schrie Eric Furchtbar: „Da läuft eine neue Sendung ein!“

Ron schrak aus seinen Gedanken auf. Das kleine Oszilloskop des Hauptschaltraums war seit jener Zeit, als die BOB-XXI die ersten fremden Hypersendungen empfangen hatte, mit der Funkkabine gekoppelt. Bis jetzt hatte der kleine, kreisförmige Bildschirm nichts anderes gezeigt als den Wirrwarr der Störungen, die mit der fieberhaften Tätigkeit der Generatoren verbunden waren.

Jetzt aber war ein kräftiges, ausgeprägtes Wellenmuster deutlich erkennbar. Anderthalb Wellenlängen der Grundschwingungen paßten auf den Schirm, eine Unzahl von den zackigen Markierungen der Modulation war zu sehen.

„Das ist wieder der Spruch mit dem wahren Leben!“ stieß Eric aufgeregt hervor. „Das Muster ist unverkennbar.“

Das Bild auf dem Schirm blieb ein paar Sekunden lang, dann erlosch es. Ron wäre jetzt gern hinunter in die Funkkabine gegangen, hätte dem Empfänger die Bandaufzeichnungen entnommen und sie von der Positronik auswerten lassen. Aber im Funkraum waren die Unsichtbaren, und an der Positronik hatte niemand mehr Dienst. Wenn Ron überhaupt an das Band herangekommen wäre, hätte er die Rechenmaschine selbst bedienen müssen. Und dazu hatte er im Augenblick keine Zeit.

Er verließ sich auf Eric, daß es wirklich der gleiche Spruch war.

Warum fragten sie noch einmal? Sie hatten die Antwort schon ein paarmal bekommen: Ja, wir sind wahres Leben.

Ron kam ein Gedanke.

„Haben Sie irgendeine Vorstellung“, fragte er Eric, „ob das Wellenmuster diesmal deutlicher war als beim letzten Empfang – oder undeutlicher?“

Eric antwortete, ohne zu zögern. Das zeigte, wie sicher er seiner Sache war.

„Eben war es viel deutlicher als beim letztenmal“, erklärte er.

Rons Spannung wuchs. Hyperstrahlung war eines der Wunderdinge der modernen Technik. Aber so wunderbar war sie nun auch wieder nicht, daß sie nicht den grundlegenden Naturgesetzen gehorcht hätte.

Eine Strahlungsquelle, die in geringer Entfernung stand, empfing man deutlicher als eine, die weit entfernt war.

Die erste Sendung, die die BOB-XXI empfangen hatte, war aus einer Entfernung von rund vierhundert Lichtjahren gekommen. Dieser letzte Empfang war viel deutlicher. Die Entfernung hatte sich also verringert.

Da war noch jemand auf dem Weg zur BOB-XXI.

Ron wies Eric an, die Anfrage im gleichen Sinn zu beantworten, wie sie es bisher getan hatten. Eric kontrollierte das kleine Stellpult, von dem aus er die Geräte im Senderaum bedienen konnte, und drückte ein paar Knöpfe. Dabei lächelte er schwach.

„Ich hoffe, daß es noch funktioniert", murmelte er. „Wer weiß, was die Kerle da unten inzwischen angerichtet haben."

Sekunden später registrierte das Oszilloskop das Wellenmuster der auslaufenden Sendung. Sie war in der gleichen Weise kodifiziert wie die Frage der Fremden. Niemand konnte vom Oszillographenbild ablesen, was der Inhalt der Sendung war. Aber Eric behauptete, es gäbe in diesem Sender nur eine einzige Schablone. Es mußte die richtige sein.

Ron Landry bezwang seine Spannung. Er brauchte Ruhe, um klar zu denken. Er überlegte, ob er noch einen Versuch unternehmen sollte, mit den Unsichtbaren in Verbindung zu treten. Er verwarf die Idee ohne langes Nachdenken. Eric und seine Männer hatten mehrere Stunden daran verschwendet und hatten nicht den geringsten Erfolg erzielt.

Ron glaubte fest daran, daß das zweite fremde Schiff, dessen Sendung die Station eben empfangen hatte, in ein paar Minuten auftauchen würde. Er war fast ebenso sicher, daß dieses zweite Schiff den Feinden der Unsichtbaren gehörte, die in die BOB-XXI eingedrungen waren. Denn das Modulationsmuster der empfangenen Sendung war von dem der Sendung, die die Unsichtbaren vor ein paar Stunden von der BOB-XXI ausgestrahlt hatten, gründlich verschieden. Es gab daher zwei Gruppen von Fremden hier draußen im intergalaktischen Raum: die Unsichtbaren – und deren Feinde.

Ron untersuchte diesen Gedankengang immer wieder von neuem. Er gab sich Mühe, einen Fehler zu finden. Eine Stelle, an der er einem der beiden Fremden seine eigene Denkweise untergeschoben hatte. Aber er fand keinen Fehler. Die Gedanken fügten sich ineinander. Es *mußte* so gewesen sein, wie er vermutete – oder sie hatten etwas übersehen.

Dann war auch klar, warum die Unsichtbaren versuchten, die Feldschirme der Station zu verstärken. Auf irgendeine Weise hatten sie von der bevorstehenden Ankunft ihrer Gegner erfahren. Wahrscheinlich trauten sie den Feldschirmen, so wie sie jetzt waren, keine ausreichende Abwehrkraft zu. Deshalb verstärkten sie sie.

Vielleicht hatten sie aus dem gleichen Grund nicht auf Erics Annäherungsversuche geantwortet. Sie hatten keine Zeit. Sie brauchten jede Sekunde, um sich auf die Ankunft des Feindes vorzubereiten.

Ron drehte sich um und sah Meech Hannigan auffordernd an. Meech verstand den Wink.

„Meine Analyse ist ...“, begann er, und dann zählte er genau die gleichen Argumente und Schlußfolgerungen auf, die Ron sich schon selber ausgedacht hatte.

Eric Furchtbar hörte mit großen Augen zu. Für ihn waren die vergangenen Stunden zu aufregend gewesen, als daß er sich jetzt noch über schwierige Dinge hätte den Kopf zerbrechen wollen. Der Schreck nach dem Auftauchen des ersten fremden Schiffes saß ihm noch in den Gliedern.

„Glauben Sie wirklich“, stieß er hervor, „daß noch ein anderes Schiff Kurs auf die Station genommen hat?“

Ron nickte. Er wollte etwas antworten.

Aber mit einem erstaunlichen Mangel an Disziplin kam Meech Hannigan ihm zuvor: „Da gibt es nicht mehr viel zu glauben. Da sind sie schon.“

6.

Das fremde Schiff sprang förmlich ins Bild hinein.

Vor einer halben Sekunde war es noch nicht dagewesen – jetzt füllte es mehr als drei Viertel des großen Bildschirms.

Es war völlig geräuschlos gekommen.

Rons Verstand registrierte blitzartig diese völlig neue Art der Transition. War es überhaupt eine solche? Er wollte sich darüber wundern. Aber alle Verwunderung über den Antrieb des fremden Schiffes wurde beiseitegefegt vom Entsetzen über die äußere Form des Fahrzeugs.

Ohne daß es ihm wirklich bewußt wurde, hörte Ron Eric neben sich stöhnen. Es mochte sein, daß er selbst auch stöhnte. Ein solches Schiff konnte es einfach nicht geben. Es war unmöglich, daß jemand so verrückt sein sollte, ein solches Schiff zu bauen.

Es sah so aus, als wäre es früher einmal würfelförmig gewesen. Aber das Gefüge hatte sich verschoben.

Was übrig blieb, war ein völlig unregelmäßiges geometrisches Gebilde mit achtkantiger Grundform. Im künstlichen Schwerefeld der BOB-XXI hatten die drei Beobachter ein sicheres Gefühl für oben und unten. Sie sahen eine senkrechte Wand geradewegs vor sich aufragen. Sie endete an einer schrägen Kante, und oberhalb der Kante lag eine der Deckflächen des Schiffes, eine trapezförmige schräge Ebene, die in mäßiger Steigung zum Rand der Hinterwand hinaufführte. Die linke Seitenwand stand in groteskem Winkel steil nach außen, von der rechten Seitenwand war auf dem Bildschirm der Station nichts zu erkennen. Wahrscheinlich war sie nach innen gedrückt.

Das war die Grundform des Schiffes. Die Seiten- und Deckwände waren in Wirklichkeit alles andere als eben. Es gab Erker und Türmchen, Kuppeln und Vorsprünge, Nischen und Furchen in verwirrender Zahl. Aus den Kuppeln ragten lange, mit starren Wedeln behangene Stangen hervor. In den Nischen und Furchen glänzten verschiedenfarbige Lichter. Aus den Erkern stachen plumpe, drei- oder vierzinkige Gabeln in den Raum, und auf den hügelartigen Vorsprüngen herrschte lebhafte Bewegung. Allerdings konnte nicht einmal Meech erkennen, woraus die Bewegung bestand und was sie verursachte.

Das brachte Ron auf einen Gedanken. Er war ziemlich unlogisch, deswegen konnte zum Beispiel Meech nicht daraufkommen. Aber Objekte, fand Ron, die sich an der Außenwand eines intergalaktischen Raumschiffs bewegten, sollten eine gewisse Mindestgröße haben. Das dort drüben waren weder Käfer noch Menschen. Es mußten Dinge in der Größe eines Beiboots oder eines Beobachtungsstands sein. Ron glaubte das einfach. Es gab keinen Anhaltspunkt für seine Vermutung.

Aber wenn er recht hatte, dann war das fremde Schiff ein Gigant. Er hatte bisher geglaubt, daß es nur ein paar Kilometer von der Station entfernt stünde. Aber schließlich war es vermutlich eben erst aus dem Hyperraum herausgekommen. Und kein Kommandant, nicht einmal ein extragalaktischer, würde eine Transition nur ein paar Kilometer von seinem Ziel beenden.

Das Ungetüm war also weiter entfernt. Und demnach war es größer, als Ron bisher angenommen hatte.

Die Würfelkanten mußten mindestens zwei Kilometer lang sein. Das war nichts weiter als eine grobe Schätzung, aber Ron erschrak trotzdem. Das fremde Ungeheuer war größer als selbst das mächtigste Superschlachtschiff, das die terranische Raumflotte je besessen hatte.

Ron fühlte sich nicht ganz wohl in seiner Haut.

Ein paar bange Sekunden lang wartete Ron darauf, daß sich drüben irgendwo Geschützpforten öffneten und gewaltige Bündel tödlicher Energie daraus hervorgeschossen kamen.

Aber die Sekunden vergingen ereignislos. Der groteske Kasten hing reglos im Raum.

Ron begann sich zu fragen, worauf die Fremden dort drüben warteten.

Es schien, als hätten sie nur darauf gelauert, daß er sich in

Gedanken diese Frage stellte. Denn im nächsten Augenblick sprach das Oszilloskop wieder an, das mit einem der Empfänger in der Funkkabine gekoppelt war. Ron warf nur einen kurzen Blick auf den grünen kleinen Bildschirm.

Dann fragte er Eric: „Ist das dasselbe wie zuvor?"

Eric starrte das Oszilloskop mit großen, verwunderten Augen an.

„Ja", brachte er hervor. „Das ist die gleiche Frage."

Rons Befehl klang hart. „Dann geben Sie ihnen noch einmal die gleiche Antwort!"

Diesmal brauchte Eric länger. Er war offensichtlich verwirrt. Ziellos wanderten seine Hände über die Knopfreihen des Schaltbretts. Er drückte ein paar Knöpfe, machte die Schaltung durch einen Druck auf den Korrekturschalter wieder unwirksam und fand schließlich, was er suchte. Auf dem Oszilloskop erschien das Schwingungsbild der Antwort.

Gespannt beobachtete Ron das schiefkantige Schiff. *Jetzt* mußten sie die Antwort empfangen. Und da sie in ihrem eigenen Kode gehalten war, würden sie nicht lange brauchen, um sie zu entziffern.

Was würden sie jetzt tun?

Ron erinnerte sich später noch oft daran, wie entsetzt und verblüfft er gewesen war, als er feststellte, daß die erste Reaktion aus einer völlig anderen Richtung kam.

Während er auf den Bildschirm starrte, öffnete sich hinter ihm das Schott. Meech war der einzige, der es bemerkte. Er stieß einen schrillen Warnschrei aus. Ron wirbelte herum. Aus den Augenwinkeln sah er, wie Eric Furchtbar sich instinktiv zur Seite fallen ließ.

Er bezweifelte allerdings, daß es ihm etwas nützen würde. Durch das offene Schott drängte eine stürmische Flut blutroter, greller Helligkeit und erfüllte den großen Raum augenblicklich mit erstickender Hitze.

Es war merkwürdig, wie geräuschlos das alles vor sich ging.

Das erste, was Ron nach Meechs lautem Warnschrei zu hören bekam, war das Springen von Glassit. Klirrend fielen Kunstglasscheiben zu Boden. Die Scheiben der Instrumentenskalen brachen unter der gewaltigen Hitze.

Meech hatte seinen schweren Desintegrator in Anschlag gebracht.

Unmeßbar kurze Zeit später brach der vernichtende, grüne Strahl aus dem Lauf und fauchte mit unaufhaltsamer Wucht in die rote Feuerwand hinein.

Die Wirkung zeigte sich augenblicklich. Das rote Feuer wich zurück. Es bildete eine Einbuchtung an der Stelle, an der Meech mit seiner Waffe traf. Rechts und links kamen die Flügel der Feuerfront für ein paar Sekunden zum Stehen, aber dann rückten sie weiter vor.

Ron begann ebenfalls zu schießen. Der wesentlich dünnere Strahl seiner Handwaffe stieß gegen den linken Flügel der Feuerfront. In den ersten Augenblicken sah es so aus, als erzielte er nicht den geringsten Erfolg. Aber dann wurde der Vormarsch der roten Lichtflut langsamer, und nach einer Weile blieb sie vollends stehen.

Jetzt beteiligte sich auch Eric Furchtbar am Kampf. Der Strahl seines Desintegrators zielte auf die gegenüberliegende Seite. Und so klein seine Waffe auch war – sie gab den Ausschlag

Das rote Feuer wich zurück. Zuerst langsam, dann immer schneller flutete es zum Hintergrund des Raumes.

Das Feuer verschwand zum Schott hinaus. Das Schott konnte sich nicht mehr schließen. Es war nicht mehr da. Das Feuer hatte es aufgezehrt.

Ron stand auf. Erst jetzt kam ihm die furchtbare Hitze zu Bewußtsein, der er ein paar Minuten standgehalten hatte. Seine Haut brannte. Eric erging es ebenso.

Am wohlsten jedoch fühlte sich Meech. Ihm machte Hitze nichts aus, wenn sie tausend Grad Celsius nicht überstieg.

Sein erster Blick galt dem Bildschirm.

„Das fremde Schiff hat sich noch nicht von der Stelle gerührt."

Ron schaute auf den Bildschirm. Er war so ziemlich das einzige Gerät, das im Hauptschaltraum überhaupt noch funktionierte. Seine Glassitplatte war besonders dick, außerdem war sie vom Ursprung der Hitze ziemlich weit entfernt gewesen.

Meech hatte recht. Das fremde Schiff stand immer noch am selben Platz.

Ron begriff plötzlich. Es waren nicht die Fremden dort drüben gewesen, die sie angegriffen hatten. Die Unsichtbaren an Bord der Station hatten es getan.

Es war so einfach. Die Unsichtbaren hielten den Funkraum besetzt. Sie mußten bemerkt haben, daß die Station kurz hintereinander zwei Funksprüche des gleichen Textes absetzte. Vielleicht kannten sie den Kode ihrer Feinde, das war nicht unwahrscheinlich. Und sie wußten natürlich, daß ihre Gegner sich als „das wahre Leben“ betrachteten und nur dem Freund waren, der selbst „wahres Leben“ war.

Die Lage war nicht ohne Komik. Ron selbst hatte darauf bestanden, die Frage zu bejahen. Und indem er versuchte, den einen Fremden zu versöhnen, verfeindete er sich mit dem anderen. Denn naturgemäß mußten die Unsichtbaren alles hassen, was ebenso „wahres Leben“ war wie ihre Feinde, mit denen sie sich dort draußen in der Leere des Raumes zwischen den Sterneninseln herumgeschlagen hatten.

Sie hatten das Kantenschiff ebenso bemerkt wie die drei Terraner im Hauptschaltraum. Als die Frage noch einmal gestellt und noch einmal in bejahendem Sinn beantwortet wurde, hatten sie versucht, zuzuschlagen. Sie konnten es sich nicht leisten, ein mächtiges feindliches Schiff draußen und außerdem noch ein paar Feinde direkt vor der Nase zu haben.

Was würden sie jetzt tun? Ihr Angriff war zurückgeschlagen worden. Es sah so aus, als hätten sie keine Waffen, die gegen einen terranischen Desintegrator aufkamen. Würden sie es noch einmal versuchen? Vielleicht zu einem Zeitpunkt, an dem sie damit rechneten, daß die Terraner ihre Aufmerksamkeit auf eine andere Stelle gerichtet hielten?

Ron nahm sich vor, die Augen offenzuhalten.

Vorerst allerdings war das Kantenschiff dort draußen das Wichtigste. Es sah viel gefährlicher aus als das rote Feuer der Unsichtbaren.

Ron schickte Meech hinaus, damit er draußen auf dem Gang Wache hielt. Es durfte keine zweite Überraschung dieser Art geben.

Eric und Ron konzentrierten ihre Aufmerksamkeit auf den Bildschirm. Nach ein paar Minuten begann der Alptraum von einem Schiff sich zu bewegen. Es war atemberaubend, zu sehen, wie sich die gewaltigen, schrägen Flächen mit ihren Kanten und Ecken über die Begrenzung des großen Bildschirms hinausschoben und schließlich die ganze Bildfläche nur von einer einzigen Metallwand mit ihren Hunderten von Ausbuchtungen und Türmchen überdeckt war.

„Sie werden herüberkommen“, murmelte Eric.

Ron fühlte sich bei dem Gedanken nicht wohl. Aber er antwortete mit fester Stimme: „Darauf warten wir ja gerade.“

Das war richtig. Nur darauf warteten sie eigentlich. Der ganze Einsatz hatte keinen anderen Sinn.

Aber Ron hatte den Satz kaum ausgesprochen, als er erkannte, daß er eine Möglichkeit bisher völlig übersehen hatte.

Die Möglichkeit nämlich, daß die Unsichtbaren lernen könnten, wie man die Geschütze der BOB-XXI bediente.

Es gab keinen Zweifel mehr daran, daß sie es gelernt hatten.

Ein wirres Bündel bunter, grellerleuchteter Strahlen schoß plötzlich über den Bildschirm. Die weite Fläche der schrägen Schiffswand dort drüben flammte auf einmal in unwirklichem, waberndem Licht.

Schutzschirme, dachte Ron. Natürlich haben sie starke Feldschirme.

Fasziniert und seiner eigenen Lage unbewußt, beobachtete Ron das Gefecht. Die sich überschneidenden bunten Strahlen kamen aus mindestens zwei der Geschütztürme der Station. Die Unsichtbaren handhabten sie mit großer Geschicklichkeit.

Ron sah gleichfalls, daß die hell leuchtenden Strahlen der Thermokanonen dem Kantenschiff kaum etwas anzuhaben vermochten. Ruhig strahlte der Feldschirm, wo er von Thermostrahlen getroffen wurde.

Ron war von dem ungewohnten Schauspiel so gepackt, daß er sich seiner eigenen Lage erst bewußt wurde, als das Kantenschiff sich zu wehren begann. Man konnte nicht genau erkennen, was eigentlich geschah. Irgend etwas schien sich zwischen den Bildschirm und die schräge Wand des Schiffes zu schieben. Es sah aus wie ein dünner Vorhang heißer Luft, wabernd und zitternd.

Aber im nächsten Augenblick traf die Station ein fürchterlicher Stoß, der Ron und Eric gleichzeitig von den Beinen riß. Der Boden der Zentrale stand plötzlich schräg, und hilflos rutschten die beiden Männer auf das offene Schott zu.

Vielleicht war das ihr Glück.

Ron begriff plötzlich, in welcher Gefahr sie sich befanden. Die

Feldschirme der BOB-XXI waren nicht die allerstärksten. Selbst wenn die Unsichtbaren sie verstärkt hatten – wer mochte wissen, welche Energiereserven das Kantenschiff besaß.

Zuckend verlief sich die Wucht des Aufpralls. Ron kam auf die Beine. Meechs unbewegtes Gesicht erschien im Ausgang.

„Zur Transmitterstation!" schrie Ron ihm zu. „Weg absichern!"

Meech begriff sofort. Ron half Eric auf die Beine, und als sie auf den Gang hinaustraten, war von dem Roboter schon nichts mehr zu sehen.

„Kommen Sie!" keuchte Ron. „Wir müssen fort. Diese Narren dort unten im Geschützstand – sie werden nichts anderes erreichen, als daß das Kantenschiff die Station auseinanderbläst."

Sie stolperten durch den Gang. Ein zweiter Treffer prallte auf die Feldschirme und brachte den Boden zum Schwanken. Die Wände stöhnten und ächzten unter der Beanspruchung. Die Salven des Kantenschiffs waren zu energiereich, als daß der Feldschirm auch die rein mechanische Einwirkung hätte absorbieren können.

Die dunkle Öffnung des Antigravschachts kam näher. Ron stieß Eric einfach hinein. Bevor er ihm folgte, warf er noch einen Blick durch den Gang zurück. Niemand war da. Auch kein rotes Feuer. Die Unsichtbaren waren mit dem Kantenschiff beschäftigt.

Sie sanken durch das weiche Gravitationsfeld in die Tiefe. Einmal sah Ron tief unten Meechs Kopf durch einen der Ausstiege hereinschauen. Er schien die beiden Männer gesehen zu haben. Denn als sie auf dem Deck der Transmitterstation ausstiegen, war er schon wieder verschwunden, um ihnen von irgendwoher Deckung zu geben.

Unangefochten erreichten sie die Station. Die Transmitterkäfige zeigten grüne Kontollampen. Bis jetzt war noch alles in Ordnung.

In diesem Augenblick bekam die Station den dritten Treffer.

Diesmal ging es nicht so glimpflich ab.

Ron hatte das merkwürdige Gefühl, daß der Raum sich rings um seine Achse drehte. Mit Schultern, Armen und Beinen prallte er gegen Wände, wurde wieder zurückgeschleudert und kam ziemlich benommen schließlich wieder zur Ruhe.

Neben ihm stöhnte jemand.

Ron richtete sich auf. Eric lag an einer der Seitenwände und hielt die Augen geschlossen. Er hatte das Bewußtsein verloren.

Ron faßte ihn unter die Achseln und schleppte ihn zum nächsten Transmitterkäfig. Mit einer Hand versuchte er, die Gittertür des Käfigs zu öffnen. Er drückte den Verschluß hinunter und zerrte. Aber die Tür gab nicht nach.

Verwirrt starrte Ron an der Gitterwand hinauf und sah, daß die Kontrollampen nicht mehr leuchteten.

Die Energiezufuhr war unterbrochen. Der Transmitter funktionierte nicht mehr.

Eine Sekunde lang fühlte Ron die heiße Panik, die in ihm aufstieg. Dann erst sah er, daß der zweite Käfig anscheinend unbeschädigt war. Die grünen Lampen leuchteten noch. Er zerrte Eric hinüber. Diesmal gehorchte die Tür ohne Zögern. Sie schwang auf. Ron schob Erics langen, schlaffen Körper hinein und legte ihn so zurecht, daß er die Gittertür wieder schließen konnte.

Dann lief er hinüber zur Schalttafel, riß den Hebel herunter und drückte den Auslöseknopf. Eric Furchtbar war verschwunden – in die Sicherheit.

Ron blieb an der Schalttafel stehen.

„Meech!" schrie er. „Komm her!"

Draußen auf dem Gang waren klappernde, dröhnende Schritte. Noch bevor Meech in Sicht kam, antwortete er: „Benutzen Sie den Transmitter, der nächste Treffer kann uns . . ."

Da war er schon. Die Fremden in dem Kantenschiff schienen von Mal zu Mal zu lernen, wie sie der Station noch gefährlicher werden konnten. Um Ron herum öffnete sich ein ganzer Höllenschlund von grellen Blitzen, beißendem Gestank, wütendem Zischen und betäubendem Donner. Er wurde hilflos hin- und hergeschleudert. Er spürte, wie er lahm und müde wurde. Er versuchte, den krampfhaft rüttelnden und zuckenden Bewegungen seiner Umgebung Widerstand zu leisten. Aber kein Muskel im Körper gehorchte ihm mehr.

Als der Lärm abebbte, blieb er still liegen.

Er spürte kaum, wie er aufgehoben wurde. Er hörte ein paar wirre, leise Geräusche und das summende Klappen einer Tür, die aus Drahtzaun zu bestehen schien. Im Augenblick wußte er nicht, was das war. Ein paar Sekunden lang lag er wieder ruhig. Dann rann ihm brennender Schmerz durch die Glieder, und es wurde finster.

Dann wurde es wieder hell. Mit Rons Neugierde kehrte die Beweglichkeit zurück. Er fuhr in die Höhe. Vor ihm öffnete sich eine Gittertür. Und dahinter lag die Transmitterstation an Bord des Kreuzers JOANN.

Meech. Wo war Meech geblieben?

Meech hielt seine Chancen nicht für zu gering.

Nicht für zu gering, als daß er nicht noch ein paar Minuten lang hätte an Bord der Station bleiben können, um zu beobachten, was weiter geschah. Er kannte keine Angst. Wenn es in einem Sonderprogramm so vorgesehen wurde, daß er Angst nach außen hin zeigen sollte, dann bereitete ihm das keine Schwierigkeiten. Aber er wußte trotzdem nicht, was für ein Empfinden das war, das sich dann auf seinem Gesicht und in seinen fahrigen Bewegungen widerspiegelte.

Er verließ die Transmitterstation und sorgte dafür, daß das Schott nicht zufuhr. Er durfte den letzten intakten Käfig nicht aus den Augen lassen. Er ging überhaupt nur deswegen auf den Gang hinaus, weil ihn drinnen in der Station die Streufelder der Transportgeneratoren störten. Schließlich wollte er die Abschüsse aus den Geschützständen verfolgen und vielleicht auch ein paar andere Dinge, die sich sonst noch ereigneten. Er glaubte nicht, daß die Unsichtbaren sich allein darauf beschränkten, das Kantenschiff zu beschießen. Sie hatten eine leistungsfähige Sendestation zu ihrer Verfügung. Wenigstens war sie leistungsfähig gewesen, bevor das Kantenungetüm zu feuern begann.

Meech stellte fest, daß drei Geschützstände sich in höchster Aktivität befanden.

Die Station bekam einen vierten und einen fünften Treffer. Meech klammerte sich an den Schottrand. Dank seiner ungeheuren Kräfte verlor er seinen Stand nicht, obwohl die BOB-XXI wenigstens einen doppelten Salto schlug.

Besorgt hielt er nach dem letzten Transmitter Ausschau. Die Kontrollampen brannten noch, aber sie flackerten.

Es ist Zeit, sagte sich Meech. Wenn sie nicht innerhalb der nächsten fünf Sekunden anfangen ...

Da fingen sie an.

Meech spürte es deutlich. Über das energetische Getöse der

Geschütze hinweg fühlte er die ruhige, auf- und abschwingende Strahlung des großen Telekoms. Ruhig stand er da, nahm das Wellenmuster in sich auf und speicherte es in seinem Gedächtnis. Die Grundschwingung und die Modulation. Bis er sicher war, daß alles, was er nun noch zu hören bekam, nur eine Wiederholung dessen war, was er schon aufgenommen hatte. Gleichzeitig gelang es ihm für den Bruchteil einer Sekunde, die Individualimpulse eines der Unsichtbaren zu registrieren. Er speicherte den Impuls in seiner Positronik, denn er war sicher, daß man ihn bald brauchen konnte.

Dann verließ er seinen Horchposten. Mit wuchtigem Griff öffnete er die Tür des letzten Transmitters, warf sich auf die unbequeme Sitzbank, die unter seinem Gewicht protestierend ächzte, und zog das Gatter wieder hinter sich zu.

In diesem Augenblick erloschen hoch über ihm die grünen Lampen.

Ruhig stand Meech wieder auf. Er hatte jetzt nur noch ein paar Sekunden Zeit. Und wenn es ihm in diesen Sekunden nicht gelang, den Transmitter in Betrieb zu setzen, dann war er ebenso verloren wie die Unsichtbaren.

Innerhalb eines jeden Transmitterkäfigs gab es eine kleine Hilfsschalttafel, so daß das Gerät nicht unbedingt auf eine Fernbedienung von außen angewiesen war. Meech riß die Deckplatte ab. Ein normal gewachsener Mensch hätte sich dabei Hände und Arme gebrochen. Aber Meech brauchte nur einen einzigen, zielsicheren Ruck, dann war die Arbeit getan.

Mit kräftigen Fingern zerriß er seine Montur, und auch seine eigene Haut. Weißschimmerndes Plastikmetall kam darunter zum Vorschein. Meech entfernte eine quadratische Platte. Darunter lag die Öffnung, durch die er gerade noch mit der Hand greifen konnte. Er brachte nach kurzem Suchen zwei dick isolierte Kabel zum Vorschein und verband sie mit zwei Kontakten der Schaltplatte.

Unbewegt sah er in die Höhe. Zwei Sekunden vergingen, drei, vier – da leuchtete eine der Lampen wieder auf. Nicht besonders hell und vor allen Dingen flackernd. Aber immerhin, sie leuchtete. Meech unterbrach den Kontakt. Er drückte zwei Knöpfe der Schaltplatte – und merkte im selben Augenblick, daß zu guter Letzt doch noch etwas schiefgegangen war.

Dieser Transportsprung würde ihn jetzt und in zehntausend Jahren nicht zurück auf die JOANN bringen.

Ohne Bedauern nahm er es zur Kenntnis, während das Grau des Halbraums um ihn herum aufstieg.

Wenigstens war er dem Untergang der BOB-XXI entkommen.

Der Vorfall weit draußen vor dem Rand der Milchstraße übertraf alle Fragen der terranischen Tagespolitik an Wichtigkeit und Bedeutung. Die BOB-XXI war wenige Minuten, nachdem Ron Landry an Bord der JOANN zurückgekehrt war, unter dem Beschuß des Kantenschiffs explodiert. Die JOANN hatte sich sofort in Marsch gesetzt und war auf den Punkt zugestoßen, an dem die Katastrophe sich ereignet hatte. Als sie dort ankam, war von dem Kantenschiff keine Spur mehr zu sehen. Und da seine Triebwerke offenbar völlig lautloser Transition fähig waren, gab es auch keinen Hinweis darauf, wohin es sich gewandt hatte.

Nike Quinto stand mit leeren Händen da, und das machte ihn ziemlich wütend. Außerdem war ein wertvolles Mitglied seiner Mannschaft mitsamt der BOB-XXI verschwunden.

Meech Hannigan, der Roboter, war von seinem Einsatz nicht zurückgekehrt.

Nike Quinto gab einen knappen Bericht an die Erde. Minuten später bekam er den Befehl, auf dem schnellsten Weg nach Terra zurückzukehren und dem Administrator persönlich Bericht zu erstatten.

Von der Erde aus erging inzwischen Warnung an die übrigen intergalaktischen Beobachtungsstationen. Der Flottenverband, den Nike Quinto am Rand der Milchstraße, fünftausend Lichtjahre von der BOB-XXI, zusammengezogen hatte, wurde verstärkt und ging auf Patrouille. Die terranische Raumflotte befand sich im Alarmzustand. Gleichzeitig wurden alle Schiffskommandanten und Beobachtungsstationen über die Begegnungen mit den Unsichtbaren und dem Fragmentraumschiff informiert.

Perry Rhodan, der Administrator, empfing Nike Quinto und seine Männer sofort. Die Unterredung dauerte fast sechs Stunden, und im Anschluß daran erbat sich Perry Rhodan von der Administration des terranischen Fernsehnetzes halbstündige Sendezeit zwischen zwanzig Uhr und zwanzig Uhr dreißig Ortszeit Terrania.

Die Ansprache, die er während dieser halben Stunde hielt, war aufwühlend und zugleich programmatisch. Perry Rhodan legte den Kurs fest, den die terranische Außenpolitik den Fremden aus dem intergalaktischen Raum gegenüber nehmen würde.

Nachdem er die terranische Öffentlichkeit über die bisherigen Erfahrungen mit den Unsichtbaren informiert hatte, schloß er mit den Worten: „Ich habe das unbestimmte Gefühl, daß hier eine große Gefahr auf uns alle zukommt. Wie sich uns die Sache bisher darstellt, haben wir es nicht nur mit den Unsichtbaren zu tun, mit deren Erscheinen wir mehr oder weniger gerechnet hatten, seit wir im Jahr 2044 auf Barkon das erstemal mit ihnen zusammenstießen. Die Prophezeiung von *ES* hat sich nun bewahrheitet. Auch die zweite Begegnung mit den Unsichtbaren im Jahr 2106 war ein deutliches Zeichen dafür, daß sie auf dem Vormarsch in unsere Galaxis sind. Aus diesem Grund wurden auch die vielen Beobachtungsstationen am Rand unserer Milchstraße postiert. Nun aber stellt sich heraus, daß die Unsichtbaren nicht die einzigen sind, die sich für unsere Galaxis interessieren. In ihrem Sog tauchte eine weitere Gefahr auf, mit der niemand gerechnet hatte. Hinzu kommt, daß sich die beiden Parteien aus uns noch unbekannten Gründen erbittert bekämpfen."

Bei einer der routinemäßigen Untersuchungen der Geräte an Bord der JOANN ergab sich ein paar Tage später, daß vor einer Weile einer der Transmitter angesprochen hatte, ohne jedoch die zum Empfang einer Hypertransportsendung nötige Energie aufzubringen. Es war also bei diesem Vorfall niemand und nichts an Bord der JOANN gelangt.

Nike Quinto ließ die automatischen Aufzeichnungen der Transmitterstation sofort untersuchen. Die Techniker fanden ziemlich schnell heraus, wann sich der Vorfall ereignet hatte. Das Resultat war erstaunlich.

Zwischen dem Zeitpunkt, an dem Ron Landry von der BOB-XXI zurückgekehrt war und dem Zeitpunkt, in dem von der JOANN aus die Explosion der Station beobachtet wurde.

Was das bedeutete, war jedermann sofort klar. Meech Hannigan hatte einen letzten Versuch unternommen, von der Station zu entkommen. Dieser Versuch war nicht geglückt.

Das brachte die Gemüter in Unruhe.

Denn – wo Meech sich nach diesem mißglückten Versuch nun befand, konnte niemand sagen.

7.

Die FRISCO hatte ihre Geschwindigkeit genau der des arkonidischen Robotschiffs angepaßt und trieb in knapp zehn Metern Entfernung neben dem Schweren Kreuzer. Die FRISCO war ein Leichter Kreuzer der Städteklasse und gehörte zu den terranischen Schiffen, die nach den versprengten Robotraumern Arkons suchten. Vor ein paar Stunden hatte man das Arkonschiff HAT-LETE gefunden und mit der Übernahme begonnen. Einige Magnettrossen verbanden die beiden Schiffe miteinander, so daß es aussah, als würde die wesentlich kleinere FRISCO von der HAT-LETE geschleppt. Das war natürlich ein Trugschluß, denn im All kommt es nicht auf die Größe, sondern lediglich auf das Beschleunigungsvermögen eines Körpers an.

Der Kommandant der FRISCO, Major Reja Teluf, wandte sich an Leutnant Böttischer, der bereits seinen Raumanzug angelegt hatte und den Major abwartend durch die Sichtscheibe anblickte. Der Leutnant war groß und schwer, eine Strähne strohblondes Haar hing ständig in seiner Stirn. Böttischer wirkte ruhig und gelassen, manchmal fast phlegmatisch. Alles, was er unternahm, tat er mit einer unnachahmlichen Lässigkeit.

„Ihre Arbeit ist Ihnen bekannt, Leutnant", sagte Teluf. „Sie sollen zusammen mit Ihren Begleitern übersteigen und das Robotschiff kontrollieren. Stellen Sie fest, ob es noch in der Lage ist, selbständig in eine Transition zu gehen."

Böttischer verließ mit drei Männern die Zentrale.

Teluf konnte sich eines eigenartigen Gefühls nicht erwehren. Dabei konnte eigentlich nichts passieren.

Der Lautsprecher knackte, und Böttischers gelassene Stimme sagte: „Wir steigen jetzt aus."

„Paß auf, wo du hintrittst", empfahl Gallahad, der Erste Offizier, spöttisch. Seine Hände fingerten nervös an dem kleinen Mikrophon.

„Jetzt sind wir drüben", sagte Böttischer nach einer Weile.

Teluf beugte sich über Gallahad und sagte trocken: „Rein mit euch, Leutnant."

Später behauptete Böttischer, daß er auf diese Aufforderung noch eine Antwort gegeben hätte. In dem Moment jedoch, wo er sie aussprach, übertönte Ikazes Stimme jedes andere Geräusch. Der Japaner hatte die Kontrolle der Raumortung übernommen.

„Ein fremdes Schiff!" schrie er.

Ikazes rundliches Gesicht war vor Erregung verzerrt. Die Masseanzeiger schlugen wie verrückt aus. Mit zwei Schritten war Teluf bei den Geräten. Ein Blick genügte ihm.

„Es hat keinerlei Strukturerschütterungen verursacht", sprudelte der Japaner hervor. „Dabei ist es zweifellos aus dem Hyperraum gekommen."

„Was für ein Ding!" rief Gallahad dazwischen. „Das sieht ja aus, als wäre es der Phantasie eines Irrsinnigen entsprungen."

Die Form des so plötzlich aufgetauchten Schiffes wirkte grotesk. Äußerlich ähnelte es einem gewaltigen Würfel, von dem unzählige Auswüchse abstanden. Die Seitenlängen des Würfelschiffs betrugen mindestens zweitausend Meter, es war also ein wahrer Gigant.

Teluf überlegte fieberhaft. Die Annäherung des Fremden ließ darauf schließen, daß er an den Vorgängen interessiert war.

„Ein ähnliches Schiff – vielleicht war es auch dasselbe – hat unsere Raumstation BOB-XXI vernichtet", sagte der Major. „Ich erinnere mich genau an den Bericht. Das Schiff wird als Fragmentschiff bezeichnet."

„Glauben Sie, daß es uns angreift?" fragte Ikaze.

„Ich hoffe nicht. Auf jeden Fall werde ich das Prisenkommando sofort zurückrufen, und wir werden uns von der HAT-LETE absetzen. Toss, volle Alarmbereitschaft für unsere Geschütze."

Gallahad hastete davon, um persönlich das Kommando zu übernehmen. Gewaltsam löste der Major seinen Blick von dem eigenartigen Gebilde, das im Raum aufgetaucht war. Seine Ahnung hatte ihn nicht getrogen, da war nun der unvorhergesehene Zwischenfall. Teluf lief ein Schauder über den Rücken, wenn er daran dachte, daß das riesige Schiff das Feuer eröffnen könnte.

„Böttischer!“ rief er in das Mikrophon. „Kommen Sie mit Ihren Begleitern sofort zurück an Bord! Wir haben unangenehmen Besuch erhalten.“

„Wir kommen“, meldete sich der Leutnant. Seine Stimme klang ruhig wie immer.

Für Teluf war es ein Rätsel, wie das Fragmentschiff eine Transition hatte durchführen können, ohne die typische Strukturerschütterung hervorzurufen, die man von den terranischen und arkonidischen Schiffen her kannte. Es mußte sich um ein völlig anderes System von Hyperraumsprüngen handeln. Ein Volk, das solche irrsinnig wirkenden Schiffe baute, benötigte vielleicht andere Energiequellen, und die konventionelle Transition war hinfällig.

„Wir sind in der Schleuse“, meldete sich Böttischer. „Ist unser Besuch so groß, daß wir uns zurückziehen müssen?“

„Es sieht danach aus“, sagte Teluf grimmig. „Auf jeden Fall werden wir uns ge. . .“

Er kam nicht mehr dazu, seinen Satz zu vollenden, denn er wurde von den Beinen gerissen und quer durch die Zentrale geschleudert. Der erste Strahlschuß hatte die Absorberschirme der FRISCO überfordert und zusammenbrechen lassen. Das Fragmentschiff schien mit seiner ganzen Feuergewalt angegriffen zu haben. Die Magnettrossen, die das Terraschiff mit der HAT-LETE verbanden, zerrissen. Der Leichte Kreuzer trieb schnell von dem Robotschiff hinweg.

Teluf war mit dem Kopf gegen die Kontrollgeräte geprallt und kämpfte um seine Besinnung. Plötzlich wurde es dunkel, nur die Bildschirme und Oszillographen warfen ein sanftes Licht über die Zentrale. Der Major zog sich mit beiden Armen hoch, während sein Kopf vor Schmerzen dröhnte. Irgendwo begann ein Mann zu stöhnen, und Teluf konnte einen Teil der Männer am Boden umherkriechen hören.

Auf schwankenden Beinen tastete sich Teluf der Notbeleuchtung entgegen. Ein weiterer Schuß dieser Art würde die FRISCO in zwei oder mehrere Teile spalten. Noch niemals in seinem Leben war der Major dem Tod so nahe gewesen. Er hatte sich immer gefragt, was er in einem solchen Augenblick empfinden würde, aber jetzt hatte er keine Zeit, darüber nachzudenken.

„Zwei Triebwerke sind ausgefallen“, erklang eine aufgeregte Stimme.

Damit waren sie praktisch zur Schießscheibe geworden, denn mit den drei restlichen Triebwerken würden sie nicht weit kommen. Teluf erreichte die Notbeleuchtung und schaltete sie ein.

Gallahads Augen waren angstvoll geweitet. Er half dem am Boden liegenden Gerschinslij hoch und wandte sich Teluf zu.

„Wir hatten keine Zeit zur Gegenwehr“, berichtete Gallahad. „Die Buggeschütze sind vollkommen vernichtet.“

Teluf gab sich einen Ruck. Er stellte fest, daß die Verbindung innerhalb des Schiffes noch nicht unterbrochen war. Sie konnten versuchen, mit den verbliebenen Triebwerken zu flüchten, vielleicht hinderte das den Gegner, seinen Feuerüberfall fortzusetzen. Teluf dachte flüchtig an seine Frau, die zur Zeit einen Urlaub auf Sejatan verbrachte, um sich von dem rauhen Klima der Erde zu erholen. Die Sejataner waren eine harte, humanoide Rasse, die mit dem Solaren Imperium Handelsbeziehungen unterhielt. Der Major seufzte.

Bevor er seine Befehle geben konnte, gab es im Innern des Schiffes eine Explosion, die die FRISCO erbeben ließ. Nun erlosch auch die Notbeleuchtung, und einige der Kontrollgeräte setzten aus.

„Jetzt hat es uns erwischt“, stieß Gallahad hervor.

Teluf hatte schon eine wütende Antwort auf den Lippen, denn er dachte noch nicht daran aufzugeben, aber er beherrschte sich. Solange es in der FRISCO noch ein Fünkchen Leben gab, würden sie um ihr Schiff kämpfen.

Er hörte jemand in die Zentrale kommen, und gleich darauf sagte die ruhige Stimme Leutnant Böttischers: „Das Schiff brennt.“

Böttischer wußte, daß Major Teluf kein Mann war, der Erklärungen benötigte, um eine Situation zu meistern. Deshalb zog sich der Leutnant sofort wieder aus der Zentrale zurück, nachdem er Teluf benachrichtigt hatte. Wie er erwartet hatte, handelte Teluf sofort: Alarmsirenen heulten auf, und der Major befahl, alle Schotte zu schließen. Böttischer schaltete die Lampe seines Raumanzugs ein, den er noch trug und der ihm wahrscheinlich das Leben gerettet hatte. Er mußte zurück zu seinen Männern, die das ausgebrochene Feuer bekämpften. Früher oder später würde der Brand an Sauerstoffmangel ersticken, aber dann konnte es schon zu spät sein. Der Leutnant rannte den Kabinengang entlang. Unregelmäßiger Lichtschein flakkerte ihm entgegen, als er in die Nähe des kleinen Schiffsobservatoriums kam. Wahrscheinlich leckten die Flammen an der Innenseite des Antigravschachts empor. Böttischer erreichte den Schacht und sah einige Meter tiefer das Feuer wüten. Er erkannte den Rest des Prisenkommandos.

Böttischer warf sich in den Schacht und riskierte dabei, sich das Genick zu brechen, denn es war fraglich, ob die Anlage noch funktionierte. Er hatte aber Glück und landete wohlbehalten auf dem unteren Gang.

Die automatischen Löscher waren in Tätigkeit, und die Raumfahrer kämpften mit den Handlöschern ebenfalls gegen den Brand. Der Leutnant sah, daß der Schacht in kurzer Zeit geschlossen werden mußte, denn die Sauerstoffzufuhr aus den unteren Gängen war stark genug, um das Feuer am Leben zu erhalten.

Außerdem war es sinnlos, diesen planlosen Widerstand fortzusetzen.

„Alles zurück!“ schrie Böttischer und winkte.

Krachend schlug direkt vor ihm einer der Filtereinsätze von der Decke herab und zersprang in mehrere Teile. Mit den Füßen schob der Leutnant das Hindernis zur Seite. Wahrscheinlich war die Temperatur in diesem Gang schon so hoch, daß ein Mensch ohne Schutzanzug nicht existieren konnte.

„Böttischer!“ erklang Telufs Stimme in seinem Helmlautsprecher. „Wo stecken Sie?“

„An der Brandstelle“, informierte der Leutnant seinen Kommandanten. „Es sieht nicht so aus, als würden wir hier mit dem Brand fertig werden. Lassen Sie am besten den unteren Gang absperren.“

„Wir kommen hier nicht mehr weg!“ rief Teluf. „Wenn das Fragmentschiff noch einmal feuert, sind wir verloren.“

„Wenn es das vorhätte, müßten wir eigentlich schon tot sein“, meinte Böttischer lakonisch.

Teluf lachte unfreundlich. „Unser Gegner scheint mehr Interesse an der Besichtigung der HAT-LETE zu haben.“

Ein Schachteinsatz kam wie eine brennende Fackel auf Böttischer herabgestürzt, und er mußte sich mit einem Satz in Sicherheit bringen. Es wurde Zeit, daß sie aus dieser Hölle verschwanden. Die Männer warfen die nutzlosen Handlöscher weg und rannten dem Schacht entgegen. Böttischer wartete, bis sie alle nach oben verschwunden waren, dann warf er einen letzten Blick auf das infernalische Bild, das sich ihm bot.

Er folgte den Flüchtenden. Auf dem oberen Gang angelangt, rief er sofort wieder den Kommandanten. „Sie können alle Verbindungsgänge und Schächte zu den unteren Räumen absperren lassen. Das Leck in den Maschinenräumen ist groß genug. Das Feuer wird in ein paar Minuten abflauen, wenn der Sauerstoff ins All entwichen ist."

„In Ordnung, Leutnant. Kehren Sie in die Zentrale zurück. Halten Sie nach Verletzten Ausschau."

Wenige Augenblicke später betrat der Leutnant die Zentrale der FRISCO, die von den wenigen Batterielampen spärlich beleuchtet wurde. In dem Halbdunkel wirkte Telufs Gesicht wie eine geschnitzte Holzmaske. Ein großer Teil der Besatzung hatte sich schon versammelt, und niemand schien ernsthaft verletzt zu sein. Dr. Gerwain, der gleichzeitig ein hervorragender Kybernetiker war, kümmerte sich um einige Männer mit Brandwunden.

„Die Funkgeräte sind unbeschädigt", sagte Teluf, und die Starre wich von seinem Gesicht. „Wir werden versuchen, über Hyperfunk mit der THEODERICH in Verbindung zu treten."

Die THEODERICH war das neue Flaggschiff der Solaren Flotte und hatte die IRONDUKE abgelöst. Das neue Schiff war ebenso wie alle anderen terranischen und viele arkonidische Einheiten mit Lineartriebwerken ausgerüstet, die nach den neuesten, von den Akonen gewonnenen Erkenntnissen hergestellt worden waren. Das Superschlachtschiff war wie fast alle Raumer von Kugelform und hatte einen Durchmesser von 1500 Metern.

Reja Teluf war darüber informiert, daß der Administrator eine Wachzone an den Grenzen des Kugelsternhaufens M-13 eingerichtet hatte, um jederzeit mit Arkon III in Verbindung bleiben zu können. Die THEODERICH konnte dank ihrer günstigen Position der FRISCO am schnellsten zu Hilfe eilen. Außerdem war dieses mit allen modernen Waffen ausgerüstete Schiff wie kein zweites dazu geeignet, dem mächtigen Gegner zu widerstehen.

Es war das erstemal, daß Major Teluf nicht allein mit einer Situation fertig wurde. Obwohl das bei einem derartigen Gegner durchaus verständlich war, nagte der Ärger darüber an dem Major. Alles in ihm brannte darauf zu erleben, daß das Fragmentschiff für seinen rücksichtslosen Überfall einen Denkzettel erhielt.

„Hoffentlich erreicht unser Notruf das Flaggschiff rechtzeitig", sagte Gallahad. „Wenn eine weitere Explosion stattfindet, kann es passieren, daß die Absperrungen an verschiedenen Stellen aufgerissen werden."

„Setzen Sie einen verschlüsselten Notruf ab, Ikaze!" befahl Teluf. „Unser Gegner soll nicht erfahren, daß wir um Hilfe rufen."

„Ich möchte nur wissen, warum sie uns überhaupt Gelegenheit dazu geben", mischte sich Dr. Gerwain ein. „Wir hängen hilflos im Raum, und doch scheinen sich unsere Feinde nur mit der HAT-LETE zu beschäftigen."

Teluf sagte: „Darüber können wir uns später noch Gedanken machen, Doc." Er wandte sich wieder an den Japaner. „Erwähnen Sie unbedingt das Fragmentschiff in dem Hilferuf."

Ikaze nickte und machte sich an die Arbeit.

Drei Minuten später schickte die FRISCO, die nur noch ein manövrierunfähiges Wrack war, ihren Hilferuf über die endlose Kluft von Raum und Zeit. Für die Männer vom dritten Planeten Sols war ein neuer mächtiger Gegner aufgetaucht und hatte offen seine Feindschaft demonstriert.

8.

Die Lage in der bekannten Galaxis war einigermaßen entspannt. Seit der Zerstörung des Robotregenten hatten sich Arkoniden und Terraner auf vielen Gebieten einander genähert. Es war ein Freundschafts- und Beistandsvertrag geschlossen worden, der vorsah, daß in Krisenzeiten die beiden Raumflotten vereint und dem Oberkommando Atlans unterstellt wurden. Galaktopolitische Entscheidungen wurden ebenfalls gemeinsam getroffen. Das Vielvölkergemisch des arkonidischen Reiches hielt nach wie vor am Imperium fest. Selbst die Antis, Springer und Aras verhielten sich – von wenigen Ausnahmen abgesehen – ruhig. Lediglich die Akonen waren eine unberechenbare Größe. Sie gaben zwar Ruhe, ließen sich aber auf keinerlei Verträge mit Arkon und Terra ein.

Sowohl Rhodan als auch Atlan wußten, daß diese Situation unbefriedigend war. Aber irgendwann würden auch die Akonen einsehen müssen, daß sie sich auf Dauer nicht mehr isolieren konnten.

Trotzdem war Atlan mehr oder weniger ein Imperator ohne Macht, obwohl Rhodan alles nur Erdenkliche unternahm, um die Stellung seines Freundes zu festigen. Der Arkonide gab jedoch seinem terranischen Freund oft genug zu verstehen, daß er sich mehr oder weniger als eine Scheinfigur fühlte.

Natürlich konnte Rhodan nicht seine ganze Kraft darauf verwenden, Atlan zu unterstützen, denn er hatte genug Sorgen im eigenen Lager. Da waren die Unsichtbaren wieder aufgetaucht und jenes seltsame Fragmentschiff, das die Station BOB-XXI vernichtet hatte. Für den Administrator war das der Anlaß gewesen, an den Grenzen der Galaxis zahlreiche Schiffe zu stationieren, mit der Aufgabe, dieses Gebiet unter ständiger Kontrolle zu halten. Bisher hatte es jedoch keine Hinweise für ein neuerliches Auftauchen des Fragmentschiffs gegeben.

So sah das Jahr 2112 die Erde in einer schon oft erlebten Situation. Im All waren neue Gegner aufgetaucht, über deren Stärke man noch nichts Näheres wußte, die aber durchaus in der Lage sein konnten, der Menschheit empfindliche Schläge zu versetzen.

Perry Rhodan selbst hielt sich am 29. Mai dieses Jahres an Bord der THEODERICH auf, die am Rand des Kugelsternhaufens M-13 patrouillierte. Die Geschicke auf der Erde wurden von fähigen Männern geleitet, die Rhodan über den geringsten Zwischenfall informieren würden.

Die THEODERICH hatte innerhalb der Flotte zu den wildesten Gerüchten Anlaß gegeben. Da gab es keine Neuerung, die man diesem Schiff nicht nachsagte. Es stimmte tatsächlich, daß es zu diesem Zeitpunkt kein besseres Schiff in der Flotte gab.

Brazo Alkher, nun Captain und Dritter Wachoffizier an Bord der THEODERICH, beendete seine Runde und empfing den ebenfalls zum Captain beförderten Stana Nolinow mit einem müden Grinsen.

„Ich weiß schon!" rief Nolinow. „Entweder hat man dir beim Kartenspiel das Fell über die Ohren gezogen, oder du findest den Dienst wieder einmal entsetzlich langweilig."

Alkhers braune Augen richteten sich mit einem Ausdruck der Trauer auf seinen Freund.

„Nichts dergleichen bewegt mein Gemüt", erklärte er pathetisch. „Ich wollte nur gerade meinem Bedauern Ausdruck verleihen, daß du nun an der Reihe bist, als Offizier diesen müdesten aller Haufen zu übernehmen." Er warf Nolinow einen ernsten Blick zu und sagte streng: „Streiche wenigstens dein Haar aus dem Gesicht."

Captain Stana Nolinow fuhr mit der Hand über seinen kurzgeschorenen Schädel.

„Deine Schmachtlocke kann mir nicht imponieren", behauptete er.

Alkher warf sich in seine schmächtige Brust. „Es ist auch nicht der Sinn meiner unübertrefflichen Frisur, Männerblicke anzulocken, sondern ..."

Er unterbrach sich hastig, weil Chefingenieur Major Slide Nacro den Gang entlang geschlendert kam und interessiert zuhörte.

Alkher und Nolinow warteten, daß Nacro vorbeigehen würde.

Doch der Major, der wesentlich kleiner als Alkher war, baute sich vor dem Captain auf und starrte zu ihm empor.

„Ich bin kein phantasieloser Mensch", sagte Nacro tiefsinnig. „Trotzdem wäre ich Ihnen dankbar, wenn Sie mir erklären könnten, *wen* Sie mit dieser Frisur anzulocken beabsichtigen."

Alkher hob beschwörend beide Hände. Nolinow grinste und verschränkte erwartungsvoll beide Arme über der Brust.

„Das ist so", begann Alkher.

„Erstaunlich", begeisterte sich Nacro. „Ich könnte mir denk. . ."

„Alarm!" schrillten die Lautsprecher dazwischen. „Alle Offiziere an ihre Plätze!"

Nacro und Alkher rannten gleichzeitig los, stießen gegeneinander und liefen weiter. Als dienstfreier Wachoffizier folgte Alkher dem Major zur Zentrale, während Nolinow den Befehl in diesem Schiffssektor übernahm.

Das Innere der THEODERICH erwachte zum Leben. Befehle wurden gerufen, und Maschinen liefen an. Überall leuchteten die roten Warnlampen auf, die den Alarmzustand anzeigten. Der Befehl von der Zentrale wurde mehrfach wiederholt.

Brazo Alkher, der hinter Major Nacro den Gang entlang stürmte, hatte keine Vorstellung davon, was Kommodore Claudrin veranlaßt haben könnte, den Alarm auszulösen. Es war ausgeschlossen, daß es sich nur um eine Probe handelte, denn die Besatzung der THEODERICH hatte derartige Experimente nicht mehr nötig. Wenn es galt, waren sie alle auf ihren Posten.

Ein Angriff auf das Flaggschiff war auf jeden Fall nicht erfolgt, denn dann hätte der Kommandant die zweite Alarmstufe ausgelöst. Hinter dem breitschultrigen Nacro betrat Alkher die Zentrale, und er sah als erster den mittelgroßen Ersten Offizier Reg Thomas, dessen Narbe in der linken Wange scharf hervorstach.

Perry Rhodan, in der gewohnten gelassenen Haltung, stand hinter Thomas und lauschte einer Meldung, die über Hyperfunk aufgefangen wurde. Es gab für Alkher keinen Zweifel daran, daß es sich um den Notruf eines terranischen Schiffes handelte.

„Der Funkspruch ist verschlüsselt", gab Les O'Brian, der Funker vom Dienst, bekannt. „Ich werde ihn sofort entschlüsseln."

Rhodan wandte sich an den etwas außer Atem geratenen Nacro.

„Wir wissen bereits, daß es sich um den Leichten Kreuzer FRISCO handelt", sagte er. „Das Schiff sendet einen dringenden Notruf."

„Sie wurden von einem Fragmentschiff angegriffen!" rief O'Brian erregt. „Sie geben ihre Koordinaten durch."

Die Nachricht schlug wie eine Bombe in der Zentrale ein. Lange genug waren nun endlose Kontrollflüge durchgeführt worden, ohne daß man eines dieser geheimnisvollen Schiffe entdeckt hätte. Jetzt, unerwartet, schlug der Gegner wieder zu.

„Kümmern Sie sich um die Koordinaten, Kommodore!" befahl Rhodan dem Epsalgeborenen. „Wir wollen keine Zeit versäumen, der FRISCO zu helfen. Es wird besser sein, wenn wir einen Teil der Flotte in Alarmbereitschaft versetzen."

Claudrin wuchtete heran und übernahm die von O'Brian ermittelten Daten.

„In einem Teil des Schiffes ist ein Brand ausgebrochen", sagte der Funker. „Kommandant Teluf glaubt nicht, daß er die FRISCO mit eigener Kraft aus der Gefahrenzone steuern kann." O'Brians Miene wurde besorgt. „Der Zwischenfall passierte, als die FRISCO ein Prisenkommando aussetzte, das an Bord des arkonidischen Robotschiffs HAT-LETE gehen sollte, um den im freien Fall befindlichen Schweren Kreuzer zu untersuchen."

„Wahrscheinlich interessiert man sich an Bord des Fragmentschiffs für die HAT-LETE", vermutete Rhodan nachdenklich. „Es ist durchaus möglich, daß man in der FRISCO einen unliebsamen Konkurrenten sah."

„Es sieht fast so aus, als würden diese Fragmentschiffe auf alles feuern, was ihnen über den Weg kommt", grollte Claudrin.

„Sie vergessen die HAT-LETE", erinnerte Rhodan.

Für den Administrator war die Angelegenheit weit mehr als einer der üblichen Zwischenfälle, wie sie mit Springern oder anderen Völkern vorkamen. Die Fragmentschiffe wurden von unbekannten Wesen gesteuert, und die Gefahr, daß eine ganze Flotte dieser grotesk aussehenden Raumer auftauchen würde, war nicht auszuschließen.

Die harte Schule, die Rhodan zu einem erfahrenen Mann gemacht hatte, ließ ihn nie vergessen, daß nur der auf die Dauer im Spiel um kosmische Macht mitmischen konnte, der möglichst jedes Risiko ausschloß. Im Weltall war kein Platz für abenteuerliche Entscheidungen. Nur jene blieben erfolgreich, die auf lange Zeit planten. Es konnte ab und zu geschehen, daß ein Angreifer durch sein plötzliches Auftauchen eine exakte Planung verhinderte, aber die Reaktionsfähigkeit der Solaren Flotte war bei solchen Fällen oft genug mit Erfolg erprobt worden.

Perry Rhodan dachte in Verbindung mit dem Fragmentschiff nicht an ein einzelnes Schiff, sondern er rechnete bei seinen strategischen Überlegungen damit, früher oder später auf eine kampfstarke Flotte zu stoßen, von deren Absichten er nichts wußte und die er deshalb erst einmal als Gegner einstufte.

Vorerst jedoch mußte der Besatzung der FRISCO geholfen werden. Unter der sicheren Führung von Jefe Claudrin würde die THEODERICH in wenigen Minuten in die Halbraumzone eindringen und mit vielfacher Lichtgeschwindigkeit dem fernen Ziel entgegenrasen.

„Halbe Lichtgeschwindigkeit!" rief der Epsalgeborene.

Major Slide Nacro beobachtete die Triebwerkskontrollen und nickte befriedigt. Der Bau des Flaggschiffs hatte Unsummen verschlungen, aber es arbeitete mit einer unübertrefflichen Präzision, die diese Ausgaben verständlich erscheinen ließen.

„Alle Triebwerke klar", meldete Nacro.

Die THEODERICH wurde immer schneller, und die mächtigen Konverter, wie sie zum erstenmal in der unvergessenen FANTASY erprobt worden waren, lieferten einen beinahe schon nicht mehr meßbaren Energieausstoß. Das Kugelschiff wurde davongerissen, und die auf den Bildschirmen sichtbaren Sterne schienen zu wackeln.

„Lichtgeschwindigkeit erreicht", kam Claudrins Orgelstimme.

Die THEODERICH wurde zu einem fliegenden Schemen; umgeben von einem unwirklichen Medium, huschte sie durch das Vakuum des Raumes.

Unweit der FRISCO und der HAT-LETE kam die THEODERICH in den Normalraum zurück.

Der Erste Offizier der THEODERICH, Reg Thomas, warf einen

Blick auf die Geräte. Er hatte Major Hunts Krefenbac abgelöst, der nun als Kommandant das ehemalige Flaggschiff IRONDUKE befehligte.

„Das ist ja ein unglaublicher Kasten“, sagte er mit einem Ton, der erkennen ließ, daß er bisherigen Berichten über Fragmentschiffe mehr oder weniger ungläubig gegenübergestanden hatte.

Vom terranischen Standpunkt aus war der Würfel die denkbar ungünstigste Form eines Raumschiffs. Trotzdem, so sagte sich Rhodan, wenn es ein Volk gab, das über einen großartigen Antrieb verfügte, war die Form bedeutungslos. Der Administrator ahnte jedoch, daß der Grund für die Würfelform weniger bei dem Antrieb als bei der Mentalität der Erbauer zu suchen war.

„Wie werden wir vorgehen?“ erkundigte sich Claudrin.

„Wir werden mit den Narkosestrahlern angreifen, um unnötiges Blutvergießen zu vermeiden“, erwiderte Rhodan.

Die Narkosestrahler waren seit etwa drei Jahren an Bord aller terranischen Schiffe installiert. Es handelte sich um eine Art Ultraschallkanone, deren übergeordnete Schwingungen fast alle bekannten Schutzschirme durchdringen konnten. Diese Schwingungen bewirkten das sofortige Abstumpfen der Nervenreflexe jedes Lebewesens, was schon Sekunden später zur Handlungsunfähigkeit führte.

Das Fragmentschiff war jetzt auf allen Bildschirmen deutlich zu sehen. Seine Stellung gegenüber der HAT-LETE ließ vermuten, daß bereits ein Prisenkommando unterwegs war. Die Ortung ergab, daß das Fragmentschiff keinen Schutzschirm aufgebaut hatte.

„Sie scheinen besonderes Interesse an dem Robotschiff zu bekunden“, sagte Rhodan nachdenklich. „Dafür müssen sie einen Beweggrund haben.“

Wenn er nur gewußt hätte, wer *sie* waren, dann hätte er leichter eine Erklärung finden können. Aber weder die Bauweise des Würfelschiffs noch die seltsamen Handlungen seiner Besatzung lieferten den geringsten Hinweis.

Rhodan hoffte, daß sie bald mehr wissen würden. Er nickte Claudrin zu, und der zum Kommodore beförderte Epsalgeborene lächelte breit. Die THEODERICH tauchte wieder in den Linearraum ein. Perry nahm Verbindung zur Feuerleitzentrale auf.

„Wir werden unsere Fahrt nach wenigen Sekunden beenden", sagte er. „Mit geringer Geschwindigkeit werden wir in der Nähe des Fragmentschiffs auftauchen. Alle Narkosestrahler klarmachen."

Natürlich war es für einen einzelnen Mann unmöglich, einen Giganten wie die THEODERICH allein zu steuern, aber Claudrin, der die Pilotenarbeit persönlich übernommen hatte, wurde von unzähligen Automaten und Kontrollen unterstützt. Die mächtigen Konverter dröhnten, als Claudrin mit dem Bremsmanöver begann. In der Zentrale war nichts von der ungeheuren Belastung zu bemerken, der das hochwertige Material in diesen Augenblicken ausgesetzt wurde.

Dann sprengte die THEODERICH die Hülle des schützenden Halbraums und fiel in das Einsteinuniversum zurück. Das Fragmentschiff lag bereits in Schußnähe neben der HAT-LETE.

Rhodan beobachtete den Bildschirm. Er stellte sich vor, daß die Ortungsgeräte des Würfelschiffs jetzt unvermittelt ansprechen und die THEODERICH melden würden.

„Feuer!" rief Rhodan in das Mikrophon.

Ein unsichtbarer Schauer übergeordneter Schwingungen verließ die Ultraschallkanonen und ergoß sich über das Fragmentschiff.

„Feuer einstellen!" befahl Rhodan.

Die Männer in der Zentrale beobachteten gespannt das riesige Schiff. Die empfindlichen Ortungsgeräte der THEODERICH waren auf den Fremden konzentriert, um jede Veränderung wahrzunehmen. Aber nichts geschah. Unverändert trieb das Fragmentschiff neben der HAT-LETE dahin.

Niemand an Bord der THEODERICH zweifelte daran, daß die Besatzung des Gegners paralysiert war.

„Ich glaube, das wär's", sagte Nacro trocken.

Rhodan gab ihm nicht sofort Antwort, denn er hatte plötzlich das Gefühl, daß etwas nicht stimmte. Wenn sich ein Prisenkommando des Fragmentschiffs an Bord der HAT-LETE befand, dann konnte man mit Sicherheit annehmen, daß es mit dem Mutterschiff in ständiger Verbindung stand. Theoretisch war diese Verbindung abgerissen, nachdem die THEODERICH ihre Narkosestrahlen abgefeuert hatte.

Das Prisenkommando hätte auf irgendeine Art reagieren müssen. Rhodan runzelte die Stirn. Etwas in seinem Innern drängte ihn, den

Befehl zum Einsatz der schweren Strahlwaffen zu geben. Trotzdem zögerte er.

„Ich wünschte, daß wir sehen könnten, was an Bord des Fragmentschiffs vorgeht", sagte er zu Nacro.

„Sie denken, daß etwas schiefgegangen sein könnte", erriet Major Nacro.

„Ja", gab Rhodan zu, ohne sich näher zu erklären.

Zwei Sekunden später eröffnete das Fragmentschiff das Feuer auf die THEODERICH. Rhodan vergaß die Szene niemals in seinem Leben: Claudrin stieß einen Schrei aus, dann wurden die Männer durcheinandergewirbelt. Die Generatoren heulten auf, als die Absorberschirme gewaltige Energiemengen schluckten, um dem fürchterlichen Angriff standzuhalten. Das Knattern der überlasteten Anlagen drang in Rhodans Ohren, und die Beleuchtung der Zentrale wurde abwechselnd hell und dunkel.

Dann geschah das, was man schon beinahe für unmöglich gehalten hätte. Teile der als unüberwindlich geltenden Schutzschirme der THEODERICH brachen zusammen. Das Fragmentschiff war zu einem flackernden Klotz geworden, der erbarmungslos alle Waffen gegen die angeschlagene THEODERICH abfeuerte.

Rhodan kam wieder auf die Beine, und er sah Jefe Claudrins mächtige Gestalt hinter den Steuerkontrollen stehen. Das Flaggschiff knisterte, als sei es mit Elektrizität geladen. Rhodan kannte dieses Geräusch. Wenn sie noch ein paar Sekunden länger blieben, würden die Schutzschirme endgültig ausfallen, und die THEODERICH war dem konzentrierten Wirkungsfeuer hilflos ausgesetzt. Die BOB-XXI und die FRISCO waren nicht so massiv beschossen worden. Die Unbekannten schienen genau zu wissen, wie sie ihre Waffen in jedem Fall einsetzen mußten.

Claudrin beschleunigte die THEODERICH mit voller Kraft, so daß sie förmlich aus dem Gefahrenbereich heraussprang und in dem Zwischenraum verschwand.

„Sofort wieder auftauchen, Jefe!" Unbewußt hatte Rhodan geschrien.

Als die THEODERICH nach wenigen Augenblicken wieder in den Normalraum zurückkehrte, war sie bereits über ein Lichtjahr von dem

Fragmentschiff entfernt. Rhodan atmete tief durch und blickte in die grimmigen Gesichter seiner Offiziere.

„Das wär's", sagte Rhodan und sah Nacro an.

Der Major grinste verlegen und wischte sich über die Stirn. Die überbeanspruchten Maschinen der THEODERICH kamen allmählich zur Ruhe. In den Gesichtern der Männer stand der brennende Wunsch geschrieben, sofort wieder umzukehren und dem Fragmentschiff zu zeigen, daß auch das terranische Schiff über starke Waffen verfügte. Rhodan konnte den Willen der Raumfahrer klar erkennen, aber er dachte nicht daran, ihm nachzugeben – noch nicht.

„Sie haben die Narkosestrahlen gut überstanden", sagte Reg Thomas und rückte seine Uniform zurecht. „Oder glauben Sie, daß die Erwiderung des Feuers eine automatische Reaktion war?"

„In übertragenem Sinn – vielleicht", erwiderte Rhodan rätselhaft. Bevor er weitersprechen konnte, betrat Gucky die Zentrale und watschelte bis zu Claudrin.

„Ich habe gerade geschlummert", erklärte er würdevoll, „als plötzlich irgendein Bursche die Steuerung der THEODERICH übernahm, beschleunigte, mich aus dem Bett warf und kein Wort der Entschuldigung fand."

Claudrins Augen verengten sich.

„Vielleicht hast du schon bemerkt, daß wir beinahe vernichtet wurden", grollte er.

Der Mausbiber warf ihm einen bösen Blick zu und wandte sich an Rhodan. „Was willst du jetzt unternehmen, Perry?"

„Du könntest es schon erfahren haben, wenn du nicht unsere Unterhaltung unterbrochen hättest", belehrte ihn Rhodan. Natürlich wußte Gucky ganz genau, was sich in den vergangenen Stunden abgespielt hatte, aber er liebte es, sich mit allen Mitteln in den Vordergrund zu spielen.

„Bevor die Narkosestrahler in unsere Schiffe montiert wurden, haben wir unzählige Versuche angestellt", sagte Rhodan. „Es besteht für uns keinerlei Grund zu glauben, daß auch nur ein lebendes Wesen existiert, das von einem Beschuß nicht getroffen wird. Es gibt also für das Verhalten der Fragmentschiffsbesatzung nur eine logische Erklärung: sie besteht nicht aus lebenden Wesen."

„Glauben Sie, daß es sich um Roboter handelt?" fragte Thomas.

„Das würde zwar vieles erklären, auf der anderen Seite jedoch neue Rätsel aufgeben. Es wäre verkehrt, schon jetzt von Robotern zu sprechen, denn noch wissen wir nichts Bestimmtes." Rhodans feinnervige Hände falteten sich. „Vor allem müssen wir ein Rettungsschiff für die FRISCO bestellen. Der Leichte Kreuzer befindet sich zwar nicht mehr in der Gefahrenzone, aber wir wollen die Männer aus ihrer unglücklichen Lage befreien."

Rhodan mußte schnell und trotzdem überlegt handeln. Das Fragmentschiff hatte einen scheinbar mühelosen Sieg über das modernste Raumschiff der Solaren Flotte errungen.

Auch die psychologische Wirkung auf die eigene Besatzung durfte nicht unterschätzt werden. Alle diese Gefahren, auf einen Nenner gebracht, ließen Rhodan die Entscheidung leichtfallen.

Das Fragmentschiff mußte angegriffen werden.

Rhodan ließ über zwanzig schwere Einheiten alarmieren, die sich sofort in Marsch setzten und bald in der Nähe des Fragmentschiffs auftauchen würden.

Inzwischen beabsichtigte der Administrator einen anderen Plan auszuführen, der zwar riskant war, aber dafür Erfolg versprach. Rhodan ließ die Teleporter Ras Tschubai und Tako Kakuta in die Zentrale kommen. Guckys beleidigte Miene hellte sich auf, denn er ahnte, daß er nun zum Einsatz kommen würde.

„Wir werden versuchen, die Schlappe wettzumachen", sagte Rhodan entschlossen. „Ich schlage vor, daß wir einen Drei-Mann-Zerstörer mit Ras, Tako und Gucky aussetzen. Von diesem Schiff aus sollen die drei Teleporter an Bord des Fragmentschiffs springen, um festzustellen, was dort eigentlich vorgeht. Die Unbekannten auf dem Fragmentraumer scheinen sich auch nach unserem Angriff sicher zu fühlen, denn bisher haben sie noch keinen Schutzschirm aufgebaut. Falls sie es nicht in absehbarer Zeit nachholen, sollte es keine Schwierigkeiten bereiten, in das Schiff zu teleportieren. Ich gebe zu, daß dies ein Auftrag ist, der fast undurchführbar scheint, und ich möchte es deshalb der freiwilligen Entscheidung der Mutanten überlassen, ob sie ihn übernehmen wollen."

„Natürlich übernehmen wir das, Perry", piepste Gucky voreilig.

„In Ordnung", sagte Tschubai, und Kakuta nickte zustimmend.

„Ihr müßt den richtigen Moment abpassen", warnte Rhodan. „Der kleine Zerstörer dürfte bei einem Angriff des Würfelschiffs in seine Einzelteile zerrissen werden."

„Es wird schon klappen", meinte Kakuta zuversichtlich.

„Hoffentlich. Wir werden mit der THEODERICH so dicht an das Fragmentschiff herangehen, daß es von den Fremden nicht als Angriff gewertet werden kann. Dann schleusen wir den Zerstörer aus. Alles andere bleibt euch überlassen."

Es war ein tollkühner Plan, aber Rhodan rechnete mit der Erfahrung der Teleporter, die sie in unzähligen Einsätzen gewonnen hatten. Tschubai und Kakuta waren überlegt handelnde Männer, die kein Risiko eingingen. Lediglich Gucky hatte einen Hang zum Leichtsinn, war aber dafür mit weiteren paranormalen Gaben ausgerüstet, die ihm schon manche Gefahr zu überwinden geholfen hatten.

Rhodan verständigte den Hangar, und die Mutanten machten sich bereit. Der Drei-Mann-Zerstörer wurde überprüft. Die Teleporter wurden bewaffnet und verließen die Zentrale, um den Zerstörer zu übernehmen.

„Wir fliegen sie geradewegs in die Hölle", sagte Thomas.

Ras Tschubais dunkle Hände umklammerten die manuelle Steuerung des Zerstörers. Auf dem Bildschirm zeichnete sich noch die dunkle Fläche der geschlossenen Hangarschleusen ab.

„Rhodan an Zerstörer", kam die Stimme des Administrators aus dem Lautsprecher. „An Bord alles klar?"

„Alles klar", sagte der Afrikaner und nickte Kakuta und Gucky zu.

„Wir tauchen nur kurz in den Normalraum", informierte sie Rhodan. „Wenn sich die Schleuse öffnet, müßt ihr sofort raus."

Tschubais Lippen öffneten sich, und seine Zähne blitzten. Sein breitflächiges Gesicht verzog sich zu einem Lächeln. „In Ordnung."

„Viel Glück!" wünschte Rhodan und unterbrach die Verbindung.

„Ich fühle ungeahnte Kräfte in mir aufsteigen", verkündete Gucky vom hintersten Sitz und versuchte an Kakuta vorbeizublicken.

„Versuche sie niederzuhalten, bis wir in dem Fragmentschiff sind", empfahl ihm Tschubai spöttisch.

„Nolinow spricht!“ sagte eine neue Stimme. „Ich leite das Manöver zum Ausschleusen.“

„Wir sind bereit, Captain“, sagte Tschubai ruhig.

Die Schleuse öffnete sich.

Stana Nolinow begann zu zählen, dann wurde der Drei-Mann-Zerstörer in den Raum katapultiert, wo Tschubai sofort das eigene Triebwerk auf volle Kraft schaltete. Der Kleine raste von der THEODERICH hinweg. Hinter dem Zerstörer suchte das Flaggschiff sofort wieder Schutz innerhalb der Librationszone.

„Das Fragmentschiff hat die Solare Flotte bereits eine Raumstation, einen Leichten Kreuzer und einen Drei-Mann-Zerstörer gekostet“, sinnierte Kakuta, als sei schon sicher, daß auch sie angegriffen würden.

„Aber noch keinen einzigen Mausbiber“, fügte Gucky prahlerisch hinzu.

„Bei der Seltenheit dieser Spezies kein Wunder“, spottete Tschubai.

„Was Klasse hat, genügt sich selbst“, behauptete Gucky philosophisch.

Kakuta sagte beschwörend: „Wir sollten uns besser Gedanken darüber machen, wann wir aussteigen. Ich möchte nicht durch eine Explosion dazu aufgefordert werden.“

„Gehen wir ruhig noch ein bißchen näher ran“, schlug Gucky vor. „Ich finde es hier ganz gemütlich.“

Tschubai beobachtete wortlos die Kontrollen. Er schaltete die Steuerautomatik ein, erhob sich und sagte: „Jetzt!“

„Nur nicht drängeln“, beschwerte Gucky sich bei dem Afrikaner und sagte im gleichen Atemzug zu Kakuta: „Na, dann los.“

Er entmaterialisierte, und die beiden Terraner warfen sich einen bezeichnenden Blick zu. Gucky mußte natürlich der erste sein, und wenn es noch so gefährlich war.

Tschubai und der Japaner sprangen fast gleichzeitig.

Für wenige Augenblicke schoß der Zerstörer ohne Besatzung dahin, dann löschten ihn die Strahlwaffen des Fragmentraumers aus dem Raum.

Ras Tschubai materialisierte auf einem pyramidenförmigen Körper, dessen Grundlinien über fünf Meter lang waren. Er schlitterte die steile Außenfläche, auf der er gelandet war, herunter und kam auf einem silbernen Band zum Stehen. Das Band schlängelte sich durch einen flachen Gang, aus dessen Boden in regelmäßigen Abständen die Pyramiden ragten. Auf Tschubai wirkte diese Umgebung wie die hypermoderne Karikatur eines Waldes. Weder von Gucky noch von Kakuta war etwas zu sehen. Tschubai hielt es für besser, zunächst im Schutz des Kegels zu bleiben und sich zu orientieren. Zehn Schritte von ihm entfernt war die Decke des Ganges unterbrochen. Der Teleporter erkannte einen Schacht, der nach oben führen mußte.

Der Mutant wurde von einer beinahe gespenstischen Stille umgeben. Er zog einen kurzläufigen Desintegrator und ging um die Pyramide herum. Das Band flimmerte, als blickten tausend Augen zu Tschubai hinauf. Er vermied es hinzusehen und konzentrierte seine Aufmerksamkeit auf den Gang. Plötzlich stieß sein Fuß gegen ein Hindernis, und er fuhr zusammen. Er war gegen das Band gestoßen, das sich einige Zentimeter vom Boden abhob und nur durch die eigenartige Beleuchtung so aussah, als befände es sich mit dem übrigen Boden in einer Ebene.

Der Afrikaner machte sich nicht die Mühe, den Metallstrang näher zu untersuchen. Mit vorgehaltener Waffe erreichte er den nächsten Kegel. Er hatte jetzt fast die Stelle erreicht, wo der Schacht in der Decke eingelassen war. Die Öffnung war dunkel, und man konnte nicht erkennen, wohin sie führte.

Ein Summen ertönte, und Tschubai fuhr herum. Das Flimmern des Bandes hatte sich verstärkt, und der Afrikaner glaubte weiter hinten im Gang eine Bewegung zu erkennen. Fast glaubte er das kalte Metall durch seine Kombination zu spüren. Seine Hand zitterte nicht, als er den Desintegrator in Anschlag brachte.

Tschubai riskierte einen kurzen Blick hinter sich. Der nächste Kegel war nicht weit entfernt, und er konnte ihn vielleicht ungesehen erreichen. Auf jeden Fall wäre er dann etwas weiter von dem Schacht entfernt, von dem aus er leicht angegriffen werden konnte.

Langsam zog sich der Mutant zurück.

Als er genau unterhalb des Schachtes angelangt war, setzte plötzlich die Schwerkraft aus, und er wurde unwiderstehlich nach oben gezogen. Er widerstand der Versuchung, eine kurze Teleportation auszuführen. Er schwebte hinauf und sah unter sich etwas auf dem Band herankommen. Bevor er es näher beobachten konnte, verschwand er in der Öffnung und verlor die Sicht. Innerhalb weniger Sekunden wurde es vollkommen dunkel um ihn. Er hätte seine Helmlampe einschalten können, hielt das aber für zu gefährlich.

So hing er einfach da und lauschte. Wenn es darauf ankam, verfügte der Teleporter über eiserne Nerven. Er dachte noch nicht einmal an die Möglichkeit, daß plötzlich die Schwerkraft wieder einsetzen und er hinabstürzen könnte, ohne sich schnell genug mit einem Sprung zu retten. Tschubai hatte keine Veranlassung zu glauben, daß man ihn schon entdeckt hatte. Er konnte rein zufällig in den Aktionskreis eines Antigravschachts geraten sein.

Da hörte er ein Geräusch. Es kam von unten und klang wie das kurze Anstoßen zweier metallischer Hohlkörper. Seine Gedanken wirbelten durcheinander. Er mußte seine ganze Willenskraft aufbieten, um nicht die Helmlampe einzuschalten. Da erklang der gleiche Ton noch einmal, nur näher.

Tschubai konnte nicht verhindern, daß seine Rückenhaut zu prikkeln begann. Seine Zunge fuhr über die trockenen Lippen. Er wagte nicht mehr, sich zu bewegen, denn er fürchtete, daß das geringste Geräusch seinen Standort verraten könnte.

Etwas schwebte mit ihm in dem Schacht.

Als der mysteriöse Glockenton noch einmal erklang, zuckte Tschubai zusammen, denn er hatte das Gefühl, als sei das Geräusch in seiner unmittelbaren Nähe ertönt. Sonst war nichts zu hören, obwohl der Mutant seine Sinne bis zum äußersten anspannte.

So verging eine gewisse Zeit, es konnten Sekunden oder auch Minuten sein, Tschubai hätte es nicht zu sagen vermocht. Der Mutant nahm an, daß die Aufwärtsbewegung nur sehr langsam vor sich ging, denn auch bei dem gewaltigen Umfang des Fragmentschiffs konnte der Schacht nicht endlos sein.

Als sich nichts mehr rührte, kam der Mutant auf die Idee, daß ihn der Unsichtbare überholt haben könnte, obwohl es keinen erklärbaren Grund dafür gab, *warum* er das getan haben sollte.

Tschubai hatte sich fast entschlossen, seine Lampe einzuschalten, als etwas aus der Dunkelheit nach ihm griff und mit brutaler Gewalt an seiner Kombination zu zerren begann. Die erste Abwehrreaktion des Mutanten geschah rein instinktiv und ohne Überlegung. Er schlug mit dem Desintegrator um sich und traf auf etwas Hartes. Der Griff seines unbekannten Gegners verstärkte sich und schnürte dem Afrikaner fast die Luft ab. Unter solchen Umständen hätte ein Schuß aus der Waffe an Selbstmord gegrenzt. Blitzartig schob Tschubai den Desintegrator in den Gürtel, und seine freien Hände fuhren nach vorn. Er glitt an etwas metallisch Hartem ab und verstauchte sich die rechte Hand.

Anscheinend trug das Wesen, mit dem er kämpfte, einen Metallpanzer. Der Mutant rang nach Atem und spannte seinen Brustkasten an. Das Schlimme an der Auseinandersetzung war, daß er nicht die geringste Ahnung hatte, gegen wen er sich zu verteidigen hatte.

Tschubai wurde gegen eine Schachtwand gestoßen, und der Aufprall lockerte den unbarmherzigen Griff ein wenig. Der Terraner schlug erneut zu und brach sich fast die Hand. War der Feind etwa unverletzlich? Tschubai wurde gegen die Wand gedrückt und konnte nichts gegen die Umklammerung tun. Verzweifelt kämpfte er um mehr Bewegungsfreiheit. Er sah jetzt ein, daß er einen schweren Fehler begangen hatte, als er den Desintegrator in den Gürtel gesteckt hatte. Trotz des Risikos hätte er einen Schuß abfeuern müssen. Nun war es zu spät, denn seine Arme kamen an dem massigen Leib des Fremden nicht vorbei.

Zum erstenmal kam Tschubai der Gedanke, daß es sich bei seinem Gegner um einen Roboter handeln könnte.

Der Druck verstärkte sich weiter, und Tschubai glaubte, daß ihm sämtliche Rippen gebrochen würden. Seine Augen begannen zu tränen, und er stöhnte vor Schmerzen.

Je mehr er seine Anstrengungen verstärkte, desto heftiger drängte ihn der Gegner an die Wand. Tschubai machte einen letzten Versuch. Er blieb bewegungslos hängen und rührte sich nicht mehr.

Der Roboter, oder was immer es war, ließ von ihm ab und verschwand in der Dunkelheit. Tschubai wollte schon erleichtert aufatmen, als sich etwas in seine Jacke hängte, zuschnappte und kurz anruckte.

Ich soll abgeschleppt werden, schoß es ihm durch den Kopf.

Mit einem einzigen Teleportationssprung hätte er sich in Sicherheit bringen können, aber er wollte herausfinden, was man mit ihm vorhatte, und so wehrte er sich nicht. Ein Surren erklang, und Tschubai stellte fest, daß er nun schneller nach oben glitt.

Allmählich wich die Dunkelheit einer blaßgrauen Dämmerung, und Tschubai konnte zum erstenmal das Ding sehen, mit dem er gekämpft hatte. Seine Umrisse waren dreiecksförmig, nur an der oberen Spitze des Dreiecks stand ein schnabelähnliches Gebilde ab, aus dem metallische Fäden hervorragten. Aus dem Körper des Dinges wuchsen unzählige spiralförmige Arme, die ständig in Bewegung waren.

Ein Roboter, dachte Tschubai, aber was für einer.

Der Mutant war mit einem Seil an den Roboter gefesselt. Der augenblickliche Abstand Tschubais von seinem Gegner betrug drei Meter. Der Roboter war so hoch wie ein mittlerer Schrank und mindestens halb so breit.

Der seltsame Apparat gelangte am oberen Ende des Schachtes an und ließ sich auf dessen Rand nieder. Tschubai hatte das Gefühl, scharf beobachtet zu werden, obwohl er an dem Roboter nichts erkennen konnte, was man als Augen oder ihre mechanischen Entsprechungen hätte bezeichnen können. In horizontaler Lage kam der Afrikaner ebenfalls an seinem vorläufigen Ziel an. Zwei Spiralarme packten ihn und zerrten ihn unsanft aus der Reichweite der Antigraveinflüsse. Tschubai kam mit dem Rücken auf dem Boden zu liegen und starrte etwas benommen auf den Roboter. Als er Anstalten machte sich aufzurichten, erhielt er einen Stoß und fiel zurück.

Der Roboter löste das Schleppseil von Tschubais Körper und verstaute es in einer Öffnung an seiner Seite. Der Mutant fühlte sich hochgehoben, und die Maschine setzte sich in Bewegung. Ohne Widerstand ließ sich Tschubai davontragen, denn er sagte sich, daß er auf diesem Weg am schnellsten zu den Herren dieses Schiffes gelangen würde.

Er ahnte nicht, daß er schon mitten unter ihnen war.

Tako Kakuta landete in einem Saal riesigen Ausmaßes, der wie eine verlassene Tanzfläche vor ihm lag. Der Japaner schaute sich um, aber es waren keine Spuren von Lebewesen oder technischen Einrichtungen zu sehen. Welche Bedeutung mochte dieser Raum haben?

Kakuta setzte sich in Bewegung, und seine Schritte klangen hohl von den weit entfernten Wänden wider. Weder Gucky noch Ras waren in der Nähe. Kakuta wollte sich gerade mit einem Kurzsprung entfernen, als etwas in den Saal gerollt kam, das die Ausmaße eines massiven Schreibtischs hatte.

Zögernd hielt der Mutant inne. Der Ankömmling war zweifellos aus Metall und bewegte sich auf vielen unabhängig gelagerten Rädern voran. Das bewies die plötzliche Richtungsänderung, mit der er auf Kakuta zuschoß.

Der Japaner zog seine Waffe und verfolgte aufmerksam die rätselhafte Annäherung. Der Apparat war eckig gebaut und mit unerklärlichen Anhängseln bedeckt. Zehn Schritte von dem Teleporter entfernt blieb er plötzlich stehen.

„Brrrks! Brrrks!" machte das Ding.

„Ich verstehe keinen Ton", erwiderte Kakuta mißtrauisch.

An der Seite des „Schreibtischs" öffnete sich eine Klappe und spie unzählige kleine Dinger aus, die sich quirlend über den Boden ausbreiteten – auf Kakuta zu. Unwillkürlich trat Tako einen Schritt zurück. Die kugelähnlichen Figuren am Boden rollten ihm nach. Inzwischen hatte der große Kasten eine weitere Öffnung aufgeklappt, aus der weitere Kugeln hervorquollen, die sich ebenfalls auf Kakuta stürzten.

Der Mutant zielte sorgfältig und feuerte einen leichten Schuß auf das vordere der unzähligen Dinger ab. Es explodierte in einem grünen Lichtblitz. Unbeeindruckt setzten die übrigen ihren Vormarsch auf Kakuta fort.

Der Japaner sah ein, daß er sie unmöglich der Reihe nach abschießen konnte, denn der „Schreibtisch" produzierte unermüdlich weitere, so daß ganze Armeen dieser kleinen, weißen Kugeln auf Kakuta zukamen.

Er führte einen kurzen Teleportersprung aus und materialisierte in etwa zwanzig Meter Entfernung. Die Kugeln huschten verwirrt durcheinander, wie ein lebendes Mosaik aus Metall. Unerwartet kehrten sie wie auf ein geheimes Kommando zu dem großen Roboter zurück und verschwanden in dessen Innern. Als wäre nichts geschehen, setzte sich der Kasten in jene Richtung in Bewegung, die Kakuta für seine Flucht ausgesucht hatte. Zu allem Überfluß kamen zwei weitere Maschinen in den Saal, die wesentlich größer als der „Schreibtisch" waren. Eine von ihnen vollführte einen höllischen Spektakel, sie knatterte und dröhnte, pfiff und hämmerte, als würde sie jede Sekunde auseinanderfallen. Sie war unten ziemlich breit, verjüngte sich aber bis zu einer hin und her wackelnden Spitze. Der andere Neuankömmling war überhaupt nicht zu hören, was aber wahrscheinlich daran lag, daß seine Geräuschentwicklung übertönt wurde. Kakuta sah ein flaches Gebilde, das sich mit hüpfenden Bewegungen vorwärtsquälte und seine Umgebung in purpurrotes Licht badete.

Inzwischen war der „Schreibtisch" wieder so dicht bei dem Teleporter, daß er anscheinend den Zeitpunkt für gekommen hielt, seine mysteriöse Besatzung auszuladen. Innerhalb von Sekunden wimmelten die weißen Kugeln wieder über den Boden. Die Maschine, die den unbeschreiblichen Lärm vollführte, bekam plötzlich drei oder mehr federnde Auswüchse, die wie überdimensionale Chamäleonzungen auf Kakuta zuschnellten. Der Purpurleuchter bestrahlte die Szene, so daß die weißen Kugeln plötzlich rot wirkten und wie rollende Blutstropfen aussahen. Niemals in seinem Leben hatte der Japaner etwas Phantastischeres gesehen, und er war für Augenblicke wie gelähmt.

Es war für einen Menschen unmöglich, in diesem infernalischen Geschehen den geringsten Sinn zu erkennen. Und doch hatte er das Gefühl, als würde alles nach einem bestimmten Prinzip gelenkt.

Eine der Metallzungen erwischte Kakuta am Ärmel und brachte ihn mit einem einzigen Ruck zu Fall. Wie von einer Feder gezogen, rutschte der Mutant über den glatten Boden. Er geriet mitten unter die Kugeln, die ihm bei jeder Berührung schmerzhafte elektrische Schläge versetzten. Eine zweite Zunge umschlang ihn an den Beinen. Kakuta schoß einen ungezielten Strahl ab, traf aber nur den flachen Apparat, der unter gräßlichem Knistern davonhüpfte und dessen rotes Licht schnell schwächer wurde. Die dritte Zunge packte den Teleporter um die Brust, und alle zerrten ihn näher an den konischen Roboter heran. Der „Schreibtisch“ sammelte seine Kugeln ein und hielt seine Aufgabe anscheinend für beendet. Mit einem befriedigten „Brrrks! Brrrks!“ rollte er davon.

Der Metallkonus hob Tako Kakuta vom Boden auf, umschlang ihn und rumpelte mit ihm aus dem Saal.

Vier Metallklammern umschlossen seinen Körper, und Ras Tschubai ahnte, daß er nach dem Willen seines mechanischen Bewachers vorerst an diesem Platz bleiben sollte. Man hatte ihn in einen kleinen Raum gebracht, in dem sich mehrere Gestelle befanden. Der Roboter, der ihm im Schacht heftig zugesetzt hatte, war verschwunden, dafür hielt sich jetzt eine Art Wächter in Tschubais Nähe auf. Der Wächter war ein fliegender Konus mit einer großen Linse, die seine gesamte Vorderfront bedeckte und die ununterbrochen in die Richtung zeigte, wo man den Teleporter festhielt. Tschubai hing in einem der Gestelle, in schrägem Winkel zum Boden; die Klammern verhinderten jede Bewegung. Er hätte sich durch einen Teleportersprung leicht befreien können, aber er wollte erfahren, was man mit ihm vorhatte.

Sein Wächter schwebte scheinbar gleichmütig vor ihm auf und nieder. Der Mutant schenkte ihm keine Beachtung. Die, die ihn über den Roboter beobachteten, sollten glauben, daß er sich über die Bedeutung des Apparats nicht im klaren war.

Das nächste lebende Wesen, das er erblickte, war kein anderer als Tako Kakuta. Allerdings kam der Japaner nicht freiwillig, sondern er wurde von einem Roboter unter großer Geräuschentwicklung hereingebracht.

„Hallo!“ krächzte Kakuta kläglich und zappelte in den Spinnenarmen seines Bewachers.

„Ich dachte mir, daß früher oder später Gesellschaft für mich ankommt“, informierte ihn Tschubai. „Sie werden über die bequeme Unterbringung hier staunen, Tako.“

„Ich kann gern auf Bequemlichkeit verzichten“, behauptete der Japaner, während ihn der rasselnde Roboter wie eine Puppe herumstülpte und in eines der Gestelle hängte. Kakutas Gesicht zeigte nach unten. Tschubai betrachtete ihn voller Interesse.

„Betreiben Sie da Bodenbeobachtungen, Tako?“ erkundigte er sich.

„Den Traurigen durchbohrt sein eigener Hohn“, belehrte ihn Kakuta unfreundlich. So gut es ging, wälzte er sich herum und kam in die gleiche Lage wie Tschubai.

Der Roboter entfernte sich ratternd, und der Wächter begann, von einem Terraner zum anderen zu schweben. Für Kakuta genügte ein einziger Blick, um die Aufgabe des fliegenden Roboters zu durchschauen.

„Man beobachtet uns“, sagte er zu Tschubai.

Der Afrikaner nickte und verrenkte den Hals, um Kakuta besser sehen zu können.

„Man hat uns hierhergebracht, sortiert und aufgehängt. Ich bin gespannt, was nun kommt.“

„Gucky“, meinte der Japaner trocken.

„Ich glaube, daß Sie die Zähigkeit unseres Freundes gewaltig unterschätzen“, sagte Tschubai. „Er wird Verwirrung an Bord stiften. Es sieht nicht so aus, als wären wir hier beliebte Gäste. Bisher habe ich nur Roboter zu sehen bekommen.“

„Mir erging es ähnlich“, berichtete Kakuta. „Die eigentlichen Herren des Schiffes scheinen überaus zurückhaltend zu sein.“

Tschubai sagte: „Wenn ich an den Mißerfolg mit unseren Narkosestrahlern denke, könnte man annehmen, daß sich an Bord des Fragmentschiffs *ausschließlich* Roboter aufhalten. Das ist ein Bild, das mich an irgend etwas erinnert.“

„Mechanica.“

„Ja, mit einem Unterschied: Hier gibt es unzählige verschiedene Arten von Robotern, und jeder scheint vom anderen unabhängig handeln zu können.“ Tschubai wollte nachdenklich sein Kinn kratzen, aber die Metallklammern hinderten ihn daran. „Alles deutet auf Mechanica hin, und doch ist alles wieder ganz anders. Klingt paradox, was?“

„Na ja“, meinte Kakuta. „Wie lange wollen wir dieses Spiel mitmachen? Ich schlage vor, daß wir uns aus diesen Halterungen befreien und auf die Suche nach Gucky gehen, der sicher irgendwo einen Privatkrieg gegen unzählige Roboter führt.“

Tschubai konnte die Unruhe, die überhaupt nicht der Mentalität des Asiaten entsprach, gut verstehen. Seit sie in das Fragmentschiff eingedrungen waren, schlugen sie sich mit Robotern herum, ohne ihrem Ziel auch nur ein kleines Stück näher gekommen zu sein. Es wurde Zeit, daß sie etwas Entscheidendes unternahmen. Trotzdem wurde der Afrikaner durch ein instinktives Gefühl gewarnt. Die Roboter, denen sie bisher begegnet waren, wirkten noch nicht einmal ausgesprochen feindlich, aber Tschubai ahnte, daß dies nicht ihre wahre Haltung war. Etwas an diesem Schiff erschien ihm bösartig und kalt; er wußte nicht, worin dieses Gefühl begründet war, aber es bedrückte ihn schon die ganze Zeit über.

Selbst der Wächter, dessen Beobachterlinse wie ein Tierauge glühte, verbreitete einen beinahe spürbaren Haß, obwohl das, wie sich Tschubai einredete, doch vollkommen unmöglich war. Ein Roboter konnte nicht hassen oder ein anderes Gefühl zeigen, er konnte lediglich nach seinen positronischen Schaltungen und Befehlen handeln.

Doch auch diese Gedanken vermochten das Mißtrauen des Mutanten nicht zu verringern. Ein Blick zu Kakuta zeigte ihm, daß es dem Japaner nicht anders erging. Sie beide spürten die hintergründige Gefahr dieses Schiffes, ohne sagen zu können, worin sie eigentlich bestand.

Diese Situation machte Tschubai unentschlossen.

„Warten wir noch etwas“, sagte er zu Kakuta. „Wir wollen unsere Karten nicht zu früh auf den Tisch legen.“

Langsam, als hätte er die Bedeutung der Worte verstanden, senkte sich der Wächter einen halben Meter tiefer herab.

Vom Standpunkt eines objektiven Beobachters aus landete Gucky an einem der gefährlichsten Punkte des Fragmentschiffs: er materialisierte genau in einem der Türme, die mit drei Kampfrobotern besetzt waren. Im Gegensatz zu den Robotern war er auf einen Zusammenstoß vorbereitet gewesen, und als die hellblauen Körper herumzuckten und schossen, hing der Mausbiber bereits unter der Decke und neutralisierte mit seinen telekinetischen Kräften die Angriffswaffen der Gegner.

Für den Mausbiber war der Rest ein Spiel, und als er den Turm verließ, gab es drei einsatzfähige Kampfroboter weniger an Bord. Gucky sagte sich, daß er dem Gegner nun den nötigen Respekt abverlangt hatte. Ab sofort würde man ihm mit größter Vorsicht entgegentreten.

An den Turm schloß sich eine Kammer an, die von einem weiteren Roboter besetzt war. Er blinkte Gucky an und verhielt sich ruhig. Der Mausbiber starrte unentschlossen auf das zwiebelförmige Gebilde. Seine angeborene Abneigung gegen Roboter aller Art trieb ihn an, den eigenartigen Apparat anzugreifen. Gleichzeitig jedoch sagte ihm seine Vernunft, daß es besser war, wenn er sich in diesem Fall zurückhielt.

Der Roboter jedoch löste sich von seinem Platz. Seine Bewegungen wirkten so schwerfällig und plump, daß Gucky überrascht war, als der Roboter mit einer unerwarteten Beschleunigung an ihm vorbei aus der Kammer schoß.

„Nicht so hastig", rief Gucky hinter ihm her. „Ich bin ein friedliebender Mausbiber."

Der Automat schien anderer Meinung zu sein, denn als Gucky in den Gang hinaustrat, raste der Roboter schon um die nächste Biegung. Verwundert entblößte Gucky seinen Nagezahn. Obwohl er in diesem Zustand nicht gerade anziehender wirkte, benutzten drei heranschwebende Maschinen sein Zögern zu einem blitzschnell vorgetragenen Angriff. Sie kamen hinter Gucky heran und ließen sich auf ihn herabfallen. Der Leutnant der Solaren Flotte, Gucky, fiel vornüber und mußte sich mit einer Kurzteleportation in Sicherheit bringen. Wütend materialisierte er in zwanzig Metern Entfernung. Die Roboter waren miteinander beschäftigt und suchten anscheinend den so plötzlich aus ihrer Mitte verschwundenen Mausbiber. Gucky nutzte ihre Verwirrung und ließ sie ruckartig gegen die Seitenwand des Ganges prallen. Wider Erwarten erholten sie sich schnell von dieser Behandlung und setzten die Verfolgung ihres wieder sichtbaren Opfers fort.

Noch einmal ließ Gucky seine telekinetischen Kräfte wirken. Der hinterste der Roboter beschleunigte gegen seinen Willen und rammte die vor ihm schwebenden Maschinen.

Das schien zu genügen, denn die Roboter zogen sich schwer lädiert zurück. Gucky reckte drohend seinen Kopf. Er wollte diesen Burschen schon zeigen, daß sie nicht so ohne weiteres mit ihm fertig werden konnten.

Sekundenlang konzentrierte er seine telepathischen Extrasinne, bis er die schwachen Gedankenfäden Tschubais und Kakutas vernahm. Es wurde Zeit, daß er sich mit den anderen Teleportern in Verbindung setzte. Er orientierte sich nach den schwachen Gedanken und sprang.

Gucky materialisierte innerhalb eines mittelgroßen Raumes und sah Kakuta und Tschubai, in seltsamen Vorrichtungen gefesselt. Er grinste die Freunde an und verschränkte seine Ärmchen über der Brust. Bevor er eine spöttische Bemerkung machen konnte, glitt der Wächter über sie hinweg. Ohne große Energieanstrengung schmetterte ihn der Mausbiber zu Boden, wo er in mehrere Teile zersprang.

„Das war sehr unklug, Kleiner", sagte Tschubai ärgerlich. „Wir haben uns die ganze Zeit über ruhig verhalten, damit uns unsere Freunde in Ruhe beobachten können. Nun kommst du und spielst den Wilden."

Gucky versuchte zerknirscht auszusehen.

„Es ist sinnlos, daß wir uns noch länger hier aufhalten", sagte Kakuta. „Unser Gegner wird sich nach Guckys Aktionen erklären können, wie wir auf das Fragmentschiff gekommen sind."

Der Mausbiber öffnete mit seinen telekinetischen Fähigkeiten die Sperren der Halterungen, in denen Tschubai und der Japaner gefangen waren. Tschubai versetzte den Überresten des Wächters einen Tritt.

„Da liegt er nun", sagte er grimmig.

Kakuta blickte sich unruhig um.

„Es wird Zeit, daß wir hier verschwinden", sagte er zu Tschubai – und zu Gucky: „Hast du schon herausgefunden, wer die Herren dieses Schiffes sind und wo sich die Zentrale befindet?"

Der ehemalige Trampbewohner musterte ihn mitleidig.

„Ich bin kein Tausendsassa", beschwerte er sich. „Ich hatte Mühe, mir die Roboter vom Hals zu halten, was schließlich dadurch bewiesen wird, daß *ich* nicht in Gefangenschaft geriet."

„Mir wird übel", sagte Tschubai unvermittelt.

Auch Kakuta fühlte sich von einem niederdrückenden Gefühl befallen, und Gucky witterte mißtrauisch. Tschubai glaubte plötzlich, daß seine Glieder schwer wie Blei würden, und er fühlte Furcht in sich aufsteigen.

„Eigenartig“, murmelte Kakuta schwerfällig, und seine Lippen bewegten sich unnatürlich langsam.

„Wir werden von einem Lähmungsstrahl getroffen!“ schrie Gucky. „Schnell weg hier!“

Sie ergriffen sich an den Händen und sprangen. Als sie in einem hell beleuchteten Gang materialisierten, war das Gefühl nicht gewichen; es verstärkte sich sogar. Es schien, als würden die unsichtbaren Schwingungen das gesamte Schiff erfüllen.

„Wir müssen aus diesem Schiff verschwinden“, stieß Kakuta schwerfällig hervor.

Tschubai lachte auf. „Wohin, Tako?“

Der Afrikaner spürte, wie ihn die Schwäche immer mehr übermannte. Es war nur noch eine Frage der Zeit, bis er nicht mehr dazu in der Lage sein würde, einen Teleportersprung auszuführen.

„Die THEODERICH ist noch zu weit entfernt“, Guckys Stimme klang mühsam. „Aber es gibt noch ein anderes Schiff, das uns relative Sicherheit bietet.“

„Die FRISCO?“ erkundigte sich Kakuta. „Sie ist bereits im Raum verschwunden.“

Gucky schwankte leicht, als hätte er eine schwere Last zu tragen.

„Nein“, sagte er gepreßt, „ich meine die HAT-LETE.“

Drei Sekunden später lösten sich die drei Gestalten auf, als hätten sie nie existiert. Sie sprangen an Bord des arkonidischen Robotschiffs, wo es von ausgesetzten Robotern des Fragmentschiffs nur so wimmelte.

Aber das erfuhren sie erst bei ihrer Ankunft.

9.

Einige Zeit stand die THEODERICH nun schon ein paar Lichtminuten von dem Fragmentraumer entfernt.

Rhodan wurde immer unruhiger.

Als sie auf den Bildschirmen beobachteten, daß das fremde Schiff von Energiefeldern umhüllt wurde, gab Rhodan sich cinen Ruck.

„Wir müssen eingreifen", sagte er zu Claudrin.

„Wir werden diesmal dichter heran müssen", warnte der Kommodore.

„Ich weiß, Jefe. Diesmal sind wir jedoch auf einen Angriff gefaßt und können ausweichen. Außerdem werden nun auch unsere Wirkungswaffen sprechen."

Claudrin schien die Aussicht auf ein Gefecht mit dem Fragmentschiff nicht gerade zu erfreuen, aber sein ledernes Gesicht blieb ausdruckslos.

„Sobald wir aus der Librationszone heraus sind, eröffnen wir das Feuer!" befahl Rhodan. „Diesmal mit den schweren Strahlgeschützen. Wir müssen die von dem Fragmentraumer aufgebauten Schutzschirme zerstören, damit die Teleporter entkommen können. Richten Sie sich auf ein halsbrecherisches Ausweichmanöver ein, Kommodore."

„Ich werde unsere Kugel durch dreißig Höllen steuern – und wieder heraus", versicherte Claudrin. Wenn man ihn so sah, klein, doch wuchtig und breit, klangen seine Worte keineswegs übertrieben.

Schließlich verfügte der Epsalgeborene über eine Besatzung, die an Erfahrung und Spezialschulung ihresgleichen suchte. Diese Männer sahen jeder Situation mit großer Kaltblütigkeit entgegen, und solange sie sich noch bewegen konnten, führten sie die ihnen zugeteilte Aufgabe aus.

Rhodan verständigte die Feuerleitzentrale und befahl dem zuständigen Offizier, daß er sich bereit halten sollte. Die THEODERICH beschleunigte und raste ihrem Ziel entgegen. In der Zentrale umstanden die führenden Männer den Panoramabildschirm.

Das Fragmentschiff reagierte noch schneller als bei dem ersten Anflug des Flaggschiffs. Kaum war die THEODERICH aus der Halbraumzone gebrochen, als auch schon die unzähligen Geschütztürme des Würfelschiffs ihre mörderischen Strahlen ausspuckten. Doch Jefe Claudrin war diesmal vorbereitet, und das mächtige Kugelschiff huschte aus dem Wirkungsbereich.

Die Feuerleitzentrale erhielt Feuerbefehl. Die Impulsgeschütze der THEODERICH rissen blutigrote Energieströme in das schwarze All, aber das Fragmentschiff zeigte sich nicht beeindruckt.

„Die Burschen müssen starke Abwehrschirme haben“, meinte Reg Thomas, und niemand zweifelte an seinen Worten.

Der erste Treffer erreichte die THEODERICH und erschütterte sie, obwohl die Absorberschirme alles abhielten. Claudrin änderte den Kurs und raste in einer halsbrecherischen Flugbahn auf das fremde Riesenschiff zu. Gebündelte Strahlen zischten über das Flaggschiff der Solaren Flotte hinweg.

Der Epsalgeborene steuerte blitzartig in eine andere Richtung, und aus den Geschütztürmen des Terraschiffs blitzten die Waffen auf. Diesmal war der Angriff konzentrierter, aber das Fragmentschiff schluckte den Beschuß. Seine Abwehrschirme zeigten an keiner Stelle Schwächen, dagegen verstärkte sich die Wucht seiner Angriffe gegen die THEODERICH. Das Licht wurde schwächer, und Rhodan warf dem Kommodore einen besorgten Blick zu. In einer Entfernung von wenigen Meilen raste das Flaggschiff an den beiden anderen Raumern vorbei.

Claudrin zog die THEODERICH in einem weiten Bogen herum. Trotzdem konnte er nicht verhindern, daß sie mehrere Treffer erhielten, mit denen die Schutzschirme jedoch fertig wurden.

John Marshall, der Mutantenführer, betrat die Zentrale und winkte Rhodan zu. Der Administrator verließ seinen Platz und ging dem Telepathen entgegen.

„Schwierigkeiten“, berichtete Marshall in seiner knappen Art. „Ich habe vor wenigen Minuten einen telepathischen Impuls von Gucky empfangen. Die Teleporter konnten den Fragmentraumer verlassen, bevor dieser seine Schutzschirme aufbaute, und befinden sich jetzt an Bord der HAT-LETE. Sie wurden mit Lähmungsstrahlen angegriffen und sind noch zu schwach, um zu uns zurückzuspringen. Gucky berichtete, daß sich an Bord des arkonidischen Robotraumers eine Menge Roboter aus dem Fragmentschiff befinden, mit denen sie Schwierigkeiten haben. Er befürchtet, daß sich ihre Zahl noch vergrößern wird."

Rhodan hatte den Telepathen nicht unterbrochen, aber bereits fieberhafte Überlegungen angestellt, während Marshall sprach.

„Wir müssen den Mutanten helfen", sagte Rhodan leise.

Marshall schwieg und beobachtete den Administrator mit ernsten Blicken. Er wußte, daß Rhodan nichts unversucht lassen würde, um die Teleporter zu retten.

„Gucky, Ras und Tako sitzen in dem Arkonidenschiff fest", unterrichtete Rhodan seine Offiziere und kehrte an seinen Beobachtungsplatz zurück. „Wir müssen uns etwas einfallen lassen, um sie herauszuholen."

Jefe Claudrins mächtiger Kopf ruckte herum. „Wir kommen nicht näher heran. Wenn wir mehr riskieren, wird sich die Zahl der erhaltenen Treffer verdoppeln, und unsere Abwehrschirme könnten zusammenbrechen."

„Der Flottenverband muß bald eintreffen", meinte Thomas.

„Darauf können wir nicht warten", erklärte Rhodan entschlossen. „Wir müssen von uns aus handeln."

Bedächtig fragte Dr. Riebsam: „Haben Sie schon einen Plan?"

Über Rhodans Gesicht glitt ein leichtes Lächeln, weil er erkannte, daß der Mathematiker sein Vorhaben bereits durchschaut hatte und ihn wissen ließ, daß er es unterstützte.

„Ich frage mich, wozu der Fiktivtransmitter an Bord der THEODERICH installiert wurde", sagte Rhodan gedehnt. Er sah sich von einer Gruppe erstaunt aussehender Männer umringt. Slide Nacro schloß seinen weit geöffneten Mund, um gleich darauf zu fragen: „Sie wollen, daß sich einige von uns an Bord der HAT-LETE schießen lassen?"

„Ja, zur Unterstützung der drei Mutanten."

Claudrin vergaß einen Augenblick seine Aufgabe, und die elementare Wucht eines Volltreffers rüttelte die THEODERICH durcheinander. Rhodan gab der Feuerleitzentrale den Befehl, das Feuer nicht zu unterbrechen.

„Wir wollen sie beschäftigen", sagte er. „Captain Brazo Alkher wird inzwischen ein Kommado von einigen Freiwilligen zusammenstellen, daß ihn an Bord des Arkonschiffs begleiten wird."

Wie eine zornige Hornisse umflog die THEODERICH das Fragmentschiff, ohne ihm Schaden zufügen zu können. Dagegen wurde das Flaggschiff ab und zu von einem gutgezielten Schuß getroffen.

„Sie können den Auftrag selbstverständlich ablehnen, Captain", fügte Rhodan hinzu.

Die braunen Augen Alkhers verloren etwas von ihrer Sanftheit.

„Ich werde meine Begleiter aussuchen", sagte er und verließ die Zentrale.

„Er wird es nicht gerade leicht haben", warf Thomas ein, nachdem Alkher außer Hörweite war. „Ich kann mir vorstellen, daß man ihm an Bord der HAT-LETE einen heißen Empfang bereiten wird."

„Darüber bin ich mir im klaren." Rhodan nickte dem Offizier zu. „Wir müssen jedoch versuchen, die Mutanten bis zum Eintreffen des Flottenverbands auf irgendeine Weise zu unterstützen."

Perry Rhodan sah die kleine Gruppe vor sich stehen, und er wünschte sich im stillen, daß er sie begleiten könnte. Er wußte, daß er sich auf jeden einzelnen verlassen konnte, daß jeder um das Leben der drei Teleporter kämpfen würde, als gelte es, das eigene Leben zu retten.

Brazo Alkher trat vor und salutierte. „Wir sind bereit."

Rhodan erinnerte sich an den schlanken Jungen, der damals mit ihm an Bord der FANTASY havariert war. Was war von dieser unbekümmerten Jungenhaftigkeit geblieben? Alkher war zu einem Mann geworden. Ab und zu nur blitzte in den Augen des Captains die frühere Heiterkeit, die beinahe beschwingte Leichtigkeit, mit der er in der Feuerleitzentrale gearbeitet hatte. Ein trockener Humor war geblieben, der oft in Sarkasmus umschlug.

Rhodan gab sich einen Ruck. Diese Männer wurden vom Leben im All geformt. Daran war nichts zu ändern.

„Jeder von ihnen weiß, warum Sie diesen gefährlichen Auftrag ausführen sollen", sagte Rhodan. „Der Erfolg hängt von vielen Umständen ab, vor allem jedoch davon, daß Sie sich schnell auf die Gegebenheiten an Bord der HAT-LETE umstellen."

Dr. Riebsam, der die Bedienung des Fiktivtransmitters übernommen hatte, gab Rhodan einen kurzen Wink. Die Einstellung war beendet.

„Nun gut, Captain", sagte Rhodan.

Die Männer begaben sich in den Transmitter, und Rhodan wartete, bis auch der letzte verschwunden war.

„Da gehen sie nun einem ungewissen Schicksal entgegen", murmelte der Mathematiker.

Korporal Tschick Gallik sah Solensky, den kleinen Polen, neben sich auftauchen, dann folgten Alkher, Owesian und Leggart. Hinter Solensky erschienen Mesenhohl, Gunnarson, Pearson und Tannert. Als letzter kam Stumpy Heffner, und in seinem faltigen Gesicht zeichnete sich eine beinahe fanatische Entschlossenheit ab. Sie waren an Bord der HAT-LETE in einem Laderaum materialisiert, in dem sich niemand aufhielt.

„Wir teilen uns in zwei Gruppen", befahl Alkher. „Dieser Raum besitzt zwei Eingänge. Tschick, Sie führen Heffner, Owesian, Solensky und Gunnarson dort hinüber, die übrigen folgen mir."

Gallik war ein großer Mann mit fleischigen Muskeln und einem runden, großen Kopf. Seine Gesichtshaut wirkte schlaff und entzündet. Er nickte dem Captain zu, und Alkher winkte seine Männer zu sich.

An der Spitze seines kleinen Trupps stürmte Gallik dem Eingang entgegen. Der Korporal war 38 Jahre alt, er würde in zwei Jahren zum Sergeanten befördert werden und danach aus der Flotte ausscheiden. Gallik hegte seit Jahren einen stillen Plan, den er bisher noch niemand mitgeteilt hatte. Er würde mit seinen Ersparnissen eine kleine Bar auf der Erde einrichten, hinter der Theke stehen und Gläser trocknen. Seine Gäste würden ehemalige Mitglieder der Flotte sein, und sie würden auf den langbeinigen Stühlen vor der Theke sitzen und sich mit ihm über vergangene Abenteuer unterhalten.

Gallik wußte, daß er von der Ausführung seines Planes in diesem Augenblick weiter entfernt war als jemals zuvor. Kurz bevor sie den Ausgang erreichten, blickte er noch einmal zurück und sah an der entgegengesetzten Seite Alkher und die übrigen Raumfahrer aus dem Laderaum verschwinden. Gallik war entschlossen, diesen Auftrag lebend zu überstehen. Er blickte in Heffners faltiges Gesicht, das keinerlei Gefühle verriet, außer diesem sinnlosen Fanatismus, mit dem Stumpy in jeden Kampf ging. Dann war da Solensky, der ständig mit seiner Angst kämpfen mußte und dessen Gesichtsmuskeln zuckten. Gallik stieß einen leisen Fluch aus. Was waren das für Männer, mit denen er hier zusammen war? Welche Wünsche hatten sie, was taten sie, wenn sie nicht in dieser Uniform steckten und sich privat bewegen konnten? Gunnarson erinnerte Gallik an einen Automechaniker, der mit Vorliebe an uralten Modellen herumbastelte, und der dunkelhäutige Owesian sah aus wie der geborene Butler.

Sie verließen den Laderaum und kamen in einen Gang, der nach zwei Seiten führte. Als sie hinaustraten, sahen sie Tako Kakuta von der einen Seite herkommen, von der anderen näherten sich sechs metallische Ungeheuer. Der Japaner hinkte und blutete an der rechten Wange. Er stieß einen Schrei aus, als er die Terraner sah, und winkte mit gezogener Waffe.

Die sechs Roboter schienen für einen Augenblick verwirrt, denn die unverhoffte Verstärkung, die ihr einzelner Gegner erhalten hatte, veränderte die Lage.

Stumpy Heffner war der erste, der reagierte. Er brachte seinen Strahlkarabiner in Anschlag und eröffnete das Feuer auf die Maschinen, deren Schutzschirme unter der Belastung bläulich aufglühten. Gallik lief an den vier Männern vorbei auf Kakuta zu, der sich erschöpft an die Wand lehnte.

Solensky, Gunnarson und Owesian schossen nun ebenfalls, und der Gang erhellte sich mit blitzenden Strahlen. Feurige Ströme krochen über den Boden, und reflektierte Energie knisterte. Die Temperatur stieg innerhalb einer Minute um über zehn Grad.

Gallik packte Kakuta am Arm und zog ihn in den Laderaum. Solensky taumelte hinter ihnen her. Sein Gesicht war von einer fahlen Blässe überzogen.

„Wir haben uns geteilt", berichtete Kakuta stockend. „Damit wollten wir den Angriffen der Roboter etwas von ihrer Konzentration nehmen. Wir sind noch zu schwach, um Teleportersprünge auszuführen. Es kommen immer mehr Angreifer von dem Fragmentschiff herüber."

Solensky spähte aus der Öffnung in den Gang und zog sofort seinen Kopf wieder zurück.

„Owesian liegt am Boden", sagte er. „Aber er bewegt sich noch. Es sind nur noch drei Roboter zu sehen."

„Kümmere dich um den Teleporter!" befahl Gallik und sprang in den Gang hinaus. Er hörte Owesian irgend etwas brüllen, als schon eine Lichtkaskade an ihm vorüberzischte und ein weißglühendes Loch in die Wand schmolz. Heffner hüpfte wie ein Irrer den Robotern entgegen. Er hielt dabei seine Waffe in Hüfthöhe und gab Dauerfeuer. Gallik glaubte vor Hitze zu vergehen, und seine Augen brannten, als hätte ihm jemand Säure hineingeschüttet. Gunnarson kniete neben Owesian und zielte sorgfältig, bevor er einen Schuß abgab. Das Feuer der Roboter war unkonzentriert und breit gestreut. Glühendes Metall tropfte wie flüssiges Wachs von der Decke in den Gang hinab und zersprang mit zischenden Geräuschen. Gallik schoß und rannte hinter Heffner her, um ihn aufzuhalten. Ein Roboter knickte genau in der Mitte zusammen und fiel seltsam langsam zu Boden. Seine Tentakelarme ruderten hilflos umher, aber in den Triumphschrei Heffners hinein erklang wildes Gerassel, und vier weitere Maschinen rollten heran. Sie waren größer und breiter als ihre Vorgänger, und Gallik rann ein Schauer des Entsetzens über den Rücken.

Er brüllte hinter Heffner her, aber Stumpy stürmte wie ein Besessener weiter. Als sich Gallik umblickte, sah er, wie Gunnarson versuchte, den schwerverletzten Owesian in den Laderaum zu ziehen.

Warum hilft ihm Solensky nicht? dachte er. Da kam auch der kleine Pole schon herausgestürzt und packte den Neger an den Schultern. Gemeinsam mit Gunnarson schleppte er den Verletzten aus dem Gang.

Gallik fuhr herum und sah zu seinem Erstaunen, daß Heffner immer noch am Leben war.

„Zurück, Stumpy!" schrie er.

Heffner erhielt einen Streifschuß und wurde zur Seite gerissen. Während der Soldat herumwirbelte, glaubte Gallik auf seinem Gesicht ein Lachen zu erkennen. Gallik wußte nicht, was ihm unheimlicher war, die angreifenden Roboter oder Heffner. Mindestens fünf Strahlschüsse strichen über Stumpy hinweg. Gallik feuerte wie ein Wahnsinniger, und hinter sich hörte er Gunnarson wieder in den Gang kommen und in den Kampf eingreifen. Kaskaden grellen Lichtes stoben an beiden Seiten vorüber, eine Hitzewelle griff nach Gallik. Er spürte, wie er getroffen wurde und hintenüber kippte. Noch im Fallen sah er die Roboter näherkommen, sie rollten einfach über Heffner hinweg, der bewegungslos am Boden lag. Gallik glaubte Heffner schreien zu hören, aber in diesem ohrenbetäubenden Lärm waren die einzelnen Geräusche nur schwer zu unterscheiden. Wie eine Vision sah Gallik das Bild einer kleinen Bar vor seinen geistigen Augen auftauchen, und das verlieh ihm übermenschliche Kräfte. Gunnarson fiel keuchend neben ihm nieder. Galliks getrübter Blick wurde klarer, und er sah, daß Gunnarsons Kombi Feuer gefangen hatte. Er wälzte sich über ihn, um die Flammen zu ersticken, und der Schwede knurrte eine unverständliche Bemerkung. Ein Blick zurück zeigte ihm Solensky und Kakuta. Beide feuerten ihre Waffen gegen den Roboter ab. Owesian kam auf allen vieren aus dem Laderaum gekrochen, und er lächelte in diesem unglaublichen Augenblick, als er Gallik zunickte. Einer der Roboter explodierte in einem dumpfen Knall, und seine Einzelteile wurden über Gallik und den Schweden hinwegkatapultiert. Die hinter ihm stehende Maschine fing zu brennen an und rollte einer glühenden Fackel gleich auf die Männer zu.

Und dann war der Gang vor ihnen plötzlich frei, nur Qualm und Feuer waren zu sehen und die Überreste zerstörter Roboter. Gallik fühlte einen salzigen Geschmack im Mund, und körperliche Schwäche ließ ihn zittern. Er sah Gunnarson aufstehen und Teile seiner schwelenden Uniform abreißen, und dann sah er Heffner aus dem Rauch heranschwanken.

Der brennende Roboter prallte gegen die Wand und sackte in sich zusammen. Solensky kam zu Gallik und half ihm auf die Beine.

„Sie werden gleich wiederkommen!“ rief Kakuta. „Wir müssen hier weg!“

Gallik betrachtete die Gruppe zerschundener und verletzter Männer.

„In den Laderaum!“ befahl er leise.

Sie schleppten sich in den Laderaum und verschlossen das Schott. Da brach Stumpy Heffner bewußtlos zusammen, und Gunnarson mußte ihn neben Owesian legen. Gallik war unglaublich müde, aber gleichzeitig fühlte er sich darüber erleichtert, daß sie noch alle am Leben waren.

„Es wird Zeit, daß wir uns etwas ausdenken“, sagte Kakuta. „Unsere Sicherheit ist an diesem Platz nicht sehr groß. Die Roboter sind wie wild hinter uns her. Wenn nicht ein großer Teil damit beschäftigt wäre, beschädigte Teile der HAT-LETE zu reparieren, sähen wir uns einer großen Übermacht gegenüber.“

„Sie reparieren die HAT-LETE?“ wiederholte Gallik ungläubig. „Was hat das zu bedeuten?“

„Ich weiß es nicht“, sagte der Japaner. „Fast scheint es, als würden sich die Roboter des Fragmentschiffs um ihresgleichen Sorgen machen. Auf jeden Fall sind sie sehr um das arkonidische Robotschiff bemüht.“

Gallik verstand nicht viel von Robotern, und er war jetzt nicht dazu in der Lage, sich Gedanken über sie zu machen, aber er hatte noch nie davon gehört, daß ein Roboter sich Sorgen machte oder ein anderes Gefühl entwickelte.

„Sie glauben also, daß wir unser Leben nur dem Umstand zu verdanken haben, daß die Roboter keinen großen Schaden an Bord der HAT-LETE anrichten wollen?“

„Es sieht so aus“, sagte der Mutant. „Unsere Gegner aus dem Fragmentschiff haben einige Eigenschaften, die man bei Robotern nicht vermuten würde.“

Heffner kam wieder zu sich und grinste schwach.

„Ich bin nicht stark verletzt“, sagte er mühsam. „Nur das Atmen macht mir Mühe.“

Gallik genügte ein Blick, um zu sehen, daß Stumpy auf dem schnellsten Weg in ärztliche Behandlung gebracht werden mußte. Allerdings erging es Owesian nicht viel besser. Von den leichteren Verletzungen Solenskys, Kakutas und seinen eigenen nicht einmal zu reden. Gunnarson schien als einziger alles unbeschadet überstanden zu haben, nur seine Uniform war ruiniert.

Gerade als sich Gallik zu Heffner hinabbeugen wollte, begann die HAT-LETE leicht zu vibrieren, und ein schwacher summender Ton wurde hörbar. Gallik verhielt mitten in der Bewegung.

„Was ist das?“ flüsterte er.

„Die Triebwerke“, entgegnete Kakuta ausdruckslos. „Sie bringen das alte Robotschiff wieder in Gang.“

Die Männer starrten sich an, und auf ihren Gesichtern begann sich wachsende Bestürzung abzuzeichnen.

Ras Tschubai war sich der Tatsache bewußt, daß er sein Leben nur dem Zufall zu verdanken hatte, daß er als Deckung den Platz neben dem Hauptumschalter im Maschinenraum gewählt hatte. Die aus dem Fragmentschiff gekommenen Roboter zögerten, auf den Terraner zu schießen, denn sie schienen auf keinen Fall den Umschalter beschädigen zu wollen. So mußte der Afrikaner nur darauf achten, daß ihm keine der eigenartigen Maschinen zu nahe kam. Er selbst konnte unbedenklich feuern, und er hatte auf diese Weise schon vier Roboter erledigt, die einfach auf ihn zugerollt waren. Nun waren die Fremden vorsichtig geworden und verlegten sich darauf, Tschubai ständig unter Beobachtung zu halten. Mehrere Roboter arbeiteten mit fanatischem Eifer irgendwo im Maschinenraum. Tschubai hatten den Eindruck, daß die Besatzung des Fragmentschiffs bemüht war, jeden Schaden an der HAT-LETE zu beheben. Es sah fast so aus, als wollten die Roboter ihre positronischen Kollegen von Arkon ins Leben zurückrufen.

Tschubai hatte es aufgegeben, sich darüber Gedanken zu machen. Er fragte sich, in welcher Lage Gucky und Kakuta waren. Tako und der Mausbiber waren beide noch zu sehr geschwächt, um von ihren paranormalen Fähigkeiten Gebrauch machen zu können. Dies war vor allem für Gucky ein schweres Handikap. Für den Mausbiber war es in diesem Zustand unmöglich, einen Teleportersprung durchzuführen, und es war fraglich, ob seine telekinetischen Kräfte noch arbeiteten. Mit seiner telepathischen Begabung allein konnte Gucky keinen Kampf führen.

Tschubai schaute über die runde Oberfläche des Umschalters hinweg in den Maschinenraum und sah, daß die Roboter einen eigenartigen Apparat zu bauen begannen. Der Mutant unternahm nicht den Versuch, das Gebilde zu verstehen, er informierte sich nur, ob es nicht dazu dienen könnte, ihm Schwierigkeiten zu machen.

Als er wiederum über den Umschalter blickte, sah er Captain Brazo Alkher mit gezogener Waffe in den Maschinenraum treten. Tschubai schloß einen kurzen Augenblick die Augen, denn er fürchtete, unter Halluzinationen zu leiden. Hinter Alkher kamen Mesenhohl, Leggart, Tannert und Pearson herein.

„Vorsicht!“ schrie Tschubai und sprang hinter dem Umschalter hervor.

Die Roboter griffen fast im selben Augenblick an, als sich Alkher und seine Männer zu Boden warfen. Tschubai eröffnete das Feuer, und die Roboter sahen sich von zwei Seiten angegriffen. Alkher suchte Deckung hinter den schweren Generatoren, und Leggart warf sich mit einem kühnen Satz zwischen zwei Gebläse. Pearson verschwand durch das Schott, dabei ununterbrochen feuernd, während Mesenhohl und Tannert zwischen den Schaltkästen Deckung nahmen. Tschubai lächelte grimmig und zog sich an seinen Platz zurück.

„Wir müssen hier heraus, Ras!“ schrie Alkher hinter dem Generator hervor. „Wenn die Burschen Verstärkung erhalten, sind wir eingekesselt.“

Der Captain hatte recht, aber zwischen Tschubai und den fünf Männern befanden sich nicht weniger als fünfzehn Roboter, die aufmerksam jede Bewegung ihrer Gegner verfolgten. An ihnen vorbeizukommen, erschien dem Teleporter unmöglich. Trotzdem mußte er es versuchen.

„Wenn wir sie unter Feuer nehmen, läufst du los!“ rief Alkher. Der Lauf seiner Waffe schob sich hinter dem Generator hervor. Leggarts häßlicher Kopf erschien über den Gebläsen, und Pearson lugte durch das Schott herein.

„Feuer!“ befahl Alkher.

Tschubai wartete nicht erst, daß die Männer zu schießen begannen, sondern rannte los. Er hörte das Zischen der Strahlwaffen und spürte die Hitzeentwicklung. Geduckt kam er bei dem schmalen Steg an, der über die Innenseite eines Triebwerks führte. Der Steg war von zwei Robotern blockiert, die ihre Aufmerksamkeit auf Pearson gerichtet hatten und in Richtung auf das Schott feuerten. Tschubai überlegte blitzschnell, als sich auch schon eine der Maschinen umwandte und ihn aus ihren Linsen ausdruckslos anstarrte. Mit einem einzigen Satz schwang sich der Mutant über das Geländer und ließ sich unter den Steg sinken. Mit beiden Händen hielt er sich am Rand fest und hangelte sich davon. Er hörte den Roboter auf den Metallplatten herankommen. Mit einer Hand umfaßte er eine Geländerstange und zog sich hoch, so daß er in den Maschinenraum blicken konnte. Einer von Alkhers Männern traf den Apparat, der auf Tschubai zukam. Der Roboter explodierte, und einer seiner Tentakel schoß auf den Afrikaner zu. Mit einem Aufschrei ließ Tschubai das Geländer los und fiel in die Tiefe. Er prallte heftig gegen die Oberfläche des unter ihm liegenden Triebwerks und rutschte darauf hinab. Ein Roboter beugte sich über den Steg und schoß auf ihn, ohne jedoch zu treffen.

„Ras!“ schrie Alkher von oben. „Wo steckst du?“

Verzweifelt versuchte sich Tschubai auf der glatten Oberfläche festzuhalten, aber er schlitterte bis zum Rand des Triebwerks hinab. Obwohl sein Körper von Schmerzen durchflutet wurde, erhob er sich und lief auf die Stegbefestigung zu. Er steckte seine Waffe in den Gürtel, packte die Metallstange mit beiden Händen und begann daran emporzuklimmen. Über ihm tobte der Kampf mit unverminderter Heftigkeit. Plötzlich kippte die obere Hälfte des Roboters über den Steg und sauste weißglühend in die Tiefe, wo sie auf dem Triebwerk zerplatzte. Tschubai kletterte weiter. Er hoffte schon, daß er es schaffen würde, als ein Unsichtbarer den oberen Teil der Stegbefestigung unter Strahlbeschuß nahm. Die Metallstange wurde glühend rot und begann sich durchzubiegen. Verbissen klammerte sich der Afrikaner fest. Dann schmolz die Stange aus der oberen Verbindung, und Tschubai schwankte mit ihr vom Steg hinweg, wie ein Hochspringer, der gerade über die Latte setzen will. Der elastische Stab trug den Teleporter vom Steg hinweg und pendelte nach einer anderen Richtung. Verzweifelt suchte Tschubai nach einem Ausweg. Die Stange bog sich weiter durch, bis sie fast die gegenüberliegende Wand berührte. Tschubai stieß sich mit beiden Beinen von der Wand ab, und der Stab schwankte in Richtung des Steges zurück. Fast dachte der Mutant, daß er den Höhepunkt nicht überwinden würde, aber dann kippte die Stange nach der anderen Seite ab, und Tschubai sauste mit zunehmender Geschwindigkeit dem Steg entgegen. Er streckte beide Arme aus, und es gelang ihm, sich an der Umrandung festzuhalten. Seine Beine lockerten die Umklammerung, lösten sich, und der Metallstab schnellte ohne seine menschliche Last wie eine Feder zurück. Tschubai atmete erleichtert auf, da kam auch die Stange schon zurück und versetzte ihm einen fürchterlichen Schlag in den Rücken. Er verlor fast die Besinnung, aber irgendwie schaffte er es, sich auf den Steg zu ziehen. Hastig wälzte er sich auf den Rücken, um einem eventuellen Angriff zu begegnen.

„Hier herüber, Ras!“ schrie jemand.

Schwankend richtete sich Tschubai auf und rannte in Richtung auf die Stimme zu. Er prallte gegen einen bewegungsunfähigen Roboter, dann fühlte er sich gepackt und zu Boden gezogen. Als sich sein Blick zu klären begann, sah er Leggarts Bulldoggengesicht über sich.

„Ich dachte schon, daß Sie es nicht schaffen würden“, sagte Leggart rauh.

„Ich bin halbtot“, sagte Tschubai und grinste den Raumfahrer an. Bei jeder Bewegung ließ ihn der Schmerz in seinem Rücken fast das Bewußtsein verlieren.

Pearson streckte seinen Schädel durch das Schott herein.

„Ich glaube, daß unsere Freunde Verstärkung erhalten“, sagte er trocken.

Alkher winkte von dem Generator herüber.

„Wir ziehen uns zurück!“ befahl er. „Leggart, kümmere dich um den Teleporter!“

Beinahe mühelos hob Leggart den Afrikaner hoch und stützte ihn. Ras Tschubai biß die Zähne aufeinander und hinkte, seinen linken Arm um Leggarts Schulter gelegt, hinter den anderen her. Tannert und Mesenhohl deckten ihren Rückzug und feuerten auf die sieben noch bewegungsfähigen Roboter.

Als sie alle aus dem Maschinenraum entkommen waren, ließ Alkher sie anhalten.

„Wir müssen versuchen, uns mit den anderen in Verbindung zu setzen", sagte er. „Vielleicht haben sie Kakuta und Gucky gefunden."

Die HAT-LETE wurde von einem schwachen Beben durchlaufen.

„Das Geräusch hört sich komisch an", meinte Pearson unsicher.

„Es ist das Schiff", sagte Alkher. „Sie bringen es auf Fahrt."

Für Gucky war es klar, daß man sich vor den Robotern nicht verstecken konnte. Sie schienen über Geräte zu verfügen, die ihnen den Aufenthaltsort eines jeden organischen Lebewesens verrieten. So hatte sich der Mausbiber nach ihrem Sprung auf die HAT-LETE ständig auf der Flucht befunden. Dank seiner telepathischen Fähigkeiten hatte er Tako und Ras nachspüren können. Erleichtert hatte er die Ankunft von Alkhers kleiner Gruppe registriert, und nun war er dabei, sich zu den Männern des Kommandos durchzuschlagen. Ohne seine Teleporterfähigkeiten wirkte Gucky unbeholfen und war bei weitem nicht so schnell wie ein Mensch. Er mußte also zu dem gleichen Trick greifen, den Tschubai so wirkungsvoll im Maschinenraum praktiziert hatte. Wenn er sich immer in der Nähe wertvoller Geräte aufhielt, scheuten sich die Maschinen, das Feuer auf ihn zu eröffnen. Zwischen den jeweiligen Stationen, die Gucky so hinter sich brachte, lag immer eine freie Strecke, wo er sich auf sein Glück und seine Geschicklichkeit verlassen mußte.

Guckys angeborener Optimismus geriet zum erstenmal ins Wanken, als die Triebwerke der HAT-LETE wieder zu arbeiten begannen und das arkonidische Schiff, das lange Jahre stillgelegen hatte, zu beschleunigen begann.

10.

John Marshall saß in einem bequemen Sessel und lauschte in voller Konzentration der telepathischen Nachricht, die Gucky übermittelte. Geduldig wartete Perry Rhodan auf das Ende der paranormalen Unterhaltung.

Die THEODERICH hatte sich wieder aus dem Wirkungskreis der Waffen des Fragmentschiffs zurückgezogen, um den Erfolg von Alkhers Einsatzgruppe abzuwarten.

Schließlich richtete sich Marshall auf und blickte Rhodan an.

„Die Teleporter sind noch immer zu schwach, um zur THEODERICH zurückzuspringen", berichtete er. „Gucky behauptet, daß das Fragmentschiff voll robotisiert sei. Organische Wesen befinden sich nicht an Bord, jedoch scheint es in der Eigenart dieser Roboter zu liegen, alles, was nicht mechanisch ist, anzugreifen. Die positronische Besatzung des Fragmentschiffs ist bemüht, die Einrichtungen der HAT-LETE zu reparieren. Man könnte fast annehmen, daß diese Konstruktionen über ein abstraktes Gefühlsleben verfügen, denn sie sind um ihresgleichen sehr besorgt."

Rhodan und Reg Thomas wechselten einen skeptischen Blick, als Marshall diese Worte aussprach.

„Da haben wir also unser Problem", sagte Rhodan.

„Zwei", verbesserte Jefe Claudrin von den Kontrollen her. „Wir haben zwei Probleme. Die HAT-LETE und das Fragmentschiff nehmen Fahrt auf."

„Die HAT-LETE?" stieß Rhodan hervor und war mit zwei Schritten bei den Bildschirmen der Raumortung. „Wie ist das möglich?"

„Wahrscheinlich haben die Roboter das Arkonschiff wieder in Gang gebracht", sagte Dr. Riebsam. „Sie werden es verstanden haben, das brachliegende Zentralgehirn des Schweren Kreuzers in kürzester Frist zu aktivieren."

„Unsere Männer halten sich noch an Bord der HAT-LETE auf, und die Teleporter können nicht springen", sagte Rhodan in kaltem Zorn. „Wenn wir nichts unternehmen, werden sie einfach im Hyperraum verschwinden."

„Was sollen wir tun?" fragte Claudrin.

„Wir müssen noch einmal angreifen und versuchen, sie damit aufzuhalten!" befahl Rhodan.

Wenn die beiden Robotschiffe erst einmal halbe Lichtgeschwindigkeit erreicht hatten, war ein Raumgefecht kaum noch möglich.

Die THEODERICH beschleunigte und raste dem Fragmentschiff entgegen. Rhodan stellte die Verbindung zur Feuerleitzentrale her.

„Wir versuchen es noch einmal. Feuert mit allem, was wir zu bieten haben", ordnete er an.

Der Raum schien auseinanderzubrechen, als die THEODERICH noch einmal das Feuer auf den Gegner eröffnete. Die ungeheuren Energiemassen schufen irrlichternde Felder mitten im All. Claudrin flog ein waghalsiges Manöver und steuerte das Flaggschiff dicht an den Feind heran. Fast schien es, als sollten die Abwehrschirme des Fragmentschiffs zusammenbrechen, aber als das Gegenfeuer der Roboter kam, mußte der Epsalgeborene den Kurs ändern, und der Angriff verlief ergebnislos.

„Die Robotschiffe beschleunigen weiter", gab Major Slide Nacro bekannt.

Gab es denn nichts, was sie diesem Würfelschiff entgegensetzen konnten? Verzweifelt starrte Rhodan auf den Panoramabildschirm. Er konnte nicht zulassen, daß drci Teleporter und zehn Männer entführt wurden.

„Was nun?" erkundigte sich Claudrin resignierend.

„Wir können sie nicht aufhalten", bekannte Rhodan.

„Raumortung!" rief da Nacro aufgeregt.

Da waren sie. Rhodan hätte beinahe einen Schrei ausgestoßen, als zweiundzwanzig schwere Raumschiffe der Solaren Flotte aus dem Halbraum tauchten und abwartend Position bezogen. Das war der Verband, den Rhodan alarmiert hatte und den er die ganze Zeit sehnlichst erwartete.

„Sofort Verbindung herstellen, Major!" kam Rhodans Befehl.

Jetzt konnte nur noch blitzschnelles Handeln helfen. Rhodans Anordnungen schienen sich zu überstürzen, aber sie kamen in wohlgeordneter Reihenfolge und waren alle überlegt.

„Alle Schiffe zu einer Formation zusammenschließen“, ordnete Rhodan an. „Wir greifen das Fragmentschiff gemeinsam an.“

Dreiundzwanzig terranische Raumer schlossen sich zusammen und rasten dem Feind entgegen. Rhodan beobachtete auf dem Panoramabildschirm, wie sich die einzelnen Schiffskommandanten in sauberen Manövern dem Verband anschlossen.

„Diesmal erwischen wir ihn“, sagte Rhodan.

Gemessen an der Ausdehnung der Galaxis war der Energieausbruch des Feuerüberfalls der terranischen Schiffe nicht stärker als das Flackern eines Streichholzes bei einem Waldbrand. Auf dem relativ begrenzten Raum jedoch, wo die titanischen Energien verschleudert wurden, wirkte der Beschuß von den Impulsgeschützen der Terraschiffe wie ein Inferno. Der Raum um das Fragmentschiff schien förmlich in flammender Helligkeit gebadet zu werden. Die Abwehrschirme des Fragmentschiffs leisteten Unwahrscheinliches, denn sie hielten auch dieser elementaren Belastung stand. Rhodans Backenmuskeln spannten sich. Seine Vermutung, daß die Fremden besondere Schutzschirme besaßen, bestätigte sich. Auch an einen weiteren Einsatz des Fiktivtransmitters war jetzt nicht mehr zu denken.

„Wir dürfen jetzt nicht nachlassen“, sagte er heftig.

Wie ein Schwarm Raubvögel umzingelten die Terraschiffe den Fragmentraumer und nahmen ihn unter Beschuß. Und dann begannen die Schutzschirme des Gegners zu wackeln.

„Jetzt haben wir ihn“, stieß Thomas hervor.

„Dranbleiben!“ befahl Rhodan. „Nicht nachlassen!“ Er warf einen kurzen Blick auf den Bildschirm. „Wir dürfen den Robotern keine Zeit lassen.“

Das Fragmentschiff kümmerte sich nicht länger um die HAT-LETE, sondern beschleunigte mit voller Kraft.

„Sie flüchten!“ rief Claudrin triumphierend.

Wieder kamen Rhodans Befehle: „Verfolgung aufnehmen! Die THEODERICH kümmert sich um die HAT-LETE.“

Zweiundzwanzig Schiffe schossen hinter dem Fragmentraumer her, ohne ihn jedoch noch einmal zu erreichen. Bevor ein weiterer Schuß auf den Gegner abgefeuert werden konnte, entzog er sich seinen Verfolgern, indem er in den Hyperraum verschwand. Es konnte keine Strukturerschütterung angemessen werden, so daß an eine weitere Verfolgung nicht zu denken war.

„Er ist uns entwischt“, sagte Thomas ärgerlich.

Rhodan kommandierte den Verband zurück. Das Fragmentschiff war ihnen entkommen, daran war jetzt nichts zu ändern. Auf jeden Fall hatte es sich als verwundbar gezeigt, und der konzentrische Angriff des Verbands hatte es in Schwierigkeiten gebracht. Es war für Rhodan eine große Erleichterung, daß sich der Gegner nicht als unbezwingbar erwiesen hatte.

„Jetzt werden wir kaum noch etwas über diese Roboter erfahren“, sagte Dr. Riebsam mit der Enttäuschung eines Wissenschaftlers, der einen schon sicher geglaubten Erfolg im letzten Augenblick entschwinden sieht.

Rhodan lächelte leicht.

„Sie vergessen die HAT-LETE, Doc“, sagte er. „Das Fragmentschiff hat einen Teil seiner Besatzung für uns dort zurückgelassen. Wir müssen ihn nur noch festnehmen und untersuchen.“

Das Gesicht des Mathematikers hellte sich auf.

„Sie haben recht“, stimmte er zu.

Die HAT-LETE schwebte wieder im freien Fall durch den Raum. Es schien, als hätten die Roboter ihr Vorhaben, das Arkonschiff zu entführen, nach dem Verschwinden des Fragmentschiffs aufgegeben. Der terranische Verband umzingelte den Schweren Kreuzer des Regenten.

Rhodan legte Dr. Riebsam seine Hand auf die Schulter.

„Sicher werden Sie mich begleiten wollen, Doc“, sagte er freundlich.

Die Augen des Wissenschaftlers blitzten auf. „Ich brenne bereits darauf, diese Roboter zu untersuchen.“

„Das kann ich mir vorstellen“, sagte Rhodan. Er wandte sich an Marshall. „Es wäre mir recht, John, wenn Sie mich ebenfalls begleiten würden.“

„Natürlich." Marshall richtete sich auf.

„Wir werden ein Einsatzkommando von mehreren hundert Mann in Beibooten zur HAT-LETE bringen", erklärte Rhodan. „Sicher werden die noch verbliebenen Roboter heftigen Widerstand leisten. John, versuchen Sie, Gucky zu erreichen. Sagen Sie ihm, daß wir bald angreifen werden."

Der Administrator stellte die Verbindung zum Hangar her und ließ die Beiboote klar machen.

Für Tschick Gallik war es kein Problem, die Geräusche zu deuten, die von der Außenseite des geschlossenen Schottes zu ihnen hineindrangen. Eine Meute von Robotern war damit beschäftigt, den Eingang zum Laderaum aufzubrechen und die Männer anzugreifen.

Kakuta preßte sein Ohr gegen das Metall und lauschte.

So leise, daß die Verletzten es nicht hören konnten, sagte er zu Gallik: „Wir müssen hier weg."

Darüber war sich der Korporal im klaren. Es fragte sich nur, wie sie Heffner und Owesian tranportieren sollten. Solensky, Kakuta und er selbst hatten genug mit sich selbst zu tun. Gunnarson konnte unmöglich beide Männer zusammen schleppen.

Heffner hustete unterdrückt und sagte mühevoll: „Ich habe eine Idee." Gallik stützte ihn, damit er leichter sprechen konnte. „Owesian und ich werden hierbleiben, während ihr die anderen suchen geht. Wenn die Roboter die Tür aufgebrochen haben, können wir sie einige Zeit aufhalten."

„Sei still, Stumpy", sagte Gallik ärgerlich.

Plötzlich zeigte sich in der Mitte des Schottes ein dunkelroter Fleck, der schnell heller wurde.

„Sie brennen ein Loch in das Metall!" schrie Gunnarson.

Weitere Flecke zeigten sich, und es wurde den Terranern klar, daß der geschlossene Eingang nach wenigen Minuten für die Roboter kein Hindernis mehr sein würde.

Gallik sah sich um. Unweit von dem Eingang waren einige Absaugvorrichtungen montiert, mit denen man Dreck und Staub des Ladeguts aus dem Raum entfernt hatte. Sie boten die einzige Deckung.

Gallik nickte Gunnarson zu.

„Dort hinüber mit den Verwundeten!“ befahl er.

Der Schwede nahm Heffner vorsichtig in seine Arme und trug ihn davon. Stumpy stöhnte leise. Gallik bemühte sich, es zu überhören. Das erste Loch im Schott wurde sichtbar, und Gallik glaubte, Bewegungen dahinter zu erkennen. Gunnarson kam zurück und holte Owesian. Solensky verlor die Beherrschung und feuerte.

Mit einer schnellen Bewegung drückte Gallik die Hand des Polen nach unten und schüttelte den Kopf. Der Schwede winkte dem Korporal zu, daß er die Verletzten in Sicherheit gebracht hatte.

„Hier herüber, Sven!“ rief Gallik. „Wir lenken sie von den beiden ab!“

Er hörte Owesian protestieren, kümmerte sich jedoch nicht darum. Gunnarson kam herübergelaufen, und Gallik bedeutete ihm, sich dicht neben dem Eingang zu postieren. Zusammen mit Solensky stellte er sich auf die andere Seite.

„Gehen Sie zu den Verwundeten“, sagte Gallik zu Kakuta. „Es ist zu gefährlich für Sie.“

„Sie denken wohl, daß Sie den Mut gepachtet haben, was?“ fauchte der Japaner zornig und nahm neben Gunnarson Aufstellung. Die letzten Fetzen des Schottes schmolzen zusammen und tropften zu Boden.

Entweder hatten die Roboter überhaupt nicht mit Widerstand gerechnet, oder sie glaubten, daß ihre Gegner sich zurückgezogen hatten. Die erste Maschine rollte herein und blieb erst stehen, als sie schon drei Meter im Raum war. Gallik und Kakuta feuerten, und der Roboter verglühte unter dem konzentrierten Beschuß.

Der nächste Roboter war vorsichtiger. Seine Waffenarme zuckten kurz herein, aber nicht schnell genug zurück, denn Gunnarsons geübtes Auge hatte schon sein Ziel gefunden.

Gallik wußte, daß sie bisher nur Glück gehabt hatten. Auf die Dauer konnten sie ihre Stellung nicht halten. In diesem Augenblick öffnete sich das Schott am entgegengesetzten Ende des Raumes, und Captain Brazo Alkher stürmte an der Spitze seiner Männer herein.

Gallik stieß einen wahren Indianerschrei aus und vergaß, auf das Schott zu achten. Vier Roboter drangen auf einmal ein, ihre bizarren Körper bewegten sich seltsam eckig über den glatten Boden. Dann geschah etwas Seltsames. Die Maschinen kümmerten sich überhaupt nicht um die Terraner, sondern rollten in die Mitte des Laderaums. Gallik beobachtete sie ungläubig. Alkher und seine Begleiter waren ebenfalls stehengeblieben und schauten auf diese Szene.

Immer mehr Roboter kamen herein, aber sie machten keine Anstalten, die Menschen anzugreifen.

„Was bedeutet das schon wieder?“ fragte Gallik den Teleporter.

Kakuta hob seine Waffe. „Wenn sie *alle* hier hereinkommen, sieht es schlecht für uns aus.“

Mindestens dreißig Roboter hatten sich jetzt versammelt. Aber noch folgten ihnen andere. Es gab unzählige Formen, wie Gallik feststellte. Kaum zwei Maschinen ähnelten sich in ihrer Konstruktion.

Durch das gegenüberliegende Schott kam Gucky hereingewatschelt und reckte triumphierend seine Ärmchen.

„Perry hat mit zehn Beibooten angelegt“, piepste er. „Er wird in wenigen Minuten bei uns sein. Der Fragmentraumer ist geflohen.“

Gallik schluckte ein paarmal. War das die Erklärung für das Verhalten der Roboter? Gaben sie es auf und wollten auf diese Art ihre Kapitulation andeuten?

Fast fünfzig Roboter waren jetzt zu einem Haufen zusammengedrängt. Gunnarson wollte näher auf sie zugehen, aber ein zwingendes Gefühl riet Gallik, den Schweden zurückzuhalten.

„Langsam, Sven“, sagte er. „Noch wissen wir nicht, was das alles zu bedeuten hat.“

Owesian hatte sich an den Absaugvorrichtungen hochgezogen und winkte Alkher zu. Selbst Heffner hatte sich auf seine Ellenbogen gestützt, um das unwirkliche Bild zu sehen. Jetzt schienen alle Roboter inmitten des Raumes zu sein, denn es kamen keine mehr durch die Eingänge.

„Perry ist schon im Schiff!“ rief Gucky.

Da begann es. Gallik hätte nicht zu sagen vermocht, welcher Roboter damit angefangen hatte, aber es mußte aus der Mitte dieses mechanischen Pulks hervorkommen. Die metallenen Körper der Roboter begannen rot zu glühen, als würden sie von innen heraus verbrennen.

Und das taten sie auch. Mit aufgerissenen Augen verfolgte Gallik das Geschehen. Er dachte unwillkürlich an einen metallenen Scheiterhaufen, als er dieses Bild sah. Die einzelnen Teile verschmorten bis zur Unkenntlichkeit, und der große Haufen sackte immer mehr in sich zusammen.

„Das ist ja Wahnsinn“, stöhnte Gunnarson. „Sie vernichten sich selbst.“

Die Roboter hatten sich zusammengefunden, um gemeinsam die Selbstvernichtung zu vollziehen. Sie hatten sich in dem Augenblick dazu entschlossen, als ihnen bekannt wurde, daß die terranischen Beiboote dabei waren, ihre Mannschaften in die HAT-LETE auszuschleusen. Dafür gab es nur eine Erklärung: die Roboter wollten vermeiden, daß den Menschen etwas in die Hände fallen konnte, womit sie ihre Forschungen betreiben konnten.

Gallik starrte auf diesen Berg verglühenden Metalls und fragte sich, welche Art von Robotern das sein mochte. Sicher waren sie nicht mit terranischen und arkonidischen Modellen zu vergleichen. Etwas unterschied sie von ihnen, etwas ganz Bestimmtes. Viele Fragen warfen sich auf.

Wo kamen diese Unheimlichen her? Welche Ziele verfolgten sie? Gallik ahnte, daß er die Antworten darauf nicht geben konnte. Die Hitze der zerschmelzenden Roboter erreichte ihn, und er zog sich unwillkürlich zurück.

Da geschah etwas, was Gallik sein Leben lang nicht vergessen sollte.

Durch das Schott kam ein halb zerstörter Roboter. Die Maschine bewegte sich schwerfällig voran, und ab und zu irrte sie sich in der Richtung. Aber sie schaffte es immer wieder, ihrem eigentlichen Ziel entgegenzusteuern: dem Berg der toten Roboter.

Solensky hob seine Waffe, aber Gallik hielt ihn zurück.

„Laß ihn gehen!“ befahl er.

Der Roboter langte bei dem dampfenden Klumpen an. Einige Zeit blieb er davor stehen und starrte mit geöffneten Linsen vor sich hin. Dann folgte auch er dem Weg seiner Artgenossen und verglühte.

Ein Schauer durchrann Gallik.

„Das war der letzte“, sagte Gunnarson etwas unbeholfen.

Auf dem Gang wurden Schritte hörbar. Kommandos wurden gerufen, und Männer tauchten auf. Gallik fühlte sich plötzlich unendlich müde. Eine große, schlanke Gestalt trat durch das Schott und stellte sich neben Gallik. Erst als der Korporal sich umwandte, sah er, daß es Perry Rhodan war.

Rhodan schaute ihn ernst an. Dann blickte er zu Kakuta, der mit herunterhängenden Armen an der Wand lehnte. Er erkannte die Müdigkeit in den Augen dieser Männer, sah die Spuren übermenschlicher Beanspruchung und las das Entsetzen über unverständliche Vorgänge.

Alkher kam von der anderen Seite herüber. Leggart und Pearson stützten Ras Tschubai, und Gucky watschelte hinter ihnen her. Ein Gefühl der Erleichterung durchströmte Rhodan. Keiner der Männer hatte sein Leben eingebüßt.

„Wenn Sie nichts dagegen haben, möchten wir uns jetzt zurückziehen", sagte Gallik ruhig.

„Natürlich, Korporal", stimmte Rhodan zu.

Gallik verließ den Laderaum, ohne sich zu überzeugen, ob ihm jemand folgte. Sanitäter kamen ihm entgegen, mit fahrbaren Bahren, um die Verletzten zu holen. Gallik stolperte an ihnen vorbei. Jemand sprach ihn an, aber er ging einfach weiter, bis er die Schleuse erreicht hatte. Er betrat das Beiboot und ließ sich auf den ersten Sitz sinken, den er fand.

Dr. Carl Riebsam stieß die Spitzen seiner zehn Finger gegeneinander und schaute die in der Zentrale der THEODERICH Versammelten an.

„Nach den bisherigen Erfahrungen drängt sich der Verdacht auf, daß die Roboter aus dem Fragmentschiff von Mechanica stammen *könnten*", sagte er. „Dabei müssen wir annehmen, daß es sich um Konstruktionen handelt, die schon vor langer Zeit vervollkommnet und weiterentwickelt wurden. Aber dies ist vorläufig nur Spekulation. Erst, wenn die endgültigen Auswertungsergebnisse vorliegen und wenn man die Überreste der auf der HAT-LETE verglühten Roboter einer genauen Analyse unterzogen hat, können wir mehr sagen."

Längst war die HAT-LETE von einem Bergungsschiff der Solaren Flotte zur Erde gebracht worden, damit man das Arkonschiff einer genauen Untersuchung unterziehen konnte. Auch die FRISCO und ihre Besatzung befanden sich inzwischen in Sicherheit. Noch immer beschäftigte sich die Besatzung der THEODERICH mit dem Problem des Fragmentschiffs.

John Marshall räusperte sich und sagte in gemessenen Worten: „Nach reiflicher Überlegung und einer Aussprache mit Gucky habe ich mich entschlossen, etwas bekanntzugeben, was ich für eine Sinnestäuschung gehalten habe. Ich mußte jedoch feststellen, daß Gucky den gleichen Eindruck hatte."

Rhodan beugte sich in seinem Sitz gespannt vor.

„Sprechen Sie, John", forderte er den Mutantenführer auf.

„Es muß in jenem Augenblick gewesen sein, als die Roboter sich selbst vernichteten", erinnerte sich Marshall. „Wir betraten die HATLETE, und ich hatte das Empfinden, einen schmerzlichen telepathischen Impuls aufzufangen, der sich jedoch sofort verflüchtigte."

„Das stimmt", warf Gucky ein. „Auch ich habe das wahrgenommen, und es stammte von keinem Menschen."

Rhodan tauschte einen Blick mit Dr. Riebsam aus.

„Es ist doch unmöglich, daß dieser Impuls von den Robotern gekommen ist", sagte er zweifelnd.

„Das behauptet niemand", sagte Marshall. „Auf jeden Fall haben wir beide diesen Impuls auf telepathischer Ebene vernommen."

Rhodan strich über seine Stirn. Er mußte den Worten der Mutanten glauben, sie waren zuverlässig. Der Feind hatte sich vernichtet, um einer Untersuchung zu entgehen.

11.

Vier Wochen später, am 5. Juli 2112, stand die THEODERICH startbereit auf dem Raumhafen von Arkon III. Nachdem die Untersuchung der ausgeglühten Roboter von der HAT-LETE keinen Erfolg gebracht hatte, sollte eine Expedition nach Mechanica gestartet werden, um festzustellen, ob die Herkunft der Roboter dort zu suchen war. Perry Rhodan hatte von den Swoon, den genialen Mikrotechnikern, Individualimpulsabsorber konstruieren lassen, die jeden Träger davor schützen sollten, von den Robotern als organisches Wesen identifiziert zu werden. An Bord des THEODERICH waren Großgeräte dieser Art installiert worden. Die Individualimpulsabsorber waren mit Mikrosymbolfunkgeräten gekoppelt, die genau auf jene Frequenz eingestellt waren, wie sie von den Fragmentraumschiffen benutzt wurde.

Die ständige Anfrage der Roboter „Seid ihr wahres Leben?“ sollte beantwortet werden. Weiter noch: Es war beabsichtigt, diese Frage selbst den Fremden zu stellen, um eine entsprechende Antwort zu erhalten und jeden Verdacht im Keim zu ersticken.

Die Absorber mit den eingebauten Funkgeräten wurden an die Besatzung verteilt und ihr Gebrauch in einer kurzen Instruktionsstunde erklärt. Während dieser Zeit weilte Rhodan bei Atlan und besprach mit ihm die letzten Einzelheiten des beabsichtigten kosmischen Verteidigungsgürtels.

„Es sind genügend Raumstationen am Rand der Milchstraße vorhanden, jeden eventuellen Angriff rechtzeitig zu erkennen“, sagte Atlan. „Außerdem bin ich bereit, einige tausend Schiffe patrouillieren zu lassen, aber mehr kann ich nicht entbehren, da wir damit rechnen müssen, daß die Fragmentraumschiffe auch im Bereich des Großen Imperiums auftauchen. Der Zwischenfall mit der HAT-LETE hat es gezeigt.“

„Das verstehe ich“, gab Rhodan zu. „Die Unsichtbaren und die Roboter, sie bedeuten eine Gefahr für die gesamte Milchstraße. Woher kommen sie? Wirklich aus dem Raum zwischen den Galaxien? Wo liegt ihre Heimat? Bekämpfen sie sich wirklich, oder versuchen sie nur, uns zu täuschen, um uns aus der Reserve zu locken? Das alles sind Fragen, auf die wir eine Antwort finden müssen, wollen wir auf die Dauer überleben. Auch aus diesem Grund fliege ich nach Mechanica. Denn die Roboter, glaube ich immer noch, stammen von dort. Die Unsichtbaren hingegen – sie stammen zweifellos aus den Leerraum.“

Atlan pflichtete ihm bei. „Du magst recht haben, und ich werde alles tun, um dich zu unterstützen. Meine Robotfabriken bauen mehr und mehr Raumstationen, die wir am Rand der Milchstraße stationieren können. Sie sind es, die uns von der Annäherung jedes Gegners unterrichten können. Ist noch mehr zu tun?“

„Viel mehr, Atlan“, erklärte Rhodan. „Wir müssen erfahren, wer unser Gegner ist. Die Unsichtbaren – warum sind sie unsichtbar? Existieren sie in einer anderen Dimension und sind sie von Natur aus, was sie sind, oder benötigen sie Geräte, um sich unsichtbar zu machen? Oder die Robots? Du hast die Debatten der Wissenschaftler in den letzten Wochen miterlebt. Jeder hat eine andere Meinung. Welche ist die richtige? Ich will das herausfinden.“

„Und wenn du irrst? Wenn sie nicht von Mechanica stammen?“

Rhodan zögerte.

„Irrtum oder nicht, wir brauchen Gewißheit“, brach er dann das Thema ab und kehrte zu seinem ursprünglichen Anliegen zurück. „Du wirst also Raumstationen bauen, Atlan? Auch auf dem irdischen Mond werden sie hergestellt. Unsere Werften arbeiten mit Hochdruck. Das Verteidigungssystem darf keine Lücken aufweisen.“

Atlan lächelte plötzlich verhalten. „Es ist doch merkwürdig, wie die Zeiten sich ändern. Früher waren wir darauf bedacht, unser Imperium gegen außen abzuschirmen – aber was bedeutete damals außen? Sternsysteme innerhalb der Milchstraße, die wir heute größtenteils noch nicht erforscht haben. Schon deine Erde gehörte dazu. Und heute? Heute schirmt sich die ganze bekannte Milchstraße gegen ‚außen‘ ab. Und diesmal bedeutet ‚außen‘ jene grauenhafte Leere zwischen den Galaxien, der große Abgrund ohne Sterne. Wir, die

Bewohner der Milchstraße, stehen plötzlich zusammen, weil uns ein Feind entstanden ist, den wir nicht einmal kennen. Ich frage mich, ob das ein Rückschritt oder ein Fortschritt ist."

Rhodan sah Atlan ernst an. „Das wird sich erst erweisen, mein Freund. Wir werden vielleicht lange genug leben, um es zu erleben. Sind wir nicht unsterblich?"

„Ja, wenn uns niemand tötet." Unbewußt fast griff Atlan nach seinem eigroßen Zellaktivator, den er – genau wie Rhodan – stets auf der Brust trug. „Der natürliche Tod kann uns nicht mehr holen." Er beugte sich plötzlich vor. „Was macht eigentlich unser Freund auf dem Planeten Wanderer?"

„Ich war erst vor einigen Tagen auf Wanderer, um mit *ES* über die jüngsten Ereignisse zu sprechen, aber *ES* meldete sich nicht. Zum Glück ist Wanderer jederzeit für alle erreichbar, die bei Bedarf die Zelldusche erhalten."

Sie unterhielten sich noch eine halbe Stunde, dann erhielt Rhodan von Kommodore Jefe Claudrin die Nachricht, daß die THEODERICH startbereit sei.

Er stand auf und gab Atlan die Hand. „Leb wohl, alter Freund."

„Viel Glück, Perry", wünschte Atlan bewegt. Er ahnte, daß sein Freund es nötig haben würde.

Diesmal gab es keine „militärischen Riten", als Rhodan auf sein Flaggschiff zurückkehrte. Tatsache war, daß niemand außer den wenigen Eingeweihten wußte, daß Rhodan überhaupt Arkons System verließ.

Jefe Claudrin schritt unruhig in der Kommandozentrale hin und her, als Rhodan eintrat. Erleichtert atmete er auf.

„Endlich", polterte er dröhnend. „Warten ist für mich ein Greuel."

„Für mich auch", erkläte Bully, der neben dem Navigationstisch stand, wo er sich mit dem blonden Reg Thomas, dem Ersten Offizier, unterhalten hatte.

Rhodan sah ihn forschend an. „Vielleicht wäret ihr noch einmal froh, hier zu warten, anstatt losgeflogen zu sein. Alles klar an Bord, Claudrin?"

„Startbereit, Sir!" meldete Claudrin dienstlich, dann aber grinste er, beugte sich Rhodan entgegen und fragte: „Wie meinen Sie das?"

„Das weiß ich selbst nicht genau." Rhodan wich aus. „Also – starten wir. Koordinaten bekannt. Zielstern Outside. Während des Fluges Höchstgeschwindigkeit. Ich bin in meiner Kabine zu erreichen."

Er verließ die Zentrale, schritt ein kurzes Stück durch den Korridor und betrat den Lift, als die THEODERICH startete. Von dem dröhnenden Heulen der Wulsttriebwerke war nichts zu hören, und der Andruck blieb dank der Schwerkraftneutralisatoren unbemerkt. Als Rhodan seine Kabinentür öffnete und eintrat, war Arkon III bereits zu einem hellen Stern geworden, der zusehends kleiner wurde und schließlich verschwand.

Ein Teil des berühmten Mutantenkorps weilte zusammen mit einem speziellen Einsatzkommando ebenfalls an Bord. Nicht weit von Rhodans Kabine bewohnte Gucky mit der Mausbiberfrau Iltu zwei Räume.

Iltu hatte darauf bestanden, am Einsatz teilzunehmen. Da ihre Fähigkeiten als Teleporterin inzwischen ausgereift waren und sie die Telekinese und Telepathie annähernd so gut wie Gucky beherrschte, hatte Rhodan keine Bedenken gegen Iltus Teilnahme an der Expedition.

Die THEODERICH war nicht allein in der unermeßlichen Weite der Randzone. In geringem Abstand folgte ihr die 32. Flottille der terranischen Raumflotte. Es handelte sich um einhundert Schlacht- und Superschlachtschiffe mit den dazugehörenden Kreuzern und Aufklärern. Kommandant des Flottenverbands war Admiral Serge Wassilow, der sich in manchen Einsätzen besonders bewährt hatte.

Wassilow hatte den Befehl erhalten, ständigen Funkkontakt mit der THEODERICH zu halten und erst dann einzugreifen, wenn er die ausdrückliche Anordnung dazu erhielt. Mit dieser Maßnahme gedachte Rhodan, sich den Rücken freizuhalten. Mit dem unbekannten Gegner war nicht zu spaßen. Eine große Macht im Hintergrund bedeutete mehr Sicherheit und Selbstvertrauen für die Terraner.

Noch während die THEODERICH im Linearraum Mechanica zueilte, ließ Rhodan die Mutanten und die Techniker in den Raum kommen, in dem der Fiktivtransmitter untergebracht war.

Es war den Terranern niemals gelungen, dieses Gerät nachzubauen, das der große Unbekannte, das unsterbliche Wesen des Planeten

Wanderer, ihnen einmal geschenkt hatte. Seine Funktion war unbekannt, nur das Resultat war offensichtlich. Der Transmitter konnte jeden Gegenstand – ob organischer oder anorganischer Natur – an einen anderen Ort schießen und dort nach vorheriger Entmaterialisierung neu erstehen lassen. Der gewaltige Unterschied zu den herkömmlichen Transmittern war, daß keine Empfangsstation benötigt wurde. Allerdings setzte Rhodan den Fiktivtransmitter nur in Notfällen ein, um das wertvolle Gerät möglichst zu schonen. Es war unersetzlich und sein wahrer Wert nicht abzuschätzen. Das war auch einer der Gründe, warum er beabsichtigte, auf „Mechanica" eine reguläre Empfangsstation für gewöhnliche Materietransmitter einzurichten.

Eine halbe Stunde vor Erreichen Mechanicas versammelten sich die Mutanten und Techniker im Transmitterraum.

Rhodan hielt eine kurze Ansprache.

„Sie werden sich fragen, warum ich Sie hierher bestellt habe", sagte er. „Die THEODERICH wird in einer knappen halben Stunde den Linearraum verlassen, einige Lichtminuten von Mechanica entfernt. Meine Absicht ist es, auf Mechanica einen Stützpunkt zu errichten. Die geographischen Verhältnisse dieser Welt sind uns vom letzten Besuch bekannt. Unser Stützpunkt wird in jenem Gebirge errichtet, in dem sich die automatischen Abwehrgeschütze verbargen, die wir damals vernichtet haben. Wir werden jedoch nicht mit der THEODERICH landen, sondern mit Hilfe des Fiktivtransmitters den Planeten erreichen. Die THEODERICH bleibt unter Beachtung aller Sicherheitsvorkehrungen zurück und wird im Schutz der Individualabsorber Mechanica in einem Abstand von einem Lichtjahr umkreisen. Dicht dahinter wird die 32. Flottille ebenfalls Warteposition beziehen. Der Sinn dieser Maßnahme liegt darin, daß wir vermeiden wollen, daß irgend jemand Rückschlüsse zwischen dem zu errichtenden Stützpunkt und der THEODERICH ziehen kann. Wir wissen nicht, welche Beobachtungsmittel die fremden Roboter besitzen, wir wissen nicht einmal, ob sie auf unser Erscheinen auf Mechanica reagieren werden. Sie alle kennen die Berichte von unserem damaligen Aufenthalt auf dieser Welt, bei dem wir keinerlei Anzeichen dafür entdeckten, daß sich fremde Raumschiffe in der Nähe Mechanicas befanden. Dennoch müssen wir den Verdacht, daß die Roboter entweder von hier stammen oder mit dieser Welt irgendwie in Zusammenhang stehen, berücksichtigen und aufklären. Deshalb werden alle Personen, die auf Mechanica landen, die neuen Absorber und metallische Spezialanzüge tragen und somit nicht als organisches Leben zu erkennen sein. Die in den Absorbern integrierten Symbolfunkgeräte sollten uns die Möglichkeit geben, bei Bedarf mit den fremden Robotern Kontakt aufzunehmen. Für den Funkverkehr untereinander sind die Helmfunkgeräte zu verwenden, die den größtmöglichen Schutz vor dem Abhören bieten."

„Und was tun wir", fragte Gucky skeptisch, „wenn die Roboter tatsächlich kommen und uns angreifen? Wir können sie doch nicht abwehren."

„Die Pakete und Kisten dort – zusammengesetzt ergeben sie eine komplette Transmitterempfangsstation, mit der jederzeit die Verbindung zur THEODERICH hergestellt werden kann. Ich kann von hier aus immer Verstärkung, Waffen und alles Material nach Mechanica entsenden. Nach Einrichtung der Gegenanlage haben wir neben den Teleportern immer einen Fluchtweg. Vorerst gehen nur Gucky, Iltu, Ras Tschubai und fünf Techniker nach Mechanica. Sobald die Station funktionsbereit ist, werde ich mit einhundert Mann des Einsatzkommandos nachkommen. Das Gebirge auf Mechanica wird zur regelrechten Festung ausgebaut, falls uns die Roboter Zeit dazu lassen."

„Sie waren sechs Jahre nicht dort, warum sollten sie nun auftauchen?"

Rhodan lächelte flüchtig. „Weil sich zum erstenmal auf Mechanica Wesen bewegen werden, die keine organischen Gehirnimpulse ausstrahlen und daher für die Roboter Vertreter des ‚wahren Lebens' sind. Man wird sich für uns interessieren. Noch Fragen?"

Er hatte sich in erster Linie an die Techniker gewandt. Einer von ihnen trat vor.

„Die Kisten dort – sind sie die zusammensetzbare Empfängerstation? Ich frage nur, weil mir das Material so gering erscheint."

„Es ist nur die Rohkonstruktion, Randet. Die übrigen Teile folgen, sobald Sie sie aufgestellt haben." Er sah einen zweiten Mann fragend an. „Ja, Polski?"

„Haben wir die Möglichkeit, uns mit Ihnen in Verbindung zu setzen, falls wir angegriffen werden, bevor die Station aufgebaut ist?“

„Selbstverständlich“, sagte Rhodan. „Sie nehmen einen tragbaren Hyperkom mit. Der Signalkode ist ja bekannt. Sprechverkehr ist leider nicht möglich, aber Signale tun's ja auch im Notfall. Noch Fragen?“ Er sah auf seine Uhr. „In fünf Minuten ist es soweit.“

Sie besprachen die letzten Einzelheiten.

Die THEODERICH stand jetzt im Raum.

Die Techniker und Mutanten legten ihre Spezialanzüge an. Die Individualimpulsabsorber der THEODERICH wurden ebenfalls eingeschaltet.

Rhodan gab Chefingenieur Major Slide Nacro ein Zeichen.

Der umweltangepaßte Marsbewohner mit seinem riesigen Brustkasten nickte zurück und trat an das Schaltpult. Seine Hände legten sich auf einen Hebel. Mit einem Ruck zog er ihn herab.

Rhodan schaute auf den Gitterkäfig des Fiktivtransmitters.

Gucky, Iltu, Ras und die fünf Techniker waren mit der Ausrüstung verschwunden.

12.

Die Luft war kalt und dünn.

Obwohl die rote Riesensonne hoch am Himmel stand, war ihre Kraft nicht mehr stark genug, bemerkenswerte Wärme zu spenden. Sie gab Licht und verhütete das Gefrieren der Atmosphäre, aber das war auch alles.

Dicht am Horizont standen neben dem Riesentrichter die ausgeglühten Reste der zerstörten Schaltzentrale. Seit ihrer Vernichtung schwiegen auch die automatischen Abwehrgeschütze des mechanisierten Planeten, dessen Ureinwohner längst im Strom der Zeit versunken waren. Niemand vermochte genau zu sagen, wer sie gewesen waren und wie sie ausgesehen hatten. Man vermutete nur, daß es sich um Echsenabkömmlinge gehandelt hatte.

Das Gebirge, nicht sehr hoch und nicht sehr groß, lag inmitten unübersehbarer Sandwüsten, die einst fruchtbares Land gewesen sein mußten. Doch das war wohl schon lange her.

Die Männer und die Mausbiber materialisierten aus dem Nichts und standen dann auf dem Plateau, hoch über der Einsamkeit des toten Planeten. Nichts rührte sich dort unten in den weiten Ebenen.

Fünf Stunden später war der Transmitter aufgestellt und empfangsbereit. Unmittelbar danach kamen Rhodan und die ersten Männer des Einsatzkommandos auf Mechanica an. Alle waren ebenso ausgerüstet wie die drei Teleporter und fünf Mechaniker. Nachdem das restliche Material, darunter die zerlegten Einzelteile einiger Fluggleiter und ein Hyperkom rematerialisiert waren, begann man damit, die Station weiter auszubauen und sich auf die erhoffte Ankunft eines Fragmentschiffs vorzubereiten.

Niemand wußte, wie lange sie warten würden und ob ihr Warten überhaupt einen Sinn hatte. Möglicherweise würde es gar nicht zu einem Kontakt kommen, dann war ihre Mission gescheitert. Aber

Rhodan hatte das untrügliche Gefühl, daß sich schon bald etwas ereignen würde. Und sein Gefühl sollte recht behalten. Doch es sollte ganz anders kommen, als er geglaubt hatte...

Am Mittag des folgenden Tages stürzte Ignaz Polski aus seiner provisorischen Funkstation.

„Sir – Kommodore Claudrin!"

Rhodan, der sich gerade mit Ras Tschubai und einigen Technikern unterhielt, ließ die Männer stehen und rannte zur Funkhütte. Vom Schirm herab blickte ihm Claudrins breites Gesicht entgegen. Im Hintergrund war ein Teil der Zentrale der THEODERICH zu sehen.

„Sir, fünf nicht identifizierte Raumschiffe im Anflug auf Mechanica. Nur mit Spezialortern zu erfassen."

Rhodan war überrascht.

„Keine Fragmentraumer?" fragte er ahnungsvoll.

„Nein", erwiderte Claudrin. „Die Schiffe sind tropfenförmig und gehören wahrscheinlich den geheimnisvollen Unsichtbaren, mit denen Sie auf Barkon zusammenstießen."

Welche Zusammenhänge zwischen den Unsichtbaren und den Robotern der Fragmentschiffe gab es? fragte sich Rhodan. Warum bekämpften sie sich erbarmungslos? War dies auf eine uralte Feindschaft zurückzuführen? Und wie kam es, daß die Unsichtbaren gerade jetzt Mechanica entdeckten? Oder war ihnen die Position dieser Welt schon längst bekannt? Kamen sie jetzt hierher, um nachzusehen, wer sich auf Mechanica zu schaffen machte? Warum war von den Unsichtbaren vor sechs Jahren nichts zu bemerken gewesen? Rhodan kam ein schrecklicher Verdacht. Waren es die Terraner gewesen, die mit ihrer Anwesenheit auf Mechanica eine Spur für die Unsichtbaren gelegt hatten? Barkon stand ungefähr im selben Raumsektor wie Mechanica, nur wesentlich weiter von der Grenze der Galaxis entfernt.

„Barkon wird eine Spur sein, die zu unserer Galaxis führt – und sie werden dieser Spur folgen", hatte *ES* damals gesagt. War Mechanica ein weiterer Meilenstein auf dieser Spur? Wenn ja, dann war der Verdacht, daß es die Terraner selbst gewesen waren, die diese Spur gelegt hatten, begründet. Dann hatten die Unsichtbaren die energetischen Aktivitäten der Terraner auf Mechanica registriert und den

Planeten entdeckt – nachdem die Terraner wieder abgezogen waren. Was, wenn nun Fragmentraumer im Schlepptau der Unsichtbaren auftauchten?

Die Stimme Claudrins riß Rhodan aus seinen Gedanken. „Sie kehren doch zurück? Wie lauten Ihre Befehle?"

Rhodan überlegte. „Zurückkehren, Claudrin? Auf die THEODERICH etwa? Nein, wir bleiben hier. Sorgen Sie dafür, daß Wassilow keinen Unsinn macht und auf der befohlenen Position abwartet. Nicht eingreifen. Die Unsichtbaren dürfen nicht bemerken, daß in der Nähe des Systems unsere Schiffe lauern."

„Sie sind völlig schutzlos", entgegnete Claudrin voller Bedenken. „Wie wollen Sie sich gegen die Fremden verteidigen?"

„Fremde?" Rhodan lachte kurz auf. „Nennen wir sie doch einfach Laurins, nach dem sagenhaften Zwergenkönig, der sich unsichtbar machen konnte. Also – Laurins! Wenn sie Mechanica angreifen, dann höchstens die Schaltstationen, aber nicht ein unbewohntes Gebirge. Es gehört zu meinem Plan, daß die Laurins uns nicht finden und ich wiederum in nächster Nähe sitze und beobachten kann, was sie unternehmen."

„Und wenn bei einem Angriff der Transmitter zerstört wird?"

Rhodan seufzte. „Es ist natürlich auch möglich, daß ich trotz meines Zellaktivators eines Tages sterbe, Claudrin. Menschenskind, wenn ich alle ‚Wenn' und ‚Aber' in meine Berechnungen einbeziehen würde, hätten wir heute noch nicht einmal den Mars erreicht."

Claudrin gab es auf.

„Ich bleibe ständig mit Ihnen in Funkverbindung", sagte er ungewöhnlich steif.

„Sollten die Laurins auf Mechanica auftauchen, dürfen wir wegen der Ortungsgefahr nur noch in Notfällen funken", entschied Rhodan.

Jefe Claudrin gab Rhodans Blick mit unbewegtem Gesicht zurück. „Ja, Sir."

Der Bildschirm erlosch.

Gucky, der unbemerkt eingetreten war, stellte nüchtern fest: „Das hat ihm nicht gepaßt, Perry."

„Er meint es nur gut, Gucky. Er macht sich Sorgen um uns – und ich fürchte, er hat auch allen Grund dazu. Die Laurins sind im Anflug.

Ihre Schiffe müssen bereits in unmittelbarer Nähe sein. Sie können jeden Augenblick auftauchen. Es ist besser, wir sehen uns nach guten Deckungen um. Wenn sie die Transmitterstation entdecken, sind wir erledigt."

„Du hast sie Laurins getauft? Ich glaube, wir werden noch eine Menge Ärger mit ihnen haben."

„Das ist anzunehmen", erwiderte Rhodan. „Ich weiß nicht, warum sie sich gerade jetzt für Mechanica interessieren, aber es ist durchaus möglich, daß ihre Anwesenheit über kurz oder lang auch Fragmentschiffe anlockt."

Rhodan wandte sich den Offizieren zu und gab ihnen genaue Instruktionen, wie sie sich im Fall eines direkten Angriffs auf den Stützpunkt verhalten sollten. Schubweise würden dann die Männer des Einsatzkommandos durch den Transmitter zur THEODERICH zurückkehren.

Zehn Minuten später war das Hochplateau wie ausgestorben. Nichts mehr verriet, daß die Terraner hier einen Stützpunkt errichtet hatten. Transmitter und Funkstation waren so getarnt, daß sie aus der Luft nicht zu erkennen waren. Der unterirdische Bunker lag tief im Felsen und war gegen einfachen Strahlenbeschuß abgesichert. Wenn die Laurins nicht gerade mit Atombomben angriffen, konnte Rhodans Gruppe nicht viel passieren.

Die fünf Schiffe der Laurins waren unsichtbar und nur auf den Spezialschirmen der THEODERICH zu erkennen.

Niemand wußte, warum sie und ihre Besatzung unsichtbar waren. Es gab verschiedene Theorien, von denen die mit der anderen Dimension die wahrscheinlichste zu sein schien. In gebündelten und sich kreuzenden Energiestrahlen wurden die Laurins sichtbar. Wenn sie starben, erhielten sie für Sekunden humanoidenähnliche Umrisse, die aber sofort wieder verschwanden, wenn sie tot waren. Man griff einfach ins Leere, wenn man sie packen wollte. Niemand wußte, woher sie kamen.

Mit hoher Geschwindigkeit näherten sich fünf Schiffe dem System Outside und drangen in dieses ein. Dabei kamen sie dem zweiten Planeten ständig näher, bis sie ihn regelrecht einschlossen.

„Der Angriff kann jeden Moment beginnen“, sagte Claudrin.

Rhodan betrachtete gespannt den Bildschirm, auf dem sich das Geschehen deutlich abzeichnete. Die fünf Schiffe hoben sich als dunkle Schatten ab, die in ihrer Form an Tropfen erinnerten.

Jetzt sanken die Schiffe tiefer und glitten aus der Kreisbahn heraus.

Claudrin kommentierte: „Das sichere Zeichen für eine bevorstehende Landung oder für einen Angriff. Wollen Sie nicht lieber zurückkehren, Sir?“

Rhodan schüttelte den Kopf und behielt den Bildschirm im Auge.

Von dem Transmitter war nichts zu sehen. Die Tarnung war wirklich vollkommen.

Eins der Schiffe stand jetzt über der Stadt. Ein kleiner, funkelnder Gegenstand trennte sich von ihm und fiel wie ein silberner Tropfen langsam in die Tiefe, wurde schneller und verwandelte sich plötzlich in eine grell aufflammende Sonne. Die Lichthölle breitete sich schnell aus, stieg aber nicht in die Höhe, sondern fiel weiter in die Tiefe, auf die Stadt zu. Ein grauer Rauchpilz wurde schnell größer.

Rhodan wurde unwillkürlich blaß.

„Eine Arkonbombe – so etwas Ähnliches wie eine Arkonbombe!“ rief er erschrocken. „Das hätte ich nicht gedacht!“

„Was?“ fragte Claudrin entsetzt. „Sie meinen doch nicht...“

„Doch, Claudrin. Sie wollen Mechanica restlos vernichten. Ihre Bombe wird einen unlöschbaren Atombrand auslösen. In wenigen Tagen wird dieser Planet nur noch eine lodernde Atomfackel sein, die Outside umkreist.“

„Sie müssen sofort in den Transmitter!“

Rhodan schüttelte den Kopf. „Warum, Claudrin? Es dauert Tage, ehe der Brand sich ausbreitet. Und wenn sie auf jede Stadt eine solche Bombe werfen, sind wir noch mindestens vierundzwanzig Stunden außer Gefahr. Wir bleiben.“

„Das zweite Schiff hat auch eine Bombe geworfen – höchstens hundert Kilometer von Ihnen entfernt. Wie schnell breitet sich die Kettenreaktion aus?“

„Mit fünf Kilometern in der Stunde“, beruhigte ihn Rhodan. „Solange sie uns nicht direkt angreifen, können wir bleiben. Wenigstens bis morgen. Dann werden wir ja sehen.“ Er machte eine kurze

Pause. „Geben Sie Befehl an Ihre Ortungsmannschaft, genau aufzupassen. Wenn ich mich nicht sehr täusche, werden bald die Rächer auftauchen."

Im Verlauf der nächsten Stunde fielen zwanzig weitere Bomben. Der Atombrand hatte begonnen und würde Mechanica vernichten. Mit dem Planeten würden die Reste einer ehemals großen Zivilisation endgültig sterben.

Rhodan schauderte zusammen. Draußen schien die Mittagssonne. Sie war zwar immer noch dunkelrot und wirkte leicht verhangen, aber heute täuschte dieser Eindruck nicht. Die Sonne Outside war von einem feinen Dunstschleier umgeben. Die Atmosphäre von Mechanica war voller Staub. Voller strahlendem, tödlichem Staub.

Gucky materialisierte im Funkraum. „Perry – du weißt, ich belausche sonst nicht deine Gedanken, aber mir scheint, es wird Zeit, daß wir von hier verschwinden."

Rhodan drehte sich zu ihm um. „Und warum sind wir dann hierhergekommen? Nein, mein Lieber, noch halten wir aus. Ich warte auf das Unvermeidliche. Es muß einfach eintreten."

„Die Roboter?"

Rhodan nickte stumm und wandte sich wieder dem Bildschirm zu.

Schon bestand Mechanicas Oberfläche aus vielen glühenden Punkten, die langsam, aber gleichmäßig größer wurden. Die Städte waren ausradiert und ähnelten feurigen Meeren. Diese Meere schienen immer neue Nahrung zu erhalten und über ihre Ufer zu treten. Sie würden den Planeten allmählich überschwemmen und sich in die Tiefe bis zum Mittelpunkt vorarbeiten.

Claudrin meldete sich wieder. „Admiral Wassilow erwartet Ihren Befehl, die Laurins angreifen zu dürfen."

„Er soll sich unterstehen!" drohte Rhodan, obwohl er die Ungeduld des Offiziers verstehen konnte. „Wassilow hat abzuwarten."

„Eine harte Geduldsprobe", meinte Claudrin. „Da vernichten fünf Schiffe einen ganzen Planeten – und wir schauen untätig zu."

„Wir müssen den Funkkontakt wieder unterbrechen, Jefe. Die Laurins dürfen keinen Impuls auffangen."

Er nickte Claudrin und dann Polski zu, drehte sich um und verließ mit Gucky den kleinen Raum. Draußen blieb er auf dem Plateau stehen und sah hinauf in den Himmel. Ja, die Sonne war nicht mehr so deutlich und klar wie früher. Sie stand hinter einer dunstigen Schicht, die in mehr als zehn Kilometern Höhe den ganzen Planeten umgab. Kein organisches Lebewesen konnte hier länger als einige Tage leben, ohne schwere Schädigungen davonzutragen, falls es regnen würde.

„Hallo, Sir!" erklang Polskis Stimme aufgeregt hinter Rhodan. „Ein Anruf von Claudrin."

„Schon wieder?" fragte Rhodan verwundert. „Wie es scheint, macht sich der Kommodore mehr Sorgen um unsere Sicherheit als wir selbst."

Er ging in die Funkbude und sah Claudrins Gesicht, das vor Aufregung ganz verzerrt war. „Was ist los, Claudrin?"

„Die Roboter – sie kommen."

Rhodan zuckte zusammen.

„Schon?" fragte er dann überrascht. „Wieviel?"

„Drei Fragmentschiffe. Sie nähern sich dem Outside-System mit großer Geschwindigkeit. Sie werden in zwei Stunden da sein." Er sah Rhodan erwartungsvoll an. „Werden Sie nun zurückkehren? Kann ich Wassilow den Befehl geben, endlich einzugreifen? Eine bessere Gelegenheit wird sich uns kaum noch bieten, fünf Laurins und drei Roboter anzugreifen."

Rhodan seufzte. „Nichts wird geschehen, Claudrin. Wir bleiben hier, und Wassilow soll noch warten. Noch wissen wir nichts über die Zusammenhänge, die es zwischen den Robotern und den Laurins gibt."

„Ich erwarte ihre Anordnungen", sagte Claudrin, dann erlosch der Bildschirm.

Polski war ein wenig blaß, als Rhodan sich ihm zuwandte.

„Sie bleiben bei den Geräten und rufen mich, wenn Wassilow oder Claudrin mich zu sprechen wünschen. Ich fürchte, jetzt wird es ernst."

Er ging nach draußen, um die Männer zu unterrichten.

Die drei Fragmentschiffe sahen aus wie ein Alptraum.

Im ersten Augenblick konnte man sie für Würfel halten, aber das stimmte nicht ganz. Wenn man näher hinsah, entdeckte man überall auf den geraden Flächen eines solchen Würfels bizarre Auswüchse,

Ausbuchtungen und Erhebungen, die alle eine Funktion haben mußten. Die Kantenlänge des Würfels betrug sicherlich zweitausend Meter, damit waren die Fragmentschiffe der Roboter größer als die Superschlachtschiffe der terranischen oder arkonidischen Flotten.

Nach den bisherigen Erfahrungen war der Kommandant eines solchen Würfels ein Roboter, der Befehlsgewalt über mindestens tausend andere Robotkonstruktionen besaß. Jede dieser einzelnen Konstruktionen erfüllte seine besondere Funktion, schien aber dem Kommando des obersten Roboters zu unterstehen.

Rhodan plante, im bevorstehenden Zusammenstoß mit den Robotern Gravitationsbomben einzusetzen. Bei ihrer Detonation würde das gegnerische Schiff samt Schutzschirm aus dem energetischen Gefüge des vierdimensionalen Raumes herausgerissen und vernichtet. Bisher bekannte Schutzschirme waren dagegen wirkungslos. Die fünfdimensionale Energiewaffe wurde mit Hilfe lichtschneller Spiralfelder ins Ziel geschossen.

Rhodan hoffte wenigstens, daß es so geschehen würde.

Die Gestalt gewordenen Alpträume näherten sich schnell dem System und griffen die fünf Raumer der Laurins ohne jede Warnung an. Auf dem Bildschirm konnte Rhodan den Vorgang verfolgen, der ihm von der THEODERICH übermittelt wurde. Mechanica war ein großer, an vielen Stellen glühender Ball. Winzig klein und doch deutlich erkennbar umkreisten ihn die fünf Laurins. Die drei Fragmentschiffe sahen aus wie rechteckige Plättchen.

In zehn Sekunden war alles vorbei.

Die fünf Laurin-Schiffe, unsichtbar für das menschliche Auge, vergingen in der atomaren Gluthölle nuklearer Torpedos, ehe die Kommandanten daran denken konnten, ihre zweifellos vorhandenen Schutzschirme einzuschalten. Immerhin waren sie geistesgegenwärtig genug gewesen, sofort das Gegenfeuer zu eröffnen.

Eines der Fragmentschiffe erhielt einen atomaren Volltreffer, der den Schutzschirm durchbrach. Noch während die fünf Laurins verglühten und verweht wurden, begann das Fragmentschiff abzustürzen.

Rhodan sah fasziniert auf den Bildschirm. Die Laurins besaßen Waffen, die den Schutzschirm eines Fragmentraumers zerstören konnten.

„Claudrin!“ sagte Rhodan kurz entschlossen, als sich das Wrack den obersten Schichten der Atmosphäre näherte. „Gehen Sie mit der THEODERICH bis auf zwei Lichtminuten an Mechanica heran. Nicht eingreifen! Stellen Sie genauen Aufschlagpunkt des Fragmentschiffs fest. Befehl an Admiral Wassilow weiterleiten: Die zwei Fragmentschiffe sind sofort mit Gravitationsbomben anzugreifen und zu vernichten!“

„Endlich“, sagte er erleichtert, dann verschwand er vom Bildschirm und gab Rhodan den Blick auf das immer noch stürzende Wrack wieder frei.

Einzelheiten waren undeutlich zu erkennen. Große Teile lösten sich aus dem Fragmentschiff und trudelten der Oberfläche entgegen. Flammen schlugen aus einer riesigen Öffnung, und eine schwarze Rauchfahne kennzeichnete die Spur des Sturzes.

Dann schlug es mitten zwischen drei feuerflüssigen Meeren auf, die einst Städte gewesen waren. Es würde noch gut zwei Tage dauern, ehe der Atombrand das Wrack erreichte. Mit Erleichterung registrierte Rhodan diesen glücklichen Umstand sowie die Tatsache, daß das Schiff beim Aufschlag nicht explodierte. Außerdem war der Absturz in der Endphase langsamer verlaufen, so als habe ein Teil des Antriebs wieder eingesetzt. Der Robotkommandant war somit noch aktionsfähig und hatte den Fall abgebremst. Die völlige Vernichtung war verhindert worden.

Das paßte genau in Rhodans Pläne.

Admiral Wassilow nahm Claudrins Befehl mit unbewegtem Gesicht entgegen. Es dauerte nur wenige Minuten, bis er den hundert Einheiten die genauen Koordinaten durchgegeben hatte, dann setzte sich die Flotte in Marsch. Mit höchster Beschleunigung raste sie auf das Outside-System zu.

Die beiden Robotschiffe hatten inzwischen keine Anstalten getroffen, dem abgestürzten Raumer zu helfen. Die Roboter mußten erkannt haben, daß Mechanica dem Untergang geweiht war und daß keine Zeit mehr blieb, das Schiff rechtzeitig zu reparieren – wenn es sich überhaupt reparieren ließ.

Die THEODERICH, die bei Rhodans Befehlen sofort auf Höchstbeschleunigung gegangen war, erreichte Mechanica lange vor der Flotte. Sie stoppte in zwei Lichtminuten Entfernung und begann das System zu umkreisen. Die Fragmentschiffe nahmen vorerst keine Notiz von dem Superschlachtschiff und suchten die Oberfläche des Planeten ab. Was sie suchten, war Rhodan nicht klar, er konnte nur hoffen, daß sie nicht ihn bei ihrer Suche entdeckten.

Dann drehten sie plötzlich ab und stießen mit mäßiger Beschleunigung gegen die THEODERICH vor.

„Ich glaube, sie wollen uns angreifen. Ihre Befehle?“ fragte Claudrin.

Rhodan sah auf die Uhr. „Wann trifft Wassilow ein?“

„Nicht vor einer halben Stunde.“

„Gut, Claudrin. Dann fliehen Sie und kehren in vierzig Minuten zurück. Wir dürfen das Flaggschiff auf keinen Fall der Gefahr einer Vernichtung aussetzen. Nur eine Übermacht kann die Roboter bezwingen. Verschwinden Sie! Aber kehren Sie zurück!“

„Soll ich nicht . . .“

„Nein, Sie sollen nicht!“ entgegnete Rhodan scharf. „Beeilen Sie sich gefälligst!“

Claudrin gehorchte wütend. Dieser Einsatz war ganz und gar nicht nach seinem Geschmack. Immer mußte er sich im Hintergrund halten und durfte nicht eingreifen. Gerade er, der als Draufgänger bekannt war. Rhodan verstand es wirklich, einem das Leben schwerzumachen.

Die THEODERICH verschwand Sekunden später in den Tiefen des Raumes und ließ zwei zögernde Fragmentschiffe zurück. Rhodan atmete auf. Zwar hatte er nun die Bildverbindung mit der THEODERICH verloren, aber es war kaum anzunehmen, daß die Fragmentschiffe jetzt noch nach Mechanica zurückkamen. Was war hier noch für sie zu holen?

Rhodan verließ die Funkbude und ließ die Gleiter fertig machen. Der Transmitter mußte zurückgelassen werden, da keine Zeit mehr blieb, ihn jetzt noch auseinanderzunehmen. Es gab Wichtigeres zu tun.

Viel Wichtigeres.

Nur das Hyperfunkgerät wurde verladen, und zwar betriebsfertig, so daß Rhodan jederzeit von seinem Gleiter aus Verbindung mit der

THEODERICH oder der Flotte aufnehmen konnte. Dann stiegen die zehn Gleiter auf und flogen in geringer Höhe nach Osten, der anderen Seite des Planeten entgegen.

Es war ein schwieriges Manöver, den glühenden Meeren auszuweichen, die sich in den letzten Stunden stark ausgebreitet hatten. Fast die Hälfte der Oberfläche von Mechanica war dem Atombrand bereits zum Opfer gefallen. Er fraß sich schneller voran, als Rhodan ursprünglich angenommen hatte.

Inzwischen waren die beiden Fragmentschiffe weiter in den Raum vorgestoßen, wie Claudrin Rodan mitteilte. Das war gut so, denn einmal im Hyperraum, würde man sie nie mehr finden. Im Gegensatz zu den bisher bekannten Transitionen hinterließen die Schiffe der Roboter keine Spur. Ohne jede Erschütterung des Raum-Zeit-Gefüges verschwanden sie in der fünften Dimension und tauchten aus ihr auf. Das war ein neuartiges Verfahren, das den Terranern unbekannt war.

Die Roboter flogen der Flotte Wassilows genau entgegen.

Der Admiral reagierte schnell. Die Gravitationsbomben lagen bereit. Sie wurden konzentrisch abgefeuert, so daß jedes der beiden Fragmentschiffe von mindestens zehn Bomben getroffen wurde.

Was dann geschah, erfüllte die Beobachter mit Entsetzen.

Normalerweise verschwand jegliche Materie, die von einer fünfdimensionalen Bombe getroffen wurde. Sie wurde in den Hyperraum geschleudert und verblieb dort für ewig.

Anders die Fragmentschiffe.

Sie überstanden das Energieinferno unbeschadet.

Wassilow stöhnte auf. Das konnte doch nicht sein. Welche Art von Schutzschirmen wurde dort verwendet, daß sie sogar den konzentrierten Beschuß von Gravitationsbomben scheinbar mühelos absorbierten?

Nachdem Wassilow die Schrecksekunde überwunden hatte, reagierte er rasch. Schnell und präzis gab er seine Befehle an die Flotte. Die Schiffe bildeten zwei Gruppen zu je fünfzig Schiffen. Jede dieser Gruppen griff ein Fragmentschiff an. Mit allen zur Verfügung stehenden Waffen schlugen die Terraner zu. Energiestrahlen aus mehreren Dutzend Geschützen vereinigten sich im Ziel. Ein gigantisches Energiegewitter tobte durch den Raum, und schließlich konnten die Abwehrschirme der Fragmentraumer dem konzentrierten Beschuß nicht mehr standhalten. In verheerenden Explosionen vergingen die beiden Schiffe. Die Gefahr war beseitigt, aber sie war für ein Dutzend terranischer Schiffe beinahe zum Untergang geworden, denn bevor die beiden Fragmentschiffe explodierten, gelang es ihnen, in den terranischen Reihen Verwirrung zu stiften und einige Schiffe zu Wracks zu schießen.

Nachdem sich die 32. Flottille wieder gesammelt hatte und die Schäden an den einzelnen Schiffen registriert worden waren – zwei Schiffe mußten aufgegeben werden, die Besatzungen wurden auf andere Schiffe verteilt –, setzte sich Wassilow mit Rhodan in Verbindung.

Nachdem er Bericht erstattet hatte, fragte er: „Befehle, Sir?"

„Sie bleiben in der Nähe. Umkreisen Sie mit Ihrer Flotte den Planeten und warten Sie weitere Anweisungen ab. Achten Sie auf den Raum außerhalb des Systems. Senden Sie Aufklärer aus, damit wir bei unserer Tätigkeit hier unten nicht gestört werden. Ich verlasse mich auf Sie."

„In Ordnung, Sir."

Rhodan sah hinab auf die Oberfläche des dem Tode geweihten Planeten. Mechanica würde nur noch zwei oder drei Tage existieren. Immerhin, wenn man sich beeilte, würde die Zeit ausreichen.

Die Gleiter waren nicht sehr schnell. Es dauerte fast sechs Stunden, ehe sie den Planeten umrundet hatten und sich dann der Aufschlagstelle des Fragmentschiffs näherten.

Das Wrack strahlte keine Hitze mehr aus.

Auch dafür gab es nur eine Erklärung: Den Robotern war es gelungen, einen Löschmechanismus in Betrieb zu setzen und so die endgültige Zerstörung zu verzögern. So erfreulich das auch war, so gefährlich war aber auch das hierdurch entstehende Problem: Man mußte sich vor Robotangriffen in acht nehmen.

Als die kleine Flottille fünfhundert Meter von dem Wrack entfernt landete, befahl Rhodan: „Der Pilot bleibt im Gleiter, damit wir eine schnelle Rückzugsmöglichkeit haben. Alle anderen aussteigen. Die Techniker zu mir. Einsatzkommando Waffen bereithalten!"

Gucky und Iltu hielten sich in der Nähe Rhodans. Ras Tschubai kam herbei und sah mit den anderen auf die gewaltige Metallmasse, die wie ein riesiges Gebirge vor ihnen aufragte. Fast zweitausend Meter hoch türmte sich der künstliche Berg in den roten Himmel. Obwohl hier die Sonne längst unter den Horizont gesunken war, blieb es hell. Bald würde Mechanica selbst eine Sonne werden.

Rhodan sagte: „Ihr bleibt hier stehen, ich werde allein ein Stück vorgehen."

„Aber..."

„Keine Widerrede, Gucky. Die Roboter können keine Zellschwingungen oder Gedanken auffangen, da diese von dem Absorber neutralisiert werden. Sie werden mich als einen der Ihren erkennen. Aber wir müssen mit allem rechnen, auch damit, daß die Absorber ihren Zweck nicht erfüllen. Also paßt auf mich auf. Erst dann eingreifen, wenn ich das Zeichen dazu gebe."

Rhodan schritt langsam auf das Wrack zu. Trotz seiner ruhig und gelassen klingenden Stimme unterdrückte er nur mühsam die innere Erregung und Spannung. Er wußte genau, welches Risiko er einging. Dort in dem Wrack des Fragmentraumers lauerten tausend verschiedene Gefahren auf ihn.

In hundert Metern Entfernung hielt er an.

In geringer Höhe war das Leck. Hier hatte der Treffer der Laurins den Schutzschirm und die Panzerung durchschlagen. Das Loch war gezackt und verbrannt. Sein unterer Rand war keine fünf Meter über dem aufgewühlten Boden. Eine herausragende Antenne und ein turmartiger Aufbau, der aus der Würfelfläche herausragte, würden das Einsteigen wesentlich erleichtern.

Rhodan ging weiter. Als er das Schiff erreicht hatte, kletterte er zu dem gewaltsam geschaffenen Einstieg empor. Mit einem Klimmzug zog er sich hoch. Im Innern des Wracks sah er einen völlig zerstörten Raum mit Einrichtungsgegenständen, deren Zweck nicht mehr zu erkennen war. Im Hintergrund war ein Schott aus den Angeln gerissen und gab den Blick in den Korridor frei.

Rhodan schaltete seinen Symbolfunksender ein und gab ein Signal ab.

„Seid ihr wahres Leben?"

Rhodan betrat das Schiff und schritt in den Korridor hinein. Als er weiter vorn eine Bewegung wahrnahm, blieb er wie angewurzelt stehen. Er hatte damit rechnen müssen, daß nicht alle Roboter durch den Aufprall zerstört worden waren, aber die Bestätigung seiner Vermutung überraschte ihn doch.

„Seid ihr wahres Leben?" funkte sein Sender unaufhörlich. Dann ging er auf Empfang.

Das Blut drängte zu Rhodans Herzen, als er es im Lautsprecher deutlich sagen hörte: „Ja, wir sind wahres Leben. Seid ihr auch wahres Leben?"

„Wir sind wahres Leben", gab Rhodan zurück.

Damit schien der Wortschatz der Roboter erschöpft zu sein, aber er genügte zweifellos, einen Unbekannten als Freund zu akzeptieren oder als Feind anzugreifen. Für die Roboter war jedes organische Leben ein Todfeind, jeder Roboter automatisch ein Freund.

Rhodan ging weiter. Dann stieß er auf einen Roboter, aber dieser mußte Beschädigungen erlitten haben. Nur schwerfällig bewegte er sich. Seine Form erinnerte mehr an einen altmodischen Kühlschrank mit Flüssigkeitsleitungen. Welche Funktion dieser Roboter auf dem Schiff hatte, ließ sich nicht auf den ersten Blick erraten.

Rhodan bestätigte ihm noch einmal, daß auch er wahres Leben war, dann kehrte er um und erschien wenige Minuten später wieder in dem Leck.

Er winkte den Männern, die sich sofort in Bewegung setzten.

Gucky watschelte nur wenige Meter, dann teleportierte er.

„Nun, wie reagieren sie?" fragte er.

„Wie erwartet", gab Rhodan zurück. Er wußte, daß die Roboter ihn nicht hören konnten, da ihre entsprechenden Wahrnehmungsorgane keine gewöhnlichen Schallwellen aufnahmen. Wenigstens wurde das vermutet. „Sie haben mich anerkannt. Hal Randex, machen Sie sich an die Arbeit! Schaffen Sie alle Roboter ins Freie, die noch heil aussehen. Haben Sie keine Angst, sie werden uns für ihre Retter halten und keinen Widerstand leisten. Immer so tun, als sei alles ganz selbstverständlich. Das wird sie bluffen."

Die Männer stiegen in die Wracks ein und machten sich an die Arbeit.

13.

Die THEODERICH landete dicht neben dem Wrack, während die Flotte Wassilows weiterhin die Luftüberwachung ausübte. Fernaufklärer stießen weit in den sternenarmen Raum vor und ließen ihre Ortungsgeräte spielen.

Bully und einige Offiziere, die ebenfalls die neue Spezialausrüstung trugen, gesellten sich zu Rhodan und den Technikern.

„Von oben sieht es nicht so rosig aus", bemerkte Bully, als er sich das Wrack eingehend betrachtet hatte. „Drüben, dicht unter dem Horizont, ist die Hölle los. Die Oberfläche des Planeten vergeht in permanenter Kernfusion. In zwei oder drei Stunden halten wir es hier nicht mehr aus."

„Ja, es geht schnell", bestätigte Rhodan ernst. „Wir müssen uns beeilen, wenn wir rechtzeitig das Wichtigste bergen wollen. Was ist mit unserem Stützpunkt auf dem Plateau?"

„Den kannst du abschreiben, Perry. Das Plateau ist längst eine feuerflüssige Magmascholle geworden und treibt inmitten eines riesigen Ozeans. Stürme rasen über den Planeten. Ich wundere mich, daß es hier noch nicht so schlimm ist."

„Purer Zufall, Bully. Auf dieser Seite des Planten wurden weniger Bomben abgeworfen. Trotzdem wird es nicht mehr lange dauern, bis auch hier das Chaos bemerkbar wird." Er überlegte fieberhaft. „Richte Wassilow aus, er soll sofort Bergungsfahrzeuge schicken."

Bully eilte davon. In der Zentrale der THEODERICH nahm er Verbindung mit Wassilow auf und gab Rhodans Befehl weiter. Zehn Minuten später landeten die klobigen Raumer dicht neben dem Wrack. Bully kehrte wieder zu Rhodan zurück.

Unaufhörlich schleppten die Arbeitskommandos kleinere Roboter ins Freie, wo sie aufgestellt oder gestapelt wurden.

Bully war zu Rhodan zurückgekehrt.

„Kann ich mir den Roboterkasten mal von innen ansehen?“ fragte er, als Rhodan die Raumfahrer zur Eile angetrieben hatte. „Warum drängst du überhaupt so? Wir haben doch Zeit genug.“

„Eben nicht“, gab Rhodan unwillig zurück. „Es geht mir nicht um die kleinen Roboter. Ich will soviel wie möglich von dem ganzen Schiff mitnehmen.“ Er sah zu, wie die Kräne gleich zehn der kleinen Robotkonstruktionen packten und in die Laderäume der Bergungsschiffe hievten. „Das Schiff birgt den Kommandanten – den will ich haben.“

„Ach, der ist bisher nicht gefunden worden?“

„Nein, leider nicht. Ich muß ganze Teile auseinanderschneiden und verladen lassen, anders geht es nicht. Und das in einer Stunde.“

„Das hättest du gleich machen sollen.“

Rhodan seufzte. „Also gut, sieh dir den Kahn von innen an, aber vorsichtig. Gib Antwort, wenn du nach der Parole gefragt wirst, dann greifen die Robots dich nicht an. Eine seltsame Gesellschaft.“

„Warum seltsam?“

„Weil sie auf unsere Lebensrufe hereinfallen“, meinte Rhodan grinsend.

Bully ging an einigen Technikern vorbei und kletterte in das halb ausgeräumte Wrack. Die Antigravlifte funktionierten noch immer, und überall traf er auf die Männer des Einsatzkommandos, die nach wenig beschädigten Robotern suchten und sie abtransportierten.

Bully gelangte bald in einen Teil des riesigen Schiffes, der bisher von der allgemeinen Säuberungsaktion verschont geblieben war. Die Räume waren leer bis auf seltsame Apparaturen, die so sinnlos und verwirrend schienen wie das ganze Schiff selbst. Abstrakte Gebilde, von denen man nicht wußte, ob sie Zierde waren oder eine technische Funktion erfüllten.

Ein kleiner Robot, Rumpf und zehn Gliedmaßen, kroch mühsam durch einen Korridor, den Bully passierte.

„Seid ihr wahres Leben?“ Der Impuls kam schwach, wie mit letzter Kraft. Bully ließ seinen Sender antworten.

Befriedigt kroch der Robot weiter und verschwand um die Biegung.

Bully durchsuchte weitere Räume. Als er jedoch sah, daß er nichts Interessantes finden würde, kehrte er zu Rhodan zurück.

14.

Die riesigen Bergungsschiffe lagen im Halbkreis angeordnet um das Wrack. Kombinierte Kräne verluden gewaltige Teile, fahrbare Desintegratoren zerschnitten sie, wenn sie zu groß für die Frachträume waren.

Die glühende Wand des Atombrands war noch fünfzehn Kilometer entfernt, die Hitze begann unerträglich zu werden.

Längst waren die Gleiter im Hangar des Flaggschiffs untergebracht worden. Jefe Claudrin stand mit Bully, Rhodan und Major Nacro zusammen. Sie diskutierten über das abgeschlossene Unternehmen.

„Wir haben ein Schiff des Gegners relativ unbeschädigt in die Hand bekommen“, erklärte Chefingenieur Nacro. „Damit läßt sich einiges anfangen.“

„Unbeschädigt ist gut“, meinte Claudrin dröhnend und deutete auf das auseinandergeschnittene Wrack. „Eine ganze Menge ist dabei kaputt gegangen.“

„Der Rest wird reichen“, sagte Nacro optimistisch. „In unseren Laboratorien arbeiten Spezalisten, die selbst mit einem Staubkorn noch etwas anzufangen wissen. Und das dort ist mehr als ein Staubkorn. Denken Sie nur an die annähernd tausend Roboter, dic wir bergen konnten.“

Claudrin nickte, überließ aber Rhodan die Entgegnung darauf.

„Sie haben recht, Major. Haben Sie übrigens auch bemerkt, daß diese Roboter in dem Augenblick desaktiviert wurden, in dem wir ihnen bestätigten, daß auch wir wahres Leben sind? Besser gesagt, von der Sekunde an vertrauten sie uns und überließen sich uns. Wir konnten mit ihnen machen, was wir wollten.“

In diesem Moment materialisierte Gucky neben Rhodan.

Perry wandte sich ihm zu. Er sah sofort, daß Gucky ziemlich aufgeregt war.

„Nun, Gucky, was hast du auf dem Herzen?“ fragte er.

„Perry, es ist so ähnlich wie damals auf der HAT-LETE.“

„Was ist so ähnlich?“ erkundigte Rhodan sich, der ahnte, was jetzt kommen würde.

„Ich empfange Impulse, aber bisher hatte ich noch keine Gelegenheit, mit dir darüber zu sprechen. Diesmal sind die Impulse nicht schmerzlicher Natur, sondern undefinierbare Emotionsmuster. Und sie gehen von den *Robotern* aus.“

Rhodan beugte sich zu Gucky hinab. „Bist du sicher, daß du dich nicht täuschst?“

„Völlig sicher“, bestätigte Gucky. „Ich habe mit Iltu darüber gesprochen. Auch sie empfing diese Impulse.“

Rhodan richtete sich auf und blickte die umstehenden Männer an.

Schließlich sagte er: „Wir stehen einer Intelligenzform gegenüber, die wir für undenkbar hielten. Ich habe jetzt nicht den Mut, die Konsequenz aus Guckys und Iltus Beobachtungen zu ziehen, aber eines Tages werden wir alle ihn aufbringen müssen. Ich hoffe nur, daß unsere Techniker bis dahin einige Geheimnisse des Wracks gelüftet haben.“

Niemand hatte darauf etwas zu sagen.

Die letzten Wrackteile wurden durch Antigravplattformen weggeschafft. Die Spezialkräne wurden eingefahren. Die Bergungsschiffe meldeten Startbereitschaft.

„Gehen wir an Bord!“ befahl Rhodan.

Später, in der Zentrale der THEODERICH, erlebten sie den letzten Akt des Dramas von Mechanica.

Der Planet starb.

„Die Laurins müssen die Robots länger kennen als wir – und sie haben die Gefahr richtig erkannt, die von ihnen ausgeht. Ohne zu zögern, haben sie ihre vermeintliche ehemalige Heimatwelt vernichtet. Nur möchte ich noch wissen, wie sie Mechanica entdeckten und warum es nicht früher geschah. Ob es unsere Schuld ist? Haben wir sie darauf aufmerksam gemacht?“

„Leicht möglich“, vermutete Jefe Claudrin.

„Eine seltsame Situation. Drei verschiedenartige Gruppen – Menschen, Unsichtbare, Roboter – begegnen einander in den unendlichen

Weiten des Kosmos und bekämpfen sich in erbitterter Feindschaft. Einer ist der Gegner des anderen, Verbündete gibt es nicht – es sei denn unfreiwillig, wie diesmal. Die Laurins haben uns geholfen, ein Fragmentschiff zu kapern."

Die THEODERICH beschleunigte immer noch, aber die Vergrößerung der Bildgeräte sorgte dafür, daß Mechanica scheinbar immer gleich weit entfernt blieb. Der Planet war so groß wie ein Fußball und hatte keine dunklen Stellen mehr. Seine gesamte Masse verwandelte sich in Energie, aber nicht von einer Sekunde zur anderen, sondern langsam. Eine neue Sonne entstand.

Am Rand der Milchstraße stand nun ein System mit zwei Sonnen und zwei Planeten. Eine der Sonnen allerdings nahm die normale Umlaufbahn eines Planeten ein, statt mit der Hauptsonne um einen gemeinsamen Schwerpunkt zu kreisen.

Das Schiff war fünf Lichtminuten von Mechanica entfernt, als der Planet explodierte. Die THEODERICH verschwand im Linearraum und nahm Kurs auf die Heimat.

15.

Ole Hannussen, Chef der Biostrukturabteilung in Terrania, hatte es sich inzwischen abgewöhnt, über den Besuch des Mausbibers Gucky erstaunt zu sein. Auch die Methode, die der Kleine oft anwandte, um sich von einem Raum zum anderen zu bewegen, war für Hannussen nichts Neues mehr. Darum sah er jetzt nur kurz auf, als die Luft vor ihm flimmerte und Gucky plötzlich auftauchte.

„Na, Kleiner, wieder einmal hier?" Ole Hannussen erwartete auf seine Frage keine Antwort. Wieder über seine Stanzstreifen gebeugt, las er die Schlüsselzeichen und nahm die neuesten Auswertungen seiner Abteilungspositronik zur Kenntnis.

Gucky fragte burschikos: „Gibt's was Neues von diesen ekelhaften Robs, Ole?"

„Gucky, du kannst doch Gedanken lesen", erwiderte Ole Hannussen, ohne aufzusehen. „Warum fragst du überhaupt?"

Mit schockierender Offenheit entgegnete der Kleine: „Weil ich dich gut leiden kann, und schließlich weiß ich, was sich gehört." Mit seiner Piepsstimme brachte er diese Worte so trocken hervor, daß Ole Hannussen herzhaft auflachte.

„Ich erinnere mich aber, gehört zu haben, wie Staatsmarschall Bull erst gestern den Leutnant Guck einen verdammten Gedankenschnüffler und einen Gartenzwerg genannt hat, den man bei erstbester Gelegenheit in die Wüste schicken müßte."

Gucky zeigte seinen einzigen Nagezahn und piepste: „So, so. Was den Gedankenschnüffler anbelangt, so kann ich dem Dicken nicht widersprechen, aber wegen der Bezeichnung Gartenzwerg rechne ich noch mit ihm ab."

Ole Hannussen nahm Guckys Drohung nicht ernst. Es war allgemein bekannt, daß Bully und Gucky sich ständig hänselten, in Wirklichkeit aber ließ der eine auf den anderen nichts kommen.

Biologe Hannussen schob die Stanzstreifen weg, drehte sich mit seinem Schwenksessel herum und wandte sich dem Mausbiber zu, um auf dessen erste Frage einzugehen. „Deine von dir als ekelhaft bezeichneten Roboter sind biologisch-technische Wunderwerke, mein Lieber. Deshalb erhielten sie den Namen Posbis."

„Trotzdem kann ich sie nicht ausstehen, Ole. Du brauchst sie vor mir gar nicht in Schutz zu nehmen. Nicht einmal Perry Rhodan hat es bis heute fertiggebracht, mich diesbezüglich umzustimmen. Und wenn du diese Maschinen Wunderwerke nennst, dann dürfen wir uns noch auf allerhand Ärger gefaßt machen."

Gucky machte es sich im Sessel bequem und deutete damit an, daß er einige Zeit zu bleiben gedachte. Aber Ole Hannussen empfand den Besuch des Kleinen nicht als Belästigung, denn er spürte, daß der Mausbiber nur deshalb zu ihm kam, um über die auf dem Planeten Mechanica erbeuteten Roboter informiert zu werden.

„Wir haben es mit positronisch-biologischen Robotern zu tun. Organisches Plasma und positronische Teile sind auf geheimnisvolle Weise miteinander verbunden. Die Positronik dieser Roboter übertrifft alles, was wir bisher auf diesem Gebiet kennen. Außerdem fanden wir bei den Robotern uns völlig unbekannte Schaltkreise und Speicher, die weder auf elektronischer noch auf positronischer Basis arbeiten, sondern von Hyperimpulsen gesteuert werden. Die Robotiker gaben diesen Zusatzrechnern den Namen ‚Hyperinpotronik'. Weißt du, was das bedeutet, Gucky?"

„Ja, sie denken schneller als alle uns bekannten Positroniken", erwiderte Gucky. „Dadurch werden mir diese Posbis noch unsympathischer. Und was ist mit dem Plasma? Lebt es wirklich, oder erhält es durch positronische Impulse ein Pseudoleben?"

„Es lebt", sagte Hannussen. „Wir konnten seine Zellstrahlung eindeutig messen. Es ist eine aus unzähligen autarken Zellen zusammengesetzte Einheit, die zum Leben lediglich Sauerstoff, Licht und Wärme benötigt. Die Roboter transportieren dieses Plasma in einer Art Stahlkapsel, die ein unabhängiges Versorgungssystem besitzt, in ihrem Körper. Es ist uns aber bisher nicht gelungen, herauszufinden, auf welcher Basis die Zellen aufgebaut sind. Lediglich eine entfernte Ähnlichkeit mit dem menschlichen Zellsystem konnte festgestellt werden. Wir müssen noch eine Reihe von Tests machen, um mehr über die Reaktionsfähigkeit des Plasmas zu erfahren."

„Und was ist mit dem Narkosestrahler?" fragte Gucky.

„Auch damit haben wir es versucht. Ohne Erfolg. Das Plasma spricht auf Narkosestrahlen nicht an."

Gucky erinnerte sich an das Ereignis, das nun schon drei Monate zurücklag. Damals hatte die THEODERICH einen Fragmentraumer mit Narkosestrahlen angegriffen, als dieser versuchte, die HAT-LETE zu kapern. Die Strahlen blieben damals ohne Wirkung. Nun wußte er auch, warum. Plötzlich dachte Gucky an jene Impulse, die er aufgefangen hatte, als sich die Posbis in der HAT-LETE selbst vernichtet hatten.

„Wenn das Plasma lebt, dann könnte es auch über Gefühle verfügen, die Schmerz ausdrücken?" fragte er den Wissenschaftler.

„Das ist richtig", erwiderte Hannussen. „Und genau das ist es, was diese Roboter so gefährlich macht. Durch die Gefühlsimpulse erfährt die Positronik eine Reizung, die sie in die Lage versetzt, über ihre eigentliche Programmierung hinaus zu handeln. So unglaublich diese Tatsache auch klingt, wir müssen uns damit abfinden. Auch wenn wir nicht wissen, auf welchem Weg die Plasmaimpulse zur Positronik gelangen. Durch diese ständige Reizung erlangt die Positronik eine Art Bewußtsein. Daraus entsteht so etwas wie ein Selbsterhaltungstrieb. Das alles veranlaßt die Posbis offenbar, immer weitere Roboter zu bauen. Wir haben es hier zweifellos mit einer perfekten Roboterzivilisation zu tun."

„Moment", unterbrach Gucky den Biologen. „Willst du etwa behaupten, daß diese Roboter auch das Plasma entdeckt haben?"

„Es wäre schlimm, Gucky", erwiderte Hannussen ruhig. „Aber dafür gibt es keinerlei Hinweise. Nein, dieses Plasma ist höchstwahrscheinlich ein Zuchtprodukt organischer Intelligenzen. Dafür spricht allein schon die Tatsache, daß es nur teilweise den uns bekannten biologischen Gesetzen unterliegt. Wir wissen jedoch nicht, wie die Roboter in den Besitz des Plasmas gekommen sind und wie es hergestellt wird."

„Aber wenn das Teufelszeug lebt, Ole, warum veranlaßt es denn diese widerlichen Roboter, alles Lebendige anzugreifen? Das Gegenteil müßte doch der Fall sein, und alles Lebende sollte wie ein Magnet auf diese Semilebewesen wirken, aber im positiven Sinn."

„Dein Einwand besteht zu Recht, Gucky, aber leider sind wir noch nicht in der Lage, darauf zu antworten. Man erwartet von einem Roboter keine Unlogik. Hier scheint aber unlogisches Handeln vorzuliegen. Es steht fest, daß vom Gewebeplasma Gefühlsimpulse ausgehen, und daß diese Impulse die Positronik der Roboter veranlassen, alles wirklich Lebende anzugreifen. Und damit wären wir wieder bei der Frage nach dem Warum."

Gucky überlegte kurz. Dann sagte er: „Ich meine, wir müßten uns alle bemühen, möglichst schnell diese Frage zu beantworten, hängt doch im Augenblick wieder einmal bei uns alles am seidenen Faden. Aber besten Dank, Ole, für deine Aufklärung. Ich verschwinde jetzt."

Gucky ließ einen nachdenklichen Biologen zurück.

Um 16 Uhr 20 betrat Reginald Bull den Raum auf der Flottenbasis 4, in dem er Perry Rhodan mit einigen Männern im Gespräch antraf.

Perry sah Bully kurz an. „Thema: Planet Mechanica. Diese Herren und ihre Mitarbeiter haben sich der Einzelteile des abgestürzten Fragmentschiffs angenommen, Bully. Dabei wurden auch die Überreste der Zentrale entdeckt. Wir wissen nicht, ob diese Zentrale der Selbstvernichtung zum Opfer gefallen ist oder ob sie durch den Beschuß der Laurins zerstört wurde. Tatsache ist jedoch, daß wir in den Resten keine brauchbaren Hinweise über die Natur der Posbis entdecken konnten. Überhaupt gab das gesamte Schiff kaum Geheimnisse preis. Alle technischen Geräte waren bis zur Unkenntlichkeit zerstört. Viele Anzeichen sprechen für eine Selbstvernichtung. Anscheinend wollten die Posbis verhindern, daß Fremde von den technischen Einrichtungen des Schiffes profitierten. Was die Art der Bewaffnung, Antrieb und Schutzschirme betrifft, so tappen wir nach wie vor im dunkeln. Viel ergiebiger waren die Untersuchungen der geretteten Roboter, die von der Selbstzerstörung nicht betroffen waren – aus welchem Grund auch immer. Unter diesen Robotern fand sich ein besonders großes Exemplar, von dem wir bisher nicht wissen, was seine ursprüngliche Aufgabe war. Der Roboter hat bedeutend kompliziertere Schaltungen und eine wesentlich größere Menge an

Nervenplasma als alle anderen Posbis. Dies läßt den Schluß zu, daß er mit der Schiffsführung zu tun gehabt haben könnte. Vielleicht war es sogar der Kommandant des Fragmentraumers. Wir wissen es nicht. Ebenso konnten unsere Untersuchungen keinen schlüssigen Beweis dafür liefern, daß die Roboter von Mechanica stammen. Die Untersuchungen ergaben, daß sie durchaus Parallelen zu den Mechanica-Robotern besitzen. Auch die Tatsache, daß sie über eine Narkosewaffe verfügen, die jener ähnelt, die wir auf Mechanica entdeckt hatten, spricht für die Theorie, daß die Posbis von Mechanica stammen. Je weiter unsere Wissenschaftler in die Roboter eindringen, desto größere Abweichungen zu den ursprünglichen Mechanica-Robotern werden entdeckt. Hinzu kommt noch die Schwierigkeit, keine direkte Vergleichsmöglichkeit zu besitzen. Es ist uns wegen der Ereignisse auf Mechanica nicht gelungen, einen originalen Mechanica-Roboter mitzubringen.

Vorerst ist aber die Frage nach der Herkunft der Posbis von zweitrangiger Bedeutung. Wesentlich wichtiger scheint mir, daß die Wissenschaftler bei den Posbis *neben* der Positronik auch geheimnisvolle Schaltkreise und Relais entdeckt haben, die auf der Grundlage von Hyperimpulsen arbeiten. Diese Zusatzschaltungen erhielten den Namen Hyperinpotronik. Dr. Mantec hat festgestellt, daß diese Hyperinpotronik, durch die Gefühlsimpulse des Plasmas aktiviert, für das schnelle und logische Handeln der Roboter verantwortlich ist. Es ist uns aber vorläufig noch ein Rätsel, wie die Impulsverbindung zwischen Plasma, Positronik und Hyperinpotronik hergestellt wird, zumal das Plasma über keine Nervensteuerung verfügt. Aber ich möchte dir Dr. Mantec zunächst einmal vorstellen, Dicker."

„Wir kennen uns", warf Bully ein.

„Doktor Mantec hat festgestellt, daß diese Hyperimpulse, die wiederum durch die Gefühlsströme des Plasmas aktiviert werden, der Grund sind für das Handeln der Posbis."

Bully ließ sich im Gliedersessel nieder. Sein Blick wanderte von den vier Spezialisten zu Perry. „Eine Frage." Er richtete sie an alle. „Können diese Posbis für uns lebensbedrohend sein?"

Die Robotwissenschaftler zögerten, dazu Stellung zu nehmen.

Rhodan bemerkte dies sofort. „Solange wir nicht wissen, wo diese halborganisch-positronischen Roboter beheimatet sind und wie zahlreich sie sind, stellen sie eine Bedrohung für die Milchstraße dar. Gleich den Unsichtbaren, den Laurins, halte ich sie für eine akute Gefahr. Wir sollten nicht vergessen, wie ein Fragmentraumschiff aussieht. Daß wir seine Kampfkraft nicht unterschätzen dürfen, hat man uns ja bewiesen. Was diese Posbis aus der Typenvielzahl aller Roboter, die wir bisher kennengelernt haben, heraushebt, ist die Tatsache, daß sie auch über einen organischen Bestandteil verfügen. Wenn wir uns im Augenblick einmal nicht über die Frage den Kopf zerbrechen, wie die Roboter an das Plasma herangekommen sind, sondern uns nur darauf beschränken, was das Plasma auslöst, so muß man den Atem anhalten. Roboter mit Gefühlen hat es bisher noch nicht gegeben, besser gesagt, sind uns noch nie begegnet. Eine Verbindung zwischen Positronik und organischen Stoffen in dieser engen Form könnte bei den Posbis Fähigkeiten hervorrufen, die sie für uns äußerst gefährlich machen. Ob Gefühle jener Art, die das künstliche Plasma auslösen, enthemmend oder aktivierend auf die Positronik einwirken, bedarf noch intensiverer Untersuchungen. Ich halte die Posbis im Augenblick für gefährlicher als die Laurins."

„Verdammt", knurrte Bully, „können die Laurins und die Posbis nicht hübsch der Reihe nach kommen?"

„Manchmal überstürzen sich die Ereignisse, mein lieber Bully", erwiderte Perry Rhodan mit feinem Spott, „damit wir weder einrosten noch Speck ansetzen. Übrigens sind unsere Techniker dabei, die Narkosewaffe, die in ihrer derzeitigen Wirkungsweise keinen Einfluß auf das Plasma hat, zu modifizieren und auf die Zellstrahlung des Plasmas abzustimmen. Sobald die Umrüstungsarbeiten abgeschlossen sind, wird uns – so hoffe ich – eine wirkungsvolle Waffe gegen die Posbis zur Verfügung stehen. Da diese Arbeiten jedoch noch einige Monate in Anspruch nehmen werden, wir aber solange nicht warten können, werden wir vorerst noch ohne diese Waffen auskommen müssen. Auch an den Symbolfunkgeräten wurden einige Verbesserungen vorgenommen. Sie sind nun leistungsfähiger als jene, die auf Mechanica verwendet wurden. Und sie sind nicht mehr in die Individualabsorber integriert, sondern bilden eine separate Einheit, die völlig autark ist."

In Bullys Augen blitzte es kurz auf.

„Wann geht es los?“ fragte er knapp. Für ihn stand fest, daß Perry Rhodan unter allen Umständen jene Welt entdecken wollte, von der aus die Posbis ihre Fragmentraumer starteten.

„Die Aktion gegen die Posbis kann beginnen, wenn die technischen Vorbereitungen abgeschlossen sind.“

Rhodan ging zum Fenster und ließ sich in einem Gliedersessel nieder. Für Sekunden schweifte sein Blick nach draußen.

Dort breitete sich die gewaltige Flottenbasis 4-II aus. Sie war eine von rund zwei Dutzend dieser gigantischen Anlagen auf dem Mond. Auf 4-II allein konnten fünfhundert Superschlachtschiffe mit dem dazugehörigen Begleitschutz landen.

4-II bot einen imponierenden Anblick innerhalb der großen Ebene, umgeben von einem kreisrunden Gebirgswall, dessen höchste Gipfel zweitausend Meter hoch in den kalt glitzernden Himmel ragten. Nur ein Zwölftel aller Anlagen der Mondbasis lag auf der Oberfläche. Noch anderthalb Kilometer unter dem Niveau der spiegelglatten Landefläche aus temperaturbeständigem Glasfaserbeton erstreckten sich in künstlich geschaffenen Höhlen gewaltige Ersatzteillager, Kraftstationen und die Notbunker, vorgesehen als Schutz gegen einen Überfall aus dem Raum.

Unvorstellbare Summen waren in den Mond – die Raumschiffswerft der Erde – hineingebaut worden.

Aber das war noch nicht das Ende der Entwicklung einer gigantischen Raumschiffswerft; es war trotz allem bereits Geschaffenen erst der Anfang.

Die Lage in der Galaxis machte es notwendig – und seit dem Auftauchen der Laurins am Rand der Milchstraße mehr denn je.

„Ob ich will oder nicht, ich muß ein Kommando in diesen Einsatz schicken“, sagte Rhodan plötzlich laut, ohne sich dessen bewußt zu sein.

„Wen mußt du in den Einsatz schicken, Perry?“ fragte Bully, der nicht ahnen konnte, was hinter der Stirn seines Freundes vorgegangen war. „Von welchem Kommando sprichst du?“

Rhodan drehte sich nach dem untersetzten Mann um. „Ich habe vom bevorstehenden Einsatz am Rand der Milchstraße gesprochen, draußen, im sternenarmen Raum, Dicker. Eine Gleichung, die fast nur aus lauter Unbekannten besteht, und wenn ich dabei bedenke, daß jedes Menschenleben unbezahlbar ist, dann fällt es mir schwer, für diesen Einsatz den Befehl zu geben."

Vor zehn Jahren war Brazo Alkher jüngster Offizier der FANTASY gewesen, jenem zweihundert Meter großen Kugelraumer mit dem ersten Lineartriebwerk.

Heute sah Brazo Alkher immer noch wie ein schlaksiger junger Mann aus. Auch seine Bescheidenheit und Zurückhaltung hatte er in der Zwischenzeit nicht verloren. Er war rein äußerlich genau das Gegenteil eines Draufgängers. Auch der aufmerksame Beobachter hätte diesen Captain nie für einen eiskalten Rechner oder furchtlosen Mann gehalten, doch gab es innerhalb der Solaren Raumflotte keinen besseren Feuerleitoffizier als ihn.

Perry Rhodan begrüßte den jungen Mann mit einem freundlichen Nicken. „Alkher, ich habe Sie kommen lassen, um mich zu erkundigen, ob Sie bereit wären, sich für einen Einsatz freiwillig zu melden. Die Betonung liegt in diesem Fall auf freiwillig."

Brazo hob leicht überrascht den Kopf und sah Rhodan scharf an.

Bevor er etwas erwidern konnte, fügte Perry Rhodan hinzu: „Es handelt sich um ein Himmelfahrtskommando. Bedenken Sie das, mein Lieber."

Wie aus der Pistole geschossen, sagte der Captain: „Für mich gibt es nichts zu bedenken. Meine Meldung für den Einsatz habe ich hiermit abgegeben."

Rhodan schüttelte den Kopf. „Sie wissen nicht, wohin der Einsatz Sie führen soll. Es ist ein Kommando, bestehend aus zehn Mann, geplant. Einsatzmittel ein umgebautes Schiff der arkonidischen Roboterflotte, Typ Leichter Kreuzer. Ziel des Einsatzes: interkosmischer Raum, in der Nähe der Sonne Outside. Zweck des Unternehmens: Kontaktherstellung mit den Posbis. Das heißt, es soll der Versuch unternommen werden, sich von einem Fragmentschiff der Posbis aufbringen zu lassen."

Als Perry Rhodan die letzten Angaben machte, wurde Brazo Alkher blaß.

„Brazo“, sagte der Erste Administrator mit beinahe väterlicher Freundlichkeit, „Sie wissen doch, daß niemand Sie der Feigheit bezichtigen wird, wenn Sie jetzt Ihre übereifrig abgegebene Meldung zurückziehen. Sie wissen, daß mit den Posbis nicht zu spaßen ist. Roboter ihrer Art können heimtückischer sein als das gefährlichste Individuum. Und Sie wissen auch, daß jeder Posbi im Menschen den Feind sieht, den er zu vernichten hat. Die kleinste Panne bei diesem Unternehmen muß zum Untergang führen, auch wenn die THEODERICH in Warteposition im interkosmischen Raum steht. Aber Wunder kann auch die THEODERICH nicht vollbringen.“

Alkher ging zum Fenster und blickte aus der Höhe auf 4-II hinunter.

Links, etwas abseits von allen anderen Raumschiffen, stand die THEODERICH auf ihrem Doppelring von Teleskopstützen – das modernste Schiff der Solaren Raumflotte, tausendfünfhundert Meter hoch in den Mondhimmel ragend.

Brazo Alkher fühlte die Blicke Rhodans auf sich ruhen. In seinen Ohren glaubte er nur immer wieder jenen einen Satz zu hören: *Es soll der Versuch unternommen werden, sich von einem Fragmentschiff der Posbis aufbringen zu lassen.*

Das hieß: einmal aufgebracht, mit dem Fragmentraumer in die interkosmischen Räume zwischen den Galaxien verschwinden.

Das hieß: Die auf Warteposition stehende THEODERICH war nicht in der Lage, den Weg des Fragmentschiffs zu verfolgen, denn die Raumer der Posbis lösten beim Eintritt in den Hyperraum keine Strukturerschütterungen aus.

Das hieß: Einsatz ohne Wiederkehr.

Brazo Alkher atmete tief durch. Er räusperte sich, atmete noch einmal tief ein, um zu sagen: „Ich melde mich freiwillig. Bitte, beachten Sie, daß in dieser Meldung die Betonung auf freiwillig liegt.“

Das Gesicht des Captains strahlte zuviel Ernst aus, als daß es einen Grund gegeben hätte, sich über seine Formulierung zu amüsieren, die vor ihm Perry Rhodan benutzt hatte.

Rhodan ging auf Alkher zu, legte ihm die Hand auf die Schulter und sagte: „Fragen Sie, was Sie an Fragen auf dem Herzen haben, Brazo. Fordern Sie an, was Sie für notwendig erachten. Bedenken Sie, daß mit Ihnen noch neun Männer den Einsatz mitmachen, und überlegen

Sie, wer dafür in Frage kommen könnte, sofern er dazu freiwillig bereit ist. Sehen Sie sich den Regentenraumer an, der für den Einsatz umgebaut wird. Wenn Ihnen etwas nicht paßt, dann setzen Sie sich mit mir in Verbindung, und wir sprechen die Angelegenheit durch. Lassen Sie für diesen Fall Ihre Bescheidenheit in den Hintergrund treten, denken Sie dafür mehr an das Sprichwort, daß ein Menschenleben unbezahlbar ist. Dementsprechend sollen Ihre Vorbereitungen sein, denn Sie werden Chef des Kommandounternehmens. Sie sind nach mir derjenige, der für diesen Fall die größte Verantwortung trägt. Haben wir uns verstanden, Brazo?"

Brazo Alkhers Augen leuchteten, als er Rhodan anblickte und erwiderte: „Wir haben uns ganz genau verstanden."

16.

Ein Leichter Kreuzer aus der Flotte arkonidischer Robotraumer war auf dem Mond in die Werft gefahren worden, um dort nach sorgfältigen Plänen umgebaut zu werden.

Das Schiff hatte schon einen neuen Namen erhalten und stand im terranischen Flottenkatalog unter der Bezeichnung ALTA-663.

Äußerlich wurde an dem Raumer nichts verändert, aber um so größere Veränderungen wurden in bestimmten Decks vorgenommen. Ein Heer von Arbeiterrobotern unter der Leitung von Technikern und Ingenieuren begann die Zentrale mit den beiden Hauptschaltstationen auszubauen. Wände und Decken wurden demontiert, angrenzende Nebenräume in ihrem Ausmaß stark verändert, doch dem Zweck, dem sie angepaßt waren, konnten sie auch weiter dienen.

Brazo Alkher, der sein Quartier auf der ALTA-663 aufgeschlagen hatte, war Tag und Nacht an den Montagehallen zu finden. Er beobachtete, wie die beiden halbrunden Kuppelschalen in der Zentrale eingebaut wurden, die dazu dienen sollten, ihn und die Männer seines Kommandos aufzunehmen. Während des Einsatzes würden sie alte arkonidische Druckanzüge tragen, die ihnen ein roboterähnliches Aussehen verleihen sollten. Diese Anzüge besaßen neben den Individualabsorbern auch ein eigenes Symbolfunkgerät.

Im Innern der Schalen, auf engstem Raum, war eine neue Hauptschaltstation untergebracht, die sich von der ausgebauten arkonidischen in verschiedenen Teilen merklich unterschied.

Die Vollautomatik, die nur auf positronische Steuerimpulse reagierte, war belassen worden. Aber sie konnte jetzt zusätzlich teilweise abgeschaltet werden und war in der Lage, von der Besatzung Befehle anzunehmen. Die ALTA-663 konnte sowohl robotisch als auch von Hand geflogen werden.

Das wichtigste Gerät war der Simultanübersetzer.

Nachdenklich betrachtete Alkher den unter der rechten Kuppel eingebauten Torbogentransmitter, den Notausgang, wie er ihn gestern in einem Anflug von Galgenhumor genannt hatte.

An anderer Stelle waren acht Roboter damit beschäftigt, drei leistungsfähige Individualimpulsabsorber einzubauen, die zu verhindern hatten, daß die Individualschwingungen der zehnköpfigen Besatzung durch die Wandungen der halbkugeligen Stahlschalen drangen und von den Posbis geortet werden konnten.

Der dritte Absorber schirmte den versteckt angelegten Verbindungsgang ab, der die beiden Halbschalen miteinander verband.

Um diesen Gang erstellen zu können, war unter dem eigentlichen Boden der Zentrale ein zweiter gezogen worden. Das wiederum hatte große Umbauten in den Räumen des darunterliegenden Decks zur Folge gehabt.

Millionen wurden für die Umbauten und Neuinstallierungen in der ALTA-663 ausgegeben, aber im altmodischen Sprungtriebwerk wurde nichts verändert.

Zehn Freiwillige unterzogen sich einer Hypnoschulung.

Alles, was Spezialisten über die Posbis ermittelt hatten, wurde ihnen nun mittels arkonidischem Hypnoverfahren mitgegeben.

Die ALTA-663 lag startklar auf dem Raumhafen, im Schatten des Flaggschiffs der Solaren Flotte, der THEODERICH.

Rhodan hatte das zehnköpfige Kommando noch einmal empfangen. Zwei Mutanten befanden sich darunter: Wuriu Sengu, der Späher, und Tama Yokida, der Telekinet.

Rhodan wandte sich noch einmal an die Freiwilligen: „Mechanica besteht heute nur noch als vergehende Atomwolke. Für uns ist es unwichtig. Wichtig allein ist die Tatsache, daß nach dem Auftauchen der Laurins über Mechanica auch die Fragmentraumer der Posbis erschienen. An diesem Punkt müssen wir einhaken. Ihre Aufgabe ist es, im interkosmischen Raum den Sektor Outside anzufliegen, um dort symbolische Funkimpulse auszustrahlen. Wir haben eine Reihe Tonbänder zur Verfügung, auf denen die Rufimpulse des Ernteschiffs konserviert worden sind. Mit Hilfe der Venuspositronik und des Simultanübersetzers haben wir Symbolzeichen für einen Ruf geschaffen, der die ALTA-663 zu einem heimkehrenden Saatschiff macht, das Mechanica anruft. Obwohl wir bis heute nicht definitiv wissen, welche Zusammenhänge zwischen Posbis und Mechanica bestehen, scheint uns diese Vorgehensweise als einzig erfolgversprechende Möglichkeit. Die Wahrscheinlichkeit, daß das Outside-System nach den jüngsten Ereignissen von Posbis überwacht wird, ist relativ hoch. Da alle Wahrscheinlichkeitsberechnungen zu dem Schluß kamen, daß zwischen Mechanica und Posbis irgendein Zusammenhang bestehen könnte, wird die ALTA-663 als heimkehrendes Saatschiff auftreten und die Posbis auf sich aufmerksam machen. Für den Fall, daß die ALTA von den Posbis entführt werden sollte, werden neben der THEODERICH zehn weitere Kreuzer im Umkreis von zehntausend Lichtjahren im Leerraum postiert sein. Brazo, Ihre Aufgabe wird es sein, in diesem Fall Peilsignale auszustrahlen, die es uns ermöglichen, Ihre neue Position zu ermitteln. Die zehn Kreuzer sind mit dem Spezialkode Ihres Senders vertraut und haben die Aufgabe, im Fall einer Entführung auf diese Peilzeichen zu horchen. Es dürfte demnach nicht schwierig sein, eine genaue Standortbestimmung zu ermitteln. Zusätzlich zu der Nachricht, daß die ALTA ein heimgekehrtes Saatschiff ist, wird auch gefunkt, daß sie einen schweren Maschinenschaden hat. Der Maschinenschaden ist nicht spezifiziert. Beachten Sie diesen Punkt und gefährden Sie sich nicht selbst, indem Sie technische Angaben machen, die von den Posbis sofort als unrichtig erkannt werden. Einen Rat, was Sie auf eine eventuelle Anfrage antworten sollen, kann ich Ihnen nicht geben. Mir bleibt allein übrig, Ihnen viel Glück zu wünschen."

Perry Rhodan hatte seinen Vortrag beendet.

Brazo Alkher erhob sich und antwortete im Namen seiner Kameraden: „Wir werden nicht allein sein. Die THEODERICH wissen wir auf Warteposition. Wir alle danken Ihnen für das Vertrauen, das Sie in uns setzen. Wir werden versuchen, unser Bestes zu tun."

Zehnmal drückte Perry Rhodan eine Hand, die sich ihm entgegenstreckte. Zehn Männer fühlten, wie schwer es Perry Rhodan wurde, sich von ihnen zu verabschieden.

Als die Tür hinter der Gruppe längst zugefallen war, blickte Perry Rhodan immer noch in diese Richtung.

Arkon III lag hinter ihnen. Ein moderner terranischer Zerstörerverband gab ihnen Geleitschutz, bis der Augenblick zur Transition kam.

In sicherem Abstand würde die THEODERICH dem Einsatzteam folgen, um im Notfall den zehn Männern die Flucht durch den Transmitter zu ermöglichen.

Nach einigen Transitionen erreichte die ALTA-663 ihr Ziel.

Die Sonne Outside war ein dunkelrotes, trübe funkelndes Auge im Nichts zwischen den Galaxien, eine sterbende Sonne mit zwei Planeten, die kein Leben trugen. Ihr dritter Umläufer, in der Reihenfolge Nummer zwei, Mechanica, existierte nur noch in Form einiger schwachleuchtender Gaswolken, deren Emissionen schon viel an Energie verloren hatten.

In der ALTA-663 herrschte Alarmstimmung. Die Besatzung hatte alle Vorbereitungen getroffen, sich in wenigen Sekunden unter den Kuppeln der Zentrale zu verbergen.

Die drei starken Sammelabsorber waren eingeschaltet. Ein dutzendmal hatten Alkher und die Männer des Kommandounternehmens alles überprüft. Sie wußten, daß es von ihrer Seite aus keine Panne geben durfte.

Der kleine Kugelraumer stand im freien Fall acht Lichtminuten vor der Sonne Outside. Ihr trübes Leuchten fiel über den Panoramaschirm in die Zentrale. Nummer eins, der luftleere Wüstenplanet mit seiner verhältnismäßig starken Rückstrahlung, war sichtbar, aber nach dem Außenplaneten suchte die Besatzung vergeblich.

Seit einer Stunde schon schickte der Sender der ALTA-663, gesteuert von der Bordpositronik, jenen Symbolruf aus, den die besten Dechiffrierspezialisten der Erde mit Hilfe der zehntausend Jahre alten arkonidischen Positronik auf der Venus zusammengestellt hatten. Sie hatten ihre Aufgabe nicht als besonders schwer angesehen, weil sie sich auf Originalfunksprüche von robotisch gesteuerten Saat- und Ernteschiffen hatten stützen können.

Brazo Alkher strahlte eine bewunderungswürdige Ruhe aus.

Sie hatten alle ihre Uniformen gewechselt und trugen die plumpen Anzüge. Die Klarsichthelme waren jetzt nach hinten geklappt, Heizung und Luftregulierung noch ausgeschaltet. Jeder Mann trug zwei kleine Zusatzgeräte auf dem Rücken: den von den auf dem Mars lebenden Swoon gebauten Individualabsorber, der verhinderte, daß ihre Gehirnimpulse abgestrahlt wurden und geortet werden konnten; und ein kleines Funkgerät, mit dem jeder Mann in der Lage war, gesteuerte positronische Impulse abzugeben und damit einen Roboter vorzutäuschen.

Noch einmal überprüfte Brazo Alkher die Geheimschaltung zur Vollautomatik. Zu diesem Zweck hatte er die rechte Halbkugelschale aufsuchen müssen. Und nun saß er vor der Schalttafel, um nochmals Kontrollschaltungen vorzunehmen.

Der Sinn dieser Geheimschaltung lag darin, daß die ALTA-663 trotz eingeschalteter Vollpositronik dennoch nicht der Robotsteuerung unterworfen war, sondern aus der rechten Halbkugelschale heraus von Brazo Alkher geflogen werden konnte.

Zufrieden schaltete Brazo Alkher alles auf Null herunter, verließ die Kuppel und kehrte wieder in die Zentrale zurück.

Die Stunden schlichen dahin. Der Ruf eines Robotsaatschiffs strahlte ununterbrochen aus der ALTA-663. Mechanica, die Welt, die nicht mehr existierte, wurde angerufen, und die Meldung, das Schiff habe Maschinenschaden, wurde abgesetzt.

Dann, nach mehr als vier Stunden, veränderte die Bordpositronik den Ruf. Obwohl die Symbolzeichen kaum Spielraum für Steigerungen zuließen, drückte der abgeänderte Ruf nun doch einen akuten Notruf aus. Um ihn aber als solchen aus diesen Impulsen herauslesen zu können, mußte man schon mit der positronischen Logik eines Roboters vertraut sein. Und unter der zehnköpfigen Besatzung war dies nur bei Van Moders, dem Robotiker, der Fall.

Van Moders war mit 22 Jahren das jüngste Mitglied des Teams. Er war vierschrötig und besaß ein Boxergesicht mit einer stark abgeflachten Nase. Moders war Roboterspezialist. Er hatte mit 19 Jahren bereits sein Studium mit Erfolg abgeschlossen. Seit zwei Jahren stand er im Dienst der wissenschaftlichen Abteilung des Solaren Imperiums. Van Moders hatte sich wie alle anderen freiwillig zu diesem Unternehmen gemeldet, um, wie er sagte, die Posbis an Ort und Stelle studieren zu können. Auf Terra war er gerade dabei gewesen, einige Fragen zur „hypertoyktischen Verzahnung“ der Posbis zu beantworten. Noch bevor er darauf Antworten fand, war er an Bord der ALTA gegangen.

Seitdem versuchte er bei jeder Gelegenheit, Brazo Alkher die „hypertoyktische Verzahnung“ zu erklären, ohne dabei jedoch den geringsten Erfolg zu erzielen. Niemand außer Van Moders konnte sich darunter etwas vorstellen.

„Wenn die Posbis auch daraufhin nicht kommen!“, erklärte er gerade, „dann weiß ich auch keine Möglichkeit mehr, wie wir sie aus ihrem Versteck locken können. Was wir gerade abstrahlen, ist das Dringlichste, das ein positronisches Gehirn von sich geben kann.“

Plötzlich schien ihm etwas einzufallen. Er wandte sich an Alkher und sagte: „Erinnern Sie sich noch, was ich über ‚hypertoyktische Verzahnung‘ gesagt habe?“

Alkher nickte gequält.

„Ich kann es Ihnen jetzt erklären, Brazo. Sie werden mich jetzt auch bestimmt verstehen können. Ich brauche nicht mal mehr an meinen Arbeitsplatz zurück. Große Milchstraße! Die Verzahnung tangiert weder radial noch medial. Sagen Sie nichts, Alkher. Ich sag's Ihnen: Die ‚hypertoyktische Verzahnung‘ ist die Verbindung zwischen Plasma, Positronik und Hyperinpotronik. Ob sie tangiert oder nicht, ist gleichgültig. Für uns ergibt sich jedoch die Tatsache, daß die Bioroboter aus jeder Begegnung mit uns lernen. Diese Lernfähigkeit macht die Posbis noch gefährlicher. Je öfter wir mit ihnen zusammenstoßen, desto mehr durchschauen sie uns und stellen sich auf unsere Taktik ein. Fragen Sie mich nicht, wie die ‚hypertoyktische Verzahnung‘ funktioniert und über welche Kanäle die Impulse zwischen Plasma, Positronik und Hyperinpotronik laufen. Nach dem, was wir über das Plasma wissen, fehlen diesem alle Voraussetzungen, die Nervenimpulse zu steuern und zu koordinieren. Für uns steht jedenfalls fest, daß diese Zusatzschaltung, der wir den Namen Hyperinpotronik gegeben haben, den Posbis schnelles und logisches Handeln ermöglicht. Wenn ich daran denke, wie rabiat sie mit den Laurins, den Unsichtbaren, umspringen, dann dürfte dies ein Beweis für meine Behauptung sein.“

Immer interessierter hatte Captain Alkher zugehört, aber eine Dosis Skepsis war bei ihm noch vorhanden. „Moders, Sie verlangen doch nicht von uns, daß wir Ihren Verdacht als Realität akzeptieren? Wie wollen Sie eine derart bedeutende Frage so aus dem Handgelenk beantworten können?“

Van Moders blickte Alkher nachdenklich an. „Sie haben natürlich mit ihren Gegenargumenten recht, und zwar deshalb, weil Sie mich nicht kennen. Ich sehe im Augenblick die ‚hypertoyktische Verzahnung' mit ihren abertausend Schaltungen vor mir. Wichtiges und Unwichtiges liegen dort nebeneinander. Das Wichtige sofort zu erkennen, ist die Aufgabe eines jeden Fachmannes, ganz gleich, welchen Beruf er ausübt. Captain Alkher, haben Sie die Bedeutung meiner Behauptung erkannt?"

„Natürlich", erwiderte Brazo. „Aber ich wehre mich instinktiv, diese Ungeheuerlichkeit zu glauben. Sie müssen sich irren, Moders. Was Sie als Gespenst an die Wand gemalt haben, ist unvorstellbar."

„Ich wünschte auch, daß ich mich irre", sagte Van Moders.

In der Zentrale wagte kein Mann, sich zu bewegen. Niemand wollte sich ein Wort entgehen lassen.

„Jetzt weiß ich auch, warum ich mich freiwillig zu diesem Einsatz gemeldet habe, Captain", fuhr der Robotiker fort. „Unbewußt muß ich bei meinen Untersuchungen eines Biorobots die tatsächliche Bedeutung der ‚hypertoyktischen Verzahnung' erkannt haben. Wenn wir Menschen nicht aufpassen und ihrer nicht früh genug Herr werden, dann werden wir im Lauf der Zeit durch die Posbis an die Wand gedrückt, dann sind sie wie wir, *plus* positronisches Gehirn. Und was das heißt, brauche ich wohl nicht erst zu sagen."

„Verrückt", sagte Sigurd Alec, der vor diesem Einsatz Erster Offizier eines Handelsschiffs gewesen war, hinter Van Moders' Rükken, aber es klang nicht überzeugend.

„Möglich, daß ich verrückt bin. Vielleicht war auch meine Freiwilligenmeldung eine Verrücktheit. Aber wenn ich noch einmal vor der gleichen Entscheidung stünde, würde ich mich wieder melden. Ich will jetzt nämlich wissen, ob uns die Posbis wirklich so gefährlich werden können. Ich will sie dort studieren, wo sie zu Hause sind. Hoffentlich zeigen sie sich bald."

„Und hoffentlich haben Sie nicht den Teufel an die Wand gemalt", sagte Tama Yokida, der Telekinet, der sich bisher immer unauffällig im Hintergrund gehalten hatte.

„Wem sagen Sie das?" fragte Van Moders bedrückt. „Glauben Sie, ich wäre erfreut über meine Erkenntnis?"

17.

Im interkosmischen Raum stand neben der ALTA-663 auch die THEODERICH, tausendfünfhundert Meter durchmessend, das modernste Linearschiff der Solaren Flotte.

Zweihundert Lichtjahre trennten sie von dem umgebauten Robotraumer, einer Kugel aus Arkonstahl, gerade hundert Meter im Durchmesser.

Zweihundert Lichtjahre Distanz – und doch hatte die THEODERICH den Kreuzer in ihrer Ortung. Das gewaltige Schiff war bereit, von einer Sekunde zur anderen auf Höchstfahrt zu gehen, um gegebenenfalls der ALTA-663 zu Hilfe zu kommen.

Niemand an Bord der ALTA-663 ahnte, daß die THEODERICH, sobald ein Fragmentraumer auftauchen würde, einen Angriff gegen die ALTA fliegen würde. Natürlich war nicht daran gedacht, die ALTA durch diesen Angriff ernsthaft in Schwierigkeiten zu bringen oder gar zu vernichten. Das Ziel dieses Angriffs sollte lediglich sein, die Posbis zur Hilfeleistung für die in Bedrängnis geratene ALTA zu bewegen.

Aus dem Lautsprecher in der riesigen Zentrale klang der Dauerruf eines Robotschiffs, das in der Nähe der Outside-Sonne stand und Mechanica aufforderte, Antwort zu geben und Hilfe zu schicken.

Roboter kannten keine Ungeduld. Seit Stunden strahlte das Saatschiff seinen Ruf ab.

Man wartete auf die Reaktion der Posbis. Niemand wußte, ob und wann sie erfolgen würde. Und doch war man zuversichtlich, *daß* es passieren würde.

„Da sind sie“, stieß Mike Tillurn hervor, und seine Hand machte eine Reflexbewegung zum Strahler am Gürtel.

Die Hyperfunkstation der ALTA-663 strahlte wie bisher ihren Ruf aus, rief Mechanica und meldete Maschinenschaden. In der kleinen Zentrale des umgebauten Kugelschiffs war nur das Arbeiten von Relais, das Ticken, Summen und Brummen zu hören.

Zehn Mann hatten miterlebt, wie aus dem Nichts heraus ein Objekt von fragmentarischer Würfelform und zweitausend Metern Kantenlänge aufgetaucht war und in knapp fünfhundert Kilometern Abstand gestoppt hatte. Outsides schwache Leuchtkraft hätte kaum ausgereicht, auch den größten Kugelraumer mit seiner polierten Oberfläche sichtbar werden zu lassen. Aber an diesem Monstrum von Raumschiff mit seinen Vorsprüngen, Wülsten, verbogenen Flächen, Einbuchtungen und bizarren Türmen reflektierte überall das Licht.

Die automatische Vergrößerung der Bildschirmoptik hatte sich auf stärkste Leistung geschaltet und den Fragmentraumer damit so nahe herangeholt, als stünde das Schiff dicht vor der ALTA-663.

Brazo Alkher hatte sich durch das plötzliche Auftauchen des Posbischiffs nicht erschüttern lassen. Er zeigte kaltblütige Entschlossenheit.

Er aktivierte den Separatsender, und unmittelbar danach war der Kurzimpuls auch schon bei der THEODERICH angekommen.

Alkher unterrichtete Perry Rhodan, daß ein Fragmentschiff in der Nähe der ALTA-663 aufgetaucht war.

Der kleine Kugelraumer nahm von dem Kubus scheinbar keine Notiz. Der Funkruf nach Mechanica lief weiter wie bisher.

Mike Tillurn, ein dreißigjähriger Mann, in dessen Adern indianisches Blut floß, hatte sich von seiner Überraschung erholt und musterte mißtrauisch den Strukturtaster, vor dem er stand.

Obwohl der Fragmentraumer offensichtlich aus dem Hyperraum gekommen war, hatte sein Eintritt in das normale Raum-Zeitgefüge keine Strukturerschütterung ausgelöst. Tillurn wußte durch die Hypnoschulung, daß dieses Phänomen charakteristisch für die Posbischiffe war.

Schweigen in der Zentrale; fiebernde Spannung, nur Brazo Alkher empfand sie nicht. Er verfolgte den Zeitanzeiger auf dem Schaltpult. Er hatte in dem Moment angefangen zu zählen, als das Posbischiff vor ihnen auftauchte. Zweihundertsiebzehn Sekunden zeigte er gerade an. Der Automatsender funkte weiter seine Symbole.

Der Kalupsche Kompensationskonverter, das Herzstück eines jeden Lineartriebwerks, jagte die THEODERICH mit immer größerer Überlichtbeschleunigung durch die Librationszone des instabilen Halbraums zwischen der vierten und fünften Dimension.

Das Verlassen oder Wiedererreichen des normalen Kontinuums verlief für die Besatzung ohne Transitionsschock. Diese unangenehme Nebenerscheinung gehörte innerhalb der Solaren Flotte der Vergangenheit an. Es gab kaum noch Schiffe mit Transitionsantrieb. Auch Arkon war seit mehreren Jahren dabei, seine Schiffe mit dem Linearantrieb auszurüsten. Seit man von den Akonen die Konstruktionsunterlagen ihrer Lineartriebwerke erhalten hatte, wurden entscheidende Verbesserungen des Antriebs erreicht. Sämtliche Neubauten auf Terra und Arkon hatten dieses neue Triebwerk. Lediglich die Umrüstungsarbeiten der ehemaligen Robotschiffe Arkons waren noch nicht abgeschlossen. Aber es war nur noch eine Frage der Zeit, bis auch das letzte Arkonschiff mit dem Linearantrieb versehen sein würde und die Transitionsantriebe endgültig der Vergangenheit angehören würden.

Wie auf der ALTA-663 hatte sich auch auf dem mächtigen Schaltpult vor Jefe Claudrin ein Zeitanzeiger in Bewegung gesetzt.

Er lief nun dem Ende der dritten Minute zu.

„Feuerleitzentrale?" donnerte die Stimme des Epsalers in das Mikrophon des Interkoms.

„Feuerbereit, Sir!" kam die Antwort.

„Auf Objekt feuern, sobald es in der Zieloptik erscheint. Aber machen Sie Ihre Sache gut – so gut, als ob Brazo Alkher hinter dem Waffenschalter sitzen würde."

„Sie können sich auf uns verlassen."

„Zeigen Sie, was Sie können. Ende."

Der Zeitanzeiger gab an, daß bis zum Ablauf der dritten Minute nur noch acht Sekunden fehlten.

Da schaltete sich der Kalup ab. Im selben Moment fiel die THEODERICH aus der Halbraumzone in das normale Weltall zurück. Knapp unter einfacher Lichtgeschwindigkeit jagte das Schiff seinem Ziel in der Nähe von Outside zu.

Noch zwei Sekunden – und jene dritte Minute ging zu Ende.

Da blitzten die Geschütze der THEODERICH auf. Da zerrissen farbige Strahlen die Raumschwärze. Da trafen sie in der Ferne ihr Ziel und schienen dort Vernichtung und Untergang auszulösen.

Brazo und seine Männer sahen das Verhängnis nicht herankommen.

Es kam zu schnell. Kein menschliches Auge war in der Lage, dem Ablauf zu folgen.

Plötzlich riß die Schwärze um die ALTA-663 herum auf. Energiestrahlen von tödlicher Ballungskraft brachten die Schutzschirme des kleinen Raumers zum Zusammenbruch, fegten knapp vorbei und hüllten das Schiff in eine glühende Energiewolke. Es gab einen Treffer auf der Kugelhülle. Alarm gellte durch das Schiff. Der Kleinraumer wurde in drehende Bewegung versetzt.

„Die schießen uns kaputt!" Osborne war nicht mehr Herr seiner Sinne.

Blitzartig erkannte Brazo Alkher, daß Osborne mit seinem unkontrollierten Schrei der Panik Tür und Tor öffnen konnte.

Ein neuer Treffer ließ die ALTA-663 schwanken.

„Ruhe! Kein Wort!" Captain Alkher brachte es fertig, den Höllenlärm zu übertönen.

Der Panoramaschirm ließ die Männer das tödliche Inferno, in dem sie sich befanden, sehen.

Die THEODERICH hatte die ALTA-663 unter Feuer genommen. Die THEODERICH versuchte, eines ihrer eigenen Schiffe abzuschießen.

„Großer Gott", stöhnte Wuriu Sengu auf. „Wie kann es nur zu so einem Irrtum kommen?"

Der Waffenoffizier auf der THEODERICH machte seine Sache fast zu gut.

In der Kraftraumstation 2 der ALTA-663 gingen zwei Konverter hoch, und der Explosionsdruck war so gewaltig, daß der Raumer in seiner Zellenkonstruktion aufbrüllte, als die Energiefontäne sich gewaltsam einen Weg suchte und dabei die Außenhülle aufriß.

Mit rein intellektuellem Interesse hatte Brazo Alkher die Instrumententafel beobachtet. Plötzlich begann er zu ahnen, was dieser Angriff zu bedeuten hatte.

„Dies ist nur ein Scheinangriff!" rief er. „Vermutlich, um die Posbis dazu zu bringen, uns zu helfen. Yokida, richten Sie die Impulsgeschütze auf die THEODERICH. Wir machen das Spiel mit. Feuern Sie mit allem, was uns zur Verfügung steht."

Der Telekinet verstand und reagierte blitzschnell. Binnen weniger Sekunden war die THEODERICH in der Zieloptik erkennbar, und Yokida löste die Waffen aus. Drei Impulsgeschütze, zu einer Einheit verbunden, versuchten sich des Überfalls zu erwehren.

Yokidas Gesicht war maskenhaft starr, als er seine Schüsse auf dem Schutzschirm des Flaggschiffs wie einen harmlosen Wasserstrahl zerplatzen sah.

Die Energiefelder der THEODERICH nahmen diesen Nadelstich kaum wahr, und in Claudrins Zentrale schlugen auch die Instrumente kaum aus.

„Feuer aus Grün!" schrie Brazo auf. „Der Fragmentraumer greift ein!"

Das Posbischiff hatte urplötzlich Fahrt aufgenommen, war an der ALTA-663 auf knapp hundert Kilometer Abstand vorbeigerast, jagte auf die THEODERICH zu und eröffnete im selben Sekundenbruchteil aus allen Geschützen das Feuer auf das Flaggschiff Perry Rhodans.

Für Augenblicke gab es an dieser Stelle des sternenarmen Raumes eine winzige Sonne – die THEODERICH.

Ihre Schutzschirme mußten bis zum Maximum durch Fremdenergie belastet worden sein. Aber die Energie prallte ab. Sie zerfloß in elektrischen Wirbeln und wurde nun durch nachfolgende Strahlschüsse wieder aufgeheizt.

Plötzlich griffen die Vernichtungsstrahlen des Fragmentraumers ins Leere.

Die THEODERICH war in dem Halbraum zwischen den beiden Dimensionen verschwunden. Das Superschlachtschiff hatte eine Flucht vorgetäuscht. Und dieses Hinüberwechseln kam für den Fragmentraumer so überraschend, daß seine Strahlen noch länger als drei Sekunden in die Richtung schossen, wo die gigantische Kugel eben noch gestanden hatte.

Dann kam schlagartig wieder die Raumschwärze über sie. Nur Outside, das dunkelrote Sonnenauge, war zu sehen.

„Moders, funktioniert unsere Spezialantenne noch? Kontrolle, bitte!"

Der Robotiker, noch ganz unter dem Eindruck des Kampfes zwischen den Riesenschiffen, zuckte sichtbar zusammen, schluckte und nahm dann die Kontrollen vor.

Die Spezialantenne war für sie lebenswichtig. Über sie konnten sie Notrufe an die THEODERICH senden, falls es zu einer Entführung kommen sollte oder wenn sie in eine gefährliche Lage gerieten. Zwar war es ziemlich sicher, daß die Posbis diese Notrufe orten konnten, aber sie würden mit den Signalen nichts anfangen können. Und bevor sie ihr Mißtrauen dazu verleiten würde, die ALTA-663 zu vernichten, würde die THEODERICH zur Stelle sein und den Terranern die Flucht mit dem Transmitter ermöglichen.

„Spezialantenne in Ordnung", meldete Moders an Alkher. „Aber wenn das alles zutrifft, was ich hier an den Instrumenten ablese, dann ist die ALTA-663 ein Haufen Schrott. Wir brauchen einen Maschinenschaden nicht mehr zu simulieren – wir haben ihn bereits. Ein Fünftel des Schiffes ist entweder explodiert oder von Energiestrahlen zerschmolzen worden. Weit kommen wir mit diesem Raumer nicht mehr."

Das war für Alkher das Signal, schleunigst ihren Notausgang, den Torbogentransmitter, zu überprüfen. Wuriu Sengu übernahm mit noch einem Mann die Kontrolle. Da klang plötzlich eine fremde Stimme auf. Sie kam aus dem Simultanübersetzer und wurde elektronisch erzeugt.

„Seid ihr wahres Leben?"

Zehn Männer blickten auf den Lautsprecher. Zehn Männer hielten den Atem an. Jeder wußte, daß der zweite Teil ihres Unternehmens gerade begonnen hatte.

„Seid ihr wahres Leben?" klang es erneut aus dem Lautsprecher des Simultanübersetzers, der die aufgefangenen Funksymbole erhalten, gedeutet und in Worte übertragen hatte.

Die im gleichen Zeitabstand wiederkehrende Frage verriet, daß sie von einem Roboter gestellt wurde.

Brazo aber wußte auch, daß der Bogen bei einem Roboter nicht überspannt werden durfte. Langsam bewegte sich seine Hand, und die

Finger berührten einen Sensor. Auf der Wellenlänge des Posbisenders arbeitete jetzt ihr vorgeschaltetes Funkgerät.

„Wir sind wahres Leben", sprach Alkher in Richtung des Mikrophons.

Es war bedeutungslos, ob er akzentuiert sprach oder nicht. Er hätte die Worte auch singen können. Der Übersetzer machte Symbole daraus, gab sie an den Sender weiter, und der strahlte sie ab.

Alkher griff nach links. Er schaltete den großen Schiffssender auf Null herunter. Der Notruf der ALTA-663 verklang. Nur noch das Gerät vor dem Interpreter arbeitete.

Was kam jetzt? Die Männer warfen sich fragende Blicke zu.

„Das wahre Leben bekennt sich zur Form. Gebt die eure preis, damit wir euch helfen können."

Etwas Ähnliches hatte Captain Alkher erwartet. Er fühlte seine Hilflosigkeit. Wie sollte er diese Aufforderung beantworten? Was verstand der Posbi unter Form? Oder sollte etwa der Simultanübersetzer ein Symbol falsch aufgeschlüsselt haben?

Brazo fühlte durch seinen Fluganzug den Druck einer Hand auf der Schulter. Als er den Kopf zur Seite drehte, sah er Van Moders neben sich stehen. Den Zeigefinger der linken Hand hielt er demonstrativ gestreckt. Unsicher blickte der Captain den Robotiker an. Dessen Lippen formten sich zu dem Wort: Eins. Dazu machte er nun mit der Hand eine allesumfassende Bewegung.

„... Gebt die eure preis, damit wir euch helfen können!" kam der Spruch zum zweitenmal durch.

Van Moders' aufforderndes Nicken ließ es Brazo Alkher wagen, jetzt zu antworten. Aber er fühlte sich in seiner Haut nicht wohl.

„Ich bin das Schiff, und das Schiff ist ich!" Brazo staunte selbst über seine Stimme, die ihm fremd vorkam.

„Wir schaffen einen Hyperweg. Trefft dazu die Vorbereitungen."

Was, um alles in der Welt, war denn ein Hyperweg?

Was meinte der Roboter damit?

Blitzschnell hatte Tama Yokida seinen Platz verlassen, stand nun neben Brazo Alkher, schaltete das Mikrophon ab und sprudelte erregt heraus: „Hyperweg, Brazo, das muß ein Übersetzungsfehler des Simultangeräts sein. Hyper, gleich über, und für den Weg dann den

Begriff Gang setzen. Wir schaffen einen Übergang, müßte es heißen, aber ich kann mich auch irren."

Nur wenig erleichtert seufzte Alkher auf. „Wenn uns noch mehr solche Schwierigkeiten begegnen, dann dürfen wir uns gratulieren." Und jetzt mußte er in der Terminologie des Simultangeräts antworten. Das Mikrophon wurde wieder eingeschaltet. „Ihr werdet mich offen finden, aber der Hyperweg zerbricht, wenn ihr nicht wahres Leben seid."

„Wir sind wahres Leben, Eins. Schutz wahrem Leben, das allein Schutz verdient."

Hatte es nicht gefühlsbetont geklungen, obwohl die Stimme des Übersetzers dazu nicht in der Lage war? Aber drückte diese eigentümliche Formulierung des zweiten Satzes nicht eine unverkennbare Herzlichkeit aus?

„Schutz wahrem Leben, das allein Schutz verdient!" Brazo wiederholte einfach den Satz. Er wußte nicht, und hoffte inbrünstig, die Gegenstation auf dem Fragmentschiff würde abschalten.

Doch der Posbi dachte nicht dran. „Schutz dir, Eins, und Stärke deinem Leben! Warum finden wir dich nicht offen? Ist deine Beschädigung so groß, daß du dazu nicht mehr in der Lage bist, Eins?"

Die ALTA-663 hatte von den Posbis nun auch einen Roboternamen bekommen. Aber Brazo Alkher blieb keine Zeit, darüber nachzudenken. Er versuchte die große Schleuse des Kugelraumers zu öffnen.

Das nicht zu übersehende Rotlicht auf der großen Schalttafel besagte alles. Die THEODERICH hatte die ALTA-663 zu gut getroffen. Die Hauptschleuse ließ sich nicht mehr betätigen.

Das Mikrophon war wieder ausgeschaltet worden. Brazo sah sich im Kreis um. „Rückzug unter die Kuppelschalen!"

Er blieb als einziger sitzen. Er mußte dem Fragmentraumer antworten und ihm mitteilen, daß die Schleuse sich nicht mehr öffnen ließ.

Brazo schaltete das Funkgerät ab und zog sich in die rechte Kuppelschale zurück. Dort war ein weiteres Symbolfunkgerät installiert, mit dem er Kontakt zu den Posbis aufnehmen konnte. Nichts mehr in der Zentrale erinnerte daran, daß sich hier vor wenigen Minuten noch zehn Menschen aufgehalten hatten.

„Hier, Eins. Ich bin nicht mehr in der Lage, mich zu öffnen."

Fast auf dem Fuß kam die Antwort: „An Eins: Wir haben es schon festgestellt. Wir öffnen dich von außen."

Aufmerksam beobachtete Alkher das Schließen des Schlitzeingangs. Nach menschlichem Ermessen war ihr Versteck vor den Posbis absolut sicher. Er blickte sich nach dem Spähermutanten Wuriu Sengu um. Dessen parapsychische Fähigkeiten ließen ihn in und durch jede Materie sehen.

„Sie sind schon im Schiff, Brazo", gab Sengu bekannt. „Ich zähle fünfzehn, sechzehn, nein achtzehn Roboter. Jeder sieht anders aus. Jeder scheint eine bestimmte Aufgabe zu haben. Der größte Teil der Posbis eilt zu der zerschossenen Abteilung unseres Schiffes. Drei kommen den Antigravschacht hoch. Gleich müssen sie in der Zentrale sein."

Über ihre Intern-Verständigung hatten auch die fünf Mann mitgehört, die sich in der linken Kuppelschale verborgen hielten.

Alkher setzte die Beobachtungsanlage in Tätigkeit. Drei Kontrollbildschirme wurden aktiviert. Einer zeigte, wie das Zentralschott sich öffnete. Jene drei Posbis, die Sengu gesehen hatte, betraten den Kommandoraum der ALTA-663. Sie hatten keine Ähnlichkeit mit Arkon- oder Terrarobotern.

Van Moders stand dicht neben Alkher.

„Sehen Sie sich das an", sagte er bestürzt und wies auf den mittleren Kontrollschirm.

Ein Posbi kniete vor dem zerstörten Gleichrichter. Seine Hände waren Schneidwerkzeuge geworden. Aber sie trennten nicht radikal Geschmolzenes von Intaktem. Der Roboter suchte nach Nahtstellen und nahm dort behutsam die Trennungen vor.

Jetzt hielt er einen geschmolzenen Klumpen in der Hand. Die Bewegung, mit der er ihn vor sich zu Boden legte, drückte menschliche Rührung aus.

Neben Moders atmeten Alkher und Sengu erregt. Der Späher stieß ihn leicht an. Für Sekunden wurde Brazo abgelenkt. Er hörte Sengu halblaut sagen: „Ich sehe die anderen fünfzehn im Maschinenraum arbeiten. Ich glaube, wenn sie über die Zerstörungen weinen könnten, dann täten sie es."

Der größte der drei Posbis stand vor der mächtigen Schalttafel. Was seine beiden Begleiter machten, schien ihn nicht zu interessieren. Mit seinem fremdartig aussehenden Linsensystem tastete er die Schaltung ab. Ab und zu strichen seine Metallhände wie verliebt über die glatte Fläche, in der sich Meßinstrumente, Schalter und Stellräder befanden.

Es war auch faszinierend, was der Posbi jetzt tat.

Er schaltete, und Brazo Alkher, der jede Bewegung des Automaten verfolgte, erstarrte.

Der Posbi schaltete die Kontrollen der ALTA-663 durch. Er überprüfte, was auf dem Schiff noch in Ordnung war und was nach dem Strahlbeschuß repariert werden mußte.

„Wenn er sich näher mit unserem Symboltransformer beschäftigt, dann muß er unseren Trick entdecken, auf den sich unsere Wissenschaftler so viel eingebildet haben. Und dann sind wir erledigt." Brazo Alkher stand mit seiner Ansicht nicht allein.

Bedrückt nickte auch der Robotiker. Er wollte dazu seine Meinung sagen. Der Spähermutant aber hatte ihnen etwas Wichtiges mitzuteilen. „Der Fragmentraumer kommt vorsichtig heran. Distanz keine hundert Meter mehr. Große Milchstraße, die ebene Fläche auf ihm hat die Ausdehnung eines Notraumhafens."

Mit Hilfe seiner Parafähigkeiten betrachtete Wuriu Sengu durch die Wände, Decks und die Kugelhülle ihres Raumers das fremde Schiff. Die senkrecht abfallende Wand des gigantischen Kubus besaß an einer Stelle eine nach innen gehende Beule. Mehr als dreihundert Meter tief erstreckte sie sich in den riesigen Würfel. Die scheinbar eingedrückten Wände waren mit warzenartigen Gebilden von der Größe eines Hauses übersät. Welchen Zweck sie hatten, vermochte Sengu nicht zu sagen. Sein Parablick glitt weiter. Sengu interessierte der Bodenteil der Beule.

Er war spiegelglatt. Seine Form war absolut fremdartig. Aber er war groß genug, um acht bis zehn Schiffe vom Typ der ALTA-663 aufzunehmen.

Und der Fragmentraumer schob sich nun mit seiner Beule unmerklich langsam auf ihre Kugel zu.

„Wir setzen auf, Alkher." Mit tonloser Stimme verriet Sengu, was er sah.

Eine leichte Erschütterung ging durch das Schiff. Es gab keine Schutzfelder mehr, die sie einhüllten. Alkher hatte nach dem Beschuß durch die THEODERICH darauf verzichtet, sie wieder aufzubauen. Damit sollte den Posbis gezeigt werden, wie hilflos sie waren.

Die ALTA-663 rollte wie eine Kugel hin und her. Ihre Teleskopstützen waren nicht ausgefahren worden.

Unter ihren beiden Halbkuppeln konnten die Männer sich normal bewegen. Die drei Sammelabsorber verhinderten, daß ihre Impulse in die Zentrale drangen und von den Posbis als organische Ausstrahlungen geortet werden konnten. Genaugenommen war ihr Versteck eine zweite Kommandozentrale ihres Schiffes.

„Diese drei Robs reparieren mit einer Schnelligkeit und Präzision, als ob sie unser Schiff erbaut hätten", sagte Van Moders. „Ich begreife bis jetzt noch nicht, woher die Posbis die Ersatzteile zaubern, Sengu, können Sie es nicht sehen."

„Natürlich", erwiderte der Späher gelassen. „Die Posbis zaubern nicht. Sie stellen die Ersatzteile aus dem Schmelzschrott selbst her. Und sie ändern um. Ich verstehe nicht besonders viel davon, aber trotzdem bin ich der Ansicht, daß sie Schaltkreise – es sieht so aus, als ob sie alles vereinfachten."

Wuriu Sengu hatte inzwischen wieder einen Blick in die Beule geworfen, auf deren Grundfläche die ALTA-663 gelandet worden war. Einige der vielen hausgroßen warzenartigen Höcker auf den Beulenwänden hatten einen anderen Farbton angenommen.

Im Augenblick seiner Beobachtung hörte er Brazo Alkher sagen: „Was ist das denn? Unser Schiff liegt ja unter einer Magnetglocke, gegen die der stärkste Traktorstrahl ein Nichts ist. Da, seht euch das Magnetometer an. Es ist ruiniert."

Hastig berichtete der Späher, was er gesehen hatte und noch sah.

„Hm..." Brazo nickte. „Ich glaube, mir geht ein Licht auf, was diese Fragmentraumer darstellen: Allzweckraumer. Aber ist es nicht beunruhigend, daß man keinen Versuch mehr gemacht hat, mit Eins zu sprechen?"

Niemand war in der Lage, darauf eine Antwort zu geben. Die Andruckabsorber des kleinen Raumers heulten auf.

Zehn entsetzte Männer glaubten schon die Explosion der Andruckabsorber zu hören, als blitzartig das furchtbare Schrillen abriß.

Niemand ahnte, was geschehen war – bis auf den Mutanten Sengu.

„Ich kann unsere Milchstraße nicht mehr sehen. Sie ist plötzlich verschwunden, als ob wir in den Hyperraum eingebrochen wären. Und es gab keinen Entzerrungsschmerz."

18.

Auf der THEODERICH, die inzwischen ihre alte Position 200 Lichtjahre von Outside entfernt wieder eingenommen hatte, herrschte Hochbetrieb. Vor wenigen Minuten war die ALTA-663 mitsamt dem Fragmentraumer verschwunden. Nun wartete man auf die ersten Peilsignale des entführten Schiffes. Es dauerte nicht lange, bis die Funkzentrale der THEODERICH meldete, daß diese Signale soeben eingegangen waren. Ganz schwach zwar, aber zweifellos von der ALTA. Der Schock kam erst, als eine Rundfrage ergab, daß nur zwei von den zehn Schiffen die Signale ebenfalls ganz schwach empfangen hatten. Die anderen acht Kreuzer waren zu weit entfernt gewesen.

Aus diesem Grund war es lediglich möglich, die ungefähre Richtung und Entfernung der jetzigen Position der ALTA zu bestimmen. Als die Auswertung vorlag und man sah, daß die ALTA eine Strecke von etwa 40 000 Lichtjahren in den intergalaktischen Raum hinein zurückgelegt hatte, wußte man, warum die Signale nur schwach durchgekommen waren.

Die Leistungskapazität des Spezialsenders der ALTA reichte gerade aus, um eine Entfernung von knapp 35 000 Lichtjahren zu überbrücken. Man konnte von Glück sprechen, daß die Signale überhaupt registriert werden konnten, denn kein einziges terranisches Schiff befand sich innerhalb dieser Leistungsgrenze.

Rhodan erteilte den Befehl an die THEODERICH und die zehn Kreuzer, Fahrt aufzunehmen und 30 000 Lichtjahre weiter in den intergalaktischen Raum vorzustoßen. Dort sollte die gleiche Formation wieder eingenommen und gewartet werden, bis sich Brazo nochmals meldete. Falls der Fragmentraumer nicht wieder Fahrt aufnehmen und eine noch größere Strecke zurücklegen sollte, würde man die Position des terranischen Schiffes vom neuen Standort aus leichter ermitteln können.

Brazo Alkher wischte sich über die Augen. Er glaubte, einen schlechten Traum zu haben, aber die Bilder, die er sah, ließen sich nicht durch eine Handbewegung verscheuchen.

„Darüber kann man ja irrsinnig werden", keuchte Mike Tillurn.

„Das ist großartig", sagte Van Moders, der Robotiker, erregt.

„So? Finden Sie?" fragte Brazo sarkastisch. Er fand das, was sie sahen, weder irrsinnig noch großartig, sondern scheußlich.

Als der Fragmentraumer wieder in das normale Universum gefallen war, hatte Brazo Alkher es gewagt, die in der Kugelschale versteckt eingebaute Spezialfernsehanlage in Betrieb zu setzen. Mit dem Aufschalten war auch der erste Peilimpuls abgestrahlt worden. Die zehn Männer setzten ihre Hoffnungen in die THEODERICH und die zehn Kreuzer. Dennoch würde Brazo die Peilzeichen ständig wiederholen, da er nicht wußte, welche Entfernung sie zurückgelegt hatten und ob es den Ortungsabteilungen der terranischen Schiffe gelungen war, eine genaue Standortberechnung durchzuführen.

Durch den Beschuß der THEODERICH schien die gesamte Spezialbeobachtungsanlage in der Kugelhülle ihres Raumers ausgefallen zu sein.

Tama Yokida begann zu verzweifeln, weil die Schirme schwarz blieben und nicht einmal einen Zipfel der Galaxisspirale zeigten. Erst als er Sengus Späherfähigkeit zu Rate zog, entdeckte er, warum die Anlage scheinbar versagte. Die Beule, die die Terraner aufgenommen hatte, befand sich auf der der Galaxis abgewandten Seite.

Die achtzehn Posbis hatten die ALTA-663 inzwischen wieder verlassen. Wahrscheinlich waren sie vom Kommandanten des Fragmentraumers zurückgerufen worden.

Und dann hatten die Männer warten müssen, mehrere Stunden lang. Inzwischen hatte Alkher einige Male das Peilzeichen gesendet. Immer wieder hatte die schwarze Bildfläche ihren Blick angezogen, und je länger sie sie ansahen, um so größer wurde ihr Verdacht, daß sie etwas übersehen hatten oder einen Denkfehler begingen.

Brazo hatte plötzlich am Mischer zu arbeiten begonnen. Van Moders schaute ihm interessiert zu.

„Sie wollen alles durchprobieren, Alkher? Ultraviolett von zehn hoch minus sechs über Normallicht bis auf zehn hoch minus zwei?"

Der Robotiker hatte seine Frage in einem Tonfall gestellt, dem zu entnehmen war, daß er mit keiner Antwort rechnete.

Brazo nickte knapp. Er konzentrierte sich auf den Mischer. Dieses Kombinationsgerät erlaubte es ihm, die Spezialbeobachtungsanlage auch in den Bereichen des nicht sichtbaren Lichtes arbeiten zu lassen. Er konnte damit sogar die einzelnen Wellenlängen des unsichtbaren Lichtes mischen.

Bei $8 \cdot 10^{-1}$, also im Mittelbereich des Infraroten, veränderten sich die vier kleinen, schwarzen Bildschirme.

„Ein Planet?" hauchte jemand.

Es war ein Planet. Er war auf den Schirmen zu sehen, als die Optikautomatik sich scharf darauf eingestellt hatte.

Eine Sternenkugel im lichtlosen, interkosmischen Raum.

Ein Planet, der sich vor Äonen von seinem lebensspendenden Muttergestirn losgerissen hatte und nun verloren den Abgrund aus Raum und Zeit durchwanderte. Nur auf dem Infrarotband war er zu sehen - als Kugel. Aber dieser Kugel näherten sie sich erstaunlich schnell.

Das Ziel des Fragmentraumers lag vor ihnen.

Sigurd Alec fragte Alkher: „Captain, soll ich planetarische Messungen vornehmen?"

„Tun Sie es, Alec. Ich glaube, daß jetzt noch keine Gefahr besteht. Beeilen Sie sich. Wir stürzen ja regelrecht auf den Planeten zu."

Als grauweißer Sternkörper war die unbekannte Welt zu sehen. Sie schwamm in der Schwärze, die sie von allen Seiten umgab.

Sigurd Alec war mit seinen Schnellmessungen fertig. „Durchmesser des Planeten zirka fünfzehntausend Kilometer. Schwerkraft dennoch nur 1,21 g. Rotationsgeschwindigkeit kaum feststellbar. Wahrscheinlich alle paar hundert Jahre eine Umdrehung. Keine Atmosphäre, lediglich Wärmequellen auf und unter der Planetenoberfläche."

Eine bizarre, skurrile Welt wurde über das Infrarotband sichtbar. Immer deutlicher wurden die Einzelheiten: Kubische Gebilde von mehr als hundert Metern Kantenlänge, viele Türme waren im oberen Drittel geknickt; dann tauchten Flachbauten auf, nur standen sie nicht auf einer waagrechten Unterlage, sondern schräg, als hätte jemand sie in den Boden geschleudert. Wurmartige Gebilde, keines mit einem geringeren Durchmesser als fünfzig Meter, zogen sich über die Anlagen hinweg, tauchten in den Boden ein, um nach einigen Kilometern wieder zu erscheinen.

Der Fragmentraumer sank tiefer. Erstaunlich blieb, daß der Raumer seine hohe Fahrt nicht drosselte. Wie scharf die Männer in der ALTA-663 auch beobachteten, sie konnten nirgends Bewegungen entdecken.

„Und nirgendwo ein einziger Lichtstrahl", sagte Wuriu Sengu gepreßt. „Eine grausige Welt, in der wir blind sind. Aber die Posbis können in der Dunkelheit sehen."

„Wo sehen Sie Roboter, Wuriu?" fragte Brazo Alkher neugierig.

„Überall unter uns. In jeder Halle, in jedem Turm, in jedem Ding, und wenn es noch so verrückt aussieht. Ich habe es längst aufgegeben, ihre Zahl zu schätzen."

„Wir landen!" Der Ruf kam über die Verständigung aus der anderen Kuppel.

Schnell bremste der Fragmentraumer seine Fahrt ab. Das Kastenschiff schien wie ein Stein in die Tiefe zu stürzen. Aber keine hundert Meter über dem Boden wurde der Sturz abgefangen, und wie ein Ballon schwebte das Fragmentschiff seinem Ziel entgegen.

Das Aufsetzen löste keine Erschütterung aus.

Der Fragmentraumer hatte die zehn Männer am Rand eines gigantischen Landefelds zu Boden gebracht. Von drei Seiten her gähnte sie die Dunkelheit an, die sie über Infrarot aufgehellt hatten. Die vierte Seite war eine Wand aus Metall.

Unerwartet für alle ging ein Stoß durch ihr Kugelschiff. Die vier Kontrollschirme verrieten ihnen, daß der Fragmentraumer sie aus seiner Beule holte, um das Schiff auf dem Boden des Hafens abzusetzen.

Brazo Alkher glaubte diese kurze Zeitspanne für einen neuen Peilimpuls ausnutzen zu können.

„Was ist bei euch los?" fragte Mike Tillurn von der anderen Kuppel über die Verständigung.

„Peilimpuls ist ausgestrahlt worden. Schließlich soll Perry Rhodan möglichst bald wissen, auf welch einem Wahnsinnsplaneten wir uns befinden."

„Hoffentlich haben uns die Posbis nicht mehr als dreißigtausend Lichtjahre tief in den Raum geschleppt. Ob bei solch einer Entfernung unser Hyperfunkimpuls noch ankommt?“

Mike Tillurns Frage war nicht unberechtigt.

Ärgerlich über Mikes Pessimismus erwiderte Brazo Alkher scharf: „Tillurn, ich möchte Fragen in dieser Art nicht mehr hören. Ich hoffe, wir verstehen uns.“

In der Sekunde, als die ALTA-663 aufgesetzt wurde, sprach der Lautsprecher ihrer umgeschnallten Mikrofunkgeräte an.

Der Symboltransformer hatte einfallende Symbole in Worte gebracht und sie ihnen als Impulse zugestrahlt.

„Das wahre Leben begrüßt Eins. Das wahre Leben ist jetzt dein Herr, Eins. Willkommen auf dem Planeten Frago.“

Während die unpersönliche Stimme in den Lautsprechern unter den beiden Halbkuppeln aufklang, hatte Brazo den nächsten Peilimpuls ausgestrahlt. Dieser Planet wurde ihm immer unheimlicher. Und zugleich wurde der Wunsch in ihm wach, diese Welt bald verlassen zu können.

Sie hatten mit den Posbis nicht nur Kontakt aufgenommen, sondern sie waren auch auf dieser Welt der Roboter, mitten im sternleeren Raum, gelandet. Aufgrund der ausgestrahlten Peilimpulse mußte es Rhodan in kurzer Zeit möglich sein, die interkosmische Position von Frago zu bestimmen.

Lagen die Koordinaten einmal fest, dann konnte es nicht mehr allzulange dauern, bis der arkonidische Torbogentransmitter in ihrer Zentrale zu arbeiten begann und sie alle durch ihn diese verrückte Welt verlassen konnten.

Wieder begann das zermürbende Warten. Für die Männer war es kein Vergnügen, in ihren arkonidischen Fluganzügen zu stecken. Über den versteckten Gang, der die beiden Kuppeln verband, wechselten sie hin und her.

Dagbert Ellis, Astrophysiker von Beruf, der seit ihrem Einsatz noch nie in Erscheinung getreten war, hatte neben Brazo Alkher Platz genommen.

„Dieser Planet ist völlig anomal, Alkher, und wenn auch Kollege Moders anderer Ansicht sein mag, so bleibe ich bei meinem Standpunkt, daß auch die Posbis nicht zu den normalen Robotern zu rechnen sind. Ich habe mich in der letzten halben Stunde eingehend mit Wuriu Sengu unterhalten. Er hat im großen Umkreis rund um die ALTA-663 verschiedene Beobachtungen gemacht. Tief unter der Planetenoberfläche befinden sich gigantische Maschinenanlagen, aus denen Plasma hervorquillt, das in großen Behältern gesammelt wird. Dazu entdeckte er endlose Industriekomplexe, vor allem Produktionsanlagen für Roboter. Vollautomatisch. Kontrolliert von diesen Posbis, aber er konnte keinen einzigen Hinweis auf organische Intelligenz finden. Alkher, ich weiß, daß Ihnen diese Tatsachen bekannt sind, doch ich mußte sie einfach noch einmal erwähnen, um die Anomalität von Frago herauszustellen. Dieser gewaltige Industrieplanet mit seinem Millionenheer teilbiologischer Roboter stellt in seiner Gesamtheit einen Machtfaktor dar, der, weil er sinnlos zu sein scheint, für unsere Galaxis um so gefährlicher ist."

Brazo Alkher liebte keine langatmigen Ausführungen. Er unterbrach Ellis. „Wir haben alle einen Teil von Frago gesehen, Ellis. Wir ahnen, welch eine Macht er darstellt, aber ich kann Ihre Meinung nicht vertreten, daß Frago besonders gefährlich sein soll. Das Solare Imperium dürfte auch mit diesen Robotern fertig werden."

Ellis schüttelte den Kopf. „Als ich Wuriu Sengu bat, Beobachtungen durchzuführen, kristallisierte sich eine erschreckende Tatsache heraus: Der Ausstoß an Robotern hat sein Maximum erreicht. Die Posbis haben mit größten Lagerungsschwierigkeiten zu kämpfen . . ."

„Moment mal", unterbrach Brazo Alkher ihn. Auch Van Moders zeigte jetzt angespanntes Interesse. „Was verstehen Sie unter Lagerungsschwierigkeiten?"

Fast bedrückt erwiderte Ellis: „Die Posbis wissen nicht mehr, wohin mit ihrem noch nicht aktiviertem, fabrikneuen Nachwuchs. Wuriu Sengu hat viele subplanetarische Hallen entdeckt. Jede Halle ist bis zum Bersten mit gestapelten Posbis gefüllt."

Alkher wurde unruhig, aber dann stieß er ein abfälliges Lachen aus. „Was nützen den Posbis diese Millionenreserven, wenn sie nicht gleichzeitig über eine entsprechende Raumflotte verfügen?"

„Sengu ist sich seiner Sache nicht sicher, weil die Fragmentraumer eine Konstruktion darstellen, die unseren Vorstellungen von einem

Raumschiff zuwiderlaufen. Abgesehen von diesem nicht zu unterschätzenden Unsicherheitsfaktor befürchtet er, daß der Hauptteil der Fragoindustrie mit dem Bau von diesen Fragmentschiffen beschäftigt ist."

„Aber wo sind denn diese kastenförmigen Ungetüme?" fragte Brazo Alkher heftig.

„Sengu hat vorhin von dem Raumhafen aus, der uns benachbart ist, eine Flotte von mehr als fünfzig Fragmentschiffen starten sehen. Er sagte mir, daß sie von der Bandstraße direkt in den Raum vorgestoßen wären."

„Wo ist Sengu jetzt?"

„In der anderen Kuppel. Er beobachtet, Captain. Ich möchte empfehlen, ihn nicht zu stören."

Alkher wandte sich an den Robotiker. „Was halten Sie davon, Moders?"

„Was soll ich von Ellis' Ausführungen halten? Ist Frago an sich nicht schon ein vollständiger Beweis dafür, daß wir es hier mit Ungeheuerlichem zu tun haben?"

„Zwischen der ehemaligen Roboterwelt Arkon III mit der Riesenpositronik und Frago sehe ich keinen großen Unterschied, Moders."

„Ich doch", widersprach der Robotiker. „Der Unterschied liegt in den Robotern. Vergessen wir doch nicht, daß jeder einzelne durch organisches, aber künstlich erzeugtes Plasma teilorganisch ist. Jeder Posbi ist eine selbständige Einheit und vollkommen unabhängig von einem Riesengehirn."

Brazo Alkhers Handbewegung zur Schalttafel lenkte ihn ab.

„Was tun Sie da, Captain?" fragte er.

„Einen neuen Peilimpuls abstrahlen", brummte Brazo. „Sie mit Ihrem Kollegen Ellis heizen mir zu stark ein. Hoffentlich kommt der Peilkurzimpuls überhaupt durch. Wie sieht es mit dem Funkverkehr auf diesem Irrsinnsstern aus?"

Osborne zuckte zusammen. Er saß die ganze Zeit über schon vor dem Abschnitt der Schalttafel, in dem die Funkgeräte untergebracht waren.

„Wie, bitte? Funkverkehr, Captain?" Er räusperte sich. „Es wimmelt von positronischen Funkimpulsen, aber ich kann nicht sagen, ob es Befehle für die Fließbandsteuerungen sind oder Gespräche zwischen Funkstationen. Man müßte diese Funkimpulse einmal durch den Simultanübersetzer laufen lassen."

Brazo winkte ab. „Lieber nicht. Wie sieht es denn mit Hyperfunksprüchen aus, Osborne? Haben Sie davon noch keine festgestellt?"

„Darauf kann ich Ihnen leider keine präzise Antwort geben, weil ich Wellenformen in diesen Darstellungen ... Da, sehen Sie! Hier schlägt eine von diesen Rätselamplituden wieder durch. Haben Sie sie beobachtet?"

Statt einer Antwort betätigte Brazo Alkher wieder den Schalter, mit dem er ihren verschlüsselten Peilimpuls ausstrahlen ließ.

Van Moders und Ellis sahen sich besorgt an. Ihnen war bekannt, welchen Ruf dieser blutjunge Captain besaß. Wenn Alkher ohne Rücksicht auf Entdeckung so kurz hintereinander Peilzeichen funkte, dann mußte er ihre Lage als äußerst bedrohlich ansehen.

Die ALTA-663 lag immer noch auf demselben Fleck des Raumhafens, und kein Roboter schien sich um das Schiff zu kümmern.

„Oh!" stieß Osborne aus und beobachtete angespannt den winzigen Amplitudenschirm. „Jetzt herrscht aber ein Betrieb, als ob hundert Stationen auf einmal funkten."

„Sind denn das Funksprüche, Osborne? Vorhin konnten Sie mir darauf keine Antwort ..."

Der Lautsprecher ihrer winzigen Tornistergeräte sprach an. An Stelle von Worten hörten sie aber nur eine Reihe von unverständlichen Krächzlauten, die schnell wieder verstummten.

„Große Galaxis!" schrie Van Moders auf und deutete auf die logarithmische Skala, die das Gesamtspektrum der elektromagnetischen Wellen umfaßte.

Im Ultraviolettbereich glühte plötzlich ein scharf abgezeichneter Grünpunkt. Er stand genau auf dem Wert von 10 eVolt, also ziemlich dicht an der Grenze zu den Röntgenstrahlen.

„Raumhelme zu! Schutzschirme aufbauen!" Brazo Alkhers beherrschte Stimme verriet nichts von der Erregung, die ihn blitzartig überfallen hatte.

Die Posbis hatten seine Peilimpulse festgestellt und seinen Funkverkehr mit einem Ultraviolett-Lichtangriff auf das Schiff beantwortet.

„Noch harmlos", stellte Van Moders fest, der seine Ruhe wiedergefunden hatte. „Aber warum diese Ultralichtbestrahlung?"

Brazo lachte verbittert auf. „Entweder eine Warnung an uns, keine Peilimpulse mehr über Hyperfunk abzustrahlen, oder der Anfang eines Angriffs."

„Was vermuten Sie, Captain?" Der Fachmann war in Van Moders wach geworden. Die anderen blickten ihn gespannt an. Wenn einer jetzt voraussagen konnte, wie die Posbis sich verhalten würden, dann war er es.

Aber Van Moders erinnerte sich auch, daß die Posbis teilbiologische Maschinen waren. Die Verhaltensweise eines normalen Roboters konnte bei ihnen nicht zugrunde gelegt werden.

Fast widerwillig sagte er: „Wenn wir es hier nicht mit Posbis zu tun hätten, dann würde ich sagen, daß wir nichts mehr zu befürchten hätten. So aber wage ich nicht, eine Prognose zu stellen."

Er brauchte es auch nicht.

Die ALTA-663 erbebte. Ein titanischer Traktorstrahl schien sie ergriffen zu haben und riß den Kugelraumer vom Boden hoch.

In mäßiger Fahrt trieb die ALTA auf eine riesige Kuppel zu, die soeben eine Schleuse geöffnet hatte, die so groß war, daß bequem zwei Schwere Kreuzer nebeneinander hindurchfliegen konnten. Kaum war die ALTA im Innern der Kuppel angekommen, schloß sich die Schleuse wieder. Auf dem Boden der Kuppel befand sich eine tausend Meter tiefe und ebenso breite Mulde, die sich rasch mit einer undefinierbaren Flüssigkeit zu füllen begann.

„Brazo", meldete sich in diesem Augenblick der Späher, „wir fliegen auf ein Bassin zu."

„Worauf?" fragte Alkher fassungslos.

„Auf ein Bassin. Sehen Sie es nicht auf den Kontrollschirmen? Ich habe keine Ahnung, welche Art von Flüssigkeit es birgt. Aber selbst ein Schwerer Kreuzer hat darin bequem Platz."

Captain Alkher hatte die logarithmische Skala nicht aus den Augen gelassen. Der grell leuchtende Grünpunkt bei 10 eVolt verschwand so plötzlich, wie er gekommen war.

Der Ultraviolett-Angriff hatte mehr den Charakter einer Lichtdusche gehabt. Brazo Alkhers Sorgen verminderten sich etwas, doch als sein Blick über die Kontrollschirme glitt, wurden sie so groß wie noch nie.

Die ALTA-663 schwebte dicht über dem riesigen Bassin, in dem eine schillernde Flüssigkeit sprudelte.

In knapp hundert Metern Höhe stand der defekte Kugelraumer jetzt bewegungslos auf der Stelle, gehalten von einem Traktorstrahl. Aber nicht allein der riesige Flüssigkeitsbehälter war bedrohlich, auch die bizarre Wand der Kuppel.

An einer Stelle der Wand befand sich jetzt ein asymmetrisches Loch – ein Tor. Drei Ungetüme quollen daraus hervor: riesige Raupen, von einem Wahnsinnigen gestaltet, mit Antennenfühlern ausgerüstet, mit Höckern auf der graublassen Oberfläche. Zwischen fünf bis acht Metern schwankte der Durchmesser der Metallkonstruktionen, zwischen dreißig bis siebzig Metern ihre Länge.

Mit großer Geschwindigkeit schossen sie hervor, genau auf das Bassin zu.

Die sind für uns bestimmt, dachte Brazo beunruhigt und warf Van Moders einen fragenden, auffordernden Blick zu. Der Robotiker zuckte hilflos mit den Schultern.

Die ALTA-663 war das Ziel einer der drei Metallraupen.

Sie hob vom Boden ab und schoß heran. Metallisches Krachen lief durch den Raumer, als die unerklärliche Metallkonstruktion sich auf der Kugelhülle festsetzte.

„Wuriu!“

Der Späher meldete sich sofort aus der linken Halbkugel. Mit seinen parapsychischen Kräften sah er in das Innere der Metallraupe. „Brazo, das ist – das ist nicht zu fassen. Diese Raupe ist ein fliegendes Ersatzteillager für Raumer und Plattform für einige Dutzend Posbis. Sie kommen durch den defekten Maschinenraum an Bord. Mein Gott, wieviel Sorten von Robotern gibt es denn auf Frago noch?“

Brazo lächelte. Er glaubte zu ahnen, warum die Posbis plötzlich in dieser Vielzahl an Bord kamen. Wahrscheinlich hatten sie den Auftrag, zu unterbinden, daß Eins noch weitere Hyperpeilimpulse funkte. Die Roboter machten ihm im Augenblick weniger Kummer als das Bassin mit seiner schillernden und brodelnden Flüssigkeit. Er konnte sich einfach nicht vorstellen, zu welchem Zweck es diente.

„Sind Sie verrückt?" fuhr Van Moders ihn unbeherrscht an.

Eisig erwiderte Brazo: „Noch bin ich der Chef dieses Einsatzunternehmens, Moders." Alkher hatte trotz der Ultraviolett-Warnung einen weiteren Impuls abgestrahlt.

Die Sorge, nicht zu wissen, wie tief sie sich im interkosmischen Raum befanden, ließ ihn befürchten, daß die terranischen Schiffe trotz stärksten Bemühens ihre Impulse nicht auffangen konnten.

Die zehnköpfige Besatzung hatte seit ihrem Aufenthalt auf dem Posbi-Planeten Frago keinen Versuch unternommen, die Position dieses Planten zu bestimmen. Es war einfach unmöglich, weil ihnen zur heimatlichen Galaxis sämtliche Bezugspunkte fehlten.

Wuriu Sengu kam durch den engen Geheimgang zur rechten Kuppel herüber. Hier wurde es allmählich zu eng. Brazo schaffte Platz. Sigurd Alec, Ellis und Mike Tillurn mußten das andere Versteck aufsuchen. Der Spähermutant brachte keine guten Meldungen.

„Die Posbis öffnen alle Schotte in der ALTA-663, Brazo. Der Himmel mag wissen, was das zu bedeuten hat."

Die Schalttafel verriet etwas vom Tun der Roboter. Ein Rotlicht nach dem anderen flackerte auf. In der Zentrale der ALTA-663 waren jetzt die gleichen Warnsignale zu sehen.

Die Posbis trennten die Zentrale von der Kraftstation des Schiffes. Aber noch bekam die Hyperfunkanlage Strom. Während vor Brazo das warnende Rot irrlichterte, gab er den letzten Peilimpuls ab, dreimal kurz hintereinander. Dann war der Sender tot.

Wenn uns bis jetzt keine einzige Relaisstation gehört hat, dann können wir bald die Hände in den Schoß legen, dachte Alkher.

„Müssen wir nicht auf unsere Notkonverter umschalten?" wollte Van Moders wissen.

Brazo sah ihn scharf an. „Sollen wir es den Posbis auf die Nase binden, daß in unserem Raumer eine Reservekraftstation vorhanden ist? Sollen wir sie vielleicht veranlassen, die ALTA-663 buchstäblich auseinanderzunehmen?"

Auch die Spezialbeobachtungsanlage mit ihren vielen Objektiven in der Kugelhülle war jetzt stromlos. Brazo war nicht mehr bereit, selbst das kleinste Risiko einzugehen. Wenn die Posbis wirklich so klug waren, wie der Robotiker behauptet hatte, und durch ihr gefühlssteuerndes Nervenplasma lernten, dann mußten ihnen die Peilimpulse zu denken geben. Stand die Abgabe der Funkzeichen nicht auch im Gegensatz zu der Behauptung von Eins, wahres Leben zu sein?

Eine einzige Beobachtungsstation in der ALTA-663 war noch intakt: der Späher Wuriu Sengu.

Er sah die Posbis ihr Schiff verlassen. Er sah, wie die Metallraupe sich vom Kugelrumpf löste und zu den beiden anderen zurückkehrte, die am Rand des Bassins stehengeblieben waren. Und er sah, wie ihr Raumer sich jetzt senkte und langsam in die brodelnde Flüssigkeit des Riesenbeckens eintauchte.

Nachdem die THEODERICH und die zehn Kreuzer den Linearraum verlassen und sich neu postiert hatten, dauerte es tatsächlich nicht lange, bis erneut Peilsignale der ALTA empfangen wurden. Rhodan schloß aus der Tatsache, daß Brazo mehrere Signale in kurzen Abständen sendete, daß sich die zehn Männer in akuter Gefahr befanden. Er wußte, daß er, solange nicht die Endauswertung vorlag, nichts zu ihrer Rettung unternehmen konnte.

Dann endlich, nach stundenlangem Warten, schien es soweit zu sein. Die Peilergebnisse der elf Schiffe wiesen auf einen Punkt, der sich elftausend Lichtjahre vom derzeitigen Standort der THEODERICH entfernt in Richtung Andromeda-Nebel befand. Die THEODERICH ging wieder in den Linearraum, um diesem Punkt entgegenzufliegen. Die zehn Kreuzer erhielten den Befehl, vorläufig an ihren Plätzen zu verharren und auf weitere Anweisungen zu warten.

Die ALTA-663 sank immer tiefer in die Flüssigkeit des Bassins. Sengu, der Späher, hatte verstanden, warum alle Schotte von den Posbis geöffnet worden waren. Die Flüssigkeit sollte ungehindert jede Abteilung überspülen können.

Ununterbrochen teilte er mit, was er mittels seiner parapsychischen Veranlagung feststellte.

Die Geschwindigkeit, mit der die ALTA-663 eintauchte, wurde größer. In einer Minute würden auch die Räume des Hauptdecks überflutet sein.

Noch bestand für die zehn Männer keine unmittelbare Gefahr.

Selbst wenn die Zentrale mit dieser rätselhaften Flüssigkeit geflutet werden sollte, würde kein Tropfen in ihr Versteck sickern. Beide Kuppeln und der Verbindungsgang waren absolut dicht. Gefahr drohte erst dann, wenn die Posbis – durch die Peilsignale mißtrauisch geworden – sich um die Kuppeln zu kümmern begannen. Bevor es jedoch dazu kam, wollten die Männer durch den Transmitter fliehen. Sie warteten nur noch auf das Signal von der THEODERICH.

Zweihundert Lichtjahre von Frago entfernt, kehrte die THEODERICH in den Normalraum zurück. Hinter ihr befand sich die heimatliche Milchstraße, 92 000 Lichtjahre entfernt. Die Transmitterstation wurde auf Empfang geschaltet, und bereits wenige Minuten später leuchtete das grüne Feld an den Kontrollen auf, das besagte, daß der Sender der ALTA-663 ebenfalls betriebsbereit war. Ein Kurzimpuls verließ die Hyperfunkantenne der THEODERICH. Im selben Moment würden die Männer der ALTA darüber informiert sein, daß die THEODERICH zur Stelle war, und daß sie sich so rasch wie möglich abzusetzen hatten.

Gespannt wartete man auf das Erscheinen des Einsatzkommandos. Sobald der letzte Mann angekommen war, mußte die THEODERICH diesen Raumsektor verlassen und zur Erde zurückkehren, wo die Ergebnisse dieser Expedition ausgewertet werden sollten.

Eine Stunde lang schwamm die ALTA-663 in der Flüssigkeit, dann wurde sie wieder sanft in die Höhe gezogen. Kaum war die letzte Flüssigkeit aus der Zentrale abgeflossen, erschien ein halbes Dutzend Posbis.

Gespannt lauschten die neun Männer Sengus Bericht.

Vorsorglich hatte man alle Geräte, die zur Außenbeobachtung dienten, abgeschaltet, um den Posbis jede Ortung zu erschweren.

Als klar wurde, daß sich die Posbis mit Stahlschneidgeräten an den beiden Kuppeln zu schaffen machten, wußte man, daß der Zeitpunkt der Entdeckung nicht mehr fern war. Brazo stellte die Energieversorgung, die er Stunden zuvor wegen der Ortungsgefahr unterbrochen hatte, wieder her und aktivierte den Transmitter.

Obwohl niemand ernsthaft daran gezweifelt hatte, daß die THEO-

DERICH rechtzeitig zur Stelle sein würde, brandete doch Jubel auf, als die Verbindung sofort zustande kam.

Gleichzeitig registrierte das Hyperfunkempfangsgerät das von der THEODERICH gesendete Zeichen, den Befehl zum sofortigen Rückzug. Das Tor in die Freiheit war geöffnet. Der Notausstieg funktionierte. Und was noch bedeutender war: Perry Rhodan kannte jetzt die Position des Planeten Frago.

Osborne verschwand zuerst in dem dunklen Loch, umstrahlt von zwei Energiebahnen, die sich über der Schwärze im Spitzbogen vereinigten. Brazo Alkher betrat den Transmitter als letzter .

Der nächste Schritt ließ ihn die gewaltige Zentrale der THEODERICH betreten. Hinter ihm stellte der Transmitter seine Tätigkeit ein.

Ein Sprung über zweihundert Lichtjahre war durch zwei Transmitter in einem Schritt getan worden.

Brazo Alkhers Gesicht, von den letzten erregenden Stunden stark gezeichnet, entspannte sich, als er vor Rhodan trat und meldete: „Einsatzgruppe vom Planeten im Nichts zurück!"

„Ich danke Ihnen allen", erwiderte Rhodan schlicht.

Alle starrten Alkher und seine Begleiter fast ergriffen an, nur Gucky konnte seinen Mund nicht halten.

„Wird aber auch Zeit, daß ihr wieder da seid", piepste er vergnügt.

19.

Selbst für einen Robot ist es nicht vorteilhaft, schwerelos und ohne jeden festen Halt im Raum zu schweben. Noch dazu, wenn der Raum absolut leer ist.

Genau das aber tat Meech Hannigan. Ein halbes Jahr sinnlosen Dahintreibens hatte sein positronisches Erhaltungssystem überstanden, aber jetzt näherte sich der Augenblick, in dem durch fortwährende Wärmeverluste Meechs kompliziertes Innenleben ernsthaft in Gefahr geriet. Er besaß jetzt schon eine Körpertemperatur von dreißig Grad absolut. Wenn sie noch weiter sank, würden ein paar Schaltelemente supraleitend werden – und das würde das Ende sein.

Meech sah längst nicht mehr so schön aus, wie seine Freunde ihn in Erinnerung hatten. Das Zellgewebe, das in täuschender Ähnlichkeit die menschliche Haut imitiert hatte, war der mörderischen Kälte des Weltraums in der ersten Zehntelsekunde zum Opfer gefallen. Es war zu einer brüchigen, schwarzen Masse geworden, die Meech mühelos von seinem Plastikmetallkörper herunterkratzen konnte.

Er sah jetzt wirklich aus wie ein Roboter.

Die ersten Tage seines unfreiwilligen Raumflugs hatte er damit verbracht, seine Lage zu analysieren. Er hatte versucht, mit Hilfe eines Transmitters von der terranischen intergalaktischen Beobachtungsstation BOB-XXI an Bord des Raumkreuzers JOANN zu gelangen. Die Energieversorgung des Transmitters hatte nicht mehr reibungslos funktioniert. Anstatt in der JOANN war Meech Hannigan mitten im freien Raum herausgekommen. Er hatte die unbrauchbare Haut abgekratzt und seine Notgeneratoren zur Erzeugung der nötigen Körperwärme eingesetzt. Dann hatte er sich umgesehen.

Irgendwo in der Tiefe des Alls lag ein großer, milchiger Lichtfleck. Meech hatte angenommen, daß es die heimatliche Milchstraße war, obwohl ihm diese Annahme schwerfiel. Denn wenn sie richtig war, dann befand er sich rund zweihundertundvierzigtausend Lichtjahre von der Milchstraße entfernt, und um ihn so weit zu transportieren, dazu hätte die Energie von einigen Dutzend Großtransmittern nicht ausgereicht.

Es gab andere Lichtflecke ringsum, aber keiner von ihnen war so groß und so hell wie der, den Meech zuerst entdeckt hatte. Sterne gab es überhaupt keine.

Er hatte sich ein Koordinatensystem ausgedacht, dessen Nullpunkt er selbst war. Die positive x-Achse ging durch den hellen Fleck mitten hindurch. Dies hatte er seinem Gedächtnis eingeprägt, und von da an war er in der Lage, durch fortwährende Beobachtung festzustellen, in welcher Richtung und wie schnell er sich bewegte. Er ermittelte auch die eigenbezüglichen Koordinaten der Lichtflecken und verglich sie mit den Werten, die sie nach dem galaktischen Sternenkatalog haben sollten, indem er von seinem System in das galaktozentrische umrechnete. Dadurch gelang es ihm, eine ziemlich exakte Positionsbestimmung durchzuführen, und diese stimmte mit seiner ursprünglichen Vermutung, daß er etwa 240 000 Lichtjahre vom Rand der Milchstraße entfernt war, überein. Ein weiteres, vorerst unlösbar scheinendes Problem war die Tatsache, daß er nicht in der Lage war, einen Ortswechsel durchzuführen. Nachdem sein positronisches Gehirn eine Unzahl von komplizierten Berechnungen durchgeführt hatte, stand für ihn fest, daß er sich in einer Art Zeitfeld befand. Weitere Feinmessungen ergaben, daß es sich mit hoher Wahrscheinlichkeit um ein Feld handelte, das auf der Basis der Zeitlinienverzerrung arbeitete.

Dies alles hatte Meech Hannigan schon zu Beginn seines unfreiwilligen Aufenthalts im Weltraum festgestellt. Er war auch noch zu anderen Schlüssen gekommen. Der Transmitter der BOB-XXI hatte weder die Kraft gehabt, ihn zweihundertvierzigtausend Lichtjahre weit zu befördern, noch wäre er in der Lage gewesen, ein Transportobjekt stabil in ein anderes Universum zu tragen. Andere Effekte mußten mit hineingespielt haben. Und logischerweise konnte Meech nichts anderes annehmen, als daß die Ereignisse kurz vor der Explosion der BOB-XXI etwas damit zu tun hatten.

Warum befand er sich gerade an dieser Stelle? Gab es in der Nähe etwas, das dafür gesorgt hatte, daß er gerade hierher befördert wurde? Wenn ja, dann befand sich dieses Etwas im galaktischen Zeitsystem und war für Meech unbemerkbar. Dann hatten der Transporteffekt des Transmitters und ein anderer, vorläufig unbekannter Effekt so ineinandergegriffen, daß gerade dieses und kein anderes Ergebnis erzielt worden war.

Meech fing an, nach Wahrnehmungen höherer Ordnung Ausschau zu halten. Das war keine leichte Aufgabe. Es war auch für einen Roboter schwierig, Effekte erster und zweiter Ordnung so abzublenden, daß er die viel schwächeren der dritten oder vierten Ordnung erkennen konnte. Aber er gab sich Mühe, und er hatte Erfolg.

Etwas war in seiner Nähe. Etwas, dessen energetische Ausstrahlungen zu einem winzigen Bruchteil durch die Mauer zwischen den beiden Zeitsystemen drangen. Natürlich wußte Meech nicht, was es war. Er konnte nur eines sagen: Terraner befanden sich nicht in seiner Nähe. Noch kein irdisches Raumschiff war so weit in den Abgrund zwischen den Milchstraßen vorgestoßen.

Meech beschloß, eine Weile zu beobachten. Diese Weile dauerte ein halbes Jahr. Und jetzt, am Ende des halben Jahres, befand er sich in einer höchst unangenehmen Situation. Er wußte, daß sein Zustand nur metastabil war. Mit anderen Worten: Die Mauer zwischen den beiden Zeitsystemen war niedrig und konnte jeden Augenblick zusammenbrechen.

Mit einem Mal erkannte er, daß er sich in einem Punkt geirrt hatte. Hatte er bisher angenommen, daß – solange er in dem Feld zwischen den beiden Zeitsystemen gefangen war – eine Nachricht an Wesen in *seinem* Zeitsystem unmöglich war, so wußte er plötzlich, daß gerade dieser Umstand seine Rettung bedeuten konnte. Sein Hyperfunkgerät besaß nur eine begrenzte Reichweite. Sie betrug unter günstigen Umständen etwa 5000 Lichtjahre. Selbst wenn er nicht in dieser Zeitmauer gefangen gewesen wäre, wenn er *seinem* Zeitsystem angehört hätte, wäre es nicht möglich gewesen, die am Rand der Galaxis stationierten terranischen Beobachtungsstationen zu erreichen. Aber die Zeitmauer ließ ihn hoffen, daß es dennoch funktionieren könnte. Er hatte erkannt, daß das Zeitfeld seine Funksprüche um ein Vielfaches verstärken würde, so daß zumindest eine Chance bestand, daß seine Notrufe die Distanz von 240000 Lichtjahren überbrücken konnten. Meech handelte rasch. Sein Hypersender begann die Kodezeichen auszustrahlen.

Die Signale legten einen weiten Weg zurück und kamen schließlich schwach und verzerrt am Rand der Milchstraße an.

Zuerst empfing sie die VITTORIO, ein Wachkreuzer auf Patrouille vor dem Rand der Milchstraße. Pal Jerome, der Dritte Offizier des Kreuzers, ließ sie auf Magnetband aufnehmen und positronisch auswerten. Für Pal stand es fest, daß die Zeichen aus der gleichen Quelle kommen mußten, die sich vor einem halben Jahr zum erstenmal gemeldet hatte. Damals hatte sie in leicht dechiffrierbaren Zeichen die merkwürdige Frage gestellt: „Seid ihr wahres Leben?"

Der positronische Funkkode der Posbis war allen Dechiffriergeräten der terranischen Flotte einverleibt worden. Pal rechnete damit, daß die Schiffspositronik ihm schon nach ein paar Sekunden die Übersetzung des empfangenen Spruchs liefern würde. Er war ziemlich überrascht, als sich selbst im Lauf einiger Minuten nichts ereignete und erst nach einer Viertelstunde die Antwort kam: INFORMATIONEN UNGENÜGEND.

Pal fluchte wild und versuchte es mit anderen Kodes. Der Erfolg war immer der gleiche. Der Kode, in dem die Botschaft abgefaßt war, war der Positronik der VITTORIO unbekannt. Und er war auch zu kompliziert, als daß sie ihn von sich aus hätte entschlüsseln können.

Pal Jerome machte dem Kommandanten Meldung. Der Kommandant entschied, daß der Funkspruch dem Solaren Geheimdienst zugeleitet werden mußte. Pal Jerome veranlaßte die Sendung. Fünfundzwanzig Minuten, nachdem die VITTORIO das erste Zeichen empfangen hatte, war Marshall Mercant informiert.

Mercant kannte den Kode. Er war von der Abteilung III der Interkosmischen Sozialen Entwicklungshilfe entwickelt worden und wurde für unverletzlich gehalten. Mercant zögerte keine Sekunde. Er ermittelte den Standort des Kreuzers VOLTA, mit dem Oberst Nike Quinto, Chef der Abteilung III, unterwegs war, und gab der VITTORIO Anweisung, sich mit der VOLTA direkt in Verbindung zu setzen.

Mit dem Gefühl, daß die Sache ziemlich wichtig war, setzte Pal

Jerome eine zweite Hypersendung auf und strahlte sie an die VOLTA aus, die hinter dem Sternhaufen M-13 kreuzte.

Das Merkwürdige war, daß der fremde Sender immer noch weiterfunkte, immer mit denselben Symbolgruppen.

Dies war die fünfte Diskussion innerhalb vierundzwanzig Stunden, stellte Ron Landry resignierend fest. Immer über das gleiche Thema – und immer ohne Erfolg.

Nike Quinto hatte sich in seinem Sessel weit nach vorne gebeugt. Sein Gesicht war röter als sonst. Der Kranz sandgelber Haare um die zentrale Glatze herum war in Unordnung geraten. Nike Quintos wulstige Lippen waren nach vorne gestülpt, zum Widerspruch bereit. Die Hände waren gefaltet, und die dicken kurzen Finger kneteten einander in zunehmender Nervosität.

Larry Randall hatte den rechten Arm auf seine Sessellehne gestützt und das Kinn in die Hand gelegt. Aufmerksam sah er Nike Quinto an und hörte ihm zu. Lofty Patterson, der grauhaarige Alte von Passa, saß wie üblich weit im Hintergrund und machte nur ab und zu eine Bemerkung.

Einer fehlte, dachte Ron. Meech Hannigan. Er war jetzt seit einem halben Jahr verschwunden, und es bestand keine Chance mehr, daß man ihn jemals wiederfinden würde. Merkwürdig, überlegte Ron, wie sehr man an einem Robot hängen kann.

Die Diskussion fand im Aufenthaltsraum der VOLTA statt. Nike Quinto war nominell Kommandant des Schiffes. Er überließ die Führung jedoch Commander Ellington und kümmerte sich nur um seine eigenen Angelegenheiten. Der Raum war gemütlicher eingerichtet, als man es an Bord eines Schiffes erwartet hätte.

Seit der Rückkehr des terranischen Einsatzkommandos von Frago waren die von dort mitgebrachten Informationen Gegenstand unzähliger Diskussionen. Man fragte sich, wie es möglich war, daß sich die Posbis, deren Haß gegen organische Intelligenzen bittere Tatsache war, erst jetzt um die Milchstraße zu kümmern begannen, obwohl sie von der Existenz intelligenter Bewohner innerhalb dieser Galaxis schon seit Jahrtausenden Kenntnis haben mußten. Alle Anzeichen sprachen dafür, daß die Posbis sich schon seit vielen Jahrtausenden im intergalaktischen Leerraum herumtrieben und Frago wahrscheinlich nur eine von unzähligen ihrer Stützpunktwelten war.

Ein weiterer Punkt in diesen Überlegungen waren die Laurins, von denen es hieß, daß sie von irgendwo aus dem Leerraum kamen. Man vermutete, daß die Feindschaft zwischen Posbis und Laurins schon uralt war. Aus diesen Überlegungen wurde der Schluß gezogen, daß die Posbis all die Jahrtausende ausschließlich damit beschäftigt gewesen waren, den Leerraum nach Laurins abzusuchen, so daß ihnen keine Zeit geblieben war, sich um die Vorgänge in der Milchstraße zu kümmern. Nun operierten die Laurins immer näher an der Milchstraße, was vermutlich der Grund für das Auftauchen der Posbis war.

Ron Landry, der diese Theorie gerade vorgetragen hatte, mußte sich eine wütende Anwort von Nike Quinto gefallen lassen.

„Ach was", polterte Quinto. „Das sind doch alles Hirngespinste."

„Es könnte aber doch sein, daß sich diese Theorie eines Tages als richtig herausstellt", wagte Ron einzuwenden.

„Unsinn!" schrie Quinto. „Der Haß der Posbis kennt keine Grenzen. Sie hätten sich durch nichts davon abhalten lassen, die Galaxis früher anzugreifen. Ich wehre mich dagegen, daß wir uns mit akademischen Überlegungen herumschlagen, die für die jetzige Situation der Galaxis völlig bedeutungslos sind. Es muß einen anderen Grund dafür geben, daß die Posbis erst jetzt auf uns aufmerksam geworden sind, und ich bin davon überzeugt, daß wir diesen Grund eines Tages herausfinden werden."

Die Diskussion wurde unterbrochen, als sich Lofty, der schweigend im Hintergrund des Aufenthaltsraums stand, meldete. „Vielleicht geruhen die Herren bei Gelegenheit zu bemerken, daß der Interkom schon seit ein paar Minuten blinkt."

Nike Quinto sprang auf. Der kleine Bildschirm neben dem Hauptschott gab rote Blinkzeichen von sich. Gleichzeitig ertönte helles Summen. Mitten in der heißen Diskussion hatte niemand außer Lofty darauf geachtet.

Nike lief zum Schott und sprach die Kodeworte gegen den Bildschirm. Auf dem Bildschirm erschien der Dritte Offizier.

„Unser Kode?" fragte Nike Quinto erstaunt. „Ja, natürlich. Ich komme sofort."

Nike hängte auf. Er öffnete das Schott und lief hinaus. Es war charakteristisch für ihn, daß er niemand sagte, worum es ging.

Lofty Patterson kicherte.

„Es hat ihn erwischt“, stellte er fest. „Man kann ihm die dümmsten Dinge sagen. Er regt sich darüber auf, aber er verliert kein Wort mehr über seinen Blutdruck.“

Sie warteten schweigend. Nike Quinto kam nach etwa zehn Minuten wieder zurück. Er war blaß. Schweiß stand ihm auf der Stirn. Er taumelte. Ron sprang auf und lief ihm entgegen. Aber Nike winkte ab.

„Wenn es so weitergeht“, keuchte er, „werde ich meinen nächsten Geburtstag nicht mehr erleben. Mein Blutdruck – oooh . . .“

Ron atmete auf. Wenn er anfing, sich über seine Gesundheit zu beklagen, war alles in Ordnung.

„Darf ich fragen, was es Aufregendes gegeben hat?“

„Nein, Sie dürfen nicht!“ keifte Nike. „Verschaffen Sie mir einen Sitz, damit ich meinen Herzinfarkt in würdevoller Haltung hinnehmen kann.“

Larry sprang auf und schob einen Sessel in die Nähe des Schottes. Nike Quinto ließ sich hineinfallen, lehnte sich weit nach hinten und schloß die Augen.

„Theater“, sagte Lofty leise.

Nike Quinto reagierte nicht darauf. Erst nach geraumer Zeit richtete er sich wieder in die Höhe. Mit spöttischem Grinsen sah er in die Runde und erklärte: „Sie haben Meech Hannigan wiedergefunden.“ Er holte tief Atem und fügte hinzu: „Wir fliegen nach Arkon III. Dort sollen wir auf Perry Rhodan warten, der mit der THEODERICH von Terra kommen wird.“

Dann seufzte er tief und ließ sich scheinbar erschöpft zurücksinken.

20.

„Wie geht es Ihrem Blutdruck, Oberst?“ war die erste Frage, die Nike Quinto von Perry Rhodan zu hören bekam, als sie in einer Kabine der soeben auf Arkon III gelandeten THEODERICH zusammentrafen.

„Danke für die Nachfrage“, antwortete er höflich. „Einem Mann wie mir geht es gesundheitlich nie gut. Aber im Augenblick kann ich mich nicht beklagen.“

Perry Rhodan zwinkerte amüsiert. Dann wurde er ernst und kam sofort zum Kern der Sache.

„Ich weiß, daß Ihnen die Zwischenlandung auf Arkon unnötig erscheint“, begann er. „Ich glaube aber, ich kann Ihre Bedenken zerstreuen. Der VITTORIO ist es nicht möglich, allein die Anpeilung des Robotersenders durchzuführen. Deshalb wurden nach dem Empfang der ersten Signale ein Dutzend weiterer Schiffe in den intergalaktischen Raum geschickt, um die VITTORIO zu unterstützen. Der Sender wird von verschiedenen Standpunkten aus eingepeilt, so daß uns eine Berechnung der genauen Position möglich sein wird. Die VITTORIO sammelt alle Daten und leitet sie an uns weiter. Deswegen stehen wir hier von Arkon aus mit der VITTORIO in ständiger Verbindung. Unsere Positronik ist in der Lage, die nötige Arbeit zu leisten. Das Peilergebnis wird in zwei oder drei Stunden vorliegen. Früher hätten Sie also ohnehin nichts anfangen können. Ihr Robot muß sich in einer Situation befinden, die ihm erlaubt, die Reichweite seines Senders um ein Vielfaches zu verstärken.“

Nike Quinto reagierte nicht.

Perry Rhodan fuhr daraufhin fort: „Die Sache ist für mich wichtig genug, daß ich an ihrer Aufklärung selbst teilnehmen möchte.“

Perry Rhodans Erklärung, er wolle an Bord der THEODERICH den Flug der VOLTA begleiten, erregte Nike Quinto. Nicht nur, weil die THEODERICH als Flaggschiff des Administrators das mächtigste

Schiff der Solaren Flotte war. Das allein war zwar aufregend genug. Aber noch viel erstaunlicher war, daß der Administrator sich selbst an der Suche beteiligen wollte.

Warum? Was war daran so wichtig, daß der Roboter Meech Hannigan von der Abteilung III der Interkosmischen Sozialen Entwicklungshilfe nach halbjährigem Schweigen plötzlich wieder aufgetaucht war?

Nike Quinto bemerkte nicht, daß der Administrator ihn aufmerksam beobachtete. Er war zu tief in seine eigenen Gedanken versunken. Er fuhr erst hoch, als er Perry Rhodans Stimme in leisem Spott sagen hörte: „Ich sehe, Sie zerbrechen sich den Kopf über meine Erklärung. Ich will Sie nicht weiter auf die Folter spannen. Der materielle Wert des Roboters ist im Vergleich zu den Kosten der Suchaktion verschwindend gering, so daß es allen kaufmännischen Überlegungen Hohn sprechen würde, selbst eine kleine Summe für diese Bergung zu investieren. Aber da ist etwas, das wichtiger ist als alle Kosten, die dieses Unternehmen verschlingen wird. Dieser seltsame Effekt, der die Sendungen des Roboters verstärkt und verzerrt, hat einige unserer Wissenschaftler in Aufregung versetzt. Die Sache war den Fachleuten so wichtig, daß sie alle zur Verfügung stehenden Daten der Venuspositronik zur Auswertung übergaben. Das Ergebnis war verblüffend. Die Venuspositronik hat aufgrund der Fremdbestandteile der Funksendung mit hoher Wahrscheinlichkeit errechnet, daß sich Ihr Roboter für seine Funksignale einer Verstärkerquelle bedient, die gewisse Ähnlichkeiten mit dem ehemaligen Zeitumformer der Akonen aufweist. Mit anderen Worten: Die Signale enthalten Bestandteile einer Energiequelle, die in ähnlicher Art auch von den Zeitumformern benutzt wurde. Dies und die Tatsache, daß sich dort draußen Posbis und Laurins herumtreiben, machte es uns leicht, einen Enschluß zu fassen. Aus diesem Grund werde ich mich persönlich an der bevorstehenden Aktion beteiligen. Ich will mich mit eigenen Augen davon überzeugen, was dort draußen vor sich geht. Es ist uns – nachdem wir erfahren hatten, welche Energiequelle Ihr Roboter als Verstärker benutzt – gelungen, ein Gerät zu entwickeln, das es uns ermöglichen sollte, von Zeitlinien getarnte Objekte zu registrieren. Dieses Gerät ist bereits zu Ihrem Schiff unterwegs. Und noch etwas haben wir herausgefunden: Wir kennen die ungefähre Entfernung, die die Funkimpulse zurückgelegt haben."

Nike Quinto konnte seine Unruhe nicht mehr zügeln.

„Wie weit, bitte, Sir?" fragte er.

„Zweihundertundvierzigtausend Lichtjahre jenseits des Milchstraßenrands", antwortete Perry Rhodan lakonisch.

Zwei Stunden später startete die VOLTA. Vorher wurden umfangreiche Vorbereitungen getroffen, damit das Schiff die gewaltige Entfernung unbeschadet zurücklegen und die Besatzung wieder sicher zurückbringen konnte. Auf der THEODERICH wurden die gleichen Maßnahmen durchgeführt.

Nike Quinto hatte Nachricht erhalten, daß die THEODERICH den Planeten nach weiteren vierzig Minuten verlassen werde.

Die Ortungsergebnisse der großen Positronik lagen inzwischen vor. Das erste, vorläufige Resultat hatte sich als richtig erwiesen. Der Punkt, an dem der Roboter Meech Hannigan sich befand, lag zweihundertvierzigtausend Lichtjahre weit jenseits des Randes der Milchstraße.

Jedermann an Bord der beiden Schiffe war sich darüber im klaren, daß die THEODERICH und die VOLTA auf dem Weg waren, die weiteste Reise zu unternehmen, die je ein terranisches Schiff gemacht hatte. Mehr noch! Nicht einmal die Arkoniden konnten sich rühmen, jemals so weit in die sternenlose Tiefe zwischen den Galaxien vorgestoßen zu sein.

Weit außerhalb des arkonidischen Sonnensystems nahm die VOLTA, dicht gefolgt von der THEODERICH, zusätzliche Fahrt auf.

Sie verbrauchte, ohne in diesem Augenblick die Geschwindigkeit zu ändern, einen beachtlichen Energiebetrag, um in die Phase des überlichtschnellen Linearflugs einzutreten, und beschleunigte danach weiter. In der stabilen Blase des Kalupschen Feldes, die das Schiff gegen die Kräfte des Zwischenkontinuums abschirmten, die jeden Fremdkörper abstießen, erreichte die VOLTA innerhalb weniger Viertelstunden eine Geschwindigkeit, die, im Einsteinraum gemessen, das Hundertmillionenfache der Lichtgeschwindigkeit betrug.

Innerhalb von 120 Stunden bewältigten die beiden Schiffe die riesige Entfernung bis zum Zielort. Weitere Peilungen waren in der Zwischenzeit vorgenommen worden, und als die THEODERICH und die VOLTA relativ zum Rand der heimatlichen Galaxis schließlich zum Stillstand kamen, galt als gewiß, daß der Roboter sich irgendwo im Umkreis von eintausend Kilometern befinden mußte.

Die Suche der automatischen Ortergeräte begann sofort. Ein menschengroßes Etwas innerhalb einer Raumkugel von zweitausend Kilometern Durchmesser ist schwerer zu finden als ein bestimmter Wassertropfen im Atlantik. Es war damit zu rechnen, daß die Suche nicht vor weiteren zehn Stunden zum Erfolg führen würde.

Inzwischen hatten die Männer Zeit, sich an die neue Umgebung zu gewöhnen. Die Unendlichkeit der Schwärze bedrückte sie. Die heimatliche Galaxis, ein matter Lichtfleck auf den Heckbildschirmen, war mühelos in ihrer ganzen Ausdehnung zu übersehen. Man beobachtete sie von der Kante her. Wie ein schwachleuchtender Nebelstreif zog sie sich über die Hälfte des Bildfelds.

In diesem Nebelstreifen gab es Billionen Sonnen, jede für sich ein Gigant an Masse und Strahlkraft, eine glühende Hölle. Um diese Sonnen kreisten hundert Milliarden Planeten, und von den hundert Milliarden trugen wenigstens zwanzig Millionen intelligentes Leben. Tausende von Billionen intelligenter Wesen gingen irgendwo dort drüben im Augenblick ihrem Tagewerk nach oder ruhten. Millionen von Raumschiffen waren zwischen den Sternen unterwegs. Kriege wurden ausgetragen und Feste gefeiert, neue Entdeckungen wurden gemacht und altes Wissensgut wieder vergessen. Alles war in Bewegung. Kulturen wuchsen auf und starben wieder. Völker vergingen, neue übernahmen ihre Stelle.

Und das alles in einem kleinen leuchtenden Nebel, der sich da hinten irgendwo quer durch die Finsternis zog. Das Licht, das die Geräte einfingen, war schon unterwegs gewesen, als auf dem dritten Planeten der Sonne SOL der erste Mensch auf die Idee kam, daß er für gewisse Zwecke statt seiner Hände auch einen Steinkeil benutzen könnte.

Erst wenn man darüber nachdachte, wurde einem klar, wie unendlich weit man von zu Hause weg war. Und in diesen ersten Stunden gab es an Bord der THEODERICH und der VOLTA keinen, der nicht darüber nachdachte.

Dieser Himmel hatte keine Sterne. Er war schwarz. Die Lichtflekken der eigenen und noch ferneren Milchstraßen hingen da wie Streifen, die ein versehentlich weggeworfener Farbpinsel gemacht hatte.

Die Stunden strichen dahin. Die Ortergeräte suchten jeden Kubikmeter innerhalb des Zielgebiets ab. Mit Sorgfalt verrichteten sie ihre Arbeit. Der plastikmetallene Körper des Roboters konnte ihnen nicht entgehen. Nicht auf eine so geringe Entfernung. Sie brauchten eben nur Zeit dazu.

Man ließ ihnen die Zeit. Trotzdem erzielten sie kein Ergebnis. Man ließ sie von neuem suchen, während die Hyperempfänger die Sendezeichen des Roboters in voller Deutlichkeit empfingen, nur verzerrt durch den merkwürdigen Effekt, über den die Wissenschaftler sich vorläufig ausschwiegen. Neue Peilungen wurden vorgenommen. Meech Hannigans Standort wurde auf den Kilometer genau bestimmt. Die Ortergeräte bekamen einen kleineren Sektor zur Durchsuchung angewiesen.

Es war alles umsonst. Sie zeigten nichts.

Meech Hannigan war einfach nicht da. Der Raum war absolut leer.

Während die Meßinstrumente an Bord beider Schiffe vergeblich nach Meech suchten, waren Ron Landry und Lofty Patterson im Leerraum unterwegs, um mit Hilfe des auf Terra gebauten Gerätes die Zeitlinienkrümmungen nachzuweisen. Die beiden Männer steckten in unförmigen Raumanzügen und befanden sich auf einer quadratischen Antigravplatte mit eineinhalb Meter Seitenlänge. Angestrengt beobachtete Ron die Meßergebnisse auf einem kleinen Bildschirm. Nach mehreren ereignislosen Stunden sprach das Gerät endlich an. Eine Reihe von Ziffern huschte über den Bildschirm. Die angeschlossene Positronik speicherte die Daten. Mit diesem Ergebnis kehrte man an Bord der VOLTA zurück, wo die Daten der Bordpositronik überspielt wurden.

Seitdem waren einige Tage vergangen. Was nützte es, wenn es nun gelungen war, die Krümmung der Zeitlinien an einer bestimmten Stelle nachzuweisen und zu wissen, daß sich dahinter irgend etwas verbarg, wenn man keine Möglichkeiten hatte, in jenen Raum einzudringen? Man konnte nur abwarten und darauf hoffen, daß sich irgend etwas ereignete. Lofty und Ron befanden sich seit einigen Stunden wieder auf ihrer Antigravplattform und schwebten unmittelbar vor ihrem unsichtbaren Ziel.

Obwohl sie wenig Hoffnung hatten, daß etwas geschah, war ihr Vorgehen besser, als untätig an Bord der VOLTA zu sitzen. Vielleicht trat das Unwahrscheinliche ein, und das Feld, das die Zeitlinienkrümmung hervorrief, wurde abgeschaltet. Dann wollte man keine Zeit verlieren und sofort an Ort und Stelle sein. Die beiden terranischen Schiffe verhielten sich abwartend im Hintergrund, um gegebenenfalls sofort einzugreifen.

21.

Der Posbi, dem von der Kommandozentrale der Auftrag erteilt wurde, die Annäherung der zwei mit organischen Intelligenzen bemannten Schiffe zu beobachten, konnte sich von dem Bild nicht lösen. Haßerfüllte Impulse beherrschten ihn. *Das dort draußen war kein wahres Leben.*

Unablässig sendete er seine Beobachtungen an die Kommandozentrale. *Organische Intelligenzen haben uns entdeckt!* Obwohl diese organischen Wesen keine Möglichkeit besaßen, in das Innere der Station zu gelangen, forderten die Haßimpulse, die in diesem Moment die Station durchfluteten, ihren Tribut. Das sichere Versteck wurde aufgegeben. Es galt, das unwahre Leben zu vernichten. Dabei unterliefen der Kommandozentrale zwei entscheidende Fehler, die nur durch die Haßimpulse erklärbar waren. Fehler Nummer eins war, die Beobachtungen nur auf die beiden Schiffe zu konzentrieren, so daß die winzige Plattform, die sich in unmittelbarer Nähe der versteckten Station aufhielt, übersehen wurde. Fehler Nummer zwei war ein Schaltfehler. Anstatt den Relativschirm auf Realzeit zu schalten, wurde er abgeschaltet, so daß die Station sich völlig ungeschützt den beiden fremden Schiffen präsentierte.

Als die Kommandozentrale ihren Fehler bemerkte und der Schutzschirm wieder aufgebaut wurde, war es bereits zu spät. Zwei der verhaßten organischen Wesen befanden sich bereits innerhalb der Schutzzone, nur wenige Meter von den Außenwänden der Station entfernt.

Nachdem der Schutzschirm wieder aufgebaut war, begann die Station mit dem Einsatz ihrer vernichtenden Waffen gegen die beiden Raumschiffe.

22.

Ron hatte sich inzwischen an den leeren Raum und den Mangel an Licht gewöhnt. Aber seine Unruhe war ständig gewachsen. Zum erstenmal in seiner Laufbahn bedrückte ihn der Gedanke, daß er nicht einfach zu Nike Quinto zurückkehren und ihm sagen konnte, er wolle nicht mehr, es wäre ihnen zu ungemütlich.

Du hast Angst, gestand er sich ein, richtige Angst.

Da geschah es.

Es kam wie ein Schemen aus der Tiefe des Raumes. Zuerst war es ein mattes, milchiges Leuchten. Ron schob es auf die Überanstrengung seiner Augen. Aber innerhalb einer Zehntelsekunde nahm das Leuchten Form an. Ein gewaltiger Würfel ragte vor der Platte auf und erstreckte sich endlos weit nach beiden Seiten.

Ron lief es kalt über den Rücken. Schon einmal zuvor hatte er ein solch surrealistisches Gebilde gesehen. Die Wand verlor sich schräg nach unten in der Tiefe. Wie ein gewaltiger Felsüberhang stieg sie oberhalb der Platte in die Höhe. Sie war nicht glatt. Hier und da sprangen Türme in die Höhe, wie Kalkzapfen in einer Tropfsteinhöhle. Kuppeln aus blankem Metall wölbten sich über glattem Untergrund, und spiralig gebogene Metallstränge ragten in den Raum, wahrscheinlich Antennen. Rinnen zogen sich zwischen den Kuppeln, Türmen und Spiralen hindurch und mündeten in kreisförmige Senken. Es war eine ganze Landschaft, die die beiden Männer auf der Platte vor sich sahen. Eine Landschaft, bedrückend wie ein Alptraum.

Ron legte den Kopf in den Nacken, um die obere Kante der Wand zu sehen. Das gelang ihm nicht. Die Kante war zu weit entfernt, als daß das bißchen Licht, das sie von den Sterneninseln empfing und reflektierte, sein Auge noch hätte erreichen können. Genauso war es weiter unten. Die Wand glitt hinunter in die Dunkelheit und wurde irgendwo unsichtbar. Das Ende war nicht zu sehen. Aber Ron war überzeugt, daß die beiden Kanten schräg gegeneinander verliefen und daß das ganze Riesengebilde vor ihm eine genauso geometrische Form hatte wie das Fragmentraumschiff der Fremden, das er vor einem halben Jahr gesehen hatte.

Lofty saß immer noch am Rand der Platte. Ron sah, wie er seinen Helm bewegte, während er die künstliche Landschaft von oben nach unten, von rechts nach links betrachtete. Er hörte Lofty hastig atmen.

Und dann spürte er, wie die Perspektive sich änderte. Bisher hatte er nicht sagen können, ob die Wand vor oder hinter ihm, über oder unter ihm lag. Die Schwerelosigkeit kannte soche Begriffe nicht. Jetzt aber wurde ihm immer deutlicher, daß die Wand „unten" war. Er verstand sofort. Das Ding, von dem die Wand ein Teil war, erzeugte mit seiner gewaltigen Masse ein Schwerefeld. Es war nicht besonders kräftig, aber es reichte aus, um den Unterschied zwischen oben und unten wieder herzustellen.

Seit dem Auftauchen der Station waren nur wenige Sekunden vergangen.

Auf dem großen Orterschirm der THEODERICH wurde der gewaltige Würfel sichtbar. Kaum hatten die Männer in der Zentrale ihre Überraschung überwunden, brach die Hölle los. Etwas traf das mächtige Schiff mit einem dröhnenden Gongschlag. Die THEODERICH hüpfte ein Stück davon, wie ein Ball, den jemand mit einem Stock geschlagen hatte. Für den Bruchteil einer Sekunde raste mörderischer Andruck durch die Gänge und Räume. Die Absorber konnten ihn nicht schlucken. Nach diesem ersten Treffer war mehr als die Hälfte der Besatzung bewußtlos oder verletzt oder beides.

Das Schiff wurde von gewaltigen Treffern geschüttelt. Es war jedem klar, daß die Feldschirme nicht mehr verarbeiten konnten, was ihnen da von außen zugetragen wurde. Sie gaben die mechanische Wirkung an das Schiff weiter. Das Innere der THEODERICH war ein Inferno aus Kreischen, Heulen, Dröhnen und Zucken, Aggregate lösten sich aus den Halterungen und krachten donnernd gegen metallene Wände. Einer der Treffer legte die Frischluftversorgung lahm, und das Schiff begann, sich langsam mit unatembaren Gasen zu füllen.

Im Kommandostand waren nur noch zwei Mann auf Posten. Alle

anderen waren unfähig, auch nur einen Arm zu bewegen. Durch das Tosen und Heulen hindurch hörten die zwei Mann schließlich die Stimme des Administrators. Aufmerksam geworden, sahen sie sein Gesicht auf dem Bildschirm. Die Augen zu schmalen Schlitzen zusammengekniffen, die Zähne zusammengebissen, daß sich die Haut über den Wangenknochen straffte. Er schien den Mund nicht zu bewegen, als er den Startbefehl gab.

Die VOLTA war eine kleinere Einheit als die THEODERICH. Dementsprechend waren die Informationskanäle kürzer, und der Informationsaustausch erforderte weniger Zeit.

Als der erste Schlag das Schiff traf, wurde Nike Quinto aus seinem bequemen Sessel gehoben und mit den Füßen voran gegen die nächste Wand geschleudert. Er blieb bei Bewußtsein, aber er hatte sich irgend etwas verstaucht, und die Beine trugen ihn nicht mehr. Er rief nach Larry Randall, der mit ihm im selben Raum gewesen war. Aber selbst wenn Larry ihn in dem tosenden Lärm hätte hören können, wäre er nicht mehr in der Lage gewesen, zu antworten. Der Ruck hatte ihn mit dem Kopf voran gegen die Kante des großen Mitteltisches geworfen. Jetzt lag er auf dem Boden und nahm von dem Durcheinander um sich herum nichts mehr wahr.

Nike kroch bis zu der Stelle, an der über ihm an der Wand der Interkom hing.

Er biß die Zähne zusammen und bildete sich ein, mit seinen Beinen wäre noch alles in Ordnung. Mit den Muskeln, die wirklich noch funktionierten, schnellte er sich in die Höhe und bekam den Apparat mit den Händen zu fassen. Mit der Linken hielt er sich fest, mit der Rechten nahm er das Mikrophon ab und gab Rex Ellington den Befehl, sofort zu starten.

Er brauchte nicht zu wissen, was da draußen los war. Das kontinuierliche Beben, das die VOLTA bis in die hintersten Wände erschütterte, war Warnung genug.

„Sofort starten!“ schrie Nike erneut.

Und Rex Ellington verstand ihn trotz des Getöses.

Nike Quinto verließ sich darauf, daß die THEODERICH, besser gewappnet als die kleine VOLTA, die Stellung halten würde. Nur deswegen hatte er so schnell zum Rückzug geblasen. Sonst hätte er sich wohl ein paar Gedanken mehr gemacht.

Auf jeden Fall verließ die VOLTA die Szene des Geschehens Sekunden früher als die THEODERICH.

Die Hölle tat sich auf.

Das erste, was Ron wahrnahm, war ein greller, weißer Lichtblitz auf einer der Kuppeln in der Wand unter ihm. Geblendet schloß er die Augen. Ein Ruck fuhr durch die Drahtschleifen, in denen seine Stiefel steckten, und riß ihn mit sich.

Er drehte sich so, daß er die Wand nicht sehen konnte, und öffnete die Augen. Das war fast noch schlimmer. Über ihm, in der Schwärze des Alls, standen zwei weißleuchtende Sonnen. Und während er schaute, bunte Funken vor den Augen, kamen noch weitere dazu, bis der Raum in infernalischem Feuer glühte.

Gleichzeitig nahm er im unwirklichen Licht der Energieeruption ein schwaches Flimmern wahr, das sich nur wenige Meter von der Plattform entfernt befand. Es wurde ihm mit aller schrecklicher Konsequenz bewußt, was dieses Flimmern bedeutete. Der Würfel hatte seinen Schutzschirm aufgebaut, und sie befanden sich in seinem *Innern.* Er hatte gerade seinen Schock überwunden, als irgend etwas die Plattform packte und sie in heftige Bewegungen versetzte.

Ron drehte sich so, daß er auf den Bauch zu liegen kam. Mit Füßen und Händen hielt er sich an den Drahtbügeln fest.

Nicht von der Platte weggetrieben werden – war das einzige, woran er denken konnte.

Er hatte die Augen geschlossen. Aber selbst durch die Lider hindurch nahm er die grelle Helligkeit wahr. Nachdem er seinen Halt gesichert hatte, begannen sich die Gedanken wieder zu ordnen. Die Platte selbst war nicht in Gefahr. Aber zwischen dem Ding, zu dem die surrealistische Wand gehörte, und den beiden Schiffen dort hinten gab es offenbar ein Feuergefecht. Der Blitz, den er auf einer der Kuppeln beobachtet hatte, war ein Abschuß gewesen. Was war mit der THEODERICH und der VOLTA? Leisteten sie dem Gegner Widerstand? Gingen sie zum Angriff über?

Er bezweifelte es. Sie hatten es mit einem riesigen Raumschiff oder einer Station der Posbis zu tun, und dagegen war selbst die THEODERICH machtlos. Vermutlich hatten sich die beiden Schiffe abgesetzt. Ron wagte nicht an die Möglichkeit zu denken, daß sie vernichtet worden waren.

Er wälzte sich auf die Seite und öffnete vorsichtig die Augen. Dicht vor sich, scheinbar zum Greifen nahe, hatte er einen kleinen Ausschnitt der türmchen- und kuppelbewehrten Wand.

Vernünftig gedacht und alle Argumente in Betracht gezogen, konnten die THEODERICH und die VOLTA gar nicht anders handeln. Sie *mußten* sich zurückziehen, wenn sie nicht vernichtet werden wollten.

Sie waren also auf sich allein gestellt. Es gab nur noch einen Weg, den sie gehen konnten: *Vorwärts.*

Hundert Lichtstunden vom Ort des Gefechts entfernt, erhielten die terranischen Schiffe wieder Kontakt miteinander.

Die VOLTA war relativ günstig davongekommen. Zwei Aggregate hatten sich aus den Halterungen gelöst, waren gegen die Wände der Aggregathalle geprallt und dabei in ihre Bestandteile zerfallen. Sie mußten aus den Ersatzteilen rekonstruiert und aufgestellt werden. Das war eine Arbeit von zwei Stunden. Zwei Stunden, die im Notfall nicht einmal sofort aufgebracht werden mußten. Denn die Geräte waren keineswegs von lebenswichtiger Bedeutung.

Die wenigen Sekunden, die die THEODERICH länger als die VOLTA am Ort des Geschehens ausgehalten hatte, wären um ein Haar tödlich gewesen. So wenigstens lauteten die Berichte, die die VOLTA in den ersten Minuten nach dem Wiederfinden erhielt. An Bord der THEODERICH sah es den Berichten gemäß aus wie in einem Trödlerladen, den ein Erdbeben durcheinandergeschüttelt hatte.

Dreißig Minuten später hatte man auf dem Flaggschiff eine erste Bestandsaufnahme gemacht, und danach sah die Lage ein wenig besser aus. Die mechanische Einwirkung, von den Feldschirmen an das Schiffsinnere weitergegeben, hatte drei Viertel der Mannschaft und die Hälfte der Maschinen einsatzunfähig gemacht. Die Ärzte waren jedoch optimistisch, und die technische Sektion war es auch.

Von den Verwundeten konnte der weitaus größte Teil innerhalb weniger Stunden wieder auf die Beine gestellt werden. Von den ausgefallenen Maschinen waren nicht allzu viele unbedingt lebenswichtig. Diese wieder in Gang zu bringen würde ebenfalls nur ein paar Stunden erfordern. Danach war die THEODERICH wenigstens so weit manövrierfähig, daß sie sich zurück an den Ort des Geschehens begeben und weiter beobachten konnte. Eine gründliche Reparatur in einem der Heimatdocks würde nach diesem Einsatz allerdings unerläßlich sein.

Nike Quinto sprach über Hyperkom mit dem Administrator. In diesem Fall hätte er allerdings gerne darauf verzichtet. Denn der Administrator gab ihm die Anweisung, mit der VOLTA sofort wieder zurückzustoßen und in sicherem Abstand zum Gegner nach Ron und Lofty Ausschau zu halten. Er machte ihm auch klar, daß er während der nächsten fünf bis sechs Stunden auf sich allein gestellt sein würde. Die THEODERICH war nicht in der Lage, früher in das Geschehen einzugreifen. Perry Rhodan gab seiner tiefen Besorgnis um die beiden Männer Ausdruck, die in der Nähe des Feindes hatten allein gelassen werden müssen.

Niko Quinto fluchte innerlich. Laut getraute er sich nichts zu sagen. Wie sollte er dem Administrator klarmachen, daß Ron Landry, wie er ihn kannte, um diese Zeit entweder außerhalb aller Gefahr oder tot war?

Wie sollte er ihm beibringen, daß der erneute Vorstoß der VOLTA unter solchen Umständen ein nutzloses und gefährliches Unternehmen war?

Nike nahm den Befehl entgegen und salutierte stramm, bevor Perry Rhodan das Gespräch beendete. Dann drehte er sich um, rief Rex Ellington an und erklärte ihm, er solle sein Schiff wieder in Trab bringen.

„Wohin?“

Wutentbrannt beantwortete er Ellingtons verwirrte Frage: „Dorthin, wo wir hergekommen sind, natürlich!“

Es bereitete Ron und Lofty keine allzu große Mühe, die Plattform zu landen. Ron stieg als erster herunter.

Die Gravitation des Schiffes war minimal, aber man konnte sie spüren. Sie erzeugte ein sicheres Gefühl, was oben und unten war. Ron sah sich um. Links von ihm senkte sich die Kuhle bis zu einer Tiefe von rund fünfzig Metern. Die Wände waren glatt. Es schien nirgendwo einen Zugang ins Innere des Schiffes zu geben.

Rechts von ihm erstreckte sich flaches Gelände. In fünfzig Metern Entfernung ragte ein zapfenförmiger Turm in die Höhe. Hinter ihm, in der Finsternis kaum noch sichtbar, erhob sich eine der Kuppeln. Dazwischen lag glattes, ebenes Metall.

Es war eine bedrückende Landschaft. Ron mußte sich zwingen, daran zu denken, daß er nicht auf einem fremden, exotischen Planeten gelandet war, sondern auf der Außenhülle eines feindlichen Raumschiffs.

Er faßte ein zweites Mal den Zapfenturm ins Auge und entschied, daß die Wahrscheinlichkeit, einen Eingang ins Schiffsinnere zu finden, nach menschlichem Ermessen dort drüben am größten war.

Er sagte es Lofty.

„Ja, ich glaub', Sie haben recht", erwiderte Lofty.

Ron schlug ihm auf die Schulter.

„Dort hinüber", sagte er. „Wir müssen irgendwie hinein."

23.

Die Kommandozentrale war verwirrt.

Sie hatte den ersten Schlag mit voller Wucht geführt, aber den Raumschiffen der Organischen war anscheinend nichts passiert. Sie schienen kräftige Feldschirme zu besitzen. Unversehrt hatten sie sich zurückgezogen.

Die Kommandozentrale überzeugte sich davon, daß im Augenblick der Raum im Umkreis von fünf Lichtstunden leer war. Fünf Lichtstunden weit reichten die Geschütze. Was jenseits dieses Kreises lag, war uninteressant.

Der Relativschirm wurde wieder umgepolt. Lautlos verschwand die Station hinter der Zeitlinienkrümmung und wurde für die Außenwelt unerreichbar.

24.

In dem Augenblick, da sie den Eingang fanden, erlosch das ferne Leuchten der Milchstraße. Die beiden Männer wußten, daß das Gebilde, auf dem sie sich befanden, wieder in den Schutz der Zeitlinienkrümmung eingetaucht war. Und zum ersten Mal wurde ihnen die Tatsache bewußt, daß sie so gut wie keine Chancen hatten, von hier wieder zu entkommen.

Sie waren an Bord eines feindlichen Raumschiffs. Man hätte es ebensogut einen künstlichen Planeten nennen können. Es war riesig groß. Ohne Zweifel barg es Hunderttausende Posbis, die alles Organische mit größter Intensität haßten. Ihnen gegenüber standen zwei Terraner, Organische also, die hierher gekommen waren, weil ihnen keine andere Wahl blieb. Die Anlage des künstlichen Planeten, des Riesenschiffs, war ihnen alles andere als vertraut. Wenn sie ein Schott öffneten, wußten sie nicht, ob dahinter eine Todesfalle lag oder ein ungefährlicher Raum. Sie wußten nicht, ob man jeden ihrer Schritte beobachtete oder nicht. Sie verstanden die Denkweise der Fremden nicht. Sie hatten nicht einmal eine Ahnung, ob man sie automatisch als Feinde betrachten würde. Aber sie nahmen das an, um für alle Fälle gewappnet zu sein.

Und noch schlimmer: Sie wußten eigentlich gar nicht, was sie hier wollten. Natürlich würden sie die Augen offenhalten und so viel wie möglich zu erfahren versuchen. Die Terraner würden in ihren Vorbereitungen zur Verteidigung einen großen Schritt vorwärtskommen, wenn sie jemals erfuhren, was Ron Landry und Lofty Patterson an Bord des feindlichen Riesenschiffs beobachtet hatten.

Aber würden sie es erfahren? Das setzte voraus, daß die beiden Eindringlinge den künstlichen Planeten irgendwann einmal in vernehmungsfähigem Zustand verließen und daß draußen ein terranisches Schiff auf sie wartete, das sie aufnahm.

Und beides lag außerhalb aller vernünftigen Wahrscheinlichkeit. Ron erkannte das, als er den endlos weiten Gang vor sich liegen sah, der schräg unten im Halbdunkel der trüben Beleuchtung verschwand. Bevor sie noch zehn Schritte getan hatten, würde der Gegner über ihnen sein. Und ein offener Kampf mit robotischer Übermacht war so ungefähr das letzte, worin sie jemals Erfolg haben würden.

Ron bedauerte es, daß ihre Ausrüstung in erschreckendem Maß unvollkommen war. Niemand hatte daran gedacht, was sie hier, 240.000 Lichtjahre vom Rand der Galaxis entfernt, erwarten würde. Niemand war auf die Idee gekommen, ihnen die Individualabsorber und Symbolfunkgeräte mitzugeben. Hätten Ron und Lofty diese Geräte besessen, hätten sie ohne Schwierigkeiten mit den Posbis Kontakt aufnehmen können.

„Was jetzt?“ fragte Lofty.

Das Innenschott der Schleuse hatte sich hinter ihnen geschlossen. Hinter ihnen lag die stählerne Landschaft der Raumschiffswand. Vor ihnen lag das Innere des Kolosses, unbekannt und fremdartig.

„Dort hinunter“, antwortete Ron und zeigte den Gang entlang.

Er setzte sich in Bewegung. Die Schwerkraft im Innern des künstlichen Planeten war wesentlich höher als draußen auf der Hülle, höher sogar als die irdische Normalgravitation. Ron spürte deutlich, daß der Gang sich tatsächlich nach unten neigte. Er fragte sich, aus welchem Grund man einen solchen Gang angelegt haben mochte.

Sie machten fünfzig Schritte, ohne daß etwas geschah. In den Wänden des Ganges tauchten merkwürdige Geräte auf und blieben hinter ihnen zurück, während sie weitergingen. Jedes von ihnen konnte ein Bildgerät sein, das den Gang überwachte und Aufnahmen von ihnen auf irgendeinen Fernsehschirm projizierte. Wenn das so war, dann achtete entweder niemand auf den Schirm, oder er war gar nicht eingeschaltet. Auf jeden Fall legten sie Meter um Meter zurück, ohne daß ihnen jemand in den Weg trat.

Sie kamen an Kreuzgängen vorbei. Jedesmal an einer solchen Stelle weitete sich der Gang zu einer ovalen oder kreuzförmigen Halle, deren Decke wie eine Kuppel gewölbt war, während der Boden mannstiefe Furchen zeigte. Weder Ron noch Lofty konnten sich vorstellen, was für einen Sinn die eigenartige Formgebung haben könnte. Sie nahmen sie einfach hin, fanden ihren Weg auf den Kämmen zwischen den Furchen entlang und drangen weiter ins Innere des Schiffes vor.

Ständiges Summen war um sie herum. Es kam von Maschinen, die sie nicht sehen konnten. Es war das einzige Zeichen dafür, daß das, worin sie sich befanden, kein seit langer Zeit vergessenes Raumschiff war.

Die merkwürdige Leere brachte Ron zum Nachdenken. Der Koloß konnte kein Raumschiff im herkömmlichen Sinn sein. Schon seine enormen Ausmaße sprachen dagegen. Was das anging, konnte man natürlich der Meinung sein, daß die Fremden eben andere Maßstäbe gewöhnt waren. Aber in den Gängen und Hallen eines Raumschiffs, dessen ureigenste Aufgabe es doch war, sich durch das All zu bewegen und in möglichst kurzer Zeit mehr oder weniger lange Strecken hinter sich zu lassen, hätte es vor Aktivität knistern müssen. Nichts davon war hier zu beobachten. Die Gänge lagen still und leblos. Ron hatte bisher nicht versucht, eines der Schotte zu öffnen, die in unregelmäßigen Abständen in den Wänden untergebracht waren. Aber er glaubte fest daran, daß er auch hinter den Schotten niemanden finden und keine Aktivität beobachten würde.

Das brachte ihn auf eine Idee. Der Koloß war vielleicht gar kein Raumschiff. Er war eine ortsfeste Station – eine Beobachtungsstation zum Beispiel. Das würde die gähnende Leere erklären. Zum Betrieb einer Station, die nichts weiter zu tun hatte, als an einer bestimmten Stelle des Raumes stillzustehen, brauchte man nur eine zahlenmäßig kleine Besatzung.

Das mochte eine Erklärung sein. Ob sie richtig war, wußte vorläufig niemand. Vielleicht war mehr zu erfahren, wenn sie weiter ins Innere vordrangen.

Der Gang mündete schließlich in eine zylindrische Kammer. Die Gangmündung lag genau im Zentrum einer der kreisförmigen Stirnwände. Von der Sohle des Ganges aus bis zum Boden der Halle bestand ein Höhenunterschied von sieben oder acht Metern. Es war ein Glück, daß die Gangmündung wie ein Trichter ausgebaut war. Ron und Lofty konnten also auf dem glatten Metall bis hinunter auf den Hallenboden rutschen. Ein wenig benommen richteten sie sich auf und orientierten sich. Die Halle lag wie ein riesiger Schlauch vor ihnen. Aber die Sicht wurde durch ringförmige Zwischenwände begrenzt, die in anscheinend regelmäßigen Abständen die kreisförmige Hallenwand einfaßten. Die Halle selbst hatte einen Durchmesser von fünfzehn Metern. Den gleichen Durchmesser hatte der äußere Rand einer Ringwand. Der innere betrug höchstens sechs Meter. Die Ringwände waren in Abständen von etwa zehn Metern angebracht. Alle zehn Meter also gab es ein Hindernis, das Ron und Lofty nie und nimmer hätten überwinden können, hätte es nicht in den Ringwänden schmale Schlitze gegeben, die an der tiefsten Stelle des Ringes vom inneren Rand bis auf den Boden der Halle herabreichten.

Das Ganze war so auffällig, daß Ron über den Zweck der Halle nachzudenken begann. Das Ganze sah nach einer Serie von Hohlraumresonatoren aus. In diesem Fall sollte der Zwischenraum zwischen zwei Ringwänden einer Wellenlänge der resonierenden Strahlung entsprechen. Zehn Meter – das entsprach im elektromagnetischen Spektrum einer Ultrakurzwelle von dreißig Megahertz.

Die Frage, welchem Zweck die Halle diente, war damit jedoch noch nicht geklärt. Was sollte jemand mit einer Serie so riesenhafter Hohlraumresonatoren anfangen?

Ron und Lofty setzten ihren Weg fort. Der Boden der Halle war glatt, wie es der Boden des Ganges gewesen war. Überall in diesem Monstrum schien glattes, poliertes Metall Verwendung gefunden zu haben.

Durch die Schlitze in den Ringwänden kamen sie rasch vorwärts, obwohl Ron keinen der Schlitze passierte, ohne vor dem Hinaustreten in den nächsten Hallenabschnitt sorgfältig Umschau zu halten. Das war überflüssig, wie sich mit der Zeit herausstellte. Die Halle war genauso leer wie alles, was sie bisher zu sehen bekommen hatten.

Das monotone Summen, das das Innere des Kolosses erfüllte, verstärkte sich jedoch immer mehr. Und als Ron und Lofty die Halle am anderen Ende durch einen ebenso merkwürdigen Trichterschlauch verließen, hatten sie das Gefühl, jetzt in unmittelbarer Nähe eines großen Aggregatraums zu stehen. Der Trichter, durch den sie mühsam heraufgekrochen waren, endete diesmal nicht in einem Gang. Die Räumlichkeit, in die er sich öffnete, war schwer zu klassifizieren. Der

Größe nach war Ron bereit, sie eine Halle zu nennen. Dort, wo der Trichter mündete, war sie etwa zehn Meter breit und halb so hoch. Zum Hintergrund hin wuchsen die Ausmaße. Dabei liefen die Seitenwände in unregelmäßigem Zickzack, und die Decke bildete ein wirres Muster von kleinen, gegeneinander geneigten Flächen und Kanten.

Ron blieb verwundert stehen und sah sich um. Er rief sich alles in Erinnerung zurück, was er über die Posbis wußte. Es war nicht viel. In dem halben Jahr, in dem die irdische Flotte hier und da mit ihnen zusammengeprallt war, hatten sie es verstanden, Wesen und Eigenheiten und ihre Absichten und Ziele als ein Geheimnis für sich zu behalten. Man wußte von ihnen, daß sie nach einer völlig fremdartigen Logik dachten. Außerdem noch, daß ihr Bewußtsein zu gleichen Teilen mechanisch und organisch war. All das zusammengenommen genügte Ron immer noch nicht, die merkwürdige Form des großen Raumes zu erklären. Es schien unmöglich, daß die unglaubliche Wirrheit der Gestaltung einfach aus einer spielerischen Laune des Architekten kam. Irgendein Sinn mußte dahinterstecken. Vielleicht erlaubten die gezackten Wände und die facettenförmige Decke eine besondere Art von Bündelung eines Feldes oder einer Strahlung. In diesem Fall mußte es in der Halle ein Gerät geben, das das Feld oder die Strahlung erzeugte und . . .

„Sehen Sie, dort hinten?" fragte Lofty plötzlich. Seine Stimme klang gepreßt in Rons Helmempfänger. „Eine Maschine . . ."

Ron kniff die Augen zusammen. Der Hintergrund des Raumes verschwamm im Halbdunkel. Die Posbis schienen grelles Licht nicht zu lieben. Ron sah einen dunklen formlosen Klumpen an der Stelle, auf die Lofty deutete.

Ron fühlte seine Theorie bestätigt. Das da vorne war der Generator, der das Feld oder die Strahlung erzeugte, die von den Facetten und Zacken auf eine genau bestimmte Weise geformt wurde. Was für ein Feld das war und warum es gerade auf diese Weise geformt werden mußte – das alles schien unergründlich. Auf jeden Fall aber wollte Ron den Generator aus der Nähe sehen.

Niemand hinderte sie daran, sich ihm zu nähern. Während die Entfernung schrumpfte, wurde offenbar, daß das Gerät ein Monstrum war. Es reichte fast bis zur Decke hinauf, die sich an dieser Stelle in etwa fünfzehn Metern Höhe befand. Ein Teil des stetigen Summens, das die beiden Terraner bisher gehört hatten, ging von der riesigen Maschine aus. Als sie an ihrem Fuß standen, zitterte der Boden unter ihren Füßen so stark, daß die Umrisse der Umgebung vor ihren Augen verschwammen. Die Maschine selbst erschien merkwürdig unfertig. Ihr Inneres lag offen zutage. Es gab keine Deckplatten, keine Verkleidung. Ja, Ron konnte eine Serie von Drähten sehen, die nicht einmal isoliert waren. Allerdings verliefen sie so, daß keine Gefahr eines unerwünschten Kontakts bestand. Er betrachtete die Anordnung der Leitungen, Röhren, Schalt- und Verteilereinheiten und einiger anderer Dinge, die er nicht kannte, und kam zu dem Schluß, daß er sich an die Denkweise einer völlig fremden Technologie gewöhnen mußte, bevor er die Funktion der Maschine erkennen konnte. Die Wesen, die sie bedienten, waren Roboter. Sie wußten über ihre Arbeitsweise Bescheid. Sie kannten jede Einzelheit. Sie waren keine organischen Wesen, die Gefahr liefen, bei einer vorschnellen Bewegung eine gefährliche Stelle zu berühren und dabei einen elektrischen Schlag zu bekommen. Sie brauchten keine Verkleidung. Im Gegenteil, die Verkleidung war hinderlich, sobald jemand Zutritt zum Innern der Maschine suchte. Etwa, um etwas zu reparieren oder die Schaltung zu ändern. Was dem organischen Betrachter als unfertig und zusammengestückelt erschien, war in Wirklichkeit der Ausdruck reiner Zweckmäßigkeit.

Ron begriff das, und allmählich formte sich das Bild der Maschine so, wie sie arbeitete, in seinem Verstand.

Hoffnung stieg in ihm auf. War dies der Generator, der die Zeitlinienkrümmung erzeugte? Er besprach sich mit Lofty.

„Und wenn es nicht der Generator ist?“ gab Lofty zu bedenken.

„Dann suchen wir weiter, bis wir ihn gefunden haben, oder bis uns die Posbis außer Gefecht gesetzt haben. Uns bleibt keine andere Wahl. Wir müssen den Generator zerstören.“

Lofty war nun überzeugt. „Also gut, fangen wir an“, meinte er.

Sie waren sich beide darüber im klaren, daß sie nicht mehr viel weiter kommen würden. Vielleicht konnten sie den Generator vernichten, aber Sekunden später würden sie die ganze Horde von Posbis auf dem Hals haben – und das war das unwiderrufliche Ende.

„Geh ein Stück zurück“, riet Ron seinem Begleiter. „Wer weiß, was passiert, wenn ich auf das Ding schieße.“

Lofty gehorchte.

Ron zog seine Waffe aus dem Gürtel. Es war ein handlicher Desintegrator.

Lofty hatte sich zwanzig Meter weit in Sicherheit gebracht. Ron sah noch einmal zu ihm, dann begann er zu feuern. Er bearbeitete den Generator von oben nach unten. In Sekundenschnelle löste sich die nadelscharfe Spitze dicht unter der Decke in träge Schwaden eines grünlichen Gases auf. Der stetig spielende Strahl des Desintegrators verschluckte mit seinem Fauchen alle Geräusche, die den Raum bisher erfüllt hatten. Mehr und mehr von der gewaltigen Maschine verschwand unter seiner vernichtenden Wirkung. Wirbelnder Nebel zog davon, Scharen von Atomen des Metalls, aus dem der Generator bestanden hatte. Ron wagte kaum mehr zu atmen. Meter um Meter verlor der mächtige Koloß vor ihm an Höhe.

Dann traf der fauchende Strahl die entscheidende Stelle. Ein greller Blitz zuckte auf. Geblendet taumelte Ron zurück. Donnern und Poltern war um ihn herum. Etwas traf ihn hart an der Schulter und schleuderte ihn zu Boden.

Er hörte Lofty schreien: „Vorsicht, das Ding fällt um!“

Benommen schob er sich über den Boden, so rasch er konnte. Mit allem Schwung, den er seinem Körper noch geben konnte, rollte er ein paarmal über die Schultern und lag dann still.

Vor den Augen tanzten immer noch Funken und Kreise. Die Maschine schien in sich zusammenzubrechen. Der Boden dröhnte.

Und dann war Ruhe. Ein paar Sekunden lang. Ron entspannte sich – und zuckte abwehrbereit in die Höhe, als er lautes, blechernes Geklapper hörte. Er sah immer noch nichts.

Aber er hörte Loftys verwunderte Stimme: „Mein Gott, was ist denn das für ein Ding?“

Er richtete sich auf. Dicht vor ihm hockte etwas auf dem Boden. Er ging noch einen Meter heran und sah den häßlichsten Roboter, der ihm je begegnet war.

Ron trug den Desintegrator noch in der Hand. Selbst während des Umherrollens hatte er ihn instinktiv festgehalten. Zögernd richtete er ihn auf den Kopf des Dinges, das vor ihm auf dem Boden saß. Es bleckte seine weißen Zähne, die in einem kieferähnlichen Metallrahmen steckten, und sagte mit rasselnden Stimmbändern: „Bitte, nicht schießen, Sir. Ich bin Sergeant Meech Hannigan – auch wenn Sie mich zuvor nie so gesehen haben."

Ron fiel vor Überraschung die Waffe aus der Hand.

„Meech!" rief er. „Wo in aller Welt kommst du her?"

Meech stand auf. Er war ein scheußliches Gebilde aus Metall und Plastik, aber er bewegte sich geschmeidig wie sonst.

„Ich bin mir selbst noch nicht darüber im klaren, Sir", antwortete er. „Ich befand mich lange Zeit in einem Zustand zeitlicher Metastabilität. Aber ich glaube nicht, daß wir Zeit haben, uns darüber den Kopf zu zerbrechen. Ich fürchte, wir werden uns bald einiger Gegner zu erwehren haben. Ich spüre sie kommen."

Ron wandte sich um. Dort, wo früher der Zerrfeld-Generator gestanden hatte, ragte jetzt nur noch ein metallener Stumpf in die Höhe. Noch wußten sie nicht, daß sie mit der Vernichtung des Generators den Posbis auch die Möglichkeit genommen hatten, die Station mit einem Energieschirm zu schützen.

„Woher kommen die Posbis?" fragte Ron.

„Von dort, Sir", antwortete Meech und deutete in den Hintergrund der Halle.

„Also gut. Dann verschwinden wir nach da." Er deutete in die entgegengesetzte Richtung. „Lofty?"

„Hier! Bin schon unterwegs."

Als Loftys Stimme verstummte, hörte Ron das metallische Geklapper aus dem Halbdunkel im Hintergrund. Der Gegner hatte blitzschnell reagiert.

Sie liefen davon. Von Zeit zu Zeit sah Ron sich um. Aber das trübe Licht der Halle erlaubte immer nur die gleiche Sichtweite. Der Gegner blieb weiterhin unsichtbar. Er setzte die Verfolgung fort, das war an dem Geklapper deutlich zu hören. Aber er schien sich Zeit zu lassen. Er kam nicht näher.

Das gab Ron zu denken. Er fragte Meech: „Mit welcher Geschwindigkeit bewegen sie sich?"

„Langsamer als wir, Sir", antwortete der Robot.

„Das bedeutet, daß sie uns sicher zu haben glauben, nicht wahr?"

„Ja, Sir. Das ist die wahrscheinlichste Deutung."

Ron überdachte den Weg, der vor ihnen lag. Der Ausgang war wahrscheinlich versperrt. Und selbst, wenn er es nicht gewesen wäre – mit ihrer Platte hatten sie keine Chance, das feindliche Schiff zu verlassen.

Sie mußten irgendwo unterwegs abbiegen. Jenseits der Halle mit den gerippten Wänden gab es einige Kreuzgänge. Wenn sie einen davon nach rechts oder links nahmen, konnten sie den Zeitpunkt der Entscheidung vielleicht ein wenig hinausschieben.

Sie rutschten den Trichter in die zylindrische Halle hinunter. Sie war immer noch leer. Der Feind griff nur von einer Seite her an.

Ron rief Lofty zu, daß er sich im ersten Quergang nach links halten solle, sobald er die Halle verlassen hatte. Lofty bestätigte die Anweisung und verschwand durch den nächsten Spalt. Ron folgte ihm im Abstand von zehn Metern. Den Abschluß bildete Meech, der Robot.

Ron hörte plötzlich seine Stimme. Über das Außenmikrophon drang sie in seinen Empfänger.

Meech erklärte ruhig: „Ich habe Verbindung mit der VOLTA, Sir. Sie antwortet über Hyperfunk und erklärt, daß die Station auf ihren Bildschirmen nun deutlich zu sehen ist."

Ron atmete auf. Sie waren nicht mehr allein. Nike Quinto wartete draußen mit der VOLTA. Er würde alles tun, um sie hier herauszubringen.

Im nächsten Augenblick fragte er sich, wozu das gut sein sollte. Selbst Nike Quinto würde ihnen nicht helfen können.

Sie waren gefangen.

Es war ein ziemlich verwirrender Anblick, als aus der Schwärze des Nichts plötzlich der irreguläre Würfel auftauchte. Glücklicherweise befand sich Nike Quinto zu diesem Zeitpunkt im Kommadostand der VOLTA. Er brauchte nur kurze Zeit, um einen Entschluß zu fassen.

Der Entschluß baute darauf, daß das Zeitfeld, hinter dem sich der Gegner bisher versteckt hatte, sein einziger Schutz war. Der feindliche Koloß lag völlig schutzlos vor ihnen. Nike Quinto ließ die VOLTA näher herangehen und gab Feuerbefehl.

Die Geschütztürme der VOLTA begannen, gewaltige Ströme vernichtender Energie gegen den feindlichen Riesen zu speien. Der finstere Abgrund sternenlosen Raumes verwandelte sich in eine Hölle glühender Abschüsse und grellweißer Explosionen. Mit Erleichterung stellte Nike Quinto fest, daß die Salven der VOLTA im Ziel saßen und Schaden anrichteten. Der Gegner war nicht unverwundbar, wenn er sich nicht im Schutz seiner Abwehrschirme befand.

Dann bekam die VOLTA den ersten Treffer. Das Schirmfeld glühte auf, und das Schiff machte einen Bocksprung. Aber einer der Leitoffiziere war aufmerksam gewesen. Er hatte kurz vor dem Treffer eine Kuppel auf der Außenwand des Gegners aufleuchten sehen. Die Kuppel wurde unter Beschuß genommen, und Sekunden später existierte sie nicht mehr.

Dann, völlig überraschend, kam Meech Hannigans Funkspruch über Hyperkom. Meech schilderte die Situation in knappen Worten. Er gab zu verstehen, daß er mit seinen beiden Begleitern keine Möglichkeit hatte, das feindliche Schiff zu verlassen. Sie warteten auf Hilfe.

Für eine Weile war Nike Quinto ratlos. Wie sollte er drei Männern Hilfe bringen, die sich an Bord eines feindlichen Superraumers befanden, den er sich selbst gerade mit Mühe und Not vom Leib halten konnte?

Seine Ratlosigkeit hielt nicht lange an. Eine letzte Möglichkeit fiel ihm ein. Ein verzweifelter Ausweg, der eine Chance von eins zu tausend barg. Aber selbst die kleinste Chance mußte genutzt werden. Nike gab seine Befehle.

„Ich brauche zehn Robots und ein tragbares Sende-Empfangs-Gerät für einen Transmitter vom Akon-Typ. Die Bordtransmitter sind auf die THEODERICH einzujustieren. Beeilt euch. Jede Sekunde zählt. Nur über den Fiktivtransmitter der THEODERICH können wir Ron, Lofty und Meech helfen."

Lofty winkte aus einem der Zweiggänge. Ron hob den Arm und schrie: „Weiter! Nicht stehenbleiben!"

Lofty verschwand. Ron sah sich nach dem Roboter um. Meech war stehengeblieben. Es sah aus, als horche er. Von weit hinten drang immer noch das Geklapper der feindlichen Streitmacht. Sie mußten jetzt in der Halle mit den Rippenwänden sein.

„Die VOLTA", sagte Meech. „Sie brauchen einen ständigen Peilton. Sie wollen uns helfen."

Ron unterdrückte eine Frage. Es hatte keinen Zweck, jetzt wissen zu wollen, wie sie das auf der VOLTA anzustellen gedachten. Meech würde darauf keine Antwort geben können. Es war Zeitverschwendung, ihn zu fragen.

„Gib das Zeichen!" befahl er. „Und dann komm!"

Meech setzte sich in Bewegung. Von jetzt an strahlte eines der komplizierten Geräte, die er in seinem metallenen Körper trug, ein kontinuierliches Signal aus, das auf der VOLTA empfangen wurde. Auf diese Weise war man auf dem Raumschiff über Meechs Standort ständig informiert. Die Anpeilung des Signalsenders geschah mit einer Unsicherheit von weniger als plus-minus zehn Metern.

Der Seitengang, den Lofty genommen hatte, weitete sich nach fünfzig Metern zu einem leeren Saal. Die Wände waren glatt, aber die Decke wölbte sich in Wellen. Wieder einer von den Räumen, mit denen niemand etwas anzufangen wußte – außer den Posbis.

Das Geräusch der mechanischen Streitmacht im Hintergrund war verstummt. Der Vorsprung, den die drei Terraner gewonnen hatten, war so groß, daß sie den Gegner nicht einmal mehr hören konnten.

Sie gönnten sich eine kleine Pause. Sie verschnauften und warteten auf ein Wunder.

Jetzt, da sie ruhig standen, spürten sie die schweren Erschütterungen, die durch den Boden rollten. Sie hörten fernes Rumoren, und Meech, der sich unbemerkt mit der VOLTA in Verbindung setzte, berichtete: „Sie haben den Koloß unter Feuer. Ein Energieschirm existiert nicht. Unsere Geschütze richten schweren Schaden an."

Lofty lachte meckernd. „Dann sollen sie sich nur beeilen, uns hier herauszuholen, bevor das Ding explodiert." Ron fluchte verbissen. Wenn er nur eine Ahnung gehabt hätte, welche Pläne Nike Quinto hatte. Vielleicht konnten sie sich vorbereiten. Vielleicht gab es eine Möglichkeit, die Rettung zu beschleunigen.

Plötzlich schlug er sich mit der Hand gegen die Stirn. Natürlich! Meech Hannigan war ein Roboter, und man wußte, daß sich die Posbis gegenüber Robotern fast liebevoll verhielten. Daß er nicht schon früher daran gedacht hatte. Meech war die letzten sechs Monate von der Entwicklung außerhalb seines Zeitgefängnisses abgeschnitten gewesen. Er wußte nichts über das Verhalten der Posbis. Er kannte nicht einmal diesen Begriff. Trotzdem war Meech ihre letzte Chance. Er mußte sich mit den Posbis in Verbindung setzen. Er wollte Meech gerade die entsprechenden Informationen und Anweisungen geben, als etwas Eigentümliches geschah.

In dem Augenblick, als zwei Dutzend Posbis in die Halle eindrangen, rematerialisierten mitten in der Halle zehn terranische Kampfroboter. Jeder von ihnen trug eine Anzahl von Geräten mit sich, und einer schrie: „Helft uns! Wir sind wahres Leben wie ihr, und wir befinden uns in Not!"

Der Schrei wurde begleitet von einer Serie positronischer Symbolzeichen, die nur die Posbis – und Meech Hannigan, dem die Symbole von der BOB-XXI her bekannt waren – verstehen konnten. Der Vormarsch der Posbis kam zum Stehen.

Ron begriff augenblicklich. Die zehn Roboter kamen mit dem Fiktivtransmitter hierher. Also hatte man an Bord der beiden terranischen Schiffe richtig reagiert und zu einem Mittel gegriffen, das sich schon oft als erfolgreich erwiesen hatte. Die Geräte, die die Roboter mit sich führten, waren zweifellos Bestandteile eines mobilen Transmitters, mit dessen Hilfe sie von hier entkommen konnten. Es gab nur eine Schwierigkeit. Sie mußten das Gerät schnellstens zusammenbauen, ohne daß die Posbis mißtrauisch wurden.

Ron blickte zu den bewegungslos verharrenden Posbis. Er konnte sich lebhaft vorstellen, daß zwischen ihnen und den terranischen Robotern ein reger Symbolimpulsaustausch erfolgte. Erfahrungsgemäß würde sich diese Kommunikation lediglich auf die Frage nach dem wahren Leben beschränken. Es war höchste Zeit zu handeln.

Ron befahl Meech, den Robotern vorsichtig die Geräte abzunehmen und sie an Ort und Stelle schnellstens zusammenzubauen. Während Meech wortlos den Befehl ausführte, beobachtete Ron die Posbis. Sie schienen ihr Interesse an den beiden biologischen Intelligenzen verloren zu haben, aber niemand wußte, wie lange dieser Zustand anhalten würde.

Dann endlich, nach einer Zeit, die Ron wie eine Ewigkeit erschien, war der Transmitter aufgestellt und betriebsbereit.

„Fertig zum Sprung!" schrie Meech.

Lofty war der erste, der im Transmitter verschwand. Danach kam Ron, dicht gefolgt vom ersten der zehn terranischen Roboter. Meech wartete, bis auch der letzte Roboter verschwunden war, dann folgte auch er ihm. Hinter ihm brach die Hölle los, denn die Posbis bemerkten, daß sie betrogen wurden.

In dem Augenblick, da die Posbis sich auf den Transmitter stürzten, verging dieser in einer verheerenden Explosion. Aber davon sah Hannigan nichts mehr. Er befand sich bereits an Bord der VOLTA, auf deren Empfangsstation ihr Fluchttransmitter einjustiert war, und löste unmittelbar nach seiner Ankunft die Selbstvernichtungsanlage des in der Posbistation zurückgelassenen Transmitters aus. Diesmal, dachte er, war er in der richtigen Empfangsstation angekommen. Wenn er jedoch geglaubt hatte, nun endlich in Sicherheit zu sein, so wurde er nach wenigen Sekunden enttäuscht. Die Schiffsirenen heulten auf.

„Alarm!" plärrte der Interkom. „Fünf Posbischiffe im Anflug auf die VOLTA!"

Meech eilte in die Zentrale, wo er schon von Ron und Lofty erwartet wurde. Ein kurzer Blick auf den Bildschirm genügte ihm, um die Situation zu erfassen.

Über die Absicht der Fragmentraumer bestand kein Zweifel. Sie griffen die VOLTA an. Sie waren ihrer Station zu Hilfe gekommen.

Von einer Sekunde zur anderen verwandelte sich der terranische Kreuzer in ein schüttelndes, dröhnendes, stampfendes Tollhaus. Die Feldschirme leuchteten unter der unerträglichen Belastung. Nike Quinto schnallte sich auf seinem Sessel fest und preßte sich das Mikrophon gegen das Gesicht, um seine Befehle verständlich zu machen.

„Schiff startbereit! Start mit Höchstbeschleunigung in hundert Sekunden! Kalup-Generatoren auf volle Leistung! Wir müssen verschwinden!"

Im letzten Augenblick gelang es der VOLTA, dem Inferno zu entkommen und in den Linearraum einzudringen.

25.

„Ich möchte Ihren Männern meine Anerkennung aussprechen“, begann Rhodan seine Besprechung. „Besonders Ihrem Sergeanten Hannigan – wenn er für dergleichen empfänglich ist.“

„Er ist“, stellte Nike lächelnd fest.

„Er hat das gesamte in seinem Körper gespeicherte Filmmaterial belichtet. Es ist noch nicht zu übersehen, welchen Nutzen wir daraus ziehen werden, auf jeden Fall nicht unbeträchtlichen. Er hat seine Erlebnisse unseren Wissenschaftlern so prägnant schildern können, daß wir nun genau wissen, was mit ihm geschehen ist. Durch eine unglückselige Koppelung des gestörten Transmitterfelds an Bord der BOB-XXI mit dem Zerr- oder Relativfeld des angreifenden Fragmentschiffs geriet er in eine metastabile Zwischenzone am Rand des Relativfelds der Fragmentstation. Warum gerade dorthin, wissen wir allerdings nicht. Im kritischen Augenblick scheint eine Verbindung zwischen dem Schiff, das die BOB-XXI angriff, und der Station bestanden zu haben, vielleicht ein Energietransfer. Bei einem Manöver der Station geriet Meech dann so nahe an sie heran, daß er sie erreichen konnte. Meech hat uns entscheidende Hinweise über die Wirkungsweise der Posbi-Waffen geliefert. Demnach handelt es sich um Waffen, die auf dem Transmitterprinzip beruhen – ähnlich dem unseres Fiktivtransmitters. Ihre Geschütze verschießen Projektile mit ungeheurer Energieentwicklung. Dabei entsteht der Effekt, daß die Projektile zwischen Abschuß und Aufprall die Form von gebündelten Energiestrahlen annehmen und am Ziel wieder materialisieren. Die Wirksamkeit dieser Waffe ist, weil auf diesem Transportweg kein Energieverlust eintritt, um ein Vielfaches größer als bei normalen Energiewaffen. Wir nennen diese Waffe deshalb Transformkanone. Auch über die Art, wie sie ihre Station und ihre Raumschiffe schützen, läßt sich bereits jetzt etwas sagen. Unsere und Meechs Beobachtungen wurden von der Bordpositronik der THEODERICH ausgewertet. Demnach handelt es sich bei dem Feld, das die Posbis verwenden, nicht nur um ein Zeitlinienkrümmungsfeld, sondern auch um einen Energieschirm bisher nie dagewesener Stärke. Mit diesem Relativfeld sind sie nicht nur in der Lage, das zu schützende Objekt durch Krümmung der Zeitlinien um bis zu zehn Stunden in die Zukunft zu versetzen – ohne daß es dabei zu einer echten Zeitreise kommt –, sondern sie können durch entsprechende Umpolung das Relativfeld jederzeit wieder auf die Realzeit schalten. Dabei wird die gesamte Energie, die notwendig ist, das Objekt in Richtung Zukunft zu bewegen, frei und fließt als Verstärkung in den auf Realzeit geschalteten Relativschirm. Nun ist auch klar, warum wir die Hypersprünge der Fragmentraumer nie orten konnten. Die Posbis brauchen nur im Schutz ihrer auf Zukunft gepolten Relativschirme zu springen. Die dabei auftretenden Strukturerschütterungen bleiben innerhalb des Zeitkrümmungsfelds, laufen sich tot und können nicht aus der Realzeit angemessen werden. Nach erfolgtem Sprung schalten die Posbis den Schirm auf Realzeit und werden für unsere Ortungsgeräte, scheinbar aus dem Nichts kommend, sichtbar. Diese Schirme haben nur einen einzigen gravierenden Nachteil: Solange sie auf Zukunft geschaltet sind, ist den Posbis lediglich eine *Beobachtung* des Realraums möglich, ohne daß sie selbst geortet werden können. Sie können aus ihrem sicheren Versteck heraus *niemals* ihre gefürchteten Waffen einsetzen, dazu müssen sie den Relativschirm auf Realzeit schalten. Und wenn Sie mich fragen, so halte ich es für ein unwahrscheinliches Glück, daß die Relativschirme diesen Nachteil haben. Nicht auszudenken, welche Potenzierung der Gefahr auftreten würde, wenn die Posbis in der Lage wären, aus der Zukunft heraus aktiv zu handeln, ohne selbst jemals nur das geringste Risiko eingehen zu müssen. Wir wissen nun, was dieser Schutzschirm bewirkt, wir wissen aber nicht, *wie* er hergestellt wird und welcher Energieform er sich bedient. Das von uns entwickelte Gerät, das wir bei diesem Einsatz leider verloren haben, ist zwar in der Lage, Krümmungen der Zeitlinien nachzuweisen, es hat sich aber gezeigt, daß diese Prozedur derartig aufwendig ist, daß sie für unsere künftige Planung nicht in Frage kommt. Es wäre sinnlos, unsere Raumschiffe mit diesen

Gerärten auszurüsten. Bis man in der Lage ist, einen Relativschirm nachzuweisen, ist das betreffende Fragmentschiff schon längst über alle Berge. Soweit unsere derzeitigen Erkenntnisse. Ich hoffe, daß bei der auf der Erde vorgenommenen nochmaligen Überprüfung aller Unterlagen mehr zu Tage treten wird.“

Als Nike Quinto den Aufenthaltsraum an Bord der VOLTA betrat, war seine ganze Gruppe versammelt. Ron Landry, nicht mehr ganz so erschöpft, rekelte sich in einem Sessel. Larry Randall servierte Getränke. Lofty Patterson hatte sich bedient und schlürfte genußvoll. Im Hintergrund stand Meech Hannigan, häßlich, wie er war.

Nike Quinto tat etwas, was niemand von ihm erwartet hätte.

Er ging auf Meech zu und reichte ihm die Hand.

„Du bist ein Prachtkerl, Meech“, sagte er anerkennend. „Ich habe dir sowieso die Belobigung des Administrators zu überbringen, also kann ich meine eigene geradeso gut noch dazuflicken.“

Meech nahm die Hand und bleckte die Zähne, als freue er sich wirklich. Nike Quinto kehrte zu seinem Platz zurück und nahm ein Glas von Larrys Tablett. Und zum Beweis dafür, daß er immer noch der alte war, sagte er: „Aber trotzdem, Meech, würdest du dich um meinen ungesund hohen Blutdruck verdient machen, wenn du zusähest, so schnell wie möglich eine neue Haut zu bekommen.“

26.

Drei Monate lang wurde Meech Hannigan untersucht und verhört. Unter den vielen Daten, die man seinen Speichern entnahm, war eine erstaunliche Information.

Kurz bevor Meech an Bord der BOB-XXI in den Transmitter gegangen war, hatte er für den Bruchteil einer Sekunde die Gehirnschwingungen eines Laurins empfangen und gespeichert. Rhodan befahl, die entsprechenden Daten an die Swoon weiterzugeben, damit die Mikroingenieure ein Gerät entwickelten, mit dessen Hilfe man die Individualschwingungen eines Unsichtbaren simulieren konnte. Für die Swoon war das eine schwierige Aufgabe, aber Rhodan hoffte, daß sie sie lösen würden, denn er war sicher, daß die Terraner ein solches Gerät noch dringend benötigen würden.

Was die Posbis anging, gab es keine nennenswerten Fortschritte.

Zwar hatten die von dem Spähermutanten Wuriu Sengu auf Frago gemachten Beobachtungen den „Posbi-Spezialisten" Van Moders zu der Behauptung veranlaßt, daß die Posbis ihr Plasma auf Frago selbst herstellten, aber wie sie das gelernt hatten, vermochte auch er nicht zu sagen.

Die Frage, wie die hypertoyktische Verzahnung funktionierte, war nach wie vor ungeklärt. Man wußte nicht, wie im Innern eines Posbis die Verbindung zwischen Plasma, Positronik und Hyperinpotronik hergestellt wurde. Der Stellenwert der Hyperinpotronik in diesem System blieb rätselhaft. Es war klar, daß die Hyperinpotronik den Posbis ungewöhnlich schnelle und logische Handlungsweise ermöglichte, aber ob sie darüber hinaus noch weitere Kompetenzen besaß, blieb auch für Van Moders ein Rätsel.

Eines stand jedoch fest: Die Posbis begannen sich zunehmend für die Milchstraße zu interessieren.

Perry Rhodan und Atlan sprachen sich über diese Bedrohung ab und entschlossen sich, neben der Kette von Beobachtungsstationen ein gewaltiges Flottenaufgebot am Rand der Milchstraße zu stationieren. Einhunderttausend Schiffe sollten ebensoviele Sektoren absichern. Um so wenig wie möglich lebende Wesen bei eventuellen Angriffen der Gefahr einer Vernichtung auszusetzen, wurden viele arkonidische Raumschiffe wieder auf Robotbetrieb umgerüstet. Jeweils einhundert solcher Schiffe wurden von einem mit Raumfahrern besetzten terranischen Schiff kontrolliert.

Der Einsatzplan sollte in zwei Monaten abgeschlossen sein.

Die galaktischen Völker waren über die Ereignisse eingehend informiert worden. Die Bedrohung aus dem Leerraum führte dazu, daß die bekannten galaktischen Machtgruppen enger zusammenrückten. Sogar Springer und Akonen bekundeten ihr Interesse an einer Zusammenarbeit gegen den gemeinsamen Feind.

Während immer mehr Einheiten Terras und Arkons ihre neuen Positionen am Rand der Milchstraße bezogen, kam es im Leerraum zu einem Zwischenfall, der schließlich eine Wende in den Auseinandersetzungen zwischen Posbis und Terranern einleiten sollte.

Ein terranisches Patrouillenschiff, die BRESLAU, entdeckte im Leerraum einen zweiten Posbiplaneten.

Das Schiff wurde angegriffen, konnte aber fliehen und die Milchstraße erreichen.

Major Fielpan, der Kommandant der BRESLAU, brachte die Koordinaten der Dunkelwelt mit zum heimatlichen Raumhafen und löste damit eine Serie von bedeutsamen Aktivitäten aus.

Major Fielpan hatte auch bereits einen Namen für diesen merkwürdigen Planeten.

Er nannte ihn *Everblack* . . .

27. Bericht Atlan

Als ich die Zentrale der THEODERICH betrat, grüßten die Offiziere. Natürlich war es ungewöhnlich, daß Regierungschefs wie Rhodan an solchen Einsätzen teilnahmen. Aber Rhodan ließ sich nicht hinter den Schreibtisch verbannen. Ich war seiner Einladung, an Bord der THEODERICH zu kommen, gerne gefolgt. Auch mir tat Abwechslung gut.

Rhodan kam auf mich zu und deutete auf den Sessel neben den Hauptkontrollen. Aus den Lautsprechern drangen die Stimmen der Sektorchefs. Die THEODERICH war nicht nur startbereit, sondern auch klar zum Gefecht.

Fünf Minuten später begannen die Triebwerke zu dröhnen. Das modernste und kostspieligste Raumschiff der Menschheit nahm Fahrt auf. Rhodan war ehrlich genug, sich einzugestehen, daß seine Teilnahme an dem Unternehmen unsinnig war.

Die THEODERICH sollte in unbekannte Gefilde des interkosmischen Raumes vorstoßen, in einen Sektor, der dem Städtekreuzer BRESLAU fast zum Verderben geworden war.

Andererseits konnte ich Perry verstehen. Ich hätte wahrscheinlich keine ruhige Minute gefunden, wenn ich nicht an Bord gekommen wäre.

Das Superschlachtschiff ging mit dröhnenden Kalups in die Zwischenzone. Das Bild der Milchstraße verblaßte.

Wir bewegten uns mit einer relativistischen Geschwindigkeit von etwa fünfzig Millionen Überlicht. Dilatationserscheinungen traten nicht auf. Die Eigentümlichkeiten der Librationszone zwischen den Energieverbänden des vier- und fünfdimensionalen Raumes erlaubten keine Verzerrungserscheinungen, die letzten Endes auch nur den Gesetzen des Einsteinraums unterlagen.

Für den Flug nach Everblack waren mehrere Linearetappen vorgesehen. Nach drei Stunden Bordzeit erfolgte das Eintauchmanöver. Als die Milchstraße wieder sichtbar wurde und die Heckbildschirme zu gleißen begannen, erhob Rhodan sich aus seinem Sitz. Die THEODERICH glitt im freien Fall auf ihr Ziel zu.

„Einsatzbesprechung", ordnete Perry an.

Ich stand auf und reckte die Glieder. Ich konnte mir ungefähr vorstellen, was der Terraner zu sagen hatte. Die Auswertung der BRESLAU-Daten war mir schon bekannt.

Wir gingen. Nacheinander sprangen die Offiziere des Superschlachtschiffs in den zentralen Antigravlift, der uns zum Messedeck transportierte.

Alle Abteilungen wurden über Interkom angeschlossen. Die Besatzung sollte mithören.

Ich setzte mich an den vordersten Tisch. Rhodan stellte sich vor den Projektionsschirm. Das eigenartige Fluidum, von dem wir jetzt ergriffen wurden, kannte ich aus unzähligen Einsatzbesprechungen. So war es schon an Bord der altarkonidischen Kampfschiffe gewesen.

„Es wird vorausgesetzt, daß die allgemeine Sachlage jedermann bekannt ist", begann Rhodan. „Die BRESLAU entdeckte einen neuen Posbiplaneten. Entfernung zirka hundertachtzehntausend Lichtjahre. Die Position bestimmten wir mit einem Unsicherheitsfaktor von plus-minus dreißig Lichtjahren. Unsere Ortungsgeräte reichen weit genug, um den Faktor ausgleichen zu können. Notfalls fliegen die Beiboote eine Sternerkundung. Major Fielpan sagte aus, daß sich Everblack nicht im Schutz eines Relativschirms befand. Ich kann nur hoffen, daß dies auch so bleibt, sonst müssen wir unverrichteter Dinge wieder abziehen. Vorläufig setze ich für unsere Planung voraus, daß der Relativschirm nicht vorhanden ist. Nur so wird es uns möglich sein, den Planeten aufzusuchen." Er machte eine Kunstpause und sah auf seine Aufzeichnungen. „Wir versuchen ein Landemanöver, um festzustellen, ob Everblack in seinen wesentlichen Einrichtungen identisch ist mit Frago. Das Kommando unter Führung von Major Tuner ist einsatzklar. Wir verwenden neuartige Rüstungen, die speziell zur Abwehr und Täuschung der Posbis entwickelt wurden, da ihnen die bisher benutzten Ausrüstungen inzwischen bekannt sein dürften. Die Anzüge sind massig, jedoch bleiben sie durch eingebaute

Antigravs beweglich. Individualabsorber verhindern eine Ortung unserer Körperfrequenzen durch die Posbis. Simultanübersetzer mit synchron geschalteten Symbolfunkgeräten erlauben eine Verständigung mit den Biomaschinen. Zweck des Einsatzes ist es unter anderem, größere Plasmamengen zu erbeuten und zu versuchen, Unterlagen über die ultimate Waffe der Robots zu finden. Für die biologisch-medizinischen Belange ist der Arawissenschaftler Dr. Anztan zuständig. Er ist Spezialist für Plasmabiologie und biochemische Physik. Dr. Anztan wird an dem Landemanöver teilnehmen."

Mit dieser Eröffnung hatte niemand gerechnet. Ich drehte den Kopf und sah zu dem dünnen, hoch aufgeschossenen Mann mit dem eiförmig nach oben gewölbten Schädel hinüber.

Dr. Anztan gehörte zu den galaktischen Medizinern, die uns vorbehaltlos unterstützten. Er war eine Kapazität. Seine Gliedmaßen- und Organtransplantationen hatten auf der Erde Aufsehen erregt. Noch erstaunlicher waren seine Wachstumsforschungen. Bei Versuchstieren war es gelungen, amputiertes Gewebe ohne operative Verpflanzung nachwachsen zu lassen. Die Wissenschaft der galaktischen Mediziner war nicht zu überbieten.

Anztans große Augen fesselten mich. Er war ein alter Mann. Seine blaugrüne Haut unterschied sich von der anderer Aras. Niemand wußte besser als ich, daß Anztan ein mutierter Nachkomme von früharkonidischen Kolonisten war. Auch die Springer und Antis waren aus meinem Volk hervorgegangen. Wir kannten etwa fünftausend Völker, deren Vorfahren auf den Arkonplaneten die Schiffe des Kolonisationskommandos bestiegen hatten, um auf fernen Welten eine neue Heimat zu suchen.

Ich nickte dem Wissenschaftler zu. Er versuchte ein Lächeln. Die terranischen Offiziere diskutierten flüsternd, bis Rhodan das Raunen unterbrach.

„Dr. Anztan ist durchaus zuverlässig, meine Herren. Gucky und ich werden ebenfalls an der Expedition teilnehmen. John Marshall bleibt als telepathischer Verbindungsmann auf der THEODERICH zurück. Mehr Mutanten konnten wir nicht aufbieten, da sie sich alle in wichtigen Einsätzen befinden oder, was vor allem für Goratschin gilt, verletzt sind."

Ich sah mich vergeblich nach dem Mausbiber um, bis mir der Zweite Offizier zuflüsterte, Gucky wäre in einen erholsamen Tiefschlaf versenkt worden.

„Der Imperator des Arkonidenreichs wird gebeten, ebenfalls teilzunehmen", vernahm ich Rhodans Stimme.

Ich schreckte auf. Verblüfft sah ich nach vorn. War der Terraner verrückt geworden?

Ich antwortete heftig: „Meiner Auffassung nach genügt es, wenn *ein* führender Staatsmann seinen Kopf in den aufgesperrten Rachen des Posbiungeheuers stecken will. Das Unternehmen ist im Interesse der allgemeinen Abwehr fraglos erforderlich, nur verstehe ich nicht, warum an deiner und meiner Stelle nicht spezialisierte Wissenschaftler eingesetzt werden."

„In Tuners Begleitung befinden sich sechs Wissenschaftler und Techniker", wies Rhodan meinen Einwand zurück. „Ich will persönlich sehen, was auf dieser Welt geschieht."

Wütend ballte ich die Hände. Dieses durchsichtige Argument, mit dem Rhodan seit vielen Jahrzehnten seinen Hang nach dem Erleben verschleierte, hatte ich erwartet. Ich sah mich um.

Etwa hundert terranische Offiziere, darunter fähige Naturwissenschaftler und Fachingenieure, lachten mich einträchtig an.

„Ich stelle fest, daß ich mich im Kreis von unverbesserlichen Narren aufhalte", sagte ich. „Sie lernen es wirklich nie, meine Herren. Wie oft habe ich das eigentlich schon gesagt?"

Aus den Lautsprechern der Übertragungsanlage drangen seltsame Geräusche. Die THEODERICH war vollautomatisiert. Trotzdem benötigte sie noch zweitausend Besatzungsmitglieder.

Diese zweitausend Männer schienen nun Mühe zu haben, ihr Gelächter nicht zu laut werden zu lassen.

„Fahren wir fort", unterbrach Rhodan. Seine Lippen zuckten verdächtig. In dem Augenblick fühlte ich wieder einmal, daß ich unter diesen Männern zu Hause war. Sie durchschauten mein Grollen. Wenn ich zu schimpfen begann, lachten sie. Wenn ich vor Zorn brüllte, diesen Wahnsinn würde ich niemals unterstützen, richteten sie sich stillschweigend auf meine Ankunft ein. Ich wehrte mich erst mit Händen und Füßen, um schließlich doch zuzustimmen.

Innerlich lachte ich mit. Sie kannten mich eben zu gut, diese wildverwegenen Terraner, die das Abenteurerblut ihrer Vorfahren nicht verleugnen konnten.

„Der Teufel soll euch holen!“ erklärte ich.

„Ausgezeichnet. Da können wir ja weitermachen“, meinte Rhodan. „Wir fliegen den Planeten an, orten, gehen auf hundert Lichtjahre heran und schleusen die Space-Jet SJ-24 aus. Kommandant ist Major Tuner. Das Boot wurde mit einem überstarken Individualabsorber ausgerüstet. Es ist ausgeschlossen, daß die Posbis in uns organische Wesen erkennen. Ihre Liebe zu anderen Robotgeschöpfen ist bekannt. Bisher ist es immer geglückt, sie zu täuschen. Notfalls werden wir eine neuartige Waffe einsetzen, die unter Mitwirkung von Dr. Anztan konstruiert wurde. Im Prinzip handelt es sich um den Narkosestrahler, dessen Schwingungen eine Betäubung hervorrufen.

„Aber nicht bei den Posbis“, behauptete ich.

„Bisher nicht“, betonte Rhodan. „Naturgemäß unterscheidet sich das Synthoplasma der Robotschaltungen von echten Gehirnen. Nachdem wir vor knapp sechs Monaten festgestellt haben, warum der Narkosestrahler wirkungslos blieb, wurde fieberhaft daran gearbeitet, ihn zu modifizieren und auf die Zellstrahlung des Plasmas abzustimmen. Dies ist uns auch gelungen. Versuche mit dem uns zur Verfügung stehenden Plasma waren erfolgreich. Diese modifizierte Waffe wurde wenige Tage vor dem Start der THEODERICH eingebaut. Die Produktion ist voll angelaufen; in absehbarer Zeit steht dem Großteil unserer Schiffe diese neue Narkosewaffe zur Verfügung.“

Der Ara gab einige Erklärungen, auf die ich nicht achtete. Mein Extrahirn meldete sich. Es hielt den persönlichen Einsatz von Rhodan und mir ebenfalls für fragwürdig, jedoch bestritt es nicht den Wert des Erkundungsunternehmens.

Rhodans Stimme ließ mich wieder aufmerksam werden. Er kam zum Ende seiner Erläuterungen. „Wir wissen, auf welche Weise die Posbis ihre Rohstoffversorgung gelöst haben. Die Vielfalt der Stoffe und Mineralien, darunter auch organische Substanzen, die von den Analysatoren der BRESLAU registriert wurden, läßt nur den Schluß zu, daß sie von Planeten stammen. Die Posbis unternehmen von Zeit zu Zeit Vorstöße in die Randgebiete unserer Galaxis, plündern ganze

Planeten und schaffen die auf diese Art gewonnenen Substanzen zu ihren Stützpunkten. Da anzunehmen ist, daß sie dies nicht erst in den letzten Monaten machen, sondern schon seit Jahrtausenden, gewinnt die Frage, warum sie erst in jüngster Zeit auf uns aufmerksam geworden sind, eine völlig neue Bedeutung. Ich glaube, daß wir bei der Beantwortung dieser Frage noch einige Überraschungen erleben werden. Doch zurück zur BRESLAU. Die Untersuchungen der Außenhülle haben ergeben, daß das Schiff mit Transformkanonen angegriffen wurde. Es wurde von Posbischiffen entdeckt und beschossen, weil es zufällig auf die Anflugroute einer Nachschubflotte geriet, die nach Everblack unterwegs war. Es wäre ein unwahrscheinlicher Zufall, wenn wir ebenfalls auf die Anflugstraße gerieten. Außerdem werden die Schiffe nicht ununterbrochen ankommen. Bei dem Unternehmen sollte nie übersehen werden, daß wir es grundsätzlich mit Robotern zu tun haben, auch wenn sie einen synthoorganischen Gefühlssektor besitzen, der sie Wesen von unserer Art hassen, Maschinen dagegen lieben läßt. Das wäre alles."

Ich wartete auf das stereotype Schlußwort ‚noch Fragen?', aber ich wurde enttäuscht. Erstaunt sah ich zu dem Terraner hinüber. John Marshall trat zu mir. Unwillkürlich verstärkte ich meinen Monoschirm, was er sofort bemerkte.

Vorwurfsvoll schüttelte er den Kopf. „Ich habe Ihnen doch versprochen, niemals Ihre Gedanken zu belauschen."

Ich winkte ab. „Augenblicklich hätten Sie auch keine schmeichelhaften Überlegungen entdecken können. Das Unternehmen birgt viele Gefahren. Die Anzahl der Unbekannten in der Gleichung über Erfolg oder Mißerfolg ist so erschütternd, daß ich nicht daran zu denken wage."

„Werden Sie teilnehmen?"

„Sie scheinen mich neuerdings für einen kompletten Narren zu halten, nicht wahr?"

„Hmm ..."

Ein Sergeant der Wache grinste unterdrückt. Ich schritt hinüber zum automatischen Speisenschalter. Meine Erregung ließ sich nur mit einem reichhaltigen Frühstück beseitigen.

Zwei Stunden später waren die Maschinenkontrollen beendet. Die zweite Lineraretappe begann. Die Strecke sollte in acht Manövern überwunden werden. Nach Nummer 5 war eine Generalinspektion erforderlich. Insgesamt rechneten wir mit sechzig Stunden Reisezeit.

Das Bild der laserverstärkten Infrarotaufnahme war so konturscharf, daß wir anfänglich nicht daran geglaubt hatten, den gesuchten Planeten gefunden zu haben. Falls diese Welt in ein Relativfeld gehüllt war, befand dieses sich in der Realzeit, da sonst eine Ortung kaum möglich gewesen wäre.

In dieser materielosen Einöde, in der nur vereinzelte Atome festgestellt werden konnten, war eine Täuschung unmöglich. Der ausgemachte Körper gab Wärme ab; also mußte er Industrieanlagen und Kraftwerke besitzen, oder er hätte nicht infrarot strahlen können. Wenn der Planet früher einmal einen heißen Kern besessen hatte, so war dessen thermische Energie längst an das Vakuum des interkosmischen Raumes abgegeben worden.

Seit zwanzig Minuten fühlte ich mich verloren. Die THEODERICH stand fahrtlos im Universum. Everblack war noch knapp hundert Lichtjahre entfernt. Das war die Sicherheitsgrenze, die wir uns gesetzt hatten.

Weit hinter uns schimmerte unsere Sternenheimat zu uns herüber. Die Milchstraße war in voller Ausdehnung zu erkennen. Deutlich konnten wir die einzelnen Spiralarme unterscheiden und den aufgewölbten Kern mit seinen Sonnenballungen. Irgendwo da drüben lagen unsere eigenen Systeme. Sie waren nichtig im Vergleich zu dieser erhabenen Größe, die ein Ahnen von der Unendlichkeit in uns aufkommen ließ.

Wir hatten uns von dem Anblick losreißen müssen, um unseren Aufgaben nachzugehen.

Ich befand mich in der Kommandozentrale des Superschlachtschiffs.

Everblack besaß keine Sonne. Er war ein ausgekühlter Planet ohne normaloptisch erkennbare Lichtstrahlung.

Die positronischen Rechengehirne des Flottenflaggschiffs liefen. Schon zehn Minuten nach der ersten Aufnahme hatten wir gewußt, daß Everblack keine Eigenrotation besaß.

Atmosphärische Gase wurden nicht entdeckt. Es wäre auch verwunderlich gewesen. Seine Bahngeschwindigkeit konnte nicht bestimmt werden. Uns fehlte jeder Bezugspunkt.

Everblack war als kürbisgroße Scheibe auf dem Schirm zu sehen. Die von Fielpan angegebene Entfernung, bezogen auf den Kugelsternhaufen M-13, war richtig. Der Posbiplanet stand etwa hundertachtzehntausend Lichtjahre von den Grenzen der Milchstraße entfernt. Ein genauer Zielanflug, wie er zwischen den Systemen der Galaxis täglich praktiziert wurde, war hier nicht mehr möglich. Wir waren zufrieden, daß wir Everblack überhaupt gefunden hatten. Mit zwei Manövern hatten wir uns herangeschoben, die Position genau ermittelt und anschließend die Rechengehirne mit Daten gefüttert.

Jetzt befürwortete ich Rhodans Plan, auf Everblack Umschau zu halten. Das Unternehmen auf Frago war zu kurzfristig gewesen. Die von Spezialisten der Abteilung III entdeckte Raumstation hatte keine besonderen Anhaltspunkte geboten, obwohl wir durch sie von der Existenz der Relativschirme und der Transformwaffe erfahren hatten.

Jetzt kam es darauf an, das Ergebnis des BRESLAU-Fluges zu verwerten. Wir waren entschlossen, auf der toten Welt zu landen.

Perry brach seine Unterhaltung mit dem Chef der astrophysikalischen Abteilung ab und wandte sich an mich.

„Sinnlos", resignierte er. „Die Frage, woher Everblack kommt und wieso der Planet so weit von der Galaxis entfernt steht, ist wissenschaftlich interessant, praktisch aber bedeutungslos. Wir haben uns mit seiner Existenz abzufinden."

„Es ist Zeit, mit dem Rätselraten aufzuhören", grollte die tiefe Stimme des Kommandanten Jefe Claudrin. Ich lachte amüsiert.

Claudrins Gesicht drückte eine Frage aus. Ich winkte ab. Schulterzuckend stampfte der quadratisch gebaute Mann davon. Er trug wieder seinen Individualgravitator, der ihm die gewohnte Schwerkraft von 2,1 Gravos verlieh. Claudrin spöttelte über die schwachen Menschen, obwohl seine Vorfahren terranische Kolonisten gewesen waren. Jefe selbst war das Kind eines galaktischen Experiments, das man Umweltanpassung nannte. Die Terraner gaben sich nicht damit zufrieden, nur erdähnliche Planeten zu besiedeln. Sie wagten es auch, Normalmenschen auf ungewohnte Bedingungen abzustimmen.

„Fertigmachen zum Einsatz!“ befahl Rhodan.

Er hielt es für überflüssig, viele Worte über eine längst besprochene Sache zu machen. „Major Tuner, ich erwarte Sie mit Ihrem Kommando in Schleusenhalle sieben.“

Zusammen mit Rhodan betrat ich die Rüstkammer. Als ich die monströse Schutzkleidung erblickte, wurden meine Augen vor Erregung feucht.

Durch eine totale Abschirmung der organischen Impulse war es möglich, einem Posbi vorzuheucheln, man wäre selbst eine Maschine. Einige Einsätze waren mit Hilfe der Absorber erfolgreich verlaufen. Natürlich besaßen die Monturen derartige Geräte.

Infolge ihrer Schwere mußten sie jedoch beweglich gemacht werden. Also waren sie mit Antigraves zum Aufheben der Schwerkraft, Flugregulatoren, Symbolsendern und Simultanübersetzern, Mikro-Luftgeneratoren, vollautomatischen Klimaanlagen und atomaren Kraftstationen zur Stromversorgung ausgerüstet worden. Die Monturen waren Starrkonstruktionen. Nur die Arm- und Beingelenke bestanden aus elastischem Material.

Der Einstieg erfolgte wie bei einem alten Tiefseetaucheranzug durch die Luke des flachen und breiten Helmes, in dem alle wichtigen Kontrollanzeigen untergebracht waren. Die Armumhüllungen waren so weit, daß man die Hände von den Arbeitsklauen zurückziehen konnte. Die Beinstücke wurden elektromechanisch bewegt und die Steuerorgane durch die Muskelspannung der Ober- und Unterschenkel zur Impulsfreigabe angeregt.

Das waren nicht die leichten und bequemen Raumanzüge, wie wir sie gewohnt waren. Selbst die arkonidischen Kampfkombis waren leicht im Verhältnis zu diesen Ungetümen.

„Viel Vergnügen“, sagte ich trocken. „Was wiegt die Rüstung bei einer Schwerkraft von einem Gravo?“

„Zweihundertzehn Kilogramm“, erklärte Rhodan so unbefangen, als hätte ich nach der Uhrzeit gefragt.

„Aha! Und darin soll man aktiv werden?“

Eine Panzerrüstung stampfte in die Kammer. Die Werkzeugarme hingen schlaff nach unten. Die beiden Elastohüllen, in die man die Hände ebenfalls hineinstecken konnte, wirkten dagegen zerbrechlich.

Der Steuermann des Geräts trat erstaunlich behende auf mich zu und bot mir die Hand. Es war Major Tuner.

Anschließend probierten wir zwei Stunden lang, bis ich mit den Lenkorganen vertraut war. Bei einiger Übung ließ sich mit Hilfe des Antigravs eine gute Manövrierfähigkeit erreichen. Wir konnten sogar rennen und springen, da die Tätigkeit unserer Beine von der Elektromechanik einwandfrei unterstützt wurde.

Klimaanlage und Luftversorgung arbeiteten ausgezeichnet. Ich hatte nichts zu bemängeln.

Wir bewegten uns in Räumen, die für das normale Auge stockfinster waren. Mit Hilfe der ultrahochverstärkten Laser-IF-Schirme konnten wir gut sehen. Ebenso mußte es auch auf dem Planeten Everblack möglich sein, der damit für uns nicht mehr „immerschwarz" war.

Drei Stunden nach der ersten Ortung waren wir startklar. Wir legten die Anzüge flach auf den Boden, öffneten die Helmluken und zwängten uns in den engen Innenraum hinein. Niemand half uns dabei. Wir sollten notfalls allein aussteigen können.

Als Separatschutz trugen wir darunter die leichtesten Raumanzüge, die Terra jemals produziert hatte. Es waren hauchdünne, durchsichtige Hüllen mit aufblasbaren Druckhelmen. Anschließend gingen wir zur Beiboothalle sieben hinüber. Das Mannschott der diskusförmigen Space-Jet war geöffnet. Das Schiff war durch künstliche Aufbauten verändert worden, so daß es von den Posbis nicht als terranisches oder arkonidisches Schiff erkannt werden konnte. Im Laderaum war ein Transmitter installiert worden, der uns eine zusätzliche Möglichkeit der Rückkehr zur THEODERICH offenhalten sollte. Wir tappten durch den Schleusenraum, fuhren mit der Rolltreppe nach oben und setzten uns in der Zentrale auf die Konturlager, die speziell für den Einsatz gebaut worden waren.

„Ich liebäugle mit dem Gedanken, während der Reise die Rüstung abzulegen", sagte Rhodan.

Ich protestierte. In einem so gefährlichen Raumsektor durften die Schutzmaßnahmen nicht vernachlässigt werden. Die Monturen waren erstklassig gepanzert. Ihre Feldprojektoren erzeugten so starke Abwehrschirme, daß man einen Energiebeschuß überstehen konnte.

Die breiten Sichtklappen ließen wir offen. Sie waren in Augenhöhe angebracht und mit transparentem Panzerplast ausgegossen.

Ich erinnerte mich an die Terraner der Ritterzeit. Wie oft hatte ich damals ähnliche Rüstungen getragen, nur hatten mir keine Antigravs, elektromagnetische und hydraulische Steuerschaltungen zur Verfügung gestanden.

Gucky kam zuletzt an. Als der Mausbiber mit seiner Spezialmontur die Zentrale betrat, konnte ich ein Auflachen kaum unterdrücken. Für sein spitzes Mausegesicht war eine Ausbuchtung in der Vorderseite des Helmes geschaffen worden. Da man an der Breite seiner Schutzkleidung kaum einige Zentimeter hatte einsparen können, die Höhe jedoch reduziert worden war, glich Gucky einem Zwerg mit den Schultern eines Preisringers.

Seine schrille Stimme klang klar genug aus dem Sehschlitz hervor, um vernehmen zu lassen, daß sich der Kleine bitter beschwerte. Rhodan hatte ihn schlafen lassen bis zum letzten Augenblick.

„... bodenlose Unverschämtheit!“ schrie Gucky. „Ich mache nicht mehr mit! Ich bin betrogen worden, und meine Ratschläge wurden einfach nicht gehört! Ich bin gekommen, um zu sagen, daß ich meinen Abschied fordere!“

Seine Rüstung begann zu rotieren. Anscheinend hatte der Kleine falsch geschaltet.

Ich blickte besorgt auf die Stelle, wo sich die Panzersohlen auf dem Metall drehten. Die Reibungshitze mußte beachtlich sein.

Schließlich kam er doch noch zum Stillstand. Ich zog die wankende Rüstung mitsamt dem Insassen auf ein Konturlager. Schrille Schreie ließen darauf schließen, daß der Mausbiber äußerst ungehalten war.

„Was hat er denn?“ fragte Rhodan mit unbewegter Miene. Mühevoll beugte er sich nach vorn.

„Ihm ist übel“, meinte Dr. Anztan, den ich zum erstenmal seit unserem Kennenlernen herzhaft lachen sah.

„Ich werde dich mit Sie anreden“, drohte Gucky. Seine Stimme war schon wieder kräftiger geworden. Man konnte hören, wie die Schleusenschotte zuglitten.

Ich fragte: „Wolltest du nicht aussteigen, Kleiner?“

Ich sah seine großen Augen hinter dem Schlitz funkeln.

„Willst du mich etwa fortschicken?“ fragte er lauernd.

Ich wußte, daß er mit dem Gedanken spielte, mich mittels seiner telekinetischen Kräfte in die Luft schweben zu lassen. Ich umklammerte den Werkzeugarm seiner Rüstung.

„Funkkontrolle. Zentrale THEODERICH, Kommandant spricht!“ dröhnte Claudrins Stimme aus den Lautsprechern.

Major Tuner, Teamleiter und gleichzeitig Erster Pilot der Space-Jet, schaltete auf Sendung. „SJ-24 klar zum Abschuß. Funktionskontrolle beendet, keine Beanstandungen.“

„Start in einer Minute. Viel Glück!“

Claudrins Gesicht verblaßte auf dem Schirm. Das war die letzte Bildsprechverbindung mit dem Superschlachtschiff gewesen. Es sollte hier auf uns warten und nur im Notfall Kurs auf Everblack nehmen.

Mittlerweile wußten wir, daß der Planet 14 800 Kilometer durchmaß und eine Schwerkraft von 1,3 Gravos besaß. Mehr hatten unsere Ortungsfachleute nicht ermitteln können.

Wir wurden auf Schienen in die Tubenschleuse gefahren. Die Meßzeiger der Druckmesser fielen auf Null. Vor uns öffneten sich die Außentore. Sie lagen dicht über der gewölbten Wand des äquatorialen Ringwulstes, in dem die Triebwerke auf Notstartleistung vorgeschaltet waren.

Der Abschuß wurde nicht fühlbar, obwohl wir von dem Stoßfeld mit wenigstens zwanzig Gravos davongeschleudert wurden.

Der Flug ins Ungewisse begann. Lange vor Erreichen der einfachen Lichtgeschwindigkeit tauchte Tuner in die Zwischenzone ein, wo wir unter keinen Umständen geortet werden konnten. Niemand sprach. Selbst Gucky hatte sich beruhigt.

Ich überprüfte nochmals die Anzeigen der wichtigsten Einrichtungen. Luft, Wasser und Nahrungskonzentrate reichten für vier Wochen. So lange wollte ich aber nicht auf Everblack bleiben.

Die sanitäre Anlage war störend, aber sie war sorgsam ausgeklügelt worden. Es konnte eigentlich nichts passieren, vorausgesetzt, die organischen Gefühlssektoren der Posbis handelten so, wie wir es erwarteten.

Unter mir arbeitete der Kalupsche Kompensationskonverter. In wenigen Minuten mußten wir die hundert Lichtjahre überwunden haben. Wenn wir in den Normalraum zurückfielen, durfte kein Gerät mehr laufen.

Ich blickte auf die Meßanzeiger des Individualabsorbers. Er war stationär und daher so groß, daß er alle Eigenschwingungen unserer Körper unschädlich machen konnte.

Selbst wenn wir beim Anflug geortet wurden: organisches Leben konnte innerhalb der SJ-24 nicht festgestellt werden.

Der Strukturtaster hatte in dem Augenblick angesprochen, als wir in den Normalraum zurückgekehrt waren. Ein Schiff, dessen Besatzung es nicht für notwendig hielt, den hypergravitorischen Einbruchsschock zu absorbieren, hatte seine überlichtschnelle Fahrt aufgehoben.

Für uns war es eine ganz neue Erfahrung. Bisher waren die Fragmentraumschiffe der Posbis niemals auszumachen gewesen. Nun erhielten wir plötzlich Strukturechos. Damit fand unsere Beobachtung, daß nur ein im Schutz seines auf Zukunft geschalteten Relativschirms befindliches Fragmentschiff keine Strukturerschütterung hervorrief, eine Bestätigung. Das soeben materialisierte Posbischiff war nicht im Schutz eines auf Zukunft geschalteten Relativschirms gesprungen.

Tuner handelte sofort. Auf dem Bildschirm unserer Infraortung leuchtete ein Ausschnitt des Planeten Everblack. Wir waren schon so nahe herangekommen, daß wir ihn nicht mehr in voller Größe sehen konnten.

Der Major schaltete. Die Umlenkdüsen der Space-Jet gaben Grünwert, und das Impulstriebwerk wurde mit Notleistung zum Bremsmanöver hochgefahren.

Gleichzeitig sprachen die Materietaster an. Ich hörte Rhodan rufen, aber ich verstand kein Wort. Die Zelle der SJ-24 vibrierte unter dem tosenden Partikelstrom, der unsere Fahrt mit sechshundert Kilometern pro Sekundenquadrat aufhob.

Der Hochleistungsumformer arbeitete ebenfalls mit Maximalleistung, um den Energiebedarf der Beschleunigungsabsorber befriedigen zu können.

Zwei unverhoffte Ereignisse waren gleichzeitig eingetreten.

Einmal waren wir viel zu dicht bei Everblack aus der Librationszone gekommen, was auf einen Rechen- und Programmierungsfehler hinwies. Um nicht auf der Oberfläche zu zerschellen, wurden wir zu einem unerwünschten Energieaufwand gezwungen.

Das zweite Ereignis war der Strukturschock. Ein anscheinend großes Raumschiff war mit uns angekommen. Bei dem von Fielpan beobachteten Nachschubverkehr über Everblack war das nicht verwunderlich. Verblüffend war jedoch die Tatsache, daß die Posbis sich so sicher fühlten, daß sie ohne aktivierten Relativschirm materialisiert waren.

Während Rhodan auf den Hauptkontrollschalter schlug und alle Steuerfunktionen auf seinen Pilotensitz umlegte, brachte er die Space-Jet aus der Flugbahn.

Ein zweiter Transitionsschock traf uns. Das kleine Schiff bebte in allen Verbänden. Die akustische Anzeige des Strukturtasters schaltete wegen Überlastung ab. Die optischen Kontrollen fielen ein. Die steilen Zacken auf dem Diagrammschirm waren beängstigend.

Wir befanden uns bereits im Bann der planetarischen Gravitation.

Auf den Ortungsgeräten konnten wir erkennen, daß Everblack kein Schutzfeld besaß.

Rhodan versuchte gerade, den Flug der Space-Jet weiter zu stabilisieren, als das Unheil über uns hereinbrach.

Ich hörte Tuners Warnruf. Gleichzeitig zuckten die Leuchtbalken der Kontrollen über die Skalen. Ein Tosen von unvorstellbarer Lautstärke durchdrang Schiffswandungen und Einsatzpanzer. Instinktiv bemühte ich mich, die Handflächen über die Ohren zu pressen.

Im Helmradio erklangen die Stimmen von mehreren Männern. Ich brauchte jedoch nicht mehr zu versuchen, den Sinn der Worte zu enträtseln. Die SJ-24 war von unbekannten Gewalten erfaßt worden. Diesmal blieb es nicht allein bei der Geräuschentwicklung.

Meine Außenmikrophone empfingen das Kreischen zerreißenden Stahls. Neben mir wölbte sich die Wand auf. Ein glutroter Fleck breitete sich aus, dann flog das Mannschott der Luftschleuse aus der Fassung.

Zwei Männer aus Tuners Einsatzkommando wurden von dem

unwirklichen Geschoß getroffen und in die Zentrale geschleudert. Eine heiße Druckwelle fauchte aus dem ebenfalls aufklaffenden Maschinenschott heraus. Gucky wurde zur Seite gewirbelt und schlug so schwer gegen Rhodan, daß beide zu Fall kamen. Ich umklammerte Anztans Rüstung.

Ein Blick auf die flackernden Bildschirme bewies mir, daß die Space-Jet ein Wrack war. Sie war von dem Planeten auf einer Ellipsenbahn eingefangen worden.

Im Maschinenraum dröhnte es, aber das war nicht mehr das machtvolle Arbeitsgeräusch der Aggregate. Flammenzungen lohten aus dem glühenden Schott hervor, das durch Guckys Bemühungen schon beinahe offen gewesen war.

Die Alarmanlage der Zellentaster sprach an. Die Lärmpfeifen verrieten, daß sich die Außenhaut auf wenigstens tausend Grad Celsius erhitzt hatte. Es wurde höchste Zeit, das Schiff zu verlassen.

Die Notbeleuchtung fiel jetzt ebenfalls aus. Zwei Meter von mir entfernt versperrte das Schleusenschott den schmalen Durchgang zur Zentrale. Es leuchtete immer noch in heller Glut. Die Klimaanlage meiner Rüstung schaltete sich ein.

Ich stieß die Hände in die weiten Manschetten der Arbeitsarme zurück und tastete nach den Lenkorganen der Werkzeuggreifer. Mit dem Kinn kippte ich den Schalter der Sprechfunkanlage nach unten. Das Mikrophon schwenkte vor meine Lippen.

„Atlan an alle – aussteigen, das Schiff explodiert. Tuner, Sie sind vom Schleusengang abgeriegelt. Das Schott hat sich deformiert und zwischen Maschinenluk und Zentrale verklemmt. Sprengen Sie die Kanzel ab; wir gehen durch die Schleuse. Verstanden, Major Tuner?“

„Verstanden, Sir“, klang es schwach aus meinem Lautsprecher. „Entfernung zur Oberfläche augenblicklich zweihundertfünfzehn Kilometer. Wir nähern uns dem Apogäum der Umlaufbahn. Weitester Punkt dürfte bei dreihundert Kilometern liegen. Steigen Sie aus, ich warte.“

„Verstanden, Tuner. Wir treffen uns draußen. Bereiten Sie einen Notruf an die THEODERICH vor. Betrachten Sie unser Unternehmen als gescheitert. Ohne die Space-Jet und ihren Transmitter haben wir keine Chance, diesen Planeten wieder zu verlassen. Wir müssen versuchen, mit Hilfe der Rüstungen weiter in den Raum vorzustoßen und darauf hoffen, daß es der THEODERICH gelingt, uns rechtzeitig zu finden."

Es war alles gesagt worden, was in dieser Situation angemessen war. Dr. Anztan verstand meinen Wink. Ich aktivierte die Elektromechanik der Rüstungsbeine und sprang nach vorn.

„Nehmen Sie Gucky, Anztan!" keuchte ich in das Mikrophon.

Rhodans stählerner Schutzanzug hatte sich zwischen dem hitzesprühenden Schott und Guckys Panzer eingeklemmt. Aus eigener Kraft konnte er sich nicht befreien. Der Mausbiber schien besinnungslos zu sein. Wahrscheinlich hatte sein schwacher Körper den Anprall nicht ertragen.

Ich hakte die Greifer meiner Werkzeugarme in die Schulterösen von Perrys Anzug und gab volle Leistung auf die Beingelenke. Mit einem gewaltigen Ruck zogen die Magnetfelder an. Rhodan löste sich aus dem Wirrwarr, dann stand der Terraner auf den Beinen.

Der winzige Raum zwischen Maschinenschott und offenstehender Luftschleuse wurde düsterrot erleuchtet. In der Energiezentrale brannte es. Meine Anzugkontrollen registrierten eine Außentemperatur von etwas über achtzehnhundert Grad Celsius. Wenn wir normale Raumanzüge getragen hätten, waren wir verbrannt.

„In Ordnung, ich bin fit", vernahm ich Perrys Stimme aus dem Radio. „Anztan, Sie gehen zuerst. Atlan und ich transportieren den Kleinen. Nun laufen Sie schon."

Der Galaktische Mediziner antwortete nicht. Schwerfällig zwängte er sich in die Schleuse hinein und drückte auf den Öffnungskontakt des Außenschotts.

Während wir Gucky anhoben und die Werkzeuggreifer in die vorgesehenen Halteösen seiner Rüstung einschnappen ließen, erreichte uns Anztans Ruf. Seine Stimme klang erregt.

„Automatik ausgefallen. Das Schott schwingt nicht auf. Was jetzt?"

Ich hörte Rhodans hastigen Atem. Ehe er etwas sagen konnte, hatte ich den Desintegrator aus dem Kombigürtel gezogen und entsichert. Anztan kam zurück.

Ich streckte den Arm an ihm vorbei, lehnte die Gelenkmanschette auf den Energietornister und zog durch.

Das Flimmern des molekülzersetzenden Energiestrahls erfaßte den Arkonstahl. Einige Augenblicke lang leuchtete das Material auf. Dann begann es zu zerbröckeln.

Eine heftige Explosion unter unseren Füßen brachte uns erneut zu Fall. Ich vernahm einen gellenden Schrei, aber ich wußte nicht, wer ihn ausgestoßen hatte.

Vor uns entstand eine Öffnung. Die Druckwelle der Detonation hatte die Überreste des Schottes gänzlich aus dem Rahmen gerissen. Mühevoll richtete ich mich auf und tappte nach vorn. Guckys schlaffen Körper zog ich hinter mir her.

Im Innenraum der Space-Jet war kein Überleben mehr möglich. Wir mußten uns dem freien Raum anvertrauen.

Schwankend erreichte ich die Rumpfwandung der Flugscheibe. Ich trat hinaus, schaltete den Antigrav ein und drückte auf den Feinstufenschalter des Mikrotriebwerks.

Das typische Stottern des Arbeitsgeräusches ließ mich erleichtert aufatmen. In modernen Raumanzügen terranischer Konstruktion wurden intermittierende Impulsaggregate verwendet. Sie waren synchronisierte Selbstauflader, deren Plasma-Strahlmassenmedium in einem Fesselfeld komprimiert wurde.

Zusammen mit Gucky wurde ich davongetrieben. Ich drehte mich im Flug um, hakte den Mausbiber in meine Abschleppösen ein und blickte zur SJ-24 hinüber.

Sie war schon einige hundert Meter entfernt, aber klar zu erkennen. Die Außenzelle glühte. Immer wieder zuckten ultrahelle Blitze aus dem aufgerissenen Maschinenraum hervor.

Rhodan und Dr. Anztan waren ebenfalls freigekommen. Auf meinem Ortungsschirm gewahrte ich die rhythmischen Linien ihrer laufenden Triebwerke. Dann aber stieß ich einen Ruf des Entsetzens aus.

„Tuner – Tuner, hören Sie mich? Antworten Sie, Tuner!“

„Sinnlos“, klang Rhodans Stimme auf. „Wir haben es schon früher bemerkt. Die Druckwelle der letzten Detonation schlug in die Zentrale ein. Tuner hatte die Kanzel noch nicht abgeworfen. Ich habe versucht, das verklemmte Schott aufzuschneiden. Der Steuerraum brennt aus. Hör auf zu rufen.“

Die letzten Worte klangen brüchig. Rhodan zwang sich dazu, den Tod der sieben Männer als unabänderliche Tatsache anzusehen. Dennoch wußte ich, wie sehr der Administrator darunter litt.

Ich verzichtete auf eine Antwort, obwohl ich den gräßlichen Schrei nochmals zu vernehmen glaubte. Meine aufgepeitschten Sinne gaukelten mir Schreckensszenen vor.

Ich schüttelte die Eindrücke von mir ab und konzentrierte mich auf Rhodans Anflug. Als er an mir vorübertrieb, schoß ich ein Magnetband ab und verankerte ihn damit.

Die Raumpanzer hatten automatisch die lebenswichtigen Aggregate eingeschaltet. Gucky war besinnungslos.

Weit vor uns, schon fast zehn Kilometer entfernt, eilte die Space-Jet auf ihrer zufälligen Umlaufbahn davon. Unsere Triebwerke liefen. Mit jeder verstreichenden Sekunde gewannen wir mehr Fahrt, die uns schließlich aus dem Bann der planetarischen Gravitation befreien mußte.

„Schneller“, drängte Perry. „Wenn das Boot detoniert, werden einige Megatonnen frei. Schneller!“

Ich schob den Stufenschalter nach unten. In meinem Rückentornister heulte es auf.

Rhodan und Dr. Anztan schwebten wenige Meter vor mir durch das absolute Vakuum des interkosmischen Raumes. Wir flogen auf die gewölbte Linse der Milchstraße zu, als könnte sie uns Hoffnung und Rettung bieten. Niemand wagte in diesen Augenblicken daran zu denken, daß wir inmitten dieser unendlichen Einöde noch viel winziger waren als ein Sandkörnchen in den großen Wüstengebieten der Erde.

Rhodans Umrisse zeichneten sich gegen das Gleißen der Galaxis ab. Wären wir nicht darauf zugeflogen, hätte ich von ihm nichts sehen können.

Hinter uns lag der Posbiplanet Everblack. Da wir unsere I-Ortung nicht eingeschaltet hatten, war er nicht mehr zu erkennen. Wir wagten es auch nicht, eine Funkmeßpeilung vorzunehmen.

Als ich eben den Entschluß faßte, die THEODERICH anzurufen, erreichte uns die Lichtstrahlung einer gewaltigen atomaren Explosion.

Weit von uns entfernt ging eine künstliche Sonne auf. Niemand sprach ein Wort, da wir alle wußten, daß sich unser kleines Raumschiff in Energie aufgelöst hatte.

Das blauweiße Lohen wurde rötlicher, bis die letzten Gase verglühten. Nur ein Fluoreszieren zeugte noch davon, wo ein terranisches Raumboot vergangen war.

Ich dachte an Major Tuner und die sechs Männer seines Kommandos.

Der Gedanke rüttelte mich auf. Wie erwachend sah ich mich um. Gucky war der letzte in der Linie. Ich schleppte seinen Panzer nach. Jählings unruhig werdend, überprüfte ich die Schleppvorrichtung. Die Haken saßen jedoch fest.

Nach meinen flüchtigen Berechnungen mußte unsere Geschwindigkeit jetzt hoch genug sein, um der Gravitation entrinnen zu können. Ich schaltete auf Sendung.

„Wir haben etwa zwanzig Kilometer pro Sekunde erreicht. Das genügt. Schaltet eure Triebwerke ab, oder wir werden doch noch geortet."

Ich vernahm Rhodans Auflachen. Es klang bitter und humorlos.

„Schön, abschalten. Die Ortungsgefahr erscheint mir aber nicht wesentlich, Arkonide. Wollen wir lieber hoffen, daß wir nicht eine Anflugstraße der Nachschubflotte kreuzen. Wenn jetzt ein Raumer aus dem Hyperraum kommt, werden wir von den Schockwellen aufgelöst."

Er hatte etwas ausgesprochen, an das zu denken ich mich gehütet hatte. Ein Seufzer ließ mich aufhorchen. Erst glaubte ich, Gucky wäre erwacht, doch dann meldete sich der Ara. Ich erblickte ihn nur dann, wenn er etwas hinter Rhodans Körper hervorpendelte. Dann zeichnete sich ein Teil von Anztans Rüstung gegen die Sternballung der Milchstraße ab.

„Ein Sprichwort meines Volkes lautet, daß die Freundschaft mit einem Terraner gefährlich ist", gab der Wissenschaftler unglücklich durch. „Man kommt immer in Schwierigkeiten."

„Blödsinn", knurrte Rhodan. „Es war ein Zufall. Wir sind keineswegs angegriffen worden. Wir gerieten in die Ausläufer eines Energieschirms, der ein anfliegendes Versorgungsschiff umgab."

„Eben, eben“, erwiderte Anztan matt. „Terraner besitzen die eigentümliche Fähigkeit, sehr oft mit solchen Zufälligkeiten in Konflikt zu kommen. Haben Sie nicht auch ein Sprichwort, das auf solche Dinge Bezug nimmt?“

„Wer sich in Gefahr begibt, kommt darin um“, sagte ich rasch. Spöttisch fügte ich hinzu: „Darüber sollten Sie sich aber keine Gedanken machen, lieber Doktor. Die Menschen sind in dieser Hinsicht unbelehrbar. Schon ihre frühen Vorfahren fühlten sich am wohlsten, wenn sie mit Steinkeulen auf Höhlenbären losgehen konnten. Dabei gab es genügend andere Tierarten, die wesentlich leichter und gefahrloser zu erlegen waren. Die heutigen Terraner sind um keinen Deut besser.“

„Du redest zuviel, Arkonide.“

„Schon wieder einmal? Nun schön, konzentrieren wir uns darauf, wie wir unsere kostbaren Körper sowohl aus den Rüstungen als auch aus dem interkosmischen Raum befreien können. Ich würde es unter diesen Umständen riskieren, die THEODERICH anzurufen.“

Perry zögerte. Schließlich meinte er: „Was wird geschehen, wenn die Posbis unseren Hyperspruch auffangen? Die Richtstrahler der Rüstungen sind miserabel, was konstruktiv bedingt ist. Wir werden ein Streufeld erzeugen.“

Ich schaute wieder zur fernen Milchstraße hinüber. Das Klimagebläse meines Panzers summte beruhigend. Meine Füße wurden allmählich taub. Ich versuchte, sie etwas aus den starren Beinschienen zu ziehen. Die Bewegung half.

„Sollen sie uns einpeilen. Es ist fraglich, ob sie über Kleinraumschiffe verfügen. Einen Lineariesen werden sie unseretwegen wohl kaum in Marsch setzen. Diese Gefahr ist sekundär.“

Er erkannte, wo unsere Chance lag. Wir mußten alles wagen. Augenblicke später vernahm ich in meinem Hyperkomempfänger ein Zirpen. Es war das Anrufzeichen für die THEODERICH, die hundert Lichtjahre entfernt auf Warteposition stand.

„QQRXT“, gab Rhodan als Kurzimpuls durch. Wenn er von dem Superschlachtschiff empfangen wurde, mußte die Besatzung jetzt schon wissen, daß wir uns in Lebensgefahr befanden und das Boot vernichtet worden war. „QQRXT, QQRXT – Rho – QQRXT . . .“

Ich lauschte auf den Text. Rhodan hatte alles getan, was noch getan werden konnte. Claudrin würde nun schon versuchen, uns anzupeilen. Dieser Fall war in der Planung selbstverständlich vorgesehen worden. Terraner vergaßen solche Dinge niemals. Auf Zufälligkeiten verließen sie sich nicht.

Ich drehte den Anzug um hundertachtzig Grad und versuchte, Everblack auszumachen. Sein Name war zutreffend. Trotz seiner Größe war er nicht zu entdecken. Ich schaltete die Infrarotortung ein. Da erschien die rötliche Scheibe auf dem Spezialschirm des Helmes.

Die THEODERICH meldete sich nicht. Wir konnten nur hoffen, daß unser Notruf gehört worden war. Wenn ich die Terraner aber recht kannte, so gab es daran keinen Zweifel.

Sobald sich die THEODERICH in der Kalupschen Zwischenzone befand, konnte sie über Helmfunk nicht mehr antworten. Außerdem hatte Claudrin strengstes Funkverbot erhalten.

Ich beschäftigte mich mit den Problemen des Bergungsmanövers. Natürlich würde die THEODERICH mit wenigstens dreißig Prozent der Lichtgeschwindigkeit aus der Librationszone kommen. Wahrscheinlich schleuste Claudrin ein Beiboot aus, um mit dem schwerbewaffneten Riesenschiff einen Ablenkungsangriff auf Everblack zu fliegen. Wenn er seinen Fiktivtransmitter richtig einsetzte, hatten wir eine gute Chance.

Sekunden später fiel das Barometer meiner Hoffnungen auf den tiefsten Stand.

Rhodan hätte keinen Warnruf auszustoßen brauchen. Wir hatten schließlich ebenfalls Meßtaster in den Anzügen. Ihr Zirpen bewies eindeutig, daß wir mit hyperschnellen Reflexinpulsen angemessen wurden. Etwas war da, was sich für die vier Stäubchen im All interessierte. Das Metall unserer Rüstungen war ein ausgezeichneter Reflektor für Ortungswellen.

Ich sah mich um und gewahrte die trostlose Schwärze des interkosmischen Raumes. Nur die ferne Milchstraße leuchtete.

Schön war sie, unsere Heimat – atemberaubend schön. Es war bitter, wenn man bei so einem grandiosen Anblick sterben mußte.

Ein ziehendes Gefühl breitete sich vom Magen her aus. Da vernahm ich Perrys Stimme. Sie klang betont forsch.

„Nur nicht die Nerven verlieren, Freunde. Die THEODERICH ist gleich hier."

Ich lächelte. Beherrschen konnte er sich, dieser grauäugige Barbar. Anztans Stöhnen lenkte mich ab. Der alte Mann mußte jetzt Höllenqualen durchstehen.

Als ich den Kopf nach vorn beugte und „hinuntersah", wurde mir schwindelig. Es wurde Zeit, daß etwas geschah. Der Ortungstaster sprach jetzt mit Lautstärke sieben an. Der Sender näherte sich. Natürlich befand er sich an Bord eines Raumschiffs, oder er hätte nicht lauter werden können.

Demnach zu urteilen, hatten die Posbis doch nicht darauf verzichtet, uns vier Einsamen nachzufliegen. Wo blieb die THEODERICH?

Der terranische Schlachtriese war aus der Kalupschen Zwischenzone gekommen.

Kommodore Claudrin und die Besatzung waren Meister ihres Faches. Das atomare Feuerwerk ihres Breitseitentakts konnte ich mit bloßem Auge nicht sehen. Wenn die Strahlungsbündel jedoch in die Schutzschirme des Gegners einschlugen, entstanden im interkosmischen Raum leuchtende Fanale.

Mein nur handgroßer Energietasterschirm wurde von farbigen Linien überzogen. Das Superschlachtschiff feuerte mit allen Waffen auf Ziele, die wir infolge unserer dürftigen Ortungsgeräte nicht ausmachen konnten.

„Wenigstens zehn Fragmentraumer", hatte Rhodan kurz nach dem Erscheinen des Flottenflaggschiffs festgestellt. Da war mir klargeworden, daß Claudrin keine Erfolgsaussichten hatte. Wir kannten die sogenannten Transformstrahler der Posbis, mit denen atomare Sprengkörper im Tausend-Gigatonnen-Bereich verschossen wurden. Gegen eine solche Kräfteballung unmittelbar vor dem Ziel gab es keine Abwehr.

Allerdings konnte Claudrin den Fiktivtransmitter einsetzen, mit dem es möglich war, kleine Fusionsladungen innerhalb der Fragmentschiffe zu landen. Wir arbeiteten mit kürbisgroßen Bomben, deren Energieentwicklung von nur zehn Kilotonnen TNT vollauf genügte, um den größten Posbiraumer zu vernichten.

Das war unsere wirkungsvollste Waffe, jedoch besaßen wir leider nur einen Fiktivtransmitter.

Das Gefecht dauerte erst drei Minuten. Während dieser Zeit hatte die THEODERICH zwei Fragmenter abgeschossen.

Im Hyperkom waren die Kommandos der leitenden Offiziere zu hören. Claudrin hatte auf unsere Frequenz umschalten lassen. Er befand sich mit seinem Schiff etwa zwei Millionen Kilometer entfernt.

Wieder und wieder leuchtete es dort auf, wo die THEODERICH stehen mußte. Die Glutbälle waren so gewaltig, daß wir bei ihrem Aufblähen die Augen schließen mußten. Uns war, als würden ringsumher ultrastrahlende Sonnen entfacht.

Wir hatten die Magnetleinen eingezogen und die Raumpanzer Seite an Seite verankert. Gucky war noch immer besinnungslos. Wir hatten keine Möglichkeit, ihm behilflich zu sein.

„Das geht nicht gut", erklärte Dr. Anztan. „Sie sind zu mächtig. Ich..."

„Ruhe!" unterbrach Perry schroff. Eine Nachricht kam durch.

„Claudrin spricht", dröhnte es aus unseren Helmgeräten. „Durchschlagstreffer in Ringwulsthöhe. Zwei Triebwerke ausgefallen. Manövrierfähigkeit beschränkt. Können Sie die zu Ihrer Rettung ausgeschleuste Space-Jet orten?"

„Rhodan an THEODERICH. Wo müßte das Bergungsboot augenblicklich stehen?"

„Ganz in Ihrer Nähe, Sir. Der Pilot hatte Sie bereits auf den Meßschirmen."

Ich ahnte, wie Rhodans Antwort lauten mußte.

„Befehl an Kommodore Claudrin – Gefecht abbrechen! Das Boot ist soeben vernichtet worden. Das war die Explosion dicht vor uns. Heimreise antreten! Sie sind mit zwei ausgefallenen Triebwerken nicht mehr einsatzklar."

„Aber Sir, wir..."

„Gehorchen Sie, Jefe", vernahm ich Perrys Stimme. Sie klang hart. „Sie können uns nicht mehr bergen, aber Sie können in wenigen Sekunden vernichtet werden. Abbrechen, Fahrt aufnehmen und BOB-VI anrufen. Bully soll die Vierzehnte Flotte in Marsch setzen. Geben Sie genaue Positionsdaten durch."

„Sir, wir schaffen es noch. Ich kann Sie doch nicht..."

„Sie können", unterbrach Perry erneut. „Es ist sinnlos, die THEODERICH zu opfern. Wir landen auf Everblack und warten, bis Bully erscheint."

„Können Sie denn nicht mit Guckys Hilfe an Bord kommen?" schrie Claudrin verzweifelt zurück.

„Nein, er ist besinnungslos. Drehen Sie endlich ab, und sehen Sie zu, daß Sie heil nach Hause kommen. Versuchen Sie, die beiden Teleporter Kakuta und Tschubai aufzutreiben, die sich im Einsatz befinden. Möglicherweise werden sie gebraucht, um uns von Everblack abzuholen. Ende."

Vier gigantische Glutbälle entstanden dort, wo das Superschlachtschiff im Raum stand. In unseren Funkgeräten krachte es. Claudrin meldete sich nochmals, aber jetzt klang seine Stimme nicht mehr so zuversichtlich. „Treffer, Defensivschirm zusammengebrochen. Fiktivtransmitter ausgefallen. Ich drehe ab, Sir."

„Vernünftig. Viel Glück, THEODERICH!"

Wir sahen zu der Stelle hinüber, wo Terraner um ihr Leben kämpften. Mehrere Transformexplosionen verschmolzen zu einem Gasball. Es war, als hätte Everblack plötzlich eine neue Sonne erhalten.

Die Flucht des Flottenflaggschiffs konnten wir nicht beobachten. Im Raum wimmelte es von Energieentladungen aller Art.

„Wenn sie nicht durchkommt, sind wir verloren", ließ sich der Ara vernehmen.

Rhodan hatte den einzig möglichen Ausweg bereits angedeutet. Wir mußten auf Everblack landen, um dort zu versuchen, uns mit Hilfe der Spezialausrüstung durchzuschlagen. An und für sich war es ja unser Vorhaben gewesen, nur mußten wir jetzt auf die wichtigen Zusatzgeräte verzichten, die mit unserem Beiboot zerstört worden waren.

Wir hatten ursprünglich einen akonischen Kleintransmitter ausbooten wollen. Da er auf die Empfängerstation der THEODERICH einjustiert gewesen war, hätte uns immer eine gute Fluchtmöglichkeit zur Verfügung gestanden.

„Ich führe", sagte ich möglichst ruhig. „Drehen Sie bitte nicht durch, Doktor. Noch ist nicht alles verloren. Claudrin dürfte entkommen sein. Die ausgefallenen Triebwerke sind für den Linearflug bedeutungslos. Der Kalup wird wohl noch funktionieren. Die Vierzehnte Flotte besteht nur aus Schlacht- und Superschlachtschiffen. Wenn sie hier eintrifft, wird man uns auf Everblack heraushauen können. Außerdem haben wir immer noch Gucky. Fertig?"

„Fertig", antwortete Rhodan. „Hast du den Planeten ausgemacht?"

„Er leuchtet auf meinem I-Schirm, Magnettrossen wieder ausfahren. Wir halten einen Abstand von zehn Metern ein. Anztan, achten Sie auf meine Triebwerksstrahlung. Schalten Sie den Abwehrschirm Ihres Anzugs auf Stellung eins. Verstanden?"

Ein undeutlicher Laut war die Antwort. Ich zog Guckys Panzer näher und hängte ihn in meinen rechten Werkzeugarm. Augenblicke später begannen wir mit dem Bremsmanöver.

Wir benötigten zehn Minuten, um unsere Fahrt aufzuheben. Nach dem Stillstand konnten wir damit beginnen, Everblack anzufliegen. Wir beschleunigten mit Minimumwerten, um die Ortungsgefahr so weit wie möglich zu verringern.

Everblack kam näher. Der Gravitationsmesser zeigte an, daß wir von der Schwerkraft schon wieder eingefangen wurden.

Ich kontrollierte meine Waffen. Sie waren in Ordnung. Die Zeit der Nervenbelastung begann erneut. Gegen das bevorstehende Landemanöver war der Flug durch den Raum eine Spielerei gewesen. Seit einigen Augenblicken befanden wir uns in Schußweite der Everblack-Kanonen.

Ich spürte den Schlag gegen meine Füße. Die Manschettengelenke knickten ein. Ich gab ungewollt einen Gegenimpuls, woraufhin die Rüstungsbeine zurückfederten.

Der Schwerkraftregler stand auf einem Grobwert von 1,3 Gravos Absorberleistung. Infolgedessen wurde ich gleich einem Spielball hochgeschleudert und davongetrieben.

Gucky, der zehn Minuten vor der Landung wieder zu sich gekommen war, piepste wie ein erschreckter Vogel.

Die Situation war tragikomisch. Der Gegner hatte auf einen Beschuß verzichtet, doch dafür hatte man uns mit Traktorstrahlern so schnell aus dem schwarzen Himmel geholt, daß die Landung einem Absturz geglichen hatte.

Vor meinen Augen entstand ein Kaleidoskop. Ich wirbelte so lange durch den leeren Raum, bis die Automatik meiner Rüstung die Rotation endlich aufhob.

Ich drückte auf den Ausschalter des Antigravs. Die Restleistung genügte, um meinen Sturz so zu bremsen, daß ich einigermaßen weich auf dem Boden aufsetzte. Wieder knallte es metallisch hart. Ich bemerkte, daß wir auf einem weiten Gelände angekommen waren, das anscheinend als Hafen für die Fragmentraumschiffe der Nachschubflotte diente.

Meine Infrarotanlage arbeitete zufriedenstellend. Infolge der relativ hohen Wärme auf Everblack konnte ich die Umgebung so gut sehen, als schiene die Sonne. Noch vor der Ankunft hatte ich auf extreme Weitwinkelerfassung geschaltet. Das hatte den Nachteil, daß die wahren Entfernungen infolge der Bildraffung verfälscht wurden.

Ich wartete nicht, bis Rhodan ebenfalls den Boden berührte. Er hatte Anztan umklammert und dirigierte ihn nach unten.

Ich zerrte die Hände aus den Gelenkarmen und schaltete zusätzlich die Normaloptik ein. Die laserverstärkte Wiedergabe war jedoch so schwach, daß ich nur solche Gebäude und Geländestreifen erblicken konnte, die durch irgendwelche Umstände von Scheinwerfern oder anderen Lichtquellen ausgeleuchtet wurden.

Ich kippte den Schalter zurück. Der Rundumschirm innerhalb des Helmes diente jetzt nur noch für die I-Kamera, deren Bilder nach Bedarf verstärkt werden konnten.

Es war ein unwirkliches Sehen, an das man sich erst gewöhnen mußte. Wenn unsere Köpfe nicht in den unbeweglichen Helmen gesteckt hätten, wären die neuen I-Brillen mit eingebauter Aufnahmevorrichtung besser am Platz gewesen. Sie vermittelten das gewohnte Blickfeld. Jetzt waren wir gezwungen, den handbreiten Streifen des Kreisschirms zu beobachten. Der Vorteil einer direkten Rundumsicht war nicht so bemerkenswert, wie es die Konstrukteure behauptet hatten.

Gucky landete neben mir. Ich wußte, daß Gucky in der Lage war, die vom Plasma ausgehenden Impulse anzumessen. Der Individualabsorber verhinderte, daß *seine* Mental- und Zellstrahlungsimpulse nach außen gelangten, aber sie hinderten von außen kommende Impulse nicht daran, zu ihm durchzudringen. Aus irgendwelchen Gründen war jedoch weder Gucky noch ein anderer Telepath in der Lage, die Emotionsmuster des Plasmas eindeutig zu definieren und die Inhalte dieser Muster zu bestimmen. Lediglich Schmerzimpulse konnten identifiziert werden.

„Zurück!“ schrillte Guckys Stimme im Helmradio. „Zurück hinter die nächste Halle! Es kommen Posbis!“

Wir rannten los. Jetzt bewährte sich die Steueranlage der Beingelenke. Bei der Verwendung des Antigravs ließ sich ein fast schwereloses Gleiten erzielen, mit dem hohe Geschwindigkeiten verbunden waren. Infolge der fehlenden Atmosphäre hatten wir keinen Luftwiderstand zu überwinden. Es kam niemals zu Stabilisierungsschwierigkeiten. Das war aber auch alles, was der Dunkelplanet an Annehmlichkeiten bot.

Wir rannten etwa einen Kilometer mit der Geschwindigkeit eines schnellen Wagens. Ohne Erschöpfungserscheinungen kamen wir hinter der Halle an. Es schien sich um einen Schiffhangar zu handeln.

Ich sah Rhodan winken und auf die Steckkontakte seiner Rüstung deuten. Natürlich war es verkehrt, auf einer vollrobotisierten Welt mit Funksprechgeräten zu arbeiten. Wir konnten von jedem Posbi mühelos angepeilt werden.

Ich zog das Kabel aus der Brustrolle und steckte es in Rhodans Kontakte. Gucky und Anztan folgten meinem Beispiel.

„In Ordnung, das hat geklappt“, hörte ich Perrys Stimme.

Wenn ich auf die Panzerplastscheibe meines Helmes sah, gewahrte ich nur tiefste Dunkelheit. Sie war so vollkommen, daß ich den vor mir stehenden Terraner nicht entdecken konnte.

„Gucky, wie kräftig fühlst du dich?“ erkundigte ich mich hastig.

„Zur Not kann ich schon springen, aber eigentlich brauche ich noch eine halbe Stunde. Was war mit mir los? Keiner hat mir etwas gesagt. Wo ist Jefe mit der THEODERICH?“

„Hoffentlich nicht im Jenseits“, orakelte der Arawissenschaftler.

„Ich will wissen, was mit mir los war“, beharrte der Mausbiber. „Ich wollte das Maschinenschott öffnen, und da war es plötzlich aus.“

„Stimmt, aber jetzt bist du wieder bei Bewußtsein“, warf Rhodan ein. „Keine Fragen mehr. Wir befinden uns auf Everblack und...“

„Das habe ich auch schon erfaßt!“ rief Gucky gekränkt dazwischen. „Mit dem Blechhaufen werde ich allein fertig.“

„Angeber“, murmelte ich in mein Mikrophon. „Wenn mich nicht alles täuscht, haben uns die Posbis in zehn Minuten eingefangen. Auf alle Fälle wissen sie, daß wir angekommen sind.“

Anztans wissenschaftliches Interesse erwachte. Ich hatte schon früher bemerkt, daß er Gefahren und Nöte schnell vergaß, wenn er sich angesprochen fühlte.

„Sie sollten bedenken, daß wir nicht als organisch lebende Wesen, sondern als Roboter gekommen sind. Die verankerte Liebe der Posbis zu mechanischen Geschöpfen mit oder ohne synthetischen Gehirnsektor ist erwiesen. Ich sehe nicht ein, warum sich die Maske auf Everblack nicht bewähren sollte.“

Ich dachte an die eingebauten Individualabsorber. Tatsächlich verhinderten sie die Abstrahlung unserer Körperimpulse so vollendet, daß sogar die Mutanten des Korps getäuscht worden waren.

„Solange sich die Posbis nicht für unser Innenleben interessieren, mag das stimmen“, erwiderte ich.

Inzwischen hatte Gucky sich so weit von uns entfernt, wie es die Kabelverbindung zuließ. Er spähte um die Ecke der Halle. Wenn ich den Blick auf den Ringschirm meiner I-Optik richtete, so gewahrte ich eine im höchsten Maß technisierte Umwelt. Ich erinnerte mich an den Bericht des Robotikers Van Moders, der den Einsatz auf Frago mitgemacht hatte.

Frago, ebenfalls eine Dunkelwelt der Biorobots, schien sich in keiner Weise von Everblack zu unterscheiden, wenn man einmal davon absah, daß dort keine Transportschiffe der Posbis gesehen worden waren. Van Moders hatte ausschließlich Industrieanlagen für die verschiedenartigsten Zwecke gefunden.

Everblacks Oberfläche hatte – aus dem leeren Raum betrachtet – ebenfalls einer ineinander verschachtelten Einheit geglichen. Wir hatten während des Landeanflugs sorgfältig geprüft. Natürlich hatten wir nicht erwartet, grüne Ebenen und plätschernde Bäche zu entdekken. Das war auf einer luftleeren Welt ohne Sonne ausgeschlossen.

„Ich wollte, die Vierzehnte Flotte wäre schon hier“, seufzte Anztan.

„Es tut mir leid, Sie in Gefahr gebracht zu haben, Doktor“, entschuldigte Rhodan sich. „Die Vierzehnte ist einsatzklar und speziell für einen Fernflug ausgerüstet. Wenn Claudrin sofort einen Funkspruch absetzte, dürften die Schiffe zu dieser Zeit in Marsch gesetzt werden.“

Ich sagte nichts. Es war klar, daß Reginald Bull vor sechzig Stunden nicht hier sein konnte.

Gucky schaltete sich ein. „Ich orte viele Impulse. Sie sind schwach. Wohin gehen wir?“

Ich sah mich um. Die technifizierte Umwelt von Everblack bot Millionen Verstecke, nur fragte es sich, wie lange wir uns tatsächlich verbergen konnten.

„Wir lösen die Steckkontakte“, ordnete Perry an. „Ab sofort herrscht strengste Funkstille, die nur in äußersten Notfällen unterbrochen werden darf. Wir bleiben zusammen. Wir müssen dafür sorgen, daß wir uns nicht aus den Augen verlieren. Also haben wir uns immer gegenseitig zu beobachten. Gucky dient zusätzlich als Verbindungsmann. Kleiner – wo stecken die Posbis?“

„Hauptsächlich auf dem Landefeld. Rechts und links sind auch welche. Ich führe euch.“

Er wandte sich um, ohne uns noch einen Blick zu schenken. Ich zog das Kabel aus dem Stecker und drückte auf den Federmechanismus der Trommel. Sie spulte die Schnur auf.

Meine Außenmikrophone nahmen keine Geräusche auf. Die Lufthülle fehlte überall. Die Ausbreitung von Schallwellen war unmöglich. Nur wenn wir mit den Rüstungen irgendwo anstießen oder die Leichtstahlrippen der Stiefelsohlen auf dem Metallbelag des Bodens klackten, kam es zu Resonanzschwingungen, die ich als undefinierbare Laute vernahm.

Weiter vorn schwangen die Tore der Halle zurück. In ihr war es dunkler als auf der Oberfläche. Wahrscheinlich gab es in dem Hangar keine Wärmequellen.

Gegen die Öffnung zeichneten sich einige menschenhohe Gestalten ab. Anztan griff zu seiner Waffe. Ich legte ihm die Hand auf den Arm und drückte ihn nach unten. Es war sinnlos, jetzt schon zu schießen.

Der Summer meines Symbolempfängers sprach an. Ich drehte den Kopf und sah nach oben. Das wichtige Gerät war eine Handbreit über meiner Stirn eingebaut.

Der Simultanübersetzer zeigte Grünwert. Der einlaufende Spruch, der lediglich aus Symbolgruppen bestand, wurde vollautomatisch in verständliche Laute umgewandelt. Wenn wir selbst senden wollten, vollzog sich der Vorgang in umgekehrter Reihenfolge.

Das Summen verstärkte sich. Rhodan klopfte mit der gepanzerten Knöchelverkleidung seines Handschuhs gegen die Brustplatte meiner Rüstung. Ich winkte bestätigend. Jeder von uns schien die Nachricht zu empfangen.

Dennoch fuhr ich zusammen, als der Lautsprecher des Symbolempfängers zu arbeiten begann. Die Nachricht überraschte mich nicht. Den gleichen Wortlaut hatten wir seit dem Auftauchen der Posbis schon oft vernommen.

„Seid ihr wahres Leben?“ fragte jemand unmoduliert an.

Rhodan pochte wieder gegen meine Rüstung und gab mir ein Zeichen. Ich verstand, daß ich antworten sollte.

Rasch kippte ich den Außenschalter der Symbolanlage nach unten.

Vorsichtig entgegnete ich: „Wir sind wahres Leben, wir danken dem wahren Leben. Wir fürchten uns. Eure Welt ist hell.“

Plötzlich wimmerte Gucky. Ich wandte mich rasch um, und da sah ich, daß er seine Hände nach oben gezogen hatte, als wollte er sich die Ohren zuhalten. Die Werkzeugarme hingen schlaff aus dem oberen Brustteil seiner Rüstung herab.

„Was ist los?“ fragte ich beunruhigt. „Kleiner, so antworte doch. Was hörst du?“

„Unklare Gefühlsäußerungen, die aber alle etwas mit Unheil zu tun haben. Starke Schwingungen, die nicht von den winzigen Plasmagehirnen der Robots stammen. Die Sendung ist viel intensiver.“

„Einpeilen, Standort feststellen!“ befahl Rhodan.

Ich verstand erst Sekunden später, wie schnell der Terraner die Sachlage erfaßt hatte. Er war und blieb ein „Sofortumschalter“.

Mein Symbolempfänger sprach wieder an. „Wir grüßen das wahre Leben. Verdunkelt eure Aufnahme. Unsere Welt muß hell sein.“

Wenn ich nicht vollkommen zweigleisig gedacht hätte, wäre die

Nachricht unverständlich gewesen. Der Hinweis auf die angebliche Lichtflut bewies unsere „Roboteridentität" eindeutiger als stundenlange Erklärungen. Nur mechanische Geschöpfe mit besonderen Einrichtungen konnten Everblacks Wärmestrahlung als hell empfinden. Wir hatten uns damit vom organischen Leben grundlegend distanziert.

Der Planet Mechanica und die drei Robotschiffe fielen mir ein. Welchen Ausdruck hatten die Steuergehirne des Saatschiffs immer gebraucht?

„Erbauer!" half mir mein fotografisches Gedächtnis aus.

Ich handelte blitzschnell. Rhodan, Anztan und Gucky zogen sich bereits zurück. Im dunklen Hallentor wimmelte es von Posbis. Es kamen immer mehr. Sie standen reglos da und sahen zu uns herüber.

Ich jonglierte mit dem Begriff „Erbauer". Dabei hoffte ich, daß die Vermutungen der terranischen Wissenschaftler wenigstens ungefähr begründet waren. Wenn die Posbis von den Mechanica-Intelligenzen gebaut worden waren, mußten sie das Wort kennen. Es gab viele Möglichkeiten, die über Tod oder Leben entschieden.

Ich begann erneut zu sprechen. Symbolsender und Simultanübersetzer arbeiteten exakt. „Unsere Erbauer warnten vor Helligkeit. Ihr lügt. Ihr seid kein wahres Leben. Ihr habt uns angegriffen, doch wir sind wahres Leben. Unser großer Trägerkörper explodierte. Wie könnte wahres Leben die Nachkommen der Erbauer zerstören?"

Das war rein robotpsychologisch gedacht. Ich hatte vor, die Existenz unserer „Positrongehirne" zu beweisen, ohne direkt davon zu sprechen. Die mechanische Auswertung der Posbis mußte die Erklärung akzeptieren. Ich hatte sinngemäß ein Rechenergebnis mitgeteilt, das verdeutlicht bedeutete: „Wir sind Roboter, also wahres Leben. Wenn ihr auf uns schießt, könnt ihr keine Robots sein, denn wahres Leben bekämpft sich nicht. Ihr lügt."

Rhodan korrigierte mich nicht mehr. Er schien zu ahnen, daß ich meine Erfahrungen mit dem zerstörten Robotregenten des Arkonidenreichs ausspielte. Eine Gefahrenquelle gab es trotzdem.

Wenn uns die Posbis für Maschinen hielten, so mußte ihre Logikberechnung die Frage aufwerfen, wieso wir nicht auf die Idee kamen, sie, die Posbis, könnten unsere Space-Jet versehentlich vernichtet haben.

Ich redete mir ein, sie würden uns für zweitrangige Konstruktionen halten, die zu solchen Erkenntnissen nicht fähig waren.

Ja – das war die Lösung. Wenn der Gegner so vollkommen war, wie es allgemein behauptet wurde, mußte die Erkenntnis über unsere Unterentwicklung wenigstens von den mechanischen Rechengehirnen ermittelt werden. Wie die Gefühlssektoren darauf ansprachen, war eine andere Frage.

Ich mußte noch etwas tun, um die Plasmazusätze ebenfalls in Sicherheit zu wiegen.

Behutsam ging ich auf die wartenden Freunde zu. Gucky war verstummt. Anscheinend hatte er einen Willensblock errichtet. Er, unser fähigster Telepath, besaß noch Möglichkeiten, die von Perry vermutete Zentralstation ausfindig zu machen.

Oder war Rhodan gar nicht auf einen solchen Gedanken gekommen, als er den Mausbiber angewiesen hatte, den Ausgangspunkt der überstarken Impulsschwingungen anzupeilen?

Das Summen meines Empfängers lenkte meine Überlegungen auf andere Bahnen.

„Wir sind wahres Leben. Wir bedauern den Untergang eures Trägerkörpers. Wir haben ihn nicht beschossen. Es war ein Unfall. Wir lügen nicht. Wir lieben euch und helfen euch. Kommt. . ."

Ich schritt schneller aus.

„Schneller", drängte Rhodan. „Sie bewegen sich. Gucky hat einen Fluchtweg gefunden."

Wieder klang die Stimme so leise, daß ich sie kaum verstehen konnte. Rhodan arbeitete mit dem Bruchteil von einem Watt Sendeenergie. Außerdem verwendete er die Zerhackerschaltung. Wenn wir von den Posbis doch gehört wurden, so würde eine Entschlüsselung schwierig sein.

„Kommt! Wir sind wahres Leben", lautete die nächste Aufforderung. Obwohl sie nach wie vor unmoduliert war, glaubte ich eine Verärgerung herauszuhören. Ich griff zum letzten Mittel. Die Posbipositronik schien von unserer Identität überzeugt zu sein. Jetzt galt es, die Zusatzgehirne für uns zu gewinnen.

Ich gab in rascher Folge durch: „Angst – Flucht – Lügen – Gefahr – Warnung Erbauer – Angst – Angst – Angst – Angst. . ."

„Folge uns“, teilte Perry mit. Seine Stimme klang lauter. Wahrscheinlich hatte er erregt in sein Mikrophon geschrien. Er schien verstanden zu haben, was ich mit meiner Sendung bezweckte.

Ich hörte Dr. Anztan sprechen. Er benutzte seinen Symbolsender und gab ebenfalls bruchstückhafte Worte durch, die ohne weiteres als unkontrollierbare Ausstrahlung eines vor dem Zusammenbruch stehenden Robotgehirns aufgefaßt werden konnten.

Rhodan und Gucky fielen ein. Gleichzeitig begannen wir zu rennen. Nach wenigen Schritten erhob sich Rhodan über den Boden. Sein Impulstriebwerk lief schon.

Als er mit hoher Fahrt davonflog, schaltete ich ebenfalls um. Anztan brauchte einige Zeit, um seine Rüstung abzuheben.

Gucky steuerte auf die gewaltigen Stahlkonstruktionen jenseits des Landefelds zu. Je näher wir kamen, um so unübersichtlicher wurden die Anlagen.

Gittermasten von verschiedenen Höhen engten den Blick in die Ferne ein. Es waren immer nur Bruchstücke zu bemerken. Riesige Turmbauten, Silos gleich, reckten sich in die Düsternis des Everblack-Himmels. Wenn ich meine Schwenkdüse nach unten drückte und dadurch in die Höhe stieg, tauchte über dem Horizont die schmale Sichel der Milchstraße auf.

Während unserer Flucht empfingen wir immer wieder die Anrufe der Posbis. Dabei kam ich erstmals auf die Idee, daß die prompten und folgerichtigen Antworten nicht von jenen Maschinen stammten, die wir im Hangartor beobachtet hatten.

Wahrscheinlich hatte sich eine Zentralstation eingeschaltet. Dadurch wurde die Situation noch unwirklicher.

Zahllose Fragen türmten sich auf. Ich überquerte eine Hochstraße, die lediglich aus einem energetischen Gitterrost bestand, auf dem formlose Materieklumpen transportiert wurden.

Dicke Rohrleitungen vollendeten den Eindruck von einer chemischen Fabrik, die ebensogut ein Kunststoffwerk oder eine Transformstation zur Umwandlung minderwertiger Grundstoffe in schmelzfähige Erze sein konnte.

Vier- und sechshundert Meter hohe Türme, schlanken Minaretten gleich, dienten der Energieübertragung, Isolationsschirme ersetzten die Kabelverbindungen. Der Kraftfluß bewegte sich von Turmspitze zu Turmspitze. Hier und da kam es zu Entladungen, deren Blitze Everblack für Sekundenbruchteile mit strahlender Helligkeit überfluteten.

Gucky flog in halsbrecherischer Fahrt zwischen Hochstraßen, Rohrsystemen und abstrakt verwinkelten Bauten hindurch, bis er zwischen bienenkorbähnlichen Konstruktionen zur Landung ansetzte.

Mein Energietaster sprach an. In den mehr als hundert Meter hohen Schalen liefen gewaltige Kernprozesse ab. Wir hatten ein Kraftwerk gefunden, dessen Ausstrahlungen unsere Ortung erschwerte.

Obwohl der Flug keine körperlichen Anstrengungen erfordert hatte, setzte ich schweratmend auf. Sofort stellten wir wieder die Kabelverbindungen zwischen den Anzügen her, um die Abhörgefahr auszuschalten.

Ich hörte Anztan keuchen. Auch der sportlich gestählte Terraner schien eine plötzliche Schwäche zu spüren.

„Essen!" ordnete er in lakonischer Kürze an. „Die Konzentrate sind mit allen wertvollen Aufbaustoffen angereichert. Anschließend nehmen wir eine Regenerierungstablette. Greift nur nicht zu aufputschenden Mitteln. Sie sind giftig, auch wenn man im ersten Augenblick das Gefühl hat, man könnte Bäume ausreißen."

„Wem sagen Sie das", seufzte der Arawissenschaftler. „Eine Stunde Schlaf würde genügen."

„Wenn wir für immer schlafen wollen, dann brauchen wir jetzt nur gemeinsam die Augen zu schließen", warnte Perry. Gucky hatte sich auf den Boden gelegt. „Wie fühlst du dich, Kleiner?"

„Viel besser als vorher."

„Sagtest du: besser?"

„Klar. Ich habe ja lange genug geschlafen. Oder ist Besinnungslosigkeit etwas anderes?"

„Sagen wir – die Zustände sind artverwandt. Kannst du wieder teleportieren?"

„In zehn Minuten. Hörst du die Impulse? Na ja, natürlich nicht", fügte er überheblich hinzu. „Die Sache ist ein großartiges Spielchen. Mich würden die Brüder nie erwischen."

„Das ist ein schlechter Ausdruck. Du meinst die Posbis."

Der Mausbiber lachte. Ich nahm das Konzentrat zu mir. Anschließend schluckte ich die Regenerierungstablette aus der Hexenküche der Aras. Das Präparat ersetzte den Schlaf durch eine sehr schnelle Zellkernaktivierung und Stoffwechselsäuberung. Eine indirekte Blutwäsche war auch damit verbunden. Das Mittel begann nach zehn Minuten zu wirken. Wenn man zusätzlich wenigstens dreißig Minuten ruhen konnte, war es, als hätte man sich zwölf Stunden entspannt.

Mein Hungergefühl verging. Ich erlaubte mir noch einen Viertelliter Flüssigkeit, in der alle wichtigen Vitamine und Spurenstoffe enthalten waren. Anschließend legte ich mich ebenfalls auf die Metallplatten des Bodenbelags und schloß für einige Augenblicke die Augen.

Auf meiner Brust pochte der Zellaktivator. Auch er würde mir neue Kräfte verleihen.

Rhodan und Anztan folgten meinem Beispiel. Gucky blieb wach. Die Ruhe tat uns gut. Wenn uns die Posbis nur für eine Viertelstunde nicht belästigten, sah die Situation wieder besser aus.

Ich fiel in einen leichten Schlummer, aus dem mich Guckys Stimme weckte. „Aufstehen, sie kommen."

Unsere Deckung war gut, und die Abwehrschirme der Rüstungen waren noch besser. Wir konnten mehr Energie absorbieren oder reflektieren, als es mit einem tragbaren Gerät üblicher Ausführung möglich gewesen wäre.

Ich hatte alle Tricks der Robotpsychologie angewendet, aber nun wollten die rätselhaften Befehlshaber der Posbis wissen, wer auf ihrer Welt gelandet war.

Immer wieder hatte ich von unserer Angst und dem zerstörten „Trägerkörper" gesprochen. Ich hatte es so hingestellt, als sei das Raumboot ein Bestandteil von uns gewesen.

Die Antworten hatten bewiesen, daß der starke Individualabsorber des Kleinraumschiffs bis zuletzt funktioniert hatte. Von Tuner und seinen sechs Männern war kein organischer Impuls aufgefangen worden. Damit hatte ich schon gerechnet und den Hinhalteplan darauf aufgebaut.

Nun waren alle Möglichkeiten erschöpft. Die Flucht führte uns von einer Industriestation zur anderen.

Wenn Everblack jemals Kontinente besessen hatte, so waren deren Grenzen nicht mehr zu entdecken. Eine Mammutanlage reihte sich an die andere. Eine solche Industriedichte gab es noch nicht einmal auf Arkon III, obwohl meine Vorfahren zwanzigtausend Jahre lang gebaut hatten.

Zur Zeit befanden wir uns etwa achtzig Kilometer von dem Ort unserer Rast entfernt. Die Posbis waren jedoch überall. Zu meiner Überraschung hatte ich bei dem Rückzugsgefecht Maschinen gesehen, die jenen glichen, die wir seinerzeit auf Mechanica beobachtet hatten. Leider ließ sich noch nicht eindeutig klären, ob die Posbis ursprünglich aus den Werkstätten der ausgestorbenen Echsenwesen von Mechanica stammten.

Ich stand hinter einer Maschine. Wir waren von allen Seiten eingeschlossen worden. Verwunderlich war nur die Tatsache, daß man bisher noch keinen Versuch gemacht hatte, uns mit wirkungsvollen Waffen zu bekämpfen.

Wir hatten anfänglich Schockwellen registriert, die aber alle von unseren Schutzschirmen abgewehrt worden waren.

Anschließend hatten es die Posbis mit typischen Antirobot-Waffen versucht. Wir waren von schnellen Projektilen überschüttet worden, die bei ihrer Detonation hochionisierte Gase abgeblasen hatten.

Augenblicklich herrschte Ruhe. Nur die Symbolempfänger sprachen ununterbrochen an. Wir wurden in einem fast zärtlichen Tonfall aufgefordert, unseren aus der Angst geborenen Widerstand aufzugeben. Man wollte nur kontrollieren, ob wir tatsächlich wahres Leben waren, wozu eine einfache Demontage mit darauffolgender Wiederherstellung erforderlich war.

Meine Augen waren feucht geworden, als das Wort „Demontage“ gefallen war. Die Posbis glaubten meine Geschichte, jedoch wollten sie nachsehen, ob wir „echt“ waren.

Perry befürchtete, daß die Individualabsorber ausgedient hatten. Die Posbis ließen sich nicht mehr vorbehaltlos täuschen wie bei früheren Einsätzen. Jetzt wollten sie es genau wissen.

Wir konnten von Glück reden, daß man uns noch nicht mit

leistungsfähigen Waffen angegriffen hatte, immer in der Hoffnung, man könnte uns ja wieder reparieren.

Ich war jedenfalls nicht daran interessiert, von einem Posbi nach allen Regeln der Kunst auseinandergenommen zu werden.

„Stellungswechsel in einer Minute", ertönte Rhodans Stimme deutlich aus meinem Helmradio.

Seit dem offenen Angriff hatten wir auf Funkstille verzichtet. Wir waren ja trotzdem geortet worden.

„Ziel ist der Nachbarsaal. Ich schneide mit meinem Desintegrator ein Loch in die Trennwand. Fertig? Gucky, was hast du draußen entdeckt?"

Der Mausbiber war soeben von einem Teleportsprung zurückgekehrt. Er hatte sich umgesehen. „Viel – zu viel. Eine ganze Armee steht auf dem Werkgelände. Wo kommen die nur alle her?"

Dr. Anztan ließ einen Laut hören, der seine Furcht bekundete. Wir hatten uns bemüht, den alten Mann so gut wie möglich zu entlasten.

Während Rhodans Desintegrator zu flimmern begann und die gegenüberliegende Metallwand zerbröckelte, machte ich ein Experiment. Ich ging langsam ins Ziel, preßte den Impulsstrahler gegen die Rüstungsplatte und schaltete gleichzeitig mein Symbolgerät auf höchste Lautstärke.

Hinter einer anderen Maschine stand ein Posbi. Diese seltsamen Geschöpfe vermieden es weitgehend, von uns gesehen zu werden. Acht Stück hatte ich aber schon abgeschossen. Jedesmal war mir etwas aufgefallen, was ich nun näher ergründen wollte. Ich ahnte, einem Geheimnis auf der Spur zu sein.

Ich wartete, bis ich einen glänzenden Fleck sah und zog durch. Der Thermostrahler entlud sich lautlos. Die Schwingungen der Waffe wurden für mich auch nicht fühlbar, da das Schulterstück gut isoliert war.

Die sonnenhelle Glut des Energiestrahls wurde auf meinem I-Schirm erkennbar. Weit vorn schlug die Entladung ein. Die Maschine explodierte, und der Posbi wurde davongeschleudert.

Kein Dröhnen störte mich. So lauschte ich aufmerksam, bis der Empfänger wieder ansprach. Es war ein eigenartiger Impuls, den ich schließlich als Notzeichen identifizierte. Der Simultanübersetzer arbeitete in diesem Fall unbefriedigend. Anscheinend konnte er das Zeichen nicht deuten. Es klang wie „hoeiii – hoeiii. . ."

Mehrere Posbis eilten auf den schwerbeschädigten Körper zu und zerrten ihn so schnell hinter die nächste Deckung, daß ich nichts mehr beobachten konnte. Weshalb unternahm man diese Rettungsaktion? War es bei der Massenfabrikation nicht gleichgültig, ob ein Roboter nun an Ort und Stelle ausglühte oder anderswo?

Dr. Anztan hatte das Geschehnis verfolgt.

„Sehr eigenartig, meinen Sie nicht auch?" rief er mir über Helmradio zu. „Ich werde eine Lösung finden."

„Da müssen Sie sich aber beeilen!" rief Rhodan. „Alles fertig? Los!"

Wir richteten uns auf und begannen zu rennen. Nur wenige Ionisationsschüsse wurden uns nachgeschickt. An unserem alten Standort zerplatzte ein Körper, aus dem eine klebrige Masse hervorquoll.

„Sie wollen uns einleimen!" schrie Gucky empört.

Er drehte sich um, verharrte mitten in der Wandöffnung und aktivierte seine Parasinne. Die grünliche Flut erhob sich vom Boden, bildete lange Fäden und flog dann nach rechts. Zwei unvorsichtige Posbis wurden davon eingedeckt. Die verzweifelten Abwehrbewegungen der Roboter erstarben nach wenigen Augenblicken. Steif wie Holzpuppen kippten sie um.

Ich sprang schleunigst in den anderen Saal hinein. Hier liefen ebenfalls Maschinen. Endlose Kabelstränge, noch dampfend vom Isolationsprozeß, schossen mit großer Geschwindigkeit aus Tausenden von Düsen.

Posbis waren augenblicklich keine zu sehen, aber das änderte sich bald. Wir gingen erneut in Deckung und eröffneten das Wirkungsfeuer. Ich schaltete meine Optik auf schwächste Empfangsleistung zurück. Das violette Glühen der Energiebahnen wurde so gedämpft, daß sie nur noch wie dunkelrote Leuchtfäden wirkten.

Überall explodierten Gerätschaften. Wir schossen wahllos in das Gewimmel hinein, und wieder verschafften wir uns überraschend schnell Luft. Das Rettungsphänomen lief erneut ab. Sobald ein Posbi stürzte, vergaßen andere Bios ihren Angriff und schleppten die dampfenden Wracks ab. Jedesmal vernahm ich den eigenartigen Laut.

Rhodan rief dem Mausbiber zu, uns der Reihe nach an einen wenigstens dreißig Kilometer entfernten Ort zu bringen. Es war der letzte Fluchtweg. Anztan sollte zuerst transportiert werden. Vor jeder Teleportation mußten die Schutzschirme kurz abgeschaltet werden.

Gucky huschte aus seiner Deckung hervor, ließ sich von dem Ara umklammern und erstarrte in seiner paramechanischen Konzentration. Im selben Augenblick geschah etwas, was ich schon lange erwartet hatte. Jetzt war es vorbei mit der Jagd auf Maschinen.

In meinem Panzer klang ein Säuseln auf, das sich zu einem schmerzhaft werdenden Singen steigerte. Das Geräusch wurde immer lauter. Ich fühlte, daß die Rüstung zu schwingen begann.

„Vibrationsstrahler!“ schrie Rhodan. „Vorsicht! Die Energieschirme leiten das Beben weiter! Gucky, beeile dich!“

Ich konnte kaum noch Perrys Worte verstehen. Überall klirrten und rasselten die Kontrollinstrumente meiner Rüstung. Es gab kein Gerät mehr, das auf die Vibrationen nicht angesprochen hätte.

Ich erkannte, daß uns die Posbis mechanisch untauglich machen wollten. Wahrscheinlich arbeiteten sie augenblicklich mit geringer Intensität, um den Erfolg abzuwarten.

Anztan hatte sich von Gucky gelöst. Der Kleine schien sich unter diesem Beschuß nicht konzentrieren zu können.

„... ahler – nell – Einsa...“

Mehr konnte ich von Anztans Worten nicht verstehen, aber ich ahnte, was er hatte sagen wollen. Auch Rhodan hielt den Zeitpunkt zum Einsatz unserer neuartigen Waffe für gekommen. Bisher hatten wir darauf verzichtet, die posbimodulierten Narkosestrahler anzuwenden. Wir hatten so lange wie möglich warten wollen.

Von Kopfschmerzen geplagt, zerrte ich das unförmige Gerät aus der Magnethalterung des Kombigürtels. Es glich einer dicken Röhre mit Formgriffstück. Ohne noch zielen zu können, drückte ich auf den Auslöser. Das Arbeitsgeräusch der Waffe konnte ich nicht hören. Ich streute die Umgebung ab.

Obwohl es in meinen Ohren noch immer heulte, spürte ich, daß der Vibrationsangriff nachgelassen hatte. Ich feuerte weiter. Mit dem breiten Streuwinkel konnte die gesamte Halle erfaßt werden.

Es dauerte Minuten, bis ich wieder etwas hören konnte. Mein Gesichtssinn klärte sich langsam.

Vor meinen Füßen lag der Ara. Gucky krümmte sich auf dem Boden und schlug mit den Elastoarmen um sich. Rhodans Rüstung schwankte wie ein Rohr im Wind, aber er stand immerhin noch auf den Füßen.

Ich wollte fragen, warum er wie ein Verrückter schrie. Wieder dauerte es eine Weile, bis mein umnebelter Verstand die Tatsachen erfaßte.

Vor, neben und hinter uns liefen unwirkliche Szenen ab. Sie glichen kitschigen Gruselfilmen, und dennoch waren sie Wirklichkeit.

„Man könnte den Verstand verlieren“, sagte Rhodan.

Seine Stimme war klar zu verstehen. Dazwischen klangen aber andere Laute auf. Sie hatten den blechernen Tonfall des Simultanübersetzers und bedeuteten wortgemäß: „Liebt das Innere, rettet das Innere.“

Diese Bitte, die wahrscheinlich mehr ein Befehl an alle Posbis war, wurde über Funk mit einer solchen Lautstärke durchgegeben, wie wir es auf Everblack bisher noch nicht erlebt hatten. Immer wieder hörten wir die Worte: „Liebt das Innere, rettet das Innere.“

Ich zog mich taumelnd in meine Deckung zurück. Perry folgte. Niemand kümmerte sich um uns. Nur drei Meter entfernt rotierte ein Posbi. Er lag flach auf dem Boden und schlug mit den vier Gliedmaßen um sich.

Wenige Schritte weiter stand eine völlig unbeschädigte Maschine. Sie war damit beschäftigt, mit ausgefahrenen Werkzeugtentakeln Arme, Beine und Brustplatten abzunehmen.

Wohin wir auch blickten: Tausende von Posbis demontierten sich selbst.

Ich wollte mir über die Augen wischen, aber meine Hände schlugen gegen das Metall der Rüstung. Ich hatte sie nicht aus den Elastohüllen gezogen.

„Das kann doch nicht wahr sein!“ rief Rhodan stockend. „Was ist geschehen? Hörst du die Rufe? Jemand soll das Innere retten. Was ist das Innere? Bin ich verrückt geworden? Warum greift man uns nicht mehr an?“

„Die – die Narkosestrahlung hat die Plasmagehirne betäubt", stammelte ich fassungslos. „Nein, frage mich nicht nach Dingen, die ich auch nicht erklären kann. Ich weiß nur, daß die neuen Strahler einwandfrei arbeiten. Die Posbis drehen durch."

„Aber wieso zerlegen sie sich selbst? Das ist unsinnig. Was bedeutet der Funkspruch?"

„Ich habe die Erklärung", meldete sich der Ara.

Er stand auf, und ich zerrte ihn zur Seite. Ein rasend gewordener Posbi kam durch den Quergang gerannt, übersprang seine selbstmörderischen Gefährten und prallte dann mit voller Wucht gegen eine Maschine. Er sprang zurück und wiederholte das Experiment, bis er mit zerschmetterten Brustplatten liegenblieb.

Seine Arme arbeiteten unverdrossen weiter. Sie zerrten an der Kopfhülle und rissen sie ab. Als das geschehen war, begann die offenliegende Gehirnpositronik ultrahell zu leuchten. Ich zählte fünf Intervalle pro Sekunde.

„Nicht schießen", warnte Anztan. Er war erschöpft. Ich mußte ihn stützen. „Ncht schießen, es ist nicht mehr notwendig. Ich habe des Rätsels Lösung gefunden."

„Reden Sie doch!" schrie ich ihn an. Ich war am Ende meiner Nervenkraft angelangt.

Anztan erklärte: „Es muß auf Everblack *zwei* Kommandoeinheiten geben. Das Zentralplasma und eine Großpositronik. Beide Einheiten kommunizieren mittels der hypertoyktischen Verzahnung miteinander. Durch eine gemeinsame Zentralstation stehen sie mit den Posbis in Verbindung. Werden nun vereinzelte Posbis angegriffen und beschädigt, geben die Plasmazusätze ihrer Gehirne über die Positronik einen Notimpuls an die Zentrale. Dabei ertönt das seltsame Signal, das wir gehört haben. Dies führt dazu, daß die ‚verletzten' Posbis von ihren Artgenossen in Sicherheit gebracht werden. Zu diesem Zeitpunkt funktioniert die Zentralstation noch als Einheit zwischen Plasma und Positronik, wobei wahrscheinlich das Plasma dominiert. Anders ist es hingegen, wenn mehrere Posbis *gleichzeitig* beschädigt werden. Die dabei auftretenden Notimpulse versetzen dem Zentralplasma vermutlich einen psychischen Schock, so daß es sich zurückzieht und die Positronik an Dominanz gewinnt. Der Schock bewirkt, daß die Positronik den Befehl, ‚Liebt das Innere, rettet das Innere' erteilt und die Bergungsmaschinen in Bewegung setzt. Sehen Sie – da kommen sie schon. Sie nehmen nur die Stahlkapseln aus den Gehirnen der Roboter."

Ich hatte endgültig verstanden. Erregt beobachteten wir, wie Hunderte von verschiedenartig geformten Maschinen in die Halle glitten, schwebten und hüpften, um bei jedem Posbiwrack für einige Augenblicke zu verweilen. Sie nahmen silberglänzende Kapseln an sich, speicherten sie in einem Magazin und gaben den Vorrat anschließend an fliegende Einheiten ab, die nach der Beladung mit hoher Fahrt verschwanden. Dabei flogen sie einfach durch die berstende Decke der Maschinenhalle. Auf Everblack schien nichts wichtiger zu sein, als die Erhaltung des Bioplasmas.

Wenn die Robots davon befreit waren, zerschmolzen sie unter grellen Leuchterscheinungen zu Metallfladen. Also war mit der Entfernung der Zusatzgehirne die Selbstvernichtung verbunden.

Gucky fiel mir ein. Ich drehte mich um. Er lag auf dem Boden und wand sich in Qualen. Dabei war aber kein Laut zu hören. Ich entdeckte mit einem Blick auf seine Außenkontrollen, daß er sein Helmradio abgeschaltet hatte.

Ich rannte nach vorn, schaltete meinen Energieschirm ab, bückte mich zu hastig, stürzte und schlug mit dem Kinn gegen die Steuerautomatik der Klimaanlage. Als ich Guckys Gerät einschaltete, hörten wir seine Schreie.

Wir riefen ihn an. Rhodan spülte mit dem Regler frischen Sauerstoff ein. Als das nicht half, riß ich die Klappe für Notinjektionen auf. Auch daran hatten die terranischen Ingenieure gedacht.

Die Automatspritze enthielt ein nervenausschaltendes Mittel, das jedoch nicht den Geist angriff. Ich preßte den Kopf nach unten. Augenblicke später kam der Kleine zu sich. Mit einem letzten Stöhnen verstummte er. Seine großen Augen waren hinter dem Helmglas zu sehen. Er erfaßte die Lage. Er schaltete seinen Schirm wieder ein, und wir folgten seinem Beispiel.

„Sie geben alle Notsignale auf telepathischer Basis!" rief er uns verstört zu. „Was hast du mit mir gemacht? Ich fühle nichts mehr . Was hast du gemacht?"

„Es geht gleich vorüber. Deine Nerven sind betäubt worden. Was war los?“

„Fürchterlich. Als ihr mit euren Strahlern geschossen habt, fing ein Wimmern und Heulen an, als starteten tausend Raumschiffe auf einmal. So ungefähr hörte es sich an. Ich wurde überrascht, ehe ich meinen Monoblock vorlegen konnte.“

„In Ordnung, Kleiner, beruhige dich. Wir haben das Mittel gegen die Posbis gefunden.“

„Es war fürchterlich“, sagte Gucky nochmals. „Dieses Wimmern haben wir schon früher gehört. Es kann nur von den Plasmazentren stammen. Sie fürchten sich, sie schreien um Hilfe.“

Das bestätigte Anztans Theorie.

„Wir verlassen die Halle“, ordnete Perry sachlich an. Er hatte den Schock überwunden. „Fliegt durch die Löcher in der Decke. Gucky, kannst du jetzt die Zentrale ausmachen?“

Der Kleine sprang auf. Die Injektion hatte Wunder gewirkt.

Wir aktivierten die Flugkontrollen und stiegen empor. Niemand kümmerte sich um uns. Wir ließen einen Schrotthaufen zurück. Viele hundert Spezialmaschinen, die nur auf die Rettung der Plasmakapseln eingestellt waren, rannten und rollten in der Halle umher. Es lief kein Gerät mehr. Die unbekannte Zentrale mußte abgeschaltet haben. Ein weiteres Zeichen dafür, wie wichtig die kleinen Bioplastklumpen waren.

Wir flogen hinaus in die ewige Nacht des Planeten EVERBLACK. Gucky gab an, den Standort der Zentrale eingepeilt zu haben. Sie war ungefähr achthundert Kilometer entfernt.

„Die Bergungseinheiten besitzen übrigens keine Plasmazusätze, wie ich mich inzwischen überzeugen konnte. Sie reagieren nicht auf Narkosestrahlen“, gab Dr. Anztan durch. „Demnach gibt es hier zwei verschiedene Robotertypen. Diese Tatsache ist nur logisch, denn wenn die Plasmazusätze der Posbis in Gefahr kommen, können sie nur durch plasmalose Roboter gerettet werden. Anderenfalls wäre eine Bergung nicht möglich, weil Maschinen mit Plasmazusatz der gleichen Gefahr unterliegen würden wie die zu rettenden Roboter.“

Mir blieb keine Zeit, mich mit dieser Neuigkeit näher zu befassen. Ich sah auf die Uhr und lachte bitter.

Seit unserer Landung waren vier Stunden und zweiunddreißig Minuten vergangen. So lange hatten wir uns durchschlagen können. Die geringe Zeitspanne war mir wie eine Ewigkeit erschienen. Wenn sich Bully sehr beeilt hatte, so konnte er jetzt die zweite oder gar dritte Linearetappe einleiten. Auch er mußte sich den technischen Notwendigkeiten beugen.

Gucky gab bekannt, daß wir uns der Zentrale näherten. In den Symbolempfängern tönte noch immer der Ruf: „Liebt das Innere, rettet das Innere!“

Wir dachten nicht daran, nochmals Kopf und Kragen zu riskieren. Diesmal setzten wir die Fähigkeiten des besten Mutanten aus Terras Spezialkorps ein.

Gucky fühlte sich stark genug, um Rhodan, Anztan und mich transportieren zu können. Wir waren erneut geortet worden. In dieser Gegend des Planeten herrschte Ruhe. Wir befanden uns an jenem Ort, den Gucky bereits vor Beginn der Auseinandersetzungen angepeilt hatte. Wir hielten die Narkosewaffen schußbereit. Sie waren für die Posbibekämpfung besser geeignet als alle anderen Waffen.

Etwa zwei Kilometer entfernt, für uns deutlich erkennbar, ragte der größte Turmbau empor, den wir bisher gesehen hatten. Die Höhe war weniger beeindruckend als der Umfang. Im Innern hatte Gucky große Mengen Plasma geortet.

Dieser Turm stand im Mittelpunkt eines Freigeländes, dessen glatte Oberfläche hier und da von kuppelartigen Auswüchsen verziert wurde. Gucky hatte erklärt, das wären automatische Abwehrforts, die man zum Schutz der Zentrale angelegt hatte.

Das Freigelände war außerdem von einem energetischen Sperrgitter umringt. Die Strahlungsbündel schossen mehr als hundert Meter hoch, wo sie in einem Flimmern endeten.

Wir waren am Ziel angekommen, aber von nun an konnte nur noch der Teleporter helfen. Ich hätte es nicht gewagt, die Sperre zu durchbrechen. Ein Überfliegen war nicht ratsam. Wir kannten die vorzüglichen Ortungsgeräte der Posbis. Ihre Zielautomaten waren auch nicht zu verachten.

Unsere Energietaster zeigten an, daß es unter dem Boden Kraftstationen gab. Außerdem vermuteten wir dort ein großes Robotgehirn.

Plasma und mechanische Kommandoelemente lagen dicht beisammen. Beide wurden sie von den Forts geschützt.

Mein Impulsempfänger sprach an.

„Ortung“, sagte Rhodan. „Wir dürften noch zehn Minuten Zeit haben. Ich frage, was die Posbis aus dem Chaos in der Maschinenhalle gelernt haben.“

Wir warteten und beobachteten. Dann gab Perry den Befehl zum Einsatz.

Gucky beförderte Dr. Anztan in den Plasmaturm, dann Perry und zuletzt mich.

Als die Rematerialisierung geschah und meine Augen klar wurden, sah ich mich um. Rhodan, Anztan und Gucky arbeiteten bereits mit ihren Strahlern. Wir waren in einem riesigen Saal gelandet, der anscheinend eine Etage ausfüllte.

Dennoch gab es in diesem Raum kaum einen Fleck, wo man sich frei bewegen konnte. Glockenartige Kuppeln aus transparentem Material, mehr als fünfzig Meter hoch, bedeckten die Bodenfläche. Dazwischen gab es nur schmale Gänge, in denen bereits zahllose Posbis lagen und mit der Demontage beschäftigt waren.

Gucky hatte uns in das Zentrum gebracht. In den Glocken waberten ungeheure Massen des Stoffes, den wir bisher nur in geringen Mengen erbeutet hatten.

Ich fragte nicht lange, sondern schoß ebenfalls. Das Wogen hinter den Wänden verging mehr und mehr, bis der unheimliche Stoff erschlaffte. Das war eine hundertprozentige Narkose, die erfahrungsgemäß wenigstens eine Stunde anhalten mußte.

Rhodan sprang durch die Laufgänge. Ich folgte ihm. Dabei bemerkte ich die Rohrleitungen einer ausgedehnten Klimaanlage; die erste auf Everblack.

„Die Gehirne müssen mit Sauerstoff, Licht und Wärme versorgt werden!“ rief mir Anztan zu. „Jede Kuppel besitzt ihre eigene Versorgung!“

Es wurde zu mühevoll, die Durchgänge zu benutzen. Überall lagen Wachroboter, die von unserem Streufeuer erfaßt worden waren.

Ich schaltete den Antigrav auf einen höheren Wert, stieg mit einem

Schubstoß des Triebwerks zur Decke empor und justierte die Neutralisatorautomatik auf Nullstellung ein.

Gewichtslos schwebte ich im Raum. Ich umklammerte mit einem Werkzeugarm eine Stützsäule, klemmte die Greifer fest und sah mich um.

Von hier aus hatte man einen guten Überblick. Gucky rief uns an. „Es gibt neun Stockwerke. Überall sind Kuppeln mit Plasma aufgestellt. Wir müssen weiter. Die hier haben genug. Oh – die toben vielleicht. Ich muß meinen stärksten Abwehrblock vorlegen. Jetzt geben sie ein Notsignal, das ich vorher nicht gehört habe. Das scheint die höchste Alarmstufe zu sein."

Ich konnte mir vorstellen, was in den Plasmabehältern vorging. Sie waren hilflos unserem Feuer ausgesetzt. Alle Abwehreinrichtungen hatten versagt, da wir durch Gucky in den Bau gelangt waren.

In den Sälen selbst schien es nur Roboter mit Plasmazusätzen als Wachen zu geben. Sie unterlagen ebenfalls dem betäubenden Beschuß. Wie verhielt sich nun die mechanische Kommandoeinheit? Sie gab nach wie vor den Impuls durch: „Liebt das Innere, rettet das Innere."

Diese Anweisung erschien mir für diesen Fall überholt. Wir griffen den Lebensnerv des Posbiplaneten an. Wenn ich die Sache folgerichtig überlegte, so mußte die Zentralpositronik nunmehr versuchen, auch das Zellgewebe in Sicherheit zu bringen.

Ich wurde von einem Rausch erfaßt. Wenn es uns gelang, den Turm zu kontrollieren, konnten wir die Ankunft der Flotte abwarten. Auf alle Fälle war auf Everblack jetzt schon die Hölle los.

Rhodan schoß mit dem Desintegrator Löcher in die Decke. Wir schwebten zur nächsten Decke empor, hingen uns schwerelos an die Stützsäulen und beschossen die noch unversehrten Kuppeln.

Es dauerte nur wenige Augenblicke, bis wir den Riesensaal abgestreut hatten. Dann ging es wieder ein Stockwerk höher.

Gucky begann zu stöhnen. Seine telepathischen Empfangssinne wurden strapaziert.

Ganz oben angekommen, teilte er plötzlich mit: „Eben wird es besser. Sie schlafen fast alle."

Rhodans Stimme klang auf: „Achtung, Anweisung: Es gibt neun

Etagen. Atlan, Anztan und ich überprüfen je drei in regelmäßigen Abständen. Der Reihe nach aufsuchen, die Kuppeln eindecken und dann weiterfliegen. Gucky bleibt als Reserve. Wenn du irgendwo Wachimpulse bemerkst, sofort hingehen und den Strahler einsetzen. Wir bleiben untereinander in Funkverbindung. Es spielt jetzt keine Rolle mehr, ob wir gehört werden oder nicht."

Ich ließ die Rüstung durch die Deckenöffnung sinken, die ich dabei so vergrößerte, daß man nicht hängenbleiben konnte. Ich fand Hunderte von Posbis, die in völlig abgewracktem Zustand auf die Bergung ihrer Gefühlssektoren warteten. Die Ultralampen sandten ihren hellen Schein aus, aber es kam niemand, um den Posbis zu helfen.

In der untersten Etage angekommen, bedauerte ich es, daß diese Welt keine Lufthülle besaß. Menschen und Arkoniden waren doch sehr auf ihren Gehörsinn angewiesen, um eine bestimmte Sachlage richtig beurteilen zu können.

Ich fand einen Antigravlift, dessen Schwebefeld in höchster Intensität leuchtete. Vorsichtig schritt ich bis zum Rand des Schachtes vor und spähte nach unten. Gucky hatte uns mitgeteilt, die Kelleretage diene als Maschinenstation.

Ich erblickte vollautomatische Aggregate, die anscheinend für die Frischluftversorgung bestimmt waren. Ein eigenes Kraftwerk gab es auch. Demnach schien der Plasmaturm autark zu sein, nur hatten seine biomechanischen Wächter versagt. Mir konnte es recht sein.

Plötzlich kam ein Roboter aus dem Lift geschossen. Seine Waffenarme fuhren nach oben, und schon sah ich in die blendende Glut eines Energiestrahlers.

Der Schirmprojektor meines Anzugs heulte auf. Flackernde Rotlampen zeigten an, daß die Grenze der Belastbarkeit erreicht war. Ein zweiter Schuß traf meinen Schirm. Die Aufschlagswucht war so erheblich, daß ich über den Boden gewirbelt wurde. Ich wollte schießen, aber ich kam nicht mehr dazu.

Ein Glutball bildete sich dort, wo der Posbi noch gestanden hatte. Taumelnd richtete ich mich auf. In meinem Kopf schienen Glocken zu dröhnen. Die Automatik zeigte immer noch Rotwert.

„Du solltest mir die Füße küssen, Arkonidenhäuptling", sagte

Gucky. „Das kostet dich zwanzig Kilodosen mit Erdbeeren aus deinem persönlichen Vorratslager. Abgemacht?"

„Abgemacht, Kleiner – lieber Kleiner", stammelte ich.

„Aha, jetzt bin ich dein ‚lieber' Kleiner, eh?" kicherte die Riesenmaus. „Paß auf, da kommen noch mehr. Was machst du denn?"

Ich schoß mit dem Thermostrahler und verwandelte den Antigravschacht in einen Trümmerhaufen. Mehrere Roboter stürzten ab. Lange Stichflammen zuckten aus dem Rohr hervor, dessen Wandungen abschmolzen und zähflüssig nach unten tropften. Die Temperaturen stiegen so erheblich an, daß wir den Rückzug antraten.

Sekunden später lagen wir auf dem Boden der ersten Etage und blickten durch das Schußloch nach unten. Es war nichts mehr zu sehen. Ich bestrich die Plasmakuppeln mit Narkoseschauern. Gucky verschwand, nicht ohne mich nochmals an die Erdbeeren erinnert zu haben.

Dann kam Anztans Nachricht durch. Er hatte die Lösung gefunden. „Sie sollten einmal ins Freie sehen. Es genügt, ein Loch in die Außenwände zu brennen. Anschließend dürfen Sie mich verschiedene Dinge fragen."

Wir standen nebeneinander und sahen uns die Schlacht zwischen Posbis und Normalrobotern an.

Der Planet bebte. Man setzte Waffen ein, die ich nie zuvor gesehen hatte. Atomare Explosionen erfolgten in so rascher Folge, daß ich die I-Optik wieder dämpfen mußte.

Mehr als zehntausend ausglühende und zerschmelzende Biorobots lagen auf dem Freigelände hinter dem Energiegatter. Sie verteidigten den Platz vor dem Turm so hartnäckig, als ginge es darum, eine Invasion abzuwehren.

Es war auch eine Invasion, nur wurde sie von den Posbis völlig verkannt. Wir vernahmen immer noch die Anweisung der Zentralpositronik: „Liebt das Innere, rettet das Innere."

Die Bergungs- und Reparaturmaschinen folgten dem Befehl mit einer Sturheit, die eben nur ein Robot entwickeln konnte. Zu Zehntausenden liefen sie gegen das Gatter an, schossen seine Projektoren zusammen und drangen durch die Lücken ein.

Die Panzerkuppeln enthielten schwere Geschütze. Sie schienen wiederum eine Separatprogrammierung zu besitzen, denn sie feuerten auf die Eindringlinge, die nach dem Willen der Hauptzentrale dem bedrängten Plasma im Turm helfen wollten.

Es war eine paradoxe, unwirkliche Situation. Die schlafenden Plasmamassen konnten mit ihren Gefühlsimpulsen nicht mehr eingreifen. Nur so waren die chaotischen Zustände zu erklären.

Die Industrieanlagen des Planeten sahen aus wie Stahlkonstruktionen nach einem atomaren Angriff. Ich gewahrte ein Meer aus glutflüssigem Metall, aus dem alle Augenblicke gewaltige Explosionen hervorschossen.

Dr. Anztan rief: „Ich hatte recht. Es gibt hier tatsächlich zwei Kommandoeinheiten. Das Plasma und die Großpositronik. Normalerweise arbeiten beide zusammen und steuern gemeinsam die Posbis. Lediglich die plasmalosen Roboter sowie die technischen Anlagen unterliegen der alleinigen Kontrolle der Positronik. Das Zentralplasma ist jedoch in der Lage, die Tätigkeit der technischen Anlagen und der plasmalosen Roboter mitzuverfolgen und die Steuerpositronik mittels Gefühlsimpulsen zu beeinflussen. Daraus resultiert, daß beide Einheiten ständig miteinander konkurrieren und daß es immer wieder zu Kompetenzstreitigkeiten kommen muß. Als wir das Zentralplasma mit den Narkosewaffen außer Gefecht setzten, fielen die Gefühlsimpulse plötzlich aus, und die Positronik handelte nach ihrem Programmierungsschema. Die Positronik, deren einwandfreies Funktionieren vermutlich vom Zentralplasma abhängig ist, ist nun nicht mehr in der Lage, zwischen den kleinen Plasmazusätzen und dem Zentralplasma zu unterscheiden. Sie befolgt stur ihren im Programm verankerten Auftrag, das Innere zu retten. Da aber auch das narkotisierte Zentralplasma unter den Begriff ‚Inneres' fällt, muß es logischerweise ebenfalls geborgen und in Sicherheit gebracht werden. Deshalb setzte die Positronik ihre Bergungseinheiten in Bewegung. Diese würden die Kuppeln zweifellos aufschneiden, um an das Plasma heranzukommen. Dies dürfte aber keinesfalls im Interesse des Zentralplasmas liegen, da es durch eine derartige Maßnahme wahrscheinlich absterben würde. Nur die Kuppeln garantieren eine lückenlose Versorgung mit Sauerstoff, Licht und Wärme. Also schalten sich die Posbis ein, die auch ohne Unterstützung des Zentralplasmas nach ihrem hyperinpotronischen Programm selbständig und logisch handeln können. Unklar ist mir hierbei das Verhalten dieser Hyperinpotroniken. Vermutlich ist es aber so, daß diese – angeregt durch die Plasmazusätze, die ohne Verbindung mit dem Zentralplasma schreckliche Angst empfinden dürften – in der Lage sind, die Befehlsimpulse der Positronik zu neutralisieren. Dadurch werden die Posbis in die Lage versetzt, das Eindringen der Bergungsmaschinen in die Plasmakuppeln unter allen Umständen zu verhindern. Sie stellen sich deshalb den plasmalosen Maschinen entgegen und hindern sie mit Waffengewalt am Vormarsch. Hinzu kommt, daß beim ersten Ansturm der Bergungsmaschinen die automatischen Abwehrforts aktiviert wurden und auf alles feuerten, was sich innerhalb der Sicherheitszone befand, egal, ob Posbis oder Bergungsmaschinen. Demnach sind diese Forts nicht von der Großpositronik abhängig, sondern verfügen über ein völlig unabhängiges Programm. Möglicherweise ist an die Großpositronik eine Hyperinpotronik angeschlossen, und die Abwehrforts unterliegen der Befehlsgewalt der Hyperinpotronik."

„Das ist aber ziemlich kompliziert, großer Meister!" rief Gucky dazwischen. „Ich komme nicht mehr mit. Atlan – denkst du noch an meine Erdbeeren?"

„Beherrschen Sie sich bitte, Sir!" rief Anztan verärgert. „Jetzt ist doch wirklich nicht der Zeitpunkt, um über Erd . . ."

Gucky lachte schrill. „Sir, sagt er. Hast du das gehört?"

„Weiter, Doktor", mischte Rhodan sich ein.

„Nun ja, viel gibt es nicht mehr zu erläutern. Ich bin allerdings davon überzeugt, daß auf allen Posbiwelten und auf allen Fragmentraumern ähnliche Kompetenzschwierigkeiten bestehen. Sie sehen ja, wozu das führen kann. Wer weiß, was wir erleben würden, wenn wir anstelle der Plasmazentrale die Zentralpositronik ausgeschaltet hätten. Vielleicht würden dann die Posbis die mechanischen Wacheinheiten des Koordinators angreifen. Mir scheint, als hätten wir einen sehr wichtigen Anhaltspunkt für die weitere Bekämpfung der biopositronischen Geschöpfe gefunden. Weitere Schlußfolgerungen können ohne genaue Auswertung nicht gezogen werden."

Ich war froh, als Anztan schwieg. Die Sachlage war so verwirrend, daß man sie nur ungefähr in einen logischen Rahmen bringen konnte. Wenn aber die zentralen Robotgehirne der Dunkelwelten mit dem Plasma ewig in Zwistigkeiten lagen, so hatten wir alle Aussichten, mit der Gefahr aus dem interkosmischen Raum fertig zu werden.

Der Plasmaturm wankte. Das Freigelände leuchtete schon in Rotglut. Die angreifenden Bergungsrobots schossen mit Mikrofusionsladungen, die anscheinend nach dem Transformprinzip abgestrahlt wurden und erst im Ziel materialisierten.

Gucky hatte seine Parasinne blockiert. Er konnte das Wimmern der Gefühlssektoren nicht mehr ertragen.

Ich wollte in den Turm zurückkehren. Da hielt mich Rhodans Ausruf zurück. Ich fuhr herum und riß die Waffe hoch.

Aber Rhodan war nicht in Gefahr. Hinter dem Helmglas erkannte ich einen Teil seines Gesichts. So erregt hatte ich den Terraner noch nie gesehen.

„Was", brüllte er mit sich überschlagender Stimme, „was haben Sie gesagt? *Wer* spricht da?"

„Major Atlig, Kommandant des Leichten Kreuzers LONDON, Sir. Wir orteten heftige Energieausbrüche auf Everblack. Ich habe es für richtig gehalten, den Planeten anzufliegen, um zu versuchen, Sie über Funk zu erreichen."

Jetzt schaltete ich mein Hyperfunkgerät ein. Atligs Stimme, die ich bisher nur über Rhodans Helmradio vernommen hatte, wurde klarer.

Perry fing sich rasch. „Wo stehen Sie?"

„Drei Lichtmonate vor Everblack, Sir."

„Und wieso kommen Sie in dieses Raumgebiet?"

„Befehl von Solarmarschall Mercant. Ich hatte der THEODERICH zu folgen und in sicherer Entfernung zu warten. Vor einigen Stunden empfing ich den Notruf des Flaggschiffs, Sir. Da bin ich bis auf ein Lichtjahr herangegangen."

„Herr, warum haben Sie das nicht gefunkt? Wir warten verzweifelt auf die Vierzehnte Flotte."

„Ich habe den Befehl erhalten, Sie unter keinen Umständen anzurufen, es sei denn, ich gewänne den Eindruck, Sie befänden sich in größter Gefahr. Ich sollte nur als Beobachter dienen."

„Ihr Glück, daß Sie sich endlich entschlossen haben. Mit Mercant werde ich ein Wörtchen reden. Starten Sie sofort und gehen Sie bis auf eine Lichtminute an Everblack heran. Sobald Sie da sind, melden Sie sich wieder. Wir werden uns von Gucky an Bord Ihres Schiffes bringen lassen."

Als Atlig bestätigt hatte, hörte ich Anztan schluchzen. Ich klopfte gegen Rhodans Rüstung.

„Mercant ist ein alter Fuchs", erklärte ich glücklich. „Er schickte der THEODERICH einen schnellen Städtekreuzer mit Spezialausrüstung hinterher. Der Kommandant hat sich ganz richtig verhalten."

„Blödsinn", murrte Rhodan. „Wenn wir nicht das Feuerwerk entfacht hätten, würde er jetzt im Raum stehen und uns schmoren lassen."

„Deine Schuld. Du hättest bessere Anweisungen für den Notfall geben sollen. Wenn Atlig nicht so entschlußfreudig gewesen wäre, könnten wir immer noch warten. Er wagte allerhand, als er mit seinem schwachen Schiff bis auf ein Lichtjahr herankam. Mercant hat ihm sicherlich befohlen, sich auf keinen Fall mit den Fragmentschiffen der Posbis einzulassen."

„Das wäre ihm auch schlecht bekommen", lachte der Terraner. „Jetzt will ich nur noch hoffen, daß die LONDON erscheint, ehe das Plasma erwacht."

Sie kam rechtzeitig. Aus einer Entfernung von einer Lichtminute erreichte uns die Nachricht von Major Atlig. Es bereitete Gucky keine Schwierigkeiten, ihn telepathisch zu erfassen, zumal der Ilt durch das narkotisierte Plasma nicht behindert wurde, um uns an Bord der LONDON zu teleportieren.

Noch ehe wir uns richtig erholt hatten, beschleunigte das Schiff und raste in den Raum hinein. Unser Vorhaben, größere Plasmamengen sowie Konstruktionsunterlagen über die Transformwaffe zu erbeuten, war gescheitert.

Das einzige, was wir tatsächlich herausgefunden hatten, war das Wissen über Konkurrenzverhältnisse zwischen Plasma und Positronik. Aber ob uns dieses Wissen weiterhelfen würde, stand noch in den Sternen.

Ich kroch aus dem Helmluk meiner Rüstung und blinzelte in die besorgten Gesichter der Schiffsoffiziere. Ein Arzt war auch dabei. Wortlos deutete er auf einen Kontursessel, in den ich mich erschöpft hineinfallen ließ.

Jetzt konnte ich endlich einmal die Augen schließen, ohne befürchten zu müssen, von einem Posbi demontiert zu werden.

„Alles in Ordnung?“ hörte ich Perry fragen. Er sprach rauh und kehlig.

„Kalupmanöver in drei Minuten, Sir“, entgegnete der Kommandant. „Es tut mir leid, nicht schon früher angerufen zu haben. Ich glaubte Sie jedoch in relativer Sicherheit, weil Sie keine Notimpulse abstrahlten. Mir wurde gesagt, Ihre Rüstungen besäßen leistungsfähige Hypersender.“

Ich begann lauthals zu lachen. Wir Narren. Warum hatten wir eigentlich nicht gefunkt? Wir hätten nur umzuschalten brauchen.

„Das sind vielleicht Helden!“ rief Gucky empört aus. Sein Nagezahn blitzte. „Hat denn keiner von euch daran gedacht, daß Mercant seinen eigenen Kopf hat? Wozu habe ich mich nun abgerackert?“

Den Übergang zum Linearflug bemerkte ich kaum. Wir waren erst jetzt in Sicherheit. Ich schaute zu Rhodan hinüber. Er lag ebenfalls auf einem Konturlager.

„Vergessen Sie es, Atlig“, seufzte er. „Natürlich konnten Sie nicht Ihre Position offenbaren.“

„Jawohl, Sir. Außerdem wußte ich nicht, ob ich Sie durch einen Richtstrahlspruch nicht indirekt verraten würde.“

„Sicher, sicher“, entgegnete Rhodan hastig. Mein Schmunzeln quittierte er mit einem düsteren Blick. „Was ist aus der THEODERICH geworden, Atlig? Haben Sie Nachrichten?“

„Das Schiff ist heil angekommen. Leider ist durch den Poltreffer der Fiktivtransmitter vernichtet worden.“

Ich richtete mich auf. Rhodan war erblaßt. Die Haut spannte sich über den Wangenknochen. Atlig schien nur ungefähr zu ahnen, was er mit seiner Bemerkung gesagt hatte. Ohne den Fiktivtransmitter konnten wir verloren sein. Mit ihm hatten wir die letzte Waffe eingebüßt, mit der die Fragmentraumer zu besiegen waren.

Perry beherrschte sich. Spröde sagte er: „So ist das also. Vielen Dank, Major Atlig. Wenn Ihr erstes Linearmanöver beendet ist, setzen Sie bitte einen Funkspruch ab. Die Vierzehnte Flotte soll sofort umkehren. Bleiben Sie so lange im Normalraum, bis Reginald Bull antwortet."

Wir wurden ins Bordlazarett gebracht. Dort lagen wir nebeneinander und starrten gegen die weiße Decke. Ich wurde schläfrig. Dr. Anztan atmete schon regelmäßig.

„Wir werden einen Ausweg finden", flüsterte Rhodan. „Wir *müssen* einen finden. Wenn sie in die Milchstraße einfallen, gibt es keine Rettung mehr."

Ich verzichtete auf eine Antwort und beschäftigte mich mit den Geschehnissen auf Everblack.

Ehe ich einschlief, meldete sich mein Extrahirn mit der Durchsage: *„Sie sind und bleiben Robots. Richtet euch danach."*

Ich besaß nicht mehr die Kraft, über den Ausspruch nachzudenken.

28.

Unter dem Eindruck der Posbi-Bedrohung kamen die Verhandlungen zwischen Akon, Terra und Arkon immer besser in Gang, und es schien nicht mehr allzulange zu dauern, bis sie zum Abschluß gebracht werden konnten. Rhodan und Atlan waren davon überzeugt, daß das sich abzeichnende Bündnis wieder zerfallen würde, sobald die Gefahr nicht mehr existierte.

Die Erkenntnisse der Everblack-Expedition beschäftigten die fähigsten Wissenschaftler Terras. Die Tatsache, daß zwischen dem gefühlsauslösenden Plasma und der Großpositronik ein Konkurrenzverhältnis herrschte, wurde eingehend analysiert.

Das Abenteuer Everblack hatte für die Terraner einen gewaltigen Rückschlag gebracht. Der einzige noch vorhandene Fiktivtransmitter existierte nicht mehr, und *ES* schien kein Interesse zu haben, Hilfe zu leisten.

Deshalb war man dazu übergegangen, eine neue Waffe zu entwikkeln. Es handelte sich um eine Fusionsbombe mit 500 Gigatonnen Sprengkraft, die nach uralten arkonidischen Konstruktionsunterlagen gebaut wurde. Diese Bombe wurde mit einem Triebwerk ausgerüstet, das sie innerhalb von zehn Minuten auf annähernde Lichtgeschwindigkeit beschleunigte. Trotzdem war diese Waffe alles andere als wirkungsvoll, da sie zu langsam war, um die Fragmentraumer ernsthaft zu gefährden. Aber auch wenn die Chancen minimal waren, mußte man sie nützen. Inzwischen waren alle Umrüstungsarbeiten der arkonidischen Flotte abgeschlossen. Über 100000 Schiffe standen bereit. Einer Invasion der Posbis würden sie nicht lange standhalten können, trotz der Tatsache, daß vorwiegend Robotschiffe eingesetzt wurden und die bemannten Schiffe alle mit Individualabsorbern ausgerüstet waren. Die Posbis – das hatten die Ereignisse auf Everblack gezeigt – würden sich nicht mehr so leicht täuschen lassen.

Während der gigantische Flottenverband am Rand der Galaxis auf einen möglichen Posbi-Vorstoß wartete, versuchten auf Terra wissenschaftliche Teams mehr über die Posbis herauszufinden. Einem dieser Teams gehörten auch Van Moders und die Ara-Biologen Kule-Tats und Dr. Anztan an. Diese Gruppe beschäftigte sich mit den Ergebnissen der Frago-Expedition. Bei dieser Expedition wollte der Mutant Wuriu Sengu eine Maschine gesehen haben, die Plasma produzierte. Man verglich diese Ergebnisse mit den Berichten der Everblack-Expedition, bei der keine derartige Maschine entdeckt worden war.

Die Aufgabe des Teams war es, den endgültigen Beweis zu finden, daß das Plasma künstlichen Ursprungs war.

29.

Der dürre, über zwei Meter große Mann, den man auf den ersten Blick als Galaktischen Mediziner erkannte, verlor seine Ruhe nicht, als Rhodan ihn mit leichter Erregung in der Stimme aufforderte: „Kule-Tats, das haben Sie mir aber erst noch zu beweisen."

Van Moders mischte sich ein. „Sir", sagte er, „ich habe eine Berichtigung abzugeben."

„So?" Rhodan warf Bully, Mercant und Marshall einen vielsagenden Blick zu. „Eine Berichtigung?"

„Ja, Sir. Ich bin einem Irrtum zum Opfer gefallen. Kule-Tats hat es bewiesen. Jene Maschine auf Frago, die große Plasmamengen in eine Endloswanne abgab, kann nicht der Hersteller des Biostoffs gewesen sein. Für eine maschinelle Bearbeitung des Gewebes gibt es bis zur Stunde nur eine Erklärung, die aber noch durch weitere Versuche erhärtet werden muß. In der riesigen Maschine auf dem Robotplaneten Frago fand demnach keine Produktion statt, sondern nur ein kontinuierlicher Eingriff in das Plasma, um die Kernteilung seiner Zellen anzuregen."

Rhodan atmete schwer. Die Bedeutung dieser Aussage Van Moders' war ihm klar. Zugleich aber warf sie eine Unmenge neuer Fragen auf. Sollte Kule-Tats eine Reihe davon jetzt schon beantworten können?

Kule-Tats war einer der bedeutendsten Biologen der bekannten Galaxis. Noch vor zwei Monaten hatte er für das akonische Energiekommando gearbeitet. Gemeinsam mit Dr. Anztan und terranischen Wissenschaftlern hatte er in einer mehrere Wochen dauernden Testreihe herausgefunden, daß das Plasma kein künstliches Produkt sein konnte. Nun standen er und Moders vor Rhodan, um ihm das Ergebnis der Untersuchungen mitzuteilen.

Kule-Tats sah Perry Rhodan offen an. Er erinnerte sich an die

Gerüchte, die über diesen Mann zwischen den Sternen des Arkon-Imperiums im Umlauf waren, in denen der Administrator als ein hinterlistiger und vom Teufel besessener Mensch hingestellt wurde. Er, Kule-Tats, wußte es besser.

„Sir", begann er in Intergalaktisch, „zusammen mit meinen Kollegen Moders und Anztan mußte ich erkennen, daß der Biostoff der Posbiroboter kein synthetisches Erzeugnis sein kann. Die spiralförmige Strukturformel des Plasmas ist so kompliziert, daß wir Jahre benötigen werden, um sie aufschlüsseln zu können. Wir haben von jetzt ab davon auszugehen, daß wir es mit natürlichem Plasma zu tun haben. Es ist in der Menge, über die wir in Terrania verfügen, ein Teil von etwas Lebendigem. Ich möchte sagen, ein winziger Teil von etwas Großem."

Immer angespannter hatte Rhodan dem Ara-Wissenschaftler gelauscht. Bully konnte seine Bestürzung nicht verbergen. Abwehrchef Allan D. Mercant starrte Kule-Tats an. John Marshalls Gesicht war etwas blaß geworden.

„Kule-Tats, haben Sie bedacht, was Sie soeben angedeutet haben?" richtete Rhodan seine eindringliche Frage an den Forscher.

Van Moders stellte sich neben den Ara.

„Wir haben Versuche mit dem Plasma gemacht", begann Van Moders. „Dabei wurden die von Gucky auf Everblack gemachten Beobachtungen bestätigt. Je mehr Plasma sich in einem Versuchsbehälter befand, desto stärker wurden die Individualimpulse. Wenn ich im Zusammenhang mit dem Biostoff von Leben spreche, so ist es das gleiche Leben, das wir bei einer Kultur vorfinden, die auf einer Nährlösung ausgesetzt worden ist. Die Zunahme der Individualimpulse ist allein noch nicht das Entscheidende. Weitaus wichtiger ist, daß mit Zunahme der Masse des Plasmas vermutlich auch so etwas wie eine individuelle Persönlichkeitsentwicklung, verbunden mit der Erreichung einer gewissen Intelligenz, vor sich gehen könnte."

„Wie groß muß die Masse sein, bis es tatsächlich dazu kommt?" fragte Rhodan. „Größer als die Mengen, die wir auf Everblack entdeckt haben?"

Rhodan hatte guten Grund danach zu fragen, denn bei ihrem Aufenthalt auf Everblack hatte Gucky keinerlei Anzeichen von

Intelligenz des Zentralplasmas feststellen können. Vielleicht hing das damit zusammen, daß keiner der Telepathen in der Lage war, tiefer in die Gefühlswelt des Plasmas einzudringen.

„Wir wissen es nicht", erwiderte Anztan leise. „Vielleicht muß man bei Millionen Tonnen als unterste Grenze beginnen. Uns fehlt jeder Maßstab, auch nur eine hypothetische Menge als Berechnungsgrundlage zu benutzen."

„Denken Sie an die Existenz eines Plasmaplaneten?" fragte Rhodan gespannt.

„Daran haben wir gedacht. Wir wissen, daß es derartige Planeten gibt. Ich erinere nur an jene Welt, auf der Sie nach dem Verlust der FANTASY notgelandet sind. Diese Welt wurde von einer plasmaähnlichen Lebensform bewohnt."

Rhodan fragte sich, ob das Posbi-Plasma von einer derartigen Welt stammen konnte. Tatsache schien zu sein, daß das Plasma natürlichen Ursprungs und kein Zuchtprodukt war, wie man bisher angenommen hatte.

Nachdenklich gingen die verantwortlichen Männer des Solaren Imperiums und die beiden Wissenschaftler auseinander.

Die große Hyperkomstation Terranias gab Alarm. Rhodan ließ die Sendung in sein Büro durchstellen.

Der Bildschirm flackerte. Atlans Gesicht erschien darauf. „Perry, die Fernsatelliten im interkosmischen Raum melden eine Raumschlacht im Sektor GER fünfundvierzig, Grün achtzehn, MJK zwei. Entfernung von M-13 zweiundachtzig Lichtjahre. Stärkste Energieausbrüche, darunter einwandfreie Zerfallskurven. Schlacht hat vor etwa zwei Minuten begonnen. Hast du den Ort auf der Sternenkarte?"

Während Atlan die ersten Sätze sprach, war von Bully die Kartenprojektion eingeschaltet worden. In 3-D erschien jener Teil der Randgalaxis, den der Arkonide mit seinen präzisen Angaben beschrieben hatte.

Wieder klang die Stimme des Imperators auf. „Schlacht gleitet mit 0,7 Licht nach MJK sieben hinüber. Dort muß der Teufel los sein. Einwandfreie Hinweise auf Posbis. Aber mit wem schlagen sich die Roboter herum? Mit den Laurins?"

War das die Chance? fragte sich Rhodan. Konnte man hier den Hebel ansetzen, um die Posbigefahr zumindest einzudämmen? Er besprach seine Idee mit Atlan.

„Stelle fest, ob es tatsächlich einen Kampf zwischen Posbis und Laurins gibt", schlug Rhodan vor. „Wenn es der Fall ist, solltest du mit einem Teil der Flotte zum Schein auf der Seite der Posbis eingreifen. Vielleicht gelingt es uns, die Posbis dadurch zu Verhandlungen mit uns zu bewegen und sie davon abzuhalten, in die Galaxis einzufallen."

„Ich werde es versuchen, Barbar", erwiderte Atlan. Er blickte zur Seite, um eine Nachricht in Empfang zu nehmen. „Eine neue Nachricht vom Fernsatelliten HUP-88, Perry. HUP steht eine Lichtstunde von der Raumschlacht entfernt. Mit neunzigprozentiger Wahrscheinlichkeit beträgt die Zahl der kämpfenden Schiffe dreihundert bis vierhundert. Wenn nur die Hälfte davon Posbis sind, dann möchte ich gern wissen, über welche Waffen die Laurins verfügen."

Ich kann diese Frage leider nicht beantworten", erwiderte Rhodan. „Es steht aber fest, daß sie scheinbar mühelos in der Lage sind, die Relativfelder der Fragmentraumer aufzuspalten und die Posbischiffe zu vernichten. Aber ich habe andere Neuigkeiten, die dich interessieren dürften."

Rhodan berichtete dem Arkoniden über die neuesten Forschungsergebnisse.

„Verrückt!" rief Atlan aus, aber er meinte damit die Perspektiven, die sich aufgrund der Vermutungen der Plasmaexperten eröffneten.

Kaum hatte Rhodan seinen Bericht beendet, als Imperator Gonozal VIII. fragte: „Haben sich deine Wissenschaftler auch über die Frage ausgelassen: *Seid ihr wahres Leben?*"

„Nein, Atlan."

„Dann soll deine Station mich mit ihnen verbinden. Perry, ich glaube jetzt zu wissen, welcher Sinn in dieser Frage der Posbis liegt."

„Ich lasse umschalten, Atlan."

Damit war das Gespräch zwischen dem Administrator und dem Imperator beendet.

Ungewollt nahm Kule-Tats Haltung an, als Atlans Gesicht auf dem Bildschirm erschien. Für den Galaktischen Mediziner war Atlan Imperator Gonozal VIII. Er hatte sich seit seiner Ankunft in Terrania schon oft gewundert, daß die Menschen ihn nur Atlan nannten.

Atlan kannte Van Moders. Kule-Tats erkannte er allein schon an dessen Gestalt, die typisch für einen Ara war. Nur um sich restlos abzusichern, fragte er über mehr als dreißigtausend Lichtjahre hinweg: „Sie sind Kule-Tats?"

„Ja, Erhabener . . ."

Atlan, dem höfische Sitten ein Greuel waren, winkte ab. „Kule-Tats, die Terraner nennen mich Atlan. Halten Sie es auch so."

Van Moders hatte seine zwanglose Haltung nicht aufgegeben. Erwartungsvoll blickte er auf den Schirm. Ohne Grund setzte sich der Arkonide nicht mit ihnen in Verbindung.

Dann erfuhren sie, warum der Imperator sie sprechen wollte.

„Bezieht die Frage: *Seid ihr wahres Leben?* sich ausschließlich auf Roboter oder betrifft sie vielleicht auch Lebensformen, die in keinem Fall mit den Laurins identisch sind? Die Antwort darauf kann von ungeheurer Wichtigkeit sein."

Weder Van Moders noch Kule-Tats verstanden, warum der Arkonide gerade darauf so viel Wert legte.

Fragen und Antworten wanderten über Hyperkom hin und her. Unklarheiten wurden beseitigt, aber zum Schluß blieb Atlans Hauptfrage unbeantwortet.

„Dann muß ich eben dieses Risiko eingehen. Aber wird meine Frage nicht allein dadurch beantwortet, daß das Plasma der Posbis eine starke Ähnlichkeit mit dem menschlichen Zellsystem hat?"

Sofort widersprach der Ara. „Man kann in diesem Fall nicht von Ähnlichkeit sprechen, noch weniger von starker Ähnlichkeit. Das menschliche Zellsystem scheint – ich betone *scheint* – mit dem Biostoff der Posbis verwandt zu sein."

Der Arkonide wollte keinen wissenschaftlichen Vortrag hören. Ihm brannte der Boden unter den Füßen.

„Hören Sie auf, Kule-Tats", unterbrach er ihn. „Zurück zu meiner Anfrage: Kann man aus dem Verwandtschaftsgrad heraus nicht auch den Sinn finden, der in der Posbianfrage liegt? Ja oder nein?"

Sie sagten nicht ja, sie sagten nicht nein.

„Nun, dann muß ich es ausprobieren." Damit brach die Sendung zusammen. Atlan hatte abgeschaltet. Zwei nachdenkliche Experten sahen sich schweigend an.

Kule-Tats sagte als erster: „Moders, Sie haben eine Spur?"

Der schüttelte den Kopf. „Keine Spur, aber vielleicht eine Idee. Hören Sie zu, Kule-Tats ..."

Es wurde draußen bereits Morgen, als Van Moders und Kule-Tats sich endlich ausgesprochen hatten.

Ein kleiner Teil der arkonidischen Robotflotte jagte mit ihren Kommandoeinheiten im Linearflug auf jenen Sektor des Randbezirks zu, in dem sich seit über einer Stunde die Raumschlacht abspielte.

Atlans Flaggschiff war eine Fertigung neuester Konstruktion und flog an der Spitze des Verbandes. Genau wie in allen anderen Kommandoeinheiten waren auch in Atlans Schiff die großen Individualabsorber eingeschaltet.

Der Arkonide benötigte mit seinem Verband nicht ganz elf Minuten, um in dem Raumsektor am Rand der Galaxis aufzutauchen, wo zwei Streitkräfte sich eine heftige Schlacht lieferten. Eine Gefügeerschütterung bei Wiedereintritt in das normale Universum wurde durch die leistungsfähigen Absorber unterbunden. Im wahrsten Sinne des Wortes tauchte der Arkonide mit seinen Kugelraumern aus dem Nichts drei Millionen Kilometer vor dem nächsten feuernden Posbischiff auf.

Die Symboltransformer in der Flaggschiffzentrale waren programmiert worden.

Sie schlugen sofort an, als das Flaggschiff in den Normalraum fiel.

Posbis riefen eine im interkosmischen Raum stehende Zentrale um Hilfe an. Immer wieder kam der Notruf durch.

„Umschalten!" befahl Atlan.

Der Sender des Arkonschiffs strahlte nun in Symbolen den Ruf an die Fragmentraumer ab: „Wir sind wahres Leben. Wir helfen wahrem Leben. Wir kommen als Freunde."

„Laurins, Sir!" gellte ein Ruf durch dic Zentrale. Er galt Atlan.

Die Unsichtbaren. Sie selbst waren unsichtbar und die tropfenförmigen Raumschiffe zumeist auch. Nur auf Spezialschirmen konnte dieser Spuk aus dem Nichts sichtbar gemacht werden.

Mehr als hundert Laurinschiffe feuerten aus allen Strahlwaffen auf elf würfelförmige Posbiraumer.

Die Unsichtbaren waren nichtmenschlich; nicht deshalb, weil sie nicht zu sehen waren. Ihr Leben mußte auf einer unbekannten Basis aufgebaut sein. Nur dann, wenn ein Laurin von starken Energiestrahlen getroffen wurde, zeigte er sich sekundenlang. Und in dem erschreckenden Ablauf, in dem er starb, sah man ihn in pfahlförmigen Umrissen. Aber zu greifen war er nicht.

Die Laurins schienen die Erzfeinde der Posbis zu sein. Sie waren nicht weniger rätselhaft als diese.

Atlan gab über Funk das Zeichen zum Angriff. Auf allen Kampfschiffen befanden sich Spezialgeräte und die Schirme dazu, auf denen die Tropfenraumer sichtbar gemacht wurden.

In den waffenstarrenden Kugelbooten liefen die positronischen Berechnungen für die Feuerleitroboter. Die Arkonflotte raste heran. In Sekunden erreichte sie Schußposition.

Als Atlans Flaggschiff aus dem Polturm das Feuer eröffnete, hielten die Raumfahrer den Atem an.

Ein Fragmentschiff ging in einer atomaren Feuerwolke unter.

Wieder einmal lieferten die Laurins den Beweis dafür, daß sie über Mittel verfügten, mit denen sie die Relativschutzschirme der Fragmentraumer zerstören konnten.

Zangenförmig schloß die Arkonflotte die Laurins ein. Der Weltraum schien durch ein wirres Strahlengitter aufgerissen zu werden.

In Atlans Schiff kümmerte man sich weniger um den Gefechtsablauf, als um das Verhalten der zehn Würfelschiffe. Hatten sie den Dauersymbolspruch verstanden, oder akzeptierten sie wenigstens, daß unbekannte Schiffe ihnen zu Hilfe kamen? Oder durchschauten die Posbis Atlans Plan? Wie lange würden sie sich von Symbolfunk und Individualabsorbern diesmal täuschen lassen?

Das Feuer von vierzig Superschlachtschiffen konzentrierte sich auf dem linken Flügel auf einen Pulk von zwei Dutzend Tropfenraumern.

Die Würfelschiffe griffen auch jetzt nicht den arkonidischen Verband an, als er durch ihre Kampflinie flog.

Atlan beobachtete. Kaum eine wichtige Einzelheit entging ihm. Er hatte mit seinem Eingreifen einen gewagten Versuch gestartet. Es war von Anfang an klar gewesen, daß sie nicht die Partei der Laurins ergreifen würden. Über diese Wesen wußte man zu wenig, so daß ihr Verhalten noch weniger als das der Posbis vorhergesagt werden konnte. In der jetzigen Situation stellten die Posbis eine weitaus größere Gefahr dar als die Laurins. Hätte man für die Laurins Partei ergriffen, wäre es vermutlich zu einem Rachefeldzug der Posbis gegen die Galaxis gekommen. Wenn es nicht gelang, den Posbis ein neutrales Verhalten abzuringen, dann sahen die galaktischen Völker einer ungewissen Zukunft entgegen. Die Taktik, nach der Atlan vorging, sah vor, daß einige seiner Robotschiffe bewußt geopfert werden sollten. Man wollte die Sache so echt wie möglich machen, allerdings ohne die Laurins tatsächlich zu vernichten. Im Gegensatz zu den Posbis waren die Laurins intelligentes Leben, wenn auch unsagbar fremd und rätselhaft. Dieses wollte man schonen.

Mit der Feuerkraft seines Flottenverbands wollte Atlan die gefühlsbetonten Posbis überzeugen, daß er nicht nur *wahres Leben* darstellte, sondern es achtete und verteidigte.

Immer noch ging über Hyperkom der Schlüsselspruch an den Kommandanten auf einem der Fragmentschiffe ab. Ununterbrochen hämmerte der Sender: *Wir sind wahres Leben.*

Und der Versuch schien Erfolg zu haben.

Das Eingreifen des Arkonverbands zeigte die ersten Erfolge. Der linke Angriffsflügel der Laurins geriet durcheinander. Aber sie griffen immer wieder mit unvorstellbarer Wut die Fragmentschiffe und Atlans Verband an.

Abermals konnten die Unsichtbaren einen Abschuß verbuchen. Wieder bewiesen sie damit, daß auch der phantastische Schutzschirm der Posbis zu vernichten war. Einen Augenblick später zerbarst der dritte Würfel.

Von elf Schiffen gab es nur noch acht. Aber auch Atlans Flotte erlitt Verluste. Viele Robotraumer waren zerstört.

Aber das war auch der letzte Erfolg der Unsichtbaren. Sie konnten gegen die Übermacht, der sie plötzlich gegenüberstanden, nichts mehr ausrichten.

Ein neuer großer Verband aus der Arkonflotte war eingetroffen. Von allen Seiten wurden die Laurins unter Feuer genommen. Plötzlich wandten sie sich zur Flucht. Die Schiffe drehten ab und rasten in Richtung des interkosmischen Raumes davon, um kurz darauf endgültig zu verschwinden.

„Jetzt bin ich auf das Weitere gespannt", sagte Atlan.

Der Symboltransformer sandte immer noch den Schlüsselspruch aus.

Es ereignete sich nichts. Acht Posbischiffe standen unbeweglich einer gewaltigen Arkonflotte gegenüber. Der Abstand war stellenweise sehr klein.

Der Arkonide blickte auf die Borduhr.

„Wenn die Posbis lernen können, dann fällt ihnen das Lernen aber schwer. Wenn die Roboter doch wenigstens auf unseren Symbolspruch eine Antwort geben würden."

Der Funker meldete sich. „Sir, einer der Kästen strahlt nach wie vor in Symbolen seinen Notruf ab."

Der Arkonide überlegte kurz. Er war nicht bereit, ein noch größeres Risiko einzugehen.

Seine Schiffe erhielten den Befehl, sich notfalls mit Höchstfahrt zurückzuziehen.

Auf allen Kampfschiffen begannen die Positroniken zu arbeiten.

Die zweite Wartestunde war zu Ende. Der Pulk der Posbischiffe stand in gleichbleibendem Abstand der Arkonflotte unbeweglich gegenüber. Der Funk meldete: „Sir, der Notruf der Posbis ist nicht mehr zu hören."

Atlan dachte über den Grund nach. Die Zeit verstrich. Atlans Überlegungen wurden von einem Aufschrei aus der Ortungszentrale unterbrochen. Urplötzlich waren über 500 Fragmentschiffe zwischen der Arkonflotte aufgetaucht. Eine Strukturortung war nicht registriert worden, da sie im Schutz ihrer Relativschirme angekommen waren. Als die Schirme auf Realzeit umgeschaltet wurden, waren die Schiffe sichtbar geworden.

Die Hölle brach los. Die Transformstrahlen der Posbis hatten in wenigen Sekunden drei Kreuzer der Städteklasse vernichtet. Der Befehl zum blitzschnellen Absetzen wurde durchgegeben.

Die Speichersektoren der Positroniken gaben ihre Werte an die Automatsteuerungen ab.

In jedem Schiff liefen Hunderte von Maschinen gleichzeitig an.

Alle Strahlgeschütztürme feuerten mit Maximalleistung. Die Arkonflotte wehrte sich mit aller Kraft, aber gegen die mehr als fünfhundert Fragmentschiffe kam sie nicht an.

„Symbolspruch raus!" ordnete Atlan an, während sein Flaggschiff um Haaresbreite der Vernichtung durch einen Transformschuß entging.

Aber die wie ein Unwetter aus dem Hyperraum gebrochenen Posbischiffe reagierten darauf nicht. Ihr Feuer schien sogar noch stärker zu werden.

Es gab nur noch einen Weg: Flucht.

Der Linearraum war der einzige Rettungsweg.

Unter ungünstigen Fahrtverhältnissen verschwand der Flottenverband.

Einige tausend Menschen atmeten auf, als sie mit ihren Kommandoschiffen den Zwischenraum erreicht hatten. Es war bei dem Verlust der drei Kreuzer aus der Städteklasse geblieben, aber weitere sechzehn Schiffe meldeten teils kleinere, teils schwere Schäden durch Strahltreffer.

Atlan sah sich in der Zentrale um. Kein Offizier zeigte ein freundliches Gesicht. Mancher Fluch wurde laut.

Atlan fühlte sich deprimiert, weil sein hoffnungsvoller Versuch mit dem Symbolspruch an die bedrängten elf Fragmentraumer zunächst einen scheinbaren Erfolg gehabt hatte, um dann völlig unerwartet in das Gegenteil umzuschlagen.

Die flüchtende Arkonflotte jagte durch die Librationszone des Zwischenraums dem Kugelsternhaufen M-13 zu, in dessen Zentrum die Arkonsonne strahlte und ihr Licht an die drei wichtigsten Planeten dieses Imperiums abgab.

Die Raumschiffe flogen die Sternenballung nicht direkt an. Als auf jedem Schiff der Kalup verstummte und sie wieder in das normale Universum hineinfielen, gleißte auf den großen Panoramaschirmen das Sternenmeer von M-13.

Die Spannung, die sich kurz vor ihrer Flucht aufgestaut hatte, fiel von den Besatzungsmitgliedern auf Atlans Flaggschiff ab. Sie waren in Sicherheit.

Ein furchtbarer Irrtum, wie sich wenig später herausstellte. Atlan war eben dabei, den Kommandoschiffen neue Anweisungen zu erteilen, als urplötzlich etwa 500 Fragmentraumer auf den Bildschirmen sichtbar wurden. Bestürzung erfaßte die Zentrale-Besatzung. Waren es dieselben Schiffe, denen man soeben entkommen war? Niemand glaubte ernsthaft daran, daß ihnen diese Schiffe durch den Linearraum gefolgt waren. Selbst den Posbis dürfte es nicht möglich sein, Linearraumaustritte anmessen zu können. Also war den Posbis M-13 schon seit längerem bekannt. M-13 nahm innerhalb der Galaxis eine exponierte Stelle ein. Jeder Beobachter, der von außerhalb der Galaxis kam, mußte allein schon aufgrund des regen Schiffs- und Funkverkehrs, der in M-13 herrschte, auf diesen Sektor aufmerksam werden.

Das Erscheinen der Posbis war demnach kein Zufall. Sie mußten gewußt haben, woher der Schiffsverband, der sich gegen die Laurins gestellt hatte, gekommen war.

Atlan fühlte mehr die Blicke von allen Seiten, als daß er sie sah. Jeder erwartete seine Weisung. Er aber hatte keinen Befehl zu geben. Er war ratlos wie noch nie in seinem langen Leben.

Mit der Posbiflotte fertig zu werden, schien ihm auf Grund seines Wissens und seiner Erkenntnisse unmöglich. Aber er konnte den biopositronischen Robotern nicht kampflos den Kugelsternhaufen M-13 überlassen.

„Alarm für alle Flotten!"

Das war alles, was er im Augenblick tun konnte.

Wieder starrten ihn die Offiziere in der Zentrale an. Sie erwarteten vom Imperator mehr als die Mobilmachung aller Kugelraumer.

Er drehte sich herum. Sein Blick wanderte im Kreis herum. Jeder fühlte sich besonders eindringlich von Atlan angesehen.

„Mein Wissen beruht auf meinen Erfahrungen aus einem Zeitraum von zehntausend Jahren. Aber diese Posbis sind für mich ein so großes Rätsel wie für Sie."

Die Bordverständigung unterbrach ihn. „Die Flotten sind alarmiert, Koordinaten durchgegeben."

Die Fragmentraumer jagten heran.

Atlan beugte sich zum Mikrophon. Er schaltete auf die Funkzentrale. „Setzen Sie einen Notspruch an Perry Rhodan ab. Vergessen Sie nicht durchzugeben, daß die Posbis wahrscheinlich über M-13 informiert sind. Sagen Sie ihm, daß sich die Posbis weder durch unsere Robotflotten noch durch die Individualabsorber täuschen lassen. Danach nehmen Sie Kontakt mit Arkon III auf und geben durch, daß sofort Pläne zur Evakuierung aller gefährdeten Planeten in M-13 ausgearbeitet werden müssen. Ende."

30.

Olf Stagge befand sich in seinem Zimmer, das sich in der Nähe jenes Forschungslabors befand, in dem das Plasma der Posbis untersucht wurde. Olf war ein 23jähriger, breitschultriger Mann und Mitglied des Mutantenkorps. Er war Telepath und passiver Teleporter. Diese zweite Fähigkeit ermöglichte ihm, wenn in seiner Nähe ein anderer Teleporter sprang, diesen Sprung ohne Körperkontakt nachzuvollziehen. Olf lag auf seinem Bett und ließ seine Gedanken wandern. Es wurde ihm gar nicht so richtig bewußt, daß er dabei in die Gedanken anderer Menschen eindrang und diese belauschte.

Er griff in die Träume der Schläfer. Diese Männer, die sich für wenige Stunden niedergelegt hatten, beschäftigten sich selbst im Schlaf mit ihren Problemen und versuchten, das Geheimnis der Posbis zu ergründen.

Ungewollt traf Stagge auf die Gedankenemission des Plasmas.

Ein Gefühlschaos drohte ihn zu überschwemmen. Nach Haßimpulsen suchte er aber vergeblich. Immer angespannter versuchte er sie zu finden. Es gelang ihm nicht.

Olf Stagge wurde unsicher. Hatte er nicht gehört, daß das Plasma an erster Stelle Haß gegen alles Organische entwickelte?

Das Plasma schien sich ausgesprochen wohl zu fühlen. Die Empfindungen, die der Skandinavier auffing, waren einwandfreie Gefühle des Wohlbehagens.

Ich bin verrückt, dachte er. Das kann doch nicht stimmen. Die Posbis sind doch gerade wegen des Zellplasmas Hasser des Organischen. Ausgerechnet die Plasmamenge, über die die Erde zu Experimentierzwecken verfügt, soll genau das Gegenteil empfinden?

Plötzlich sprang Stagge wie elektrisiert auf. Warum, so fragte er sich, war er plötzlich in der Lage, genaue Gefühlsimpulse des Plasmas aufzufangen? Genauso, wie es bisher kein anderer Telepath geschafft hatte, war es auch ihm nicht möglich gewesen, exakt festzustellen, welche Gefühle das Plasma hatte. Auch er hatte immer nur unbestimmte Impulse wahrnehmen können, die keinerlei Rückschlüsse auf die tatsächlichen Gefühle des Plasmas zuließen. Und nun empfing er Gefühle, die zweifellos Wohlbehagen ausdrückten.

Olf mußte seine Entdeckung sofort Van Moders melden.

Er stürzte aus dem Zimmer und lief in das benachbarte Gebäude, in dem die Labors untergebracht waren. Er erreichte den Gang, auf dem sich Moders' Zimmer befand, und wäre beinahe mit ihm zusammengestoßen, als er um eine Gangbiegung stürmte.

„Auf ein Wort", sprach er den Wissenschaftler an, der aber nicht aufgehalten werden wollte und hastig sagte: „Keine Zeit."

Olf Stagge glaubte jedoch, daß seine Beobachtung für den Robotiker von Wichtigkeit war. „Moders, es handelt sich um unseren Plasmavorrat. Der Stoff empfindet Wohlbehagen."

Abrupt blieb Van Moders stehen.

„Schnell", stieß er hervor. „Ich habe tatsächlich keine Zeit. Haben Sie viel zu sagen?"

„Einige Minuten wird es dauern."

„So lange kann ich nicht warten. Ich fliege mit Rhodan. Wissen Sie was? Kleiden Sie sich schnell an. Ich informiere den Administrator, daß Sie an Bord der THEODERICH kommen. Ich bewohne Kabine vierhundertfünfunddreißig im C-Deck. Bis dann."

Es dauerte nicht lange, bis Stagge seine Sachen gepackt hatte und an Bord der THEODERICH kam.

Der große Antigravschacht trug den Mutanten schnell nach oben. Auf halbem Weg hörte er Motoren im Ringwulst anlaufen. Zur selben Zeit begann es in dem gewaltigen Kugelleib zu brummen.

Das Schiff war startfertig. Stagge begriff, daß er im letzten Augenblick gekommen war.

In Kabine vierhundertfünfunddreißig auf dem C-Deck fand er Van Moders im Gespräch mit Kule-Tats.

„Das ist der Mann, Kule-Tats", sagte der Robotiker und wies auf Stagge.

Auf eine Handbewegung Van Moders' nahm der Mutant Platz. In diesem Augenblick startete die THEODERICH.

Stagge erstattete den beiden Wissenschaftlern Bericht. Seine Beobachtungen mußten von enormer Wichtigkeit sein. Immer wieder warfen sich Moders und Kule-Tats vielsagende Blicke zu.

„Noch einmal, Stagge“, unterbrach ihn Moders. „Sie versuchten, die Gefühle zu ergründen, und was fanden Sie dabei?“

Der Lautsprecher der Interkoms unterbrach sie: „Van Moders und Kule-Tats bitte zu Rhodan. Er hält sich in Kabine einhundertneun auf.“

„Sie kommen mit, Stagge. Berichten Sie jetzt nicht weiter. Wir hören uns Ihre Geschichte zusammen mit Perry Rhodan an.“

In Kabine einhundertneun wohnte Deringhouse. Rhodan hielt sich bei ihm auf. Über Stagges Anwesenheit an Bord war er durch den Robotiker unterrichtet.

Stagge erzählte erneut.

Als der Mutant endete, fragte Rhodan die beiden Experten: „Nun, meine Herren?“

Kule-Tats schwieg.

Van Moders sprach: „Es ist zuviel verlangt, eine Stellungnahme zu erwarten. Der Fall muß durchdacht werden, wenn Stagges Beobachtungen stimmen.“

„Sie zweifeln daran?“ fragte Rhodan erstaunt.

„Keineswegs, aber auch ein Mutant kann sich irren.“

Van Moders erhob sich. Ein Zeichen, daß er die Unterredung als beendet ansah. Noch eine Frage stellte er: „Stagge, haben Sie vielleicht Spuren von Intelligenz bei dem Plasma beobachtet?“

„Nicht direkt“, sagte der Telepath. „Wenn man von Intelligenz sprechen kann, dann nur insoweit, daß das Plasma eine Intelligenz besitzt, die man am ehesten mit der des terranischen Delphins vergleichen könnte.“

Moders und Kule-Tats starrten den Mutanten aus großen Augen an.

„Große Milchstraße“, stöhnte Moders und fuhr sich mit beiden Händen durch die Haare. „Dann stimmen unsere Beobachtungen über die individuelle Persönlichkeit doch. Jetzt frage ich mich nur, wie groß die Plasmamenge tatsächlich sein muß, bis sie so etwas wie schöpferische Intelligenz entwickelt. Kann es sein, daß das Zentralplasma auf Everblack tatsächlich intelligent war?“

„Die Frage läßt sich nicht beantworten, Moders", sagte Rhodan. „Gucky konnte lediglich ziemlich starke undefinierbare Impulse wahrnehmen, aber keine Spur von Intelligenz. Aber das besagt nichts, denn wir wissen, daß es den Telepathen bisher unmöglich war, in die Gefühlswelt des Plasmas einzudringen. Olf Stagge scheint, aus irgendwelchen Gründen, der erste zu sein, dem dies gelungen ist. Ich werde veranlassen, daß sich alle anderen Telepathen intensiv mit dem Plasma beschäftigen sollen. Vielleicht gelingt es ihnen diesmal, mehr als nur undefinierbare Impulse wahrzunehmen."

„Die Posbis mit ihrem Zellplasma bringen mich noch um den Verstand", bemerkte Van Moders verzweifelt.

„Wenn die Posbis Ihnen Zeit dazu lassen, Ihren Verstand zu verlieren", warf Rhodan ein. Seine Stimme hatte einen eigentümlichen Klang. „Ein Verband von mehr als fünfhundert Fragmentraumern steht dicht vor M-13 und greift unsere vereinigten Flotten an. Moders, können Sie sich die Feuerkraft von fünfhundert Posbischiffen vorstellen?"

Der Robotiker nickte und fragte: „Sir, wie läuft die Schlacht um M-13 ab? Wie reagieren die plasmatischen Kommandogehirne darauf?"

Rhodans graue Augen verdunkelten sich. „Moders, haben Sie nicht die Theorie vom Lernimpuls der Posbis aufgestellt? Seitdem die halborganischen Roboter bei dem Gefecht auf Everblack ihre Erfahrungen mit unseren Narkosewaffen gemacht haben, sind die Posbis sehr lernfreudig gewesen. Atlan hat mir berichtet, daß unsere Flotten mit den Narkosegeschützen bei den Posbis kaum noch etwas ausrichten können. Moders, Ihre Theorie ist keine Theorie mehr; der Lerneifer der Posbis ist Tatsache. Zumal die Posbis trotz Einsatz von Robotschiffen und Individualabsorbern rücksichtslos angreifen. Und sollte sich jetzt noch herausstellen, daß das Plasma ab einer bestimmten Konzentration tatsächlich Intelligenz entwickelt, dann brauche ich nicht extra darauf hinzuweisen, was uns in Zukunft noch bevorsteht. In M-13 werden wir mehr erfahren."

31.

Über einen Materietransmitter hatte Atlan sein Schiff verlassen und war an Bord der in M-13 angelangten THEODERICH gekommen.

Rhodan hatte ihn in der Zentrale erwartet. Der hochgewachsene Arkonide, neben Perry Rhodan der einzige im bekannten Universum, der einen lebensverlängernden Zellaktivator besaß und dadurch relativ unsterblich war, blickte sich um, grüßte Claudrin durch Kopfnicken und fragte Rhodan dann: „Wo sind Bully, Mercant und dein engster Stab?“

„In Terrania. Sie sind damit beschäftigt, Beistandsverträge mit den Akonen auszuarbeiten. Ich rechne damit, daß der Bündnisvertrag zwischen unseren Völkern und dem Blauen System bald zustande kommt. Die Akonen haben den Ernst der Lage erkannt und werden nun nicht mehr lange zögern, sich uns anzuschließen.“

Atlan lachte bitter auf. „Erwarte dir nur nicht zu viel von einem derartigen Vertrag. Sobald die Gefahr, die die Völker der Galaxis zusammenschweißt, nicht mehr existiert, bricht die Allianz zusammen, es sei denn, die Posbis legen vorher die Galaxis in Schutt und Asche. Was machen übrigens Moders und Kule-Tats?“

Rhodan antwortete: „Van Moders und Kule-Tats sind an Bord. Sie werten zur Zeit die Beobachtungen aus, die bei der Abwehr der Laurins gemacht worden sind.“

„Ach! Aus dieser Richtung erwartest du ein Wunder, Perry? Ich nicht mehr. Wie sehr hatte ich gehofft, durch meinen Dauersymbolspruch und durch mein Eingreifen die Posbis überzeugen zu können, daß ich als ihr Freund kam. Eine Zeitlang sah es draußen im sternenarmen Raum auch so aus, als sollte sich meine Hoffnung erfüllen, bis plötzlich die Fragmentarmada aus dem Hyperraum fiel und meinen Verband zu vernichten versuchte. Perry, das Verhalten der Roboter geht über meinen Verstand.“

Atlan kam aus der Kampflinie. Er konnte am besten beurteilen, ob die vereinigte solare-arkonidische Flotte mit ihren über hunderttausend Kugelraumern gegen die zahlenmäßig weit unterlegenen Fragmentschiffe eine Chance hatte, den furchtbaren Kampf siegreich zu bestehen.

Rhodan fragte den Freund nicht danach.

Inzwischen hatte Deringhouse die wichtigsten Meldungen aus M-13 aussortiert. Rhodan und Atlan lasen sie gemeinsam.

Danach wandte Rhodan sich an Claudrin. „Geben Sie an die Galaktischen Händler, die Aras, Ekhoniden und so weiter, folgenden Spruch durch: Erster Administrator an die Völker des Arkon-Imperiums! Das Große Imperium wird zur Stunde von Schiffen der Posbis angegriffen. Die vereinigten Flotten des Solsystems und Arkons versuchen, den Gegner abzudrängen. Der Ausgang der Schlacht ist unbestimmt, denn die Roboter verfügen über Waffen, denen wir nichts entgegenzusetzen haben. Wir benötigen jedes Kampfschiff. Wir benötigen zudem weitere hunderttausend Raumer, um die vom Gegner bedrohten Planeten des Großen Imperiums innerhalb von Stunden evakuieren zu können. Imperator Gonozal VIII., der die Abwehrschlacht vor M-13 leitet, erwartet, daß die Völker seines Reiches ihn unterstützen. Der Erste Administrator Rhodan rechnet ebenfalls mit Hilfe. Aber sie muß sofort kommen, sonst werden viele Leben vernichtet. Bewohner des Großen Imperiums, handelt und helft! – Das alles als Dauerspruch mit höchster Sendeenergie abstrahlen."

Rhodan nahm Platz. Nun berichtete Atlan von den jüngsten Ereignissen in M-13. Er wurde jedoch bald unterbrochen.

Eine neue Alarmmeldung wurde durchgegeben. Die Posbis hatten Verstärkung aus dem interkosmischen Raum erhalten. Die Anzahl der neuen Fragmentschiffe war unbekannt.

Es trafen auch Meldungen aus dem Großen Imperium ein. Die Völker Arkons hatten Rhodans Aufruf ernstgenommen. Da der Erste Administrator noch nie in dieser Form ein Hilfeersuchen gestellt hatte, war ihnen klargeworden, daß sie in größter Gefahr schwebten.

Die Zentrale der Überschweren gab den Anflug aller Sippenverbände zu den bedrohten oder angegriffenen Planeten bekannt.

Die Galaktischen Händler meldeten sich. Sie, denen das Geldverdienen über alles andere ging, mußten alle eigenen Interessen zurückgestellt haben. Sie fragten an, welche Planeten sie mit ihren Riesenflotten anfliegen sollten, um die Bevölkerung vor der Vernichtung durch die Posbis zu retten.

Überall in M-13 begannen erbitterte Schlachten zwischen den Fragmentraumern und den Schiffen der Verteidiger.

32.

Die Posbis schienen von Stunde zu Stunde klüger zu werden. Immer besser stellten sie sich auf die Taktik der Terraner ein.

Atlan, der die Leitung der Flotte wieder übernommen hatte, sah seine wichtigste Aufgabe darin, unter allen Umständen die Posbis davon abzuhalten, Planeten zu verwüsten, die noch bewohnt waren.

Er verstand nicht, warum es ihm gelang. Doch als er die ununterbrochen einlaufenden Verlustmeldungen an Schiffen aller Klassen hörte, begriff er, welchen Preis die vereinigten Flotten für die Rettung von Millionen Leben zahlen mußten.

Die Überschweren, bisher kein Ruhmesblatt in der Geschichte Arkons, wischten sämtliche bösen Nachreden für alle Zeiten aus. Mit ihren schwerbewaffneten Walzenraumern, die an Feuerkraft irdischen Schweren Kreuzern nicht nachstanden, griffen sie so todesmutig die Posbis an, daß Atlan sich gezwungen sah, ihnen Vorsicht zu empfehlen.

Aber die Überschweren kümmerten sich um seinen Rat herzlich wenig.

33.

Van Moders war mit seinen Nerven am Ende. Unbeherrscht brüllte er Olf Stagge an, der ihm über den Weg lief. Der Mutant ließ seine telepathischen Fähigkeiten spielen und erkannte, wie es um den Wissenschaftler stand.

Der Biostoff, der in jedem Posbi steckte, hatte ihn an den Rand der Verzweiflung gebracht.

„Warum starren Sie mich so dumm an, Stagge?“ schrie er.

Olf Stagge verlor die Ruhe nicht. „Mir ist etwas eingefallen, Moders. Ich habe vergessen, Ihnen und Kule-Tats von einer Beobachtung zu berichten.“

Van Moders war weitergegangen. Er hörte gar nicht zu. Er schwankte wie ein Betrunkener.

Olf Stagge lief ihm nach. „Moders, wird der Biostoff auf der Erde in einem Behälter oder in mehreren Behältern aufbewahrt?“

„Was soll Ihre Frage? Wieso?“ Er wischte sich über die Augen, die rot umrandet waren.

„Ich glaube, daß das Plasma untereinander korrespondiert, natürlich auf paranormaler Basis.“

„Was? Wie?“ Moders aktivierte seine letzten Kraftreserven. Aus weit aufgerissenen Augen blickte er den Mutanten verstört an. „Das Plasma soll auf paranormaler Basis miteinander Verbindung aufgenommen haben? Ja, in sechs Behältern ist es untergebracht. Wann ist es Ihnen eingefallen?“

Er sprach durcheinander. Stagge griff nur das Wichtigste heraus. „Als Sie mich anbrüllten, fiel es mir wieder ein, Moders.“

„Wer hat Sie angebrüllt? Ich? Warum? Ach, egal. Erzählen Sie. Wie war das?“

Etwas hilflos hob Olf Stagge die Schultern. „Ich bin nicht in der Lage, eine exakte Darstellung zu geben. Gefühle, die man empfängt –

fremde Gefühle sind nie genau zu definieren. Aber das ist auch nicht das Ausschlaggebende. Der Biostoff hat Wohlbehagen oder Freude oder gehobene Stimmung anderem Plasma mitgeteilt ..."

„Wie denn?" polterte Van Moders schon wieder.

„Paranormal. Mit dieser Antwort müssen Sie sich zufriedengeben, denn mehr kann ich darüber nicht sagen. Wer nicht selbst Telepath ist, wird wohl nie begreifen, wie wir Telepathen solche Impulse aufnehmen."

„Lassen wir's." Van Moders winkte ab. „Und weiter. Was geschah dann?"

„Ich wußte bis zur Minute nicht, daß der Biostoff in mehreren Gefäßen aufbewahrt wird. In der fraglichen Nacht glaubte ich, mich in ein *Gespräch* der Plasmen eingeschaltet zu haben. Andere Mengen antworteten. Ich nahm wenigstens an, daß sie Antwort gaben."

„In Teufels Namen, was antworteten sie denn, Stagge? Wollen Sie mich an den Rand des Wahnsinns bringen?"

Stagges Stimme besaß hypnotische Kraft, als er antwortete: „Die anderen Plasmen strahlten Gefühle ab, ihre Gefühle. Sie waren nicht identisch mit den Gefühlen der ersten Menge. Sie waren sich ähnlich, aber jedes Gefühl unterschied sich wiederum vom anderen. Verstehen Sie, wie ich es aufgenommen habe?"

Van Moders starrte ihn an. Dann sagte er: „Stagge, ich könnte Sie umarmen. Tun Sie mir einen Gefallen? Suchen Sie Kule-Tats auf. Wecken Sie ihn. Erzählen Sie ihm Ihre Beobachtung. Sagen Sie ihm, daß ich ihn erwarte. Dieser Biostoff. Dieses Plasma. Dieses Teufelszeug ..."

Er ließ Stagge einfach stehen und eilte davon.

34.

Atlan, als Chef der vereinigten Verbände, gab seit zwei Tagen keine Lagemeldungen mehr ab. „Es ist sinnlos", hatte er gesagt. Nur noch Verlustmeldungen kamen durch und Nachrichten über Planeten, die von Fragmentschiffen angegriffen wurden.

Man wußte nicht genau, wieviel Fragmentraumer sich in M-13 aufhielten. Waren es immer noch rund fünfhundert, oder waren es inzwischen einige tausend geworden? Da sie nicht zu orten waren, wenn sie ihre Relativschirme aktiviert und auf Zukunft geschaltet hatten, war bald die Übersicht über ihre Anzahl verlorengegangen.

Das Allerschlimmste hatte man bis zur Stunde noch vermeiden können: Den Posbis war es nicht gelungen, einen Planeten zu verwüsten, bevor dieser evakuiert worden war.

Doch was hatten diese Bemühungen gekostet. Und was noch bedrückender war, die Posbis stellten sich mehr und mehr auf die Taktik der Kugelraumer ein. Vor einer Stunde hatten über zweihundert Fragmentschiffe zugleich den Planeten Yxt im Dress-System angegriffen, um in einem einzigen Anflug seine Oberfläche zu vernichten.

Es war nur dem glücklichen Zufall zu verdanken gewesen, daß sich über dreitausend Schiffe der Überschweren und ein gigantischer Springerpulk von mehr als achtzehntausend Walzenraumern im Anflug auf Yxt befunden hatten.

Vor dieser konzentrierten Ballung an Raumschiffen hatten die Posbis plötzlich ihren Kurs geändert, um sich den Verbänden entgegenzuwerfen.

Über Hyperfunk hatten die Überschweren um Hilfe gerufen. Atlan schickte sieben Schlachtschiffpulks, jeder zwischen zweihundert bis dreihundert Raumer stark, in das Dress-System.

Die Schlacht um den Planeten dauerte noch an. Aber die Schiffe der Springer nahmen inzwischen die Bevölkerung an Bord.

Die Schlacht um M-13 ging jetzt in den vierten Tag hinein. Wie dieser Kampf ausgehen würde, wußten Rhodan und Atlan: mit einem Sieg der Roboter – wenn kein Wunder geschah.

35.

Acht Stunden hatten Van Moders und Kule-Tats geschlafen. Jetzt saßen sie wieder in ihrem Labor. Was in der THEODERICH vorging, berührte sie nicht.

Die beiden Wissenschaftler waren zusammengekommen, um auf einige Fragen eine Antwort zu erhalten. Eine dieser Fragen war, ob die Posbis mit „wahrem Leben“ ausschließlich Roboter meinten, oder ob diese Bezeichnung für alle Lebensformen, die nicht mit den Laurins verwandt waren, zutraf.

Die Laborpositronik, die mit der wesentlich leistungsfähigeren Schiffspositronik gekoppelt war, arbeitete seit Stunden an der Auswertung aller eingespeisten Unterlagen. Aufgrund der neuesten Mitteilungen des Telepathen Olf Stagge, die der Positronik eingegeben worden waren, hoffte man, nun endlich zu einem brauchbaren Resultat zu kommen.

Der junge terranische Experte lehnte sich in seinem Sessel zurück und erklärte zu einem Vorschlag des Ara-Wissenschaftlers: „Den Teufel mit dem Beelzebub austreiben? Nein, Kule-Tats, das ist doch Wahnsinn, zu versuchen, mit den Unsichtbaren eine Verbindung aufzunehmen. Die Laurins sind uns noch fremder als diese Roboter. Eine physikalische Erklärung, warum sie unsichtbar sind, ist bis jetzt noch nicht gefunden worden. Und die Laurins sollen wir zu Hilfe rufen? Kule-Tats, ist das wirklich Ihr Ernst?“

Mutlos sagte der Galaktische Mediziner: „Ein Ertrinkender greift auch nach einem Grashalm, Moders. Ich habe keine Hoffnung mehr . . .“

Der Ara vollendete den Satz nicht, denn in diesem Augenblick zeigte die Positronik die ersten Ergebnisse an.

Die Positronik hatte mit hoher Wahrscheinlichkeit ermittelt, daß die Laurins biologisch nicht mit den Menschen verwandt waren. Aus dieser Erkenntnis und der bereits festgestellten Ähnlichkeit des Posbiplasmas mit dem menschlichen Zellsystem schloß die Positronik, daß die Frage *„Seid ihr wahres Leben?“* nicht nur für mechanische Roboterkörper, sondern auch für alle Organismen galt, die in keinem biologischen Verwandtschaftsverhältnis zu den Laurins standen. Damit war die vor Tagen gestellte Frage Atlans beantwortet, auch wenn sich Atlans Plan letztlich als Mißerfolg erwiesen hatte. Aber dieser Mißerfolg mußte andere Ursachen haben, als die von der Positronik soeben ermittelten Wahrscheinlichkeitsberechnungen. Aber das war noch nicht alles. Aufbauend auf dieser Erkenntnis erstellte die Positronik einen Plan, der einige Erfolgsaussichten besaß, den Posbis beizukommen.

Van Moders erkannte in einer Art von Hellsichtigkeit, wie das Schlußresultat lauten mußte. „Kule-Tats, das ist das Wunder, auf das wir gehofft haben!“ schrie er jubelnd.

Der Ara ließ sich durch Van Moders' Enthusiasmus nicht anstekken. Formel um Formel verfolgte er. Aber als er Van Moders endlich ansah, glänzten seine Augen.

„Schnell zu Rhodan!“ triumphierte Van Moders.

Rhodan führte über Hyperfunk mit Atlan eine wichtige Besprechung, als Moders sich über die Verbindung bei ihm anmeldete.

„Kommen Sie sofort“, sagte Rhodan. Zu Atlan gewandt, fügte er hinzu: „Ich rufe dich später an. Wenn mich nicht alles täuscht, dann haben unsere Experten gerade eine wichtige Entdeckung gemacht.“

Gleich darauf trafen Van Moders und Kule-Tats ein. Der Ara sprach, nachdem der Terraner ihn dazu gedrängt hatte.

Rhodan bewegte sich nicht. Unverwandt hing sein Blick an den Lippen des Galaktischen Mediziners.

„Sir, wir müssen es versuchen“, schloß Kule-Tats. „Unsere Berechnungen erlauben uns nur zu hoffen.“

„Unsinn“, mischte sich Van Moders ein. „Wir haben Erfolg. Aber um ganz sicherzugehen, möchte ich folgendes vorschlagen ...“

Je länger er sprach, um so größer wurde das Erstaunen des Aras, Perry Rhodan aber nickte Moders zu.

„Großartig, meine Herren“, sagte er impulsiv. „Sie haben wunderbare Arbeit geleistet ...“

Van Moders unterbrach den Ersten Administrator. „Nicht wir haben Ihren Dank verdient. Olf Stagge ist der Mann, der uns auf die richtige Spur gebracht hat. Ohne seine Beobachtung der untereinander korrespondierenden Plasmen wären wir nie zu diesem Resultat gekommen."

Zum erstenmal seit Tagen drückten die Gesichter der Männer wieder Hoffnung aus.

36.

Reginald Bull saß in seinem Büro in Terrania und beschäftigte sich mit den Verträgen, die man den Akonen unterbreiten wollte. Gucky, der ebenfalls auf Terra zurückgeblieben war, leistete ihm Gesellschaft. Sie waren gerade in eine hitzige Diskussion über den Wert des künftigen Bündnisses zwischen Arkon, Terra und Akon verwickelt, als der Hyperkom summte und ein Gespräch über Relais von der THEODERICH in Bulls Büro gemeldet wurde.

Auf dem Bildschirm erschien Perry Rhodans markantes Gesicht. Er nickte Bully und Gucky zu. Dann sprach er. Er sah das Aufleuchten in den Augen der anderen. Zum Schluß seiner Anweisungen bemerkte er jedoch: „Es besteht noch kein Grund, sich allzuviel von unserem Versuch zu erhoffen. Ich möchte nicht, daß etwas von unserem Gespräch bekannt wird."

„In Ordnung, Perry. Ich komme so schnell wie möglich. Marschall Julian Tifflor ist seit gestern in Terrania. Er soll kommissarisch die Regierungsgeschäfte übernehmen."

Der Bildschirm wurde grau. Das Gespräch mit der THEODERICH war zu Ende. Als Bully sich nach dem Mausbiber umsah, war dieser bereits verschwunden.

Reginald Bull wollte gerade den Chef des Mutantenkorps, John Marshall, benachrichtigen, als sich dieser meldete.

„Gucky hat mich bereits informiert", gab er bekannt. „Ich bin mit den angeforderten Mutanten in zwanzig Minuten auf dem Schiff. Nur eine routinemäßige Rückfrage: Wir fliegen mit der OLYMP?"

„Ja", bestätigte Bully. „Bis später, Marshall."

Als er Verbindung mit dem Kommandanten der OLYMP hatte und ihm die Anweisung geben wollte, den Kugelraumer startbereit zu machen, unterbrach dieser ihn: „Sir, Gucky war hier und hat Ihre Order übermittelt."

Bully verzichtete darauf, noch ein Wort zu sagen.

„So ein verflixter Bursche", sagte er halblaut, als er abgeschaltet hatte.

Um 11:78 Uhr Standardzeit verließ die OLYMP Terranias Raumhafen. Ziel: M-13, der Standort der THEODERICH.

Inzwischen hatten die Telepathen sich intensiv mit dem Plasma beschäftigt. Zu ihrer Überraschung stellten sie fest, daß auch sie, genau wie Olf Stagge, plötzlich in der Lage waren, die Gefühlsempfindungen des Plasmas zu registrieren. Was ihnen all die Monate vorher nicht gelungen war, wurde jetzt auf einmal möglich, ohne daß es erklärbar war – es sei denn, daß man dem Plasma die Fähigkeit zubilligte, seine Gefühlsimpulse abzuschirmen. Aber dies war lediglich eine Vermutung, die durch keinen konkreten Hinweis untermauert wurde. Lediglich Olfs Aussage, daß die Plasmamengen miteinander korrespondierten, konnten die Telepathen nicht bestätigen. Anscheinend war Olf nach wie vor der einzige unter ihnen, der tiefer in das Plasma eindringen konnte.

37.

Zwei Stunden, nachdem die OLYMP längsseits gegangen und Marshall an der Spitze der Mutanten an Bord der THEODERICH gekommen war, suchte der Chef des Mutantenkorps die Wissenschaftler in ihrem Labor auf.

Marshall kam sofort zum Thema. Moders umriß die Aufgabe der Telepathen. Marshall stellte oft Fragen. Der Ara bewunderte die Gelassenheit des Mutanten und seine Klugheit.

„Sind Sie nicht auch der Meinung, daß dieser Versuch auf tönernen Füßen steht?“ fragte Marshall.

„Wieso?“ Van Moders blickte ihn verblüfft an.

„Weil wir noch nicht im Besitz eines Fragmentschiffs sind, Moders. Wir Telepathen können wohl die Vorbereitungen für Ihren Versuch abschließen, aber dann taucht das Problem auf. Werden wir in der Lage sein, den Versuch zu beenden? Wir wissen, daß die Roboter Abwehreinrichtungen gegen unsere Narkosegeschütze entwickelt haben.“

Moders nickte. „Ich weiß. Rhodan hat mit uns über diese Tatsache gesprochen. Seit etwa zwei Stunden sind einige tausend Raumschiffe auf der Suche nach einem Posbifragmenter, der noch nicht mit dem Schutz gegen Narkosestrahlen ausgerüstet ist. An Bord liegt eine Meldung vor, daß es immer noch Fragmentraumer gibt, deren Plasmazentralen durch Narkosebeschuß zu lähmen sind. Deshalb sind viele Schiffe aus der Kampffront abgezogen worden, einzig zu dem Zweck, einen dieser Posbiraumer zu finden und zu übernehmen.“

John Marshall erhob sich.

„Hoffen wir, daß die Sache gelingt“, sagte er.

Atlan unterhielt sich wieder mit Rhodan. „Ich verzeihe den Springern und den Überschweren alle Sünden aus ihrer Vergangenheit, Barbar. Ich könnte aufleben und hoffen, endlich tatkräftige Freunde für mein Imperium gefunden zu haben, wenn die Posbis uns nicht im Nacken säßen. Perry, die Überschweren und Springer leisten Unvorstellbares. Ihre Verluste an Schiffen sind groß. Ich habe es nie für möglich gehalten, daß die Galaktischen Händler je so selbstlos handeln könnten. Aber wenn ich trotzdem sehen muß, wie wir einen Planeten nach dem anderen verlieren und diese Posbis mit ihren Höllenkästen kommen, um Planetenoberflächen in Feuerwüsten zu verwandeln, könnte ich fast verzweifeln. Unaufhaltsam werden wir weiter in das Zentrum zurückgedrängt. Ich sehe den Augenblick herannahen, wo wir nicht mehr evakuieren können."

Wenn Atlan auch von Verzweiflung sprach, so war er doch noch nicht ganz hoffnungslos.

Er wußte um den Versuch, den Rhodan starten wollte. Er wußte aber ebenso, daß die Suchschiffe bisher keinen Fragmentraumer mit Narkosestrahlen hatten funktionsunfähig machen können.

Sie suchten seit mehr als acht Stunden.

„Wie ist die Stimmung an Bord der bemannten Kampfschiffe, Atlan?"

Ein Lachen klang auf. „Stimmung? Die Terraner tun so ihre Pflicht, wie vor zehntausend Jahren die Arkoniden für ihr Imperium gekämpft haben."

„Wann glaubst du, daß der Augenblick eintritt, an dem kein Planet mehr evakuiert werden kann, Atlan?" fragte Rhodan.

„Wenn die Entwicklung in diesem Tempo weitergeht, dann werden wir in achtzig Stunden Standardzeit die letzte Räumung vornehmen können."

„Atlan, gib an alle Schiffe noch einmal den Befehl durch, daß ein Fragmentraumer, der durch Narkosebeschuß lahmgelegt worden ist, unter keinen Umständen vernichtet werden darf."

Atlans Augen leuchteten auf. „Barbar, du machst mir wieder Mut. Du rechnest damit, daß einige ohne diesen neuen Schutz sind?"

„Zehn sind leider vernichtet worden. Die Überschweren waren etwas zu eifrig. Auf diesen Bericht baue ich meine Hoffnung auf."

Als das Telekomgespräch zu Ende war, überdachte Rhodan noch einmal die Lage.

Da betrat Bully den Raum und riß ihn aus seinen Überlegungen.

„Die Telepathen sind seit einigen Stunden an der Arbeit. Den Verstärker haben sie nicht verwenden können. John hat es früh genug bemerkt. Der Biostoff scheint allergisch dagegen zu sein. Marshall behauptet sogar, er wäre nachtragend", erklärte Reginald Bull.

„Das wird ja immer verwirrender!" rief Rhodan aus. „Was sagen Kule-Tats und Van Moders dazu? Sind sie darüber unterrichtet worden?"

„Die scheinen mir ein bißchen verrückt zu sein, Perry", sagte der Dicke in seiner saloppen Art. „Die Nachricht hat sie nicht einmal verwundert. Die beiden wollten nur wissen, ob das Zellplasma in einem Behälter steckt."

„Und? Steckt es in einem?"

„Nanu? Du fragst ja wie Moders, Perry. Ja, es wird in einem Behälter aufbewahrt."

„Und es ist nachtragend – es ist böse, weil die Telepathen zusätzlich den Verstärker für paramentale Schwingungen verwandten?"

Bully, der sich inzwischen gesetzt hatte, rutschte plötzlich auf seinem Sessel hin und her. „Mit deiner präzisen Frage machst du mich noch herzkrank, Perry, denn so genau, wie du sie beantwortet haben möchtest, ist sie ganz einfach nicht zu beantworten. Aus den angehenden Schwingungen glaubten sowohl Marshall als auch Stagge herauszulesen, daß das Plasma über die Anwendung des Verstärkers böse wäre und es einfach nicht vergessen könnte."

„Auch davon sind unsere beiden Experten unterrichtet?"

„Selbstverständlich. Warum fragst du nach diesen Details?"

„Weil mich im Augenblick nur ein Problem interessiert: die Posbis. Sie lassen uns auch keine Zeit, an etwas anderes zu denken. Ich habe eben mit Atlan gesprochen. Unter der Voraussetzung, daß die Fragmentraumer im gleichen Tempo wie bisher ins Arkongebiet eindringen, glaubt er, binnen achtzig Stunden die Evakuierungsmaßnahmen einstellen zu müssen."

„Ja, mein Gott . . .", sagte Bully plötzlich erregt und richtete sich auf.

Rhodan unterbrach den Freund. „Bully, wenn du dir überlegst, daß die wenigsten Arkonplaneten autark sind, dann kannst du dir vielleicht vorstellen, daß jetzt schon auf vielen Welten Ernährungsschwierigkeiten aufgetreten sind. Technisch ist es unmöglich, den letzten Handelsraumer zu Evakuierungszwecken heranzuziehen. Im selben Moment würde das gesamte Staatsgefüge von Arkon zusammenbrechen. Wir selbst hätten den Posbis den Weg zum Herzen Arkons geöffnet."

„Und jetzt hängt alles von dem bewußten Versuch ab. Hoffentlich treiben die Suchkommandos einen Fragmentraumer auf, der mit Narkosestrahlen lahmzuschießen ist. Und hoffentlich hat dann der Versuch den Erfolg, den sich Moders und Kule-Tats davon versprechen", meinte Bully.

Fragend blickte er Perry an. Der zuckte mit den Schultern. Zu Bullys Worten hatte er nichts zu sagen.

Er konnte eben nur hoffen – wie alle, die um diesen Versuch wußten.

Vor vier Stunden hatte Atlan sich von der Front zum letztenmal über Telekom gemeldet. Die Nachricht war kurz gewesen.

Planet Colten im Lasersystem brennt. Keine Verluste unter der Bevölkerung beim Abtransport. Flotte: Totalverluste, 14 Schiffe; 38 teils leicht bis schwer beschädigt. Aufstellung darüber folgt.

gez. Atlan.

Endlich traf die erwartete Meldung ein.

Die TOKIO, ein Schiff der Städteklasse, hatte einen Fragmentraumer abseits vom Kampfgeschehen mit Narkosestrahlen lahmgeschossen.

Die THEODERICH, die sich seit Beginn der Suche mit knapp 0,7 Licht zwischen den Sternen Arkons bewegt hatte, brach in den Zwischenraum ein. Jefe Claudrin wußte, daß es jetzt wieder einmal um Sekunden ging.

Für eine Gruppe Mutanten gab es Alarm.

Gucky, Tako Kakuta und Ras Tschubai hatten als Teleporter die Aufgabe, das in einem Behälter untergebrachte Plasma an Bord des Fragmentraumers zu teleportieren.

Seit Stunden war es von den Telepathen ununterbrochen beeinflußt worden. John Marshall hatte es verstanden, die Paraströme der Telepathen regelrecht zu bündeln und sie mit größter Intensität auf einen engbegrenzten Bereich des Biostoffs wirken zu lassen. Schritt für Schritt war er vorgegangen. Er ahnte, daß jede Überstürzung den Versuch gefährden konnte. Allein der Einsatz des Verstärkers, mit dem die Energie ihrer parapsychischen Willensströme erhöht werden konnte, hätte um ein Haar das Experiment im Anfangsstadium zunichte gemacht.

Mehr als drei Stunden hatten sie benötigt, das Plasma den Einsatz dieses Hilfsgeräts vergessen zu lassen. Als feststand, daß der Biostoff keine Schwingungen mehr abstrahlte, die Bosheit und nachtragende Wut ausdrückten, war der Moment gekommen, an dem sie mit ihrer eigentlichen Aufgabe beginnen konnten.

Jeder einzelne Telepath wußte, daß er jetzt ein Höchstmaß an Leistung aufzubringen hatte.

Mit ihren telepathischen Kräften hämmerten sie dem Biostoff immer wieder ein: *„Wir sind wahres Leben, wir helfen dem wahren Leben.“*

Van Moders und Kule-Tats sahen, wie die Mutanten körperlich immer schwächer wurden.

Neben John Marshall hockte Gucky, klein geworden, mit stumpfem Fell, bewegungslos. Einen Schritt weiter lag ein Telepath halb auf dem Kugelgefäß, in dem der Biostoff aufbewahrt wurde. Schweiß rann über sein Gesicht, Schweiß tropfte auf die äußere Kugelwandung. Die Beine des Telepathen zitterten, sein Kopf schwankte hin und her.

Die besten Telepathen versuchten, das Plasma zu beeinflussen. In den ersten Stunden hatten sie sich zusätzlich noch der Paraausstrahlungen des Biostoffs erwehren müssen, was eine Belastung darstellte, die fast über das Maß des Erträglichen hinausging.

Eine unvorstellbare Leistung hatte John Marshall vollbracht, als er die Paraströme aller Mutanten bündelte, um sie auf einen bestimmten Punkt des Biostoffs zu richten.

Je länger sie das Plasma parapsychisch berieselten, um so ruhiger wurde es. Dieser rätselhafte Stoff schien sich unter dieser Behandlung wohl zu fühlen. Olf Stagge, der als erster richtigen Kontakt zum

Biostoff bekommen hatte, war auch jetzt mit der Aufgabe betraut worden, das Plasma auf seine Stimmung hin immer wieder zu prüfen.

Als die THEODERICH in dieLibrationszone des Zwischenraums ging, beendete Marshall die Sitzung. Drei Telepathen brachen zusammen. Van Moders benachrichtigte das Schiffslazarett. Wenig später wimmelte es in dem großen Raum von Ärzten.

„Dopen", sagte Marshall mit schwacher Stimme und zeigte dabei auf Gucky, Olf Stagge und sich.

Doktor Benthuys erwiderte scharf: „Hier wird nicht gedopt. Das hat es vor zweihundert Jahren gegeben, aber heute nicht mehr. Sie sollten sich . . ."

Marshall, der sich ausgebrannt fühlte, konnte die belehrenden Worte des Arztes einfach nicht mehr hören. „Machen Sie, was Sie wollen, nur reden Sie nicht. Machen Sie uns fit. Das aber schnell."

Van Moders legte seine Hand auf Benthuys Arm und zog den Arzt, der sich sträubte, zur Seite.

„Doktor, machen Sie jetzt keinen Unsinn. Es geht um die Existenz vieler Völker der Galaxis. Verstanden?"

Doktor Benthuys verstand.

Marshall, Stagge und Gucky lagen in Gliedersesseln, die zu Liegen verstellt worden waren. Um jeden Mutanten bemühten sich drei Mediziner. Injektionen wurden verabreicht – stimulierende Kreislaufmittel aus araischen Apotheken. Kule-Tats und van Moders sorgten dafür, daß die Ärzte keine Minute länger blieben, als es der Zustand der drei Personen erforderte.

Die injizierten Mittel wirkten binnen weniger Minuten. Marshall erhob sich als erster. Gucky, körperlich der schwächste, war nach zehn Minuten wieder auf dem Posten.

Ein Roboter stand vor ihm und reichte ihm seinen spezialgefertigten Raumanzug. Kakuta, Tschubai, Marshall und Stagge standen schon einsatzbereit da.

Rhodan trat ein. Er ging auf die Männer zu, die sich auf eine gefährliche Aufgabe vorbereiteten. Niemand konnte sagen, ob sie lebend aus diesem Einsatz zurückkamen.

„Es ist uns gelungen, ein Posbischiff mit Hilfe der Narkosewaffe außer Gefecht zu setzen", sagte Rhodan. „Wir sind soeben aus dem

Linearraum aufgetaucht. Das Posbischiff befindet sich in unmittelbarer Nähe und ist nicht in ein Relativfeld gehüllt."

Wie zur Bestätigung flammte der Bildschirm auf und zeigte den bizarr aussehenden Fragmentraumer.

Rhodan fuhr fort: „Bitte machen Sie sich fertig zum Einsatz. Fellmer Lloyd bleibt auf der THEODERICH zurück, um uns über alle Vorgänge an Bord des Fragmentraumers zu berichten. Er wird mit Marshall und Gucky ständig in telepathischem Kontakt stehen. Ich wünsche Ihnen allen viel Glück."

Rhodan drehte sich um und verließ den Raum.

Gucky, Kakuta, Tschubai und Stagge umfaßten die Griffstücke des Plasmabehälters. John Marshall hatte seine Arme über Ras Tschubais Schultern gelegt und die Hände unter dem Kinn des schwarzen Teleporters verschränkt.

„Was passiert jetzt?" fragte Kule-Tats. Dann schrie er überrascht auf.

Die Stelle, an der er gerade noch fünf Personen und ein kugelförmiges Gefäß gesehen hatte, war leer.

„Sie sind jetzt auf dem Posbischiff", erklärte Van Moders seinem Kollegen. „Hoffentlich ist darauf kein einziger Roboter mehr aktiv."

Van Moders kannte sie gut, diese halborganischen Metallungeheuer, die genauso häßlich aussahen wie ihre Raumschiffe.

„Und wenn es doch der Fall ist, Moders?"

Der sah den Ara-Wissenschaftler lange an. Zögernd sagte er dann: „Es kommt darauf an, wer zuerst schießt. Man kann Glück haben, wenn bloß nicht diese Posbis so unheimlich schnell reagieren würden. Hoffentlich passiert nichts bei diesem Einsatz."

Die Mutanten waren auf alles vorbereitet, als sie zum Posbiraumer teleportierten.

Der Einsatz war eingehend besprochen worden. Jeder kannte seine Aufgabe, jeder wußte, daß er im Fragmentschiff unbekannten Gefahren gegenüberstehen würde.

Sie waren trotz der schlechten Erfahrungen, die Atlan mit den 500 Posbischiffen gemacht hatte, alle mit Individualabsorbern ausgerüstet. Diese waren jedoch nicht aktiviert, da man sonst keinen Kontakt mit dem Plasma oder Lloyd herstellen konnte. Zusätzlich besaß jeder von ihnen ein kleines Symbolfunkgerät, mit dem man mit der Positronik des Fragmentraumers Kontakt aufnehmen konnte. Über die an Bord eines Posbischiffs herrschenden Verhältnisse war man von Gucky, Kakuta und Tschubai unterrichtet worden. Diese drei waren bisher die einzigen, die sich an Bord eines Fragmentschiffs aufgehalten hatten – wenn man davon absah, daß man auch auf Mechanica Gelegenheit gehabt hatte, ein abgestürztes Posbischiff zu studieren.

In ihren Ohren dröhnte noch das Krachen, mit dem der Kugelbehälter gegen den Metallboden gestoßen war. Die Außenmikrophone ihrer Raumhelme hatten das Geräusch übertragen. Die Männer und Gucky befanden sich in einer nicht zu beschreibenden Umgebung. So verrückt diese Fragmentraumer von außen aussahen, so unsinnig schien auch das Innere der Schiffe gestaltet zu sein.

Sie sahen überall zerstörte Posbis. Die Stahlkapseln mit dem Plasma lagen neben ihnen am Boden und warteten darauf, von den Bergungsmaschinen abgeholt zu werden. Mit Hilfe ihrer Symbolfunkgeräte registrierten sie die Notrufe der Positronik: *„Liebt das Innere, rettet das Innere.“*

Man wußte, daß die Gefahr eines Angriffs nur von diesen Bergungsmaschinen oder von eventuell vorhandenen plasmalosen Kampfrobotern ausgehen konnte. Kurze Erkundungssprünge der Teleporter in andere Bereiche des Schiffes zeigten überall das gleiche Bild. Alle Posbis waren der Selbstzerstörung zum Opfer gefallen. Überall waren Bergungsmaschinen damit beschäftigt, die Plasmakapseln einzusammeln. Man konnte nur hoffen, daß die Zentrale von den Bergungseinheiten noch nicht heimgesucht worden war, denn dann würde sich das Schiff vermutlich auch selbst zerstören wie die Posbis.

Die Ereignisse auf Everblack hatten gezeigt, daß die Posbis von zwei Kommandoeinheiten gesteuert wurden. Der Schluß, daß dies auch auf allen Fragmentraumern so war, lag auf der Hand, und die empfangenen Notrufe der Positronik bestätigten dies. Man war davon überzeugt, in der Zentrale neben einer Positronik auch größere Mengen Plasma vorzufinden, das narkotisiert war.

Sie befanden sich in einer Maschinenhalle mit unbekannten Apparaten. Mehr als vierzig Meter über ihnen war die Decke; keine glatte

Fläche, sondern mit beulenartigen Vertiefungen und spitzauslaufenden Vorsprüngen versehen.

Häßliche Aggregate umgaben sie. Stellenweise reichten die Geräte bis zur Decke. Aber kein einziges schien zu arbeiten. Um die Mutanten herrschte eine bedrohliche Stille.

„Wo mag die Zentrale liegen?“ fragte Marshall die Teleporter.

„Ich schaue nach“, piepste Gucky und war verschwunden. Höchste Eile war erforderlich. Die Wirkung der Narkose ließ in wenigen Minuten nach, dann würde das Plasma wieder erwachen. Bis dahin mußte jedoch das von ihnen präparierte Plasma an das Zentralplasma des Schiffes angeschlossen sein, um dieses sofort nach dem Erwachen zu bearbeiten. Kurz darauf kam Gucky zurück.

„Ich habe die Zentrale gefunden. Das Schiffsplasma befindet sich in sechs großen, kuppelförmigen Behältern. Es muß sich um eine riesige Menge Plasma handeln. Auch dort befinden sich einige zerstörte Posbis, darunter ein besonders großes Exemplar, vermutlich der Posbi-Kommandant.“

„Rede nicht so viel, Gucky“, drängte Marshall. „Gib das Ziel an.“

Sie sprangen erneut. Kakuta nahm diesmal Marshall mit. Olf Stagge wurde in dem Moment zum aktiven Teleporter, wenn in seiner Nähe sich ein Mutant auf einen Sprung konzentrierte.

Sie kamen in der Zentrale an. Wieder setzte der Behälter krachend auf. Vor ihnen wölbte sich eine der sechs Kuppeln, von denen jede Tonnen von Biostoff enthielt. Von Bergungsrobotern war hier noch nichts zu sehen.

Über Helmfunk war Marshalls ruhiges Atmen zu hören. Am Kugelbehälter hatte er die elektromagnetische Beheizung eingeschaltet.

„Gucky, drücke den Stoff gegen die Wandung.“

Wie von Geisterhand angehoben, schwebte der Behälter auf die gewaltige Kuppel zu, berührte sie, um in diesem Augenblick die Form zu verlieren und sich auf einer Fläche von mehr als einem Quadratmeter an die Kuppelwandung anzuschmiegen.

Marshall nahm mit Lloyd telepathischen Kontakt auf.

Zentrale erreicht. Plasmabehälter ist gegen eine Kuppel gepreßt. An Bord anscheinend noch alles in Ordnung.

Die telepathische Verbindung brach ab. Marshall vermißte Ras Tschubai. Aber er machte sich um den besonnenen Teleporter keine Sorgen.

„Marshall!“ rief Stagge. „Das Zentralplasma erwacht aus der Narkose. Unser Plasma steht bereits damit in Kontakt.“

Wie Stagge über eine eigenartige Teleportationsfähigkeit verfügte, so war auch sein Telepathiesinn nicht normal. Das zeigte sich wieder einmal in diesem Moment, denn er war der einzige, der eine solche Feststellung machte. Marshall fing wohl Schwingungen auf, aber er war nicht in der Lage zu sagen, daß ihr Plasma sich in diesem Augenblick mit dem Biostoff des Fragmentraumers unterhielt.

Gucky erging es ebenso. Der Kleine schüttelte unter seinem Klarsichthelm den Kopf.

Zwischen ihnen rematerialisierte Tschubai. „John, es gibt auf diesem Schiff tatsächlich plasmalose Kampfroboter. Diese registrieren unsere Individualschwingungen. Wir sollten die Absorber einschalten.“

„Auf keinen Fall“, sagte Marshall. „Wir müssen unser präpariertes Plasma ständig unter Kontrolle halten und auch gegenseitig jederzeit Kontakt aufnehmen können. Wenn wir jetzt die Absorber einschalten, verliert unser Plasma den Kontakt mit uns, und wir wissen nicht, wie es sich dann weiter verhält.“

„Du hast recht, John“, erwiderte Tschubai, „aber die Kampfroboter werden durch eure Impulse angelockt und bald in der Zentrale erscheinen.“

Marshall dachte kurz nach, dann sagte er. „Du und Kakuta sichert die Zugänge zur Zentrale, während wir uns um das Plasma kümmern.“

Während Tschubai und Kakuta sich so postierten, daß sie einen großen Teil der Zentrale überblicken konnten, nahm Marshall Kontakt mit Fellmer Lloyd auf. Gucky tat es ihm gleich. Marshall schilderte, was sie bisher herausgefunden hatten, danach lauschte er auf die Mitteilung Lloyds.

Das Fragmentschiff hat soeben einen Symbolspruch abgesetzt. Anfrage an eine unbekannte Station. Wir selbst funken mit höchster Sendeleistung: Wir sind wahres Leben, wir helfen dem wahren Leben.

Eine Symbolantwort haben wir bisher nicht erhalten. Gehen Sie kein zu großes Risiko ein. Warten Sie, bis die Kommandounternehmen auf dem Posbischiff sind. Vergessen Sie nicht, wie exakt die Ortung der Roboter auf organisches Leben anspricht. Marshall, passen Sie auf. Ende.

„Große Milchstraße", piepste Gucky über Helmfunk. „Perry hat wohl vergessen, daß wir schon einige tausend Einsätze hinter uns haben."

Marshall setzte zum Sprechen an, als eine Strahlbahn durch die Zentrale blitzte.

Der Japaner Kakuta hatte seine Impulswaffe abgefeuert. Ein gerade eingetroffener Roboter war vernichtet worden.

Wieder meldete sich Lloyd: *Kommandos setzen mit Raumgleitern über. Schleuse öffnen. Vorsicht. Ende.*

Marshall schickte Kakuta zur Schleuse. Inzwischen widmete sich Gucky wieder dem Plasma. Er aktivierte seine telepathischen Fähigkeiten. Es ließ ihm keine Ruhe, daß Olf Stagge besseren Kontakt zu dem Plasma hatte als er. Die verworrenen Schwingungen brachen über ihn herein. Die Haßimpulse kannte Gucky genau. Doch was er jetzt empfing, war ihm fremd. Fast im selben Augenblick aber glaubte er, die Impulse zu erkennen.

„John", rief der Mausbiber verblüfft, „unser Plasma versucht dem Biostoffkommandanten einzureden, wie gut es bei uns behandelt worden ist!"

Olf Stagge nickte zustimmend.

Marshall ließ selbst seine telepathischen Kräfte spielen. Überrascht trat er einen Schritt zurück. Guckys Angaben stimmten. Diese Schwingungen, die auch ihn trafen, mußten das ausdrücken, was der Mausbiber herausgelesen hatte. Nun waren also auch sie in der Lage, die schwachen telepathischen Sendungen des Plasmas zu registrieren, stellte Marshall verwundert fest. Bevor er noch über diese plötzliche Entwicklung nachdenken konnte, meldete sich Lloyd.

Marshall! Wir haben soeben eine Anfrage aus dem Interkosmos erhalten. Man will wissen, wer wir sind und ob wir wahres Leben sind. Ende.

Gucky hatte die Meldung mitgehört. Er und Marshall bekamen keine Zeit, sich darüber zu freuen.

Von drei Seiten drangen die Roboter in die Zentrale ein.

Gucky fluchte. Mit Hilfe von Telekinese schaffte er das Gefäß mit Plasma auf die Spitze der Kuppel.

Danach zog er seine Waffe und konzentrierte sich auf die angreifenden Roboter. Aus den Augenwinkeln sah er, daß seine Begleiter ebenfalls das Feuer eröffneten.

Während sich seine Gefährten den in die Zentrale eindringenden Robotern widmeten, hielt Olf Stagge den Kontakt mit dem Plasma aufrecht. Er hatte seine Waffe gezogen, um jederzeit in den Kampf eingreifen zu können. Er sah, daß die Kampfmaschinen auf die Plasmakuppeln keine Rücksicht nahmen. Anscheinend kümmerte sich die Schiffspositronik nicht mehr um die Gefühlsimpulse des Plasmas und war in der Lage, sogar gegen diese Impulse aktiv zu werden. Olf konnte es sich nicht erklären, was geschehen war.

Aus den Augenwinkeln registrierte er einen Kampfroboter, der seine Waffe auf ihn richtete. Er warf sich zurück, prallte gegen die Kuppel und hörte plötzlich mittels seiner telepathischen Fähigkeiten den Ruf: *Wir lieben das Innere, wir retten das Innere!*

Olf Stagge fühlte sich von Angst geschüttelt.

Er mußte verhindern, daß die Roboter das Zellplasma in der Kuppel vernichteten. Die Zerstörung des organischen Stoffes würde böse Folgen mit sich bringen und dem Biomaterial in der Zentrale den logischen Beweis liefern, daß die Organismen, die ihm über Symbolfunk erklärten, wahres Leben zu sein und wahrem Leben zu helfen, in Wirklichkeit seine Feinde waren.

Ich muß es schützen, dachte Olf Stagge nur. Die Roboter dürfen den Inhalt dieser Kuppel nicht zerstören.

Und Olf Stagge, der breitschultrige Blondkopf aus Skandinavien, verließ blitzschnell seine Deckung, erkannte die Ziele und schoß aus beiden Handwaffen.

Sie dürfen nicht an das Plasma. Nur das dachte er.

Posbis explodierten. Strahlschüsse krachten gegen Wände, Maschinen, Boden und Decke, aber sie trafen Olf Stagge nicht. Er glaubte, schon seit Stunden mit den Robotern einen hoffnungslosen Kampf zu führen. In Wirklichkeit jedoch waren erst zwei Minuten vergangen.

Das Glück hielt beide Hände über ihn.

Als Olf Stagge sich umsah, konnte er keinen aktionsfähigen Roboter mehr entdecken. Vernichtet lagen sie am Boden.

Stagge sah sich flüchtig nach seinen Gefährten um, konnte sie aber nicht sehen. Schon wollte er mit seinem Parasinn nach ihnen suchen, als ihm eine Idee kam. Unter Aufbietung aller Kräfte strahlte er an das Plasma den telepathischen Befehl ab: *Setze dich mit der Positronik in Verbindung und versuche, sie zu einem sofortigen Abbruch der Kampfhandlungen zu bewegen. Du bist in Gefahr, von den Kampfrobotern vernichtet zu werden.*

Immer wieder strahlte er diesen Befehl ab, bis seine Kräfte nachließen. Er ging einige Schritte tiefer in die Zentrale hinein. Plötzlich sah er weiter im Hintergrund eine Gestalt am Boden liegen. Er rannte hin und stellte fest, daß es Ras Tschubai war.

Stagge beugte sich zu Tschubai hinab und sah, daß der Teleporter bewußtlos war. Er wollte sich erleichtert wieder aufrichten, als es geschah.

Aus den Augenwinkeln bemerkte er schräg hinter sich eine flüchtige Bewegung. Ehe er reagierte, schoß ein greller Strahl auf ihn zu. Tot brach er über Ras Tschubai zusammen.

Der Mutant starb im selben Augenblick, als das Plasma die Kontrolle der Positronik wieder an sich riß und dieser den Befehlsimpuls erteilte: *Sie sind wahres Leben, sie helfen dem wahren Leben.*

Den Schuß des Kampfroboters auf Olf Stagge konnte das Plasma nicht mehr verhindern, wohl aber, daß alle anderen organischen Wesen an Bord des Fragmentschiffs ebenfalls getötet wurden.

Schlagartig war es ruhig geworden. Bewegungslos stand der Roboter, der den tödlichen Schuß auf Stagge abgegeben hatte, im geöffneten Schott.

Auf der THEODERICH ahnte noch niemand etwas von Olf Stagges Tod. Soeben war durchgegeben worden, daß auf dem Fragmentraumer eine Schleuse geöffnet worden war.

„Wir schaffen es!" rief Jefe Claudrin laut.

In der Zentrale des Flaggschiffs wimmelte es von Technikern. Sie arbeiteten unter Van Moders' und Kule-Tats' Leitung.

Kule-Tats strahlte eine alles beherrschende Ruhe aus. Perry Rhodan gratulierte sich im stillen, daß dieser Experte jetzt im Dienst der terranischen Wissenschaft stand. Van Moders war erregt. Auch das konnte Rhodan verstehen. Der Robotiker war blutjung. Er besaß noch keine große Lebenserfahrung. Die seelischen Belastungen der letzten Wochen waren einfach zu viel für ihn gewesen.

Arbeiterroboter brachten wieder neue Aggregate heran. Techniker stellten die Schaltungen her.

Rhodan beobachtete nur.

Plötzlich meldete sich Fellmer: „Kontakt mit Gucky." Er wiederholte, was ihm von Gucky mitgeteilt wurde. *„Olf Stagge ist tot, Ras geschockt. In einem Schott zur Zentrale steht ein regungsloser Kampfroboter, er muß Olf Stagge getötet haben. Alle Kampfroboter im Schiff haben ihre Angriffe eingestellt und verharren regungslos auf ihren Plätzen. Wenn ich die Schwingungen des Zentralplasmas richtig verstehe, dann strahlt es ständig Impulse aus, die folgenden Inhalt haben: Sie sind wahres Leben, sie helfen dem wahren Leben. Anscheinend hat das Plasma die Positronik nun völlig unter Kontrolle. Ich bringe Ras in das Lazarett der THEODERICH und kehre dann wieder zum Posbischiff zurück. Ende."*

Rhodan ließ sich nichts anmerken, doch der Tod des Mutanten Stagge ging ihm nah.

„Fertig", hörte er einen Techniker sagen. Der letzte Testversuch war beendet. Jetzt mußte es sich zeigen, ob von der THEODERICH aus über den Plasmakommandanten des Posbischiffs Hyperfunkkontakt mit jener geheimnisvollen Station im Interkosmos möglich war.

Der Symboltransformer, durch die große Positronik angeregt, wandelte Sätze in terranischer Sprache in Posbisymbole um.

Wir lieben das Innere. Wir retten das Innere.

„Spruch läuft", sagte Kule-Tats.

Von der Beobachtung kam die Meldung durch: „Raumschweber fliegen im Augenblick nacheinander in Schleuse des Fragmentschiffs ein."

Jeder Raumfahrer, der an Bord des Posbischiffs gehen würde, trug einen Individualabsorber.

„Sir, Telekom von Atlan!" rief der Funker.

Das bedeutete eine Störung, die mehr als ungelegen kam.

Rhodan erwiderte: „Spruch speichern, Imperator Gonozal benachrichtigen, daß ich ihn im Augenblick nicht sprechen kann."

Der Spruch mußte schon laufen, denn der Funker sagte: „Sir, Atlan berichtet von großen Schiffsverlusten ..."

Die Nachricht besaß die Wirkung einer Bombe. In der Zentrale der THEODERICH starrten sich die Menschen gegenseitig an.

Große Schiffsverluste? Das hieß, daß die Fragmentraumer mit noch wilderer Heftigkeit die arkonidisch-terranischen Flotten angriffen als bisher. Das hieß aber auch, daß der Funkverkehr mit der Station im Interkosmos auf das Geschehen in M-13 keinen Einfluß hatte.

Das hieß letztlich, daß dieser Versuch, mit den Posbis doch noch ins Gespräch zu kommen, gescheitert war.

Perry Rhodan strahlte Ruhe aus, obwohl er keine großen Hoffnungen mehr hegte.

Neben Rhodan standen Kule-Tats und Van Moders. Beide betrachteten ein eigenartiges Instrument.

„Die Station antwortet", flüsterte Van Moders plötzlich leise. „Großer Himmel, sollte es doch noch gelingen?"

Seid ihr wahres Leben? Helft ihr wahrem Leben?

Der Übersetzer hatte die einlaufenden Symbolzeichen verdolmetscht. Van Moders zeigte sich verzweifelt. „Diese unsinnige Fragerei! Was sollen nur diese ewigen Wiederholungen?"

Rhodan mischte sich ein. „Moders, verlieren Sie nicht den Kopf ..."

Wieder störte der Funker. „Sir, Atlan verlangt Sie dringend zu sprechen. Die Posbis befinden sich im Anflug auf achtzehn Kolonialwelten ..."

In der Zentrale der THEODERICH schien alles zu erstarren, als Rhodan den übereifrigen Offizier zurechtwies. „Wenn ich sage, daß ich unabkömmlich bin, dann gilt es nicht nur für Imperator Atlan, sondern auch für Sie. Und jetzt möchte ich nicht mehr belästigt werden."

Sein Gesicht war steinern, als er sich wieder den Experten zuwandte. „Ich möchte vorschlagen, folgende Antwort zu senden, vorausgesetzt, daß Sie, als die kompetenten Fachleute, damit einverstanden sind: Weil wir wahres Leben sind, lieben wir das Innere. Wir helfen wahrem Leben und retten das Innere. Nun, meine Herren, einverstanden?“

Van Moders und Kule-Tats blickten sich an. Dann nickten sie sich zu. Und so ging die Antwort, wie Rhodan sie vorgeschlagen hatte, über den Plasmakommandanten des Posbischiffs an die ferne unbekannte Station im Interkosmos. Das Posbischiff mußte über ungewöhnlich starke Hypersender verfügen.

Fellmer Lloyd war der telepathische Mittler zwischen der THEODERICH und dem Fragmentraumer. Er hatte auch Kontakt zu dem Plasmakommandanten.

„Willst du jetzt nicht Atlan anrufen, Perry?“ fragte Bully.

„Nein. Ich kann am Geschehen nichts ändern. Das hört sich vielleicht hart an, aber es ist so. Wenn es uns mit diesem Versuch nicht gelingt, offiziellen Kontakt mit den Posbis aufzunehmen, dann ist alles verloren. Darum gibt es im Augenblick nichts, was wichtiger ist, als das, was wir tun. Hier haben wir . . .“

„Die Antwort läuft ein!“ rief Fellmer Lloyd.

In der Zentrale herrschte Totenstille. Mit angehaltenem Atem starrte jeder den Übersetzer an. Jetzt mußte die metallisch klingende Stimme der Positronik sprechen.

Immer noch nicht?

War der Symbolspruch vielleicht hoffnungslos kompliziert?

Da. Ein Krächzen zuerst, dann die Metallstimme: *Liebt wahres Leben, dann seid ihr wahres Leben.*

Sollte die Positronikinformation, daß alles außer den Laurins wahres Leben war, richtig sein?

Rhodan blickte die beiden Experten an. Sie hatten mehr als einmal behauptet, robotische Denkvorgänge zu verstehen.

Aus Van Moders’ Gesicht sprach Triumph. „Sir, wir haben gewonnen. Wir haben . . .“

Der Funker schrie dazwischen: „Neue Meldung von den vereinigten Flotten! Die Fragmentraumer haben das Feuer eingestellt!“

Rhodan lächelte.

„Nun gut“, sagte er. „Jetzt kann ich in Ruhe mit Atlan reden.“

38.

Die Kalenderuhr der THEODERICH zeigte den 2. August 2113, Erdzeit, an. Nach Standardzeit, gültig für das Solare Imperium und das Arkonidenreich, war es 16:81 Uhr. Vor gut zwei Stunden war Perry Rhodan mit Kule-Tats und Van Moders zum Fragmentschiff übergestiegen.

Kurz nach dem Ende des Kampfes hatten einige Techniker die Standorte der Transformkanonen entdeckt. Da man das Plasma nicht beunruhigen wollte, war diese Entdeckung vorläufig wertlos. Man konnte keine der Waffen ausbauen, ohne daß das Plasma dies bemerkte. Aus diesem Grund hatte man auch darauf verzichtet, die anderen technischen Einrichtungen des Schiffes genauer zu untersuchen, um herauszufinden, ob auf diesem Schiff lediglich die Positronik die Steuerung durchführte oder ob dies auch Aufgabe der Hyperinpotronik war. Der Stellenwert der Hyperinpotronik bei den Posbis beschäftigte die Wissenschaftler nach wie vor. Man hatte sich dazu entschlossen, alle Individualabsorber abzuschalten, da diese – wie der Angriff der Posbischiffe auf M-13 bewiesen hatte – ohnehin keinen ausreichenden Schutz mehr boten. Außerdem verhielt sich das Plasma gegenüber den organischen Intelligenzen freundlich. Das Experiment war gelungen, das Schiff reagierte auf die plötzliche Flut von organischen Impulsen nicht mehr aggressiv. Lediglich die Absorber auf den bemannten Schiffen der vereinigten Flotten blieben nach wie vor aktiviert. Man wußte nicht, wie die anderen Posbischiffe auf ein Ausschalten reagieren würden.

Vor acht Stunden hatte der Kampf der vereinigten Flotten gegen die Raumer der Roboter ein vorläufiges Ende gefunden. Alle Fragmentschiffe, die in die Sternenpopulation von M-13 eingedrungen waren, hatten in derselben Sekunde nicht nur ihr Strahlfeuer eingestellt, sondern auch alle Anflüge auf Ziele abgebrochen. Bewegungslos, aber unter dem auf Jetztzeit gepolten Schutz ihrer Relativfelder, standen sie seit dieser geschichtlichen Minute weit verstreut zwischen Arkons Sternen. Nur das Fragmentschiff, auf dem sich Rhodan aufhielt, verfügte nicht mehr über sein Schutzfeld.

Reginald Bull, der auf der THEODERICH zurückgeblieben war, kam nicht vom Mikrophon des Hyperkoms fort. Mit Hilfe der Sammelschaltung hatte er mit allen Schiffen der vereinigten Flotten Verbindung. Immer wieder hämmerte er den Kommandanten ein, unter keinen Umständen zu versuchen, ein Fragmentschiff anzugreifen.

Der Waffenstillstand, der buchstäblich in letzter Stunde erreicht worden war, sollte zu einer friedlichen Verständigung mit den Posbis führen. Bully sprach auch mit den Galaktischen Händlern, mit den Überschweren, mit allen aktiven Kolonialvölkern des Großen Imperiums. Ihnen sagte er das gleiche, was er den Kommandanten befohlen hatte.

Er tat stundenlang drei Dinge zu gleicher Zeit: über Telekom gab er Anweisungen und Befehle, las neu eingelaufene wichtige Berichte und nahm über Funkverständigung die Nachrichten entgegen, die übermittelten, was auf dem erbeuteten Fragmentraumer vor sich ging.

Als Perry Rhodan kurz vor 17 Uhr vom Fragmentraumer an Bord seines Flaggschiffs zurückkehrte, hatte Bully das Allerwichtigste erledigt. Abgespannt blickte er Perry an. Auf dessen Gesicht hatten die letzten anstrengenden Tage auch starke Spuren hinterlassen. Trotzdem wirkte er bedeutend frischer als sein rothaariger Freund.

„Wir können im Augenblick zwar aufatmen, Bully, aber wir dürfen nicht zufrieden sein. Der seidene Faden, an dem das Schicksal der Galaxis hängt, ist zu dünn. Mit der Symbolhyperfunkverbindung zu dem Kommandogeber im Interkosmos bin ich nicht ganz zufrieden. Ich befürchte, daß sowohl die Funkstation als auch wir aneinander vorbeireden. Der Gedanke, daß durch eine einzige falsche Formulierung oder durch ein Mißverständnis der Angriff wieder in Gang gesetzt werden kann, läßt mich nicht zur Ruhe kommen.“

Bully holte erregt Luft. „Haben unsere beiden Experten auf dem Posbischiff keine Beobachtungen gemacht?“

„Nichts, was von Bedeutung gewesen wäre. Das Plasma in den

Kuppeln läßt auch keine Untersuchungen zu. Wie laufen zur Zeit die Evakuierungen der bedrohten Planeten, Dicker?"

„Auf Hochtouren und genau nach Plan. Die Überschweren beteiligen sich auch daran. Ich brauchte sie nicht einmal aufzufordern. Atlan zieht die Flottenverbände zurück und gruppiert sie der Lage entsprechend um."

Perry Rhodan nickte. „Wir fliegen mit der TOKIO zur Erde zurück. Die THEODERICH muß hierbleiben, ebenso die Telepathen. John Marshall habe ich schon diesbezüglich informiert. Claudrin ist ebenfalls über seine Aufgabe unterrichtet. Die TOKIO wird dann wieder hierher zurückkehren. Es ist Zeit, Bully."

Als sie die Kommandozentrale erreichten, arbeitete der Akontransmitter schon, über den sie zur TOKIO gelangen würden.

Wenige Minuten später, nachdem sie umgestiegen waren, begann der Kugelraumer der Städteklasse zu beschleunigen, um kurz darauf mit Kurs auf Terra im Zwischenraum zu verschwinden.

Einen Tag später unterbrachen alle Großsender des Solaren Imperiums sowie des Arkon-Imperiums ihr Programm, um eine wichtige Nachricht aus Terrania abzustrahlen.

Der Erste Administrator des Solaren Imperiums, Perry Rhodan, war auf Milliarden Bildschirmen zu sehen und zu hören.

Rhodan teilte den galaktischen Völkern den neuesten Stand der Auseinandersetzung mit den Posbis mit. Er sprach von dem gekaperten Posbischiff und davon, daß das Plasma schwach telepathische Fähigkeiten besaß. Er verschwieg auch nicht, daß die Experten vermuteten, das Plasma könnte Intelligenz entwickeln, sobald es eine genügend große Mengenkonzentration erreicht hatte.

Ohne jedes Pathos zeichnete er die Gefahr in ihrer ganzen Größe.

Selbst der einfältigste Mensch mußte jetzt erkennen, welch ein Feind aus dem sternenleeren Raum in die Milchstraße eingedrungen war.

„Wir wissen nicht, was uns die nächste Stunde bringt", fuhr Rhodan fort. „Wir haben darum die Aufgabe, Vorsorge zu treffen, um keine Menschenleben in Gefahr zu bringen. Doch ohne die Unterstützung aller sind die Regierungen des Großen Imperiums und des Solaren

Imperiums machtlos. Darum rufe ich im Namen des Imperators und in meinem Namen als Erster Administrator alle Raumschiffsbesitzer auf, sich mit ihren Schiffen zu melden, damit sie zu Evakuierungen eingesetzt werden können. Es muß sofort geholfen werden, und zwar uneigennützig. In unserer Galaxis herrscht Notstand. Jeder, der helfen könnte, soll sich daran erinnern, daß die vereinigten Kampfflotten nicht in der Lage sind, fünfhundert Fragmentraumer der Posbis aus unserer Milchstraße zu vertreiben oder zu vernichten. Mehr habe ich nicht zu sagen."

Perry Rhodan hatte nicht vergeblich appelliert.

Fünf Stunden später gab Arkon I das erste Zwischenergebnis bekannt. Nach Rhodans aufklärender Rede und seinem Aufruf hatten sich weitere fünfzigtausend Raumschiffsbesitzer gemeldet und befanden sich mit ihren Verbänden zum Teil schon im Einsatz, um Millionen Bürger von bedrohten Kolonialplaneten in relative Sicherheit zu bringen.

Die größte Rettungsaktion der galaktischen Geschichte begann anzulaufen.

In Terrania jagte eine Lagebesprechung die andere. Hochbetrieb herrschte bei den Waffentechnikern. Reste von teilzerstörten Fragmentschiffen waren zur Erde geschafft worden. Man hoffte auf den Glückszufall, jene Aggregate zu entdecken, die die Transformstrahlen entwickelten.

Die arkonidischen und terranischen Schiffe hatten dieser Waffe nichts Gleichwertiges entgegenzusetzen.

Die Posbis verschickten mit Hilfe des Transformstrahls lichtschnell Atombomben mit einem Energiebereich von 1000 Gigatonnen. Diese Bomben wurden bei Transport mit dem Strahl entstofflicht, um erst dicht vor dem Ziel wieder zu materialisieren. Die freiwerdende Energiemenge reichte meistens aus, auch die Schutzschirme der 1500-Meter-Kugelriesen zusammenbrechen zu lassen.

Man hatte sie schon eine ultimate Waffe genannt, aber Rhodan hatte sich gegen diese Bezeichnung gesträubt und die These vertreten, daß jeder neuen Waffe eine Abwehrwaffe folgen würde. Nur wußten die Terraner nicht, wie die Posbis es fertigbrachten, eine Bombe zu entstofflichen, um sie am Ziel rematerialisieren zu lassen.

Perry Rhodan war nicht einmal enttäuscht, als ihm der Leiter der Abteilung Waffenforschung einen negativen Bescheid geben mußte. Dafür gab es auf anderem Gebiet eine erstaunliche Entwicklung.

Die Zentrale der Swoon hatte der Administration über die Konstruktion eines Geräts berichtet. Der Sachbearbeiter fand diesen Fall so wichtig, daß er die Nachricht direkt an Perry Rhodan weitergab.

Der las sie und ordnete sofort an, daß ihm eines dieser Geräte vorgeführt würde. Rhodan erinnerte sich an seinen vor mehr als neun Monaten erteilten Auftrag. Gleichzeitig bstimmte er, daß die beiden swoonschen Konstrukteure Oligo und Petid ihm das Gerät erklären sollten.

Die Swoon galten als die besten Mikrotechniker und waren Nachfahren einer großen Gruppe, die vor vielen Jahrzehnten ihre Heimatwelt Swoofon, 192 Lichtjahre von der Erde entfernt, verlassen hatten, um ihr Können in Perry Rhodans Dienst zu stellen.

Bei dreißig Zentimetern Größe waren sie sehr schlank und wirkten keineswegs humanoid. Sie erinnerten in ihrem Aussehen stark an Gurken mit einem Paar kleiner Füße. Statt zwei Armen besaßen sie vier, die in überaus geschickte Hände ausliefen.

Durch willkürliche Brennweitenverstellung ihrer Augenlinsen waren diese Zwerge in der Lage, aus ihren Sehorganen hochwertige Mikroskope zu machen. Mit ihren kleinen, äußerst flinken Händen und dem angeborenen Gefühl für Technisches waren sie als Konstrukteure und Hersteller von Kleinstgeräten höchster Leistung einmalig.

Rhodan suchte zur festgesetzten Zeit den Raum in der physikalischen Abteilung auf, wohin er Oligo und Petid mit ihrem neuen Gerät bestellt hatte.

Auf dem Tisch, der an der Wand entlanglief, zwischen Geräten, die teilweise doppelt so groß waren wie die beiden Außerirdischen, saßen sie auf einem zehn Zentimeter hohen Transformer. Sie erhoben sich, als Rhodan eintrat, die anwesenden Physiker und Biologen begrüßte und sich dann an die Swoon wandte.

Oligo hielt ein Gerät von einem Zentimeter Kantenlänge in seiner unteren rechten Hand. Rhodans aufmunternder Blick forderte ihn auf zu sprechen.

„Sie erinnern sich an den Auftrag, den Sie uns nach Auswertung der

Speicherdaten Meech Hannigans erteilt haben. Es ist uns gelungen, ein Gerät zu entwickeln, das Individualimpulse der Laurins ausstrahlt."

Unter den Physikern und Biologen entstand Unruhe. Die beiden Swoon sahen Perry Rhodans Schmunzeln.

Er wandte sich an Oligo und Petid. „Sind die neuesten Unterlagen hier?"

„Ja, Herr", erwiderte Petid und deutete mit seinem oberen rechten Arm auf einen dünnen Stoß Folien.

Eine halbe Stunde später wurde das Kleinstgerät, der Zellschwinger, von acht mißtrauischen Wissenschaftlern getestet.

Drei Stunden später hob Perry Rhodan zwei stolze Swoon vom Versuchstisch und bedankte sich noch einmal für ihre Arbeit.

Er ordnete an, daß die Geräte sofort in Serie hergestellt werden sollten.

Professor Indha fragte: „Warum haben Sie damals angeordnet, daß ein derartiges Gerät gebaut werden soll? Ich meine, es ist schon über neun Monate her, und damals war noch gar nicht abzusehen, ob dieses Gerät überhaupt benötigt würde."

„Das ist zweifellos richtig", antwortete Rhodan. „Ich handelte damals aus einem Gefühl heraus. Erst jetzt wird mir klar, daß mich dieses Gefühl nicht getrogen hatte."

Indha ließ nicht locker.

„Was gedenken Sie mit diesem Gerät anzufangen?" fragte er.

Tiefer Ernst stand in Rhodans grauen Augen. „Haben Sie die Posbis vergessen? Haben Sie vergessen, daß Laurins und Posbis vielleicht schon seit Urzeiten Todfeinde sind? Haben Sie vergessen, daß unsere Galaxis durch fünfhundert Fragmentraumer bedroht wird? Sollte der Kampf erneut aufflammen, dann werden vielleicht robotisch gesteuerte Raumer in die Randgebiete der Kampfzonen fliegen, Raumer mit Hunderten von diesen Laurin-Zellschwingern an Bord. Jedes Gerät auf maximale Leistung gestellt – als Lockvogel für die Posbis. Um sie von unseren Schiffen abzulenken und um sie glauben zu machen, in den Robotraumern lebten ihre Todfeinde, die Laurins."

Betroffen sagte Indha: „Die Posbis werden sich mit aller Energie auf unsere Lockvögel stürzen ..."

„Ja“, sagte Rhodan, „nur sind diese Laurin-Zellschwinger kein Mittel zur Vernichtung der Fragmentschiffe. Im Grunde genommen bedeuten sie nicht mehr als ein Strohhalm für einen Ertrinkenden. Guten Abend, meine Herren.“

Er ging und traf in seinem privaten Arbeitsraum Reginald Bull.

„Perry, der Große Rat hat sich gemeldet. Eine Delegation, versehen mit allen Vollmachten, ist auf dem Weg zu uns. Atlan hat Tifflor beauftragt, in seinem Namen zu unterschreiben ...“

„Bitte“, unterbrach Rhodan den Freund, „berichte der Reihe nach, Dicker.“

Bully lief unruhig hin und her. „Das Blaue System ist bereit, mit uns und Arkon ein Bündnis einzugehen, das auf gleichberechtigter Partnerschaft beruht. Ich habe rückgefragt, ob ich mich auch nicht verhört hätte. Kein Hörfehler, Perry. Das andere habe ich dir schon gesagt.“

Rhodan zeigte weder Überraschung noch Freude. Bully sah es und stutzte.

„Traust du den Akonen noch weniger über den Weg als ich?“ fragte er.

Rhodan schüttelte den Kopf. „Ncin. Ich muß an die Umstände denken, unter denen die Akonen Verhandlungsbereitschaft zeigen. Doch zunächst will ich hören, was uns die Delegation zu sagen hat. Wann trifft sie ein?“

„Sie müßte schon ...“

Eine Nachricht vom Raumhafen unterbrach ihn. Die akonische Gruppe bevollmächtigter Diplomaten war soeben in einem Schiff der Solaren Flotte gelandet.

Rhodan runzelte die Stirn und beugte sich über die Sprechanlage. „Hier Rhodan. Nachricht an Kommandant: Akonische Abordnung im Schiff aufhalten, bis ich selbst vor dem Raumer eintreffe.“ Als er sich abwandte, sagte er verärgert zu Bully: „Du hättest mich sofort unterrichten müssen. Hast du daran gedacht, zum Empfang der Akonen eine Vertretung der Administration auf den Hafen zu schicken?“

„Nein.“

„Jetzt kommst du mit. Wir beide empfangen die Akonen.“

Im großen Konferenzsaal erwarteten Rhodan und Bully vierzehn Diplomaten zur ersten Aussprache, obwohl es schon auf Mitternacht zuging.

Ein Roboter meldete die Akonen.

Plötzlich wimmelte es von Robotern, die die Akonen zu ihren Plätzen führten. Rhodan begrüßte die Anwesenden und stellte Marschall Julian Tifflor, Botschafter des Solaren Imperiums auf Arkon I, vor, der heute als Bevollmächtigter Imperator Gonozals VIII. fungierte.

Bully beobachtete die Akonen scharf. Als Rhodan von Arkon sprach, blieben die Gesichter der Urarkoniden unbewegt. Sie ignorierten Julian Tifflor.

Nach Rhodan sprach Oolris, ein betagter Akone, der nicht nur der Leiter der Vierzehnergruppe war, sondern auch der Chef der Gesamtdelegation, die Bully eine Invasion von Akonen genannt hatte.

Oolris' Anprache, die ohne jedes Pathos war, enthielt das Angebot der akonischen Regierung.

Bully atmete laut. Julian Tifflor starrte Oolris fassungslos an. Perry Rhodan ließ sich seine Überraschung nicht anmerken.

Das Angebot des Großen Rates war einmalig.

39.

Kule-Tats und Van Moders hielten sich meistens auf dem Fragmentraumer auf. Aufgrund ihres Wissens versuchten sie, die Arbeitsweise des sechsteiligen Plasmakommandanten zu erforschen. Ein Stab von Ingenieuren sollte ihnen dabei behilflich sein.

Aber der Versuch war schon im Anfangsstadium gescheitert, denn den Fachleuten gelang es nicht, an jene Schaltung heranzukommen, die das Plasma unter den sechs Kuppeln mit den Positroniken verband. Man hätte in der Zentrale andere Teile zerstören müssen, um die Schaltungen freizulegen. Das wiederum wäre bestimmt vom Plasma übel vermerkt worden und hätte den labilen Waffenstillstand gefährden können.

Niemand dachte daran, dieses Risiko einzugehen.

Doch immer wieder zog es Van Moders und Kule-Tats auf das Schiff der Posbis. Irgendwo mußte es doch Stellen geben, wo sie Schaltungen sehen konnten. Aber sooft sie auch durch den würfelförmigen Kasten liefen, sie konnten nichts entdecken, und stets kamen sie ohne Resultat zum Flaggschiff zurück.

Eine Frequenz der Hyperfunkstation der THEODERICH arbeitete seit Tagen ohne Unterbrechung. In die Tiefe des Interkosmos strahlte sie den Symbolspruch ab: *Wir sind deshalb wahres Leben, weil wir organisch sind wie du und in Gemeinschaft mit Maschinen leben.*

Der zweite Kontakt funktionierte auf parapsychischer Grundlage und spielte sich zwischen dem Plasma des Posbischiffs und den terranischen Telepathen ab. Die Telepathen auf der THEODERICH strahlten in ununterbrochener Folge den Sinn des Satzes: *Wir sind deshalb wahres Leben*... auf dem Paraweg dem Plasmakommandanten des Fragmentschiffs zu. Der wiederum gab das Aufgefangene an die Station im Interkosmos weiter.

Zusätzlich gab die große Plasmamenge in der Kommandozentrale weitere Paraschwingungen ab, die aber weder von John Marshall noch von einem anderen Mutanten klar gedeutet werden konnten. Nur soviel stand fest, daß der von der Erde herangeschaffte Biostoff inzwischen mit der Plasmamenge auf dem Robotraumer eine enge Verbindung eingegangen war. Und es stand fest, daß er über die Organischen – die Menschen – positiv ausgesagt hatte. Ihm war wohl zum größten Teil zu verdanken, daß der Angriff der fünfhundert Fragmentraumer plötzlich abgebrochen worden war. Seit Tagen herrschte im Sternsystem M-13 nun ein eigenartiger Waffenstillstand.

Wie eine Bombe schlug die Nachricht von der Ankunft der großen akonischen Delegation auf der Erde ein. Jefe Claudrin, der sich mit Kule-Tats und Van Moders unterhielt, sagte nur: „Endlich."

Inzwischen war die TOKIO wieder zurückgekommen. Ihr Kommandant gab Claudrin bekannt, daß er sich aufgrund eines Befehls von Atlan abzusetzen habe, um zum Verband zurückkehren.

Jefe Claudrin befand sich in einer Zwickmühle. Galt Atlans Befehl mehr als Perry Rhodans Aufforderung, die TOKIO habe zusammen mit der THEODERICH den Fragmentraumer zu bewachen?

Van Moders, der junge Wissenschaftler mit den tausend Ideen, hatte einen neuen Einfall. „Claudrin, halten Sie die TOKIO zurück, bis ich mich wieder melde."

Er verließ die Zentrale und raste zu John Marshalls Unterkunft.

Marshall blickte erstaunt auf.

Van Moders redete wie ein Wasserfall. Marshall nickte. Vor dem Experten flimmerte die Luft, und Gucky war plötzlich da, telepathisch herbeordert durch Marshall.

„Sie können Claudrin informieren, Moders. Wir sind bereit."

Der schaltete den Interkom ein. „Hier Moders. Claudrin, die TOKIO kann sich absetzen. Unser Versuch läuft."

Kule-Tats befand sich noch bei dem Epsaler.

Claudrin fragte ihn: „Haben Sie eine Ahnung, was Moders jetzt schon wieder versucht?"

Der Ara verneinte.

„Ich bin selbst gespannt, was er sich nun ausgedacht hat", sagte er.

Inzwischen hatten sich Marshall und Gucky in die Paraschwingungen des Plasmakommandanten eingeschaltet.

Über Interkom hörten sie, wie Jefe Claudrin der TOKIO die Genehmigung erteilte, sich abzusetzen.

Van Moders saß in einem Sessel und beobachtete die beiden in ihrem Äußeren so unterschiedlichen Telepathen. Gucky, so oft zu Späßen aufgelegt, war mit ganzem Herzen bei seiner Aufgabe. Das Gesicht Marshalls zeigte Spuren äußerster Anstrengung.

Die TOKIO meldete sich noch einmal. Sie gab durch, daß sie sich in zehn Sekunden in Marsch setzen würde.

Die zehn Sekunden waren vorüber.

Van Moders hielt den Atem an.

Dann kam der Moment, in dem die TOKIO in den Zwischenraum ging. Das war das Ende des Versuchs.

Moders erkannte dies an Marshalls entspanntem Gesicht. Langsam lehnte sich der Mutant in seinem Sessel zurück. Gucky zeigte plötzlich seinen Nagezahn.

„Das wabbelige Zeug hat Spaß“, erklärte er.

Marshall blickte den Robotiker an. „Es stimmt, was Gucky sagt. Im Augenblick, als die TOKIO sich in Bewegung setzte und sich vom Würfel entfernte, verstärkten sich auf dem Gefühlssektor dcs Plasmas jene Schwingungen, die wir, grob gesagt, mit Freude identifiziert haben. Sind Sie mit dem Versuch zufrieden?“

Van Moders rieb sich die Hände. Er strahlte übers ganze Gesicht. „Wir sind damit wieder einen kleinen Schritt weitergekommen. Wenn keine Panne passiert, werden wir uns über kurz oder lang mit der unbekannten Station im Interkosmos unterhalten. Darf ich mich bedanken? Ich muß mit Kule-Tats den Fall durchsprechen.“

Das tat er. Wieder fand die Unterhaltung in Jefe Claudrins Beisein statt. Der Epsaler protestierte. „Stopp, meine Herren. So geht's nicht. Ich bekomme Ärger mit Rhodan. Ich kann doch nicht einfach über seinen Kopf hinweg handeln.“

Kule-Tats nickte.

Van Moders aber rang die Hände. „Claudrin, wenn Sie nur einen Schimmer von positronischen Zusammenhängen hätten. Gut, dann bleibt mir nichts anderes übrig, als Rhodan anzurufen . . .“

„Lasse ich nicht zu. In Terrania ist es jetzt vier Uhr dreißig. Rhodan schläft.“

„Dann wird er eben geweckt", erklärte Van Moders gelassen. „Claudrin, begreifen Sie nicht, oder tun Sie nur so?"

„Junger Mann", rief der Epsaler mit seiner mächtigen Stimme, „so lasse ich mit mir nicht reden. Wenn ich sage, daß Rhodan nicht angerufen wird, dann wird er nicht angerufen, verstanden?"

Kule-Tats versuchte zu vermitteln.

Aber der Robotiker ließ sich nicht beirren. Er blickte Claudrin durchdringend an. „Jetzt hören Sie mir einmal zu, Claudrin. Sie werden Perry Rhodan anrufen. Sie müssen es tun. Ich muß so schnell wie möglich wissen, ob Rhodan damit einverstanden ist, daß alle Männer des Einsatzkommandos, bis auf eine kleine Sicherungsgruppe in der Zentrale, den Fragmentraumer verlassen. Ich muß wissen, ob beim Abzug unserer Leute der Plasmakommandant ebenso positiv reagiert wie vorhin, als sich die TOKIO absetzte. Mein Versuch stellt kein Risiko dar. Claudrin, was glauben Sie, was aus unserem Kommando an Bord des Fragmentschiffs würde, wenn das Plasma den Kampfrobotern befehlen würde, die Organischen zu vernichten? Keine hundert kämen lebend an Bord der THEODERICH. Nun?"

Jefe Claudrin war sich noch nicht schlüssig. Er verkannte nicht die Bedeutung des Versuchs, aber er wußte besser als jeder andere, wie stark Perry Rhodan beansprucht war, wenn er sich in Terrania aufhielt.

Immer noch blickte Van Moders den riesigen Epsaler an, und sein Blick hatte etwas Zwingendes. Aber Jefe Claudrin ließ sich nicht nötigen.

Kule-Tats schaltete sich ein. „Mit Abzug des Einsatzkommandos vom Fragmentschiff könnten wir der Zentrale im Interkosmos vielleicht den eindrucksvollsten Beweis liefern, daß wir es ehrlich meinen."

„Ist dieser Versuch tatsächlich von solcher Bedeutung?" fragte Claudrin, ein wenig unsicher geworden.

„Was dabei herauskommt, weiß ich selbst nicht", gab Van Moders unumwunden zu, „aber der Versuch muß unbedingt gestartet werden."

„Also, meinetwegen. Rufen Sie Rhodan an", sagte Claudrin und gab sich damit geschlagen.

„Danke“, sagte Van Moders kurz.

Eine Viertelstunde sprach er mit Terra, dann berichtete er: „Rhodan steckte mitten in der Abschlußkonferenz mit den Akonen. Aber er hatte Zeit, mich anzuhören. Claudrin, wir haben, was zukünftige Versuche angehen sollte, volle Handlungsfreiheit.“

„Was?“ Claudrin schluckte. Der Epsaler konnte es einfach nicht fassen. Perry Rhodan legte das Geschick der Milchstraße in die Hände dieses jungen Menschen.

Kule-Tats sprach wie ein Vater zu seinem Sohn, als er sagte: „Moders, vergessen Sie nicht, daß Milliarden Intelligenzen in dieser Galaxis wohnen.“

„Ja“, meinte dieser, „und eine davon bin ich. Sehe ich aus wie ein Selbstmörder?“

40.

Die politische Entwicklung innerhalb der Milchstraße hatte binnen weniger Tage Fortschritte gemacht, die vor einem Monat undenkbar gewesen wären.

Am 9. August 2113 wurde in Terrania zwischen dem Blauen System, dem Großen Imperium und dem Solaren Imperium ein Bündnis abgeschlossen, das nicht nur darauf ausgerichtet war, der Posbigefahr zu begegnen, sondern auch nach Beseitigung der Gefahr Bestand haben sollte.

Die grundsätzlichen Abmachungen waren Aufgaben der einzelnen Ministerien, die bis zum 10. September vom terranischen Parlament, dem Großen Rat und Imperator Gonozal genehmigt werden mußten. Sie sollten in wechselseitigen Beratungen innerhalb eines Monats in Terrania ausgearbeitet und in einem Zusatzabkommen unterzeichnet werden.

Der Akone Oolris gratulierte dem Administrator und dem Bevollmächtigten des Arkonreichs, Marschall Julian Tifflor, zum Abschluß des Bündnisses.

Bewegt nahm Perry Rhodan die Glückwünsche entgegen.

„Rhodan“, hörte er den Akonen sagen, „wenn ich jetzt zu Ihnen im Namen des Großen Rates spreche, dann denke ich dabei an eine junge akonische Wissenschaftlerin, die leider nicht mehr unter den Lebenden weilt – Auris von Las-Toór. Ihr Tod hat vielen Akonen die Augen geöffnet. Ich bin stolz darauf, vom Großen Rat bestimmt worden zu sein, mit Ihnen in Terrania zu verhandeln. Ich freue mich, mit Imperator Gonozal VIII. über Telekom gesprochen zu haben. Mich alten Diplomaten hat es stark bewegt, zu sehen, daß der Imperator und der Erste Administrator Freunde sind. Erlauben Sie jetzt, daß ich mich mit meiner Delegation zurückziehe?“

Rhodan schluckte. Bully atmete laut. Allan D. Mercant, Deringhouse und Julian Tifflor fühlten sich innerlich ergriffen. Homer G. Adams, das Finanzgenie des Solaren Imperiums, jung geblieben durch die regelmäßigen Zellduschen auf dem Kunstplaneten Wanderer, flüsterte: „Wären doch alle Akonen so . . ."

Als die akonische Delegation den großen Verhandlungssaal verlassen hatte, wandte sich Rhodan an ihn. „Homer, die Akonen sind so wie Oolris. Man muß es nur glauben. Man muß wollen, daß sie so sind. Wir Terraner haben ja auch noch viel zu bewältigen."

Der Alltag verlangte wieder sein Recht.

Alltag auf Arkon III, Alltag auf dem Mars.

Die größten Lastraumer Terras waren schon nach Sphinx unterwegs, um einige tausend Akonen und Hunderttausende Tonnen Material einzuladen. Auf Arkon III, dem Kriegsplaneten des Großen Imperiums und auf dem Mars sollten in kürzester Frist gigantische Akontransmitter aufgestellt werden, damit zwischen den drei Staatsgebilden eine direkte Verbindung bestand.

Die große Hyperfunkstation Terranias und die auf Arkon III gaben schon seit Stunden astronomische Daten am laufenden Band durch. Es handelte sich um die Positionen aller besiedelten Welten im Blauen System und die geographischen Orte, auf denen sich akonische Stützpunkte befanden, deren technischer Leistungsgrad übermittelt wurde.

Drei leistungsstarke Stationen auf dem Regierungsplaneten Sphinx strahlten im Raffer- und Zerhacker-Rhythmus technische Erkenntnisse nach Terrania ab, die für Jahre hinaus die Wissenschaftler des Solaren Reiches wieder zu Schülern machten.

Viel älter als das Imperium der Arkoniden war das Reich der Akonen, ihre Technik hatte einen Stand erreicht, der einfach keinen Vergleich zuließ.

Einzig das Gebiet der Raumfahrt hatten sie im Lauf der letzten Jahrtausende vernachlässigt, weil sie ihr Reich unter einem blauen Energieschirm abgeschlossen hatten und innerhalb ihres Imperiums über Transmitter von Stern zu Stern verkehrten. Raumschiffe waren deshalb überflüssig.

An Bord eines Städtekreuzers waren Perry Rhodan und Bully in den Schlaf gesunken, während das Schiff durch die Librationszone jener Position vor M-13 zuraste, wo Rhodans Flaggschiff und der Fragmentraumer der Posbis standen.

Es war der achte Tag dieses merkwürdigen Waffenstillstands.

Es war der Tag, an dem Van Moders und Kule-Tats triumphierten.

Die Mutanten bildeten wieder einen Parablock, eingeschaltet auf die Schwingungen des Plasmakommandanten des Fragmentschiffs.

Die Räumungsaktion hatte gerade eingesetzt. Nur ein Kommando von achtzehn Mann sollte an Bord des Posbischiffs bleiben und sich in der Zentrale mit den sechs großen Kuppeln aufhalten.

Im paratechnischen Labor befanden sich die Telepathen, Van Moders, der Ara und noch einige Experten.

Bewundernd sah Kule-Tats auf seinen jungen Kollegen. Souverän beherrschte dieser die Situation. Er zeigte keine Spur Erregung. Eben wechselte er noch mit Marshall einige Worte und wies ihn auf gewisse Punkte hin. Ruhig nickte der Telepath.

Jetzt herrschte atemlose Stille im Labor.

„Es ist ein Spiel mit dem Schicksal", hatte Van Moders gesagt. Und weiter hatte er erklärt: „Wir müssen es wagen. Wir müssen der Station im Interkosmos neue Beweise liefern, daß wir im biologischen Aufbau mit ihrem Zellplasma verwandt sind."

Kule-Tats schaute zu dem Mausbiber hinüber. In Trance versunken saß Gucky in seinem Sessel.

Der Ara hatte sich an den Anblick des Mausbibers immer noch nicht gewöhnt. Wenn er bedachte, über welche Parafähigkeiten das einen Meter große Wesen verfügte, dann glaubte er zu träumen.

Über den Bildschirm sahen die Experten, wie Raumschweber aus der großen Schleuse des Würfels auf die THEODERICH zuschwebten. Nach einem genau festgelegten Zeitplan lief die Räumung des Kastens ab.

Zehnte Minute.

Fünfzehnte Minute der Räumung.

Immer noch nichts. Mehr als vier Fünftel der Männer hatten das Posbischiff bereits verlassen.

Drei weitere Schweber glitten durch die Schleuse.

Van Moders verglich die Uhrzeit.

Der letzte Raumschweber glitt zur THEODERICH hinüber. An Bord des Fragmentschiffs blieben ein Raumschweber und achtzehn Mann in der Zentrale zurück.

Doch für die Mutanten war der Versuch noch nicht zu Ende. Sie blieben unbeweglich sitzen und warteten.

Einundzwanzigste Minute.

John Marshall drehte sich nach Van Moders um. Er streckte den Arm aus und ergriff die Hand des Wissenschaftlers. „Gratuliere, Moders. Sie haben recht gehabt."

John Marshall in heller Begeisterung zu sehen, war eine Seltenheit. In dieser Minute jedoch wurde er zu einem übermütigen Jungen. Er hatte seine Hände auf Van Moders' Schultern gelegt und sagte burschikos: „Mann, Ihre Idee war goldrichtig."

Gucky zeigte seinen Nagezahn. Seine Augen glänzten. Er sah Kule-Tats an, schaltete sich in dessen Gedanken ein, um im nächsten Moment auf dem Schoß des Aras zu landen. Er schlang seine Ärmchen um dessen Hals und piepste vergnügt: „Opa, du bist ein Prachtara, weil du Van Moders von Herzen diesen Erfolg gönnst."

Diesen Worten entnahm Kule-Tats, daß der Kleine seine Gedanken gelesen hatte. Er wurde richtiggehend verlegen, als Gucky ihm sagte: „Man braucht sich doch nicht zu schämen, nur weil man anständige Gedanken hegt. Die meisten Kollegen gönnen dem anderen doch nicht die Luft zum Atmen."

„Gucky, halte keine Vorträge!" rief Marshall ihn zur Ordnung.

Es stand jetzt fest, daß das Plasma des Posbiraumers fast euphorisch auf die Räumung des Schiffes reagiert hatte. Ein einwandfreier und lang anhaltender Paraimpuls war vom Biostoffkommandanten über die Positronik in Richtung Interkosmos abgestrahlt worden.

Als Kule-Tats mit Van Moders wieder allein war, begannen sie, die soeben gemachten Beobachtungen auszuwerten. Beide kamen zu dem Ergebnis, daß sich ihre These von der Intelligenzbildung des Plasmas bestätigt hatte. Zwar war beiden nicht klar, ob die Zunahme der Masse allein diesen Prozeß auslöste oder ob noch andere Faktoren mit eine Rolle spielten, aber diese Frage war vorläufig noch zweitrangig. Wichtig war allein, daß das Plasma des Posbischiffs auf ihren Versuch reagiert hatte, und zwar in einer Weise, die über reines Instinktverhalten hinausging. Die Frage, ob das Schiffsplasma intelligent war, blieb unbeantwortet. Alle Beobachtungen sprachen dagegen. Andererseits wußte man, daß das Plasma in der Lage sein mußte, sich gegen telepathische Sondierungen zu sperren und nur so viel zu verraten, wie es zu verraten gewillt war.

Acht Lichttage vor der THEODERICH und dem Fragmentraumer waren Rhodan und Bull auf eine Space-Jet umgestiegen, um mit dem kleinen Diskusschiff die letzte Strecke zurückzulegen.

Bully hatte zunächst über Rhodans Vorsichtsmaßnahmen gelächelt, sich dann aber eines Besseren belehren lassen.

Kaum an Bord, ließ Rhodan sich Bericht erstatten.

Van Moders berichtete ihm von dem geglückten Experiment und schloß mit den Worten: „Wir müssen also einen anderen, einen neuen Weg beschreiten. Im übrigen sollten wir uns jetzt, nachdem wir uns der Station im Interkosmos mehrfach als *Wahres Leben* vorgestellt haben, etwas Neues einfallen lassen, um endlich mit dem Plasma ins Gespräch zu kommen."

Rhodan war damit einverstanden. Danach kam er auf etwas anderes zu sprechen. „Moders, Sie haben doch den Einsatz auf dem Roboterplaneten Frago mitgemacht. Ist damals nicht mit dem Kommandanten des Posbischiffs über Symboltransformer ein Gespräch geführt worden?"

„Ja, Sir. Fast ununterbrochen muß ich daran denken, und hier frage ich mich immer wieder, warum es uns nicht gelingt, mit der Funkstation im Interkosmos in Dialog zu kommen. Ich weiß auf diese Frage bis zur Stunde keine Antwort."

Der Ara war in tiefes Nachdenken versunken. Rhodan störte den Biologen nicht. Wie aus einem Traum erwachend, begann Kule-Tats schließlich zu sprechen: „Ich habe eine Vermutung, warum die Station sich nicht mit uns in Verbindung setzt. Das Plasma fühlt sich durch uns immer noch bedroht. Hat Imperator Gonozal VIII. alle Schiffe zurückgezogen, oder befinden sich Teilverbände unserer Flotten noch in der Nähe der fünfhundert Fragmentschiffe?"

„Natürlich haben wir Kugelraumer in der Nähe der Posbischiffe belassen, Kule-Tats. Soweit ich unterrichtet bin, steht bei jedem

Würfel ein Kleinverband von Schlachtschiffen. Aber worauf wollen Sie hinaus?“

„Erinnern Sie sich, wie unser Plasmakommandant reagiert hat, als sich die TOKIO absetzte, und wie er reagierte, als der größte Teil unserer Männer den Würfel räumte? In den wenigen Kugelraumern, die um jeden Würfel Wache halten, sehen die einzelnen Biostoffkommandanten Gefahr. Das Gefühl, in Gefahr zu sein, werden sie der Station im Interkosmos mitgeteilt haben.“

„Großer Himmel“, sagte Rhodan leicht bestürzt. „Ihre Annahme hat sehr viel Wahrscheinlichkeit an sich. Aber es ist ausgeschlossen, daß wir unsere Beobachtungsschiffe zurückziehen. Das könnte ich nicht verantworten. Wie, um alles in der Welt, beseitigen wir nur das Mißtrauen?“

Keiner konnte diese Frage beantworten.

Die nächsten Stunden verliefen ohne bemerkenswerte Ereignisse. Mehrfach setzte Rhodan sich mit Arkon III in Verbindung. In Gemeinschaftsarbeit zwischen terranischen, arkonidischen und akonischen Technikern wurde eine neuartige Rakete entwickelt, die die bisher verwendeten und nahezu nutzlosen Fusionsbomben ablösen und binnen fünf Minuten Lichtgeschwindigkeit erreichen sollte. Zugleich mußte sie in der Lage sein, einen atomaren Sprengkopf zu tragen, der bei Explosion 500 Gigatonnen Energie entwickelte. Das Problem, ein Projektil mit diesen Werten zu bauen, lag darin, daß es verhältnismäßig klein sein mußte. Außerdem verlangte die Großserie, in der es aufgelegt werden sollte, ein äußerst einfaches Triebwerks- und Ortungsteil.

Allein schon bei diesem Auftrag an Arkons Industrie wirkte sich das Bündnis mit dem Blauen System günstig aus. Die Akonen besaßen ein technisch einfaches, aber sehr exakt arbeitendes Ortungsaggregat. Arkon fand in seinen seit Jahrtausenden bestehenden Archiven Unterlagen über ein betriebssicheres Triebwerk, das den Anforderungen einer Großserie voll und ganz entsprach. Ein riesiges Team irdischer Techniker auf Arkon III verkleinerte den Sprengkopf um vier Fünftel, ohne seine Energieentwicklung bei der Explosion zu vermindern.

Dutzende von großen positronischen Rechenmaschinen wurden mit herangezogen, eine Mammutpositronik im Blauen System stand den Experten zusätzlich zur Verfügung. Was bisher Monate an Entwicklungsarbeiten gekostet hatte, ging jetzt nach einer Woche in Großfertigung.

Auf Arkon III war vor einer Stunde ein Transportraumer gelandet, um seine gewaltigen Laderäume mit diesen neuentwickelten Raumtorpedos zu füllen und sie dann auf schnellstem Weg zu den vereinigten Flotten zur Verteilung zu bringen.

Perry Rhodan war dem Plasma gegenüber genauso mißtrauisch wie das Plasma gegenüber dem Organischen.

Gerade deswegen war der Waffenstillstand so unsicher.

Leutnant Merg hatte eben seinen Kameraden Poul Nelson an der Strukturtasterortung abgelöst und sich den Sessel für seine Figur richtig eingestellt, als er die schwach ausgeprägte Strukturerschütterungsamplitude auf der Ortung sah.

Gekoppelt mit dem Bordgehirn, hatte die Positronik in Sekundenbruchteilen an der Amplitude erkannt, durch welche Schiffe die Gefügeerschütterung verursacht worden war, und ihre Beobachtungen an die Ortung weitergegeben.

Die schwache Strukturerschütterung zeigte an, daß sie nicht von einem Transitionstriebwerk ausgelöst wurde. Am ehesten ließ sich diese Erschütterung noch mit jenem Effekt vergleichen, der beim Auftauchen eines Schiffes aus dem Linearraum ausgelöst wurde. Das, was die Strukturerschütterung ausgelöst hatte, war weder ein Transitions- noch ein Lineartriebwerk, wie es Terra und Arkon verwendeten. Es gab nur eine bekannte Intelligenzform, die über ein derart fremdes und rätselhaftes Antriebssystem verfügte: die Laurins.

Der Alarm jagte die Männer in der THEODERICH auf ihre Stationen. Gleichzeitig hatte die Ortung den Spezialbildschirm eingeschaltet, auf dem nur die tropfenförmigen Schiffe der Laurins zu sehen waren.

Die Unsichtbaren waren mit rund dreihundert Schiffen gekommen. Keine vier Lichtminuten von der THEODERICH und dem Fragmentraumer entfernt. Wie ein Schwarm Heuschrecken waren sie aufgetaucht, um sich in verschiedenen Verbänden zu formieren.

Ihre Geschwindigkeit blieb bei 0,67 Licht konstant.

In der Zentrale saß Van Moders bereits neben den Meßinstrumenten des Symboltransformers.

„Was ist los, Moders?“ Rhodan schrie selten, jetzt tat er es.

Das wachsbleiche Gesicht des Robotikers ließ ihn Furchtbares ahnen.

„Sir, Feuer aus allen Strahltürmen auf die Laurins! Feuer frei!“

„Erklärung!“ brüllte Rhodan ihn an. So, wie der Robotiker handelte, ging es nicht. Rhodan mußte wissen, warum sie schießen sollten.

Van Moders fing sich. Seine Erklärung war furchtbar. „Die Laurins legen uns wie dumme Jungen rein. Sie funken dauernd: *Habt ihr die geheime Waffe der Roboter entdeckt? Wenn ja, vernichtet sie, wir helfen euch.“*

Perry Rhodan ließ sich von dieser Hiobsbotschaft nicht aus dem Gleichgewicht bringen. Schnell, aber völlig beherrscht rief er ins Interkom: „Einsatzkommando an Bord des Fragmentschiffs sofort zurückbeordern! Höchste Lebensgefahr!“

Seine nächste Durchsage ging an die Feuerleitzentrale: „Feuer frei auf die Laurinschiffe!“

Der dritte Befehl war an den Hangar gerichtet: „Drei Space-Jets sofort starten! Versuchen, die Männer des Einsatzkommandos auf dem Fragmentschiff zu bergen! Die THEODERICH setzt sich in Richtung Laurinflotte ab!“

Der riesige Schiffskörper beschleunigte.

„Die Laurins funken ihren Symbolspruch immer wieder“, tobte Van Moders, der voraussah, daß das unerwartete Auftauchen der Unsichtbaren ihre mühevolle Arbeit zunichte machen würde.

Mit höchsten Beschleunigungswerten jagte die THEODERICH auf die Laurinverbände zu.

Die setzten sich plötzlich ab.

Captain Brazo Alkher, der hinter der Feuerleitpositronik des Flaggschiffs saß, fand keine Gelegenheit, einen Schuß bei einem Tropfenschiff anzubringen. Er war nicht für nutzlose Energieverschwendung.

Aber das war ein Fehler mit schwerwiegenden Folgen.

Die THEODERICH gab keinen einzigen Strahlschuß ab.

„Schießen! Verdammt noch mal, warum schießen wir denn nicht?" Van Moders war kein Mitglied der Solaren Flotte. Er war Wissenschaftler, sonst hätte er sich anders ausgedrückt.

Wieder mußte Rhodan ihn anbrüllen, um Aufklärung zu verlangen.

„Das Plasma muß jetzt doch glauben, wir würden mit den Laurins gemeinsame Sache machen, weil wir auf die Unsichtbaren nicht schießen und..."

Eine Hiobsmeldung aus dem Fragmentraumer unterbrach ihn.

Im Kastenschiff waren plötzlich alle plasmalosen Roboter wieder aktiv geworden. Über die Symboltransformer fing die kleine Besatzung, die schon unterwegs zur Schleuse war, die Aufforderung der Schiffspositronik auf: *Rettet das Innere! Liebt das Innere!*

Gleichzeitig ging eine Nachricht unbekannten Inhalts an die Station im Leerraum.

Neben Rhodan materialisierte Gucky. „Alles zu Ende. Der Fragmentraumer ist im Begriff, sich selbst zu zerstören."

Einer der Funker schrie panikerfüllt: „Sir, Atlan meldet erneuten Ausbruch der Schlacht! Alle fünfhundert Posbischiffe im Angriff!"

Und auf Telekom, übersetzt durch den Symboltransformer, kam ununterbrochen der Laurinspruch herein: *Habt ihr die geheime Waffe der Roboter entdeckt? Wenn ja, vernichtet sie, wir helfen euch.*

Eine der drei Space-Jets meldete sich. Das achtzehnköpfige Kommando auf dem Fragmentraumer hatte ohne Verluste den Raumwürfel verlassen können.

Es war der Augenblick, in dem eine atomare Stichflamme aus dem Posbischiff in den Raum raste und den selbstmörderischen Untergang einleitete.

In einer grell leuchtenden Sonne, die sich turbulent nach allen Richtungen hin verbreitete, ging der Fragmentraumer unter. Die gleiche schwache Strukturerschütterung, die man vor wenigen Minuten registriert hatte, begleitete seine Vernichtung.

Die Laurins waren im Hyperraum verschwunden. Ihr Symbolspruch über Hyperfunk war verstummt.

Van Moders hockte neben dem Symboltransformer und hatte Tränen in den Augen. Tränen ohnmächtigen Zorns. Tränen um Milliarden Intelligenzen, deren Leben jetzt wieder bedroht war.

„Verdammt", sagte er immer wieder, aber das Fluchen brachte ihm keine Erleichterung. Schwankend ging er zum Schott, um die Zentrale zu verlassen.

Perry Rhodan eilte ihm nach. Er legte dem jungen Mann die Hand auf die Schulter, drehte ihn zu sich herum und sagte nur: „Kopf hoch! Wir müssen jetzt eben wieder von vorn anfangen."

„Wie?" fragte Van Moders mit brüchiger Stimme. „Ich weiß nicht, wie wir es anstellen sollen."

Das sagte der Mann, der wegen seiner sprühenden Ideen unter seinen Kollegen fast berüchtigt war.

Die terranischen Kommandanten der vereinigten Flotten hatten nicht geschlafen.

Als die Fragmentraumer in Angriffsposition gingen, hielten die Feuerleitoffiziere ihren Finger schon am Kontaktknopf.

Atlans Taktik, jeden Fragmentraumer durch einen Pulk von sechs bis fünfzehn Schiffen bewachen zu lassen, machte sich jetzt bezahlt.

Punkttreffer aus den Breitseiten mehrerer Kugelraumer zugleich rissen den energetischen Zeitschirm der Posbis auf und brachten die Würfel zur Explosion.

Mit Einsetzen der Schlacht zwischen den dichtstehenden Sonnen des Kugelsternhaufens M-13 raste das Gros der Flotten von allen Seiten mit Höchstbeschleunigung heran.

In Atlans Flaggschiff herrschte Hochstimmung. Der Hyperfunkempfang konnte die einkommenden Meldungen über Abschüsse kaum noch aufnehmen.

Verzweifelt wehrten sich die Halbbiologischen und setzten ununterbrochen die unheimlichen Transformstrahlen ein, die erst dicht vor dem Ziel eine vorher entmaterialisierte atomare Bombe wieder werden ließen.

Aber im Gegensatz zu den Kämpfen vor zehn oder zwölf Tagen waren die Verluste an Kugelraumern erstaunlich gering.

Die Schlacht in M-13 ging in die zweite halbe Stunde. Nur noch knapp hundert Posbi-Raumer waren übriggeblieben.

Die THEODERICH war inzwischen zur Flotte gestoßen. Über Hyperkom standen Atlan und Rhodan miteinander in Verbindung.

Wieder zerbarsten beinahe gleichzeitig sieben Fragmentschiffe. Atlans markantes Gesicht blieb unbewegt, als er diese Nachricht an Rhodan durchgab.

„Noch eine Stunde, und in M-13 existieren keine Roboterschiffe mehr, Freund“, sagte er.

„Vergiß nicht die Symbolnotrufe, die mit größter Intensität von den Posbis abgestrahlt werden, Atlan“, warnte Rhodan.

Atlan nahm die Warnung nicht ernst. „Wieder vier Kästen weniger. Seit achtzehn Minuten haben wir kein einziges Schiff mehr verloren. Rhodan, wenn es mir bisher undenkbar schien, so bin ich jetzt davon überzeugt, daß die Plasmakommandanten in den Würfeln unter panischer Angst leiden. Anders kann ich mir das ungenaue Schießen der Höllenkästen nicht mehr erklären.“

Die terranischen Telepathen hatten dafür eine andere Erklärung. Auf Para-Basis hatten sie die Impulse der Posbis aufgefangen, die einwandfrei darauf hindeuteten, daß die Roboter ihre Schiffe und sich selbst zum Teil von innen heraus vernichteten.

Sie liebten das Innere und retteten es.

Welch eine Ironie! dachte Perry Rhodan. Die plasmalosen Roboter „retteten“ das Innere, indem sie es selbst vernichteten.

„Noch vierunddreißig, Perry, wenn wir uns nicht verzählt haben. In einer Stunde ist der höllische Spuk...“

Atlan war verstummt.

Rhodan hörte auf seinem Schlachtschiff zur selben Zeit wie der Arkonide die furchtbare Nachricht.

Auf allen terranisch-arkonidischen Schiffen wurde sie vernommen. Die Posbis hatten aus dem interkosmischen Raum Verstärkung erhalten. Man wußte noch nicht genau, wie groß die Flotte der Fragmentschiffe war. Die Schätzungen bewegten sich aber zwischen zwei- und dreitausend Raumern.

Lautlos, ohne jede Gefügeerschütterung, waren sie aus dem Hyperraum gekommen, und auch sie hatten ihre Schutzfelder nach der Transition auf Jetztzeit geschaltet.

Rund dreitausend Fragmentschiffe stürzten sich auf die Kampfschiffe zweier Sternenreiche. Auf einer Frontlänge von mehr als zehn Lichtjahren nahm die furchtbare Schlacht ihren Anfang.

Ein einziger Gedanke war beruhigend: im weiten Umkreis waren alle Kolonialplaneten evakuiert worden. Verlassen lagen die Städte und Dörfer da; nirgendwo hielt sich noch ein Terraner oder Arkonide auf. Wenn diese Planeten jetzt im Verlauf der Schlacht angegriffen wurden, dann konnten die Posbis kein intelligentes Leben mehr vernichten.

Die Fragmentschiffe rissen plötzlich mit ihren Transformstrahlen gewaltige Lücken in die Frontlinien. Als der dritte Superriese durch mehrere Transformstrahltreffer explodierte, zeichnete sich die Niederlage ab.

Von Arkon III war aber inzwischen der erste Lastenraumer mit den neuentwickelten Raumtorpedos an Bord zur Front unterwegs.

Bully informierte Rhodan darüber. „Das Schiff muß in einer halben Stunde eintreffen, wenn es nicht durch einen Posbi vernichtet wird."

Rhodan entschied sofort. „Spruch an den Lastenraumer. Er soll im Gollasystem aus der Librationszone kommen. Dort erwarten ihn die Verbände, die mit Raumtorpedos ausgerüstet werden. Und jetzt gib mir Atlan."

Das Gesicht des Imperators tauchte auf. „Arkonide, die erste Sendung Raumtorpedos ist zu uns unterwegs. Veranlasse, daß wenigstens zwanzig Zerstörerverbände ins Gollasystem fliegen, um dort die Torpedos zu übernehmen. Nach Übernahme sofort zur Front zurück und die neue Defensivwaffe einsetzen. Treffpunkt für Laster und Zerstörerverbände: der einzige Planet der Gollasonne. Natürlich Übernahme im Raum."

„Einverstanden", sagte Atlan. Sein Gesicht verschwand vom Schirm, aber die Verbindung blieb bestehen.

Zwei Stunden später schien sich plötzlich ein Wunder anzubahnen.

Die Zerstörerverbände mit den neuartigen Raumtorpedos warfen sich in den Kampf.

Weit hinter der Kampflinie schossen sie die Projektile ab. Von einer Front im normalen Sinn konnte nicht gesprochen werden. Wo gerade noch ein Raumer feuernd gestanden hatte, war im nächsten Augenblick die Stelle leer. Darum brauchten die neuartigen Torpedos auch nicht gezielt abgeschossen zu werden.

Das Zielen und Treffen besorgte die Ortung, die in jedem Projektil steckte. Aber diese Ortung, die auf Massen ansprach, verstand es auch, die geortete Masse zu analysieren und zwischen Schiffen der eigenen Flotten und Fragmentraumern zu unterscheiden. Kein terranisches oder arkonidisches Schiff hatte zu befürchten, von einem Torpedo getroffen zu werden.

Um so besser lernten die Posbis diese Waffe kennen, die sich nach einem fünfminütigen Flug mit fast Lichtgeschwindigkeit bewegte.

Winzige, aber weitreichende Peilsender gaben allen Kugelraumern bekannt, in welche Gebiete die Torpedos einflogen. Terranische Schiffe bemühten sich, die Würfel in diese gefährlichen Sektoren zu locken. Gegen jede Erwartung gelang dies sehr oft. Die Posbis hielten die kleinen Projektile vielleicht nur für schnell dahintreibende Meteoriten.

Die Ortung der Torpedos erfaßte die Würfel. Die Ortung korrigierte den Kurs. Die schnell fliegenden Bomben trafen in Rudeln gegen die Relativschirme der Fragmentschiffe – und grell leuchtende Gaswolken, die sich schnell nach allen Seiten ausbreiteten, waren die letzte Spur von vielen Robotraumern.

„Sie haben es immer noch nicht begriffen, was ihre anderen Schiffe zerstört hat", sagte Van Moders zu Rhodan. „Wenn sie es aber einmal erkannt haben, werden sie die Relativschirme auf Zukunft schalten oder rechtzeitig ausweichen."

„Schon möglich", sagte Rhodan. „Aber irgendwann müssen sie wieder in die Realzeit zurückkehren, um in den Kampf einzugreifen. Dann sind unsere Raumtorpedos noch immer da und finden ihr Ziel. Auch ein Ausweichmanöver ist schwierig."

Der Polturm der THEODERICH feuerte. Auf dem Panoramaschirm des Superschlachtschiffs zeigten sich acht Strahlbahnen, die sich zu kreuzen schienen.

Gegen vier Kugelriesen wehrte sich ein Posbischiff.

Jefe Claudrin blickte ruhig auf einen Punkt der großen Instrumententafel. Dort hatten Techniker erst vor zwei Tagen ein neues Gerät angebracht. Nach den Werten, die das Instrument aufzeigte, flog der Epsaler jetzt das Flaggschiff. Die Werte stammten von den Peilzeichen der neuartigen Raumtorpedos, die dadurch bekanntgaben, welche Sektoren im Raum sie lichtschnell durchquerten. Und nach diesen angegebenen Werten versuchten jetzt vier terranische Schiffe, einen Kasten in die Flugschneise des Projektilrudels abzudrängen.

Die starken Schutzschirme der THEODERICH drohten zusammenzubrechen. Die Bomben, die die Roboter mit ihren geheimnisvollen Transformstrahlen bis dicht vor die energetische Hülle brachten, belasteten die Feldschirme bis zum Maximum. Zum Glück erhielt die THEODERICH jedoch keinen Volltreffer.

Claudrin wich dem nächsten Strahl aus. Brazo Alkher, der beste Waffenoffizier der terranischen Flotte, schien jetzt mit zwei weiteren Schlachtschiffen Punktschießen auf den Posbi zu veranstalten.

Ein greller Rotblitz, der schnell seine Farbe änderte und strahlend weiß wurde, zeigte den Untergang eines Fragmentschiffs an.

Die THEODERICH wurde durch Claudrin um eine halbe Lichtstunde in Richtung auf das Arkonzentrum versetzt.

Kaum hatte Rhodan mit seinem Schiff den Normalraum wieder erreicht, als fast auf allen Frequenzen des Hyperkomempfangs nach diesen neuartigen Raumtorpedos verlangt wurde.

Perry Rhodan nahm es gelassen zur Kenntnis. Auf Arkon III war die Großserie geradc angelaufen. Arkon III konnte von diesen Projektilen nicht mehr an die Front bringen, als es selbst erzeugte. Es dauerte wenigstens noch vierundzwanzig Stunden, bis die unvorstellbare Industriemacht Arkon III so viele Raumtorpedos fabriziert hatte, daß man daran denken konnte, einen Teil zu lagern.

Aber würde es dazu überhaupt noch kommen?

Atlan meldete sich wieder. Bei ihm liefen alle Nachrichten zusammen und wurden vom Generalstab ausgewertet. Im Augenblick sah es so aus, als träfen für einen zerstörten Fragmentraumer drei neue aus dem Interkosmos ein.

Atlans Gesicht hatte deutlich Erschrecken gezeigt, als Rhodan auf den gewaltigen Akontransmitter auf Arkon III anspielte. Zwar waren noch umfangreiche Montagearbeiten notwendig, die noch einige Wochen in Anspruch nehmen würden, aber die Errichtung des Transmitters war bereits in einem Stadium, das es ohne weiteres zulassen würde, einen provisorischen Notbetrieb aufzunehmen.

„Barbar, du beschäftigst dich mit dem Gedanken, auch die drei Zentralwelten des Imperiums zu evakuieren?“

Ohne Bewegung zu zeigen, erwiderte Rhodan: „Im Solaren Imperium herrscht seit Stunden Alarmstufe eins, mein Lieber. Das heißt: Es laufen alle Vorbereitungen an, die Bevölkerung des Solaren Imperiums restlos zu evakuieren."

„Um Himmels willen, wohin denn, Perry? Wohin mit den Milliarden?"

„Wenn es sein muß, ins Blaue System, Arkonide." Er schwieg.

Atlan hatte sich umgedreht. Auf seinem Flaggschiff mußte gerade eine überaus wichtige Nachricht eingelaufen sein. Für Sekunden verschwand das Gesicht des Arkoniden vom Schirm. Jetzt tauchte es wieder auf. Mit tonloser Stimme sagte der Imperator: „Perry, die Fragmentraumer sind an einer Stelle durchgebrochen und rasen auf das Zentrum von Arkon zu."

„Welche Abwehrmaßnahmen sind getroffen worden?"

In einer bestürzenden Geste zeigte der Arkonide seinem Freund die leeren Hände.

Doch Rhodan gab sich nicht geschlagen. „Atlan, wir geben noch nicht auf. Rufe Arkon III, die Zentralstelle der Raumtorpedofertigung. Schicke zehn Zerstörerverbände nach Arkon III. Sie sollen so viele Torpedos übernehmen, wie sie fassen können. Und dann haben die Zerstörer nichts anderes zu tun, als alle Projektile im System der Arkonsonne abzuschießen – und wenn wir Millionen davon verfeuern müssen. Arkon muß unter allen Umständen gehalten werden."

Van Moders, der sich im Hintergrund aufhielt, bewunderte diesen Mann, der auch in hoffnungsloser Lage nicht die Ruhe verlor und in solch einer Situation auch noch die Kraft besaß, Auswege zu suchen und zu finden.

Beherrscht drehte sich Rhodan nach dem Wissenschaftler um. „Es hat keinen Sinn, daß wir im Frontgebiet bleiben. Ein Superriese mehr oder weniger zählt bei unserer Unterlegenheit nicht mehr. Sie und ich, wir können mehr tun, wenn wir auf der Erde sind. Klar, Jefe?" Diese Frage war an den Epsaler gerichtet.

„Klar, Chef. Die THEODERICH geht auf Erdkurs."

Als das Flaggschiff auf dem Raumhafen Terranias landete, war der gewaltige Akontransmitter auf dem Mars schon auf vorläufigen Notbetrieb geschaltet. Eine kleine Station daneben stellte die Verbindung zur Erde her. Das Gegenaggregat stand in einer Halle des Hafens.

Noch auf dem Weg zur Schleuse wurde Rhodan davon unterrichtet, daß soeben akonische Wissenschaftler über den Weg Blaues System, Mars, Erde eingetroffen waren, um ihm einen bis ins Datail ausgearbeiteten Vorschlag zu unterbreiten.

Im Laufschritt verließ Rhodan die Rampe der THEODERICH. Keuchend folgte ihm der untersetzte Bully. Beide stiegen in den Schweber ein, der sofort startete. Wenige Minuten später setzte das Fahrzeug auf dem Dach des riesigen Verwaltungsgebäudes auf, in dessen höchsten Stockwerken Rhodans und Bullys Arbeitsräume lagen.

Keine zehn Minuten nach der Landung der THEODERICH standen die beiden Männer, in deren Händen jetzt das Schicksal der Milchstraße lag, einer siebenköpfigen Akonengruppe gegenüber.

Es gab keine Formalitäten. Dazu war keine Zeit.

Die Akonen unterbreiteten tatsächlich einen Vorschlag, der bis ins letzte Detail ausgearbeitet war. Aber die Bewohner des Blauen Systems hatten ihren Plan nur mit Hilfe ihrer unnachahmlichen Großpositroniken aufstellen können.

Rhodan staunte. Bully schnaufte; er konnte sein starkes Mißtrauen nicht unterdrücken.

Ein Akone erklärte: „Jedes Für und Wider ist berücksichtigt worden, Sir. Eine Fortführung des Kampfes gegen die Posbis würde die drei Sternenreiche binnen einer Woche ins Chaos stürzen. Raumschlachten, wie sie zur Zeit noch laufen, sind nicht nur sinnlos, kräftevergeudend, sondern verbrecherisch, wenn man an das Schicksal von Milliarden Intelligenzen denkt."

Das war eine harte Sprache. Bully wollte dem Akonen mit einer scharfen Bemerkung ins Wort fallen, doch auf ein Zeichen von Rhodan hin hielt er sich zurück.

„Sentoon, lassen Sie mich in Ruhe Ihren Vorschlag prüfen. Ich erwarte Sie mit Ihren Kollegen in einer Stunde in diesem Raum."

Als Bully mit Rhodan allein war, wollte er ihm sagen, wie er über diesen Akonen Sentoon dachte.

„Warum denn, Bully? Sentoon hat doch recht, oder nicht? Die Fortführung der Schlacht ist tatsächlich verbrecherisch. Wir kommen auf die Dauer gegen die Fragmentschiffe der Roboter nicht an. . .“

Der Dicke brauste auf. „Wissen wir denn im voraus, ob uns nicht schon morgen diese zehntausend Schiffe fehlen, die wir für diesen Zweck aus der Linie ziehen sollen?“

„Schluß mit der Debatte, Bully. Veranlasse, daß sofort die galaktischen Positionsdaten vom Planeten Frago auf Sphinx bekannt werden. Du bist mir dafür verantwortlich, daß auch alle Unterlagen über den Roboterstern nach Sphinx gefunkt werden. Ich sehe dich dann ebenfalls hier in einer Stunde wieder.“

Verärgert ging Bully hinaus, um seine Aufgabe zu erledigen.

Rhodan studierte die Zusammenfassung des akonischen Vorschlags. Mit einer Überprüfung der hunderttausend Einzelheiten konnte er sich nicht befassen. Er hatte weder Zeit, noch war er in der Lage, jede einzelne Berechnung zu kontrollieren. Voll und ganz verließ er sich auf das Können unbekannter akonischer Experten, die im Auftrag des Großen Rates diesen ungeheuerlichen Plan erarbeitet hatten.

Aus hoffnungsloser Verteidigungslage zum Angriff gegen die Posbis vorgehen.

Das war der Kern des Planes.

Zehntausend Raumer sollten für diesen Zweck erforderlich sein, ein Geringes, wenn man an die Gesamtzahl der Schiffe beider Flotten dachte. Aber diese zehntausend aus der Front herausgezogenen Raumer konnten ebensogut das Zünglein an der Waage bedeuten.

Rhodan war sich der Gefahren bewußt, die hinter diesem Plan standen, doch was konnte letztlich bei der augenblicklichen Situation überhaupt noch verloren werden?

Die Zeit verging wie im Flug, und Rhodan war noch zu keinem Entschluß gekommen, als die Akonen wieder erschienen. Kurz darauf traten auch Bully, Deringhouse, Van Moders und Mercant ein.

Stumm schob Bully dem Freund einige Folien zu. Rhodans Selbstbeherrschung war bewundernswert.

Von der Front in M-13 waren Nachrichten über unvorstellbare Niederlagen eingetroffen. Überall schienen plötzlich die Würfel der Roboter zu sein. Mit letzter Kraft versuchten die Kugelraumer zu verhindern, daß die Posbis bewohnte Welten zerstören konnten.

Nur ins Zentralsystem Arkon hatten sie bis jetzt nicht eindringen können. Atlan hatte Rhodans Rat befolgt und den gesamten Vorrat an Torpedos durch Zerstörer im Arkonsystem verstreuen lassen. In dichten Rudeln stürzten sie sich, gesteuert durch ihre Ortung, auf jeden Roboterkasten und ließen ihn zu glühenden Gaswolken werden.

Kurz dachte Rhodan daran, während er den letzten Bericht las. Er traute diesen Posbis zu, daß sie bald ein Gegenmittel finden würden, um die Ortung der Raumtorpedos lahmzulegen.

Er blickte auf. Sein Blick kreuzte sich mit dem des Akonen Sentoon. „Ich glaube, wir werden den Vorschlag des Großen Rates annehmen. Bevor ich mich jedoch entscheide, habe ich noch einige Unterlagen einzusehen." Er drehte sich zu Mercant um und flüsterte mit ihm. Der Abwehrchef verließ kurz darauf den Raum.

Wenige Minuten später kam Mercant zurück.

Die akonische Delegation reckte die Hälse. In Allan D. Mercants Begleitung befanden sich die „Gurkenleute" Petid und Oligo. Intelligenzen in dieser Größe und von diesem Aussehen schienen den Urarkoniden unbekannt zu sein. Kein Wunder, daß sie sich erstaunt zeigten.

Die beiden Swoon watschelten auf Rhodan zu. Der Administrator beugte sich zu ihnen herunter und sprach leise auf sie ein.

„Wie weit ist die Serienproduktion?" fragte Rhodan.

„Uns stehen etwa 25 000 Geräte zur Verfügung", erwiderte Oligo.

Rhodan richtete sich wieder auf. Sein Entschluß war gefaßt.

Angriff auf Frago.

„Sir ..." Es war Allan D. Mercant, der zum Sprechen ansetzte.

Rhodan unterbrach ihn. „Mercant, ich weiß, was Sie sagen wollen. Ich möchte genau dasselbe sagen. Die bekannte Galaxis hat, seitdem Intelligenzen darin das Leben bestimmen, noch nie vor einem größeren Risiko gestanden als jetzt. Wir versuchen wieder einmal, dem Schicksal in die Arme zu fallen. Aber wird es uns diesmal gelingen?"

„Perry Rhodan, Sie zweifeln?" fragte Solarmarschall Mercant entsetzt.

Rhodan wies mit einer kraftlosen Handbewegung auf die akonischen Unterlagen. „Zahlen, Mercant, Werte, Wahrscheinlichkeitsangaben, Positionen mit zehn Stellen hinter dem Komma. Darauf basiert nun unser verzweifelter Schritt: Angriff auf Frago. Was nützt es, den Mut nicht zu verlieren, wenn man weiß, daß man ins buchstäbliche Nichts vorstoßen muß, um dort eine Sternenkugel anzugreifen, von der diese Zahlen behaupten, sie wäre ein posbischer Nervenknoten. Das Unternehmen an sich macht mir weniger Sorgen. Sorgen machen mir die Folgen, die aus unserem Angriff entstehen können. Wie werden die Fragmentraumer darauf reagieren, wie diese Funkstation im Interkosmos? Werden die Posbis mit ihren Schiffen aus M-13 abziehen, da diese zur Verteidigung Fragos benötigt werden? Oder wird ein anderer Schiffsverband die Verteidigung Fragos übernehmen? Sollte das zweite zutreffen, dann geht der Kampf in M-13 unvermindert weiter, und wer bei dieser Auseinandersetzung den Sieg davontragen wird, brauche ich Ihnen ja nicht zu sagen."

Die Akonenabordnung hörte mit. Kein einziger bewegte sich. Sieben Akonen betrachteten fasziniert den Mann, der aus dem Nichts heraus das Solare Imperium geschaffen hatte. Und derselbe Mann hatte jetzt Zukunftsbilder aufgezeichnet, wie sie schrecklicher nicht sein konnten.

„Mein Gott", stöhnte Van Moders, „daran hätte ich im Traum nicht gedacht."

Müde nickte Rhodan. „Was wird, wenn wir Frago angreifen? Was?"

Damit erhob er sich und ging. Er wollte auf seine Frage keine Antwort hören. Es gab in dem großen Raum auch niemand, der ihm eine hätte geben können.

41.

Zweiundneunzigtausend Lichtjahre vom Rand der Milchstraße entfernt im interkosmischen Raum, in Richtung auf den Andromedanebel, stand die Robotwelt Frago.

Frago war das Ziel von zehntausend schweren Einheiten der Solaren Flotte. Jedes Schiff verfügte über das Lineartriebwerk und gehörte zu den modernsten Fertigungen der Mondwerften.

Zehntausend Kugelraumer, davon 7000 Robotschiffe und 3000 bemannte Einheiten, die sich absetzten, rissen die Abwehrfronten in M-13 noch weiter auf, und leichter als bisher durchstießen die Posbi-Schiffe die Linien des Großen Imperiums.

Erst nach langen Überlegungen hatte Atlan zum Abzug der zehntausend Schiffe seine Zustimmung gegeben. Anfangs hatte er Perry Rhodan beschworen, den Plan der Akonen nicht durchzuführen. Aber die brutale Wirklichkeit verlangte es anders.

„Atlan, über zweihundert Großraumer, mit Torpedos vollgepfropft, sind vom Erdmond zur Front unterwegs. Mehr kann ich für uns alle im Augenblick nicht tun. Du aber kannst uns zu unserem Unternehmen Glück wünschen“, sagte Perry Rhodan.

Dreitausend Lichtjahre tief im Interkosmos warteten zehntausend terranische Kugelraumer auf die THEODERICH. Die zehntausend Schiffe hatten sich unmittelbar nach Verlassen der Front getrennt. Während dreitausend Terraschiffe im galaktischen Leerraum, 3000 Lichtjahre vom Rand der Galaxis entfernt, Position bezogen hatten, waren siebentausend Arkonschiffe nach Sphinx geflogen. Dort waren in aller Eile Masken montiert worden, so daß die Schiffe nicht mehr als Arkoneinheiten identifiziert werden konnten. Nun war die Flotte wieder vereint, wenn auch nur vorübergehend, denn zunächst würden nur die siebentausend maskierten Schiffe aufbrechen.

Höchste Alarmstufe herrschte auf jedem Schiff, alle Geschütze waren feuerbereit, alle Kraftstationen liefen auf Vollast, einsatzbereit brummten die Kalups. Nur der Hyperkomfunk schwieg. Absolute Funkstille war befohlen worden.

Die geheimnisvolle posbische Station und auch Frago sollten bis zum Augenblick des ersten Feuerschlags ahnungslos bleiben.

Die siebenköpfige Abordnung aus dem Blauen System kam aus dem Staunen nicht heraus, als sie miterlebte, wie formlos der Erste Administrator seine Regierungsgewalt einem jugendlich aussehenden Terraner übertrug.

„Mach's gut, Tiff, und laß dich vom Papierkrieg nicht erdrücken", hatte Rhodan dem jungen Mann gesagt.

Und dieser hatte geantwortet: „Chef, schlimmer als auf Atlans Kristallwelt kann es hier nicht sein. Und ich habe ja bei Ihnen gelernt, das Wichtigste immer zuerst zu tun."

Mit außergewöhnlicher Sollstärke war die THEODERICH gestartet. Mehr als vierzig Swoon waren an Bord, die Spitzenkräfte aus dem Mutantenkorps und fast die gesamte terranische Regierung.

Über Terrania fiel der Abend herein, als die THEODERICH mit brüllenden Triebwerken in die Richtung der untergehenden Sonne jagte. Nach kurzem Zwischenaufenthalt im Akon-System, wo die THEODERICH die gleiche Maske erhielt wie zuvor die siebentausend Arkonschiffe, flog man in Richtung galaktischer Randzone weiter.

In Rhodans Kabine fand eine wichtige Besprechung statt. Der Schlachtplan wurde aufgestellt. Den Flug einer riesigen Flotte zu befehligen, stellte keine große Aufgabe dar, aber siebentausend Schiffe genau über einem verhältnismäßig kleinen Ziel anzusetzen und sie mit präzisierten Aufgaben zu betrauen, verlangte mehr als handwerkliches Können.

Drei große Positroniken liefen ununterbrochen. Sie arbeiteten Rhodans Grundplan aus und erstellten für die einzelnen Verbände nicht nur Zeitpläne mit einer verwirrenden Fülle von Koordinatendaten, sondern führten auch an, wie man sich zu verhalten hatte, wenn der Gesamtplan plötzlich zusammenbrechen sollte und man sich absetzen mußte.

Während die THEODERICH unter der bewährten Führung von

Jefe Claudrin durch die Librationszone des Zwischenraums raste und die tausendfache Lichtgeschwindigkeit schon weit überschritten hatte, war der Aufmarschplan fast festgelegt.

Die notdürftigen Umbauten und Änderungen an den 7000 arkonidischen Robotereinheiten und an der THEODERICH verliehen diesen Schiffen ein tropfenförmiges Aussehen. Rein äußerlich mußten sie den Posbis als Laurinschiffe erscheinen, auch wenn ihnen die charakteristische Tarnung von Laurinschiffen natürlich fehlte. Die wenigen Kommandoschiffe mit organischer Besatzung sollten durch Individualabsorber geschützt werden. Auf diese Weise würden nur Mentalimpulse zu den Posbis durchdringen, die sie auch erreichen sollten: die Impulse aus den von den Swoon entwickelten Laurin-Zellschwingungsgeräten. Der Plan sah vor, mit den 7000 Schiffen einen Laurinangriff auf Frago vorzutäuschen. Alle unbemannten Robotschiffe waren mit Selbstvernichtungsanlagen für den Fall ausgerüstet, daß sie von den Posbis zu manövrierunfähigen Wracks geschossen wurden, denn es mußte verhindert werden, daß Wrackteile zurückblieben, aus denen die Posbis auf die wahre Identität der Angreifer schließen konnten.

Sobald man Frago erreichte, wollte man den Relativschirm (sofern er aktiviert und auf Realzeit geschaltet war) mit Torpedos beschießen und zum Zusammenbruch bringen.

Danach sollten die drei Teleporter Gucky, Tako Kakuta und Ras Tschubai nach Frago springen und Laurin-Zellschwingungsgeräte verstreuen. Gleichzeitig würden die 7000 Raumschiffe Frago ununterbrochen angreifen. Auch sie würden die von den Swoon entwickelten Impulssender einsetzen.

Man vermutete, daß die Posbis um Hilfe funken würden.

Sobald dies geschah, würde die THEODERICH einen unverfänglichen Hyperfunkimpuls über eine beim Anflug auf Frago gebildete Relaisstrecke nach Arkon III senden. Dort wartete Allan D. Mercant auf dieses Signal. Nach dem Empfang des Signals würde Mercant der unbekannten Posbistation im Leerraum Hilfe für Frago anbieten. Darüber hinaus sollte Mercant beobachten, ob die in M-13 eingedrungenen Fragmentraumer auf den Hilferuf von Frago reagierten.

Wenn die Posbistation sein Hilfsangebot annahm, würde Mercant jene 3000 Schiffe in Richtung Frago in Marsch setzen, die am Rand der Milchstraße zurückgeblieben waren.

Diese 3000 Schiffe waren voll bemannt und verfügten nicht über Individualabsorber, denn sie sollten den Posbis die Freundschaft des organischen Lebens aus der Milchstraße beweisen.

Natürlich würden die 7000 angreifenden „Laurinschiffe" durch einen ebenfalls unverfänglichen Hyperfunkimpuls Mercants von der Ankunft der Helfer informiert sein und sich vorher absetzen.

Das war der Plan, von dem niemand wußte, ob er durchführbar war.

42.

Die Bahn von Frago lag mittlerweile so genau fest, daß die Rechengehirne an Bord der Raumer in der Lage waren, den Standort des Planeten für jede Sekunde zu berechnen.

Die ersten Ortungsergebnisse liefen ein. Erleichtert stellten die Terraner fest, daß der Relativschirm, der Frago umspannte, nicht auf Zukunft geschaltet war. So konnte man die Posbiwelt eindeutig orten. Es würde ein Blitzangriff notwendig sein. Man mußte den Schirm zerstören, ehe die Posbis reagieren und ihn auf Zukunft umschalten konnten.

Jenseits des Sternenmeers, dreitausend Lichtjahre tief im Interkosmos, warteten 7000 terranische Raumer auf ihre X-Zeit. Die linke Seite der Panoramaschirme zeigte die gleißende Bahn der Milchstraße, in der sich ein Kampf auf Leben und Tod abspielte.

In den Kommandozentralen der Raumer herrschte Stille. Auf jedem Schiff zählte die Bordpositronik die Zeit herunter. X-Zeit kam.

7000 Raumer, durch Rechenmaschinen und ihre Kommandoeinheiten gesteuert, setzten sich in Bewegung. Der dichtgedrängte Verband löste sich von Sekunde zu Sekunde stärker auf, und jedes Schiff ging auf seinen vorgeschriebenen Kurs.

7000 Schiffe näherten sich der Roboterwelt Frago.

In der THEODERICH stand eine Einsatzgruppe bereit. Jeder einzelne wußte, daß dies der allerletzte Versuch war, die Galaxis von den Posbis zu retten.

Neben Rhodan saß Bully vor dem großen Instrumentenpult. Jefe Claudrin nahm den Steuersitz ein. Noch brauchte der Epsaler nichts zu tun. Noch wurde die THEODERICH von der Positronik geflogen, aber in dem Augenblick, in dem sich das Schiff wieder im natürlichen Raumzeitgefüge befand, gab es Arbeit genug für ihn.

Von ihm allein würde es zum Teil abhängen, ob der Kugelgigant im

Feuer interkosmischer Posbiforts zur Sonne werden oder den gefährlichen Transformstrahlschüssen entkommen würde.

Rhodan schaute auf die Borduhr. In wenigen Sekunden mußte das Schiff wieder ins Universum zurückfallen. Die Fluggeschwindigkeit der THEODERICH war so gewählt, daß das Schiff fünf Minuten vor der Flotte aus dem Linearraum auftauchen, seine Torpedos abfeuern und danach sofort wieder im Linearraum verschwinden würde. Danach sollte es gemeinsam mit der Flotte unmittelbar vor Frago in den Normalraum eintauchen.

Dann war es soweit.

Ortung. An drei, vier Geräten gleichzeitig.

„Torpedos ab!" befahl Rhodan.

Sechs Raumtorpedos wurden abgeschossen. Sechs winzige Punkte, die in fünf Minuten mit knapper Lichtgeschwindigkeit auf den Relativschirm prallen und diesen zum Zusammenbruch bringen würden. Jeder an Bord der THEODERICH hoffte, daß die Torpedos von Frago aus nicht rechtzeitig geortet und abgeschossen wurden.

Der Kalup dröhnte. Die THEODERICH war ein zweites Mal in den Zwischenraum gegangen. Keine Sekunde zu früh. Frago hatte den Raumer geortet und auf ihn einen Strahlschuß abgegeben.

Treffer und Übergang in den Zwischenraum waren gleichzeitig erfolgt.

„Das war knapp", sagte Jefe Claudrin.

Quälend langsam vergingen die fünf Minuten. Als es schließlich soweit war, stürzte die THEODERICH wieder in den Normalraum und mit ihr die anderen 7000 Schiffe mit ihren siebzig Kommandoeinheiten. Die Individualabsorber waren auf der THEODERICH längst eingeschaltet. Ebenso waren alle Laurinimpulsgeber, von denen sich je zwei bis drei auf jedem der Schiffe befanden, aktiviert worden.

„Relativfeld besteht nicht mehr!" rief ein Offizier.

Die THEODERICH schoß. Und mit ihr über dreißig andere Schiffe. Auf Frago flogen Abwehrforts auseinander.

Die Glutsonnen aus sechs gezündeten Torpedos überschütteten mit ihrem grellen Licht eine Welt, die seit Äonen im Dunkel des Interkosmos ihre Bahn zog.

Die THEODERICH schoß ununterbrochen. Mehr als dreihundert

weitere Raumer griffen gleichzeitig an. Es war ein Wunder, daß dieses Strahlengewirr immer wieder nur posbische Forts vernichtete, die Industrieanlagen aber unbeschädigt ließ.

Der Robotplanet schien ein einziges interkosmisches Fort zu sein. Wohin man auch sah, überall brachen grelle Punkte auf.

Die Atomsonnen, durch sechs explodierte Torpedos hervorgerufen, waren verglüht, und doch war es auf Frago heller denn je.

Die Flotte schlug aus allen Geschütztürmen zu. Punktfeuer auf die Abwehrstellungen. Punktfeuer von zehn oder zwanzig Schiffen auf ein einziges Fort. Dort unten brachen Energievulkane aus, die sich spitzkegelförmig ausbreiteten und kilometerweit alles in grellstes Licht tauchten.

Aber nicht nur die Strahlen der Angreifer trafen, auch die Abwehrforts schlugen zu.

„Symboltransformer arbeitet, Sir", gab Claudrin bekannt.

Darauf hatte Rhodan schon seit Minuten gewartet. Er mußte sich noch einige Sekunden gedulden. Der Translator schien sich mit der Übersetzung des Symbolspruchs abzuplagen.

Dann kam die Sendung: *Angriff auf das wahre Leben und das Innere! Rettet das Innere und liebt das wahre Leben!*

„Diese Nachricht wird ununterbrochen wiederholt", sagte Claudrin.

Rhodan nickte. „Die Formulierung des Spruches weist darauf hin, daß sie noch nicht wissen, mit wem sie es zu tun haben. Sie haben die Laurinschen Individualschwingungen also noch nicht angemessen."

Die THEODERICH raste über die Oberfläche Fragos. Der Funker teilte Rhodan mit, daß Frago die unbekannte Station im Leerraum um Hilfe anfunkte.

Rhodan sah den Augenblick gekommen, den zweiten Teil des Planes durchzuführen. Er beugte sich über den Interkomanschluß und sagte mit beherrschter Stimme: „Gucky, Ras und Tako, macht euch bitte für den Einsatz fertig. Ihr wißt, was ihr zu tun habt. Wir werden fünf Minuten, nachdem ihr die THEODERICH verlassen habt, die Zehn-Kilometer-Grenze durchstoßen, so daß auch die auf unseren Schiffen befindlichen Laurin-Individualsender von Frago aus angemessen werden können. Ich wünsche euch viel Glück."

Gucky klappte seinen Raumhelm zu, als Rhodans Stimme im Lautsprecher ertönte. Sofort Teleportereinsatz. Der Afrikaner Ras Tschubai und der Japaner Tako Kakuta standen schon seit Minuten einsatzbereit.

Alle drei trugen exotisch anmutende Fluganzüge, die keinerlei Rückschlüsse auf das Aussehen ihrer Träger zuließen. Es wäre für die drei zu riskant gewesen, in ihrer natürlichen Erscheinungsform aufzutreten. Die Möglichkeit, daß die Posbis sie als Angehörige jener galaktischen Völker identifizieren könnten, gegen die sie im Augenblick ihren Vernichtungskrieg führten, war zu groß. Zusätzlich besaßen die drei Teleporter leistungsfähige Deflektorgeräte, mit denen sie die Posbis täuschen wollten. Zwar waren die Posbis sicherlich in der Lage, die Streufelder der Deflektorgeräte anzumessen, die wahre Gestalt hinter dem Feld würden sie aber nicht erkennen können. Somit gaben die drei Teleporter nahezu perfekte Laurins ab. Außerdem besaßen die Fluganzüge Individualabsorber, die keine organischen Impulse nach außen ließen. Jeder Funkkontakt während des Einsatzes war wegen der Ortungsgefahr untersagt.

Sie hatten zehn Minuten Zeit, ihren Auftrag durchzuführen und zur THEODERICH zurückzukehren.

Jeder hatte vier große Pakete vor sich liegen, die ihnen nun von anderen Mutanten blitzschnell an eine entsprechende Vorrichtung gehängt wurden.

Gucky brauchte die Last nicht zu tragen. Er machte sie telekinetisch gewichtslos.

Ras hatte die Führung der kleinen Teleportergruppe.

„Springen“, sagte er über Helmfunk.

Sie entmaterialisierten.

Gucky fluchte, als er in knapp hundert Metern Höhe über einer weiten Ebene, aus der ein großer Turm aufragte, aus seinem Sprung herauskam.

„Ruhe, Gucky!“ kam über Funk Ras Tschubais knapper Befehl.

Langsam sanken die drei Teleporter zu Boden.

„Absetzen nach Plan und dann sofort wieder sammeln!“ befahl Ras.

Gucky teleportierte in Richtung auf den Turm, der sich wie eine Spirale in die Höhe wand.

Dicht vor dem Turm kam Gucky zu Boden. Er warf zwei von vier Paketen ab. Mit einem Griff öffnete er sie.

Vor Guckys Füßen lagen jetzt jene Kleinstgeräte, die die beiden Swoon Petid und Oligo konstruiert hatten: Geräte, die die Zellschwingungen der Laurins erzeugten und ausstrahlten.

Gucky verschwand und war zwei Sekunden später wieder da. Bei jedem Sprung nahm er Geräte mit und placierte sie an geeigneter Stelle.

Drei Kilometer weiter arbeitete Ras Tschubai.

In entgegengesetzter Richtung erledigte Kakuta seine Aufgabe.

Ras war als erster fertig geworden. Er brauchte jedoch auf die beiden anderen nicht lange zu warten.

Gucky tauchte auf.

„Ich bin die Hälfte des Posbiärgers los, Ras", sagte er burschikos.

Kakuta erstattete ebenfalls Meldung.

Dann verglichen sie die Uhrzeit. Sie waren mit der Erledigung des ersten Teiles 150 Sekunden schneller gewesen, als dafür angesetzt war.

Jetzt galt es, den Rest der Geräte in den subplanetaren Anlagen zu deponieren. Die drei Teleporter nahmen jeder ihren Teil der Geräte und teleportierten in verschiedene Richtungen.

Gucky, der seinen Abenteuertrieb wieder einmal nicht bremsen konnte, fand nach einigen Sprüngen, die er noch an der Oberfläche durchgeführt hatte, einen mächtigen Industriekomplex, der einige hundert Meter in die Höhe ragte. Neugierig teleportierte er in das riesige Gebäude. Er materialisierte in einem dunklen Raum. Nach seiner Schätzung befand er sich mindestens zweihundert Meilen von jener Stelle entfernt, wo er den ersten Teil der Geräte abgeladen hatte.

Gucky schaltete seinen Scheinwerfer ein – und zuckte zusammen.

Unmittelbar vor ihm befand sich ein Posbi. In einem Anfall von Panik wollte Gucky schon schießen, als ihm dieser Roboter etwas eigenartig vorkam.

Leutnant Guck begriff, wo er sich befand. Ruhig ließ er den Lichtstrahl wandern. Er hockte auf einem Posbi. Neben ihm waren Roboter, vor ihm, hinter ihm, überall.

Er war in einem Roboterdepot gelandet. Aber kein einziger Rob war aktiviert. Sie lagerten hier als Stapelware und hatten noch keine Plasmazusätze.

„Die sollen an mir Freude haben“, versprach Gucky.

Er öffnete die beiden letzten Packen. Die Zellschwinger lagen vor ihm. Mit jedem Sprung, den Gucky ausführte, verringerte sich sein Vorrat. Beim zehnten Sprung, als er die Länge des Depots ausmessen wollte, erreichte er mit seinem leistungsfähigen Scheinwerfer immer noch nicht das Ende der Lagerhalle.

Dem Kleinen machte die Sache Spaß, und er rieb sich vergnügt die Hände bei dem Gedanken, was in Kürze passieren würde.

Es ging alles in Sekundenschnelle. Jeden Zellschwinger verbarg er unter einem Haufen Posbis.

Sein Zeitnehmer meldete sich. Die siebte Minute ging zu Ende. Gucky achtete nicht darauf. Er hatte seinen Vorrat an Kleinstgeräten noch lange nicht entsprechend verteilt. Und endlich wieder einmal nach Herzenslust spielen zu können, ließ ihn vergessen, daß er sich auf einem Roboterplaneten im Interkosmos befand.

Als er schließlich das letzte Gerät versteckt hatte und auf die Uhr blickte, stellte er erleichtert fest, daß er die Frist von zehn Minuten nur minimal überzogen hatte. Er teleportierte in die Zentrale der THEODERICH zurück, wo er schon von den beiden anderen Teleportern erwartet wurde. Auch diese hatten ihre Geräte abgeladen.

Alle in der Zentrale warteten auf den Erfolg dieses Einsatzes.

Um die THEODERICH herum stand ein Gewirr von turmdicken Strahlen. Aber die arkonidischen Schiffe blieben den Forts des interkosmischen Planeten keine Antwort schuldig.

Die Nachricht, auf die alle warteten, kam endlich.

Claudrin meldete: „Sir, Frago hat Text des Notrufs geändert. Text lautet: *Falsches Leben ist unter uns und bedroht das Innere. Falsches Leben greift uns mit seinen Raumschiffen an.* Dieser Notruf wird ununterbrochen in Richtung Interkosmos abgestrahlt.“

Sie haben nun auch die an Bord der Schiffe stationierten Laurin-Impulsgeber registriert, dachte Rhodan zufrieden.

„Senden Sie sofort den vereinbarten Hyper-Kurzimpuls“, sagte er dann. „Unsere Schiffe setzen vorläufig den Angriff auf Frago fort.“

Während der Kurzimpuls die Hyperfunkantenne verließ, flog die THEODERICH, und mit ihr die restlichen siebentausend Schiffe, in einer Höhe von knapp zehn Meilen über Frago. Ein Abwehrfort nach dem anderen fiel dem Angriff zum Opfer.

Die THEODERICH jagte über jenes Gebiet hinweg, wo Gucky einen Teil seiner Zellschwingergeräte unter Bergen von nichtaktivierten Robotern versteckt hatte.

In dieser Halle mußte der Teufel los sein. Van Moders stand mit Rhodan neben einem Meßgerät, dessen Zeiger wild über Skalen tanzten.

Rhodan drehte sich um und blickte zur Mutantengruppe hinüber. Er gab Wuriu Sengu ein Zeichen. Der Spähermutant, der durch Materie sehen konnte, eilte herbei.

„Was sehen Sie, Sengu?“ erkundigte Rhodan sich.

Der Späher war über Guckys Spielerei unterrichtet worden. Er konzentrierte sich auf seine Aufgabe, um im nächsten Augenblick in schallendes Gelächter auszubrechen.

„Das müßten Sie sehen. Aus allen Ecken kommen Posbis. Sie feuern auf die riesigen Roboterhaufen. Sie schmelzen sich mit Strahlern zu den Zellschwingergeräten durch. Was hat Gucky mit seinem Einfall da nur angerichtet.“

Rhodan atmete auf. Die Planung hatte also auch in diesem Punkt Erfolg gehabt. Die Posbis waren derart von Haß aufgepeitscht, daß sie gar keinen Wert darauf legten, einen der vermeintlichen Laurins lebend zu fangen. Obwohl auch für diesen Fall Vorsorge getroffen worden war.

Die Impulssender verfügten über eine Sensoreinrichtung, die mit einer Selbstvernichtungsanlage gekoppelt war. Der Sensor war speziell auf die charakteristischen positronischen Impulse der Posbis abgestimmt. Sobald ein Posbi dem Sender näher als fünf Meter kam, würde der Sensor ihn registrieren und die Vernichtung des Senders einleiten.

Während die THEODERICH die Stellen anflog, an denen die Sender deponiert waren, konzentrierte sich Sengu auf die Vorgänge unter der Planetenoberfläche. Überall waren Posbis dabei, rücksichtslos gegen die „Laurins“ vorzugehen. Auf Frago herrschte das absolute

Chaos. Die Raumfahrer warteten auf das Signal von Mercant, das ihnen den Abzug der Fragmentschiffe aus M-13 ankündigen würde. Für den Fall, daß unvermutet Fragmentraumer aus dem Leerraum hierher beordert wurden, sollten sich alle bemannten Schiffe fluchtartig absetzen – im Schutz der weiterkämpfenden Roboterschiffe.

43.

Mercant, dem es in der letzten Stunde immer deutlicher anzusehen war, unter welch nervenzerreißender Spannung er stand, atmete auf, als der Spruch von der THEODERICH endlich einlief.

Was er und sein Stab jetzt zu tun hatten, war längst vorbereitet. Mit größter Sendeenergie strahlte die Arkonstation einen Symbolspruch nach dem 92 000 Lichtjahre entfernten Posbiplaneten Frago im Interkosmos ab.

Falsches Leben befindet sich auf deiner Welt und bedroht das Innere. Obwohl du uns, auch wahres Leben, zu vernichten versuchst, sind wir bereit, dir zu helfen, doch nur unter der Bedingung, daß du sofort mit deinen Schiffen unsere Galaxis verläßt.

Über die zweite große Richtantenne der gigantischen Arkonstation wurde derselbe Wortlaut in Richtung jener geheimnisvollen Funkstation in den Tiefen des Interkosmos abgestrahlt.

Atlan hörte und sah über Hyperkom mit. Bis jetzt hatte er noch keinen Kommentar gegeben. Man sah ihm an, wie Spannung und Erregung in ihm arbeiteten.

Solarmarschall Allan D. Mercant hatte seine Ruhe wiedergefunden. Jetzt, da das verzweifelte Spiel in die Endphase ging, betrachtete er jede Entwicklung mit einer Gelassenheit, die ihn schon immer ausgezeichnet hatte.

Ununterbrochen wiederholten die beiden Sender den Anruf. Zwanzigmal, hundertmal wurden die Symbolzeichen ausgestrahlt.

„Nichts." Das sagte Atlan. „Sie schießen wie die Irren weiter. Wenn kein Wunder geschieht, dann ist in den nächsten zehn Minuten der Springerplanet Archetz eine Gluthölle. So viele Raumtorpedos gibt es gar nicht, um die Kästen daran zu hindern, keinen Planeten mehr zu zerstören."

Mercant sah ihn schweigend an.

„Damit ist mir und der Flotte nicht geholfen, Terraner", sagte Atlan verärgert. „Wir haben es immer noch mit dreitausend Fragmentraumern zu tun. Wenn hundert durch Torpedos oder Punktfeuer vernichtet werden, dann kommen hundert oder noch mehr Ersatzschiffe aus dem Nichts an, und das Kräfteverhältnis ist wieder das alte. Mercant, es geht so nicht mehr weiter."

„Ruhe, Atlan!" rief Mercant.

Die ruckartige Bewegung Atlans war nicht zu übersehen, aber auch nicht zu übersehen war Mercants ausgestreckter Arm.

Um den Solarmarschall herrschte beängstigende Stille. Aus dem Lautsprecher kam fernes Rauschen. Die große Scheibe über dem Oszillographen malte lautlos eine Amplitude, die eine eigenartige Form besaß und Ähnlichkeit mit der Wellenform einer Hyperkomschwingung hatte.

Die Funkstation im Interkosmos antwortete.

Der Translator begann zu summen.

Der Lautsprecher sprach an: *Verstanden. Verstanden* . . .

Immer wieder nur dieses eine Wort.

„Der Translator arbeitet nicht einwandfrei", behauptete Atlan.

Mercant war anderer Ansicht. Er lauschte und wartete noch auf einige weitere Worte.

Aber es kam nichts.

Die Sendung brach ab. Eine Zeitlang war auf der Scheibe des Oszillographen noch die Amplitude zu sehen, dann verschwand auch sie.

Die rätselhafte Station im Interkosmos hatte abgeschaltet.

Einige Sekunden lang verharrte Mercant regungslos. Was war jetzt zu tun? fragte er sich. Er blickte auf den Bildschirm, auf dem Atlan, der sich irgendwo an der Front aufhielt, zu sehen war. Auch Atlan war ratlos.

Doch plötzlich änderte sich die Situation schlagartig.

„Nein! Das kann nicht wahr sein!"

Atlan griff sich an den Kopf. Eine Schrecksekunde lang hatte die Stille gedauert, dann überschlugen sich Männerstimmen in der Zentrale.

„Sir“, riefen sie, „sie sind weg! Sie sind nicht mehr da! Im Hyperfunk geht es wie in einem Irrenhaus zu!“

Am liebsten hätte Atlan seine Arme hochgeworfen und irgend etwas getan, nur um sich Luft zu machen.

Die Posbis waren mit ihren Fragmentschiffen aus M-13 verschwunden.

Alle.

Alle in derselben Sekunde.

Abertausende Raumtorpedos fanden plötzlich kein Ziel mehr, ihre Ortung griff ins Leere. In Abertausenden Torpedos schaltete sich der Antrieb ab. Irgendwo zwischen den Sternen des Kugelhaufens M-13 rasten sie im antriebslosen Flug weiter.

Allan D. Mercant erlebte dieses unvorstellbare Tohuwabohu über Telekom mit. Die Empfänger auf der Großfunkstation Arkon III reichten nicht mehr aus, alle Meldungen aufzunehmen. Jedes Kampfschiff meldete das völlig unerwartete Verschwinden der Riesenkästen.

Gerade hatten die Posbis noch mit allen Geschützen angegriffen, um in der Sekunde darauf hinter ihren Relativfeldern unsichtbar zu werden und aus dem Raum zu verschwinden.

Mercant glaubte zu wissen, was das hieß.

Der vorbereitete Kurzimpuls, der Rhodan vom Verschwinden der Posbis informieren sollte, verließ den Hypersender. Gleichzeitig ging der Einsatzbefehl an die dreitausend im Leerraum wartenden terranischen Schiffe. Mercant konnte jetzt nichts mehr tun, als abzuwarten, bis der letzte Akt dieses Dramas beendet sein würde.

Rhodan atmete befreit auf, als das vereinbarte Zeichen von Arkon III empfangen wurde. Die Posbis hatten M-13 verlassen. Der Plan war voll aufgegangen. Aber würden die Posbis nicht nach M-13 zurückkehren, um das zu vollenden, was sie begonnen hatten? Oder würden sie nun endlich begreifen, daß die Völker der Galaxis wahres Leben waren?

Rhodan gab den Befehl an alle Schiffe, die Angriffe einzustellen und sich eine Lichtstunde von Frago entfernt zu sammeln.

Zehn Minuten später lag Frago, halb verwüstet, hinter der THEODERICH. Die Flotte flog mit einer Geschwindigkeit, die es ihr erlauben würde, binnen weniger Augenblicke in den Linearraum einzudringen.

Während Rhodan mit seinen Raumern verschwand, brach die Flotte, die bis jetzt in Wartestellung gelegen hatte, aus dem Zwischenraum über Frago ins Normalkontinuum. Dabei strahlten alle Funkstationen den gleichlautenden Symbolspruch ab: *Wir sind wahres Leben. Wir kommen, um dem wahren Leben zu helfen, wie wir es zugesagt haben. Tod dem falschen Leben.*

Noch weiter von Frago entfernt als die Fragmentschiffe, die bis vor kurzem noch in der Galaxis Tod und Vernichtung gesät hatten, jagten über dreitausend terranische Raumer auf die Robotwelt zu, während die ersten Würfel schon dicht darüber standen und auf jene Plätze Fragos ein Vernichtungsfeuer eröffneten, wo sich angeblich Laurins aufhalten sollten.

Hendrik Cornis, Kommandant des terranischen Flottenverbands, der zum Schein nach Frago gekommen war, um dem *wahren Leben* zu helfen, beobachtete über seine Televergrößerung Fragmentschiffe, die jene Riesenhalle mit ihren Strahlen radikal vernichteten, in der einige Millionen nichtaktivierte Posbis lagerten und wo Gucky den größten Teil jener Kleingeräte versteckt hatte, die Zellschwingungen der Laurins ausstrahlten.

Cornis brauchte mit seinen Schiffen nicht einzugreifen. Immer noch im Anflug auf die Roboterwelt, kam der Hyperfunkspruch in Symbolzeichen herein: *Wahres Leben dankt für Hilfe. Wahres Leben benötigt keine Hilfe.*

„Dann können wir umkehren", meinte Hendrik Cornis guten Mutes.

Wenige Minuten später verschwand er mit seinen Schiffen im Zwischenraum mit Kurs auf die Milchstraße, die zweiundneunzigtausend Lichtjahre weit als ein in Perlmutt gleißender Streifen, sichtbar gemacht durch den Relieftaster, zu ihnen herüberschimmerte.

E n d e

Perry-Rhodan-Terminologie

Antis –

Kurzform von *Antimutanten,* ein Menschheitsvolk aus der Perry-Rhodan-Serie. Die Antis stammen in direkter Linie von den *Akonen** ab, sind also keine Nachkommen jener Kolonisten, die von der ehemaligen akonischen Kolonialwelt *Arkon** auswanderten (dem späteren Großen Imperium Arkon); dennoch leben sie hauptsächlich im Einflußbereich des *Großen Imperiums.* – Nach der Auswanderung von Akon ließen sich die Vorfahren der Antis zuerst im *Aptut-System** nieder, und zwar auf dem 16. Planeten der roten Doppelsonne *(Doppelsterne*)* Aptut, der den Eigennamen *Trakarat** erhielt. Die neuen Umwelteinflüsse veränderten nach und nach die akonische Erbmasse *(Umweltanpassung*).* Die *Mutation** betraf in erster Linie die Gehirnstruktur und damit die geistigen Fähigkeiten; die Antis wurden *Mutanten** im Sinne von intelligenten Lebewesen mit *paranormalen Begabungen*.* Ihre Parabegabung besteht primär darin, daß sie in der Lage sind, auf mechanischem Wege errichtete *Energieschirme** durch mentale Kräfte so zu verstärken, daß sie um ein Vielfaches ihrer normalen Kapazität belastbar werden. Gleiches trifft für *Anti-Ortungsschirme* zu. Sekundär verfügen sie über die Parafähigkeit, die paramentalen Angriffe anderer Mutanten aktiv abzuwehren, d. h. sie verändern und verstärken deren Wirkungen und reflektieren sie auf die Angreifer. Diese sekundäre Fähigkeit führte dazu, daß sie von den *Terranern* den Namen Antis erhielten. Sie besitzen aber auch die Fähigkeit, sich zu parapsychischen *(Parapsychologie*)* Arbeitsblocks zusammenzuschließen und damit ihre Wirkung zu potenzieren. Außerdem können derartige Blocks hypnotische, suggestive, telepathische und telekinetische Wirkungen erzielen. Sie sind in der Lage, Körper und Geist intelligenter Lebewesen vorübergehend zu trennen oder große Gruppen von Lebewesen derartig stark hypnosuggestiv zu beeinflussen, daß diesen Opfern eine völlig falsche Umwelt und Ereignisse vorgespiegelt werden, die überhaupt nicht ablaufen. – Diese im Grunde genommen *positive Mutation** der ehemaligen Akon-Kolonisten wird jedoch von den Antis zu negativen Zwecken verwendet. Sie selbst nennen sich nicht Antis, sondern Báalols, und begründeten einen Geheimkult, der sich Báalol-Kult nennt. Dieser Báalol-Kult stellt eine Pseudo-Religion dar, unter deren Deckmantel systematisch die geistige Unterwerfung ganzer galaktischer Völker betrieben wird. Das geheime Ziel der Antis ist es, zuerst das Erbe der degenerierten und dekadenten *Arkoniden** anzutreten, d. h. ihr Großes Imperium zu übernehmen und damit die ungeheure militärische Macht, die es darstellt und die von den Arkoniden selbst praktisch nicht mehr genutzt wird. Aus jener Keimzelle heraus wollen sie dann nach und nach die Macht in der gesamten Milchstraße *(Galaxis*)* erringen. – Bei der Durchsetzung ihrer Ziele bedienen sich die Antis vorwiegend geistiger Mittel und heimtückischer Methoden, wie zum Beispiel der Erzeugung und Verbreitung des als harmlos deklarierten Likörs „Liquitiv", der allgemein als Zellregenerierungsmittel und Aktivierungsmittel und damit als Verjüngungsmittel auf hormonaler Basis angesehen wurde. In Wirklichkeit enthält Liquitiv eine Substanz, die nach kurzer Zeit des Einnehmens eine unheilbare Sucht hervorruft. Eine wirksame Entziehungskur gibt es nicht; bei längerem als sechstägigem Entzug des Liquitivs tritt bei den Opfern rapider Kräftverfall auf, der schnell in einen geistigen Verfall übergeht. Infolge eines spätwirkenden Nervengiftes, das ein Bestandteil von Liquitiv ist, setzt bei jedem Süchtigen genau zwölf Jahre und vier Monate Erdzeit nach dem Beginn der Sucht eine „galoppierende Alterung" ein, in deren Verlauf die Betroffenen zu „wandelnden Toten" werden und nach einiger Zeit an Erschöpfung sterben.

Cardif,
Thomas – Sohn von Perry Rhodan und der Arkonidin Thora, seiner ersten Frau. C. wurde im Jahre 2020 geboren. Er hatte große Ähnlichkeit mit seinem Vater; die Charaktere waren jedoch grundverschieden. Rhodans Sohn war stolz, unbeugsam, überheblich. Aus kosmopolitischen Gründen verschwieg man ihm lange Zeit, wer sein leiblicher Vater war. C. wuchs in dem Glauben auf, er stammte aus einer Verbindung seiner Mutter mit einem arkonidischen Admiral, der seinerzeit gefallen war. Man wollte einem eventuellen Personenkult auf Grund seiner Herkunft vorbeugen und außerdem vermeiden,

daß er infolge politischer Verhältnisse in Lebensgefahr geriet. Deshalb auch der andere Name. Im Jahre 2041 ist C. Leutnant der Raumflotte. Er hat soeben die Raumakademie verlassen. Anläßlich der Entführung seiner Mutter, die ihn auf Rusuf, dem 4. Planeten der Sonne Krela, 1062 Lichtjahre von Terra entfernt, besuchen wollte, gerät C. bei seinen Nachforschungen in Gefangenschaft. Er trifft dort Thora und erfährt im Alter von 21 Jahren, wer sein wirklicher Vater ist. Erstes Treffen Vater–Sohn vor der Öffentlichkeit. C. wird zum erbitterten Gegner Rhodans. Ihn beseelt unbändiger Haß, weil man ihn so lange über seine wahre Abstammung getäuscht hat. Er konspiriert, wo immer sich eine Gelegenheit bietet, gegen Terra, so daß sich die führenden Staatsmänner während Rhodans Abwesenheit im Jahre 2043 gezwungen sehen, C. unter die Aufsicht des Geheimdienstes zu stellen. Anschließend verbannt ihn Rhodan auf den Planeten Pluto. Im Jahre 2044 gelingt C. die Flucht. Er schließt sich Springern an und versucht, sich zum Herrscher von Arkon erheben zu lassen. (Begründung: Abstammung.) Der Plan mißlingt infolge veränderter politischer Verhältnisse. Ende 2044 greift C. erneut nach der Macht; diesmal allerdings als Werkzeug der Springer, die ihn als Geisel benutzen, um die Herrschaft über Terra zu gewinnen. Rhodan rettet seinen Sohn vom Planeten Archetz im Rusuma-System und hofft auf Verständigung. C. verweigert jedoch jede Einsicht. So wird er im Friedensinteresse der Menschheit mit einem Hypnoseblock versehen, der im Laufe der Jahre eine Umwandlung der unterbewußten Haßempfindungen bewirken soll. Die Intelligenz wird davon nicht beeinträchtigt; jedoch Verlust des Wissens in bezug auf seine Taten, seine Herkunft und seinen Vater. Im Jahre 2103 befindet sich C. auf der Anti-Welt Okùl. Hier entwickelt er auf Grund seiner auf einer Ara-Universität erworbenen bio-medizinischen Kenntnisse und mit Unterstützung der Antis und Aras das Rauschmittel „Liquitiv“. Der Planet liefert den Rohstoff. Um eine frühzeitige Entdeckung zu verhindern, wurde C. nach seiner Flucht vom Planeten Zalit von einer Roboter-Imitation dargestellt. Außerdem versuchten die Antis, seine Gehirnfrequenzen mittels ihrer Gaben und technischer Geräte zu verändern, um Perry Rhodan die Suche nach C. zu erschweren. Bei dieser gewaltsamen Lösung brach der Hypnoseblock zusammen. Erneut brandete in Rhodans Sohn der unbändige Haß gegen den Vater auf, der ihm – wie er es auffaßte – 58 Jahre seines Lebens genommen hatte. Als Rhodan die Täuschung bemerkt, seinen Sohn endlich findet und es zu einem Gespräch zwischen ihnen kommt, gerät er in eine geschickt gestellte Falle (Gefangenschaft). C. fühlt sich am Ziel seiner Wünsche. Er ist das Ebenbild seines Vaters; er spielt nun dessen Rolle, hat dessen Wissen übernommen; Körper- und Gehirnschwingungen stimmen bis auf winzigste Differenzen überein. C. landet auf Terra und nimmt die Position seines Vaters ein. Im Juli 2103 fliegt C. als angeblicher Perry Rhodan den Kunstplaneten Wanderer an und verlangt einen Zellaktivator für sich sowie weitere Exemplare zu seiner Verwendung (Erpressung der Antis). Das Fiktivlebewesen ES händigt ihm den Aktivator, den er persönlich tragen will, mit einer Sicherheitsschaltung aus (abgestimmt auf P.R.s Individualimpulse). ES hat das Falschspiel durchschaut. Nach fünfzig Tagen beginnt eine fortschreitende Zellkernteilung. (Explosive Zellspaltung.) C. sucht Hilfe bei den Antis; stößt auf Ablehnung. (Sie fühlen sich hintergangen.) Entsetzen bei den Staatsmännern des Imperiums über das entstellte Aussehen des vermeintlichen Perry Rhodan. (Wachstum ist um 51 Zentimeter in Höhe und Breite fortgeschritten; Größe nunmehr 2,37 Meter, Haut schwammig.) Unverständliche Maßnahmen werden von C. angeordnet. Erster Argwohn bei seiner Umgebung über Identität. Als ihm von Atlan die vollständige Entlarvung droht, Attentat auf den Regierenden Lordadmiral und Flucht mit einer Space-Jet. Verfolgung durch Atlan und Gucky. Sie haben Erfolg und finden C. und Perry Rhodan. C.s Tod tritt wenige Augenblicke später ein. Der Zellaktivator löst sich von dem Sterbenden und heftet sich auf die Brust jenes Mannes, auf dessen Individualimpulse das Gerät abgestimmt worden war: auf die Brust von Perry Rhodan.

Ellert,

Ernst – eine Figur der Perry-Rhodan-Serie; einer der wenigen positiven Mutanten, die am Ende des 20. Jahrhunderts auftraten und sich durch starke *Parafähigkeiten** auszeichneten. Ernst Ellert war ursprünglich *Teletemporator* (Teletemporation), d. h. er konnte – anfangs nur unwillkürlich, später willkürlich, durch gezielte Konzentration – in die nahe und ferne Zukunft sehen und Ereignisse vorhersagen. Die vorhergesagten Ereignisse mußten dabei nicht zwangsläufig eintreffen; Ellert „sah“ lediglich Entwicklungstendenzen, die zur Zeit seiner parapsychischen Vorausschau und unter den Bedingungen dieses Zeitpunktes den größten Wahrscheinlichkeitsgrad des Eintreffens besaßen. Man könnte die Teletemporation als „Hellsehen“ bezeichnen; infolge des öfteren Mißbrauchs dieser Bezeichnung von Schwindlern würde das der tatsächlichen Fähigkeit Ellerts jedoch nicht gerecht. Ernst Ellert „starb“ schon bald, nachdem er zu *Perry Rhodans** *Mutantenkorps** gestoßen war. Er opferte sich, um eine Katastrophe zu verhindern, die er vorausgesehen hatte. Dabei trat eine weitere, bis dahin nur latent vorhandene Fähigkeit Ellerts zutage, das *Parapoling**. Im Augenblick seines „Todes“ verließ „er“ (infolge heutiger weitgehender Unkenntnis über die komplizierte Struktur des individuellen Geistes nennen es die verschiedenen Autoren abwechselnd Seele, Geist, Persönlichkeit, Ego usw.) seinen Körper. Dadurch trat nach Meinung der Kosmobiologen eine blitzartige Herabsetzung aller seiner rein körperlichen Funktionen auf, was in der Folge sowohl die Verwesung seines Körpers verhinderte als auch die ursprünglichen physischen Funktionen, die mit dem „Tod“ Ellerts erloschen waren, soweit ersetzte, daß vor allem keine Nervenzellen abstarben. Ellerts immaterielles Ego verschwand für lange Jahre; es durchstreifte körperlos das Universum, und zwar nicht nur in den räumlichen Richtungen, sondern auch in denen der Zeit. Dadurch erlebte es sowohl den Ursprung allen Seins als auch das sich abzeichnende Ende mit. Bei den Reisen „Ellerts“ wechselte oftmals der Trägerkörper. Zuletzt hielt er sich im Körper eines Wissenschaftlers der *Druuf** auf und half dadurch der Menschheit, die Druufgefahr zu bannen. Ellert konnte aber auch seinen eigenen Körper (der in einer Erhaltungskammer am Stadtrand von *Terrania* aufbewahrt wurde) beliebig aufsuchen. Nach der Rückkehr aus dem Druuf-Universum stellte sich heraus, daß die geistige Auseinandersetzung mit dem Ego seines druufschen Trägerkörpers auf seinen eigenen Körper zurückgewirkt hatte. Ellerts Körper verlor einen Arm (Amputation wegen vorgeschrittenen Brandes) und erhielt ein Kunstglied, das zugleich als Energiewaffe ausgebildet worden war. Später rief Perry Rhodan seinen Freund noch einmal zurück, damit er ihm half, das Geheimnis der posbischen Transformkanone zu bekommen. Ellert versetzte „sich" in das biopositronische Gehirn eines Posbischiffes und erfüllte seinen Auftrag. Sein eigener Körper zerfiel infolge der großen Anstrengungen diesmal völlig und war nicht mehr zu retten. Seitdem herrscht Ungewißtheit, ob wenigstens Ellerts Geist die Flucht aus dem explodierenden Posbigehirn gelungen ist. Möglicherweise durchstreift er erneut Zeit und Raum und taucht eines Tages wieder auf.

Frago –
ein Begriff aus der Perry-Rhodan-Serie; Name für einen sonnenlosen Planeten im extragalaktischen Raum, von der galaktischen Randzone gegenüber *Andromeda* 92 000 Lichtjahre entfernt. Frago durchmißt 15 000 Kilometer, besitzt keine Atmosphäre, muß aber ehemals eine besessen haben, bevor er sich am Anfang der galaktischen Ballung aus seinem Sonnensystem entfernte und in den extragalaktischen Raum abtrieb. F. ist eine Industriewelt der *Posbis**. Die gesamte Oberfläche des Planeten ist von Fabrikanlagen bedeckt, zum Teil liegen ganze Industrien auch unter der Oberfläche. Auf F. gibt es eine „Brutstation" zur Vermehrung des Bioplasmas, das eine der beiden Komponenten der biopositronischen Gehirne der Posbis darstellt. Die funktionelle Verknüpfung der beiden Komponenten erfolgt mit Hilfe von Bioponblöcken *(Bioponblock*)* durch die sogenannte *Hypertoyktische Verzahnung**. F. war im Krieg zwischen Posbis und der *Galaktischen Allianz** ein Schauplatz von terranischen Agenteneinsätzen, Täuschungsmanövern und schweren Kämpfen. Dabei wurden große Teile der Produktionsstätten zerstört, sind inzwischen aber wieder aufgebaut worden. Ein für die Intelligenzen der Galaxis lebenswichtiges Täuschungsmanöver wurde von den Akonen ausgearbeitet und von einem terranischen Einsatzkommando unter der persönlichen Leitung von *Perry Rhodan** ausgeführt. Dabei gelang es, dem Bioplasma vorzutäuschen, F. würde von den Streitkräften der *Laurins** angegriffen. Die posbischen Angriffsflotten zogen sich daraufhin aus dem schwer bedrängten Großen Imperium der *Arkoniden** zurück und eilten F. zu Hilfe. Eine im *Linearraum** kreuzende terranische Flotte bot den Posbis Hilfe gegen den (fingierten) Angriff der Laurins

an. U. a. auch dadurch wurde das Bioplasma zum Freund der Terraner und verzichtete auf weitere Vernichtungsangriffe gegen besiedelte galaktische Welten.

Lepso –
ein Begriff aus der Perry-Rhodan-Serie, 2. Planet der Sonne *Firing*. Die Entfernung zur Erde beläuft sich auf 8467 Lichtjahre. Bei L. handelt es sich um eine Sauerstoffwelt mit mittleren Temperaturen, die etwa denen auf der Erde in subtropischen Zonen entsprechen. Der Planet L. hat einen Durchmesser von 11981 Kilometern und eine Rotation von 21,3 Stunden. Lepso wird als galaktische Freihandelswelt bezeichnet. Sie ist ein Eldorado für Schwarzhandels- und Schiebergeschäfte. Angehörige aller galaktischen Völker geben sich hier ein „Stelldichein"; sie können landen, sich ansiedeln, Handel treiben und weitestgehend alles unternehmen, was auf anderen Welten streng verboten ist. Die Lepso-Gesetzgebung wird sehr großzügig ausgelegt, so daß dunkle Elemente kaum etwas zu befürchten haben. Es gibt keine Zollbeschränkungen und auch keine festgelegten Steuersätze. Das Einkommen wird lediglich geschätzt, und das so minimal, daß jedermann mehr als zufrieden mit dieser Art der Steuererhebung sein kann. L. ist keiner galaktischen Großmacht unterstellt. Die Regierung dieser Welt unterliegt einem ständigen Wechsel, wird diktatorisch geführt und ist ausgesprochen korrupt. Der Titel des jeweiligen Herrschers lautet „Thakan"; offiziell bekleidet er das Amt des Regierungspräsidenten. L. verfügt über neun Raumhäfen; der größte liegt in unmittelbarer Nähe der Hauptstadt „Orbana" und trägt auch die gleiche Bezeichnung. Der Geheimdienst von L. nennt sich „Staatlicher Wohlfahrtsdienst" (SWD). Außer zahlreichen Banken, Wirtschaftszweigen aller Art und Industrieanlagen existieren auf dieser Welt ein geheimer Stützpunkt der SolAb (Solare Abwehr) und eine offizielle terranische Handelsmission. Für die „Condos Vasac", ein großes, galaktisches Syndikat mit undurchsichtigen Machenschaften, ist dieser Hexenkessel als Basis hervorragend geeignet. Eine einheitliche Architektur ist nicht vorhanden. Durch die Anwesenheit zahlreicher fremder Volksgruppen herrschen alle Bauweisen und Stilrichtungen vor.

Mechanica –
ein Begriff aus der Perry-Rhodan-Serie. Der Planet Mechanica ist der zweite Planet der roten Sonne Outside im intergalaktischen Raum. Für die Handlung der Perry-Rhodan-Serie erhielt er Bedeutung durch das robotische Erbe einer längst ausgestorbenen intelligenten Rasse von Echsenabkömmlingen. Diese Echsenabkömmlinge schickten in regelmäßigen Abständen je ein sogenanntes Scout-, Saat- und Ernteschiff aus. Das Scoutschiff suchte nach zweckdienlichen Planeten, das Saatschiff flog die gemeldeten Sauerstoffwelten an und ließ Unmengen von Moossporen *(Speckmoos)* in die Atmosphäre regnen. Das Moos vermehrte sich sehr schnell und stieß staubfeine Sporen aus, die von den Luftströmungen überallhin getragen wurden. Die Besonderheit dieser Moossporen lag darin, daß sie aerosolförmige Substanzen mit großem Kohlenhydrat- und Fettgehalt absonderten und daß diese Aerosole von jedem Sauerstoffatmer durch die Lungen aufgenommen wurden und von dort über die Blutbahn in den Körper gelangten. Sie ersetzten dabei jegliche sonstige Nahrung, und bei unkontrollierbarer Einatmung riefen sie eine tödlich verlaufende Fettsucht hervor. Ein Beispiel dafür ist der Planet *Azgola**, dessen Bevölkerung vorübergehend durch terranische Raumschiffe evakuiert werden mußte, bis die „Speckmoos"-Gefahr beseitigt war. Die ehemaligen Bewohner von Mechanica kannten die kontrollierte Einnahme des Nahrungsaerosols, das von dem Ernteschiff nach Mechanica gebracht wurde, sobald ein Planet „abgeerntet" worden war. Nach ihrem Aussterben arbeitete die von ihnen geschaffene Robot-Zivilisation weiter, bis der Planet durch einen künstlich hervorgerufenen Atombrand zerstört wurde.

Wanderer –
Name eines Kunstplaneten aus der Perry-Rhodan-Serie. Die Kunstwelt Wanderer besteht im wesentlichen aus einer „Scheibe" mit einem Durchmesser von achttausend Kilometern. Sie wurde von einer ehemals humanoiden Rasse geschaffen, die das Geheimnis der Unsterblichkeit enthüllte und später zu einem Kollektivwesen rein geistiger Natur wurde. Dieses Kollektivwesen, der *Unsterbliche** genannt, schuf die Welt Wanderer aus reiner Energie. Auf der „Oberseite" der Scheibe gibt es normalen Boden, Gebirge, Urwälder,

Meere und Parks sowie eine reichhaltige Fauna. Diese Landschaft wird von einem halbkugelförmigen Energiefeld umhüllt, in dessen Zenit eine gelbe Kunstsonne schwebt. Die Atomsonne kann so reguliert werden, daß ihr Licht entweder ganz hell oder nur gedämpft ist oder auch völlig erlischt. Alles auf der Oberfläche von Wanderer wird durch die technischen Anlagen und geistigen Kräfte des Kollektivwesens gesteuert, so z. B. Klima und Wetter. Der Unsterbliche hat aus allen Teilen der Galaxis diejenigen Exemplare fremdartiger Tiere und Pflanzen gesammelt, die ihm am meisten zusagten. Sein Helfer ist außer den stationären vollautomatischen Anlagen ein Superroboter mit dem Namen Homunk. Homunk, ein halb organisch, halb *inpotronisch* zusammengesetztes Wesen von menschenähnlicher Gestalt, hat nahezu das gleiche Wissen wie der Unsterbliche selbst. – Der Kunstplanet Wanderer beschreibt eine langgestreckte Ellipsenbahn um mehr als dreißig in einer Linie liegende Sonnensysteme. Ein Umlauf dauert ca. 2 Mill. Jahre. Ein unsichtbarer Schutzschirm sichert Wanderer gegen jede Entdeckung.

Perry Rhodan Buch Nr. 17 „Die Hundertsonnenwelt“ erscheint am 15. 3. 1984

Fragmentraumschiff der Posbis

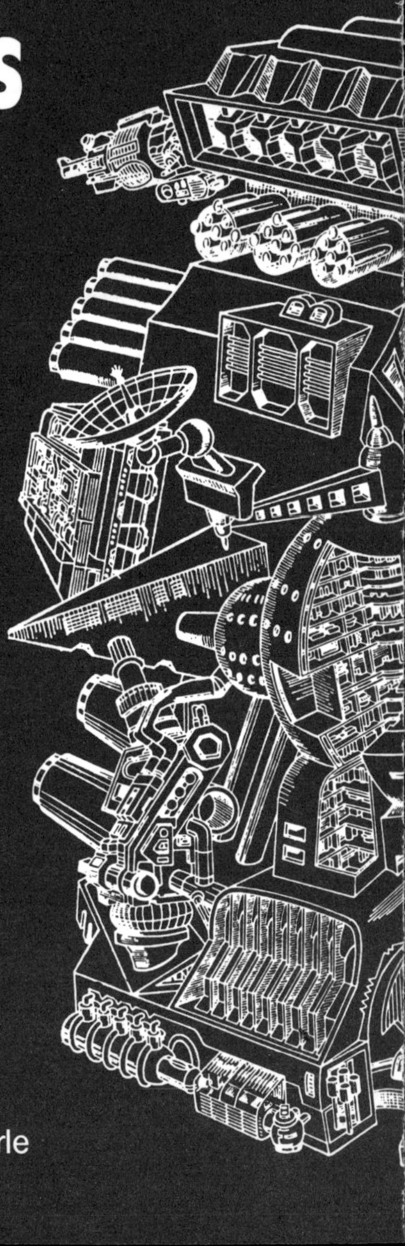

Zeichner und Redaktion verzichteten bei diesem Projekt aus sicher verständlichen Gründen auf die Angaben genauer technischer Daten.

Zeichnung: Rudolf Zengerle